Ari TUR

KÖNIG DER VIER WELTGEGENDEN

BAND 2

Der Pferdedämon

In memoriam

Dr. Johannes Boese

(1939 – 2012)

Vater des Tafelhauses

Ari TUR

KÖNIG DER VIER WELTGEGENDEN

BAND 2

Der Pferdedämon

Archäologischer Roman

BoD – Books on Demand

Bibliografische Information der Deutschen Nationalbibliothek:
Die Deutsche Nationalbibliothek verzeichnet diese Publikation in der Deutschen
Nationalbibliografie; detaillierte bibliografische Daten sind im Internet über
http://dnb.dnb.de abrufbar.

Ari TUR – König der vier Weltgegenden. Band 2 – Der Pferdedämon
Überarbeitete Neuausgabe (2. Auflage)
Erste Auflage Verlag BoD, 2017

Portätzeichnungen: Fatima Hamido
Covergestaltung und Artwork: Vlad Hnatovskij
Textgestaltung: Ari TUR

©2020 Ari TUR

Herstellung und Verlag: BoD – Books on Demand, Norderstedt

ISBN: 9783750416031

Inhaltsverzeichnis

Tukulti-Ninurta I. (1233 – 1197 v. Chr.) – König der vier Weltgegenden
Zeichnung von Vlad Hnatovskiy

1. Vorwort

Der archäologische Roman ›König der vier Weltgegenden‹ schildert in Band 1 (›Der Blaue Fuchs‹) die Entdeckung eines assyrischen Tontafelarchivs in der syrischen Wüste durch ein Forscherteam der Universität des Saarlandes in Saarbrücken. Die nachfolgenden Bände 2 bis 4 - Bd. 2 (›Der Pferdedämon‹), Bd. 3 (›Die Elamische Schlange‹) und Bd. 4 (›Das Omen der Finsternis‹ - erscheint voraussichtlich im Jahr 2020) - sind der altassyrischen Geschichte gewidmet und basieren auf Keilschrifttexten, die zumeist an das Ende des 13. Jahrhunderts vor Christus datieren.

Der Autor selbst stieß im Jahr 1992 während einer archäologischen Expedition in Tell Chuēra in Nordost-Syrien, in einer antiken Stadtruine namens Ḫarbe auf ein assyrisches Tontafelarchiv.[1] Diese Keilschrifttafeln ermöglichen einen Einblick in die Welt der damaligen Bewohner der Stadt. Ari TUR liegt es am Herzen, die uralten Kulturen, ihre Traditionen und vor allem die Lebensumstände der damaligen Menschen ein wenig näher zu beleuchten. Ari TUR hat dafür den ›archäologischen Roman‹ als neue Stilform des historischen Romans gewählt. Fünf Jahre lang hat er Keilschrifttexte aus der Zeit des assyrischen Königs Tukulti-Ninurta I. (1233 - 1197 v. Chr.) für ein Geschichtsbuch der anderen Art zusammengetragen. Ziel war es, die Epoche dieses schillernden Herrschers in einen Roman zu gießen, der auf den neuesten Erkenntnissen der Vorderasiatischen Archäologie und der Altorientalistik basiert. Dennoch weist der Autor darauf hin, dass das vorliegende Buch keine wissenschaftliche Publikation ist, sondern ein Roman mit fiktionalen Elementen, in dem auch nicht belegbare Theorien Eingang gefunden haben. Die verwendeten Keilschrifttexte, vor allem derjenigen aus Dūr-Katlimmu (Tell Sheikh Hamad) und Ḫarbe (Tell Chuēra) in Syrien, aber auch diejenigen aus den assyrischen Metropolen Assur und Ninive im heutigen Irak, entführen den Leser in das Reich des assyrischen Herrschers, der am Ende des 13. Jahrhunderts vor Christus nur ein Ziel kannte:

---

[1] Harald Klein, Die Grabung in der mittelassyrischen Siedlung; in: Winfried Orthmann et al., Ausgrabungen in Tell Chuēra in Nordost-Syrien I. Vorbericht über die Grabungskampagnen 1986 bis 1992. Vorderasiatische Forschungen der Max Freiherr von Oppenheim-Stiftung Band 2 (Saarbrücken 1995), Seite 185 - 201.

Herr über die damalige Welt zu werden, um sich fortan ›König der vier Welt-gegenden‹ nennen zu dürfen.

Die sensationellen Ergebnisse, die der Altorientalist Stefan Jakob / Universität Heidelberg bei der Entzifferung der uralten Schriftzeugnisse aus Tell Chuēra erzielte[2], animierten den Autor das antike Leben von Ḫarbe, einer Festungsstadt im Grenzland der assyrischen Provinz Ḫanigalbat, in den Mittelpunkt des Romans zu rücken. Alle Hauptpersonen, auch die geschichtlichen Ereignisse und Begebenheiten, sind aus assyrischen Texten bekannt. Bis auf wenige Ausnahmen haben alle im Roman auftauchenden Charaktere also tatsächlich gelebt. Es oblag dem Verfasser, den handelnden Personen literarisches Leben einzuhauchen. Der Autor dankt seinem verehrten Lehrer Prof. (emer.) Dr. Gernot Wilhelm für die Deutung des hurritischen Namens der Hauptperson Puḫasenni, sowie seinem Freund und Kollegen Dr. Stefan Jakob / Universität Heidelberg für den regen Austausch über neueste Erkenntnisse wissenschaftlicher Untersuchungen zur sog. ›Mittelassyrischen Zeit‹ in der zweiten Hälfte des 2. Jahrtausends vor Christus.

ᛏᚦᚼᚱᛐᚻᚨ
ARI TUR

Im Januar 2020

---

[2] Stefan Jakob, Die mittelassyrischen Texte aus Tell Chuēra in Nordost-Syrien mit einem Beitrag von Daniela I. Janisch-Jakob. Vorderasiatische Forschungen der Max Freiherr von Oppenheim-Stiftung. Herausgegeben von Wolfgang Röllig. Band 2, Ausgrabungen in Tell Chuēra in Nordost-Syrien Teil III. Wiesbaden 2009.

2. Die vier Weltgegenden

Mesopotamien – das Land zwischen den Flüssen Euphrat und Tigris – gilt als Ursprungsland früher Hochkulturen. Viertausend Jahre Kulturgeschichte, angefangen von den Sumerern, über die Babylonier bis zu den Assyrern werden in Schulbüchern zumeist auf zwei Seiten abgehandelt. Völker wie die Hethiter oder die Mitanni werden dabei nur beiläufig erwähnt. Von Elamiern und anderen großen Volksgruppen, wie den Hurritern, erfahren wir meist gar nichts! Dabei haben wir diesen Völkern zahlreiche Errungenschaften zu verdanken, die bis heute unser Leben beeinflussen. Die Erfindung des Rades und der Schrift, die ersten Staaten und Staatsgebilde mit bürokratischer Ordnung und Gesetzen, verbunden mit religiösen Vorstellungen, die noch heute nachwirken, haben wir dem Geist der Völker des Alten Orients zu verdanken!

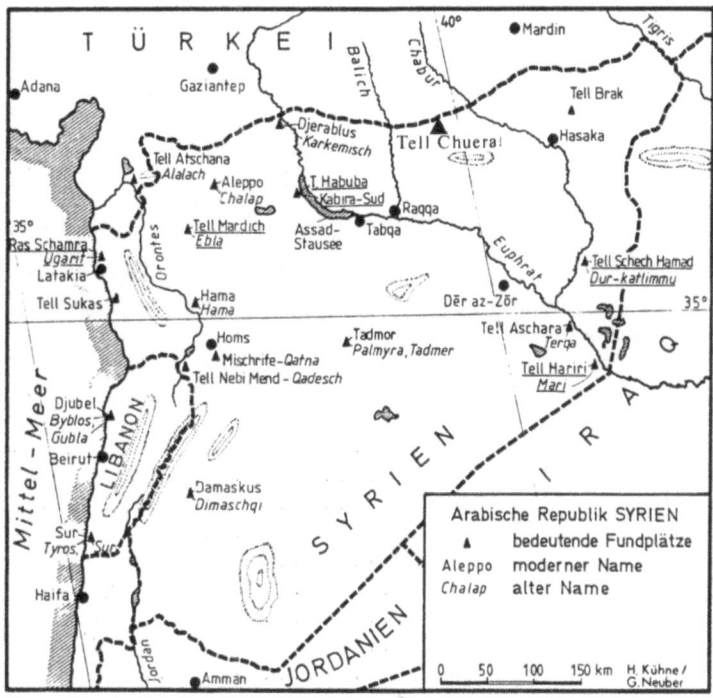

Abb. 1: Karte von Syrien mit archäologischen Fundstätten

11

Von den alten Ägyptern haben wir eine bessere Kenntnis, weil deren Kultur besser greifbar ist. Beschriftete Monumente aus Stein, die Pyramiden, das Bild mumifizierter Königinnen und Könige mit prächtigen Grabbeigaben haben wir sofort vor Augen, denken wir an altägyptische Geschichte. Wir können uns ein ›Bild‹ davon machen, wie die alten Ägypter gelebt haben, vor allem über das Leben der Pharaonen. Selbst der Tagesablauf eines einfachen Bauern wurde hinreichend in Filmen dargestellt oder in Büchern beschrieben. Wir haben eine gewisse Vorstellung von der ägyptischen Hochkultur. Hand aufs Herz: Was wissen Sie über Babylonier oder Assyrer? Wie hat die Bevölkerung im Zweistromland zweitausend Jahre vor Christus gelebt? Wie sahen sie aus? Woran haben diese Menschen geglaubt, was haben sie gedacht, wie haben sie ihr Leben gefristet? Wenn überhaupt, haben wir nur eine vage Vorstellung von dem Leben im Alten Orient.

Begeben wir uns auf eine Reise in das Land zwischen den beiden Flüssen Euphrat und Tigris, den Lebensadern uralter Hochkulturen. Das Zweistromland war für die damaligen Könige das Zentrum ihrer Welt. Ihre Herrschaftsgebiete endeten in den vier Himmelsrichtungen an natürlichen Grenzen, die sie als die ›vier Weltgegenden‹ bezeichneten. Wie die Menschen des Mittelalters glaubten sie, auf einer Erdscheibe zu leben. Über ihnen das Firmament mit den himmlischen Göttern, unter ihnen der Süßwasserozean mit den Unterweltgottheiten. Das Ende der zivilisierten Weltgegenden bildeten zwei Meere: Das ›Obere Meer‹, das wir heute als Mittelmeer kennen, und das ›Untere Meer‹, der Arabisch-Persische Golf, wurden als die Grenzen zweier Weltgegenden verstanden. Schroffe Gebirgszüge, die sich vom Norden (dem Taurus-Gebirge in der heutigen Südtürkei) bis zum Osten (dem Zagros-Gebirge im Iran) erstreckten und von unzivilisierten ›Bergvölkern‹ – Barbaren – bewohnt wurden, umsäumten die dritte Weltgegend. Dahinter gab es für die alten Mesopotamier keine bewohnbare Welt. Gleiches galt für die glutheiße Wüstenregion, die wir heute Arabische Wüste nennen – bei den Völkern des Alten Orients das Ende der vierten Weltgegend.

Der erste Herrscher, der es schaffte, dieses Gebiet vom ›Oberen Meer‹ bis zum ›Unteren Meer‹, von den Bergländern bis zur Wüste, zu erobern, war Sargon von

Akkad (2292 bis 2236 v. Chr.), der sich daraufhin ›König der vier Weltgegenden‹ nannte. Als Eroberer wurde Sargon legendär, sein Titel als erstrebenswerte Ehrenbezeichnung gerühmt. Nur derjenige Herrscher, dem es gelang, die vier Weltgegenden zu unterwerfen, durfte sich fortan ›König der vier Weltgegenden‹ nennen.

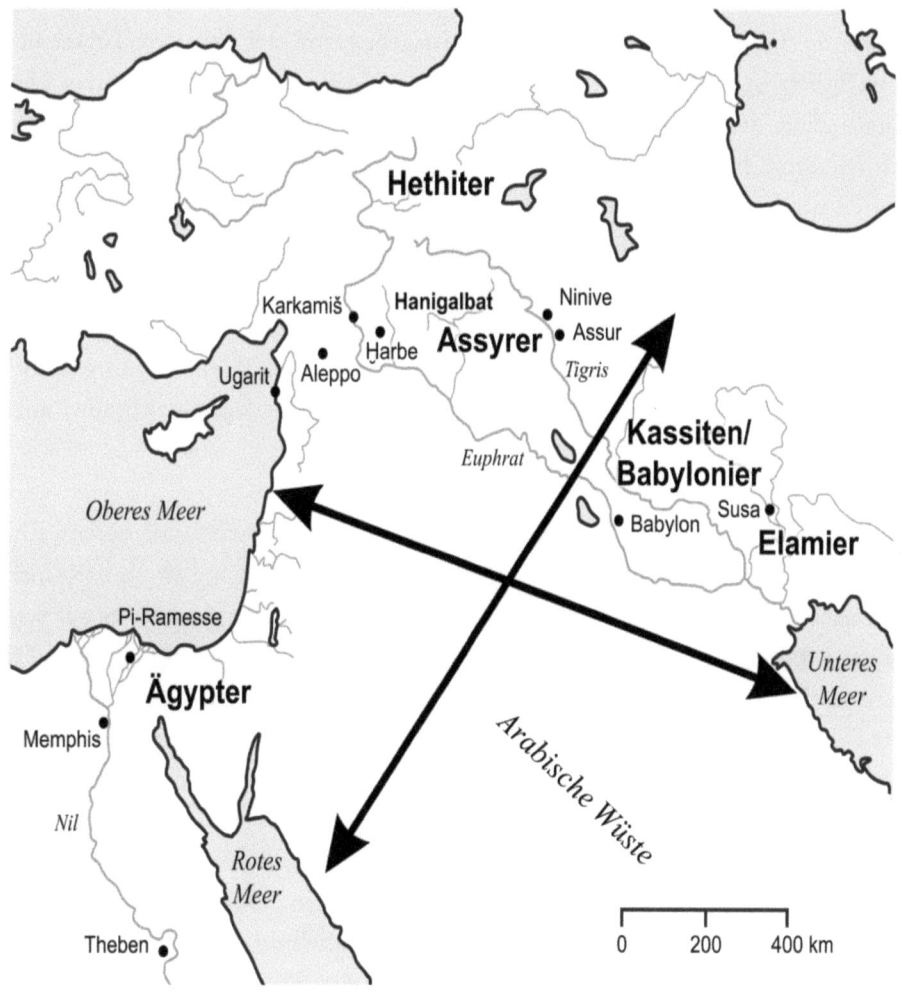

Abb. 2: Die vier Weltgegenden

In der Mitte des 13. Jahrhunderts vor Christus stritten mächtige Königreiche um die Vorherrschaft. Die Assyrer, die sich zu jener Zeit unter ihrem König Salmanassar I. (1263 - 1234 v. Chr.; eigentlich: Šulmānu-ašarād - übersetzt: Šulmānu ist der oberste Gott) zu einer militärischen Macht entwickelten, waren zwischen den Großmächten der damaligen Zeit eingekeilt. Im Süden beherrschte die Dynastie der Kassiten das Land Babylonien bis zum ›Unteren Meer‹. Im Norden hatten die kriegerischen Hethiter ihr Staatsgebiet von der heutigen Türkei über West-Syrien bis an die Grenzen Palästinas ausgebreitet, wo sie auf das Herrschaftsgebiet des ägyptischen Pharaos stießen. Im heutigen Nordost-Syrien hatten die Mitanni, indoeuropäische Einwanderer, die ortsansässigen Hurriter unterworfen und ein mächtiges Reich gegründet.

Umzingelt von Großmächten, versuchte sich das aufstrebende Assyrien dadurch zu behaupten, dass es Gebiete benachbarter Kleinkönige unterwarf, um auf diese Weise sein Herrschaftsgebiet nach und nach auszuweiten. Schon Salmanassars Vater Adad-nārārī I. (1295 - 1264 v. Chr.) hatte damit begonnen, diese Taktik anzuwenden. Salmanassar wagte es, die hochüberlegenen Mitanni anzugreifen.

Hier beginnt unsere Geschichte: König Salmanassar herrscht nun bereits fünfundzwanzig Jahre lang über die Assyrer. Seine Nachbarn zollen ihm Respekt, wenngleich sie ihn nicht als ebenbürtig anerkennen. Geduldig wartet er auf seine Chance. Die bietet sich ihm, als innere Streitigkeiten das Königshaus der Mitanni erschüttern. Er überfällt das Nachbarland und verleibt sich im Handstreich ein Drittel ihres Reiches ein. Die Hilferufe des Mitanni-Königs an die verbündeten Hethiter verhallen ungehört. Über Nacht wird aus dem ehemaligen Vasallenstaat Assyrien ein ernstzunehmender Gegner. Gelänge es ihm die Mitanni endgültig zu verjagen und deren gesamtes Reich zu erobern, würde der assyrische König zu den Großmächten seiner Zeit aufschließen. Dann wäre auch Salmanassar ein Großkönig wie der Kassit auf dem babylonischen Thron, der Herrscher der Hethiter im bergigen Norden oder der Pharao im weit entfernten Ägypten.

Um seine Macht zu vergrößern, benötigt Salmanassar Rohstoffe, vor allem Metalle, die es in den benachbarten Bergländern, nicht aber in seiner Heimat Assyrien gibt. Neben Kupfer und Silber hat vor allem Bronze als Werkstoff über viele Jahrhunderte das Leben der Menschen beeinflusst. Diese Metalle, in kleine Barren gegossen, waren aber nicht nur Rohstoffe und Handelsgüter, sondern gleichzeitig auch Zahlungsmittel. Mit der Eroberung des östlichen Mitanni-Reichs sind die Metallminen der hethitischen Verbündeten im nördlichen Bergland in greifbare Nähe gerückt.

Wagen wir also einen Blick in das Grenzland der Mitanni und Assyrer im heutigen Nord-Syrien. Gleiten wir hinab in die vier Weltgegenden am Ende der Spätbronzezeit, in das Jahr 1239 vor Christus ...

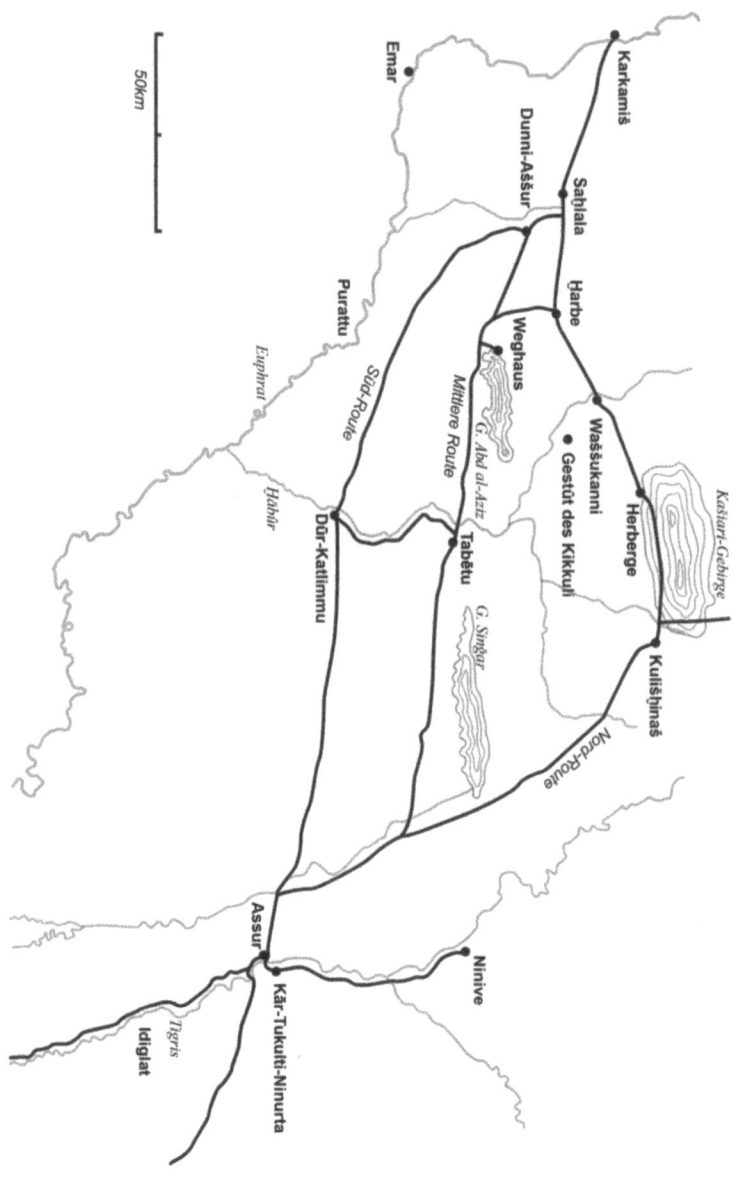

Abb. 2: Karte mit den wichtigsten Orten der Handlung

Jahr 1239 vor Christus:
25. Regierungsjahr von Salmanassar I.

3. Hurriter oder Mitanni?

Tagsüber ist es sehr heiß im Nordosten des Landes Ḫanigalbat[3]. Eigentlich wie immer im Monat Ša-šarrāte.[4] Hier, einen halben Tagesritt südlich der Stadt Kulišḫinaš[5], scheint sich in den Sommermonaten die Vegetation vor der unerbittlichen Sonne zu verstecken. Wenn im Frühling der erste Regen fällt, erkennt man das Land nicht wieder. Üppiges Grün bedeckt die flache Ebene bis hin zu den hohen Bergen weit im Norden, deren Gipfel man bei klarer Sicht erkennen kann. Jetzt aber, im Hochsommer, legt sich flirrende Hitze über das Land. Mensch und Tier suchen Schutz vor den glühenden Pfeilen, die Sonnengott Šamaš vom Himmel schießt. Heißen Nadeln gleich, sengen die Stiche die Haut. Erst gegen Abend, wenn der einsetzende Wind eine kühle Brise von den Bergen schickt, wird es erträglicher. Dann öffnen die Menschen die Luken und Türen ihrer aus Lehmziegeln errichteten Hütten, atmen die frische Luft. In diesem Landstrich gibt es nur wenige größere Ansiedlungen. Freiwillig möchte hier niemand wohnen. Hier und da stößt man auf ein paar bescheidene Flecken. Die meisten Bewohner hausen in weit verstreuten Einzelgehöften, die mehr eine Notgemeinschaft als eine Gemeinde bilden.

Einer dieser Höfe wird von Ḫunnu bewirtschaftet. Etwa vierzig Winter hat er überstanden, der Witterung getrotzt, um seiner Familie einen bescheidenen Lebensunterhalt zu bieten. Ḫunnu hat sich draußen im Hof im Schneidersitz an der kleinen Feuerstelle niedergelassen, die im Windschatten der Hofmauer und der niedrigen Lehmhütte in den Boden eingegraben ist. Lustlos rührt er mit

---

[3] Ḫanigalbat war ein antiker Staat zwischen Euphrat und Tigris im heutigen Nord-Syrien.

[4] Der Monat Ša-šarrāte entspricht dem Monat Juli in der modernen Zeitrechnung; s. Stefan Jakob, Rezension zu Helmut Freydank und Barbara Feller, Mittelassyrische Rechtsurkunden und Verwaltungstexte IX. Orientalische Literaturzeitung (OLZ) 110 (3) 2015, Seite 205 – 216.

[5] Das heutige Tell Amuda in Nordost-Syrien, nahe der türkisch-syrischen Grenze.

einem Holzlöffel die dünne Suppe um, die in einem tönernen Topf über der Herdstelle köchelt.

»Jeden Tag das gleiche Essen!«, nörgelt sein halbwüchsiger Sohn, der sich zu ihm gesellt hat. »Ich wünschte, Mutter wäre hier. Dann gäbe es endlich einmal wieder etwas Richtiges zu essen!«

Ḫunnu seufzt: »Ach, Senni, an dem Tag, als deine Mutter starb, waren die Götter nicht mit uns. Leider kann ich nicht besser kochen. Hier, nehmt und esst!« Der Vater nimmt den dampfenden Kochtopf vom Feuer und stellt ihn auf die blanke Erde. Anschließend reißt er ein Fladenbrot in etwa drei gleichgroße Stücke. Einen Teil erhält der zehnjährige Senni, ein zweites reicht er seinem jüngsten Sohn. Auch wenn die Suppe dünn ist, und nur ein paar Zwiebeln im Sud schwimmen, machen sich die Kinder mit Heißhunger über die Brühe her. Wortlos löffeln die drei den Topf bis zum Grund aus. Nachdem sie mit dem Fladenbrot die letzten Tropfen ihres kärglichen Mahls aus dem Gefäß getunkt haben, wendet sich Senni an seinen Vater:

»Du warst heute fast den ganzen Tag in Kulišḫinaš. Was gibt es Neues in der Stadt? Was erzählt man sich auf dem Markt?« Ḫunnu greift sich an den Bart und schaut seinen Sohn mit ernster Miene an:

»Ein Kaufmann, der mit seinen Kamelen über die östliche Handelsstraße gekommen ist, berichtete, dass die Assyrer die Grenze überschritten haben. Angeblich sollen sie von Süden her in unser Heimatland Ḫanigalbat einmarschiert sein.«

Senni blickt seinen Vater fragend an: »Kämpfen wir nun gegen die Assyrer? Gibt es Krieg?«

Ḫunnu beruhigt ihn: »Keine Angst, mein Kind, wir sind Hurriter. Das Kämpfen übernehmen die Mitanni, unsere edlen Herren aus der Oberschicht. Einer auf dem Markt will gesehen haben, dass Hunderte von Marijanni auf dem Weg zur Grenze sind.«

Der Jüngling wird hellhörig: »Wer sind diese Marijanni?«

Ḫunnu lächelt seinen Sohn an: »Hatte ganz vergessen, dass du noch nie in deinem Leben einen Marijannu zu Gesicht bekommen hast. Die Marijanni sind gefürchtete Krieger. Die besten Kämpfer der Mitanni«, erklärt der Alte, »sie stehen immer zu zweit auf einem Streitwagen. Einer lenkt die Pferde in rasender Geschwindigkeit auf die Feinde zu. Der andere schießt mit Pfeil und Bogen auf die Gegner. Bevor diese einen Gegenangriff starten können, sind die Marijanni schon wieder außer Reichweite. Nach jedem Angriff sammeln sie sich und starten die nächste Attacke.«

Senni zieht die Augenbrauen nach oben: »Und warum verfolgen die Feinde diese Marijanni nicht?«

Abb. 3: Assyrische Götterprozession

Ḫunnu muss schon wieder lachen: »Mein Sohn, weil die Feinde meist nur Fußsoldaten besitzen. Die Assyrer haben keine guten Streitwagen! Zumindest berichten das die Kaufleute, die schon einmal in Assur, der Hauptstadt der Assyrer waren. Meine Freunde haben mir erzählt, dass die assyrischen Kampfwagen so schwerfällig wie Fuhrwerke seien, die wir zum Transportieren von Lasten benutzen. Aber sie besäßen prächtig geschmückte Prozessionswagen, auf denen sie ihre Götter durch die Straßen fahren. Ein seltsames Volk, diese Assyrer! Ihr höchster Gott heißt Aššur. Nach ihm haben sie alles benannt: Ihr Land, ihre Hauptstadt und sich selbst benennen sie nach ihrem Hauptgott![6] An hohen Festtag tragen sie ihren Weltenlenker aus dem Tempel und stellen ihn auf einen Wagen, der aussieht wie ein Schiff. Dann schaukeln sie ihn durch die Gassen, wo ihm die Menschenmengen zujubeln. Stell dir das einmal vor!«

Senni und sein Brüderchen kugeln sich vor Lachen. Nein, vor Feinden, die ihre Götter aus den Tempeln holen, brauchen sie sich wahrhaftig nicht zu fürchten, da sind sich die Kinder nun ganz sicher.

»Aber Vater, unsere Mutter war doch eine Assyrerin. Und sie war ganz normal!« Senni blickt den Vater fragend an.

»Das ist wohl wahr. Eure Mutter war eine gebürtige Assyrerin, aber sie hat von ihrer alten Heimat nicht sehr viel mitbekommen. Ihre Eltern haben sich schon kurz nach ihrer Geburt in unserer Nachbarschaft als Händler niedergelassen. Eure Mutter ist also hier bei uns auf dem Lande aufgewachsen. Die Verrücktheiten der Assyrer in den großen Städten hat sie zeit ihres Lebens nicht miterlebt.«

Durch die Schilderungen seines Vaters ist Sennis Neugier erst richtig geweckt: »Welche Völker gibt es noch in unserer Nachbarschaft? Und wie groß ist unser Land Ḫanigalbat eigentlich?«, erkundigt er sich.

»Ziemlich groß, mein Sohn«, antwortet Ḫunnu. »Weit im Westen reicht es bis zum Fluss Purattu[7]. Man soll von hier aus fast zehn Tage benötigen, um dorthin zu gelangen. Wenn man diesen Fluss überquert, gelangt man in das Herrschaftsgebiet der Ägypter. Ihren König nennen sie Pharao und glauben, dass er ein Gott sei.«

Die Kinder kommen aus dem Staunen nicht mehr heraus. »Was? Die Ägypter halten ihren König für einen Gott?«

Ḫunnu bemerkt das Leuchten in den Augen seines Ältesten, der an seinen Lippen hängt: »Erzähle weiter, Vater, welche Völker gibt es noch?« Senni kann es

---

[6] Im Folgenden wird zwischen der Stadt ›Assur‹ und dem Gott ›Aššur‹ (ausgesprochen: Asch-schur) unterschieden. Das Reich der Assyrer, das sie selbst *māt* ^d*Aššur · Land des Gottes* Aššur - nannten, wird im Text als ›Assyrien‹ bezeichnet. Zur Aussprache der Namen s. auch Kap. 46.

[7] Der Euphrat.

kaum erwarten, noch mehr über die Welt zu erfahren, die so weit von ihnen entfernt liegt.

Sein Vater nimmt ein Schluck Wasser aus einer Tonschale und setzt seinen Bericht fort: »Im Norden bilden die Kašiari-Berge[8] die Grenze. Bei klarer Sicht kannst du von unserem Haus aus den Gebirgszug weit hinten am Horizont erkennen. Dahinter liegt das Land der Hethiter, einem Bergvolk, deren Sprache wie das Grunzen von Schweinen klingt. Kaum jemand kann deren Kauderwelsch verstehen.«

Die Kinder sind nicht mehr zu halten. Außer Rand und Band kriechen sie auf allen vieren auf dem Boden herum und ahmen das Grunzen von Schweinen nach. »Reden die Hethiter etwa so?«

Ḫunnu grinst: »Ja, so ähnlich muss ihre Sprache klingen. Das behaupten auf jeden Fall hurritische Kaufleute, die mit Hethitern Handel betreiben.«

Sennis Wissbegier kennt keine Grenzen: »Welches Volk lebt flussabwärts?«, bohrt er nach.

»Die Babylonier, mein Junge. Sehr gebildete Menschen mit Tempeln, die in den Himmel ragen. Ihr König ist einer der mächtigsten Männer der Welt, aber er soll sich die Augen und die Lippen schminken.«

Senni schüttelt ungläubig den Kopf: »Ein König, der sich wie eine Frau schminkt? Vater, erzählst du uns nun Märchen?«

Ḫunnu antwortet amüsiert: »Nein, Senni, das hat der fahrende Händler versichert, der letztes Jahr hier vorübergezogen ist. Der erzählte auch, dass sich der ägyptische Pharao ebenfalls Farbe auf Augen und Mund aufträgt.«

Die beiden Jungen stehen mit offenen Mündern vor ihrem Vater. Kaum zu glauben, was sie da hören. Senni erinnert sich dunkel daran, dass ihre Mutter sich einmal ihre Augen mit schwarzer Paste und die Lippen mit irgendetwas Rotem angemalt hatte, als sie zur Hochzeit auf dem Nachbargehöft eingeladen waren. Mutter sah damals fantastisch aus. Wie er fand, war seine Mutter die Schönste aller Frauen. Auch viel schöner als die Braut, die er allerdings nur kurz gesehen hatte. Zudem war die Heiratskandidatin von Kopf bis Fuß verschleiert. Nur ihre Augen konnte er für einen Moment lang sehen. Auf diesem Fest hatte

---

8   Der Tur-Abdin, ein Gebirgszug in Nordost-Syrien an der syrisch-türkischen Grenze.

er so viele Frauen kennengelernt wie noch nie zuvor in seinem Leben. Und die meisten hatten sich zurechtgemacht. Aber Männer, die sich schminken? So etwas hatte er noch nie gehört. Kein Hurriter würde das tun. Welcher Mann wollte schon aussehen wie ein Weib?

»Vater, hast du schon einmal einen geschminkten Babylonier gesehen?«

Ḫunnu schüttelt sich vor Lachen: »Senni, das nächste Mal kommst du mit in die Stadt. Dann kannst du im Basar selbst nach einem geschminkten Babylonier Ausschau halten.«

Der Junge lächelt höchst zufrieden: »Du hast uns nun von vielen Völkern erzählt. Von den Ägyptern im Westen, die ihren König als Gott verehren, den grunzenden Hethitern im Norden, den geschminkten Babyloniern im Süden. Wo genau wohnen die Assyrer, die ihren Gott auf einem Wagen durch die Straßen karren?«

Ḫunnu streicht sich erneut über den Bart, bevor er antwortet: »Im Osten endet unser Land Ḫanigalbat am Flusslauf des Idiglat[9]. Das jenseitige Ufer gehört schon zum Herrschaftsgebiet der Assyrer. Ein Kaufmann hat mir einmal den Weg nach Assur, der Hauptstadt der Assyrer, beschrieben. Von Kulišḫinaš aus sei man mit einem Fuhrwerk ungefähr vier bis fünf Tage unterwegs, bis man die Grenze Assyriens erreicht. Man müsse der nördlichen Karawanenstraße Richtung Südosten folgen, dann käme man geradewegs dorthin. Wo unser Land im Osten genau endet, vermag ich nicht zu sagen. Wer weiß das schon?«

Sennis Augen werden immer größer: »Nach deiner Beschreibung scheint Ḫanigalbat ganz schön groß zu sein«, bemerkt er erstaunt.

»Das kann man wohl sagen,« bestätigt sein Vater, »aber hinter all diesen Grenzen lauern die mächtigen Feinde, die ich aufgezählt habe. Aber bislang haben die Mitanni, unsere Herren, alle Angriffe erfolgreich abgewehrt. Sollten sie einmal Schwäche zeigen, dann werden die anderen Völker wie Schakale über uns herfallen, denn unser Land ist reich.«

Senni starrt ihn etwas ungläubig an: »Aber Vater, wir sind doch gar nicht reich«, wendet der Junge ein.

---

[9] Der Tigris.

Ḫunnu winkt ab: »Du hast recht, mein Junge, wir selbst sind arm. Aber die Mitanni, die sich hier als Oberherren aufspielen, sind wohlhabend, weil sie uns Hurriter seit Jahrhunderten auspressen. Nachdem sie vor vielen Jahren in unser Land eingedrungen sind, haben sie die besten Ländereien für sich vorbehalten, um dort ihre Pferde zu züchten. Uns Einheimischen haben sie nur die kargen Landstriche überlassen. Wenn wir Hurriter nur stark genug wären, dann würden wir das Joch der Mitanni abwerfen. Wenn man den Händlern auf den Basaren glauben darf, scheint die Macht der Mitanni langsam zu bröckeln.«

Welche Neuigkeiten! Senni muss mehr wissen und hakt nach: »Wegen des Einmarschs der Assyrer?«

Sein Vater zuckt mit den Schultern: »Ich vermute es, aber niemand traut es laut auszusprechen. Hinter vorgehaltener Hand munkelt man, dass die Assyrer auf dem Vormarsch nach Westen seien. Aber etwas Genaues kann keiner sagen.«

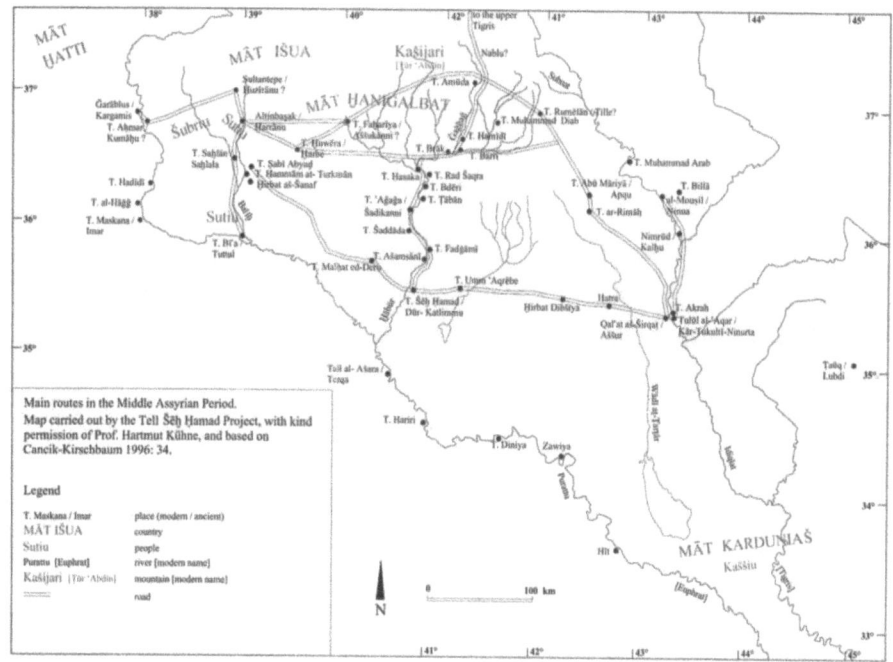

Abb. 4: Assyrische Handelsrouten

Ḫunnu erhebt sich und klatscht in die Hände: »Kinder, Zeit zu schlafen! Marsch ins Haus!« Er löscht das Herdfeuer und folgt den Kindern ins Innere der strohbedeckten Hütte, die aus einem einzigen, langrechteckigen Raum besteht. In einer Ecke streut Ḫunnu ein wenig Stroh auf den Boden und breitet eine verschlissene Decke darüber. »Leider kann ich euch keine bessere Bettstatt mehr bieten. Ich musste heute alle Tücher und auch die mit Schafswolle gefüllten Decken auf dem Markt verkaufen. Wir müssen nun mit diesem unbequemen Lager vorliebnehmen.«

Die beiden Kinder legen sich nieder. Ḫunnu streichelt seinen Söhnen liebevoll über die Köpfe, bevor sie alle nebeneinander einschlummern.

Senni schläft sehr unruhig in dieser Nacht. Im Traum erscheint ihm ein Hethiter, der ihn wie ein Schwein angrunzt. Neben ihm sitzt der ägyptische Pharao auf einem goldenen Thron und befiehlt Senni, ihn als Gott anzubeten. Ein Babylonier kommt hinzu und fordert ihn auf, sich zu schminken. Zu guter Letzt kommt ein wild aussehender Assyrer auf ihn zugerannt, der drohend eine Keule über dem Kopf schwingt. Plötzlich nähert sich Hufgetrappel. Alle stieben schreiend auseinander. Ein Mitanni, da kommt ein Mitanni auf einem Streitwagen! Flieht! Flieht! In rasendem Tempo jagt der Streitwagen auf Senni zu. Er kann seine Beine nicht bewegen und bleibt wie angewurzelt stehen. Gerade als die schnaubenden Pferde ihn zu zermalmen drohen, bremst der Wagenlenker ab und bleibt vor Senni stehen.

»Bist du Mitanni oder Hurriter?«, fragt er den Jungen.

»Hurriter,« gibt dieser zur Antwort, »ich bin ein Hurriter!« Senni erwacht schweißgebadet aus seinem Traum.

4. Der Schuldknecht

Senni lehnt an der halbverfallenen Umfassungsmauer des väterlichen Gehöfts. Sein Blick schweift in die Ferne über die verdörrten Stoppeln eines abgeernteten Getreidefelds. Der heiße Wind biegt die Halme sanft zur Seite, die die Schnitter am Rande des Feldes übersehen haben. Von Weitem nähert sich der Hufschlag von Pferden. Neugierig steckt der Junge den Kopf zum Hoftor heraus und späht den Weg hinunter. Das Hufgetrappel kommt stetig näher aus Richtung der Kleinstadt Kulišḫinaš, die nur eine Doppelstunde von hier entfernt liegt. Er kann nicht genau ausmachen, um wie viele Tiere es sich handelt. Es müssen aber mindestens zwei Pferde sein, so viel steht fest. Jetzt müssen die Gäule in Rufweite sein, aber es ist noch immer nichts Genaues zu erkennen, da die herannahenden Tiere in eine riesige Staubwolke gehüllt sind. Erst im letzten Augenblick macht der Junge ein Gespann aus, das von zwei Pferden gezogen wird. Der Wagenlenker scheint nicht daran zu denken, den Lauf der Tiere zu bremsen, sondern biegt in rasender Fahrt vom Hauptweg ab und kommt direkt auf das Tor zu. Der Junge muss einen Sprung zur Seite machen, um von dem vorbeipreschenden Streitwagen nicht mitgerissen zu werden. In vollem Galopp hält der Wagen auf das Haus seines Vaters zu und kommt erst dicht vor dem Eingang zum Stehen. Der Wagenlenker, ein hochgewachsener Mann mit leichtem Bartwuchs, trägt einen hohen Bronzehelm auf dem Kopf.

Mit einem Riesensatz springt er von seinem Gefährt, ohne die Zügel der Pferde fallen zu lassen. Misstrauisch schaut er sich nach allen Seiten um. Als er niemanden außer den Jungen erblickt, winkt er diesen herbei. Der Knabe zögert einen Augenblick, was den Wagenlenker in Wallung bringt:

»Ist Ḫunnu zu Hause?«, schreit der Mann dem Halbwüchsigen unwirsch entgegen.

Der Junge schrickt zusammen. Die Stimme des Wagenlenkers klingt ungewöhnlich tief und laut.

»Ich habe dich etwas gefragt, oder soll ich deinen Mund mit der Peitsche öffnen?«

Der Mann umklammert bei diesen Worten den bronzebeschlagenen Griff seiner Reitpeitsche, die an seinem Gürtel hängt, so als ob er sie gleich gebrauchen möchte. Die Knoten der langen Lederriemen tänzeln bei seinen Worten über dem Boden, als ob sie augenblicklich den Befehl ihres Herrn ausführen möchten. Nach dieser Drohung setzt der Knabe seine Füße zwar etwas schneller voreinander, aber laufen? Nein, jetzt erst recht nicht, sagt er zu sich selbst.

Beim Näherkommen musterte er den Fremden etwas genauer. Der Mann trägt einen schwarzen Schurzrock, der über den Knien in einem bunt bestickten Saum endet. Quer über den Oberkörper hat er nach hurritischer Sitte einen Umhang geschwungen, dessen Ränder so bunt sind wie die Federn der Singvögel, die gerade von den Bäumen zwitschern: Das Schalgewand vornehmer Herren! Sein blank polierter Bronzehelm, der am unteren Rand durch ein silberfarbenes Metallband verstärkt ist, glänzt in der Mittagssonne.

Abb. 5: Siegelabrollung: In der Mitte ein Mann mit hohem Helm im hurritischen Schalgewand

Noch bevor der Junge antworten kann, biegt ein älterer Mann in einem ziemlich verschlissenen Gewand um die Ecke des Hauses und bleibt sichtlich erschrocken stehen.

»Da bist du ja, Ḫunnu! Du hast wohl nicht geglaubt, dass ich persönlich bei dir vorbeikomme.« Die Augen des Wagenlenkers funkeln gefährlich, als er ein paar Schritte auf den Alten zugeht. »Rein ins Haus, ich habe mit dir zu reden!« Mit der flachen Hand gibt er Ḫunnu einen so derben Schlag auf den Rücken, dass dieser durch die Tür ins Innere stolpert. Bevor der Fremde ihm folgt, wendet er sich noch einmal dem Jungen zu: »Gib den Gäulen Wasser, du hurritischer Balg! Wehe du versorgst meine Lieblinge schlecht!« Bei diesen Worten klopft er mit der Hand auf den Griff seiner Reitpeitsche und drückt dem Jüngling die Zügel in die Hände.

»Wenn ich die Pferde getränkt und gefüttert habe, soll ich ihnen dann auch die Hufe balsamieren?«, erkundigt sich der Knabe keck.

Verblüfft bleibt der Wagenlenker in der Türe stehen und betrachtet den Jungen von oben bis unten: »Verstehst du etwas von Pferden, du Knirps?«

Der Kleine antwortet selbstbewusst: »Natürlich! Vater hat mir alles beigebracht, was man über Pferde wissen muss. Schließlich ist er der beste Pferdezüchter weit und breit! Die Hufe deiner Pferde, vor allem aber die Vorderfessel des Rappen benötigen dringend eine Behandlung, sonst beginnt er schon bald zu lahmen.«

Der Wagenlenker zieht die Augenbrauen nach oben: »Nachher, wenn ich mit deinem Vater fertig bin, werde ich deine Arbeit genauestens in Augenschein nehmen. Dann werden wir sehen, was er dich gelehrt hat.«

Der Fremde verschwindet im Haus und zieht die Türe so fest hinter sich zu, dass sie krachend gegen die hölzerne Laibung prallt.

Während der Junge sich an die Versorgung der Pferde macht, gesellt sich sein jüngerer Bruder zu ihm:

»Wer ist der Fremde, Šenni?«, will der Kleine von dem Älteren wissen.

»Keine Ahnung. Habe den Mann noch nie im Leben gesehen«, gibt der Junge mürrisch zur Antwort, »und nenne mich nicht immer ›Šenni‹. Schon gar nicht vor fremden Leuten! ›Šenni‹ nennen mich nur die Mitanni. Wir sind Hurriter und in unserer Sprache wird mein Name ›Senni‹ ausgesprochen. Merke dir das ein für alle Mal!«

Der Kleine blickt ihn fragend an: »Aber du bist doch mein Šenni, mein Bruder. Alle nennen dich so. Sogar unsere Mutter hat dich so gerufen!«

Dem Älteren wird es zu bunt: »Halt die Klappe, du Zwerg. Hilf mir lieber, die Pferde des Fremden zu versorgen! Lauf hinüber zur Scheune und bring den Krug mit Vaters Pferdesalbe.«

Der Kleine entfernt sich, lustig vor sich hin pfeifend, in Richtung eines baufälligen Anbaus, dessen zerzaustes Strohdach fast bis zum Boden herabhängt.

Endlich alleine, beginnt Senni über die Ankunft des fremden Rüpels nachzugrübeln. Der Kerl spricht zwar die gleiche Sprache wie er und sein Vater, aber ein Hurriter ist er nicht, da ist Senni sich ganz sicher. Der Mann betont manche Silben völlig anders als sie. Auch das ›s‹ spricht er zuweilen wie ein ›sch‹ aus. Dadurch klingt seine Aussprache nicht wie die ihrige, sondern eher wie die eines Ausländers – irgendwie fremdartig. Hierher, auf das kleine Gehöft vor den Toren der Kleinstadt Kulišḫinaš, verirren sich nur hier und da ein paar fahrende Händler, die mit ihren quietschenden Karren über Land ziehen, um ihre Waren feilzubieten. Im letzten Jahr war ein kassitischer Kaufmann aus Babylonien unter ihnen, der Hurritisch mit einem besonderen Akzent sprach. Der Junge erinnert sich noch, wie er und sein Bruder die falschen Ausdrücke des Händlers nachgeäfft haben, bis sie ihr Vater zur Ordnung rief. Sie sollten sich nicht über Fremde lustig machen, die sich Mühe geben, mit ihnen in ihrer Muttersprache zu reden, hatte er sie ermahnt. Der Wagenlenker beherrscht ihre Sprache auf jeden Fall wesentlich besser als die ausländischen Händler. Vielleicht ist der Fremde einer von diesen Hochgeborenen, von denen sein Vater ihnen gerade noch gestern Abend erzählt hat. Könnte dieser Kerl sogar ein vornehmer Mitanni sein, deren Vorfahren vor vielen hundert Jahren in ihr Land eingefallen sind? Wie oft hatte sein Vater ihm vom heldenhaften Kampf der Hurriter, ihrer Ahnen, gegen die fremden Eindringlinge aus dem Norden berichtet. Aber sie hätten keine Chance gegen die Mitanni gehabt, die damals eine Wunderwaffe zum Einsatz gebracht hätten: Zweirädrige Kampfwagen, die kaum Gewicht besäßen. Man könne ein solches Gefährt mit einer Hand anheben. Und im Kampf seien sie unschlagbar, weil sie pfeilschnell heranjagen. Und nun steht so ein Wunderwagen auf ihrem Hof. Vielleicht ist dieser Mann sogar ein Marijannu. Vaters gestrige Beschreibung würde auf ihn passen! Je länger er darüber nachdenkt, umso plausibler scheint ihm diese Erklärung: Der fremde Wagenlenker muss ein Marijannu, einer dieser gefürchteten Garde-Krieger der Mitanni sein!

Abb. 6: Neuassyrisches Relief mit der Darstellung eines Streitwagens

Mit großen Augen streicht der Junge um den Streitwagen, um jede Einzelheit zu bestaunen. So ein Gefährt hat er noch nie in seinem Leben gesehen. Was für Räder! Sie sind dünn und besitzen sechs Speichen. Ganz anders als diejenigen, die er von den Karren vorbeiziehender Händler kennt. Diese werden von massiven Holzscheiben getragen, die bei jeder Umdrehung quietschen, dass einem die Ohren sausen. Vorsichtig inspiziert er den Wagenkasten und setzt dabei seinen rechten Fuß auf den Wagenboden. Dieser besteht zu seiner Überraschung nicht aus Holzplanken, sondern aus eng miteinander verflochtenen Lederstreifen. Sich mit beiden daraufzustellen wagt er nicht. Der Fremde würde ihn mit Sicherheit züchtigen, wenn er ihn erwischen würde. Als er sich ein wenig vom Boden abdrückt, gibt der Wagenboden unter seinem Gewicht nach, federt leicht nach unten, um im nächsten Augenblick wieder nach oben zu schnellen. Der Junge pfeift anerkennend durch die Zähne, um sich gleich darauf noch einmal abzudrücken. Nun aber etwas fester. Der Wagen senkt sich wiederum ein wenig und kehrt wie von Zauberhand in seine Ausgangsposition zurück. Nun verliert der Junge jegliche Hemmungen und wippt auf der Plattform des Wagens mit beiden Beinen hoch und runter. Ein herrliches Spielzeug dieses Gefährt! Dann fällt sein Blick nach vorne auf den halbrunden Wagenkasten. Auf der Innenseite hängt ein Köcher an ledernen Riemen, in dem zahlreiche Pfeile stecken. Daneben ein prächtiger Bogen in einer Halterung, die eigens dafür konstruiert wurde. Wie gerne hätte er diese Waffe einmal ausprobiert, aber er wagt es nicht, sie anzufassen. Und diese Pferde! Beide von erlesener Schönheit! Der Junge springt vom Wagen, geht langsam auf die Tiere zu. Als die Pferde zu scheuen beginnen, spricht er mit leiser Stimme auf sie ein und tätschelt ihre Hälse. Nur einen Moment später beruhigen sie sich, schnauben noch einmal durch ihre geblähten Nüstern und lassen sich an den Zügeln zum Wassertrog führen, der unter dem geöffneten Fenster des Hauses steht.

Von drinnen dringen Gesprächsfetzen nach draußen. Deutlich hört der Junge die flehende Stimme seines Vaters, während der Fremde mit lauter Stimme lospoltert. Der ungebührliche Ton, den der Wagenlenker gegenüber seinem Vater anschlägt, passt zu der Beschreibung, die ihm sein alter Herr gegeben hat: Die Mitanni würden sich als Herrenmenschen gebaren und sie, die Hurriter, als Menschen zweiter Klasse behandeln. Aber eines müsse man neidlos anerkennen, hatte sein Vater gesagt: Es gäbe auf der Welt keine besseren Pferdeausbilder als diese Mitanni. Was haben die beiden bloß so Wichtiges miteinander zu bereden, dass dieser vornehme Wagenlenker persönlich zu ihnen nach Hause kommt, fragt sich der Junge. Vater hat nicht erwähnt, dass er einen Gast erwartet. Und wie respektlos sich der Fremde seinem Familienoberhaupt gegenüber benimmt! Er muss unbedingt herausfinden, was im Haus vor sich geht, ohne dass die beiden Erwachsenen etwas bemerken. Sein Vater würde ihm nie verzeihen, wenn er ihr Gespräch belauscht. Der Junge fasst einen Entschluss: Er wird die Hufpflege vor dem geöffneten Fenster ausführen. Bestimmt kann er dann das ein oder andere Wort ›zufällig‹ aufschnappen – das wäre ja kein bewusstes Lauschen, beruhigt er sich selbst. Vorsichtig zieht er die Pferde samt Gespann in Richtung der Fensteröffnung und streut den Tieren etwas Hafer auf den Boden. Während die Pferde sich über das Futter hermachen, kniet er sich vor den Wasserbottich und beginnt die Hufe hinauf bis zu den Fesseln mit Wasser abzuwaschen. Als sein jüngerer Bruder mit dem Tonkrug zurückkehrt, entfernt er behutsam das Tuch über der Öffnung des bauchigen Gefäßes, immer darauf bedacht, dass die darin enthaltene, zähflüssige Paste nicht verschmutzt wird. Schließlich hat sein Vater die Salbe nach einer speziellen Rezeptur hergestellt. Die Ingredienzen, die in tagelanger Arbeit mit Lorbeersaft und Sesamöl vermengt werden, kennen nur sein Vater und er. Das Zeug hilft Pferden bei allen möglichen Verletzungen, kann aber auch auf die Hufe aufgetragen werden, um diese vor Austrocknung bei einem Ritt im heißen Wüstensand zu schützen. Nachdem er seine Finger in die Paste getaucht hat, beginnt er den Tieren die Vorderhufe einzufetten. Die Konzentration des Knaben ist aber dabei nicht so sehr auf seine Tätigkeit ausgerichtet, vielmehr versucht er, Gesprächsfetzen im Haus zu erhaschen. Je länger er vor dem Fenster kauert und hineinlauscht, umso mehr beginnt er, den Inhalt der Unterhaltung zwischen seinem Vater und dem Fremden zu verstehen.

»Herr, ich kann dir die Schulden im nächsten Jahr zurückzahlen, bestimmt. Bitte, gib mir noch ein Jahr Zeit«, hört er seinen Vater flehen.

»Nichts da, Ḫunnu, um Aufschub hast du mich schon im letzten Jahr gebeten. Nun ist Schluss! Wenn du mir das Silber, das ich dir geliehen habe, nicht augenblicklich mit den vereinbarten Zinsen zurückzahlen kannst, dann musst du den Weg in die Schuldknechtschaft antreten, so will es das Gesetz.« Die dunkle Stimme des Wagenlenkers schallt unerbittlich durch das Haus.

»Herr, das Unglück ist über mich und meine Familie hereingebrochen. Erst ist meine Frau verstorben und hat mich mit zwei kleinen Kindern zurückgelassen. Zu allem Elend ist nun auch noch die Stute bei der Geburt ihres Fohlens verendet. Vom Erlös dieser Tiere wollte ich meine Schulden begleichen. Mir sind nur noch meine beiden Söhne und der Zuchthengst draußen auf der Koppel geblieben. Wenn ich euch in die Schuldknechtschaft folge, wer soll sich dann um meine Kinder kümmern?«

Die Stimme des Fremden wird immer lauter: »Das ist alleine deine Angelegenheit. Ich will mein Silber zurück oder du kommst mit mir auf mein Gestüt und arbeitest dort so lange als Knecht, bis die Schuld getilgt ist. Hast du mich verstanden? Schließlich hast du diesem Vertrag unter Zeugen zugestimmt!«

Nun wagt es der Junge, einen Blick durch das Fenster zu werfen. Er sieht seinen Vater mit zitternden Händen vor dem Wagenlenker stehen, der ihm eine Tontafel unter die Nase hält.

»Schau her, Ḫunnu, dieser Vertrag, den ich hier in den Händen halte, ist mit deinem Rollsiegel gezeichnet. Die Rückzahlung der Summe sollte nach einem Jahr erfolgen. Ich warte nun aber schon seit zwei Jahren auf mein Silber.«

Senni hört seinen Vater betteln: »Herr, ich bitte dich nur noch um sechs weitere Monate Aufschub, dann habe ich das Silber erwirtschaftet und zahle alles zurück.«

Die barsche Stimme erwidert: »Nichts da, du elender Hurriter, meinst du, ich habe die weite Reise aus der Hauptstadt Waššukanni[10] bis hierher zum Spaß gemacht? Seit vier Tagen bin ich unterwegs und treibe von meinen säumigen Schuldnern die Rückzahlungen ein. Du bist der Vorletzte auf meiner Liste. Glaubst du, du könntest einen Mitanni betrügen? Ausgerechnet du, ein Hurriter? Her mit dem Silber oder dein Schicksal ist von nun an die Schuldknechtschaft auf meinem Landgut!«

Ḫunnu sucht verzweifelt nach einem Ausweg und blickt hilfesuchend um sich. Wutschnaubend packt ihn der Wagenlenker am Arm und zerrt ihn hinaus vor die Tür, wo er ihn vor den Augen seiner Kinder zu Boden stößt.

»Einen schönen Vater habt ihr. Ein Dieb und Betrüger ist er. Ich werde ihn nun mit zu meinem Gehöft mitnehmen. Dort kann er so lange als Sklave arbeiten, bis seine Schuld getilgt ist. Es sei denn, einer von euch tritt an eures Vaters Stelle.«

Der jüngste der beiden Brüder beginnt zu weinen: »Vater, was will der fremde Mann von dir? Warum will er dich mitnehmen?«

Senni legt seinem Brüderchen tröstend die Hand auf die Schulter. Innerlich bebt er vor Wut, doch was kann ein Halbwüchsiger gegen solch einen Hünen wie den Wagenlenker ausrichten? Trotzdem fasst er all seinen Mut zusammen und tritt breitbeinig vor den Fremden:

---

[10] Tell Fecherije in Nordost-Syrien. Ehemalige Hauptstadt des Mitanni-Reichs.

»Lass ab von meinem Vater! Ich werde seinen Platz einnehmen. Nimm mich mit und lass ihn hier in unserem Haus. Ich bin jünger als er und kann kräftig zupacken. Außerdem kann ich deine Pferde genauso gut versorgen wie er. Schau her!« Voller Stolz weist er auf die Hufe der beiden Pferde, die nach der Behandlung mit der ölhaltigen Paste in der Sonne glänzen.

Verdutzt lässt der Mitanni von dem Alten ab und inspiziert eingehend die Läufe seiner Pferde. »Nicht übel, Kleiner, du scheinst in der Tat ein brauchbarer Pferdeknecht zu sein. Ich nehme dein Angebot an. Du folgst mir zu meinem Gestüt in der Nähe der Hauptstadt Waššukanni. Pack dein Bündel und steig in den Wagen!«

Als Ḫunnu dies hört, springt er auf die Beine und stellt sich schützend vor seinen Sohn: »Herr, lass mir meinen Sohn - ich bitte dich, nimm mir nicht meinen Senni! Er ist doch erst zehn Jahre alt.«

Der Wagenlenker bricht in schallendes Gelächter aus und verpasst dem zeternden Vater einen so kräftigen Fußtritt, dass dieser erneut im Staub landet.

»Vater, lass gut sein!«, beschwichtigt sein Ältester, als er ihm auf die Beine hilft, »bleibe du hier und versorge mein Brüderchen. Er braucht dich mehr als mich.«

Viel gibt es nicht, was Senni mitnehmen könnte. Fast alles, was er besitzt, trägt er am Leib. Er hat eigentlich nur noch ein zweites Gewand, aus dem er fast schon herausgewachsen ist und ein kleines Fläschchen aus Ton, sein wertvollster Besitz. Vor Tagen hat er zum ersten Mal nach Vaters Geheimrezeptur die Pferdesalbe hergestellt und in das Gefäß abgefüllt. Das tönerne Behältnis wickelt er nun in das alte Gewand und verschnürt das Bündel mit Lederriemen. Als er zur Tür hinaustritt, umarmt Senni noch einmal seinen Vater, dem die Tränen die Wangen herunterrinnen. Seinem Brüderchen drückt er zum Abschied einen Kuss auf die Stirn und klettert zu dem wartenden Mitanni in den Wagenkasten. Der schreit dem um Fassung ringenden Vater entgegen:

»Deine Schuld ist hiermit getilgt, Ḫunnu. Ich werde deinen Ältesten zum besten Pferdeknecht der Region ausbilden, darauf kannst du dich verlassen!«

Ḫunnu fällt auf die Knie und fleht inständig, ihm den Sohn zu belassen. Er bietet ihm sogar seinen Zuchthengst an. Vergebens.

»Pferde habe ich genug! Und wesentlich edlere Tiere als deine hurritische Mähre!«

Im nächsten Moment schwingt der Wagenlenker seine Peitsche mit lautem Knall über die Köpfe der Pferde. Nach einem kurzem Ruck fallen die beiden Gäule in Galopp und fegen mit dem Streitwagen im Schlepptau zum Tor hinaus. Senni klammert sich mit allen Kräften am Rand des Wagenkastens fest und wirft noch einmal einen wehmütigen Blick zurück. Er sieht noch, wie sein Vater mit dem Brüderchen an der Hand ein Stück hinter ihnen herläuft. Dann verschwinden beide sehr schnell aus seinem Blickfeld. Ob er die beiden jemals wiedersehen wird?

5. Der assyrische Tuchhändler

Seit vier Tagen sind sie nun unterwegs. Senni steckt noch der Schock in den Gliedern, nachdem er gestern Zeuge wurde, mit welcher Brutalität der Wagenlenker einen weiteren Schuldner dazu zwang, ihm zehn Kupferbarren auszuhändigen. Er schnappte sich einfach das jüngste Mädchen der Familie, zog das junge Ding an den Haaren zum Streitwagen und drohte, das schreiende Gör auf dem Markt als Sklavin zu verkaufen. Es dauerte nicht lange und der Vater kehrte mit den Metallbarren und einem Gewand aus feinem Stoff zurück, um seine Tochter auszulösen.

»Säumigen Schuldnern musst du mit Bestimmtheit gegenübertreten«, belehrt ihn der Mitanni, nachdem sie sich wieder auf den Weg gemacht haben. »Du darfst niemals Schwäche zeigen, sonst tanzen sie dir auf der Nase herum. Merke dir das, Kleiner! Selbst der geringste Tagelöhner hat noch irgendwo Wertgegenstände versteckt. Du musst die Leute mit allen Mitteln dazu bringen, dir ihre letzten Ersparnisse auszuhändigen. Wenn du das nicht tust, wirst du niemals zu Wohlstand kommen, hast du verstanden?«

Senni nickt verlegen, kann sich aber nicht im Traum vorstellen, jemals im Leben seine Mitmenschen so zu behandeln wie dieser Mann.

Sie durchqueren Steppengebiete mit spärlichem Grasbewuchs, passieren die karge Gebirgslandschaft des Kašiari-Gebirges.[11] Die Pferde schnauben vor Anstrengung beim Anstieg auf die Hochebene. Senni prägt sich während der Reise besondere Landmarken ein, denn er glaubt fest daran, eines Tages wieder zu seinem Vater Ḫunnu zurückzukehren. Die Passstraße ist eng und nun von dichten Wäldern umsäumt. Der Wind pfeift zum Abend hin so kalt durch die Wipfel, dass der Junge befürchtet, zu erfrieren. Als es endlich bergab geht, sind seine Finger vom eisigen Fahrtwind so klamm, dass er sich kaum mehr am Wagenkasten festhalten kann. In seiner Not versucht er, sich sogar an den wärmenden Körper des Wagenlenkers anzulehnen. In dem Augenblick, in dem seine Wange das Ober-

---

[11] Das Gebirge trägt heute den Namen Tur-Abdin und liegt in Nordost-Syrien an der Grenze zur heutigen Türkei.

hemd des Wagenlenkers berührt, schreckt er zurück. Der Kerl riecht widerlich nach Schweiß und Pferd. Doch die Kälte ist schlimmer als die extreme Körperausdünstung seines neuen Herrn. Senni überwindet seine Abneigung gegen den abscheulichen Geruch und schiebt seinen Rücken näher an den Wagenlenker heran. Selbst die schwitzenden Pferde vor ihnen riechen besser als dieser Mann, davon ist der Junge überzeugt. Das unaufhörliche Hufgetrappel hämmert wie Keulenschläge auf sein Trommelfell. Nach der tagelangen Fahrt brummt es in seinem Schädel wie in einem Nest voller Wespen. Dem Mitanni scheint dies alles nichts auszumachen. Er steht wie eine Säule auf dem Wagen und treibt die Tiere an. Der Junge indes, der das lange Stehen auf dem wackligen Wagen nicht gewohnt ist, überkommt eine bleierne Müdigkeit. Langsam kriecht sie an ihm hoch, lässt seine Glieder so schwer werden, dass er sich kaum mehr auf den Beinen halten kann. Schläfrig beugt er sich über den Wagenrand, bis sein Oberkörper schlaff wie ein Mehlsack über dem Wagenkasten hängt. Als ein Wagenrad auf der holprigen Piste über einen Stein hüpft, macht das Gefährt einen so großen Satz nach oben, dass der Junge hoch in die Luft geschleudert wird. Geistesgegenwärtig packt ihn der Mitanni am Bein und zieht ihn zurück in den Wagen.

»Ausdauer muss ich dir noch beibringen. Ihr Hurriter seid verweichlicht und keine Strapazen gewohnt«, wird Senni von seinem Herrn verspottet, »wir Mitanni trotzen der Unbill jeglichen Wetters - Hauptsache, unsere Pferde lahmen nicht und die Räder unserer Streitwagen nehmen keinen Schaden! Aber sei sicher, wenn du eine Zeitlang unter mir gedient hast, wirst du so hart sein wie der Bronzeknauf meiner Peitsche.«

Nach dem Vorfall steuert der Wagenlenker die nächste Herberge an. Das Anwesen liegt unmittelbar am Wegesrand an einem abschüssigen Gebirgshang. Im Gegensatz zu den Lehmziegelhäusern in Sennis Heimat, ist das gesamte Gebäude, einschließlich der mannshohen Umfassungsmauern, vollständig aus Kalksteinen errichtet. Das Gasthaus macht einen verwahrlosten Eindruck, aber das ist dem Jungen vollkommen gleichgültig: Hauptsache ein Schlaflager und ein wärmendes Feuer! Der Mitanni befiehlt ihm, die Pferde auszuspannen. Er werde derweilen Futter für die Tiere besorgen. Nur kurz nachdem der Wagenlenker in der Taverne verschwunden ist, ertönt von drinnen lautes Geschrei. Senni hört deutlich die tiefe Stimme seines neuen Herrn aus dem Gebrüll heraus. Hurtig bindet er die beiden Rösser an und steckt neugierig seinen Kopf durch den Türspalt. Im Halbdunkel des Schankraums erkennt er, wie der hünenhafte Mitanni einen wesentlich schmächtigeren Mann mit langem Spitzbart am Kragen gepackt hält, um diesen im nächsten Augenblick in weitem Bogen von sich zu stoßen. Der Unglückselige landet mit Wucht auf dem Fußboden.

»Du assyrischer Wurm willst mich, einen Mitanni, betrügen? Ich werde dir zeigen, wer die wahren Herren dieses Landes sind!«

Der Peitschenhieb des Wagenlenkers zerfetzt mit lautem Knall die Luft, landet auf der linken Wange des am Boden Liegenden und reißt ihm einen roten Streifen quer über das Gesicht. Vor Schmerz windet sich der Geschlagene auf dem Boden und winselt um Gnade. Die anderen Gäste - Senni zählt acht an der Zahl - haben sich erhoben und stehen nun gaffend im Halbkreis um die Streithähne. Keiner wagt es, für den Unterlegenen ein gutes Wort einzulegen. Alle warten teilnahmslos ab, was der Wagenlenker im nächsten Augenblick unternehmen wird. Der beugt sich über seinen niedergestreckten Gegner und schreit ihm aus nächster Nähe ins Ohr:

»Ich habe dir meinen Preis für den Umhang genannt, aber du wolltest mich übervorteilen. Merke dir, Assyrer, in meinem Land betrügt man keinen Mitanni ungestraft!« Ein Fußtritt des Wagenlenkers trifft den Gestürzten im Gesäß.

»Merke dir meinen Namen, du Hund: Kikkuli, den Pferdekundigen, nennt man mich. Ich trage den gleichen Namen wie mein Urgroßvater, dem berühmtesten Pferdekenner der Welt! Mein Urahn wird von den Marijanni, den gefürchteten mitannischen Wagenlenkern, noch heute als Held verehrt. Und nun, Assyrer, warte ich, Kikkuli, der Nachfahre dieses gefeierten Mannes, auf dein neues Angebot für das Kleidungsstück. Bevor du dich festlegst, bedenke deine Worte wohl!«

Senni starrt wie gebannt durch den Türspalt. Eine so gewalttätige Szene hat er noch nie erlebt. Sein Vater Ḫunnu ist ein vollkommen friedfertiger Mensch, der noch nicht einmal seine Kinder züchtigt. Er wäre zu einer solchen Gewalttat nie fähig! Aber dieser Mitanni ist wie ein wilder Stier, der seine Umwelt niedertrampelt, wenn es ihm gefällt. Ich muss vor ihm auf der Hut sein, sagt Senni zu sich selbst, sonst wird meine Zukunft düster sein. Als einer der Gäste sich anschickt, die Schenke zu verlassen, schließt Senni schnell die Tür und wendet sich wieder den Pferden zu. In der Herberge hat sich der schmächtige Assyrer inzwischen hochgerappelt und stützt sich, nach Atem ringend, auf einen der Holztische. Mit seiner rechten Hand betastet er seine geschwollene Wange, bevor er antwortet:

»Kikkuli, ich habe dir den Preis für den Umhang genannt, den man bei uns in Assyrien erzielen würde: 15 Minen Silber. Ein stolzer Preis, fürwahr, aber der Warenwert für Wolle ist in Assyrien immens gestiegen. Daher sind dort Gewänder aller Art wesentlich teurer als bei euch im Mitanni-Reich. Ich bin Tuchhändler und komme gerade mit frischer Ware aus der Hafenstadt Ugarit[12] am Oberen Meer[13]. Ich habe gestern Geschäfte in eurer Hauptstadt Waššukanni gemacht und bin nun auf dem Rückweg in meine Heimatstadt Assur. Der blaue Umhang, auf den du ein Auge geworfen hast, ist ein ganz besonderes Stück: Der Mantel stammt aus Alasia[14], einer Insel weit draußen im Oberen Meer. Schau den Saum des Gewandes. Dieses Wellenmuster wirst du hier bei uns nicht finden. Niemand versteht es besser, Gewandverzierungen auf diese Art herzustellen wie die Näherinnen der Inselstadt Alasia. Fühle selbst, wie fein die Wolle ist.«

Er hält dem Wagenlenker mit ausgestreckten Armen den blauen Umhang unter die Nase und lächelt gequält, wobei der Abdruck des Peitschenriemens sein Gesicht zu einer Maske verzerrt. Kikkuli greift nach dem Stoff, betastet ihn ausgiebig und nickt befriedigt:

»In der Tat gute Qualität. Auch das Muster wird meinem neuen Sohn gefallen.«

Doch wie ein Blitz aus heiterem Himmel brüllt er den assyrischen Kaufmann erneut an, dröhnend wie ein Löwe, und droht mit der Peitsche:

»Deinen letzten Preis will ich jetzt hören, nichts anderes, Assyrer!«

Der Mann schrickt zusammen und hält schützend die Hände vor sein angeschwollenes Gesicht:

---

[12] Antike Hafenstadt an der syrischen Mittelmeerküste. Moderner Name: Ras Shamra.
[13] Das Mittelmeer.
[14] Stadtkönigreich auf der Insel Zypern.

»Herr, dir mache ich ein ganz besonderes Angebot. Du bekommst den Umhang für die Hälfte des normalen Preises: Acht Minen Silber.«

Kikkuli schnaubt vor Wut: »Sagtest du eben nicht, dass dir das Gewand in Assur fünfzehn Silberminen einbringen wird. Rechne nach Assyrer!«

Der Tuchhändler erkennt, dass weitere Verhandlungen zwecklos sind: »Kikkuli, gib mir sieben Minen, aber lass bitte die Peitsche sinken!«

Der Mitanni strahlt: »Das ist ein Wort! Ihr alle seid Zeugen unseres Handels.«

Die Umherstehenden nicken verlegen und verziehen sich wortlos an einen Tisch in einer Ecke der Spelunke. Kikkuli wendet sich um, blickt noch einmal über die Schulter, um zu prüfen, ob ihn jemand beobachtet. Erst als er sicher ist, dass keine Augen auf ihm ruhen, zieht er unter seinem Gürtel einen Lederbeutel hervor, aus dem er sich einige fingerlange Metallbarren angelt. Prüfend wiegt er die Metallstücke auf der flachen Hand. Einen Bronzebarren legt er dem Wirt auf den Tresen, direkt neben einen Tonteller mit Essensresten, über die sich bereits ein Heer von Kakerlaken hergemacht hat.

»Hey Schankwirt, hier deine Bezahlung für eine Übernachtung von zwei Personen. Futter und Unterkunft für meine beiden Pferde inbegriffen. Und vergiss nicht: Ich und mein Begleiter sind hungrig von der langen Reise. Aber komme nicht auf die Gedanken, uns solchen Fraß wie auf diesem Teller vorzusetzen, sonst lernst auch du meine Peitsche kennen.«

Der Wirt verschwindet, blass vor Schreck, hinter einem Vorhang, um in der dahinterliegenden Küche seinen Bediensteten Anweisungen zu erteilen. Feuer wird entfacht, Tontöpfe schlagen aneinander. Während das Küchenpersonal anfängt zu brutzeln und zu kochen, wendet sich der Wagenlenker dem Tuchhändler zu. Er wirft ihm einen kleinen Silberbarren auf den Tisch und sagt:

»Das müsste als Bezahlung genügen. Mein Sohn wartet bei den Pferden. Bitte ihn herein, damit wir ihn einkleiden.«

Der Kaufmann steckt den Barren in seinen Beutel und kommt ohne Widerrede dem Befehl nach. Draußen vor der Tür hat er zunächst einige Mühe, den Jungen ausfindig zu machen, da die Nacht bereits hereingebrochen ist. Endlich entdeckt er ihn in der Nähe des Gespanns und spricht ihn an:

»Bist du der Sohn des Mitanni?« Senni schrickt zunächst auf, als ihn der Tuchhändler so unvermittelt anspricht:

»Ich? Sein Sohn«, stottert Senni, »nein - aber eigentlich doch.«

Der Assyrer reagiert gereizt: »Was nun? Bist du der Sohn des Mitanni da drinnen? Du musst doch wissen, ob der Kerl dein Vater ist«.

Ohne den Jungen eines weiteren Blicks zu würdigen, zieht der Kaufmann ein Tüchlein aus einer Umhängetasche, taucht es in den Wassertrog und benetzt damit den blutunterlaufenen Striemen auf seiner Wange. Senni beugt sich zu dem Mann herüber und betrachtet die verletzte Stelle etwas eingehender:

»Ich habe etwas Besseres für dich.«

Er kramt ein wenig in seinem Bündel und zieht dann ein Fläschchen hervor. Nachdem er den Verschluss entfernt hat, taucht er seinen Zeigefinger in die Paste und streicht dem verblüfften Assyrer die Salbe auf die Wange.

»Verdammt, das brennt!«, beschwert sich der Kaufmann und zieht den Kopf zurück, »willst du mir den Rest geben?«

Senni zieht ihn wieder zu sich und tupft noch ein wenig mehr auf die lädierte Stelle:

»Nicht abwischen! Es muss in die Haut einziehen, erst dann entfaltet es seine Wirkung. Es ist eine spezielle Rezeptur meines leiblichen Vaters. Er heilt damit kranke Pferde.«

Der Tuchhändler schaut ihn mit großen Augen an.

»Du behandelst mich mit Pferdesalbe?«, entgegnet er entsetzt.

»Keine Angst, was Pferden hilft, hilft auch Menschen - das hat mein Vater immer gesagt«, erwidert der Junge in bestem Assyrisch.

»Du sprichst Assyrisch?«, wundert sich der Kaufmann, noch immer sein vor Schmerzen brennendes Gesicht reibend, »was hast du dann mit dem Mitanni in der Schenke zu schaffen, Junge?«

Senni antwortet mit niedergeschlagener Stimme: »Meine verstorbene Mutter war Assyrerin. Sie hat mir eure Sprache beigebracht. Mein Vater ist Hurriter. Er hat Schulden bei dem Mitanni. Hohe Schulden! Und er konnte diese nicht zur gegebenen Zeit zurückzahlen. Kikkuli wollte ihn in Schuldknechtschaft nehmen. Deshalb habe ich mich angeboten, an seiner statt auf dem Hof zu arbeiten, bis die Schuld getilgt ist. Aus welchem Grund auch immer scheint er auf der Reise Gefallen an mir gefunden zu haben. Vielleicht weil ich etwas von Pferden verstehe. Auf jeden Fall stellt er mich seit zwei Tagen überall als seinen Ziehsohn vor.«

Der Assyrer schüttelt ungläubig den Kopf: »Wie auch immer! Ich soll dich nach drinnen rufen, hat mir dein neuer Herr aufgetragen. Lass uns hineingehen, bevor er mich ein zweites Mal schlägt. Ich soll dich daran erinnern, seinen Bogen und den Köcher mit Pfeilen nicht zu vergessen. Übrigens: Ich heiße Labnānu - Tuchhändler aus der Stadt Ninive.«

Abb. 7: Labnānu

Als die beiden die Schenke betreten, sitzt Kikkuli bereits an einem der hölzernen Tische und winkt sie herbei.

»Seht her, der Wirt hat bereits die Speisen aufgetragen. Setzt euch zu mir und langt kräftig zu.«

Zögerlich geht der Tuchhändler auf ihn zu: »Ich bin nicht hungrig, Herr«, lehnt er zaghaft ab.

»Nichts da, Assyrer, du hast mir einen guten Preis gemacht. Zum Dank lade ich dich nun zum Essen ein. Setz dich! Ich dulde keine Widerrede!«

Der Mann wagt es nicht, dem Mitanni zu widersprechen, und nimmt Platz. Nachdem die drei ausgiebig gegessen und getrunken haben, erhebt sich der Wagenlenker von seinem Schemel, klopft dem Kaufmann so heftig auf den Rücken, dass diesem der letzte Bissen aus dem Munde fällt und posaunt mit seiner lauten Stimme in den Schankraum hinein:

»Hört alle her. Ich brauche euch als meine Zeugen!«

Die Köpfe der Gäste fliegen herum. Manch einer starrt ängstlich hinüber zu dem Hünen, der nun inmitten der Gaststätte steht und alle Blicke auf sich zieht:

»Vor zwei Jahren ist mein leiblicher Sohn bei einem Reitunfall ums Leben gekommen. Seit dieser Zeit ist mein Leben leer. Deshalb habe ich mich auf die Suche nach einem Ersatz für meinen Sohn gemacht. Nun endlich habe ich ihn gefunden!«

Mit seiner Rechten zerrt er Senni vom Stuhl und stellt ihn neben sich.

»Seht diesen Jungen hier! Er wurde mir als rechtmäßiger Schuldknecht überantwortet. Ich, Kikkuli, der Pferdekundige aus Waššukanni, verkünde hiermit, dass ich diesen Jüngling nunmehr als meinen Sohn annehme. Ihr alle seid nun meine Zeugen, dass dieser Knabe durch diese Adoption an die Stelle meines verstorbenen Sohnes tritt. Dadurch werden beide zu Brüdern.«

Dann beugt sich der Wagenlenker zu dem Jungen hinunter.

»Du bist von dieser Stunde an mein Sohn und wirst fortan den Namen Puḫašenni - ›Ersatz für den Bruder‹[15] - tragen. Wie meinen leiblichen Sohn werde ich dich künftig behandeln. Das schwöre ich hier vor allen Zeugen.«

Senni schaut dem Wagenlenker entsetzt ins Gesicht, traut sich aber nicht, ihm zu widersprechen. Die anwesenden Gäste beginnen untereinander zu tuscheln. Selbst das Küchenpersonal hat während der Ansprache neugierig hinter dem Vorhang herausgelugt, um nichts von dem Geschehen zu verpassen. Erst als das Essen in den Töpfen und Pfannen anzubrennen droht, kehren sie an den Herd zurück und diskutieren beim Kochen über die Vor- und Nachteile für den Jungen. Draußen im Schankraum tönt der Mitanni weiter: »Zum Zeichen meines Wohlwollens schenke ich nun meinem neuen Sohn Puḫašenni einen

---

[15] Die Deutung des hurritischen Namens verdanke ich meinem verehrten Lehrer Prof. (em.) Dr. Gernot Wilhelm.

wertvollen Alasia-Umhang. Das einzigartige Muster dieses Gewandes soll das weithin sichtbare Zeichen dafür sein, dass er von Stund an der Sohn von Kikkuli, dem Pferdekundigen aus Waššukanni, ist.«

Nach dieser Rede legt er dem noch immer sprachlos dastehenden Jungen den blauen Umhang mit der auffälligen Zickzack-Borte um die Schultern und lacht ihm aufmunternd zu:

»Nun bist du mein Sohn, Šenni. Sei folgsam und hüte dich vor Widerreden gegen deinen neuen Vater. Aus dir werde ich den besten Pferdekenner des Mitanni-Reiches machen. Von mir wirst du die hohe Kunst der Pferdeausbildung erlernen. Wir beide werden gemeinsam die besten Streitwagenpferde der vier Weltgegenden züchten, so wahr ich Kikkuli heiße!«

Der Junge steht noch immer mit offenem Mund vor seinem neuen Gebieter. Welch eine Wendung in seinem Leben: vom Schuldsklaven zum Ziehsohn eines Mitanni. Soll er sich nun glücklich schätzen? Vorsichtig betastet er den Stoff des wollenen Umhangs. Noch nie in seinem Leben hat er so ein feines Kleidungsstück besessen. Voller Stolz schaut er an sich hinunter. Er findet, dass ihn der blaue Mantel wie ein Hofbeamter kleidet. Er hat zwar noch nie einen gesehen, aber sein Vater hat ihm von Männern erzählt, die im Palast des Königs in prächtigen Gewändern umherstolzieren.

»Bring mehr Bier zum Tisch meiner Zeugen«, fordert Kikkuli den Wirt auf, nachdem er sich zu diesen gesellt hat.

Während die Männer zu zechen beginnen, zieht der assyrische Tuchhändler den Jungen zur Seite und flüstert ihm zu:

»Du bist ein guter Mensch, Senni. Dein leiblicher Vater hat dich wohl erzogen. Hüte dich, deinen neuen Ziehvater zu erzürnen. Er hat ein wankelhaftes Gemüt, ist jähzornig und gewalttätig. Er wird nicht davor zurückschrecken, auch auf dir seine Peitsche tanzen zu lassen. Auf der anderen Seite hast du nun die Gelegenheit, vom berühmtesten Pferdekenner des Landes ausgebildet zu werden. Ich habe auf meinen weiten Reisen viel über diesen Mann gehört. Schon sein Urahn gleichen Namens war an allen Herrscherhäusern aufgrund seiner Pferdekenntnisse hochgerühmt. Niemand kam ihm gleich. Kein anderer Pferdezüchter versteht sich mehr auf die Ausbildung von Streitwagenpferden wie die Familie dieses Kikkuli. Sein Urahn hat seine Kenntnisse über die Ausbildung von Pferden sogar auf Tontafeln niederschreiben lassen, damit die nachfolgenden Generationen seiner Sippe dieses Wissen nicht verlieren. Er verfügte, dass diese Schriften nur innerhalb der Familie weitergegeben werden dürfen. Angeblich werden die Tafeln im Haus der Kikkulis gehütet wie ein Schatz.«

Senni brennt vor Neugier: »Woher weißt du das alles so genau?«, will er wissen.

Der Tuchhändler greift in seinen Spitzbart und lächelt verschmitzt: »Ich habe vor zehn Tagen einen Mann kennengelernt. Drüben in Karkamiš[16], der Stadt an der Grenze des Hethiterreichs. Dieser Mann kannte alle Einzelheiten dieser Geschichte. Es sei einem Schreiber vor einiger Zeit gelungen, heimlich eine Abschrift der Tafeln anzufertigen. Als Kikkuli Wind davon bekam, musste der Schriftgelehrte um sein Leben bangen und soll mitsamt den Kopien über die nördlichen Berge an den Hof des hethitischen Königs geflohen sein.«

Senni kann gar nicht genug von der Geschichte bekommen: »Und woher hat dein Informant all sein Wissen?«, hakt er nach.

»Ganz einfach: Der Kerl, der mir in Karkamiš diesen Vorfall geschildert hat, war kein anderer als jener Schreiber höchstpersönlich. Kikkuli würde mit Bestimmtheit alles darum geben, zu erfahren, wo sich sein ehemaliger Schreiber aufhält.«

Der Junge folgt mit Spannung den Erzählungen des Tuchhändlers, von dem er auch erfährt, dass Tiere aus dem Gestüt der Kikkulis zu Höchstpreisen gehandelt werden. Von einem befreundeten Kupferhändler habe er erfahren, dass dessen Pferde sogar per Schiff nach Ägypten gebracht werden. Sein Gewährsmann habe ihm versichert, dass der Streitwagen des mächtigen Pharao von Pferden aus dem Gestüt der Kikkulis gezogen wird. Der Knabe schaut den Tuchhändler mit traurigen Augen an:

»Dennoch wäre ich lieber bei meinem leiblichen Vater und meinem Brüderchen auf unserem armseligen Hof.« Senni muss sich anstrengen, damit ihm nicht die Tränen kommen.

---

[16] Moderner Ort Jerablus an der syrisch-türkischen Grenze. Bedeutender Knotenpunkt antiker Handelsstraßen, da dort eine Furt über den Euphrat führte.

»Das kann ich gut verstehen«, antwortet der Assyrer, »aber du musst dich in dein Schicksal fügen und das Beste daraus machen. Die Sterne stehen günstig, wenn du es richtig anpackst. Vielleicht bietet sich später eine Gelegenheit, deine Familie wiederzusehen. Nun aber hat deine Kindheit ein Ende. Du musst dich alleine behaupten in dieser Welt, die zuweilen so gnadenlos erscheint.«

Der Händler streicht dem Jungen lächelnd über das Haar und versucht ihn aufzumuntern:

»Du hast mir mit deiner Wundersalbe sehr geholfen. In der Tat spüre ich den Schmerz schon fast nicht mehr. Als Dank möchte ich dir ein persönliches Geschenk überreichen.«

Einem Leinensack entnimmt er ein Überhemd, einen kurzen Rock und ein Paar Ledersandalen und breitet alles vor Senni auf dem Tisch aus.

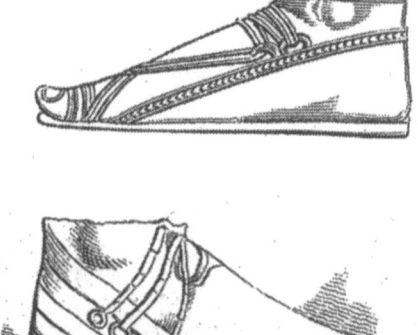

Abb. 8: Assyrisches Schuhwerk

»Das ist für dich, Junge. Die Gaben sollen dich immer an deine Begegnung mit mir, Labnānu dem Tuchhändler, erinnern. Falls du jemals in meine Heimatstadt Ninive kommen solltest, frage nach meinem Haus. Du wirst immer ein gern gesehener Gast unter meinem Dach sein.«

Senni ergreift voller Dankbarkeit die Hände des Mannes: »Ich habe noch nie so feine Gewänder besessen. Und Schuhe habe ich in meinem Leben noch nie getragen.«

Senni schlüpft in das Schuhwerk. Zunächst schlurft er ein wenig ungelenk über den Fußboden und kommt dabei fast zu Fall. Er müsse die Füße bei jedem Schritt etwas mehr anheben, erklärt ihm der Spender. Die Sandalen sind bequem, aber man muss erst einmal darin laufen lernen wie ein Kleinkind an der Hand der Mutter, denkt der Junge. Nachdem er im ersten Moment herumstakst wie ein Storch auf langen Beinen, gewöhnt er sich sehr schnell an die Fußbekleidung.

»Die Sandalen werden dich auf deinen künftigen Wegen vor Dornen und Stacheln schützen«, versichert der Kaufmann.

Senni fühlt sich plötzlich wie ein Herr, wie ein erwachsener Mann in den vornehmen Kleidern. Zum ersten Mal in seinem Leben besitzt er Schuhe und dazu den wunderbaren Mantel.

»Labnānu, wie soll ich dir danken? Diese Kleidungsstücke müssen ein Vermögen wert sein!«

Der Tuchhändler grinst: »Nun ja, ein armer Schlucker kann sich diese Gewänder nicht leisten. Für Schuhe wie diese zahlt man gut und gerne zehn Minen Bronze und ein Männerrock wie derjenige, den ich dir zum Geschenk mache, dürfte auf dem Basar ungefähr zwölf Minen Silber einbringen.«

Senni schaut ihn verständnislos an: »Labnānu, die Kleidungsstücke scheinen immens kostbar zu sein! Darf ich ein solches Geschenk überhaupt annehmen? Mein Vater Ḫunnu hat einmal auf dem Viehmarkt eine dreijährige Pferdestute zum Preis von achtzehn Minen Bronze verkauft. Danach hat er über dieses großartige Geschäft gejubelt. Und nun kommst du und wiegst dieses Gewand mit zwölf Minen Silber auf! Das ist mehr, als ein Sklave kostet!«

Der Tuchhändler muss lachen. »Du bist ein pfiffiges Bürschchen, Senni, aber mach dir darüber keine Sorgen. Der alte Labnānu handelt mit Tuchen und Gewändern. In meinen Lägern in Ninive stapeln sich Kleidungsstücke bis unter die Decke. Auf ein Gewand mehr oder weniger kommt es da nicht an. Ich ergötze mich daran, dir eine Freude zu bereiten. Nimm die Gaben als Geschenke an, die dich immer an mich, Labnānu, den Tuchhändler aus Ninive, erinnern sollen.«

Senni ergreift die Hand des alten Mannes und drückt ihm einen Kuss auf den Handrücken.

»Nicht doch, Senni!«, wehrt dieser ab, »du hast mir mit deiner Wundersalbe eine Wohltat erwiesen. Mögen nun diese Kleidungsstücke dir Wohlbefinden bereiten!«

Senni strahlt über das ganze Gesicht. Der Kaufmann rückt näher an ihn heran und flüstert: »Sag Senni, kannst du rechnen? Der Ziehsohn eines mitannischen Pferdehändlers muss rechnen können!«

Senni nickt: »Mein Vater Ḫunnu hat mir das Zählen mit den Fingern beigebracht. Er sagte stets: Assyrer und Babylonier berechnen alles in Zehnerschritten, also kannst du alles mit beiden Händen abzählen. Pass auf, ich zeige es dir!«

Senni ballt seine kleinen Fäuste und beginnt in Windeseile von eins bis zehn zu zählen. Bei jeder neuen Zahl streckt er einen seiner Finger in die Luft. Am Ende angekommen schreit er: »Zehn!«, und hält dem Assyrer beide Hände mit den ausgestreckten Fingern unter die Nase.

Labnānu grinst: »In der Tat, bis zehn zählen kannst du. Aber verstehst du dich auch auf das Rechnen der Kaufleute? In allen Regionen der vier Weltgegenden wird mit der Zahl sechs oder sechzig gerechnet. Mal sehen, was du kannst! Wie viel Sekel wiegt eine Mine?«

Senni runzelt die Stirn, denkt kurz nach und antwortet: »Sechzig Sekel! Eine Mine ist so schwer wie sechzig Sekel. Und sechzig Minen sind ein Talent.[17] Stimmt das? Das hat mir mein Vater beigebracht.«

Fragend blickt Senni den Tuchhändler an, der ihm die Wange tätschelt: »Alles richtig! Dein Vater war dir ein guter Lehrmeister! Hat er dir auch erklärt, wie schwer eine Eselslast ist?« Senni verneint. »Dann hör zu, Ziehsohn des Kikkuli! Wie du weißt, sind Esel und Maultiere sehr gute Träger. Diese Tiere sind genügsam und können schwere Lasten vom Oberen Meer bis zu mir nach Hause nach Ninive tragen. Wir Kaufleute berechnen deshalb die Ware nach dem Gewicht, das man einem gesunden Esel auf den Rücken binden kann. Das ist die

---

[17]   1 Sekel wiegt ungefähr 8,4g

  60 Sekel = 1 Mine = ca. 0,5kg

  60 Minen = 1 Talent = ca. 30,3kg

sogenannte ›Eselslast‹. Das Gewicht einer Eselslast ist ungefähr so schwer wie drei Talente Metall.[18]«

Senni will es nicht glauben: »Lastesel können so schwere Waren über eine solch weite Strecke transportieren? Vom Oberen Meer bis nach Ninive?«

Der Kaufmann lächelt verschmitzt: »Meine Maultiere schaffen das ohne Mühe, aber ich bürde ihnen nicht viel auf, weil wir sonst zu langsam vorankommen. Ich lasse die Lasten lieber auf mehrere Rücken verteilen – dann schaffen die Tiere gut und gerne die Hälfte der Wegstrecke, die ein Kamel an einem Tag zurücklegen kann.[19] Zudem sind Esel unauffälliger als Kamele. Das Diebesgesindel, das sich heutzutage auf den Straßen herumtreibt, hält eher Ausschau nach Kamelkarawanen als nach einer Gruppe von Eseln. Unter Räubern, vor allem bei diesen verdammten Sutū-Beduinen, gelten Kamele für wesentlich wertvoller als Maultiere. Deshalb fallen sie eher über eine Kamelkarawane her als über ein Zug mit Grautieren. Also bevorzuge ich es mit Maultieren zu reisen, die zwar nicht so schnell sind wie ein Kamel, mir persönlich aber sicherer erscheinen.«

Labnānu beugt seinen Kopf noch näher an Sennis Ohr: »Hast du jemals gehandelt?« Senni schüttelt den Kopf. »Dann sperr die Ohren auf. Es gibt ein paar Regeln, die du beim Handeln beachten solltest.«

Er bläut dem Jungen ein, sich nicht über den Tisch ziehen zu lassen: »Für einen Sekel Silber erhältst du einen Sack Mehl.[20] Bei den Fischern am Fluss lässt du dir dreihundertsechzig Fische für ein Sekel Silber geben. Und im Dattelhain ist die gleiche Menge einen großen Krug, bis zum Rand mit Dattelsirup gefüllt, wert.[21] Die wichtigste Regel ist aber, dass du den genannten Preis eines Kaufmanns niemals ohne Handeln akzeptierst! Mach deinem Handelspartner einen Gegenvorschlag. Gehe dabei aber niemals so tief unter seinen Preis, dass er das Geschäft von vornherein ablehnt. Lass ihm einen Spielraum, dir entgegenzukommen. Dann trifft man sich in der Mitte. Jeder muss ein wenig nachgeben –

---

[18] 1 Eselslast = ca. 100 Liter
[19] Ein Lastesel, bepackt mit 90kg, schafft etwa 25 km am Tag. Ein Kamel (einhöckriges Dromedar), beladen mit ca. 150 kg, ungefähr 50 km pro Tag, ein Pferd mit 150 kg Traglast etwa 30 km am Tag.
[20] Ungefähr 50 kg Mehl.
[21] Ungefähr 2 Liter Dattelsirup.

und schon kommt der Kauf zustande. Unter ehrenwerten Kaufleuten gilt das Wort, das mit einem Handschlag besiegelt wird, als Abschluss eines Geschäfts. Doch zunehmend müssen wir heute schriftliche Verträge abschließen, da die Waren aus der Gesamtheit der vier Weltgegenden eintreffen. Häufig kennt man heute noch nicht einmal mehr den Namen seines Handelspartners, sondern Zwischenhändler besorgen die eigentliche Ware. Ich bin noch vom alten Schlag. Ich ziehe mit meinen Knechten dorthin, wo es die besten Tuchwaren gibt. Ich wähle meine noch höchstpersönlich aus und verhandele den Kaufpreis. In Ugarit, der riesigen Handelsstadt am Oberen Meer, finde ich die erlesensten Waren. Sogar mit Purpur gefärbte Tuche und Kleider, die dort an der Küste hergestellt werden. Von dort kommen wir gerade und sind auf dem Heimweg nach Ninive.«

Senni kann es kaum glauben: Dieser Mann war am Oberen Meer und hat die Hafenstadt Ugarit besucht!

»Wie sieht es am Meer aus? Hast du Seeungeheuer gesehen? Mein Vater hat uns Kindern von riesigen Tieren erzählt, die mit ihren überlangen Armen Seeleute mit sich in die Tiefe ziehen.«

Labnānu muss herzlich lachen: »Solche Geschichten über Meeresbestien machen die Runde in den Tavernen. Ich kenne viele Kaufleute, die zur See fahren. Keiner von ihnen hat mir jemals von einem solchen Untier berichtet. Aber mit eigenen Augen habe ich Fischer beobachtet, die gerade ihren Fang an Land brachten. In deren Netzen zappelten Tiere mit zwei großen Augen. Aus dem Kopf dieser Viecher wuchsen acht Arme. Sie hatten allerdings keine Hände oder Klauen, dafür aber kleine Noppen auf der Unterseite, mit denen sie sich überall festsaugen können. Diese seltsamen Lebewesen sahen nicht aus wie Fische, sondern in der Tat wie kleine Monster.«

Senni gafft Labnānu mit offenen Mund an: »Was haben die Fischer mit den kleinen Untieren gemacht?«

Der Tuchhändler schüttelt sich vor Lachen: »Du wirst es nicht glauben! Sie landen in Kochtöpfen. In Ugarit gelten diese Tiere als Delikatesse. Die Köche in den Tavernen zahlen gut für diese Meerestiere.«

Senni verzieht angeekelt das Gesicht: »Die Leute am Meer essen Meeresungeheuer mit acht Armen?«

Der Kaufmann nickt und schaut belustigt auf Senni, der noch immer die Nase rümpft.

»Das muss dich nicht wundern, junger Freund«, erklärt Labnānu. »In anderen Ländern werden Dinge gegessen, die du für eklig hältst. Dafür gibt es Fremdlinge, die das, was du täglich mit großem Appetit isst, nicht einmal mit der Hand berühren dürfen.«

Senni rutscht ein Stück näher an Labnānu heran: »Du nimmst mich auf den Arm - stimmt's? Wer könnte zum Beispiel etwas gegen einen solch leckeren Schweinebraten haben, den man uns gerade eben serviert hat?«

Der Assyrer schlägt mit der Faust auf den Tisch: »Du hättest kein besseres Beispiel anführen können, Senni!«, erwidert der Tuchhändler. »Es gibt einen Stamm bei den Amurru, die am ›Horus-Weg‹ hausen. Die Mitglieder dieser Sippe halten Schweine für unreine Lebewesen. Sie essen deshalb kein Schweinefleisch und würden sich lieber totschlagen lassen, als einen Bissen davon in den Rachen zu schieben.«

Sennis Augen hängen an Labnānus Lippen, um bloß keine Einzelheit zu überhören:

»Horus-Weg? Wo ist der nun schon wieder? Amurru? Habe noch nie etwas von diesem Volk gehört - aber es müssen bedauernswerte Geschöpfe sein, wenn sie einen solchen Leckerbissen ausschlagen! Du berichtest mir von Dingen, die ich kaum glauben kann!«

Der Tuchhändler lehnt sich zurück und schaut Senni mit strengem Blick an:

»Glaubst du, dass ich dir Unwahrheiten erzähle? Ich bin weit herum gekommen. In meinen jungen Jahren habe ich das Land der Amurru besucht. Das ist lange her. Damals haben mich meine Beine noch bis an die Grenzen des Pharaonenreiches tragen können. Dort, wo die Amurru ihre Zelte aufgeschlagen haben, beginnt der Horus-Weg. Die Ägypter haben den Weg nach einem ihrer höchsten Himmelsgötter getauft, der in der Gestalt eines Falken erscheint. Wenn du mit den Ägyptern Handel treibst, gibt es nur zwei Handelswege: Entweder, du fährst mit dem Schiff von Ugarit über das Meer zu ihrer Hauptstadt Pi Ramesse oder du nimmst die Landroute entlang der Küste. Dabei musst du das Land Amurru auf holprigen Wegen und staubigen Pisten durchqueren. Wenn du es aber bis zur Grenze des Pharaonenreichs geschafft hast, beginnt das Paradies! Straßen, auf denen die Wagen wie von selbst rollen, so glatt ist der Belag. Festungen flankieren den ›Horus-Weg‹. Kein Räuber wagt es dort, sich an dir zu vergreifen! Am Ende dieses Wegs gelangst du zu einem riesigen Strom, den die Ägypter ›Großer Fluss‹[22] nennen. Dieser soll in tausend Armen münden, hat mir mein Freund Milku-rāmu aus Sidon berichtet. Und der muss es wissen, denn er ist nicht nur ein weitgereister Kaufmann, sondern übernimmt auch als Gesandter des Pharao wichtige Aufträge am ägyptischen Königshof entgegen. Dieser Milku-rāmu geht in Pi-Ramesse, der Hauptstadt des Pharaos, ein und aus.«

Sennis Gedanken überschlagen sich: »Pi-Ramesse heißt die Hauptstadt? Hat dein Freund den Pharao gesehen?«

Labnānu nickt: »Aber sicher! Er ist doch ein Botschafter des Herrschers!«

Der Junge rüttelt und schüttelt den Arm des Kaufmanns: »Sag schon, Labnānu, stimmt es, dass sich der Pharao jeden Tag schminkt wie eine Frau zum Hochzeitstag?«

Der Assyrer kugelt sich vor Lachen: »Wer hat dir das denn erzählt, junger Freund?«

Senni wirft ihm einen scharfen Blick zu und antwortet mit fester Stimme: »Mein Vater Ḫunnu! Und der hat mich nie belogen!«

Dem Assyrer bleibt das Lachen im Halse stecken: »Entschuldige bitte, Senni, dein leiblicher Vater hat dir nichts Falsches erzählt. Die Ägypter, auch der Pharao, benutzen eine ganz spezielle Augenschminke, die sie aus Tierfett und Pflanzenöl herstellen. Diese Salbe wirkt wohl Wunder wie deine Heilsalbe für Pferde. Mein Freund Milku-rāmu versichert mir, dass sie die Ägypter vor Augenkrankheiten schützt. Darunter leiden dort wohl viele der Bewohner im Mündungslauf des ›Großen Flusses‹, wo es im Sommer unerträglich heiß und feucht sein soll.«

»Deinen Freund, diesen Unterhändler des Pharao, möchte ich gerne einmal kennenlernen!«, bekennt Senni mit leicht wehmütigem Blick, »er könnte mir bestimmt noch viele Einzelheiten über das Leben am ›Großen Fluss‹ berichten!«

---

[22] Der Nil.

»Ich habe noch nie einen wissbegierigeren Jungen erlebt wie dich, Senni!«, stellt Labnānu erstaunt fest, »leider liegt die Stadt Sidon, in der Milku-rāmu wohnt, weit entfernt am Oberen Meer. Du müsstest von hier aus hunderte von Doppelstunden laufen, um dorthin zu gelangen.«

»Hunderte von Doppelstunden? Wie weit ist das?«, fragt Senni den Tuchhändler.

»Du weißt nicht, was eine Doppelstunde ist?«

Senni verneint.

»Dann höre mir zu, Ziehsohn des Kikkuli! Ich erkläre dir den Lauf der Zeit. Die wärmende Sonne, Gott Šamaš, ist der Mittelpunkt des Lebens, der Mond aber, unser Gott Sîn, bestimmt den Lauf der Gezeiten. Sein regelmäßiges Erscheinen am Himmelszelt beobachten unsere Sternendeuter seit ewigen Zeiten. Sie wissen genau, wann er rund wird wie eine Kugel oder wann er wie der Leib eines Schiffes über unseren Köpfen schwebt. Mit seinem Erscheinen oder Verschwinden können sie die Erntezeit im Frühjahr, den Beginn unseres Jahres, genau bestimmen. Auch den Anfang der Sommerzeit, wenn es heiß wird und die Pflanzen verdörren, können die Schicksalsdeuter voraussagen. Sie kündigen uns auch den Herbstregen an. Dann ist es Zeit für die Aussaat! Sie sagen uns, wann der Winterregen kommt, der das Wachstum in Gang bringt.«

Labnānu hebt den Zeigefinger: »Der Tag und die Nacht sind in drei Teile geteilt. Der Tag beginnt mit dem Morgen, wenn der Sonnengott mit Hilfe einer riesigen Säge ein Loch in die hohen Berge schneidet, um der nächtlichen Dunkelheit zu entfliehen. Dann folgt der Mittag, wenn die Sonne hoch über uns steht. Senkt sie sich wieder, naht der Abend. Die Sternendeuter haben den helllichten Tag - vom Aufgang der Sonne bis zu ihrem Untergang - in sechs gleiche Abschnitte gegliedert, die sie ›Doppelstunden‹ nennen. Sie haben gemessen, welche Strecke der Sonnengott in einer Doppelstunde am Himmel zurücklegt. Dieses Maß bestimmt unsere Zeit. In einer Doppelstunde kann ein gesunder Mann von hier bis zum Fuß des Gebirges zurücklegen.«[23]

---

[23] 1 Doppelstunde entspricht der Zeit, die man benötigt, um ca. 10,8 km zurückzulegen; s. Walther Sallaberger, Zeiteinteilung und Zeitvorstellungen im Alten Mesopotamien; in: Die Zeit im Wandel der Zeit. Hersg.: Hans-Joachim Bieber, Hans Ottomeyer und Georg Christoph Tholen (Kassel 2002), Seite 49 - 77.

Senni braucht einige Zeit, um das ihm unbekannte System zu begreifen. Immer wieder erläutert ihm der Tuchhändler den Gebrauch der Zeitmessung: »Sie ist wichtig, wenn du dich mit deinen Geschäftspartnern auf einen Vertrag einlässt. Oft fordert ein Handelsmann, dass die Ware zu einem bestimmten Tag an einem bestimmten Ort eintrifft. Dann musst du das im Kopf berechnen, junger Freund! Und rechne immer einen Tag hinzu, denn es können Zwischenfälle passieren, die du nicht vorausahnen kannst!«

Senni ist verblüfft, wie gebildet der Tuchhändler ist, dabei dachte er immer, sein leiblicher Vater Ḫunnu sei der klügste Mann auf Erden. Labnānus Wissen übertrifft ihn aber bei Weitem! Und der Assyrer ist noch lange nicht fertig:

»Die Finsternis der Nacht wird in drei Wachen unterteilt: die abendliche, die mittlere und die morgendliche Wache. Merke dir das Senni!«

Senni könnte noch stundenlang zuhören, wenn der Tuchhändler von seinen abenteuerlichen Reisen erzählt, doch in diesem Augenblick wankt sein neuer Ziehvater auf ihren Tisch zu. Senni springt auf und rennt freudestrahlend auf ihn zu:

»Schau her, Labnānu hat mir neue Kleider und auch Schuhe geschenkt. Ich kann in den Sandalen schon sehr gut laufen!«

Der völlig betrunkene Kikkuli glotzt die beiden mit glasigen Augen an und packt Senni an den Schultern, um nicht zu stürzen. Am Tisch angekommen, stützt er sich mit beiden Händen auf dem Tisch ab, um nicht umzufallen. Das babylonische Starkbier hat seine Wirkung entfaltet.

»Lass uns schlafen gehen, Sohn! Müssen morgen zeitig aufbrechen. Haben langen Weg vor uns«, lallt der Wagenlenker und droht der Länge nach hinzuschlagen.

Auf einen Wink des Wirts packen ihn zwei der Küchengesellen und schleppen ihn in einen dunklen Gang. Auf die Schnelle wünscht Senni dem Tuchhändler eine geruhsame Nacht und folgt dem Trio in den engen, unbeleuchteten Gang zu einer schäbigen Kammer. Dort hat man für sie ein Strohlager auf dem Boden ausgebreitet. Den sturzbetrunkenen Kikkuli lassen die beiden Küchenjungen rüde auf die harte Bettstatt fallen. Der fällt sofort in einen Tiefschlaf und

beginnt laut zu schnarchen. Nachdem die beiden Küchengesellen den Raum verlassen haben, lässt sich Senni neben dem Wagenlenker auf dem Strohlager
nieder, doch er findet keinen Schlaf. Senni wälzt sich hin und her. Kikkulis
Körperausdünstung, ein Gemisch aus Schweiß und Pferd, wabert über ihn
hinweg und dringt wie Fäulnis in seine Nase. Senni will es einfach nicht
gelingen, einzuschlafen. Die jüngsten Erlebnisse rasen in vielen Bildern durch
seinen Kopf. Es dauert eine kleine Ewigkeit, bis ihm vor Erschöpfung die Augen
zufallen.

6. Der Sklave Ḥersi

Am Morgen wird Senni durch die lauten Rufe von Handlangern geweckt, die sich rund um die Herberge als Tagelöhner verdingen. Einige sind den fahrenden Kaufleuten dabei behilflich, die Waren auf den Rücken der Packesel zu vertäuen. Andere gehen dem Wirt zur Hand und versorgen die Tiere der Gäste. Das geschäftige Gewimmel rund um das Quartier treibt den Mitanni mit seinem frischgebackenen Ziehsohn zu den Stallungen. Dort erledigen beide ihre Notdurft neben einem Misthaufen und spülen sich am Wassertrog den Sand aus den Augen. Senni erkundigt sich beim Küchenpersonal, ob der assyrische Tuchhändler noch in der Herberge sei. Zu seiner großen Enttäuschung erfährt er, dass Labnānu schon in aller Frühe mit seinen beiden Knechten aufgebrochen sei. Zu gerne hätte Senni sich von ihm verabschiedet. Die Worte des Kaufmanns haften ihm aber noch im Gedächtnis: Wenn du einmal nach Ninive kommst, frage nach dem Haus des Labnānu. Nichts würde er lieber tun als dies! Voller Stolz betrachtet er seine neuen Gewänder. Auch die Ledersandalen hat er angelegt, da ihm der Kaufmann geraten hat, sie möglichst oft zu tragen. So würde sich das noch spröde Leder schneller seinen Füßen anpassen, hatte ihm der Assyrer mit auf den Weg gegeben. An das noch unvertraute Gehen in Schuhen würde er sich rasch gewöhnen.

Nach einem kleinen Imbiss machen sich Kikkuli und Senni daran, die Pferde einzuspannen. Der Mitanni unterweist seinen Zögling darin, wie der Köcher mit Lederriemen am Inneren des Wagenkastens befestigt wird. Der Mitanni bemerkt, dass Sennis Blick an seinem Bogen klebt.

»Diese Waffe trägt Pfeile besonders weit. Der Bogen wurde eigens für mich hergestellt. Man braucht enorme Kraft, ihn zu spannen. Versuche es einmal, mein Sohn.«

Sennis Finger zittern, als er ihm den Bogen in die Hand legt. Er atmet tief durch, spannt seine Armmuskeln und versucht mit aller Kraft, die Sehne des Bogens zu ziehen. Kaum eine Fingerstärke lässt sich die Sehne bewegen. Senni holt tief Luft und versucht es ein zweites Mal – vergebens.

Der Mitanni lacht aus ganzem Herzen: »Ich muss dir nicht nur die Geheimnisse der Pferdeausbildung beibringen, sondern auch noch die Kunst des Bogenschießens. Steig in den Wagen, auf uns wartet zu Hause noch viel Arbeit.«

Die Stimmung des Wagenlenkers bessert sich sichtlich, je näher er seiner Heimat kommt. Aus voller Kehle beginnt er Lieder zu schmettern, in denen er die Schönheit seiner Heimat und das edle Aussehen der Pferde rühmt. Als sie die Ebene erreichen, ist Kikkulis Stimmung auf dem Höhepunkt. Er überlässt Senni sogar die Zügel des Gespanns und unterweist ihn geduldig darin, wie man die Pferde zur linken oder rechten Seite lenkt. Das Herz des Jungen schlägt höher und höher. Es erfüllt ihn mit Stolz, mit eigenen Händen einen Streitwagen zu führen! Beim Durchqueren einer Furt spritzt das Wasser bis in den Wagenkasten. Senni jauchzt vor Glück. Schnell hat er begriffen, wann er die Zügel anziehen oder etwas lockerer lassen muss. Ein erhebendes Gefühl ergreift von ihm Besitz. Ein sanfter Ruck an der langen Lederleine genügt, damit die beiden Pferde reagieren. Es ist wie in einem Traum, mit einem solchen Gefährt über die Steppe zu fliegen! Unterwegs erblickt Senni seltsame Tiere, die er noch nie zuvor gesehen hat. Das Gepolter des sich nähernden Wagens schreckt die zweibeinigen Riesen auf. Sie recken ihre überlangen Hälse und stieben mit weit ausladenden Schritten davon.

»Was sind das für eigenartige Lebewesen?«, will Senni wissen, »sind das Vögel? Sie haben Federn und Flügel, aber fliegen nicht davon!«

Kikkuli hält sich den Bauch vor Lachen: »Du hast wohl noch nie einen Strauß gesehen? Das sind Laufvögel. Die können nicht fliegen, aber sie können so schnell rennen wie ein Pferd.«

Senni blickt den flüchtenden Tieren hinterher, die kurze Zeit mit ihrem Pferdegespann mithalten können. Dann drehen sie ab und entschwinden in der Weite der Steppe. Senni und Kikkuli fahren nahezu ohne Pausen bis zum Anbruch der Nacht.

»Da hinten am Horizont sieht man schon die Zinnen unserer Hauptstadt Waššukanni, der schönsten Stadt auf Erden! Nun sind wir gleich am Ziel unserer Reise. Mein Gestüt liegt nur unweit von hier«, erklärt der Wagenlenker und lässt seine Peitsche über den Pferden knallen.

Mit den ersten Strahlen des Mondes erreichen sie ein Gehöft mit hohen Umfassungsmauern. Der Mitanni springt vom Wagen und pocht mit den Fäusten an das massive Holztor. Es dauert nicht lange und zwei bewaffnete Männer öffnen die Pforte. Auf einem befestigten Weg, der links und rechts von Bäumen gesäumt wird, fahren Senni und sein neuer Ziehvater vor ein doppelstöckiges Haus. Gleich mehrere Sklaven eilen herbei und grüßen ehrfürchtig ihren Herrn. Während die Älteren nach den Zügeln greifen und das Pferdegespann zu den Stallungen bringen, fällt ein junger Bursche, den Senni auf etwa siebzehn Jahre schätzt, vor Kikkuli zu Boden und küsst dessen Füße. Der Wagenlenker bleibt breitbeinig vor dem Jungen stehen, bis dieser dessen rechtes Bein umfasst und sich dann den Fuß seines Herrn in den Nacken setzt. Brutal drückt Kikkuli dem jungen Sklaven den Kopf in den Staub, bis dieser zu röcheln beginnt.

»Dieser hier ist nicht mehr wert als ein räudiger Schakal, Šenni, und genau so musst du ihn auch behandeln.«

Angewidert schaut Senni dem Treiben zu, dennoch wagt er es nicht, einzugreifen.

»Das ist Šenni, mein neuer Ziehsohn. Er schläft künftig in der Kammer neben den Pferdeknechten. Bring ihn dorthin und lass es ihm nicht an Speisen mangeln!«, befiehlt Kikkuli dem am Boden Liegenden. »Wir sehen uns morgen früh, mein Sohn. Dann zeige ich dir mein Gestüt und die zugehörigen Ländereien.«

Erst nachdem Kikkuli im Haupthaus verschwunden ist, wagt es der junge Diener, sich zu erheben. Kein Wort kommt über seine Lippen. Er zündet eine kleine Öllampe an und bedeutet Senni mit einer Handbewegung, ihm zu folgen. Obgleich das doppelstöckige Haupthaus nur vom Schimmer der hellen Sterne beleuchtet wird, ist die prächtige Fassade deutlich erkennbar. Immer wieder bleibt Senni stehen, um die verzierten Fensterrahmen und die mit Intarsien ausgeschmückten Türen zu bewundern. Senni kommt aus dem Staunen nicht mehr heraus. Er stolpert im Halbdunkel weiter zum Nebengebäude, wo ihn der Sklave vor einer weiß getünchten Treppe erwartet, die auf das Dach des Gebäudes zu führen scheint.

»Hier hinauf?«, fragt Senni.

Der Sklave schüttelt den Kopf und weist auf eine Tür direkt vor ihnen. Während er sie mit seiner Linken öffnet, leuchtet er mit der Öllampe in den Innenraum hinein. Nachdem sie eingetreten sind, entzündet der Sklave eine zweite Lampe in einer Wandnische, die vom Rauch der Öllampe bereits rußgeschwärzt ist. Senni traut seinen Augen nicht. Welch ein Luxus! Eine Kammer für ihn allein mit einem richtigen Bett aus Holz gezimmert. Mit der flachen Hand befühlt er die Matratze. Weich ist sie, viel bequemer als das Strohlager in seinem Elternhaus, das er sich mit seinem Brüderchen teilen musste. Eine mit Schafwolle gefüllte Matratze, überzogen mit feinem Leinentuch – auf so etwas hat er noch nie geschlafen! In einer kleinen Kommode verstaut er seine Habseligkeiten. Das kleine Fläschchen mit der Pferdesalbe seines Vaters verbirgt er unter dem verschlissenen Hemd, das er von zu Hause mitgebracht hat. Seinen neuen Alasia-Umhang legt er sorgfältig obenauf. Gut gelaunt lässt er sich auf das Bett fallen und fühlt sich wie im Paradies.

Kurze Zeit später klopft es an der Tür. Der Diener tritt herein und verbeugt sich. In seiner Aufregung hatte Senni gar nicht bemerkt, dass er sich entfernt hatte. Der Sklave stellt einen Napf gefüllt mit einer dampfenden Fleischbrühe auf den niedrigen Holztisch und legt einen Brotfladen daneben. Einen tönernen Krug mit Wasser setzt er auf dem Boden ab. Gerade als der Sklave sich wieder entfernen möchte, hält Senni ihn am Arm zurück. Erschrocken zuckt der Jüngling zusammen.

»Ist etwas nicht in Ordnung, junger Herr? Habe ich etwas falsch gemacht?«, fragt er mit zitternder Stimme.

»Du kannst ja sprechen«, frotzelt Senni, »ich dachte schon, du seist stumm.«

Der Bedienstete fällt vor ihm auf die Knie und fleht: »Bitte beschwere dich nicht über mich bei unserem Herrn Kikkuli. Er würde mich totschlagen.«

Senni erschaudert. Noch nie ist jemand vor ihm auf die Knie gesunken. »Steh auf und habe keine Angst. Ich wollte von dir nur wissen, wo ich meine Notdurft verrichten kann. Zeige mir einfach den Weg nach draußen. Es ist dunkel und ich habe noch keine Orientierung.«

Der Diener atmet auf und lächelt erleichtert: »Folge mir, junger Herr.«

Zu Sennis Verwunderung führt ihn der Mann nicht hinaus ins Freie – so wie er es von zu Hause gewohnt ist – sondern bringt ihn zu einer Tür am unteren Ende des Ganges.

»Hier hinein, mein Herr, ich warte, bis du fertig bist.«

Zaghaft öffnet Senni die Tür und leuchtet vorsichtig mit der Öllampe in die winzige Zelle, in der höchstens eine Person Platz finden kann. Im Halbdunkel erkennt er am Boden eine schlitzartige Öffnung. Er streckt nur kurz den Kopf herein, um ihn augenblicklich wieder zurückzuziehen. Aus dem Bodenloch steigt ihm ein übler Gestank in die Nase. Es riecht so stark nach Kot und Urin, dass ihm Kikkulis Körperausdünstung geradezu wie ein Duftwasser erscheint. Er ruft den Sklaven zu sich, der schon wieder fürchtet, etwas falsch gemacht zu haben.

»Was soll ich hier? Warum führst du mich zu dieser fürchterlich stinkenden Kammer?« Senni rümpft angewidert die Nase.

»Hast du noch nie einen Abort benutzt?«, fragt der Sklave erstaunt.

Senni verneint. »Abort? Was ist das?«

Der Sklave muss grinsen, beißt sich aber sofort auf die Lippen und setzt wieder seine ernste Miene auf. »Du hast noch nie einen Abtritt gesehen? Komm, ich zeige dir, wie man ein Klo benutzt.« Der Diener schlüpft in den winzigen Raum, während Senni ihn aufmerksam durch den geöffneten Türspalt beobachtet. Der Mann zieht sein Gewand über den Gürtel, geht mit entblößtem Unterkörper über dem Bodenschlitz in die Hocke. »Du musst darauf achten, dass dein Gewand nicht zu weit herunterhängt, sonst wird es verschmutzt«, rät er ihm.

Senni hört, wie der Mann sich erleichtert. Sein Urin plätschert in die Rinne. Kaum ist er fertig, richtet er sich auf, und ordnet seine Kleidung. Dann greift er sich einen in der Ecke stehenden Krug und spült mit Wasser nach. Es gluckert ein wenig, als die Flüssigkeit durch einen Kanal aus Tonröhren unter der Mauer hindurch nach draußen ins Freie läuft.

»Nun du, junger Herr, aber fall nicht in die Rinne!«, weist ihn der Diener an.

Sie tauschen die Plätze. Senni kostet es einige Überwindung, über der stinkende Rinne in die Hocke zu gehen. Der üble Geruch treibt ihn zur Eile. Krampfhaft versucht er, den Atem anzuhalten. Vergeblich. Der Gestank ist so penetrant, dass es ihm übel wird. Nur schnell fertig werden und fort von diesem elenden Ort! Vor der Toilette japst er nach Luft. Der wartende Diener muss sich das Lachen verkneifen.

»Wenn du noch etwas wissen möchtest, frage mich einfach«, bietet ihm der Sklave grienend an.

»Ich danke dir sehr für deine Hilfe, mein Freund«, lächelt Senni. »Wie heißt du eigentlich?«

Der Sklave traut sich zum ersten Mal, Senni direkt in die Augen zu schauen:

»Ḥersi«, antwortet der Diener auf dem Rückweg zu Sennis Kammer, »Ḥersi heiße ich. Und nun wünsche dir einen tiefen Schlaf, junger Herr.«

Nachdem Senni eingetreten ist, verneigt sich der Diener kurz und schließt die Tür. Senni ist zum ersten Mal alleine, seit er von zu Hause aufgebrochen ist. Mit Heißhunger macht er sich über die Fleischbrühe her und schlingt das Fladenbrot hinunter. Das Wasser aus dem Krug schmeckt erfrischend nach der staubigen Fahrt im Streitwagen. Er säubert sich nur notdürftig, fällt todmüde auf das Bett und zieht die Decke hoch bis zum Hals. Es ist still um ihn herum. Er hört nur hier und da den heiseren Schrei eines Wüstenschakals und das wütende Antwortgebell der Hofhunde. Herrlich so ein Bett! Viel weicher als ein Strohhaufen auf einem harten Fußboden. Es dauert nicht lange und ihn übermannt der Schlaf.

Jahr 1238 vor Christus:
26. Regierungsjahr von Salmanassar I.

7. Das Gestüt des Kikkuli

Seit seiner Ankunft auf dem Gehöft des Kikkuli vor über einem Jahr, hat es sich Senni zur Gewohnheit gemacht, noch vor Sonnenaufgang aufzustehen. Eigentlich ist er kein Frühaufsteher. Aber es gibt einen guten Grund, warum er sich in aller Frühe aus dem Bett quält: Senni möchte vor allen anderen die Toilette besuchen, denn am frühen Morgen ist der Gestank bei weitem nicht so stark wie in den heißen Mittagsstunden oder am Abend. Tagsüber hält er sich sowieso vom Herrenhaus fern und seine Notdurft verrichtet er gewohnheitsgemäß im Freien. Das Haupthaus mit all seinen Annehmlichkeiten meidet er, so gut es geht. Seine Welt sind die Pferde. So verbringt er fast den ganzen Tag auf der Weide, in den Stallungen oder auf dem Ausbildungsgelände. Dort werden die Vollblüter des Gestüts angelernt, einen Streitwagen zu ziehen. Auf weitläufigen Koppeln weiden die Tiere. Es wird peinlich darauf geachtet, dass nur diejenigen zusammen gehalten werden, die in etwa den gleichen Ausbildungsstand aufweisen.

Sennis Tagewerk beginnt damit, dass er sich allmorgendlich um die Wassertränken der Tiere kümmert. Am nahegelegenen Brunnen lässt er einen zusammengenähten Ziegenbalg an einem Strick ins Wasser fallen. Wenn sich die Blase des Ledersacks mit der Flüssigkeit gefüllt hat, zieht er das Behältnis nach oben. Eine harte Arbeit. Vor allem morgens, wenn man noch im Halbschlaf ist. Anfangs ist ihm der schwere Sack immer wieder aus den Händen geglitten und zurück in die Tiefe des Brunnens gefallen. Als Schwächling wurde er von den Pferdeknechten verhöhnt, bis sein neuer Freund, der Sklave Ḥersi, ihm zeigte, wie man es richtig macht. Breitbeinig stellt dieser sich auf den steinernen Brunnenrand, krallt seine nackten Zehen fest in die Oberkante des Mauerwerks und lässt den Ziegenbalg nach unten sausen, bis er sich mit Wasser gefüllt hat. Plötzlich fängt Ḥersi an zu singen. Die Melodie des Liedes ist eingängig und folgt einem gleichmäßigen Rhythmus. Der Text erzählt von der täglichen Arbeit. Während Ḥersis Stimme dem Auf und Ab der Weise folgt, zieht er den Wassersack im Takt des Liedchens nach oben.

»Du musst beim Hinaufhieven dieses Lied singen, Šenni, und dabei immer im Takt der Strophe das Seil abwechselnd mit der linken, dann mit der rechten Hand nach oben ziehen. Du darfst nur nicht aus dem Takt kommen, dann geht es kinderleicht!«

Senni brauchte ein paar Versuche, bis er den Dreh heraushatte. Heute greifen seine Hände im Rhythmus des Liedes nach dem Seil und winden den gefüllten Ziegenbalg ohne große Mühe nach oben. Schwieriger gestaltet es sich, den vollen Balg auf den Rücken des störrischen Packesels zu heben, der immer wieder versucht, sich wegzudrehen, um der schweren Last zu entgehen. Ein paar Hiebe mit einem Knüppel bringen das Grautier schnell zur Vernunft. Senni benötigt eine gute Stunde, bis die ellenlangen Steintröge, die man am Rande der Koppeln aufgestellt hat, mit frischem Wasser gefüllt sind. Kaum rinnt das erste Nass in die Behälter, drängen sich die Pferde in Scharen um die Becken. Gierig schlürfen sie das kühle Wasser. Kikkuli hat Senni beauftragt, strengstens darauf zu achten, dass die Tiere nicht zu viel Flüssigkeit aufnehmen. Sie seien sonst für die anschließende Schulung zu träge. Senni hat ein Blick auf alle Pferde. Er kennt inzwischen nicht nur jedes einzelne Tier beim Namen, sondern weiß auch um die Eigenheiten eines jeden Pferdes.

Kikkuli hat schon kurz nach ihrer Ankunft verfügt, dass sich sein Adoptivsohn auch um seine Lieblingshengste, einen Rappen und ein Tier mit rötlich schimmerndem Fell, kümmert. Er bittet Senni, besonders gut auf diese beiden Pferde acht zu geben, da sie von unschätzbarem Wert seien. Aus diesem Grund lässt Kikkuli die beiden Pferde abseits von allen anderen Tieren halten. Sie dürfen auch nur von ausgewählten Stallknechten versorgt werden, die der Herr des Hauses zuvor handverlesen hat. Niemand sonst darf sich den beiden Tieren nähern, geschweige denn sie füttern oder gar vor einen Streitwagen spannen.

Vom obersten Pferdeknecht, einem älteren Mann mit gütigem Gesicht und leiser Stimme, lernt er, wie wilde Hengste am besten zu zähmen seien. Mit Güte und viel Geduld könne er mehr erreichen als mit einer Peitsche:

»Diese Tiere sind Lebewesen wie du auch. Möchtest du geschlagen werden?«, hat ihn der Alte gefragt. »Du brauchst Geduld und viel Ausdauer, um aus einem wilden Pferd ein Streitross zu formen. Ich werde dir die Tricks und Kniffe beibringen, mein Junge.«

Abb. 9: Pflege von Pferden an einem Stall

Senni trifft sich fortan täglich mit dem alten Pferdeknecht, der ihm nicht nur die charakteristischen Verhaltensweisen von Wildpferden erläutert, sondern ihn auch darin unterweist, wie die Hengste nach den strengstens einzuhaltenden Vorschriften versorgt und ausgebildet werden müssen. Gewissenhaft achtet Senni darauf, dass es Kikkulis beiden Hengsten wohl ergeht. Dieser wünscht sogar ausdrücklich, dass seine Favoriten mit der Pferdesalbe behandelt werden, die nach Ḫunnus geheimer Rezeptur hergestellt ist. Und diese Rezeptur kennt hier auf dem Gestüt nur einer: Senni!

Senni ist höchst erfreut und stolz zugleich, dass sein Ziehvater ihm die verantwortungsvolle Aufgabe zugewiesen hat. Täglich striegelt er Kikkulis Rosse und kontrolliert jeden Nachmittag deren Läufe und Hufe. Sobald er nur die kleinste Kleinigkeit entdeckt, zückt er sein Salbenfläschchen und cremt mit dem Inhalt Schürfwunden ein oder balsamiert die ausgetrockneten Hufe. Schon bald erkennt Kikkuli neidlos an, dass seine Lieblingsrosse noch nie so prächtig in Schuss waren, wie seit der Ankunft Sennis.

»Deine Pferdesalbe bewirkt wahre Wunder, mein Sohn«, lobt ihn der Hausherr, »aus was wird das Zeug eigentlich hergestellt?«

Die Worte Kikkulis umschmeicheln Senni so sanft wie zarte Federn. Gerade hebt Senni an, ihm die Ingredienzien aus freien Stücken aufzuzählen, als er in Kikkulis Antlitz blickt. Die schmalen Lippen des Mannes verzerren sein Lächeln zu einem hinterhältigen Grinsen. Seine Augen stechen hervor wie glühende Nadeln und lassen Senni augenblicklich verstummen.

»Ah, ich verstehe«, grollt der Gutsbesitzer, »du darfst es niemandem verraten. Es ist ja das wohlgehütete Geheimnis von diesem hurritischen Betrüger, der dich der Schuldknechtschaft ausgesetzt hat. Aber bin nicht ich dein Wohltäter, der dich sogar als seinen Sohn angenommen hat? Du könntest dich mir gegenüber also etwas dankbarer erweisen. Meinst du nicht auch, Šenni?«

Der Knabe schaut verlegen zu Boden und druckst herum: »Herr, ich stelle dir gerne so viel von der Pferdesalbe her, wie du für deine Tiere benötigst. Zwinge mich aber bitte nicht, das Geheimnis meines Vaters zu verraten. Ich habe ihm hoch und heilig versprochen, die Rezeptur für mich zu behalten. Mein Vater Ḫunnu hat mir die Anleitung als Vermächtnis vermacht.«

Zorn steigt in Kikkuli auf: »Ḫunnu - dein Vater? Bin nicht ich jetzt dein Vater?«, brüllt er Senni an. Als er erkennt, dass der Junge über seine rüde Art so sehr erschrickt, dass dieser zu keiner Antwort mehr fähig ist, umgarnt ihn der Mitanni wieder mit beruhigenden Worten: »Keine Angst, mein Sohn, ich werde dir dein Geheimnis nicht entlocken. Irgendwann, wenn es dir beliebt, kannst du mir die Rezeptur offenbaren. Ich sehe nur, dass dein Fläschchen bald leer ist, und mache mir deshalb Sorgen, dass du meine Lieblinge schon bald nicht mehr mit dem Wundermittel versorgen kannst. Mach dich doch gleich morgen früh auf den Weg und trage alles zusammen, was du zur Herstellung der Salbe benötigst. Wenn dir eine Zutat fehlen sollte, frage in der Küche nach. Die Köche haben viele Kräuter, die du vielleicht benötigst. Zumindest wissen sie, wo gewisse Pflanzen in der Umgebung wachsen.«

Hämisch grinsend tätschelt er Senni auf die Schultern, bevor er sich auf den Rückweg zum Herrenhaus macht. Erst als Kikkuli sich versichert hat, dass er aus Sennis Blickfeld verschwunden ist, biegt er ab in Richtung der Küche. Einer der jüngeren Pferdeknechte lungert bei den Köchen herum, in der Hoffnung, dass hier und da etwas von den Leckerbissen abfällt, die der Herr übrig lässt. Als Kikkuli über die Schwelle tritt, verstummen schlagartig alle Gespräche. Die Anweisungen des Mitanni an sein Personal sind kurz und präzise. Wenn sein Ziehsohn bei ihnen auftauchen sollte, wissen nun alle, was zu tun ist. Den Pferdeknecht zieht er zur Seite und flüstert ihm seine Befehle ins Ohr. »Du kannst dich auf mich verlassen, Herr«, versichert der Stallknecht, »ich werde es herausfinden! Für eine Sonderration Starkbier zerre ich dir sogar einen Assyrer an seinem Bart hierher.«

8. Das Wundermittel

Am nächsten Morgen ist Senni wie üblich früh auf den Beinen. An der Koppel erwartet ihn bereits der junge Pferdeknecht, dem Kikkuli am Abend zuvor einen Auftrag erteilt hat. Der Mann führt eines der älteren Tiere am Zügel.

»Unser Herr hat befohlen, dass du dir diesen lahmenden Gaul anschaust, Šenni. Er hat sich gestern auf der Koppel verletzt.«

Der Junge wirft nur einen kurzen Blick auf eine klaffende Wunde am linken Vorderlauf des Tieres. »Wer hat das Pferd so zugerichtet?«, will Senni wissen, »das sieht ja schlimm aus! Das ist doch keine Verletzung, die sich ein Pferd bei unserem Training zuzieht.«

Sein Gegenüber zuckt mit den Achseln: »Keine Ahnung, junger Herr. Ich soll dir nur das Pferd bringen.«

Voller Empörung über den jämmerlichen Zustand des Hengstes läuft Senni hinüber zum Stall, um den Topf mit der Pferdesalbe zu holen. Es dauert ein wenig, bis er das scheuende Pferd beruhigen kann. Mit den Fingern trägt er vorsichtig das Mittel auf die Wunde auf. »Verdammt, die Salbe reicht höchstens noch für eine Behandlung. Ich muss Neue herstellen. Bring das Pferd zurück in den Stall! Ich mache mich auf zum Flussufer, um ein paar Kräuter zu suchen, die ich brauche.«

Der Bursche packt die Zügel und wirft Senni einen abschätzenden Blick hinterher, als dieser sich mit einem Korb und einer Tonflasche in der Hand auf den Weg macht. Hämisch grinsend zieht der Bursche das humpelnde Tier hinter sich her bis zu den Stallungen. Dort wird er bereits voll Ungeduld von Kikkuli erwartet.

»Es hat geklappt, mein Gebieter. Die Stockschläge, die ich der Mähre verpasst habe, haben deinen Ziehsohn in Wallung gebracht. Šenni ist schon auf dem Weg zum Flussufer, um Kräuter für die Salbe zu sammeln.«

Kikkuli ist hocherfreut, dass sein Plan zu gelingen scheint. »Gut gemacht!«, lobt er seinen Untergebenen, »folge dem Jungen und merke dir alles, was er einsammelt. Ich muss hinter das Geheimnis des Wundermittels kommen, mit dem er die Pferde behandelt. Wenn du mir berichtet hast, melde dich in der Küche.

Dort wartet eine Sonderration Bier und Brot auf dich.« Der Pferdeknecht reibt sich voller Vorfreude die Hände, verneigt sich vor seinem Herrn und rennt los, um die Verfolgung Sennis aufzunehmen.

Es ist nicht weit von den Weideplätzen der Pferde bis hinunter zum Flussufer. Senni mag diese Landschaft entlang des Wasserlaufes, die so üppig bewaldet ist. Ganz anders als die karge Steppe rund um das Gehöft seines Elternhauses. Dort grünte es nur, wenn im Frühjahr der Regen fiel. Das war die Zeit, in der die ganze Familie ausschwärmte, um allerlei Kräuter und Pflanzen zu sammeln, die anschließend in der Sonne getrocknet wurden. Hier am Ufer des Flusses wachsen Pflanzen und Bäume in Hülle und Fülle – und zwar fast das ganze Jahr hindurch! Vögel zwitschern in den Wipfeln der Palmen und Wildziegen recken ihre Hälse nach den saftigen Blättern der mannshohen Sträucher.

Abb. 10: Assur, Pyxis aus Gruft 45:
Darstellung einer Waldlandschaft

Er muss an die Worte seines Vaters Ḫunnu denken: Die Mitanni haben die besten Ländereien für sich in Anspruch genommen und die kargen Landstriche uns Hurritern überlassen. Wie Recht er hat! In Gedanken geht Senni noch einmal die Liste der Zutaten durch, die sein Vater zum Anrühren der Paste benötigte. Zunächst die Pflanzen, die er sammeln und zu einem Brei verrühren muss: Lupine, Samen des Seifenkrauts, Wacholder, eine Elkulla-Pflanze und eine Amilanu-Pflanze.[24] Er ist begeistert, wie einfach es ist, hier die benötigten Gewächse zu

---

[24] Die botanische Identifikation der Elkulla- bzw. Amilanu-Pflanze ist bislang noch nicht gelungen.

finden. Zu Hause war die Vegetation längst nicht so üppig wie in dieser Flussaue. Auf seiner Suche scheucht Senni im Unterholz ein paar Wildziegen auf, die sich meckernd in ein nahegelegenes Waldstück verziehen. Sein Binsenkorb ist schnell mit den pflanzlichen Zutaten gefüllt. Nun fehlen nur noch die tierischen Produkte zum Anrühren der Paste. Zunächst eine Heuschrecke. Eine leichte Übung, denn die Insekten hüpfen hier auf allen Grashalmen herum. Er braucht aber eine große Wanderheuschrecke. Die sind etwas schwieriger zu erhaschen. Es dauert eine ganze Weile, bis er ein solches Tier mit der Hand gefangen und in eine mitgeführte Tonflasche stecken kann. Am einfachsten ist es, die benötigten Würmer im feuchten Ufer zu ergattern. Gerade als Senni das letzte Prachtexemplar in das Tongefäß steckt, bemerkt er hinter sich ein Rascheln im Gebüsch. Im ersten Moment erschrickt der Junge so sehr, dass ihm fast der Tonkrug aus der Hand gefallen wäre. Seine Augen suchen die Umgebung ab, denn schließlich gibt es hier in der Umgebung des Flusses zahlreiche Wildtiere. Einige davon könne sogar Menschen gefährlich werden. Vielleicht war es nur ein Wüstenfuchs, aber was, wenn es eine größere Bestie ist? Eventuell ein Wolf, der sich aus den Bergen hierher verlaufen hat oder gar ein Löwe? Er hat zwar noch nie ein solches Tier hier zu Gesicht bekommen, aber die Pferdeknechte erzählen abends immer wieder von ihren Erlebnissen mit wilden Tieren, die durch die Gegend streifen sollen. Umso mehr Senni darüber grübelt, was sich dort im Gestrüpp bewegt haben könnte, umso mulmiger wird es ihm. Jetzt nur keine hastige Bewegung, die ein Wildtier reizen könnte! Langsam geht Senni in die Hocke, setzt den Tontopf mit den gefangenen Würmern auf dem Boden ab und zieht seinen Bronzedolch aus der Scheide. Mit vorgestrecktem Arm hält er das Messer vor seine Brust, jederzeit bereit zuzustoßen, falls er angegriffen wird. Da – schon wieder ein Rascheln im Buschwerk! Senni nimmt allen Mut zusammen und rennt lautschreiend auf das Gesträuch zu. Wildtiere, das weiß er aus Erfahrung, nehmen bei Lärm Reißaus. Vor allem, wenn ein Mensch sich schreiend auf sie zubewegt. Der Junge ist kaum zwei Schritte gelaufen, da teilt sich das Gebüsch und aus dem Blattwerk schält sich der Pferdeknecht heraus.

Senni bleibt unvermittelt stehen und atmet erst einmal tief durch: »Mensch, hast du mich erschreckt! Ich dachte, es sei eine Raubkatze im Gebüsch.«

Der Mann beginnt schallend zu lachen: »Du Angsthase! Bin rein zufällig hier und habe gesehen, dass du die ekligen Würmer einfängst. Was hast du mit ihnen vor? Sind das Köder zum Angeln?«

Senni winkt ab: »Ach nein, ich brauche die Viecher für etwas anderes.«

Der Pferdeknecht setzt sein bestes Lächeln auf: »Für was denn«, erkundigt er sich mit säuselnder Stimme, »willst du etwas in dem Gefäß anrühren? Sag schon, was hast du mit den Tierchen im Krug vor?«, umgarnt er Senni, dem die Fragerei langsam zu bunt wird.

»Abendessen«, gibt dieser keck zur Antwort, »bei uns zu Hause haben wir Würmer wie diese gekocht und verspeist. Eine wahre Delikatesse!«

Der Pferdeknecht verzieht angewidert das Gesicht und trollt sich kopfschüttelnd. Senni wartet noch einen Augenblick, bis der Mann außer Sichtweite ist, um sich auf die Suche nach der nächsten Zutat für die Pferdesalbe zu machen.

Am heikelsten ist es, einen weißen Skorpion zu erlegen. Senni weiß aus leidiger Erfahrung, dass gerade der Stich dieser kleinen Skorpionenart, mit ihrem fast durchsichtig scheinenden Panzer, die übelsten Schmerzen verursachen. Vor über drei Jahren hatte ihn ein solcher Insektenjäger einmal in den Finger gestochen. Seine Eltern bangten damals um sein Leben, da er von hohem Fieber befallen wurde. Für Kinder könne der Stich eines Skorpions tödlich sein, hatte der Heilkundige seiner Mutter gesagt, die daraufhin Tag und Nacht an seiner Bettstatt wachte, bis das Fieber nachließ. Skorpione verkriechen sich tagsüber meist unter Steinen oder in ihren Höhlen, die sie unter der Erde anlegen. Da diese Tiere trockene Sandflächen bevorzugen, verlässt Senni das feuchte Flussufer und macht sich auf den Weg in die Steppe.

Im Hochsommer ist das Gras dort verdörrt und nur noch einzelne Stoppeln und Disteln wiegen sich im heißen Wind. Weit entfernt, fast am Horizont, erblickt Senni einen Hirtenjungen, der wie jeden Tag mit Kikkulis Schafherde rund um die ausgedehnten Ländereien des Gestüts zieht. Der Knabe, der kaum älter als Senni sein dürfte, sitzt im Schneidersitz auf dem Rücken seines Esels und beobachtet gelangweilt die Schafe, die zu Hunderten um ihn herum stehen und nach Fressbarem Ausschau halten. Die genügsamen Tiere schrecken sogar nicht davor zurück, die verdörrten Blätter der Disteln abzuknabbern und mit mahlenden Bewegungen im Maul zu zerreiben. Senni winkt dem Hirten nur kurz zu, um sich dann auf die Skorpionjagd zu begeben. Am Rand eines Feldes entdeckt er einen Stein, den er vorsichtig mit dem Fuß zur Seite schiebt. Ein kleines, kaum fingerdickes Loch im Erdreich zeigt ihm an, dass hier ein Skorpion sein zu Hause hat. Den Dolch stichbereit in der Rechten, bohrt er mit einem Distelhalm in die Öffnung hinein. Es dauert nur einen kurzen Augenblick, bis der angriffslustige Insektenjäger erscheint und seinen Giftstachel drohend über dem Kopf aufrichtet. Ein Prachtexemplar! Und dazu noch einer von der hellen Sorte. Genau nach Vorschrift! Sennis Stich tötet das Tier im Nu. Er hütet sich, den Panzer anzufassen, sondern befördert seine Beute mit der Messerspitze in den Krug. Nach einer Weile hat er vier Skorpione erlegt. Das müsste genügen, denkt er sich. Senni ist so vertieft in seine Arbeit, dass er nicht bemerkt, dass ihm der Pferdeknecht nachgeschlichen ist. Aus sicherer Entfernung beobachtet dieser jede Bewegung des Hurriters. Erst als Senni sich anschickt, den Rückweg einzuschlagen, eilt ihm der Mann voraus, um noch vor ihm das Herrenhaus zu erreichen.

Mein Gebieter wird mit mir zufrieden sein, denkt sich der Pferdeknecht, als er auf dem Hof eintrifft. Mit wenigen Worten schildert er seinem Herrn seine Beobachtungen. Kikkuli grinst voller Häme und schickt seinen Stallknecht zur Küche:

»Ich bin zufrieden mit dir! Du hast dir deine Belohnung redlich verdient«, ruft er ihm hinterher, als dieser in der Kochstube verschwindet.

Nur wenige Augenblicke nach dem Stallknecht betritt auch Senni mit seinem Krug den Raum. »Guten Tag ihr Köche«, grüßt er das Personal freundlich, »darf ich euch um etwas Fischtran, Schweinefett, Butterschmalz und Öl von Pflanzen bitten? Unser Herr Kikkuli meinte, dass ich diese Zutaten von euch erhalten könnte.«

Der Küchenmeister winkt ihn zu sich: »Natürlich junger Herr, soll ich dir alles in deinen Topf abfüllen lassen?«

Senni nickt und stellt seinen Krug auf den Küchentisch. Einer der Köche eilt mit einer Tonflasche herbei und schiebt den Verschluss von Sennis Gefäß zur Seite. »Oh ihr Götter! Im Krug wimmelt es ja von lebenden Würmern! Und

Skorpione sind auch drin. Wie ekelhaft! Das Getier bewegt sich ja noch! Was hast du damit vor, Šenni?«

Der Hurriter lächelt verschmitzt: »Das ist ein Geheimnis. Darf ich dir leider nicht verraten. Fülle bitte alles in den Krug.«

Während der Koch seiner Bitte nachkommt, sitzt der Pferdeknecht in einer Ecke der Küche und schmatzt genüsslich: »Dein Essen übertrifft heute alles, Köchlein, und das Bier schmeckt vorzüglich!«

Der Küchenmeister ist sichtlich beglückt von dem Lob: »Freut mich, dass es dir schmeckt! Möchtest du mal von dem Zeug kosten, das Šenni hier zusammenbraut?«

Der Stallbursche verdreht die Augen: »Vorhin hat er mir weiß machen wollen, dass sie zu Hause solche Würmer fressen. Igitt!«

Der Meisterkoch wirft noch einmal einen Blick in das Gefäß: »Das sieht wirklich abscheulich aus. Und wie das stinkt! Junge, mach, dass du aus meiner Küche verschwindest, sonst verdirbst du mir noch die Speisen!«

Senni verschließt den Krug, dankt den Köchen und verlässt fröhlich pfeifend die Kochstube. Nachdem er das tönerne Gefäß in einem Vorratsraum direkt neben den Stallungen deponiert hat, geht er noch einmal durch, welche Zutaten noch fehlen: Erdpech und ein wenig Gips,[25] dann kann die Pferdesalbe angerührt werden. Er greift einen Binsenkorb, legt eine Tonschale und ein paar Lappen hinein und macht sich auf den Weg. Er ist so in seinen Gedanken versunken, dass er keine Notiz davon nimmt, dass sich der Pferdeknecht erneut an seine Fersen heftet. Dieses Mal geht der Kerl wesentlich vorsichtiger vor und achtet darauf, dass er nicht noch einmal beim Nachspionieren ertappt wird. In Sichtweite, doch immer darauf bedacht, jedwede Deckung auszunutzen, folgt er dem Jungen. Zu seiner Überraschung schlägt Senni nicht den Weg zum Flussufer ein, sondern biegt ab in Richtung einer Ödnis, die sich nach einem Fußmarsch von gut einer Stunde vor ihnen erstreckt. In der Umgebung zweier ausgetrockneter Wasserläufe haben sich Salzkrusten gebildet, die an einigen Stellen armdicke Platten bilden. Auf diesen spiegelt sich das Sonnenlicht so stark, dass

---

[25] Zur Rezeptur von Pferdeheilmitteln s. Stefan Maul, Ein altorientalischer Pferdesegen - Seuchenprophylaxe in der assyrischen Armee, Zeitschrift für Assyriologie 2013, 103(1), 16 - 37.

Senni auf der Suche nach einem geeigneten Ort eine Hand vor Augen halten muss, um nicht zu stark geblendet zu werden. Der Pferdeknecht wundert sich, nach was der Knabe in dieser Einöde Ausschau hält. Als Senni nach einigen Schritten plötzlich stehen bleibt, seinen Bastkorb abstellt und mit seinem Dolch den Erdboden aufzugraben beginnt, geht der Stallknecht hinter einer Sanddüne in Deckung. Vorsichtig späht er über den Rand der Erhebung und beobachtet, wie Senni zähflüssiges Erdpech mittels einer Tonschale aus dem Erdloch schöpft. Anschließend reinigt sich der Knabe seine Hände mit einem Tuch. Senni verflucht insgeheim das schwarze Zeug, das ihm an den Fingern klebt wie Honig.

Der Bienensaft schmeckt wenigstens süß und verfärbt die Finger nicht so schwarz. Meine Pfoten sehen aus wie die Klauen von Unterweltdämonen, denkt sich Senni beim Betrachten seiner Hände. Nachdem er sich halbwegs gesäubert hat, bricht er auf in Richtung des Flussufers. Vor ein paar Wochen hat er dort eine Stelle entdeckt, die gipshaltiges Gestein enthält. Kaum angekommen, schlägt er mit einem herumliegenden Basaltstein auf die kalkhaltigen Wände der Uferböschung ein, bis sich mehrere Gesteinsbrocken lösen und zu Boden purzeln. Diese zerstampft er so lange, bis nur noch gipshaltiges Pulver übrig bleibt. Den gelblichen Staub häuft er mit den Händen zusammen und streut ihn über das Erdpech in der kleinen Schale. Nach der schweißtreibenden Arbeit nimmt Senni noch schnell ein Schluck Wasser aus dem Fluss, benetzt anschließend sein Gesicht und macht sich dann auf den Nachhauseweg. Dass ihn sein Verfolger die ganze Zeit nicht aus den Augen gelassen hat, ist ihm nicht aufgefallen. Zu sehr ist er mit seinen Gedanken bei der Herstellung der Pferdesalbe. Senni denkt sich auch nichts dabei, als ihn der Pferdeknecht kurz vor dem Haupttor zum Gestüt einholt und mit Riesenschritten an ihm vorbei in Richtung Herrenhaus eilt. Dort wird der Mann schon sehnsüchtig von Kikkuli erwartet.

»Mein Herr, ich habe dir viel zu berichten.«

Doch bevor er weiterreden kann, zieht ihn Kikkuli ins Innere des Hauses und schließt die Tür. Wie ein Wasserfall sprudeln die Worte aus dem Mund des Stallburschen. Der Mitanni prägt sich jede Einzelheit des Berichtes ein: »So also wird die Pferdesalbe gemacht! Nun bin ich endlich im Besitz der Rezeptur für das Wundermittel«, triumphiert der Gutsbesitzer. Kikkuli ist höchst zufrieden mit

seinem Spitzel. Zur Belohnung drückt er ihm hämisch grinsend einen Kupferbarren in die Hand: »Für deine nächsten Besuche bei den Huren in Waššukanni.
Mir wurde zugetragen, dass deine Favoritin die Schwarzhaarige mit dem goldenen Stirnband sei.«

Der Pferdeknecht errötet bis zu den Ohren: »Woher weißt du das, Herr? Wer
hat dir das verraten?«

Kikkuli mustert ihn mit strenger Miene: »Merke dir: Vor mir bleibt nichts verborgen! Ich erfahre alles, was rund um das Gestüt geschieht.« Mit einem auf-
munterndem Schlag auf den Rücken schiebt er den Burschen zur Tür hinaus:
»Hol dir noch eine Sonderration Bier in der Küche ab! Der Koch weiß
Bescheid.«

Auf dem Weg dorthin betrachtet der Pferdeknecht das glänzende Kupferstück
von allen Seiten und strahlt. Heute ist ein sehr guter Tag! Es hat sich gelohnt,
dem Bengel hinterherzuschnüffeln! In Vorfreude auf seinen nächsten Stadtgang
reibt er sich die Hände: »Ja, die Schwarzhaarige mit dem goldenen Stirnband
wird die ganze Nacht die meine sein!«

Kikkuli blickt ihm währenddessen mit verächtlichem Blick hinterher. Nachdem der Bursche in der Küche verschwunden ist, spuckt der Mitanni auf den
Boden: »Ein schäbiger Speichellecker, dieser Knecht!«

9. Der Pferdedämon

Es ist noch stockfinster, als Senni durch lautes Singen geweckt wird. Aber eigentlich ist das kein Gesang, sondern eher ein unverständliches Gegröle, was von draußen in sein Zimmer dringt. Halbnackt tastet sich der Junge zur Tür, öffnet sie einen Spaltbreit und erkennt, dass ein Mann über den Hof torkelt. Der Kerl scheint sturzbetrunken, denn er sucht krampfhaft an der Hauswand Halt, um im nächsten Augenblick wieder zwei Schritte nach vorne zu taumeln. Mit einiger Mühe schafft er es, sich an dem Pfosten des vorgelagerten Daches festzuhalten. Senni tritt vor die Tür, um dem Burschen zu helfen. Als dieser ihn gewahr wird, blökt er aus vollem Hals:

»Da bist du ja, Šenni, du Wundermittel-Hersteller. Dank deiner Rezeptur hat mich unser Herr vorzüglich entlohnt. Ich komme gerade aus der Stadt. Habe die gesamte Belohnung bei meiner Lieblingshure auf den Kopf gehauen. Die kleine Schwarzhaarige in der Taverne hat mich mit Starkbier abgefüllt. Nun dreht sich alles um mich herum. Aber schön war es! Und alles dank deines Wundermittels!« Er lallt noch ein paar unverständliche Worte, verliert plötzlich vollends den Halt und schlägt der Länge nach hin.

Erst jetzt erkennt Senni, dass es der Pferdeknecht ist, dem er tags zuvor am Flussufer begegnet war. Der Betrunkene versucht, sich aufzurichten, sackt aber wieder zusammen. Auf allen vieren kriecht er noch ein kleines Stück auf Senni zu, bevor er sich übergeben muss. Vom Lärm geweckt, eilt nun auch Sennis Freund Ḫersi herbei.

»Was ist denn hier los? Ich sehe schon, der Kerl hat wieder einmal zu viel gezecht. Komm, wir bringen ihn hinter den Stall. Wenn Kikkuli ihn in diesem Zustand erwischt, lässt er die Peitsche auf seinem Rücken tanzen. Pack mit an, Šenni!«

Der Pferdeknecht stinkt nach Erbrochenem. Angewidert vom Geruch schleppen die Jungen den Berauschten hinüber zu den Stallungen. Ḫersi macht sich davon, um schon kurze Zeit später mit einem bis zum Rand mit Wasser gefüllten Holzeimer zurückzukehren.

»Das wird ihn ausnüchtern«, lacht der Sklave, bevor er dem am Boden Liegenden das Wasser über den Kopf schüttet. Der Pferdeknecht schüttelt sich ein wenig und streicht seine verklebten Haare aus dem Gesicht. Mit aufgerichtetem Oberkörper sitzt er vor den Jungen und glotzt seine Helfer mit glasigen Augen an.

»Was habt ihr mit mir vor?«, lallt er mit schwerer Zunge. Als er Senni erblickt, schreit er aus Leibeskräften: »Du kleine hurritische Schlange, du hast mit deiner Wundersalbe die Gunst unseres Herrn Kikkuli zu ergattern versucht. Aber das ist fehlgeschlagen. Ich habe dein Geheimnis ergründet und deine geheime Rezeptur an unseren Herrn verraten.« Der Betrunkene rülpst und brabbelt weiter: »Kikkuli weiß nun alles. Jede Einzelheit habe ich ihm berichtet. Nun kann auch er deine Wundersalbe herstellen. Belohnt hat er mich, unser Herr. Einen Kupferbarren waren ihm die Auskünfte wert!« Der Pferdeknecht gluckst noch einmal, bevor er zur Seite sinkt und schnarchend in einen Tiefschlaf versinkt.

Senni steht im ersten Moment sprachlos da. Erst als Ḫersi ihn am Arm zupft, kann er wieder einen Gedanken fassen.

»Was quatscht der Kerl da von einem geheimen Rezept, Šenni«, erkundigt sich der Sklave.

»Ich bin betrogen worden!«, stammelt Šenni, »die haben hinter mir herspioniert, um das Geheimnis der Pferdesalbe zu ergründen. Wenn der Kerl die Wahrheit sagt, kennt Kikkuli jetzt die Zutaten zur Zubereitung des Wundermittels. Mein Vater Ḫunnu hat immer strengstens darauf geachtet, dass niemand hinter das Geheimnis kommt. Ich Dummkopf war zu unvorsichtig! Jetzt kennt Kikkuli die Rezeptur.«

Ḫersi legt ihm den Arm um die Schultern:

»Hör auf zu jammern, Senni! Denk nach! Kann Kikkuli die Pferdesalbe wirklich ohne deine Hilfe herstellen? Wenn ich dir die Zutaten zum Brauen von Bier gebe, kannst du dann Bier brauen?«

Senni schüttelt den Kopf. »Nein, das könnte ich nicht. Ich müsste ja auch wissen, in welchem Verhältnis ich die Zutaten zusammenmischen muss. Und selbst wenn es Kikkuli gelänge, die Mixtur herzustellen, fehlt ihm immer noch etwas ganz Entscheidendes!«

Hersi brennt vor Neugier: »Was denn? Sag schon!«

Senni triumphiert: »Die Zauberformel! Kikkuli kennt den Wortlaut der Beschwörungen nicht, um den Pferdedämon zu beschwichtigen. Nur mit Hilfe dieser Beschwörung wird aus einer normalen Wundsalbe das Wundermittel. Und hier auf diesem Gehöft kenne nur ich das geheime Ritual, das notwendig ist, um den Dämon der Pferde zu bannen.«

Hersi atmet auf: »Dann ist das Geheimnis des Wundermittels gesichert. Ich bin erleichtert, dass der Halunke die Zauberformel nicht in Erfahrung bringen konnte. Lassen wir den Säufer hier seinen Rausch ausschlafen! Wir müssen noch ein wenig ruhen, denn schon bald müssen wir wieder an unser Tagewerk.«

Als Senni aufwacht, hat er das Gefühl, kaum geschlafen zu haben. Gedanken schwirren in seinem Kopf herum. Er macht sich Vorwürfe, dass er zu unvorsichtig mit der geheimen Rezeptur seines Vaters umgegangen ist. Er könnte sich ohrfeigen, dass er dem Stallburschen nicht mit Argwohn begegnet ist! Wie benommen schleicht er am frühen Morgen hinüber zu den Ställen, um seine Arbeit aufzunehmen. Gerade als er den Hof vor dem Herrenhaus passiert, tritt Kikkuli über die Türschwelle, um ihn überschwänglich zu begrüßen. Doch Senni nickt nur im Vorbeigehen, ohne den Gruß zu erwidern. Kikkulis gute Laune ist sofort dahin.

»Bleib stehen, mein Sohn!«, faucht er Senni gereizt an, »seinen Vater grüßt man mit Respekt! Also her zu mir, um mir den gebührenden Morgengruß zu entrichten!«

Senni verdreht die Augen und wendet sich um: »Morgen, Herr und Meister.«

Sennis lustlos dahingesagte Worte bringen Kikkulis Blut in Wallung: »Was bildest du dir ein, Bürschchen? So kannst du Domestiken begrüßen, aber nicht mich, deinen Ziehvater und Wohltäter!«

Senni wirft ihm einen verächtlichen Blick zu: »Du mein Wohltäter? Warum hast du dann deinen Pferdeknecht hinter mir hergeschickt, um das Geheimnis der Wundersalbe herauszufinden?« Kikkuli bleibt zunächst wie angewurzelt stehen, während Senni jegliche Rücksichtnahme außer Acht lässt und sich in Rage redet: »Leugne es nicht! Der Pferdeknecht hat im Suff alles ausgeplaudert.

Du hast ihn sogar mit einem Kupferbarren für seine Spitzeldienste entlohnt. Ein schöner Vater und Wohltäter bist du!«

Kikkulis Gesicht läuft blutrot an. Die Adern treten wie dunkelblaue Stränge an seinen Schläfen hervor. Die linke Gesichtshälfte beginnt zu zucken. Er ballt seine Hände so stark zusammen, dass die Gelenke seiner Finger knacken. Dann reißt er seine Reitpeitsche aus dem Gürtel und stürzt an Senni vorbei in Richtung der Stallungen. »Diesem verdammten Hund stopfe ich auf der Stelle das Schandmaul!«, schreit der Hüne und verschwindet wutentbrannt zwischen den Gebäuden.

Just in diesem Moment kommt Sennis Lehrmeister, der betagte Pferdeausbilder, des Wegs. Er führt eines der Rösser am Zügel, um es zum Stall zu bringen.

»Solltest du nicht schon deiner Arbeit nachgehen, Šenni? Die Tiere an der Koppel dürsten.«

Senni ringt nach Worten: »Ich glaube, ich habe einen fatalen Fehler gemacht, alter Mann«, stammelt er kleinlaut, »Kikkuli wird seine Wut an dem jungen Stallknecht auslassen.«

Mit wenigen Worten berichtet er seinem Lehrherrn, was sich zugetragen hat. Der bindet eilig das Pferd an einen Pfahl und bedeutet Senni, ihm zu den Stallungen zu folgen. Beim Näherkommen vernehmen sie bereits das jämmerliche Geschrei des jungen Pferdeburschen. Sein inständiges Bitten, ihn zu verschonen, wird von Kikkulis Gebrüll übertönt. Sobald er ein Wort an den Gutsherrn zu richten versucht, fährt dieser mit der Knute dazwischen. Das Gezeter des Stallknechts wird immer wieder vom Surren und Knallen von Kikkulis Peitsche unterbrochen. Die Pferde beginnen unruhig mit den Hufen zu stampfen, als die tiefe Stimme des Mitanni durch die Stallungen dröhnt:

»Du elende Missgeburt! Du hast meinem Sohn verraten, dass ich das Geheimnis der Pferdesalbe ergründen wollte!«

Der Bursche versucht, Kikkuli zu beschwichtigen: »Herr, ich war betrunken. Lass Gnade walten!«

Sein Flehen erstickt unter den Schlägen der Peitsche. Immer schneller hageln Kikkulis Hiebe auf ihn ein.

»Die beiden sind hinter dem Stall. Dort wo der Betrunkene seinen Rausch ausgeschlafen hat«, ruft Senni dem alten Pferdeausbilder zu, »schnell, eilen wir ihm zu Hilfe!«

Senni will schon losspurten, wird aber von seinem Begleiter zurückgehalten: »Du darfst dich nicht einmischen, mein Junge. Niemand darf das! Sonst blüht dir das gleiche Schicksal wie dem Stallburschen. Wenn Kikkuli wütend ist, ist er wie von Sinnen. Es ist dann immer so, als ob ein Dämon von ihm Besitz ergreift. Niemand kann ihn in diesem Zustand bremsen. Niemand darf sich ihm nähern. Auch du nicht, sonst bist auch du des Todes! Glaube mir, ich kenne diesen Mann schon mein halbes Leben lang. Er ist wie eine Furie, wenn er ausrastet. Er erkennt dann sein Umfeld nicht mehr. Kikkuli selbst wird zum Pferdedämon! Ich bin mir sicher, er würde sich auch an dir vergreifen.«

Der Griff des Alten lockert sich nicht. Ganz im Gegenteil, er packt Senni noch fester am Arm, um ihn dicht an seiner Seite zu halten. Beide verharren im Gang zwischen den Boxen der Pferde. Der Alte wagt sich nicht mehr weiter.

Nur ein paar Schritte entfernt, überschlägt sich Kikkulis Stimme: »Du hast das letzte Mal mit deinen Taten geprahlt, du Wurm!«

Das Knallen der Peitsche donnert wie ein Hammerschlag in Sennis Ohr. Ist zunächst noch das laute Jammern des unglückseligen Stallknechtes zu vernehmen, so weicht dies mit jedem Treffer einem Röcheln, bis nach unzähligen Hieben nur noch der schwere Atem von Kikkuli zu hören ist. Dann ist es plötzlich still. Kein Peitschenknall, kein Atmen, kein Laut ist mehr vernehmbar. Der Alte und Senni halten die Luft an, lauschen in die Stille. Senni spürt, wie sich der Griff seines Lehrmeisters lockert. Er folgt ihm, als dieser es wagt, einen Blick um die Ecke des Gebäudes zu werfen. Der Alte wird aschfahl im Gesicht. Senni lugt nun ebenfalls um die Mauer. Der Anblick des jungen Stallknechts lässt sein Blut in den Adern gefrieren. Dessen Körper ist über und über mit blutenden Striemen übersät. Der Rücken zerfetzt, das Gesicht zur Unkenntlichkeit geschwollen, der ganze Leib geschunden. Der Bursche liegt regungslos in einer ausgedehnten Blutlache. Kikkuli sitzt daneben auf dem Boden. Den Rücken an die Mauer der Stallung gelehnt, die Beine ausgestreckt, die Arme zu Boden hängend. Neben ihm liegt seine Knute. Blutverschmiert. Die Augen des Mitanni sind weit aufgerissen und starren in die Ferne. Er registriert keine Bewegung und keinen Laut in seiner Umgebung.

»Der böse Dämon, der in ihn gefahren ist, hat sich nun beruhigt«, flüstert der alte Pferdelehrer Senni zu. »Wenn die teuflische Macht gänzlich von Kikkuli gewichen ist, wird er sich an nichts mehr erinnern. So war es immer in der Vergangenheit, wenn der Pferdedämon sich seiner bemächtigt.«

Senni traut seinen Ohren nicht: »Du willst mir doch nicht sagen, dass Kikkuli schon öfter in diesen Zustand verfallen ist? Er wandelt sich zum Pferdedämon?«

Der Alte nickt nur auf Sennis ungläubige Frage und betastet den Körper des Stallburschen. »Kein Lebenszeichen mehr! Er ist auf dem Weg zur Unterweltgöttin Ereškigal. Möge sie ihn in ihrem Palast aus Lapislazuli gnädig aufnehmen.«

Erst jetzt, nachdem wieder Ruhe eingekehrt ist, wagen sich die anderen Stallknechte aus ihren Schlupflöchern. Allen steht der Schrecken ins Gesicht geschrieben. Auf Anweisung des Alten packen sie Kikkuli an Armen und Beinen und tragen ihn hinüber zum Herrenhaus. Er ruft nach einer Sklavin, die sich um den Gutsherrn kümmern soll. Eine Frau eilt herbei. Ihr scharlachrotes Gewand schmiegt sich beim Laufen an ihren zierlichen Körper. Sennis Augen bleiben auf ihr haften. Sie muss jung sein, denkt er, als er ihren wiegenden Gang beobachtet. Sein Blick wandert zu ihrem Gesicht, das zu seinem Leidwesen von einem Schleiertuch verhüllt wird. Wache Augen spähen aus einem Schlitz, treffen ihn wie ein Blitz. Senni fühlt sich ertappt. Verlegen schaut er zu Boden. Die Frau scheint keine größere Notiz von ihm zu nehmen. Sie folgt mit tippelnden Schritten den Knechten, die ihren Herrn ins Haus tragen. Erst als die Tür krachend zuschlägt, kann Senni wieder einen Gedanken fassen. Sein Hals ist wie ausgetrocknet. Er ist sich sicher, dass sich unter der roten Robe die schönste Frau der Erde verbirgt. Nichts kann diesem anmutigen Wesen gleich kommen. Davon ist er felsenfest überzeugt!

Bis zum Abend versorgt die Sklavin ihren Herrn. Sie benetzt Kikkulis Stirn mit kühlendem Wasser und reibt seinen Körper mit wohlduftenden Essenzen ab. Erst spät erwacht der Mitanni aus seiner Starre. Sein erster Blick fällt auf seine

Lederpeitsche, die gesäubert neben seinem Bett liegt. Keine Spur mehr von Blut. Auch seine Kleidung wurde gewechselt. Dann bemerkt er die Sklavin in einer Ecke des Raums. Sie begrüßt ihn mit einer tiefen Verbeugung.

»Ich bin durstig. Wo ist der Wein?« Kikkulis Frage klingt wie eine Drohung. Am ganzen Leib zitternd reicht die Frau ihm einen gefüllten Becher. Er leert ihn in einem Zug und klopft mit seiner Linken auf die Matratze, auf der er liegt: »Her zu mir!«

Am anderen Morgen bläut der alte Pferdelehrer Senni ein, seinen Ziehvater niemals auf diesen Vorfall anzusprechen. Es bestünde sonst die Gefahr, dass Kikkuli wieder einen Anfall von Jähzorn erleide. Senni ist schockiert. Soll er sein ganzes Leben lang bei einem solchen Wüterich verbringen? Eines möchte er von dem Alten trotzdem wissen:

»Wer ist die Frau im scharlachroten Gewand?«

Sein Gegenüber wird kreidebleich: »Frage niemals nach ihr. Und wenn du sie in seiner Gegenwart erblickst, lasse niemals deine Augen auf ihr ruhen, hörst du Šenni! Niemals! Vergiss dieses Weib! Sie existiert nicht. Sie gehört ihm und keinem anderen!«

Der Alte lässt ihn stehen und macht sich an die Arbeit. Senni grübelt den ganzen Tag über die Worte seines Lehrmeisters nach. Zu gern würde er in Erfahrung bringen, wer die Scharlachrote ist!

Zum Abend hin ist die Pferdesalbe nach alter Tradition hergestellt. Dieses Mal hat Senni darauf geachtet, dass ihn niemand beobachtet. Auch die magischen Worte hat er nur leise vor sich hin gemurmelt, damit das Geheimnis nicht an falsche Ohren dringt. Beim Abfüllen in einen Krug muss Senni daran denken, dass ein junger Mensch wegen des Wundermittels sterben musste. Niemand auf dem Gestüt redet über den Vorfall. Der Mantel des Schweigens wird ausgebreitet. Kikkuli scheint den Tod des jungen Stallknechts gänzlich verdrängt zu haben. Kein Wort des Bedauerns. Noch nicht einmal Klageweiber wurden einbestellt. Lediglich ein frisches Grab, das eilig in dem für Knechte und Sklaven vorbestimmten Friedhof weit hinter den Pferdeweiden ausgehoben wurde, erinnert an den Stallburschen. Heimlich in der Erde verscharrt, endet ein junges Leben.

Doch Senni kann das Geschehene nicht vergessen. Die grauenvollen Bilder des Erschlagenen gehen ihm nicht aus dem Sinn. Im Schlaf plagen ihn Alpträume, wenn er das sirrende Geräusch der Reitpeitsche und die Schreie des Stallburschen zu hören glaubt. Am Ende des Traums taucht immer wieder Kikkuli auf, der sich drohend vor seinem Bett aufbaut. Dabei verzerren sich die Gesichtszüge des Mitanni zu einer Fratze. Nacht für Nacht sucht ihn Kikkuli in seinen Träumen heim. Nacht für Nacht verwandelt sich seine Gestalt in die eines grässlichen Pferdedämons, der Feuer aus den Nüstern speit und Senni sein bleckendes Gebiss entgegenstreckt. Der Traum endet stets damit, dass der Pferdedämon laut wiehernd die Knute schwingt und sie mit voller Wucht auf Sennis Rücken niedersausen lässt. Die Riemen bohren sich in sein Fleisch, reißen ihm die Haut in Stücken vom Leib. Schweißgebadet erwacht Senni und tastet wie im Fieberwahn um sich. Der Spuk ist vorbei! Doch der Pferdedämon bleibt von diesem Tag an sein ständiger Begleiter auf dem Gestüt – unsichtbar, doch allgegenwärtig!

10. Kikkulis Geheimnis

Schon ein Jahr lang durchläuft Senni die harte Ausbildung zum Pferdekundigen. Vom frühen Morgen bis zum Einbruch der Nacht unterrichtet ihn Kikkuli über die Aufzucht von Pferden, die nur zu einem Ziel auf seinem Gestüt gezüchtet und geschult würden: Im Kampf die Streitwagen der Marijanni, den gefürchteten Streitwagenlenkern, zu ziehen. Schließlich seien diese die vornehmsten Krieger im gesamten Mitanni-Reich, vor denen sogar die barbarischen Assyrer davonlaufen würden, prahlt sein Ziehvater bei jeder sich bietenden Gelegenheit. Täglich trichtert er ihm ein, dass die Vorschriften, die sein Urahn Kikkuli vor über hundert Jahren entwickelt habe, peinlich genau einzuhalten seien. Die vorgeschriebene Futterration für jedes Pferd müsse unbedingt berücksichtigt werden, denn nur so könnten die Tiere ihre Hochleistung erreichen.

Nachdem Senni gemeinsam mit den anderen Pferdeknechten die Tiere auf den Koppeln versorgt hat, wendet er sich Kikkulis Lieblingspferden zu. Kaum haben sie ihn gewittert, tänzeln die beiden Hengste auf den Hinterbeinen und können es kaum abwarten, ihre Leckerbissen zu erhalten. Senni ist so vertieft in seine Arbeit, dass er gar nicht bemerkt, dass Kikkuli hinter ihm steht. Erst als der ihm die Hand auf die Schultern legt, fährt der Junge herum und schaut erstaunt in die Augen seines Ziehvaters, der ihn fast liebevoll anzublicken scheint.

»Ich beobachte dich schon eine ganze Weile, mein Sohn«, brummt Kikkuli mit seiner Bassstimme, »du erfüllst die Aufgaben, die ich dir auferlegt habe, sehr gewissenhaft. Es ist nun an der Zeit, dich in die Feinheiten der Pferdekunde einzuweihen, das wohlgehütete Geheimnis unserer Familie. Ab sofort wirst du in die zweite Phase deiner Ausbildung eintreten, damit ich dir als meinem rechtmäßigen Nachfolger, dieses Familiengeheimnis anvertrauen kann. Folge mir in mein Haus!«

Verdutzt trottet Senni hinter Kikkuli her. Die zweite Phase der Ausbildung? Was könnte das sein?, grübelt er. Auf dem Weg zum Wohnsitz seines Ziehvaters spürt er, dass sein Herz vor Aufregung schneller zu schlagen beginnt. Welche Ausbildung soll er nun erfahren? Etwa im Haus? Nein, beruhigt er sich, er soll ja das Schulen von Pferden erlernen – und das kann man nur draußen unter freiem Himmel, dort wo sich seine geliebten Vierbeiner aufhalten. Aber was hat Kikkuli im Haus vor? Noch nie hat Senni das Haupthaus betreten. Bislang hat er noch keinen Gedanken daran verschwendet, warum er als Adoptivsohn noch nie seinen Fuß über die Schwelle setzen durfte. Er nahm es schlichtweg hin, dass dieser Wohnbereich ausschließlich Kikkuli vorbehalten ist. Nichts Ungewöhnliches bei reichen Herren, die sorgsam darauf achten, dass ihnen ihre Frauen und Kinder nicht zwischen den Füßen herumlaufen – es sei denn, der Herr bittet sie zu sich.

Als sie den Hof hinüber zum Hauptraum überqueren, winken dem Jungen aus dem Küchentrakt die beiden Köche zu: »Heute gibt es Gazellenbraten. Du kannst dir nachher ein Stück Fleisch bei uns abholen, junger Herr.«

Kikkuli, in seinem Ansinnen gestört, faucht sein Küchenpersonal an: »Habt ihr nichts zu tun, ihr Schwätzer? Kümmert euch um eure Angelegenheiten! Oder soll ich euch mit der Peitsche das Maul stopfen wie eurem früheren Meister?«

Die Köche stehen wie vom Blitz getroffen, ziehen ihre Köpfe ein und machen sich ohne Umschweife an das Aufbrechen eines Gazellenbocks, den Jäger am frühen Morgen in der nahegelegenen Flussaue erlegt haben.

Bevor Kikkuli den breiten Wohnraum betritt, legt er vor dem Eingang seine Schuhe ab. Senni tut es ihm gleich und stellt seine Sandalen neben die seines Gebieters. Er trägt noch immer die Schuhe, die ihm der assyrische Tuchhändler in der Herberge geschenkt hat. Allerdings merkt er, dass sie ihm langsam zu eng werden, da er seit dem letzten Jahr ein gutes Stück gewachsen ist. Es ist angenehm kühl in dem großen Raum, dessen Boden mit bunten Teppichen ausgelegt ist. Sennis nackte Sohlen berühren zum ersten Mal ein solches Knüpfwerk. Prüfend drückt er seine Zehen in den Flor, der fast so weich ist wie das Moos am Flussufer. Bequeme Sitzkissen mit bestickten Stoffbezügen liegen entlang der Innenwände. Hier also pflegt der Hausherr seine Gäste zu empfangen. Auf einem Holztisch stehen bemalte Tonbecher rund um einen Henkelkrug mit einer Ausgusstülle. So feines Geschirr hat er noch nie in seinem Leben gesehen. Staunend bleibt Senni vor einer Wand stehen, an der Dolche, Schwerter und auch Kikkulis wertvoller Bogen hängen. Der Hausherr drängt ihn weiter zu einer schmalen Tür, die hinter einem gewebten Vorhang verbogen liegt. Die Tür ist mit einem hölzernen Schieber verriegelt, der seinerseits durch ein Lederband am Türpfosten festgebunden ist. Über Schieber und Lederriemen wurde zur Versiegelung ein dicker Tonklumpen gelegt, der nunmehr steinhart ist. Kikkuli beugt sich über den Verschluss und kontrolliert eingehend, ob die Versiegelung nicht beschädigt ist.

»Schau her, Šenni, mein persönliches Siegel habe ich darauf abgerollt. Niemand gelangt ohne mein Wissen hier hinein!«

Der Junge wirft einen Blick auf die Tonbulle. Kikkulis Siegel trägt ein kunstvoll gestaltetes Motiv: ein Löwe im Kampf mit einem geflügelten Pferd. Im Vergleich zum Siegel seines Vaters Ḫunnu ein Meisterwerk der Steinschneidekunst!

Der Mitanni stößt Senni unsanft zur Seite. »Alles in Ordnung«, brummt er in seinen Bart, bevor er die Tonplombe zerbricht und die Lederschnur aus dem Schieber zieht. Noch einmal vergewissert er sich, dass sich niemand außer ihnen im Raum aufhält. Erst dann öffnet er die Tür einen Spalt weit und schiebt Senni durch die Tür. Der Durchlass ist so niedrig, dass der seinen Kopf einziehen muss, um nicht an den Querbalken zu stoßen. Der hochgewachsene Kikkuli hat sichtlich Mühe, sich durch den engen Zugang zu quälen. Sie stehen nun in einem winzigen Raum, dessen Mobiliar lediglich aus einem Holztisch mit zwei Schemeln und einem Öllämpchen besteht. Die Luft ist stickig und es riecht modrig. Licht dringt nur spärlich durch ein kleines Oberlicht in das Innere des Räumchens.

»Weiter, zur anderen Tür dort drüben!«, befiehlt Kikkuli und schubst Senni zu einem Eingang, den dieser erst jetzt im Halbdunkel der kleinen Kammer gewahr wird. Zaghaft öffnet Senni die Tür, bleibt aber stehen, da das Zimmer dahinter vollkommen im Dunklen liegt. Kikkuli entzündet die Öllampe und drückt sie Senni in die Hand. Er leuchtet in das Dunkel. An der Stirnwand des fensterlosen Raums erkennt er ein hölzernes Regal mit zwei Fächern. Im Oberen stehen mehrere Tontafeln, sorgfältig hintereinander aufgereiht. Darunter liegen Schreibutensilien verschiedenster Größen in einem Kästchen aus Elfenbein. An der anderen Wand steht eine zweite Stellage, auf der penibel geordnet Metallbarren unterschiedlicher Größen gestapelt sind. Auf dem oberen Regalbrett liegen die Goldbarren, darunter diejenigen aus Silber und ganz unten Metall-stücke aus Kupfer und Blei. In einer Ecke erkennt Senni drei hüfthohe Bast-körbe, die bis zum Rand mit Tontafeln gefüllt sind.

»Mein Sohn, in diesem Raum liegen die Schätze und Geheimnisse unserer Familie verborgen. Hier im Regal sind die Barren aus Metall deponiert. Wie du siehst, ist unsere Familie unendlich reich. In den Bastkörben verwahre ich die Briefe an meine Kunden. Abrechnungen und sonstiger Schriftwechsel. Da ist sogar ein Schreiben meines verstorbenen Vaters an den ägyptischen Pharao dabei! Das Wertvollste aber ist auf dem Regal vor uns gelagert: die Tontafeln meines Urgroßvaters Kikkuli. Mein Vater hat mir ihm zu Ehren den gleichen Namen gegeben. Er war zu seiner Zeit in der ganzen Welt berühmt für seine Pferdeausbildung. Mein Urahn entwickelte neue Methoden zur Züchtung und Ausbildung von Streitwagenpferden. Seine Tiere konnten schneller laufen, waren ausdauernder und scheuten kein Kampfgetümmel. Selbst am Hof des Pharao rühmte man seine Künste! Der König der Hethiter würde heute noch alles dafür geben, hinter das Geheimnis der Ausbildung unserer Pferde zu kommen. Aber in unserer Familie wird dieses Wissen nur vom Vater an den Sohn weitergegeben. Wir achten peinlich darauf, dass nur wenige Eingeweihte Kenntnisse über unsere spezielle Dressur von Streitwagenpferden erlangen. Unsere Erfahrung ist weitaus mehr wert als die Metallbarren auf dem Regal da drüben. Damit das geheime Wissen unserer Familie nicht verloren geht, hat Urgroßvater Kikkuli seine Lehren auf Tontafeln niederschreiben lassen. Die Originale werden hier in diesem Raum verwahrt. Aus diesem Grund darf niemand ohne meine Erlaubnis diese Schatzkammer betreten! Die Tontafeln mit dem Geheimnis unseres Urahnen dürfen den Raum niemals verlassen. Natürlich müssen sie auch vor Beschädigung bewahrt werden, weshalb höchste Vorsicht im Umgang mit den einzigartigen Schriftstücken geboten ist!«

Mit einem Griff angelt Kikkuli die vorderste der Tafeln vom Regal und hält sie dicht vor Sennis Nase: »Schau her, hier steht geschrieben: ›So spricht Kikkuli, der Pferdekundige, aus dem Land Mitanni.‹[26] So beginnen die Lehren meines

---

[26] Beginn des Kikkuli-Textes auf Tontafeln (KUB I 13 I 1f), die in Ḫattuša, der Hauptstadt der Hethiter, im modernen Ort Boğazköy in der heutigen Türkei, gefunden wurden.

Urgroßvaters, des berühmtesten Pferdekundigen der Welt, dessen Wissen zu seinen Lebzeiten mit Gold aufgewogen wurde. Seine Weisheiten musst auch du dir aneignen, denn du bist durch die Adoption zu meinem Sohn geworden. Somit ist der alte Kikkuli auch dein Ahne. Ich will, dass du seine Lehren auswendig lernst. Satz für Satz, Lehre für Lehre. Hast du mich verstanden?«

Kikkulis Tonfall ist unmissverständlich, dennoch wagt es Senni, seine Stimme zu erheben: »Herr, wie soll ich die Lehrsätze erlernen? Ich kann doch nicht lesen.«

Der Mitanni legt ihm beruhigend seine Hand auf die Schulter: »Das lass meine Sorge sein. Draußen, vor der Tür, erwartet dich dein Lehrer. Er wird dir alles Notwendige beibringen.«

Nach diesen Worten zerrt Kikkuli den Jungen am Ärmel wieder hinaus zum Hauptraum. Zu Sennis Überraschung erwartet sie der Sklave Ḫersi mit einer tiefen Verbeugung vor der Tür.

»Leider ist mein Schreiber über alle Berge, dieser Hund! Deshalb wird der da dein Lehrer sein, mein Sohn. Auch wenn er ansonsten nicht viel taugt, Ḫersi kann lesen und schreiben und wird dir diese Kunst beibringen. Streng dich an! Schon heute Abend werde ich überprüfen, was du im Laufe des heutigen Tages gelernt hast.«

Ohne weitere Worte zu verlieren, drückt Kikkuli dem Sklaven die Tontafel in die Hand und scheucht die beiden Jungen zurück in das winzige Kämmerchen.

»Hier habt ihr noch einen Krug Wasser. Und merke dir eines, Ḫersi, noch vor Sonnenuntergang soll Šenni den ersten Lehrsatz von Kikkuli kennen. Fehlerfrei! Schließlich soll mein Sohn später Herr über dieses Gestüt werden. Vorab soll er sich aber die Lehren über die besondere Art der Pferdeausbildung zu eigen machen. Wenn du mich enttäuschst, Sklave, dann weißt du, was dir blüht!« Seine Handbewegung zum Peitschengriff lässt Ḫersi erahnen, was er ihm zugedacht hat, wenn er seine Erwartungen nicht erfüllt.

»Aber Vater, ...«, Senni versucht, seinen Herrn zu beschwichtigen, indem er ihn zum ersten Mal als ›Vater‹ anspricht.

Vergebens! Kikkuli deutet mit ausgestrecktem Zeigefinger auf die Schemel: »An die Arbeit! Trinkt nicht zu viel Wasser, denn es gibt hier keinen Abort. Und noch eins: Gebt Acht auf die euch anvertrauten Tontafeln! Sie beinhalten das Vermächtnis von Urgroßvater Kikkuli. Wehe, es kommt eine zu schaden! Wir sehen uns vor Sonnenuntergang.«

Die Tür kracht zu. Die Jungen vernehmen, dass der Riegel vorgeschoben wird. Eine gespenstische Stille macht sich im Halbdunkel des Raums breit. Die Flamme des Öllämpchens flackert ein wenig im Luftzug, der durch das Oberlicht dringt. Im ersten Moment sprechen beide kein Wort. Was nun, fragen sie sich. Wie sollen sie das bis heute Abend schaffen in diesem stickigen Verlies?

»Es hilft nichts, Šenni, wir müssen uns den Forderungen unseres Gebieters unterwerfen«, stellt Ḫersi resignierend fest.

»Müssen wir nicht!«, antwortet Senni trotzig, »und nenne mich bloß nicht ›Šenni‹ - ich heiße Senni! Schließlich bin ich ein Hurriter. Šenni nennt mich nur mein Ziehvater in seinem mitannischen Kauderwelsch.«

Ḫersi zuckt zusammen: »Lass ihn das bloß nicht hören, Senni. Er schlägt dich tot, wenn er davon erfährt, wie du über ihn sprichst.«, warnt der Sklave.

»Und wenn schon, ist mir doch egal! Ich will hinaus auf die Koppel zu den Pferden und nicht hier wie in einem Gefängnis eingeschlossen sein, um Lehrsätze zu pauken!«, antwortet Senni trotzig.

»Bitte, Senni, sei vernünftig! Wenn ich dir bis Sonnenuntergang nichts beigebracht habe, gerbt er mir mit der Reitpeitsche das Fell. Kikkuli ist unberechenbar, wenn er wütend wird. Du hast es selbst erlebt, wenn der Pferdedämon in ihn fährt. Lass uns anfangen, sonst schaffen wir das Pensum nicht!« Ḫersi legt die Tontafel auf den Tisch. Beide stecken die Köpfe zusammen.

»Dieses Gekritzel kann man lesen?«, erkundigt sich Senni ungläubig, »das sieht ja aus, als sei eine Krähe über den frischen Ton gelaufen.«

Der Sklave grinst: »Könnte man in der Tat meinen, wenn ich mir das so betrachte, aber es sind tatsächlich einzelne Zeichen, dicht nebeneinander mit einem angespitzten Schreibrohr in den frischen Ton gedrückt. Warte, ich zeige dir so ein Schreibinstrument.« Ḫersi springt auf und bringt aus dem Nebenzimmer das Elfenbeinkästchen herbei, in dem mehrere Schreibutensilien liegen. Er entnimmt dem Kästchen ein vorne angespitztes Schilfrohr und zeigt Senni, wie man einen solchen Griffel in der Hand hält. Mit einer Handbewegung deutet er auf dem Tisch an, wie man mit einem solchen Schreibgerät Zeichen in eine Tontafel drücken würde.

»Hast du keine unbearbeitete Tontafel zu Hand, Ḫersi?«, erkundigt sich Senni, »dann könntest du mir zeigen, wie man schreibt.«

Ḫersi verstummt und beginnt aufgeregt an seinen Fingernägeln zu kauen.

»Was ist los? Habe ich etwas Falsches gesagt?«, hakt Senni nach.

»Nein«, antwortet Ḫersi zögerlich, »aber Kikkuli hat strengstens verboten, unbearbeitete Tontafeln in diesen Raum zu bringen. Hier dürfen nur die Originale seines Urahnen verwahrt werden.«

Senni schüttelt den Kopf: »Warum das denn? Wenn hier nicht geschrieben werden darf, wieso liegt dann das Kästchen mit den Schreibutensilien auf dem Regal?«

Ḫersi rutscht nervös auf dem Hocker hin und her. Ihm ist diese Frage sichtlich unangenehm. Dann fasst er sich ein Herz und antwortet:

»Er befürchtet, dass jemand versuchen könnte, Kopien dieser Tafeln anzufertigen. Den Inhalt der Tafeln bezeichnet Kikkuli immer als das größte Geheimnis seiner Familie. Deshalb dürfen die Schriftstücke diesen Raum auch nicht verlassen.« Der Sklave erhebt sich und macht ein, zwei Schritte auf das Regal zu.

»Aber es ist doch schon einmal einem Schreiber gelungen, Kopien anzufertigen und diese nach draußen zu schmuggeln«, stellt Senni lapidar fest.

Ḫersi wird kreidebleich und beginnt vor Erregung zu stottern: »Wo ... Woher weißt du das?«

Senni lehnt sich ein wenig zurück: »Das hat mir mein Freund Labnānu, ein Tuchhändler aus Ninive, erzählt. Der Schreiber sei über die Berge an den Hof des hethitischen Königs geflohen.«

Ḫersi starrt wortlos vor sich auf den Tisch.

»Hat es dir Sprache verschlagen, mein Freund, was bedrückt dich plötzlich?«, will Senni wissen, der spürt, dass mit seinem Gegenüber etwas nicht stimmt.

»Ach, Senni«, seufzt der Sklave, »der untreue Schreiber war niemand anderes als mein eigener Vater. Kikkuli hatte ihn eingestellt, damit er ihm Kopien von den Originalen anfertigt, weil er fürchtete, diese könnten beschädigt werden. Kikkuli hatte meinem Vater eine großzügige Bezahlung in Aussicht gestellt. Unvorsichtigerweise hat mein Papa von seinem Auftrag in einem Gasthaus in der Hauptstadt geprahlt. Ein hethitischer Händler hat ihn überredet, die Kopien nicht seinem Auftraggeber, sondern ihm auszuhändigen. Dafür hat er meinem Vater den doppelten Preis geboten. Kikkulis Ohren sind aber überall. Um die besten Verkaufspreise für seine Pferde zu erzielen, hat er Spitzel angeheuert, die für ihn in Schenken und auf Märkten herumlungern und ihn stetig über die aktuellen Preise informieren. Einer dieser Informanten muss das Gespräch zwischen meinem Vater und dem Hethiter belauscht haben. Auf jeden Fall hat Kikkuli vom Plan meines Vaters Wind bekommen. Er war außer sich vor Wut und wollte meinen Alten zur Rede stellen. Der wurde aber rechtzeitig gewarnt, schnappte sich die Kopien und floh gemeinsam mit seinem hethitischen Geschäftspartner über die Grenze. Ich habe ihn seitdem nie wieder gesehen. Aber sein Betrug hat unsere Familie hart getroffen. Ich als ältester Sohn unserer Familie wurde vom Richter dazu verurteilt, für den Frevel meines Vaters zu sühnen. Seit dieser Zeit friste ich hier als Sklave mein Leben und bin der Willkür meines Herrn ausgesetzt. Schläge über Schläge! Fast jeden Tag lässt er seine Wut an mir aus«, klagt Ḫersi und entblößt seinen Oberkörper. Senni fährt zusammen, als er den Rücken des Sklaven erblickt. Selbst im schummrigen Licht des kleinen Raumes sind die Abdrücke von Striemen deutlich erkennbar, mit denen die Haut seines Freundes übersät ist. Ältere, schon vernarbte Wunden werden von frischen, noch rötlich schimmernden Schrammen gekreuzt.

»Der Pferdedämon nimmt an mir Rache für den Betrug meines Vaters,« jammert Ḫersi, »mein Leben ist die Hölle! Eines Tages werde auch ich von hier fliehen. Aber lass dies bloß nicht Kikkuli wissen! Meine Tage wären sonst gezählt.«

Senni legt tröstend die Hand auf die Schulter seines Freundes.

»Ich musste Kikkuli schwören, dass ich über den Inhalt der Tontafeln niemals mit irgendjemandem sprechen werde, ausgenommen mit dir, Senni. Lass uns beginnen!« Ḫersi zupft sein Gewand wieder zurecht und legt die Tontafel in die Mitte des Tisches. Er beginnt, die ersten Zeilen vorzulesen:

»Folgendermaßen spricht Kikkuli, der Pferdekundige, aus dem Land Mitanni.« Nach einer kleinen Atempause bittet er Senni, den Satz zu wiederholen. Der junge Hurriter müht sich, fehlerfrei nachzusprechen. »Perfekt aufgesagt! So

machen wir das nun Satz für Satz. Nun musst du dir den ersten Lehrsatz ein-
prägen, damit du diesen heute Abend auswendig vortragen kannst«, muntert ihn
Ḫersi auf.

»Ich werde es versuchen. Könntest du mir auch das Schreiben beibringen?«,
bittet Senni seinen Freund.

»Das mache ich gerne. Aber es ist verdammt schwierig und du benötigst viel
Geduld, um die Zeichen zu erlernen. Wenn wir hier raus sind, präpariere ich
eine Lerntafel für dich. Nun aber zurück zum Kikkuli-Text. Der erste Lehrsatz
muss bis heute Abend sitzen!« Die Jungen beugen sich erneut über die uralte
Tontafel. Zeile für Zeile liest Ḫersi vor, während Senni sich bemüht, die Sätze
Wort für Wort zu wiederholen.

Am späten Nachmittag, die Sonne hat schon an Kraft verloren, wird die Tür ent-
riegelt und Kikkuli steht breitbeinig vor ihnen. Der Geruch von Schweiß und
Pferden breitet sich sofort im ganzen Raum aus.

»Stell die Tontafel zurück ins Regal, Ḫersi!«, befiehlt er dem Sklaven, »und
dann raus mit euch, damit ich höre, was du meinem Sohn beigebracht hast.«

Während Senni sich selbstbewusst mitten in den großen Raum des Herrenhauses stellt, verzieht sich Ḫersi wortlos in eine Ecke.

»Ich brauche dir nicht zu sagen, was du zu tun hast, Sklave.« Kikkulis tiefe
Bassstimme hallt unerbittlich durch das Zimmer. Ḫersi nickt nur stumm, dreht
seinem Herrn den Rücken zu und entblößt seinen Oberkörper. Seine Tränen
fließen die Wangen herunter, während Kikkuli die Peitsche zur Hand nimmt.

»Nun zur dir, mein Sohn!« Der strenge Ton des Hausherrn fährt Senni durch
Mark und Bein. »Lass hören, mit welchen Worten sich Urahn Kikkuli an uns,
seine Nachfahren, wendet!«

Senni möchte beginnen, aber seine Zunge scheint am Gaumen zu kleben.
Krampfhaft versucht er, sich zu konzentrieren. Sein Blick fällt hinüber zu Ḫersi,
der am ganzen Körper zittert. Die ersten Worte, der Beginn des Textes ist aus
Sennis Gedächtnis vertrieben. Wie lautete der erste Lehrsatz noch? Die Gedanken
schwirren ihm wie eine Schar Vögel im Kopf herum. Die ersten Worte Kikkulis,
wie lauteten sie? Es hämmert und pocht in seinem Schädel.

Der Mitanni durchbohrt ihn mit zornigem Blick: »Was habt ihr beiden den ganzen Tag getrieben?«, schreit der Gutsherr, »hat dieser elende Abkömmling eines betrügerischen Gauners dir nichts beigebracht?«

Wutschnaubend holt er mit der Reitpeitsche aus. Ḫersi zuckt zusammen. Seine Muskeln spannen sich, in Erwartung des ersten Schlags. Doch noch, bevor sein Herr zuschlägt, sprudelt es aus Senni heraus:

»In der ersten Zeile steht: So spricht Kikkuli, der Pferdekundige, in Zeile zwei: aus dem Land Mitanni.«

Kikkuli lässt die Peitsche sinken. Voller Stolz schaut er zu Senni herüber: »Jawohl! Genau das sind die Worte meines Urahnen. So und nicht anders hat er gesprochen!«

Nachdem Senni die weiteren Passagen des Textes, die das Füttern von Pferden vor der Schulung beinhalten, fehlerfrei herunterleiert, ist Kikkuli vor Begeisterung aus dem Häuschen. »Das ist mein Ziehsohn, mein Erbe, die Sonne meiner Augen!« Bei diesen Worten drückt er Senni so fest an sich, dass dieser fürchtet, ersticken zu müssen. Nicht so sehr wegen der Heftigkeit der Umarmung, sondern vielmehr wegen des beißenden Körpergeruchs des Pferdekundigen. Dessen penetrante Hautausdünstung, vermischt mit dem Geruch von Pferdeschweiß, entströmt seiner Kleidung und scheint durch Sennis Nase in dessen gesamten Körper einzudringen. Angeekelt lässt der Junge die Liebkosung seines Ziehvaters über sich ergehen. Es dauert eine Ewigkeit, bis dieser von ihm ablässt.

»Du hast großes Glück gehabt, dass mein Sohn so gut gelernt hat, Sklave«, wendet sich Kikkuli mit höhnischem Grinsen an Ḫersi, »deshalb wirst du ihm nun auf den Knien für die Gunst danken, dich vor einer Tracht Prügel bewahrt zu haben. Runter auf den Boden, du Hund!«

Senni will protestieren, aber Kikkulis strenger Blick verbietet jegliche Einmischung. Ḫersi fällt vor Senni auf die Knie, senkt sein Haupt auf den Boden, bis seine Stirn den Fußboden berührt. Leise murmelt er seinen Dank an Senni, dessen Augen auf dem geschundenen Rücken seines Freundes ruhen.

»Und nun setze deinen Fuß auf seinen Nacken, Šenni! Erst dann bist du sein wahrer Herr, mein Sohn.«

Angewidert schaut Senni zu Kikkuli hinüber. Gerade als er ablehnen möchte, greift Ḫersi mit beiden Händen nach Sennis Fuß und setzt ihn sich selbst auf den Nacken. Senni hat das Gefühl, dass sein Fuß noch nie so schwer war wie just in diesem Moment. Ihm kommt es vor, als würde sein Bein wie ein Felsen auf Ḫersi lasten.

»So ist es recht, du Hurensohn, und nun mach, dass du wegkommst!« Kikkuli versetzt dem Sklaven einen Tritt: »Morgen erwarten wir dich wieder zur gleichen Stunde hier, hast du verstanden?«

Ḫersi nickt, zieht sein Hemd über die Schultern, verbeugt sich, so tief es geht, und verlässt wortlos den Raum.

»So mein Junge, das war eine weitere Lektion, wie man mit einem räudigen Sklaven umgeht.« Kikkuli lächelt hämisch. »Und nun ab in die Küche. Die Köche haben dir einen saftigen Gazellenbraten zubereitet. Den Leckerbissen hast du dir redlich verdient!«

Kikkuli wirft einen kurzen Blick zum Fenster hinaus und hat es plötzlich sehr eilig, Senni aus dem Haus zu komplimentieren: »Ich bin höchst zufrieden mit dir, mein Sohn, aber nun mach, dass du wegkommst!«

Draußen vor der Tür wartet die Frau im scharlachroten Gewand. Fast hätte Senni sie angerempelt, weil Kikkuli ihn so unsanft zur Tür hinausstößt. So nahe ist er diesem geheimnisvollen Wesen noch nie gekommen! Sie sagt kein Wort. Ein Schleiertuch mit winzigem Sehschlitz verhüllt ihren Kopf. Auf ihrer Stirn glänzt ein vergoldetes Diadem in Form einer Sonne. Der Abendwind presst das hauchdünne Gewand an ihren grazilen Körper. Der Stoff schmiegt sich um ihre festen Brüste und die schmale Taille. Selbst aus nächster Nähe fällt es Senni schwer, das Alter der Frau einzuschätzen. Sie muss jung sein, sehr jung!, redet er sich ein, obgleich er eigentlich fast nichts erkennen kann. Bestimmt ist sie auch wunderschön, schießt es ihm durch den Kopf. Im Vorbeigehen treffen sich ihre Blicke. Nur kurz und flüchtig, aber Senni spürt die unendliche Traurigkeit, die ihren dunklen Augen entströmt. Die Frau huscht an ihm vorbei und wirft ihm einen verhaltenen Blick zu. Ihre Lider sind mit schwarzer Paste geschminkt, was ihren Ausdruck noch unwiderstehlicher macht. Die Abendbrise weht einen

Hauch ihres Duftöls zu ihm herüber. Welch ein betörender Wohlgeruch! Keine Blume verströmt einen solchen Duft! Senni wird aus seinen Gedanken gerissen, als Kikkuli das zarte Ding anschreit:

»Mach, dass du ins Schlafgemach kommst. Heute wirst du mir die Nacht versüßen, mein Vögelchen!« Kikulli packt die Frau am Arm und stößt sie rabiat ins Innere des Hauses. Genüsslich reibt er sich die Hände, bevor er die Tür hinter sich zuzieht.

Senni erschaudert und gibt seinem Freund Ḥersi Recht: Flucht ist der einzige Ausweg, um den Klauen dieses nach Pferd und Schweiß stinkenden Tyrannen zu entkommen! Sennis Entschluss steht von diesem Augenblick an unumstößlich fest: Fort von hier! Weg von diesem grässlichen Unmenschen! Der Gedanke an die Flucht ist von nun an sein ständiger Begleiter.

11. Der Sohn des Tafelhauses

Der Winter fegt mit eisigem Wind über die Weideflächen von Kikkulis Gestüt. Die wertvollen Pferde sind während der kalten Jahreszeit in den ausgedehnten Stallungen untergebracht und die Schulungen reduziert. Senni muss auf Anordnung seines Ziehvaters weiterhin die Lehrsätze seines Urahnen pauken. Ḫersi erweist sich dabei als geduldiger Lehrmeister. Mit der Zeit verbindet die Jungen eine tiefe Freundschaft. Sie hüten sich allerdings, ihre Zuneigung vor Kikkuli zu offenbaren, der darauf achtet, dass sich Ḫersi auch gegenüber Senni als unterwürfiger Sklave erweist. Kaum erscheint Kikkuli in der Tür, spielen sie ihm das Theater vom gehorsamen Diener und wissbegierigem Sohn derart meisterhaft vor, dass der Hausherr voll des Lobes über Sennis Entwicklung ist. Dass sein Ziehsohn die Instruktionen für Pferdekundige nahezu fehlerfrei aufsagen kann, befriedigt den Mitanni über die Maßen. Noch größere Fortschritte erkennt er aber in seiner Erziehung, die sich seiner Meinung nach gerade im unnachgiebigen Umgang mit dem Sklaven zeigt.

Nach und nach lockert der Gutsherr die täglichen Kontrollen, sodass es Senni eines Tages wagt, heimlich einen Tonklumpen in den Unterrichtsraum zu schmuggeln.

»Du musst mir auch das Schreiben der Keilschriftzeichen beibringen, Ḫersi«, bettelt er seinen Freund an. Der zögert kurz und vergewissert sich noch einmal, ob keine Gefahr droht. Auf Zehenspitzen schleicht er zur Eingangstür des Archivraums, die Kikkuli schon seit geraumer Zeit nicht mehr verriegelt. Vorsichtig öffnet er sie ein wenig und lugt durch den Türspalt.

»Die Luft ist rein. Kikkuli ist außer Haus!«, lässt er Senni wissen. Ḫersi lehnt die Tür nur an, um die Schritte des Mitanni hören zu können, falls dieser vorzeitig zurückkehren sollte. Nachdem er wieder neben seinem Freund Platz genommen hat, entnimmt er der Elfenbeinschatulle einen Griffel und legt diesen in Sennis rechte Hand: »Du musst nicht alle Zeichen kennen«, versichert Ḫersi, »es genügt, wenn du die wichtigsten Zeichen erlernst, die für das Schreiben von normalen Briefen notwendig sind.«

Zunächst muss Senni endlose Reihen von einfachen Keilen in den Ton der Übungstafel ritzen. Immer wieder die gleichen Zeichen, bis er die Handhabung des Griffels und die simpelsten Symbole beherrscht. Dann werden die Vorgaben komplizierter. Ist Ḫersi mit seiner Leistung nicht zufrieden, knüllt er kurzerhand den weichen Ton zusammen, feuchtet den Klumpen mit Wasser an und formt daraus ein neues Übungstäfelchen. Senni kommt in dem stickigen Räumchen heftig ins Schwitzen, aber er findet große Freude daran, die Tontafeln nicht mehr nur lesen zu können. Schon bald entwickelt er größtes Interesse daran, eigene Texte abzufassen.

Heute will Ḫersi ihm beibringen, einen Namen zu schreiben: »Schreibe das Zeichen ›Ḫu‹ auf diesen Tonklumpen.« Senni überlegt einen kleinen Augenblick und beginnt, das Zeichen in die weiche Oberfläche zu ritzen. »Gut gemacht!«, lobt Ḫersi seinen Schüler, »jetzt gleich noch das Zeichen ›nu‹ hinterher.«

Abb. 11: Die Keilschriftzeichen ›Ḫu‹ und ›nu‹

Er schaut Senni beim Schreiben über die Schultern und lächelt erfreut: »Lies vor, Sohn des Tafelhauses!«

Senni schaut zu ihm auf: »Sohn des Tafelhauses? Wieso nennst du mich so?«, will er wissen.

»Die Schule nennt man ›Tafelhaus‹ und ein Schüler wird von seinen Lehrern ›Sohn des Tafelhauses‹ genannt. Hier bist du mein Schüler, also bist du mein Sohn des Tafelhauses. Lies schon!«

Senni lächelt, schaut noch einmal auf die Zeichen, die er gerade in den Ton geritzt hat, und beginnt die beiden Zeichen laut vorzulesen. Zunächst mit einer langen Pause zwischen den Silben: »Ḫu ... nu,« dann wiederholt er die Silben in schneller Folge: »Ḫu-nu. Das klingt ja wie der Name meines Vaters! Schreibt man so den Namen meines Vaters Ḫunnu?« Ḫersi nickt. »Diesen Tonklumpen mit dem Namen meines Vaters werde ich zur Erinnerung an meinen Lehrer Ḫersi immer bei mir tragen. So lange ich lebe!«, schwört Senni, umwickelt das Täfelchen mit einem Stofffetzen und versteckt es unter seinem Gürtel.

»Sohn des Tafelhauses, damit ist dein Schreibunterricht für heute beendet. Lass uns schnell noch die letzten Lehrsätze des Kikkuli wiederholen, bevor der Gebieter zurückkehrt, um dich abzuhören. Wir waren gestern beim 83. Tag der Pferdeausbildung stehengeblieben.«

Senni richtet sich auf und beginnt zu rezitieren: »Der 83. Tag:[27] Am Morgen spannt man die Pferde wieder ein. Der Ausbilder lässt sie eine halbe ›Meile‹[28] und zwanzig ›Feld‹ traben. Ferner lässt er sie zwanzig ›Feld‹ aikawartanna[29] – eine ›Einer-Runde‹ – galoppieren.«

Ḫersi fällt ihm ins Wort: »Bitte entschuldige, dass ich dich unterbreche, Senni, aber ich möchte nur zu gerne wissen, was das bedeutet. Ich habe von der Ausbildung von Pferden keine Ahnung!«

Senni lacht: »Ging mir auch so, als ich zum ersten Mal auf dem Dressurplatz stand. Habe von den Fachausdrücken der Pferdekundigen zunächst nichts verstanden. Ich erkläre dir kurz die Grundlagen von Kikkulis Pferdeübungen: Die Tiere müssen meist am Morgen eine längere Wegstrecke – eingespannt in einen Streitwagen – zurücklegen, um ihre Ausdauer zu erhöhen. Am 83. Tag laufen sie etwas mehr als eine Meile. Anschließend werden die verschwitzen Gäule ausgespannt, müssen sich aber danach noch ein wenig bewegen. Das soll angeblich gut sein für ihre Muskeln, hat mir Kikkuli versichert. Aikawartanna hat er mir immer auf Mitannisch zugerufen. Eine ›Einer-Runde‹! Ich hasse diese stinklangweilige Übung! Das Pferd galoppiert dann an einer langen Leine im Kreis herum – und ich muss neben der Mähre im Kreis herlaufen, bis es die Übung nach Vorschrift seines Großvaters absolviert hat. Am Anfang war ich danach völlig außer

---

[27] Nach Annelies Kammenhuber, Hippologia Hethitica. VIII, Wiesbaden, Verlag Otto Harrassowitz, 1961.

[28] Eine ›Meile‹ als moderne Übersetzung für eine Wegstrecke, die man in einer Doppelstunde zurücklegen kann; entspricht ungefähr 10,8 km. Das Pferd musste am 83. Tag des Trainings etwas mehr als eine halbe ›Meile‹ (ungefähr 6 - 7 km) bewegt werden.

[29] Die mitannische Bezeichnung für eine ›Einer-Runde‹ auf einem Dressurplatz mit festgelegter Größe.

Atem. Im Laufe der Zeit habe ich mich daran gewöhnt. Laufe inzwischen eine ›Einer-Runde‹ genauso schnell wie ein Pferd!«

Ḫersi grinst: »Danke für den Unterricht im Ausbilden von Pferden. Jetzt aber weiter im Kikkuli-Text! Wo waren wir stehengeblieben?«

Senni ist sehr gut vorbereitet. Schon im nächsten Atemzug zitiert er die Stelle:

»Sobald man die Pferde ausspannt, wäscht man sie mit Wasser, und man lässt sie fünfmal untertauchen. Beim ersten Mal gibt man ihnen nichts. Beim zweiten Mal gibt er eine Hand frisches Heu. Man gibt ihnen zweimal Heu, dreimal gibt man nicht, und Wasser gibt man ihnen die fünf Male eine Handvoll. Beim fünften Mal aber sättigt man sie mit Wasser. Sobald sie heimkommen, füttert man ihnen Schrot, eine Kelle, mit Stroh und das Futter ihrer Ration schüttet man auf. Dann fressen sie die ganze Nacht hindurch.«

Ḫersi ist zufrieden: »Verhaspele dich ja nicht beim Aufsagen des Lehrsatzes. Ich habe heute keine Lust auf Peitschenhiebe«, mahnt Ḫersi seinen Freund.

»Du kannst dich auf den Sohn des Tafelhauses verlassen«, zwinkert ihm Senni zu. »Still, ich höre Schritte! Der Alte kommt!« Schnell zieht er die Türe zu. In Windeseile nehmen beide wieder am Tisch Platz.

Es dauert nicht lange und die Tür wird aufgestoßen: »Heraus mit euch!«, schreit Kikkuli. Seine Stimme klingt ungehalten. Senni spürt sofort, dass sein Ziehvater wieder einmal von übler Laune geplagt wird. Die Jungen kriechen unter dem niedrigen Türbalken hindurch und begeben sich stillschweigend in den Hauptraum des Herrenhauses. Ḫersi stellt sich wie jedes Mal nach dem Unterricht vor eine Wand und entblößt seinen Rücken. Kikkuli hat die Peitsche schon in seiner Rechten und klopft mit dem Bronzeknauf ungeduldig auf seine linke Handfläche.

»Worauf wartest du?«, schnauzt er Senni an, »leg los!«

Dieser wiederholt die Angaben für den 83. Tag der Pferdeausbildung fehlerfrei. Ḫersi atmet auf. Kein Fehler, keine Hiebe. Den Göttern sei gedankt! Schon fast wie im Schlaf wirbelt Ḫersi herum, wirft sich zu Boden und dankt Senni für seine Gelehrsamkeit. Er senkt seinen Kopf und setzt sich Sennis Fuß mit einem kräftigen Ruck in den Nacken. Dadurch rutscht dessen Gürtel eine handbreit nach oben. Noch im gleichen Augenblick purzelt das kleine Übungstäfelchen, das Senni unter seinem Gürtel verborgen hält, zu Boden und rollt genau vor die Füße von Kikkuli. Noch ehe Senni reagieren kann, hat sein Ziehvater den Tonklumpen aufgehoben und aus dem Stofffetzen geschält. Misstrauisch beäugt er das unförmige Tonstück von allen Seiten.

»Bei allen Unterweltdämonen, was ist das?«, brüllt ihn der Mitanni an. Dann erkennt dieser die beiden Keilschriftzeichen auf dem noch nicht ganz gehärteten Ton und beginnt laut zu lesen: »Ḫu ... nu.« Kikkuli wiederholt die Silben immer wieder. Dabei läuft sein Gesicht puterrot an. Im Nu verwandelt sich sein Antlitz in eine dämonische Fratze mit rollenden Augen: »Du verdammter Sklave! Du hast den Namen seines leiblichen Vaters auf den Tonklumpen geschrieben? Das wirst du mir büßen!«

Der Hieb der Reitpeitsche klatscht quer über den Rücken von Ḫersi. Die Wucht des Schlags lässt die Haut zerspringen. Ḫersi schreit vor Schmerz. Noch mehr, als ihn der zweite Streich erwischt und sich die Riemen dabei um seine Hüften winden. Seine Haut reißt auf. Blut spritzt aus zahlreichen Wunden. Senni steht immer noch wie angewurzelt, nicht fähig sich zu bewegen. Erst als Ḫersi nach weiteren Schlägen aus Leibeskräften zu schreien beginnt, fasst Senni all seinen Mut zusammen und fällt dem Mitanni in den Arm.

»Halt ein! Nicht er hat es geschrieben, ich war es!«

Kikkulis gesamtes Blut scheint schlagartig in dessen Kopf zu schießen. Sein Haupt schwillt an. Er fletscht die Zähne wie ein tollwütiger Hund: »Du? Das ist ja ein noch größerer Frevel! Dieser Bastard hat dir also im Tafelraum das Schreiben beigebracht. Trotz meines ausdrücklichen Verbots. Dafür wird er bezahlen!«

Kikkuli holt zum nächsten Schlag gegen Ḫersi aus, doch dieses Mal fährt ihm Senni in die Parade. Er entreißt dem Wüterich die Peitsche und wirft sie weit weg von sich in die Ecke des Raumes. Schon im nächsten Augenblick beugt sich Senni über den am Boden liegenden Ḫersi, dem das Blut in unzähligen Rinnsalen über den Rücken läuft.

»Komm, steh auf, Ḫersi!«, fordert ihn Senni auf. Doch kaum hat er den Sklaven unter dem Arm gepackt, um ihm aufzuhelfen, spürt Senni einen beißenden Schmerz auf seinem Rücken. Als ob man ihm ein Stück glühendes Metall auf den Rücken gelegt habe. Instinktiv greift er mit der linken Hand zum Rücken. Da trifft ihn der zweite Schlag von Kikkulis Reitpeitsche. Senni spürt, wie sein Hemd in Fetzen gerissen wird und sich die Riemen durch den Stoff hindurch in sein Fleisch bohren. Er geht in die Knie und fällt beim vierten Hieb quer über Ḥersi hinweg. Er will schreien, doch seine Stimme versagt. Er hört Kikkulis Stimme über sich. Wie das Wiehern des Pferdedämons in seinen Alpträumen klingen dessen Verwünschungen, die er laut brüllend ausstößt. Wie von Sinnen drischt sein Ziehvater auf ihn ein. Die Hiebe prasseln wie Flammenzungen auf ihn nieder. Senni verliert das Bewusstsein.

Als Senni erwacht, ist es draußen bereits stockfinster. Langsam hebt er die Augenlider, die schwer wie Blei zu sein scheinen. Er liegt in seiner Kammer bäuchlings auf dem Bett. Langsam versucht er, den Kopf zu heben. Doch schon die bei der geringsten Bewegung spürt er den stechenden Schmerz auf seinem Rücken. Die Wunden brennen, als ob man ihn mit heißem Öl übergossen hätte. Er öffnet die Augen. Alles um ihn herum ist verschwommen. Dennoch spürt Senni, dass sich noch jemand im Raum aufhält, aber es gelingt ihm einfach nicht, den Kopf zu heben. So bleibt er fast unbeweglich liegen, bis er plötzlich eine leise, zerbrechliche Stimme vernimmt:

»Du hast Fieber, Šenni, ruh dich aus! Ich kühle deinen Kopf mit kaltem Wasser und pflege deine Wunden mit Heilkräutern.«

Es ist die Stimme einer jungen Frau. Er spürt ihre zarten Hände, die ihm behutsam feuchte Blätter auf seinen Rücken legen. Die Heilpflanzen verbreiten eine angenehme Kühle auf seiner brennenden Haut. Senni packt die Neugier: Wer ist die Frau, die ihn umsorgt? Er überwindet jeglichen Schmerz und dreht sich mit einem Ruck um. Einen Moment lang blickt in das Antlitz eines Mädchens. Sie ist betörend schön. Locken, so schwarz wie die Nacht, umrahmen ihr schmales Gesicht. Ihre Wangen kommen zarten Rosenblättern gleich und ihre Augen leuchten so grün wie ein Smaragd. Als sie die schmalen Lippen öffnet, strahlen ihre Zähne so weiß wie blank poliertes Elfenbein. Die junge Frau erschrickt und springt auf, als sie seinen Blick auf sich ruhen sieht. Schlank wie eine Zypresse steht sie vor ihm, gekleidet in ein scharlachrotes Gewand. Um die

Hüfte hat sie einen Ledergürtel geschwungen, der mit goldenen Rosetten besetzt ist. Goldene Ohrringe in Form eines Halbmondes hängen von ihren Ohrläppchen. Den schmalen Hals ziert eine Kette mit bunten Perlen aus Lapislazuli und Karneol. Doch mehr als einen flüchtigen Blick kann Senni nicht erhaschen, denn die junge Frau verhüllt umgehend ihr Gesicht mit einem Schleiertuch. Aus dem Sehschlitz blitzen ihre Smaragdaugen zu ihm herüber. Ein goldenes Diadem in Form einer Sonnenscheibe glänzt im Licht der Öllampe auf ihrer Stirn.

»Niemand, außer meinem Gebieter, darf mein Gesicht sehen. Das Hülltuch darf ich nur in seiner Gegenwart ablegen. Kein anderer Mann darf mich anschauen!«, warnt das Mädchen, »aber glaube mir, ich bin lieber von Kopf bis Fuß verhüllt als nackt in den Händen dieses mitannischen Ungeheuers, das dich so zugerichtet hat!«

Die Stimme des Mädchens klingt trotz ihrer Niedergeschlagenheit so lieblich wie der Gesang der Vögel in der Flussaue. Sennis Körper fällt wieder zurück auf die Liege. Seufzend bleibt er liegen. Wie gerne hätte er das zarte Wesen noch angeschaut! Das Duftöl, das das Mädchen umschmeichelt, weht ihm mit jeder ihrer Bewegungen in die Nase. Tief atmet er ein, um den betörenden Geruch in sich hineinzusaugen, in ihm zu ertrinken.

»Wie kann ich dir noch helfen? Bist du durstig?«, fragt ihn die Sklavin und streckt ihm einen Becher Wasser entgegen. Ohne seine Antwort abzuwarten, hebt sie vorsichtig seinen Kopf etwas an, damit er trinken kann. Senni leert den Becher bis zum Grund und zeigt dann auf die hölzerne Kommode an der hinteren Wand.

»Schau, in dem Kästchen dort ist eine kleine Tonflasche mit einer Heilpaste. Bitte reibe mir mit dieser Salbe den Rücken ein. Es ist das Wundermittel meines Vaters Ḥunnu.«

Trotz höllischer Schmerzen, geniest es Senni, die zarten Hände der Frau auf seinem Rücken zu spüren. Behutsam tupft sie zunächst mit einem weichen Tuch die Salbe auf die Wunden. Sanft und weich fühlt es sich an, als ihre Finger über seine geschundene Haut gleiten. Seit dem Tod seiner Mutter hat ihn keine Frau mehr berührt. Während die Sklavin mit der Paste seine Wunden bestreicht, stimmt sie eine eintönige Weise an. Senni erinnert die Melodie an ein Wiegenlied, das ihm einst seine Mutter sang. Beim Zuhören denkt er unwillkürlich an sein Brüderchen und an seinen geliebten Vater zurück. Wieder umrankt ihn der Duft der jungen Frau, der ihn an den Wohlgeruch erinnert, den Frühlingsblumen auf einer Wiese verströmen. Schon bald schlummert er ein.

Es ist kurz vor Mitternacht, als Senni von Schmerzen geplagt erwacht. Im Schein einer Öllampe erkennt er, dass die Sklavin noch immer an seinem Bett sitzt.

»Geht es dir besser, Šenni?«, erkundigt sie sich.

»Ich kann mich kaum bewegen. Alles tut weh, vom Hals bis hinunter zu den Füßen«, stöhnt der Junge.

»In ein paar Tagen sind die schlimmsten Wunden verschlossen. Die Wundersalbe ist in der Tat eine Gabe der Götter. Darf ich sie auch bei meinem Bruder anwenden?«, bittet die junge Frau.

»Deinem Bruder? Wer ist das? Und wozu braucht er die Salbe?«, will Senni wissen.

»Er hat es dir also nicht gesagt«, schluchzt die Sklavin, der die Tränen aus den Augen kullern, »wahrscheinlich, weil er sich so sehr für mich schämt.«

Sennis Neugier ist geweckt: »Sag schon: Wer ist dein Bruder?«, hakt er nach.

»Ḫersi«, gibt sie zögernd zur Antwort, »dein Freund Ḫersi ist mein Bruder.«

Senni trifft es wie ein Blitz: »Du bist die Schwester meines Freundes Ḫersi?« Die Sklavin nickt. »Was ist mit ihm? Lebt er noch oder hat ihn der vermaledeite Kikkuli totgeschlagen?«

Das Mädchen beruhigt ihn: »Keine Angst! Mein Bruder lebt, aber er ist noch übler zugerichtet als du, Šenni.« Plötzlich schwindet der weinerliche Klang aus der Stimme der jungen Frau: »Ḫersi wird von meiner Mutter versorgt und ich habe auf Anweisung unseres Herrn deine Pflege übernommen. Auch wenn wir alle unter der Knute dieses Tyrannen leben müssen, bin ich mir sicher, dass ihn die Götter eines Tages für seine Untaten zur Rechenschaft ziehen werden. Das wird der Tag der Rache für unsere Familie und bestimmt auch für dich, Šenni.«

Wie brennende Pfeile schießen Worte voller Hass aus ihrem Mund: »Kikkuli hat unsere gesamte Familie ins Unglück gestürzt. Meine Mutter muss als Magd ihr Dasein im Hinterhof der Küche fristen. Mein Bruder Ḫersi ist für ihn nicht mehr Wert als ein räudiger Hund und mich nimmt er nahezu täglich mit brutaler Gewalt. ›Vögelchen‹ nennt er mich, wenn er mich als Liebessklavin missbraucht. Ich bin geschändet bis zum Ende meiner Tage. Niemals werde ich wieder Freude am Leben finden können! Niemals werde ich die Ehefrau eines ehrbaren Mannes sein können, denn ich bin entehrt von einem Pferdedämon.«

Ihre Tränen kullern nun in Strömen und benetzen das Schleiertuch vor ihrem Gesicht. »Ḫersi hat mit Sicherheit verschwiegen, dass ich seine Schwester bin, weil er die Schande, die ich über unsere Familie gebracht habe, nicht erträgt. Kikkuli hat mich entehrt und damit auch ihn, meinen Bruder.«

Senni streicht ihr sanft über den Kopf: »Dann kennst du deinen Bruder schlecht!«, wirft er ein, »Ḫersi ist ja selbst ein Opfer des gewalttätigen Mitanni. Er würde dir doch nicht die Schuld für dessen Gewalttaten anlasten, glaube mir!«

Das Mädchen fährt mit der Hand unter das Schleiertuch und wischt sich die Tränen von den Augen. »Mag sein, dass du Recht hast, Šenni, mein Bruder ist ein herzensguter Mensch. Er hat mich immer beschützt, bis zu jenem unglückseligen Tag, als wir in Kikkulis Fänge gerieten. Schon am ersten Tag der Knechtschaft hat er mir Gewalt angetan. Als mein Bruder das verhindern wollte, hat er ihn vor den Augen unserer Mutter halb totgeschlagen. Er hat erst dann von ihm abgelassen, als ich mich bereit erklärt habe, ihm ins Schlafgemach zu folgen. Dort musste ich mich vor ihm entblößen. Welche Schmach, als er mit seinen schwieligen Fingern meinen Körper abtastete. Ich war noch Jungfrau. Kein Mann hatte mich zuvor nackt gesehen oder gar berührt. Und dieser Gestank, der aus seinem Körper dringt! Es ekelt mich, wenn ich nur daran denke. Fast jede Nacht ruft er mich zu sich. Dann muss ich ihm zu Willen sein. Wie ein Tier fällt dieses Monstrum über mich her. Er droht mir jedes Mal, dass er meinen Bruder töten werde, wenn ich nicht willfährig bin. Nur an meinen unreinen Tagen lässt er von mir ab.«

Sie beginnt bitterlich zu weinen: »Unsere Mutter ist seither gebrochen und spricht kein Wort mehr. Kikkuli, diesen zweibeinigen Dämon, verfluche ich. Wenn nur das einträfe, was er am meisten fürchtet - das wäre die einzige Genugtuung!«

Senni wird hellhörig: »Wovor ist einem Ungeheuer wie diesem bang?«, will er wissen und legt dem Mädchen beruhigend die Hand auf die Schulter.

»Er hat panische Angst davor, dass eines Tages die Assyrer in das Land der Mitanni einfallen könnten. Nichts fürchtet er mehr als diesen Moment«, entgegnet die Sklavin, »wenn dieser Tag kommen sollte, schwindet Kikkulis Macht. Mit Sicherheit wäre es auch der Tag, an dem er keine Macht mehr über uns ausüben könnte.«

Die beiden sitzen einander eine Zeitlang schweigend gegenüber, bis die Sklavin etwas unter ihrem Stoffgürtel hervorzieht.

»Das hätte ich beinahe vergessen, dir zu geben. Šenni, mach deine Hand auf!«, bittet sie den Jungen, der ihr seine Handfläche entgegenstreckt. Die Sklavin legt ihm einen gehärteten Tonklumpen auf die Hand: »Das soll ich dir von meinem Bruder geben. Es hätte für dich eine große Bedeutung, hat er mir gesagt.«

Senni blickt wie gebannt auf das Stück Ton. Es ist das winzige Tonfragment der Übungstafel, auf die er den Namen seines Vaters Ḫunnu eingeritzt hatte. Ḫersi muss es am Boden liegend ergriffen haben, als Kikkuli auf sie einschlug.

»Diese kleine Tonscherbe ist in der Tat für mich von hohem Wert«, stammelt Senni vor Erregung, »für mich ist diese Scherbe mit der Inschrift mehr wert als ein Klumpen Gold. Sie wird mir immer ins Gedächtnis rufen, dass ich meinen Vater wiedersehen muss. Sein Name ist darauf eingeritzt. Die Scherbe hat aber auch noch eine andere Bedeutung: Sie wird mich immer daran erinnern, dass dein Bruder Ḫersi mir Lesen und Schreiben beigebracht hat. Und von heute an wird dieses kleine Stück Ton auch mit deinem Namen verbunden sein.«

Kaum hat Senni den Satz ausgesprochen, fällt ihm auf, dass er noch gar nicht weiß, wie der Name des Mädchens lautet. »Wie heißt du eigentlich?«, fragt er zaghaft, wobei ihm das schlechte Gewissen die Schamesröte ins Gesicht treibt, weil er sich erst jetzt danach erkundigt.

»Ašdu«, haucht das Mädchen kaum hörbar, »mein Name ist Ašdu.«

Senni nimmt nun allen Mut zusammen und schiebt ihren Schleier nach oben und schaut der jungen Frau in die Augen. Verlegen wendet sie ihren Kopf zur Seite und lächelt geheimnisvoll.

Abb. 12: Ašdu

Jahr 1237 vor Christus:
27. Regierungsjahr von Salmanassar I.

12. Pferdeweisheiten

Seit den Peitschenhieben vor knapp drei Monaten hat Senni kein Wort mehr mit seinem Ziehvater gewechselt. Kikkuli meidet seinerseits jeglichen Kontakt mit seinem hurritischen Adoptivsohn. Sobald er ihn aus der Ferne erblickt, macht er auf dem Absatz kehrt und verschwindet irgendwo zwischen den Ställen. Senni ist das sehr recht. Er geht wieder wie gewohnt seiner täglichen Arbeit nach und kümmert sich intensiv um die Pflege der zahlreichen Fohlen, die in diesem Frühjahr das Licht der Welt erblickt haben. Die Wunden auf seinem Rücken sind längst verheilt, was er zum einen der Wundersalbe zu verdanken hat, mehr noch aber der Pflege von Ašdu, der Schwester seines Freundes Ḫersi. Nur wenn Senni sich zu den Füllen hinunterbücken muss, verspürt er noch immer einen leichten Schmerz, wenn sich die Haut entlang der Narben auf seinem Rücken spannt. Der Junge beißt dann zwar die Zähne zusammen, denkt aber immer mit Groll an das zurück, was Kikkuli ihm und Ḫersi angetan hat. Noch viel schmerzender als die Verletzungen auf seinem Rücken sind die Wunden in seinem Herzen. Diese werden niemals heilen!

Umso überraschter ist Senni, als er an jenem Morgen eine schwere Hand auf seiner Schulter spürt. Ein wohlbekannter Schweißgeruch steigt ihm in die Nase. Die Körperausdünstung dringt in ihn ein wie der widerliche Gestank, den er kürzlich in der Hauptstadt Waššukanni im Viertel der Gerber wahrnahm. Der eklige Geruch, der beim Abkochen von Knochen und Tierhäuten entsteht, hatte in ihm einen Brechreiz hervorgerufen. Das gleiche Gefühl übermannt ihn in diesem Augenblick, zumal hinter ihm die tiefe Stimme Kikkulis ertönt:

»Šenni, mein Sohn, ich habe mit dir zu reden.« Der Tonfall des Mitanni klingt ungewohnt freundlich, als er weiterspricht: »Es tut mir aufrichtig leid, dass ich damals meine Beherrschung verloren habe. Aber ich kann es nun einmal auf den Tod nicht ausstehen, wenn meine Befehle nicht befolgt werden.«

Senni schaut dem Mitanni mit hasserfüllten Augen ins Gesicht: »Das hast du mir mit deiner Peitsche unmissverständlich zu verstehen gegeben, mein Herr«, gibt er trotzig zur Antwort.

»Herr? Wieso Herr? Ich bin dein Vater, Šenni,« ereifert sich der Gutsbesitzer, »damit du das nicht vergisst, aber auch zum Zeichen meiner Versöhnung habe ich eine Überraschung für dich.«

Kikkuli schiebt Senni mit sanftem Druck ein paar Schritte hinüber zur Umzäunung einer Koppel, auf der ein einjähriges Fohlen grast. Nur widerwillig richtet Senni sein Augenmerk auf das Pferd, obwohl es zu seinen absoluten Lieblingen gehört. Das schwarze Fell des Tieres glänzt wie Erdpech in der Nachmittagssonne. Als es Senni wittert, trabt es in ruhigen Schritten auf ihn zu, denn gewöhnlich hält der Junge immer einen kleinen Leckerbissen für den Vierbeiner bereit.

»Das ist einer der edelsten Hengste, die ich jemals gezüchtet habe, mein Sohn.« Voller Stolz folgen Kikkulis Augen jeder Bewegung des Tieres, das mit tänzelndem Gang über die Weide zu schweben scheint. »Das Pferd gehört ab sofort dir, mein Sohn. Achte auf den Rappen wie auf dein Auge. Ich bin mir sicher: Dieses Ross wird nur von den geflügelten Pferden der Götter überboten!«

Senni steht wie vom Blitz getroffen. Im ersten Moment kommt kein Wort über seine Lippen. Er kann sein Glück kaum fassen: »Dieses wunderbare Pferd soll mir gehören? Mir ganz alleine?«

Kikkuli nickt. »Welchen Namen wirst du ihm geben?«, will er von seinem Adoptivsohn wissen.

Senni braucht nicht lang zu überlegen: »Aspa. Mein Hengst soll Aspa heißen«, jubelt Senni.

»Ein guter Name«, antwortet Kikkuli, »Aspa bedeutet ›Pferd‹ in der Sprache der Mitanni. Für einen Mitanni-Hengst eine gute Wahl!«

Senni kann sich nicht mehr zurückhalten. Er muss zu seinem neuen Pferd! Er schwingt sich mit einem Satz über die Absperrung und lockt den Rappen mit leisen Rufen. Das Pferd spitzt die Ohren, wiehert kurz auf und trabt ohne Scheu auf Senni zu. Beide kennen sich seit geraumer Zeit. Der Junge hat diesem Pracht-exemplar schon seit der Geburt größte Aufmerksamkeit geschenkt. Er hat auch schon damit begonnen, ihn mit einfachen Übungen abzurichten. So kommt das Fohlen auf sein Rufen, auch wenn das Muttertier nicht in der Nähe ist. Senni streichelt dem Hengst über den Hals und drückt seinen Kopf an den musku-lösen Körper des Tieres.

»Aspa, du bist mein erstes eigenes Pferd!«, flüstert er dem Rappen zu, »nie in meinem Leben werde ich dich wieder hergeben!«

Senni wäre seinem Ziehvater am liebsten um den Hals gefallen, aber als er den Mitanni grinsend am Zaun stehen sieht, besinnt er sich eines Besseren. Dieser Mann will deine Gunst mit einem Geschenk zurückkaufen, schießt es ihm durch den Kopf. Fliehen möchtest du, sagt Senni zu sich selbst. Das Pferd könnte dich von jenem grässlichen Ort davontragen. Weit weg von Kikkulis Tyrannei. Aber es braucht Geduld, denn noch ist die Zeit zur Flucht nicht gekommen. Erst muss das Pferd ausgebildet werden und ich muss die Umgebung besser kennen-lernen, damit der Plan gelingen kann. Nichts überstürzen, Senni! Spiel das Spiel mit und wiege den zweibeinigen Dämon in Sicherheit. Die Gelegenheit zur Flucht wird kommen!

»Ich danke dir sehr für das wertvolle Geschenk, Kikkuli«, ruft er deshalb dem Gutsbesitzer schmeichelnd zu. »Ich werde Aspa behutsam einreiten, ganz nach den Vorschriften deines Urahnen.«

Der Mitanni ist ob der Worte sichtlich beglückt:

»Wie ich vernehme, hast du die Vorzüge der Lehren zu schätzen gelernt, mein Sohn. Zudem erfreut die Auswahl des Namens mein Herz. ›Aspa‹ - Urgroßvater Kikkuli hätte keinen besseren Namen finden können! Ein guter Name für einen Rappen.« Kikkuli zeigt sich äußerst befriedigt: »Beginne gleich heute mit dem Anreiten deines Pferdes. Du darfst dich nur nicht zu früh auf den Rücken setzen, denn sonst werden die Beine zu stark beansprucht. Laufe neben ihm her und stütze dich immer wieder mit einem Arm auf den Widerrist des Tieres. Lass ihn behutsam dein Gewicht spüren! Dein Aspa ist noch nicht ganz ausgewach-sen, also überfordere ihn nicht! Du musst die nächsten zwei Jahre täglich mit ihm üben, damit seine Muskeln stärker werden. Und beachte die wichtigste Regel eines mitannischen Pferdekundigen: Bei der Arbeit mit einem Pferd fühle mit deinem Herzen. Erst wenn eurer beider Herzen zusammengewachsen sind, wird das Pferd all deinen Befehlen gehorchen. Eines Tages wirst du mit dem Rappen zu einer Einheit verschmolzen sein. Unzertrennlich, als ob ihr mit Ketten aneinandergeschmiedet seid. Glaube mir, Šenni! Das ist die Art, wie Mitanni mit Pferden zu leben pflegen.«

Der Junge folgt aufmerksam Kikkulis Worten, der dem Rappen zärtlich über die Mähne streichelt. Dieser Mann behandelt seine Pferde besser als die Menschen, die ihn umgeben, stellt Senni insgeheim fest. Kikkuli kommt ins Schwärmen beim Anblick des edlen Tieres:

»Du musst Vertrauen zu deinem Pferd aufbauen, denn es soll dich niemals im Stich lassen. Vor allem nicht im Kampf. Vertraust du dem Pferd, vertraut es auch dir. Achte darauf, dass sein Maul weich bleibt, denn das ist eine der empfindlichsten Stellen dieser Tiere. Beim Abrichten darfst du ihn zu nichts zwingen. Das Pferd muss dir aus eigenen Stücken folgen. Du hast die Gabe, in Pferde hineinzuhorchen, Šenni. Höre immer wieder hinein in deinen Rappen. Er wird mit dir sprechen. Lerne von ihm, dann lernt er auch von dir. Niemals darfst du sein Vertrauen missbrauchen! Hast du mich verstanden? Niemals!«

Senni schaut mit großen Augen zu seinem Ziehvater auf. Der Hüne wirkt plötzlich so fürsorglich, geradezu väterlich. Warum ist dieser Mann an gewissen Tagen so voll des Jähzorns, fragt sich der Junge. Noch bevor er weiter darüber sinnieren kann, folgt Kikkulis nächster Ratschlag:

»Bringe das Pferd nicht außer Atem. Nach langem Galopp sind Ruhezeiten enorm wichtig! Gönne ihm auf langen Reisen regelmäßige Pausen, dann bleibt es gesund und wird dir über viele Jahre treue Dienste leisten.«

Senni staunt darüber, wie empfindsam der Unhold mit Pferden umgehen kann. Dennoch heuchelt er seine Ergebenheit: »Ja, mein Vater, ich werde all deine Ratschläge befolgen.«

Kikkuli legt ihm erneut den Arm freundschaftlich um die Schultern: »Lass uns den Vorfall vergessen. Sei wieder mein Sohn, mein Nachfolger! Kümmere dich um Aspa und bilde ihn mit Mut und Kraft, mit Zeit und Geduld aus. Ich bin mir sicher, dass dieser Hengst eines Tages mit Gold aufgewogen wird.« Bevor

Kikkuli sich zum Herrenhaus begibt, klopft er zum Abschied seinem Adoptiv-sohn noch einmal kräftig auf die Schultern. »Präge dir all meine Weisheiten über Pferde gut ein, mein Sohn!«

Senni spürt bei diesem Klaps, wie die Narben der Peitschenhiebe noch immer unter seinem Gewand wie Feuer brennen. Der leichte Schmerz, den er auf seiner geschundenen Haut empfindet, stachelt seine Rachegelüste an. Er würdigt Kik-kuli keines Blickes, sondern wendet sich Aspa zu. Zärtlich liebkost er dessen Hals.

Als der Mitanni in Richtung Hauptgebäude trottet, schickt ihm Senni heimlich einen Fluch hinterher: »Auch wenn du mir all deine Pferdeweisheiten schenkst, soll dich eines Tages der Pferdedämon packen und nie wieder aus seinen Klauen lassen! Möge er dich mit deiner eigenen Reitpeitsche bis aufs Blut peinigen, du nach Schweiß stinkendes Ungeheuer!«

Jahr 1234 vor Christus:

30. Regierungsjahr von Salmanassar I.

13. Fluch dem Totengeist!

Ein eisiger Wind weht vom nördlichen Gebirgsland hinunter in die Ebene, einem kargen Steppengebiet, das sich schier endlos im Norden des Assyrerreiches ausdehnt. Jenseits des Flusses, den die Einwohner Idiglat[30] nennen, gibt es nur hier und da kleinere Ansiedlungen aus ärmlichen Lehmhütten und einzelne, weitverstreute Gehöfte. Die meisten Bewohner dieser Wüstenregion leben als Nomaden in Zelten, die aus schwarzem Ziegenhaar gewebt sind.

Abb. 13: Beduinenzelt aus Ziegenhaar

Sie ziehen von Weideplatz zu Weideplatz, von Wasserstelle zu Wasserstelle, um ihre Herdentiere, meist Schafe und Ziegen, zu versorgen. Schon seit Tagen klagen die Mitglieder eines Nomadenstammes, die ihre Schwarzzelte in der Nähe des Flusses aufgestellt haben, über den nicht enden wollenden Sturm. Der bläst heute so heftig in ihre Zeltbahnen, dass sie die Holzgerüste, über die sie die Planen gelegt haben, abbrechen müssen. Damit der Wind die am Boden liegenden Wände nicht davonträgt, haben sie nicht nur die Zeltstangen darauf-

---

[30] Der alte Name des Flusses Tigris im heutigen Irak.

gelegt, sondern diese zusätzlich mit Steinen beschwert. Die Menschen selbst sind nun ohne Obdach und suchen zusammen mit ihren Tieren Zuflucht hinter Dünen oder in Bodensenken.

Der Abend naht. Die Sonne senkt ihren Lauf langsam der Erde entgegen, um in der Ferne hinter den Bergen zu verschwinden. Gerade als sie ihre letzten Strahlen ausschickt, beginnt der Wind so laut zu heulen, dass die warnenden Rufe der Menschen nur noch als Wortfetzen durch die Lüfte getragen werden. Wer jetzt keinen Unterschlupf gefunden hat, ist in der Ebene den Naturgewalten schutzlos ausgeliefert! Die Nomaden sind sich sicher, dass Wettergott Adad seine dämonischen Heerscharen auf sie niedersendet. Diese verbünden sich mit dem Sand der Wüste, wirbeln ihn in himmelhohen Staubfontänen nach oben und jagen in wilder Hatz über das Land. Kleine Staubwirbel verwandeln sich im nächsten Augenblick in riesige Windhosen und peitschen den Menschen mit Wucht scharfkantige Sandkörner ins Gesicht, die sie wie Nadelstiche auf der Haut verspüren. Die feinen Partikel des Sandes kriechen durch jede Ritze und türmen kleine Sandberge auf dem Boden der Behausungen auf. Dies wäre noch erträglich, wenn der in Wallung geratene Staub sich nicht auch noch in Nasen und Ohren der Bewohner festsetzen würde.

In Tagen des Sturms trifft man kaum jemanden, dessen Augen nicht stark gerötet sind. Die Sonne hat nun schon so viel an Kraft verloren, dass ihre Strahlen nur noch wie dünne blass-rot schimmernde Fäden am Horizont hängen, die die Landschaft in ein düsteres, gespenstisches Licht tauchen. Ohne Unterlass fegt der Wind, um immer wieder eine neue, noch größere Windhose aufzuwirbeln. Als ob ein Dämon erwacht sei, faucht und heult es aus dem Inneren des höchsten der zahlreichen Windstrudel heraus. Mit seinem Riesenmaul saugt er alles auf, was sich ihm in den Weg stellt und schleudert es durch seinen trichterförmigen Schlund hinauf in die Lüfte, um es im nächsten Augenblick wieder auszuspeien. Wehe demjenigen, der sich nicht rechtzeitig in Sicherheit bringen kann: Der Sturmdämon ist unerbittlich! Mit unbändiger Kraft rollt der Wirbelwind über die Ebene, treibt Mensch und Vieh vor sich her, bis zur Biegung des Flusses. Und selbst die Kraft des Wassers kann den Wind nicht stoppen, der ungebremst über den Strom fegt. Wasser und Staub vereinigen sich zu einer Schlammfontäne, die schneller als ein galoppierender Reiter auf die Festungsmauern von Assur[31], der Hauptstadt der Assyrer, zurast. Hoch oben auf den Wehrgängen sehen die Wachsoldaten den mächtigen Wirbel auf sich zukommen und ducken sich vorsorglich hinter die mannshohen Zinnen. Der Wind schickt zunächst seine luftigen Vorboten hinauf auf die Mauerkrone. Fast zaghaft rütteln die ersten Böen an der metallbeschlagenen Pforte des Haupteingangs, deren Doppelflügel beim Öffnen von zehn Männern in den Angeln gedreht werden müssen. Doch dann verfinstert sich das Firmament zusehends.

Einer der Wachsoldaten wagt einen Blick über die Mauerkrone, um sofort wieder in Deckung zu gehen, als er die mit Staub und Schlamm angefüllte Windhose auf das Stadttor zupreschen sieht. Doppelt so hoch wie die Außenmauer von Assur selbst, baut sich der Winddämon vor ihm auf. Und die Mauern seiner Heimatstadt gelten zusammen mit denjenigen von Babylon als die höchsten der vier Weltgegenden! Vom Oberen Meer[32] im Westen bis hinunter zum Unteren Meer[33], wo die heiligen Städte der Babylonier liegen, vom Gebirgsland der Elamier im Osten[34] bis zu den Bergen im Norden[35], wo ihre Feinde, die Hethiter hausen, gibt es keine vergleichbaren Mauern wie die von Assur! Das hatte ihnen vor geraumer Zeit ihr Hauptmann berichtet – und der ist schon viel in der Welt herumgekommen! Und nun stürmt ein Winddämon auf sie zu, der den Sand höher wirbelt als dieser Festungswall, ein Bollwerk aus gebrannten Lehmziegeln, das in den Himmel zu ragen scheint, wenn man sich der Stadt zu Fuß nähert. Der Wachmann kauert sich noch enger an die Zinne heran und zieht seinen Umhang über den Kopf. Im gleichen Augenblick bricht das Inferno über sie herein: Die Windhose bäumt sich auf wie ein Monster aus der Tiefe der Vorhölle und spuckt zunächst feinsten Schlamm, vermischt mit kleinen Steinen, über die Mauerkrone. Wie die gefrorenen Körner eines Hagelsturms prasseln Lehmbrocken auf die Wachmannschaft hernieder. Dann scheint der Winddämon für

---

[31] Eigentlich „Aššur" (Aussprache: Aschschur), Hauptstadt der Assyrer im Nord-Irak, benannt nach ihrem Hauptgott Aššur.
[32] Das heutige Mittelmeer.
[33] Der Arabisch-Persische Golf im südlichen Irak.
[34] Das Zagrosgebirge an der Grenze von Iran und Irak.
[35] Das Taurus-Gebirge an der Grenze zwischen der heutigen Türkei, Syrien und Irak.

einen Moment in der Luft zu verharren, um tief einzuatmen. Im nächsten Augenblick fegt das Ungeheuer wie eine Furie über sie hinweg. Alles, was sich der Sturmböe entgegenstellt, reißt sie mit sich. Die Stoffplane, die sie zum Schutz vor den Sonnenstrahlen an vier Masten befestigt hatten, zerreißt wie ein marodes Segel. Die Stangen werden aus der Verankerung gerissen und landen mit lautem Krachen im Burggraben. Längst haben die Soldaten ihre Waffen fallen lassen und klammern sich ängstlich mit allen Kräften an der Mauerkrone fest, um nicht vom Sog des Windes in die Tiefe gerissen zu werden.

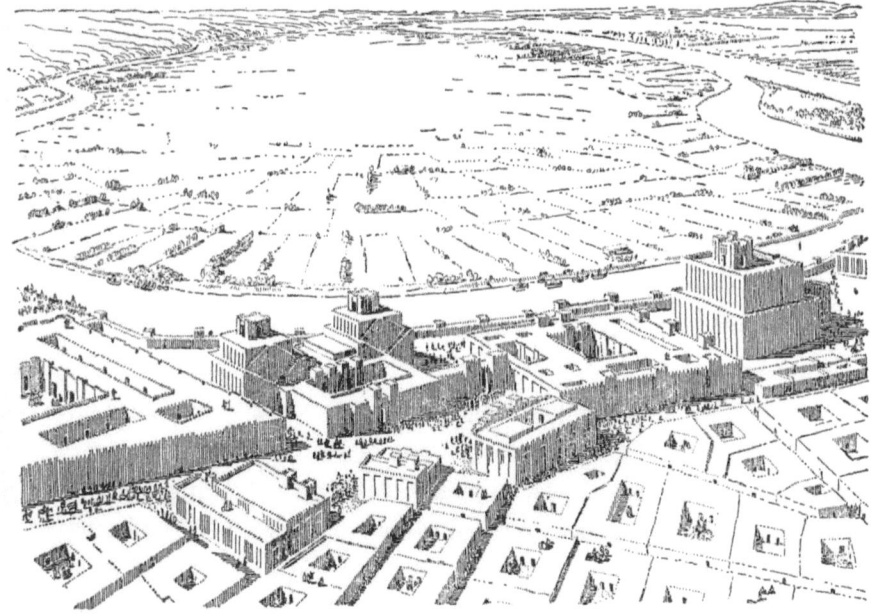

Abb. 14: Blick auf Assur

So schnell und heftig der Windstoß über sie hereingebrochen ist, so schnell entlässt er die Soldaten wieder aus seinen Klauen, um sich neue Opfer in den Gassen der Stadt zu suchen. Der Wind lässt nach. Dennoch trauen sich die Wachen kaum, sich zu erheben. Mit bangen Blicken verfolgen sie den Sturmlauf des Winddämons, der sich stadteinwärts seinen Weg durch die verwinkelten Gassen bahnt. Hölzerne Türen krachen mit Wucht gegen die Mauern der Wohngebäude. Die solide gebauten Häuser der vornehmen Bürger halten dem wütenden Angriff des Wirbelwindes stand. Als ob der Winddämon darüber erzürnt sei, ändert er urplötzlich die Richtung und schießt mit rasender Geschwindigkeit auf das Viertel der Armen in der Unterstadt Assurs zu. Die Lehmziegelmauern der mit Stroh bedeckten Hütten vibrieren, als der Sturm unter die Dächer rauscht. Es dauert nur wenige Augenblicke, dann heben sich die Überdachungen und fliegen samt Gebälk durch die Luft. Entsetzte Schreie dringen aus den Behausungen. Sie verhallen ungehört, übertönt vom brausenden Wind, der die Rufe der Verzweifelten mit sich davonträgt. Erst als der Sog sich abschwächt und nahezu Windstille auf den Zinnen herrscht, wagen die Wachsoldaten, sich wieder zu erheben. Sie klopfen sich den Staub und den Schmutz aus der Kleidung, heilfroh mit dem Leben davon gekommen zu sein.

»Das war Pazuzu, der König der Winddämonen höchstpersönlich!«, stammelt einer von ihnen, dem der Schreck noch immer in den Gliedern sitzt. »Wenn dieses Schreckgespenst auftaucht, ist Unheil im Anmarsch!« Die anderen nicken stillschweigend. Kein Wort fällt. Alle sind froh, dem wütenden Dämon nicht in die Hände gefallen zu sein.

Die riesige Windhose ist inzwischen irgendwo im Häusermeer der Hauptstadt in sich zusammengefallen und aus dem Blickfeld der Soldaten verschwunden. Doch nun setzen die Winde wieder ein. Immer heftiger wehen die Luftmassen über die Dächer hinweg und preschen mit Staub und Sand im Gepäck eine Anhöhe hinauf, auf der seit Generationen die assyrischen Könige in einem weitläufigen Palast hoch über dem rechten Ufer des Flusses Idiglat residieren. Bei klarem Wetter hat man von dort einen herrlichen Ausblick auf die tiefer gelegene Stadt und die benachbarten Tempelanlagen. Gewöhnlich pflegt der König in den Abendstunden mit seinen engsten Vertrauten auf der Dachterrasse zu speisen oder bei einem Becher Wein einen Blick auf die Lichter der Stadt und das geschäftige Treiben im Hafen zu werfen. Heute ist der Platz verwaist. Niemand verirrt sich bei diesem Sturm an diesen Ort. Der Wind rüttelt vergeblich an Fenstern und Türen. Keine Menschenseele ist im Palast zu sehen, in dem ansonsten Heerscharen von Bediensteten, Dienern und Sklaven ihre Arbeit verrichten.

Nur im ›Bīt Rimki‹, dem ›Haus der Waschung‹, regt sich etwas. Durch die Ritzen der Holzläden fällt das Licht von Öllampen. Drinnen herrscht hektisches Treiben. In einem im Boden eingelassenen Bassin steht ein betagter Mann, splitternackt, bis zu den Knien im Wasser. Ein frostiger Lufthauch weht unter der Tür hindurch und kriecht dem Alten wie ein eiskalter Odem über den Rücken. Aus seinem ergrauten Bart und den nassen Haaren, die in langen Silbersträhnen auf die Schultern fallen, tropft das Wasser auf seinen ausgemergelten Körper. Als der Wind erneut durch die schlitzartigen Fensteröffnungen pfeift und die Dochte der Öllämpchen flackern lässt, überläuft den Alten ein frostiger Schauer. Seine dünne Haut spannt sich über seinen knochigen Armen und ähnelt nun der einer gerupften Gans. Vor Kälte bibbernd, reißt ihm der Geduldsfaden:

»Beeilt euch, ihr Tölpel! Wollt ihr mich erfrieren lassen? Wir haben nicht mehr viel Zeit. Beendet die rituellen Waschungen!«

Vier mit Lendenschurzen bekleidete Diener verbeugen sich ehrerbietig und tauchen ihre Schwämme noch einmal in die tönernen Schüsseln, die am Rand des Badebeckens bereitstehen. Sie steigen über zwei Stufen zu ihm hinab in das Bassin. Zwei der Diener reiben den Mann noch einmal mit kaltem Wasser ab, während die beiden anderen mit einem Schwamm wohlriechende Öle über seinen Körper träufeln und mit reibenden Bewegungen einmassieren.

»Das Trockentuch, ihr Hunde! Es ist verdammt kalt!«, herrscht sie der Bärtige an, als er dem Bassin entsteigt. Das Alter hat tiefe Furchen in sein Gesicht geprägt. Im Schein der kleinen Ölfunzeln wirkt die wettergegerbte Haut des Alten wie ein Stück runzeliges Leder, das schon zahlreiche Winter erlebt hat. Wortlos und mit geübten Griffen kommen die Diener den Befehlen ihres Herrn nach. »Nun den Fischumhang – schnell!«

Während einer der Diener dem Alten einen Lendenschurz umbindet, huschen die anderen zu einem hölzernen Ständer, über dem ein langes, mantelartiges Gewand hängt. Vorsichtig heben zwei der Diener das Kleidungsstück an den Schulterstücken nach oben, während der Dritte den unteren Saum des Stoffes mit beiden Händen packt. Der Alte zittert wie Espenlaub. Seine dünnen Lippen schimmern bläulich unter dem zerzausten Vollbart. Ungehalten schreit er seine Dienerschaft an:

»Oh, diese Kälte! Soll ich euch Beine machen, ihr lahmen Hunde?«

Die Diener tippeln mit dem schweren Umhang heran, dessen unteres Ende in einer Schleppe endet, die einer riesigen Fischflosse nachgebildet ist. Vom Kragen bis hinunter zu den Knöcheln des Trägers setzt sich das Gewand aus unzähligen Stofffetzen zusammen, die über und über mit silbrigen Fäden verziert sind. Sorgsam wurde ein Stoffteil, über das andere gelegt und so zurechtgeschnitten, dass der Umhang wie eine Haut aus künstlichen Fischschuppen wirkt.

Abb. 15:
Beschwörungspriester
im Fischornat

»Her zu mir!«, befiehlt der Alte ungeduldig, »der König hat nach mir verlangt, obwohl heute erst der zwanzigste Tag des Monats Ḫibur [36] ist. Es ist noch nicht an der Zeit für das Königsritual. Es muss andere Gründe geben, warum man

---

[36] Der Monat *Ḫibur* fällt nach heutiger Zählung in den Monat November, s. Stefan Jakob, Wann war Tukulti-Ninurta I. in Babylon. Beitrag in der Festschrift für H. Freydank (in Druck).

mich einbestellt. Aber egal, wenn der Herrscher ruft, haben wir zu folgen. Ich hoffe, ihr habt alles vorbereitet, wenn wir sogleich vor sein Angesicht treten!«

Mit gesenkten Köpfen nähern sich die Diener dem Beschwörungspriester, stets bemüht, ihm nicht in die Augen zu schauen. Der Alte beugt den Kopf etwas nach vorne, streckt die Arme seitwärts und versucht seine Schultern so breit wie möglich zu machen. Während ihm zwei Diener den Umhang um die Schultern legen und die ledernen Halteriemen um seinen Hals verschnüren, macht sich ein anderer daran, die Schwanzflosse der Schleppe zu richten. Ein vierter Diener eilt herbei und stülpt dem Alten eine zylinderartige Kopfbedeckung über. Diese Tiara ähnelt einem überdimensionierten Fischkopf und mündet zur Spitze hin in einem riesigen Fischmaul. Dicke Aufnäher symbolisieren auf jeder Seite die Kiemen. Mit großer Kunstfertigkeit wurde ein Fischauge aus goldenen Plättchen in den Stoff der Mütze eingenäht und prangt nun deutlich sichtbar über der Stirn des Trägers. Zu guter Letzt schlüpft der Alte in lederne Stiefel, die ebenfalls mit einem Muster aus Fischschuppen verziert sind. Zwei Diener nähern sich mit Öllampen, während ein anderer ihm eine blankpolierte Bronzescheibe als Spiegel vorhält. Der Alte betrachtet sein Spiegelbild nur flüchtig und zupft noch einmal den Umhang zurecht, der im Schein der Öllampen wie die silbrige Haut eines Fisches glänzt. Beengt durch das Fischkostüm, richtet sich der Mann auf, reckt - so gut es geht - seine Glieder und atmet noch einmal kräftig durch.

»Gut! Als oberster Priester der Beschwörungskunst bin ich nun bereit für den Besuch beim König. Habt ihr das heilige Öl gekocht?«, erkundigt sich der Alte.

Die Diener bejahen und reichen ihm ein kleines Gefäß mit Henkel, aus dem betörende Düfte strömen. Der Mann schnuppert an dem Behältnis und nickt befriedigt, bevor er das Gefäß an die Diener zurückgibt.

»Ist mein Sohn auch so weit? Hat er die Salbe nach alter Tradition angerührt? Ich hoffe, er hat die Vorschriften eingehalten, denn es geht um den König!«

Einer der Diener antwortet: »Es ist alles vorbereitet, Rībātu, mein Herr. Alles ist so, wie du es befohlen hast.«

Noch einmal überprüft der Priester den Sitz des Fischgewands - alles in Ordnung!

»Dann lasst uns aufbrechen!«

Langsam, mit erhabenen Schritten bewegt sich der Alte auf die Tür zu. Hinter ihm ein Lakai, der ihm die schwere Schleppe mit Fischschwanz trägt. Ein anderer Diener öffnet einen der Türflügel und verneigt sich, als der Beschwörungspriester an ihm vorbei hinaus auf den Flur tritt. Dort erwartet sie bereits eine zehnköpfige Dienerschaft, einer neben dem anderen in einer Zweierreihe aufgestellt. Rībātu mustert die Wartenden nur kurz, um dann seinen Weg fortzusetzen. Der Zug der Domestiken folgt ihm in gebührendem Abstand. Nach ein paar Schritten kommt die kleine Prozession zum Stehen. Ein einzelner Mann kommt ihnen entgegen und verbeugt sich vor dem Alten. In seiner Hand hält er eine Pauke. Ein Trommelstock steckt in seinem Gürtel. Der Alte würdigt ihn kaum eines Blickes und bedeutet ihm mit einem Fingerzeig, seinen Platz einzunehmen. Kaum hat der Musikant sich in den Zug der Diener eingereiht, bringt er sein Instrument mit heftigen Schlägen zum Schwingen. Die Paukenschläge hallen wie Donner durch den hohen Flur. Im Rhythmus der gleichbleibenden Paukenschläge setzt sich die Prozession, angeführt vom Beschwörungspriester im Fischumhang, wieder in Bewegung. Sie biegen in einen breiten Flur ein, dessen Wände von der Decke bis zum Boden mit Wandmalereien verziert sind.

In der Mitte des breiten Ganges werden sie vor einem Portal bereits von einer Ansammlung von Höflingen erwartet. Im Schein der Öllampen, die in Wandnischen stehen, schreitet der Beschwörungspriester im Fischornat zum Takt der Pauke auf die Gruppe zu. Trotz der spärlichen Beleuchtung wandert sein Schatten mit ihm, an den Wänden entlang wie ein dunkles Abbild seiner selbst. Für die Wartenden ist der Mann im Fisch-Ornat ein Wesen aus einer anderen Welt. Unwillkürlich schrecken einige bei seinem Anblick zurück und ziehen es vor, sich hinter anderen zu verbergen. Kein Wunder, denn hinter vorgehaltener Hand wird getuschelt, dass der Beschwörungspriester und sein Sohn mit den Mächten der Unterwelt in Verbindung stehen. Vor Beschwörern wie ihm, die ihr geheimes Wissen nur innerhalb der Familie weitergeben, fürchten sich alle. Peinlich achten diese Priester darauf, dass nur Eingeweihte ihre magischen Künste beherrschen. Man munkelt sogar, dass Rībātu mit dem Totengeist Verbindung aufnehmen kann. Gesehen hat das zwar noch niemand, aber seine Diener haben davon in der Taverne erzählt und bei Ningirima, der Herrin der Beschwörungen, den Eid geleistet, dass ihre Erzählungen der Wahrheit entsprechen.

Wie aus dem Nichts ertönen plötzlich auch von der anderen Flurseite Paukenschläge. Die Wartenden rücken noch näher zusammen. Manche schielen ängstlich in das Halbdunkel des langgestreckten Korridors. Wieder ein Paukenschlag vom anderen Ende des Ganges. Dann biegt eine zweite Prozession, ebenfalls von einem Mann in einem Fischgewand angeführt, um die Ecke. Dieser ist allerdings deutlich jünger als Rībātu, der den herannahenden Jüngeren von Kopf bis Fuß mustert. Diesem folgen vier Diener, die ein Gestell auf ihren Schultern tragen, auf dem ein mit Gold verzierter Kasten ruht. Geflügelte Sonnen, das Symbol des assyrischen Hauptgottes Aššur, prangen auf den Längsseiten des Behälters. Ein anderer Bediensteter trägt ein Tablett aus Bronze, auf dem ein braunes Ledersäckchen, ein Zweig sowie ein winziger Dolch aus Tamariskenholz liegen. Zwei weitere schleppen Holzkästen, andere bunte Tücher und kleine Fläschchen aus Ton herbei.

Als sich beide Prozessionszüge einander nähern, nehmen die beiden Paukenschläger den gleichen Rhythmus auf und verschmelzen ihr Spiel zu einer Einheit. Im Gleichschritt treffen beide Prozessionen im Vorraum der übermannshohen Pforte aufeinander und nehmen nebeneinander Aufstellung. Die beiden Männer im Fischkostüm stehen nun Schulter an Schulter, hinter ihnen ihre Schleppenträger, dann folgen die Träger des Gestells, der Diener mit dem Tablett und die Lakaien, die die Gefäße mit dem erhitzten Öl zu tragen haben. Die restliche Dienerschaft positioniert sich in Zweierreihen dahinter. Zum Klang der Pauken geht der Zug noch vier bis fünf Schritte auf die verschlossene Pforte zu.

Auf ein Signal des Beschwörungspriesters verstummen die Pauken. Keiner wagt es mehr, einen Laut von sich zu geben. Vor der Tür erwartet sie ein hochgewachsener Mann, dessen Vollbart in horizontal übereinanderliegenden Lockenreihen frisiert ist. Der alte Fischpriester mustert ihn von oben bis unten: Dem bärtigen Krieger fällt das in der Mitte gescheitelte Haar bis auf die Schultern. Unter seinem knöchellangen, reich verzierten Gewand, schauen seine Füße heraus, die in Ledersandalen stecken. Um die Hüfte trägt er einen breiten Gurt, an dem zu seiner Linken ein Kurzschwert in einer prächtigen Scheide steckt. Der

Knauf der Waffe endet in einem Löwenkopf, das Abzeichen eines Offiziers der königlichen Leibgarde. Rībātus Auge wandert zu den Wachsoldaten, die hinter dem Offizier, rechts und links von dem Tor, postiert, sind. Jeweils zehn von ihnen bilden eine kleine Einheit, die sog. ›Zehnerschaft‹, die alle in gleichen Uniformen stecken: kurze Röcke, darüber ein Lederwams mit geflügelter Sonne auf der Brust. Das lange Haupthaar eines jeden wird von einem Lederband mit Rosettenapplikationen zusammengehalten. Auch ihre Bewaffnung ist einheitlich. Am Gürtel hängt ein Kurzschwert und in den Händen halten sie eine Lanze von beachtlicher Länge, die eine bronzene Spitze bekrönt.

Ein Diener aus Rībātus Gefolge flüstert seinem Nachbarn zu: »Schau dir diese bärtigen Kerle an! Sie zählen zwar zu den besten Kämpfern des Assyrerreiches, stehen aber nur hier im Palast herum und bewachen eine Tür. Und dafür werden sie auch noch fürstlich entlohnt!«

Der andere zischt ihm zu: »Du hast keine Ahnung! Nur wer sich durch besondere Tapferkeit auf dem Schlachtfeld ausgezeichnet hat, kann auf Empfehlung eines Vorgesetzten in diese Elitetruppe des assyrischen Heeres aufgenommen werden. Dort müssen sie sich einer speziellen, äußerst harten Kampfausbildung unterziehen. Erst wenn sie sich dort bewährt haben, erfolgt die endgültige Übernahme in die Königsgarde. Als Lohn für die ertragenen Strapazen winkt eine wesentlich bessere Versorgung als im normalen Soldatenleben. Die Verpflegung im Palast soll vorzüglich sein und das Bier soll angeblich in Strömen fließen – zumindest hat das einer in der Kneipe behauptet. Zudem muss ihre Besoldung fantastisch sein. Sogar ihre Unterkünfte sind frei von Flöhen und Wanzen! Aber eines rate ich dir: Lege dich niemals mit einem dieser Kämpen an! Ihnen eilt der Ruf voraus, besonders grausam und unerbittlich gegen Feinde zu sein. Nur die Besten dieser Palastwachen schaffen den Sprung in die Leibgarde des Königs, deren einzige Aufgabe es ist, das Leben des Herrschers zu beschützen.«

Die Unterhaltung der beiden wird jäh unterbrochen, als der Offizier mit dem wohlfrisierten Bart einen Befehl ausstößt. Auf sein Kommando treten die Wachsoldaten einen Schritt zur Seite. Regungslos, wie steinerne Statuen, verharren sie rechts und links von der Eingangstür, bereit, jeden Befehl ihres Vorgesetzten augenblicklich auszuführen.

Der Hauptmann kommt auf die beiden Priester im Fischumhang zu, verneigt sich ein wenig und spricht sie dann mit lauter Stimme an:

»Königlicher Beschwörer, begehrst du mit deinem Sohn und eurem Gefolge Einlass zu den Gemächern des Königs?«

Der Alte im Fischgewand erhebt seine Stimme: »Mächtiger Šumu-libši, wir bitten dich als Ober-Torhüter um Einlass zu den privaten Gemächern unseres Königs Salmanassar. Der Herrscher des Landes hat nach uns, seinen Beschwörungspriestern, geschickt, die seit Alters her ihren heiligen Dienst zu zweit verrichten müssen.« Auf ein Zeichen des Ober-Torwächters öffnen zwei Bedienstete die schweren Flügel des Portals.

»So tritt ein mit deinem Gefolge, Beschwörungspriester. Möge eure magische Kunst unserem Herrn Linderung verschaffen!«

Die Pauken beginnen wieder zu dröhnen. Im Takt der Schläge setzt die von den Fischmännern angeführte Prozession ihren Weg fort und durchquert eine Halle, deren kostbares Gebälk mit zahlreichen Ornamenten verziert ist. Wertvolle Wandbehänge wechseln sich mit kunstvollen Wandmalereien ab. Nach etwa fünfzig Schritten gelangen sie zu einer weiteren Tür, die ihnen sogleich geöffnet wird. Vor ihnen liegt der langgestreckte Thronsaal, dessen Dach von reich verzierten Zedernstämmen getragen wird. Der Urgroßvater des jetzigen Herrschers ließ die Bäume aus dem weit entfernten Zedernwald[37] in die Hauptstadt Assur schaffen, bevor sie an Ort und Stelle bearbeitet und auf den Mauerkronen verankert wurden. Noch heute verströmen die Zedernstämme einen Wohlgeruch, der jeden Eintretenden umschmeichelt. Die Priester im Fisch-Ornat nehmen weder den harzigen Duft wahr, der dem Gebälk entströmt, noch haben sie Augen für die Farbigkeit der Wände, die im oberen Bereich mit Wandmalereien ausgeschmückt sind: Rosetten wechseln sich geometrischen Motiven ab. Alle fünf Schritte schaut ein Bukranion, ein gemalter Stierkopf, auf sie herab. Nichts von alledem registrieren die Teilnehmer der Prozession, die sich im Takt der gleichbleibenden Paukenschläge auf ein kniehohes Podest zubewegen, auf dem der königliche Thron auf buntbestickten Teppichen steht. Vier Leibgardisten

---

[37] Der Zedernwald entspricht dem heutigen Libanon-Gebirge.

sind an den Ecken des Thronpodestes postiert, die dafür Sorge tragen, dass niemand, ausgenommen der König und sein Gefolge, den erhöhten Platz betreten.

Kaum hat die Prozession die Mitte des Thronsaals erreicht, öffnet sich eine schmale Seitentür, die hinter langen Vorhängen verborgen ist. Ein Greis mit seinen Bediensteten betritt mit schlurfenden Schritten den Raum und wendet sich dem Thronpodest zu. Die Wachen nehmen Haltung an, straffen ihre Körper und umklammern ihre Spieße noch fester als gewöhnlich, allerdings ohne den sich ihnen von der Seite nähernden Alten direkt ins Auge zu blicken. Dessen knochige Finger umklammern einen Gehstock, der mit Ornamenten aus Elfenbein verziert ist. Der Alte kommt nur langsam voran. Er hinkt und stützt sich bei jedem seiner Schritte auf seine Gehhilfe, um das Gewicht des gebeugten Rückens auszugleichen. Nach jedem Schritt saust der Stock mit dumpfen Schlägen auf die gebrannten Tonplatten nieder, mit denen der Fußboden des Thronsaals ausgelegt ist. Der Greis zieht seine Beine wieder ein Stück nach vorne. Zwei Diener in kurzen blauen Röcken halten sich in einigem Abstand bereit, ihm jederzeit zur Seite zu stehen, falls seine Beine einmal ihren Dienst versagen sollten. Zwei weitere tragen einen Schemel mit Rückenlehne hinter dem Alten her. Als dieser keuchend und nach Luft ringend vor der Mitte des Thronpodestes verharrt, springen die Diener herbei, schieben ihm den Stuhl zurecht und stützen den Greis, der sich mit einem tiefen Seufzer niederlässt. Im Gegensatz zum ausgemergelten Körper sind die Augen des betagten Mannes hellwach. Jede Bewegung im Raum registriert er mit höchster Aufmerksamkeit. Nachdem er sein Umfeld taxiert hat, richtet sich sein Augenmerk auf die Prozession, die noch immer im Gleichschritt unter Paukenklängen auf ihn zukommt. Wie auf ein geheimes Kommando verstummen die Instrumente abrupt. Der kleine Zug kommt fünf Schritte vor dem Greis zum Stehen. Lediglich die beiden Fisch-Priester machen noch einen Schritt auf ihn zu und verneigen sich alsdann so tief es ihnen in ihrem Ornat möglich ist. Ihr Gegenüber verweilt stumm und ohne jegliche Regung auf seinem Sitz. Die Ankommenden halten ihre Köpfe gesenkt und blicken auf die Füße des Alten, die in Schuhe stecken, deren Oberseite mit einer geflügelten Sonne bestickt ist.

Erst als der Greis seinen Gehstock kurz aufschlägt und der dumpfe Hall durch den Thronsaal klingt, wagen es die Priester, ihre Köpfe zu heben. Ihre Blicke wandern über das prächtige Wickelgewand des Greises, das dessen hageren Körper verhüllt. Die Bordüren des Kleids sind mit geometrischen Mustern aus goldschimmernden Fäden bestickt und die Säume enden in bunten Fransen. Auf seinem Haupt trägt er eine zylinderartige Kopfbedeckung aus rotem Filz, das über der Stirn von einem breiten, silbernen Metallband zusammengehalten wird. Die schneeweißen Haare des Greises fallen in langen Strähnen auf die Schultern, sein ergrauter Vollbart reicht in sorgfältig gelegten Locken bis hinunter zur Brust.

»Sei gegrüßt, Bābu-aḫa-iddina, Großwesir und Verwalter des Palastes unseres Herrn und Königs Salmanassar.«

Der Beschwörungspriester verneigt sich nach diesen Worten nochmals so tief, wie es sein Fischumhang zulässt. Der jüngere Fisch-Priester tut es ihm gleich, während ihre Begleiter vor dem Würdenträger auf die Knie fallen und mit der Stirn den Fußboden berühren. Der strenge Blick des Großwesirs wandert über die vor ihm niederkniende Schar. Keiner rührt sich. Der Alte scheint jeden Einzelnen zu mustern, bevor er das Zeichen gibt, aufzustehen. Als sich das Gefolge hinter den Priestern erhebt, kommt für kurze Zeit Leben in den ansonsten menschenleeren Thronsaal, in dem sich bei Audienzen gewöhnlich Hunderte von Personen aufhalten. Schnell richtet der Priester-Tross die jeweilige Kleidung, um danach wieder die vorherige Aufstellung einzunehmen. Der Großwesir verfolgt mit aufmerksamen Augen jeden Handgriff, ohne sich selbst zu bewegen. Still wie eine Statue sitzt er auf seinem Hocker.

Als wieder Ruhe eingekehrt ist, wendet er sich mit fester, wenngleich leiser Stimme an den Beschwörungspriester: »Gut, dass ihr sofort gekommen seid! Die Lage ist Ernst. Der König, unser Herr, ist von den Dämonen des Todes befallen. Eilt ihm zu Hilfe! Vertreibt die bösen Geister, die das Nachtlager unseres Königs umzingelt haben! Ich hoffe, wir kommen nicht zu spät. Größte Eile ist geboten!« Kaum hat der Großwesir ausgesprochen, umklammert er den Griff seines Gehstocks und erhebt sich ächzend von seinem Schemel, gestützt von seinen beiden Dienern, um sich im gleichen Augenblick umzuwenden: »Mir nach! Schnell!«

Der Zug mit den beiden Priestern setzt sich in Bewegung und folgt in gebührendem Abstand dem greisen Großwesir, der flinker als man hätte vermuten können, durch die verwinkelten Flure und Vorzimmer des Palastes stapft. Erst vor einer hölzernen Tür, deren Front mit geflügelten Genien verziert ist, bleibt er stehen und wartet, bis die beiden Priester mit ihrem Gefolge zu ihm aufgeschlossen haben.

»Wartet hier!«, gebietet der Großwesir den Priestern, während ihm zwei schwerbewaffnete Leibwächter die Pforte öffnen und er im dahinter liegenden Gemach verschwindet.

Unruhe macht sich unter dem Gefolge der Beschwörer breit. Energisch sorgt Rībātu für Ruhe, bevor er sich mit leiser Stimme an seinen Sohn wendet:

»Es scheint schlimm um den König zu stehen. Den Worten des Großwesirs entnehme ich, dass wir seine letzte Hoffnung sind. Hast du alle Vorschriften zur Herstellung der Heilsalbe befolgt?«

Der jüngere Fisch-Priester antwortet: »Aber ja, Vater, ich habe sogar die Tontafel mit der Bann-Beschwörung aus der Bibliothek bringen lassen und noch einmal nachgelesen, um nur nichts falsch zu machen. Die Salbe ist gemäß der Überlieferung hergestellt. Ich habe Süßholz und Seifenkraut mit dem Samen von Tamarisken und Flachs mit dem Zalāqu-Stein[38] zerrieben, anschließend habe ich das Pulver aus der getrockneten weißen Pflanze zusammen mit Zypresse, Myrrhe und Wacholder untergemengt. Sogar die schmutzige Binde vom Krankenlager des Königs habe ich mir bringen lassen, um darin mit dem Mörser einen getrockneten Menschenknochen zu zerstoßen. Das Ganze habe ich mit heiligem Öl zu einer Paste verrührt und dabei auch die rituellen Gesänge nicht vergessen. Habe alles so gemacht, wie du es mich seit meiner Kindheit gelehrt hast, gütiger Vater.«

Rībātu zeigt sich zufrieden. Schon im nächsten Moment wird die Tür erneut geöffnet und ein Diener winkt die Wartenden herein. Der Raum ist vollkommen abgedunkelt. Die Luft im Innern des Gemachs ist abgestanden. Es ist heiß und

---

[38] Der ›Zalāqu-Stein‹ ist nach seiner Beschreibung ›hell wie der Tag‹. Man vermutet, dass es sich um einen weißen Stein handelt, dessen Äußeres dem Gefieder eines weißen Vogels (Storch?) ähnelt; s. hierzu Barbara Böck, Bemerkungen zur Literatur über Amulettsteine. Orientalistische Literaturzeitung 2014, 109(3), Seite 178.

stickig. Der unangenehme Geruch von abgestandenem Urin dringt in die Nasen der Ankömmlinge. Nur wenige Öllampen, die rund um ein Bettgestell mit Löwenfüßen aufgestellt sind, spenden ein fahles Licht. Die Zugluft, die beim Öffnen der Tür in den Raum hineingeströmt, lässt die kleinen Flammen in den tönernen Gefäßen tanzen. Die Schatten der Eintretenden werfen gespenstische Gebilde an die Wände, die nach einem bärtigen Mann zu greifen scheinen, der flach auf dem Rücken liegend auf dem Bett ruht.

Abb. 16: Beschwörungspriester am Krankenbett –
umgeben von Dämonen

Der versucht, die drohenden Schatten abzuwehren, doch seine Kraft reicht nur für eine flüchtige Handbewegung. Er greift ins Nichts. Matt sinkt sein rechter Arm nach unten, sein Atem dringt röchelnd aus der Kehle. Zwei Diener halten sich am Kopfende des Bettes bereit, um einem Mann in grünem Umhang zu assistieren, der sich über den Liegenden beugt. In der Linken hält dieser eine mit Flüssigkeit gefüllte Schale, in die er einen Schwamm taucht, mit dem er die Lippen des Erkrankten befeuchtet. Als die Prozession der Priester im Fischgewand auf das Bett zusteuert, blickt er sich kurz um und wendet sich an den Bettlägerigen:

»Mein Herr und König, die Beschwörungspriester sind eingetroffen. Sie werden die Dämonen gewiss vertreiben, die dir die Krankheit gebracht haben. Vertraue auf die Kunst des Beschwörungspriesters!«

Mit einer leichten Verbeugung zieht sich der Mann im grünen Umhang in eine Ecke des Schlafgemachs zurück. Die beiden Diener gesellen sich zu ihm und blicken mit erwartungsvollen Augen auf die beiden Männer im Fischkostüm, die sich auf Wink des Großwesirs sofort an die Arbeit machen. Der Ältere der beiden ergreift die Hand des Dahinsiechenden, der daraufhin seine Augen aufschlägt:

»Kommt ihr, um mich zur Unterwelt zu geleiten?«

Seine Stimme klingt so geschwächt, dass der Fischpriester seinen Mund ganz nahe an das Ohr des Königs bringt.

»Salmanassar, großer König des Landes Assyrien, höre die Worte deines obersten Beschwörungspriesters. Wir sind gekommen, um die bösartigen Dämonen zu packen, die von dir Besitz ergriffen haben. Die Heilkunst deiner Leibärzte hat versagt. Wir werden die unheilvollen Geister mit dem Ritual māmītu - dem Bann - und mit Hilfe des Sonnengottes vertreiben.«[39]

Der Alte im Fischkostüm lässt die Hand des ermatteten Königs los, der ihn mit weit aufgerissenen Augen anstarrt. Der Blick des erkrankten Königs schweift in die Ferne. Er scheint das, was um ihn herum geschieht, nicht wahrzunehmen. Beide Fisch-Priester treten an das Krankenlager heran. Der Jüngere hält den Beutel mit der Heilsalbe bereit. Das Ritual kann beginnen! Rībātu wirft noch einmal einen prüfenden Blick auf die Augen des Todkranken:

---

[39] Stefan M. Maul, Die Reste einer mittelassyrischen Beschwörerbibliothek aus dem Königspalast zu Assur; in: W. Sallaberger, K. Volk, A. Zgoll (Hrsg.), Literatur, Politik und Recht in Mesopotamien. Festschrift für Claus Wilcke, Wiesbaden 2003, S. 181-194.

»An die Arbeit, sein Lebensquell versiegt. Wir müssen die bösen Geister aus seinem Körper vertreiben!« Nach diesen Worten positioniert er sich am Kopfende des Bettes. Sein Sohn nimmt zu Füßen des Herrschers Aufstellung. Diener reichen den beiden Männern Tongefäße mit Henkeln aus Bast, aus denen ein betörender Duft entströmt. Der Ältere beginnt zu singen. Aber nicht in Akkadisch, der Amtssprache des assyrischen Reiches, sondern in der seit Generationen überlieferten Sprache der Priesterschaft, in Sumerisch:[40]

»Dies ist der Wortlaut der Beschwörung, zum Ziele, einen von den Göttern verhängten Bann zu lösen.«

Seine Stimme hallt von den hohen Wänden des königlichen Schlafgemachs. Sein Sohn nimmt den Refrain des gutturalen Sprechgesangs auf, wobei beide rechteckig gestutzte Straußenfedern in ihre Henkeleimer eintauchen, um anschließend den Erkrankten mit der wohlriechenden Essenz von Kopf bis Fuß zu bespritzen.

»Beschwörung: Šamaš, Sonnengott, erhabener Richter, der die weite Erde umschließt, du mögest die Pläne der Dämonen umkehren. Der Weise der Götter, Gott Marduk, möge deinen Prozess mit Finsternis bedecken. Ningišzida, der Thronträger der weiten Unterwelt, möge deine Brust wenden, dich in die Flucht schlagen! Ara, der Großwesir der heiligen Stadt Eridu, hole dich fort! Mondgott Sîn, der Herr der Tiara, möge gegen dich seine Hand erheben und Ninurta, der Herr der Waffe, möge dich niederstrecken! Ihr mächtigen Götter, hört unser Rufen und bannt die Dämonen von unserem Herrn und König Salmanassar!«

Die beiden Paukenspieler beginnen wieder zu trommeln. Ohrenbetäubend hämmern sie auf ihre Instrumente. Der Singsang der Fisch-Priester wird immer schneller und lauter und folgt dem treibenden Rhythmus der Paukenschläge:

»Utukku-Dämon, komm zur Ruhe, Alū-Dämon, komm zur Ruhe, Totengeist, komm zur Ruhe, Gallū-Dämon, böser Gott, komm zur Ruhe, Lamaštu, komm zur Ruhe, durch die Beschwörung, gesprochen von Enki, dem Gott der Weisheit und des Süßwasserozeans und dem Helden Asalluḫi, dem Sohn von Eridu,

---

[40] Obgleich die Amtssprache „Akkadisch" die sumerische Sprache vollkommen aus dem normalen Leben verdrängt hat, blieb Sumerisch bei Assyrern und Babyloniern im religiösen Bereich als liturgische Sprache erhalten - vergleichbar mit der lateinischen Sprache, die bis heute im Katholizismus Anwendung findet.

durch den Befehl von Ningirima, der Herrin der Beschwörungen. Beim Himmel sei beschworen, bei der Erde sei beschworen!«

Die beiden Beschwörer wiederholen diese Strophen ohne Unterlass. Man reicht ihnen hin und wieder eines der Tücher, das sie mit einer braunen Flüssigkeit aus einem der Tonfläschchen tränken. Während der ältere Beschwörer das feuchte Tuch über dem Gesicht des Königs ausbreitet, umrundet sein Sohn das Bett und streut Mehl auf dem Boden aus, bis das Krankenlager von einem dichten Mehlkreis umschlossen ist.

Während der jüngere Fisch-Priester die letzten Strophen wiederholt, reicht ein Diener dem Alten das Bronzetablett mit dem prall gefüllten Lederbeutel, immer darauf bedacht, den Mehlkreis nicht zu übertreten. Rībātu öffnet vorsichtig das Behältnis und taucht seinen Zeigefinger in die darin befindliche Paste. Sanft streicht er die Salbe dem erkrankten König auf die Stirn, danach auf die Wangen und schließlich auf dessen entblößte Unterschenkel. Sorgfältig verschnürt er den Beutel wieder und legt diesen dem König an einer ledernen Schnur um den Hals.

»Der Totengeist hat sich unserem Herrn und König genähert«, ruft der Alte in den Saal, »bringt das Kästchen – schnell!«

In Windeseile tragen die vier Diener das Gestell mit dem vergoldeten Behältnis herbei. Der jüngere Fisch-Priester öffnet vorsichtig den Deckel, während der Beschwörungspriester der Lade eine Figur aus weichem, ungebranntem Ton entnimmt, die ungefähr einen Fuß in der Höhe misst. Die Statuette ist in groben Zügen dem Ebenbild des Königs nachempfunden: schulterlange Haare mit Mittelscheitel, ein bis auf die Brust herabfallender Lockenbart, knöchellanges Gewand und in der Hand ein kleines Zepter mit rundem Knauf, das Insigne des assyrischen Königs.

»Seht das Abbild des Königs!«, ruft der Oberbeschwörer in die Runde der Umherstehenden und hält die Figurine mit beiden Händen nach oben, »Totengeist, sieh her! Hier ist unser König Salmanassar!«

Die Worte des Alten klingen herausfordernd, fast bedrohlich. Der Sohn des Beschwörungspriesters beginnt erneut Beschwörungsformeln zu rezitieren. Sein Gesang tönt nun wesentlich heller als zuvor. Immer, wenn er das Ende einer

Strophe erreicht hat, werden die Pauken einmal geschlagen. Singend umrundet der junge Fisch-Priester das Krankenlager des Königs, immer den Mehlkreis am Boden im Blick, den er nicht verlassen darf. Sein Vater steht derweilen am Fuß- ende des Betts und hält die Tonfigur für alle sichtbar in die Höhe. In diesem Augenblick erhebt der König seinen Oberkörper, starrt mit fiebrigen Augen auf sein Abbild, bevor sein Blick auf den Beschwörungspriester im Fischkostüm fällt. Im Fieberwahn beginnt er, zu schreien:

»Nehmt die Dämonen von mir! Weg ihr Geister der Unterwelt!«

Bevor sein Körper zurück auf die Liege fällt, stützt der jüngere Fisch-Priester den Oberkörper des Königs, damit dieser in aufrechter Position bleibt. Immer wieder zitiert er dabei die vorgeschriebenen Gebete.

»Der Zweig des Seifenkrauts, der Dolch und die Silberschale, schnell!«, befiehlt der Oberbeschwörer. Ein Diener springt herbei und reicht dem jüngeren Fisch- Priester das Bronzetablett mit den erforderlichen Utensilien. Dieser stellt die Schale auf die Oberschenkel des Königs, nimmt den am unteren Ende angespitz- ten Zweig zur Hand und ritzt damit die Haut des Erkrankten auf. Kleine Bluts- tropfen rinnen über die Brust des Königs, in die der Sohn des Beschwörers den Zweig des Seifenkrauts taucht.

»Herr und König Salmanassar, du musst das Gebet aussprechen. Schick deine Wünsche nun in diese Schale!«

Die Worte des Fischpriesters klingen bedrohlich. Der König reißt seine Augen auf. Für den Bruchteil einer Sekunde scheint er die Situation zu erkennen, in der er sich befindet. Er beginnt leise zu beten. Mit zittriger Stimme bittet der König seinen göttlichen Richter, seinen Rechtsfall günstig zu entscheiden, um damit den Bann der bösen Dämonen zu brechen. Der junge Priester bohrt ihm wäh- rend des Gebets erneut die Spitze des Zweigs in die Brust. Wieder quillt ein wenig Blut aus der kleinen Wunde. Der Priester benetzt den Zweig abermals mit dem Lebenssaft des Königs und legt den blutigen Zweig zurück auf die Schale, immer darauf bedacht, dass Salmanassars Oberkörper aufgerichtet bleibt. Nach dem Ende der Prozedur bringt der Diener die Schale zum Fußende des Bettes, wo der Oberbeschwörer noch immer reglos wie eine Säule steht und die kleine

Tonfigur in die Höhe reckt. Drei Paukenschläge erklingen. Dann ergreift er den Zweig und bestreicht die Tonfigur auf allen Seiten mit dem Blut des Königs.

»Die Krankheit möge übergehen in dein Abbild, König Salmanassar, die bösen Dämonen sollen übergehen von deinem Körper in das Abbild deiner selbst, oh Herr und König! Ich beschwöre euch, ihr Dämonen, ihr seid gebannt in dieser Figur!«

Nachdem drei weitere Paukenschläge ertönt sind, reißt der Beschwörungspriester blitzschnell den kleinen Tamariskendolch von der Schale und stößt ihn mit einer weit ausladenden Bewegung in den Oberkörper der Tonfigur, bis die Spitze aus dem Rücken herausragt. Triumphierend reckt der Alte das durchbohrte Figürchen über seinen Kopf und dreht sich langsam im Kreis, damit alle im Raum Anwesenden das bluttriefende Abbild ihres Königs sehen können. Dem jüngeren Beschwörer hat man inzwischen einen Palmwedel gereicht, mit dem er den Mehlkreis mit wischenden Bewegungen an einer Stelle öffnet. Sofort eilen Diener herbei, die das Mehl am Boden zusammenkehren und sorgsam in einem Tonkrug verwahren.

»Wascht den König nun mit heiligem Wasser«, befiehlt der Alte, »und bringt dann das Wasser zu mir!«

Gleich mehrere Diener machen sich an die Arbeit, und säubern den König von Kopf bis Fuß. Kein Tropfen des nunmehr blutrot verfärbten Waschwassers geht verloren. Alles wird sorgsam in einer großen Schale aufgefangen, die man nach Beendigung der Arbeit vor dem Beschwörungspriester auf dem Boden abstellt. Dieser nimmt die Schale, murmelt ein paar Beschwörungen und bittet noch einmal die Götter um Beistand. Dann kippt er das Waschwasser über die Tonfigur, wobei der jüngere Priester die vom Blut des Königs gereinigte Figur mit einem Tuch trocknet.

»Es ist vollbracht! Der Bann ist gebrochen. Unser König wird mit Hilfe der Götter von allem Übel verschont.«

Allen im Raum Anwesenden wird die gesäuberte und damit geläuterte Tonfigur noch einmal vor Augen gehalten, zum Beweis, dass nun auch der König gereinigt ist. Das langwierige Ritual verfehlt nicht seine Wirkung. Angsterfüllt fallen die Höflinge und Diener im Schlafgemach des Königs zu Boden und flehen um Beistand der heilbringenden Götter. Nur einer bleibt stehen, gestützt auf seinen Gehstock: der greise Großwesir. Als Letzter nimmt er die Figur in Augenschein und blickt skeptisch auf die kleine Statue, bevor er den Beschwörungspriester zu sich winkt und diesen in Richtung Ausgang zieht:

»Wir alle schätzen deine Beschwörungskunst, Rībātu, aber bist du dir sicher, dass unser Herr die Morgensonne noch erleben wird?«

Der Priester wird sichtlich nervös: »Wir haben getan, was in unserer Macht steht, Bābu-aḫa-iddina, ihr hättet uns früher rufen sollen. Ich hoffe, es war nicht zu spät und die Götter haben unsere Gebete erhört. Die Vorzeichen stehen schlecht. Pazuzu, der fürchterliche Sturmdämon, hat unsere Stadt Assur zur Abendstunde heimgesucht – ein schlechtes Omen! Den Totengeist haben wir gebannt, aber nur für diesen Augenblick. Nun müssen die hohen Götter unserem König Salmanassar beistehen.«

Der Großwesir runzelt die Stirn: »Der König ist alt, fast so alt wie ich. Bereits seit dreißig Jahren regiert er unser Reich. Vielleicht ist seine Zeit gekommen. Meinst du nicht auch, es sei an der Zeit die Nachfolge auf dem Thron des Assyrerreiches zu regeln? Wir sollten einen seiner Söhne zum Krankenlager des Vaters rufen. Der Totengeist hat schließlich schon seine Klauen nach unserem König ausgestreckt. Die Thronfolge sollte gesichert sein, damit unser Land nicht ins Verderben stürzt, wenn der König ins Reich der Toten geht. Mächtige Feinde haben sich um unser Land gesammelt. Die Hethiter stehen im Norden zum Angriff bereit. Die Ägypter schielen auf das Land Ḫanigalbat[41], das wir gerade erst zur Hälfte erobert haben und die Babylonier warten nur darauf, dass Assyrien Schwäche zeigt. Wir brauchen einen fähigen Nachfolger. Der älteste Sohn des Königs wäre meines Erachtens der Geeignetste von all seinen Nachkommen.«

Der Beschwörer stimmt ihm zu: »Es kann nicht schaden, wenn der junge Prinz schon jetzt auf seine Zukunft vorbereitet wird. Er ist kein Kind mehr und hat seinen Vater bereits auf Kriegszügen ins Reich der Mitanni begleitet. Er könnte der Richtige sein und die Verantwortung für unser Land übernehmen.«

Der Großwesir lächelt: »So sei es! Du kannst gehen, Oberbeschwörer, ich danke dir für deine Mühen.«

---

41 Das heutige Nord-Syrien.

Bei diesen Worten steckt der Großwesir dem alten Fisch-Priester einen prall gefüllten Lederbeutel zu. Der wiegt das faustgroße Säckchen nur kurz in der Hand. Ein sehr befriedigtes Lächeln huscht über Rībātus Gesicht. Nachdem er sich bei seinem Gegenüber bedankt und ihm ein langes Leben gewünscht hat, zieht er mit seiner Schar von dannen.

»Ruft den ältesten Prinzen! Richtet ihm aus, er möge keine Zeit verlieren und umgehend zum Schlafgemach seines Vaters Salmanassar eilen!«

Kaum hat der Großwesir den Befehl ausgesprochen, ist schon ein Laufbote unterwegs, um den Erstgeborenen des Herrschers zu verständigen.

14. Salmanassars Vermächtnis

Das gestrige Unwetter hat sich verzogen. Doch von der hoch über dem Firmament stehenden Sonne ist im Schlafgemach von König Salmanassar nichts zu erkennen. Sämtliche Luken und Fenster des Raumes sind mit Holzläden abgedeckt und zusätzlich mit Tüchern verhängt. Die Luft ist sehr stickig und die Augen der Eintretenden müssen sich zunächst an das schummrige Licht gewöhnen. Den Beschwörern war es zwar gelungen, die Dämonen für einen Tag vom Krankenlager des Königs zu bannen, doch nun streckt der Totengeist erneut seine Krallen nach ihm aus.

»Vater, wer soll dein Volk regieren, wenn du von uns gehst?« Der junge Mann hebt sein knöchellanges Stoffkleid an und fällt vor dem Bett auf die Knie. Sein in der Mitte gescheiteltes Haupthaar fällt in sorgsam gelegten Locken auf seine Schultern. Sein schwarzer Vollbart verleiht seinem sehr schmalen Gesicht eine gewisse Erhabenheit. Die feine Nase des jungen Mannes ist wie der Schnabel eines Geiers leicht gebogen. Die dunklen Augen liegen tief in den Augenhöhlen. Gefasst und mit Entschlossenheit blickt er in das Gesicht seines Vaters, den man auf seinem Krankenlager auf weiche Kissen gebettet hat. Im Halbdunkel des Zimmers tastet der greise König nach der Hand seines ältesten Sohnes. Kaum verspürt er diese in der seinen, drückt er sie, so fest er kann, und beginnt zu flüstern:

»Mein Sohn, höre die Worte deines sterbenden Vaters!«

Der junge Mann beugt sich noch näher zum Gesicht des Bettlägerigen und versucht diesen zu beruhigen: »Vater, du bist der König von Assyrien. Du wirst noch lange über dein Land herrschen, sei gewiss!«

Der greise König lächelt milde und wendet sich erneut an seinen Sohn: »Mir bleibt nicht mehr viel Zeit. Unterbrich deshalb meine Worte nicht, die mein Vermächtnis sein sollen.«

Der Junge nickt seinem Vater zu. Dieser winkt noch zwei Männer zu sich, die sich bislang in einer Ecke des Schlafgemachs aufgehalten haben. Der eine ist der greise Großwesir, der sich wie immer auf seinen elfenbeinverzierten Gehstock stützt. Der andere ein wesentlich jüngerer Mann in langem Gewand, der im

Gegensatz zu allen anderen Männern bartlos ist. Er hält ein Holzbrett in den Händen, auf der eine rechteckige Tontafel liegt, deren Oberfläche noch roh und unbearbeitet ist. Als der Großwesir am Bett des Königs angelangt ist, schiebt ihm ein Diener einen Schemel herbei, auf den er sich schnaufend niederlässt.

»Mein Herr und König Salmanassar, ich habe auf deinen Wunsch hin einen Schriftgelehrten kommen lassen, der deine Worte niederschreiben wird.«

Er zeigt dabei auf den Jüngeren, der sich umgehend in Richtung des kranken Königs verbeugt, sein Schreibrohr zu Hand nimmt, um zu signalisieren, dass er bereit ist, alles, was von nun an gesprochen wird, zu notieren. Der König wendet sich erneut an seinen Sohn, der noch immer vor seinem Bett kniet:

»Ich, König Salmanassar, Sohn des ...«. Der vom Tod Gezeichnete hält inne, ringt nach Worten.

Sein Großwesir ergänzt: »... Sohn des Königs Adad-nārārī, der Statthalter des Gottes Bel und Priester des Gottes Aššur, der Großkönig und König der Gesamtheit, verfüge hiermit, dass mein ältester Sohn meine Nachfolge als König von Assyrien antreten soll.«

Salmanassar atmet schwer und hustet und flüstert kaum hörbar: »Das ist mein Wille! Da die Feinde unser Land umringt haben, musst du, mein Sohn, all dein Vertrauen auf unseren Kriegsgott Ninurta setzen! Aus diesem Grund soll dein künftiger Name wie folgt lauten: Tukulti-Ninurta - ›Mein Vertrauen ruht auf Ninurta‹. So soll man dich rufen, wenn du den Thron des Assyrerreiches besteigst! Hast du alles notiert, Schreiber?«

Der Bartlose nickt mit leichter Verbeugung: »Ja, Herr.«

Der König atmet aus, muss aber ein wenig innehalten, bevor er erneut zum Sprechen ansetzt: »Ich befehle ...«, doch die Stimme des Königs versagt. Er muss alle Kraft zusammennehmen, um weiterreden zu können: »... ›dass Tukulti-Ninurta, mein geliebter Sohn, König von Assyrien wird.«

Ein Hustenanfall hindert Salmanassar am Sprechen. Man reicht ihm Wasser. Er nippt nur kurz an dem Becher. Sein Atem rasselt. Mit letzter Kraft bäumt er sich gegen sein Schicksal auf. In abgehackten Sätzen stößt er hervor:

»Mein Sohn, wenn du König bist, wende dich sogleich gegen die heimtückischen Hethiter, die an unserer nördlichen Grenze stehen. Dieses Volk musst du zuerst schlagen! Sie, die meinen Vater, deinen Großvater, aufs Tiefste beleidigt haben. Entreiße ihnen die Macht und erweise dich als starker König! Räche die Schmach, die der hethitische Großkönig deinem Großvater hat angedeihen lassen!«

Das Sprechen fällt dem Herrscher immer schwerer. Müde legt er seinen Kopf ins Kissen und schließt die Augen. Der Thronfolger rückt noch näher an seinen Vater heran und führt seinen Mund ganz nahe an dessen Ohr:

»Ich werde alle deine Wünsche befolgen, geliebter Vater, aber wessen haben sich die Hethiter schuldig gemacht? Du hast mit mir noch nie darüber gesprochen.«

Salmanassar schlägt die Augen auf, richtet sich ein wenig auf und packt den Prinzen mit seiner Rechten am Arm: »Hüte dich vor falschen Ratgebern, Junge. Vertraue lediglich meinem Großwesir Bābu-aḫa-iddina, der hier an meiner Seite sitzt. Dieser Mann hat schon deinem Großvater wertvolle Dienste geleistet und mir mein ganzes Leben lang mit Rat und Tat zur Seite gestanden. Beschäftige auch du ihn weiterhin als Großwesir. Höre auf seinen Rat und vertraue auf seine Erfahrung. Er wird dir nach meinem Tod die ›Tafel der Schande‹ aushändigen – dann wirst du verstehen, was die Hethiter unserem Geschlecht angetan haben.«

Der König wird in diesem Augenblick von einem erneuten Hustenanfall geplagt. Er ringt nach Luft und keucht. Seine Adern zeichnen sich wie geschwollene Stränge an den Schläfen ab. Röchelnd stößt er hervor: »Tilge die Schmach deines Großvaters, mein Sohn Tukulti-Ninurta, tilge die Schmach unserer Familie! Diese elenden Hethiter ...«

In diesem Augenblick reißt der König die Augen weit auf. Ein kräftiger Atemstoß entfährt seinen Lungen. Der junge Prinz spürt, wie die Hand seines Vaters plötzlich erschlafft, sich sein Griff löst. Salmanassars Kopf fällt zurück in die Kissen. Der König von Assyrien ist tot. Sein Sohn verharrt wie gelähmt neben dem Bett, unfähig zu jeglicher Regung. Die Bilder vom letzten Kriegszug, den er mit seinem Vater unternommen hatte, fliegen durch seinen Kopf. Welch stattlicher König war Salmanassar! Gefürchtet bei seinen Feinden, respektiert und verehrt von seinem Volk. Der große König Assyriens liegt vor ihm: Ausgestreckt, wehrlos – tot! Der Thronfolger ist so sehr in seiner Trauer versunken, dass er noch nicht einmal bemerkt, dass sich der Großwesir von seinem Schemel erhoben hat und nun dicht hinter ihm steht. Erst als der Greis ihm seine knochigen Finger auf die Schultern legt, kehren seine Gedanken zurück in die Gegenwart.

Hinter ihm ertönt die Stimme des engsten Vertrauten seines Vaters: »Du heißt von heute an Tukulti-Ninurta – ›Mein Vertrauen ruht auf Ninurta‹. So hat es der König, dein Vater, befohlen. In der Stunde seines Todes wirst du nun zu seinem Nachfolger. Du wirst schon bald zum König aller Assyrer gekrönt. Sei dir dieser Verantwortung bewusst! Das Schicksal des gesamten Landes liegt demnächst in deinen jungen Händen. Sei mutig, fürchte nichts, außer den Zorn der Götter.«

Tukulti-Ninurta kann im Augenblick des größten Schmerzes nicht antworten. Beim Anblick des Verstorbenen droht ihm das Herz zu zerreißen. Eine Träne rollt über seine Wange. Er wischt sie mit einer flüchtigen Handbewegung zur Seite und erhebt sich vor dem Totenbett seines geliebten Vaters.

Als ob der Gram seiner Seele mit einem Mal verflogen ist, steht er nun stolz und aufrecht vor allen und ruft in barschem Ton in den Saal: »Salmanassar, der mächtige König, ist tot. Wollt ihr eurem verstorbenen Herrscher die letzte Ehre verweigern? Wo bleiben die Klageweiber, den Tod meines Vaters zu beweinen?«

Der Schriftgelehrte, der mit seinen Schreibutensilien noch immer am Kopfende des Totenbettes steht, meldet sich zaghaft zu Wort: »Aber Herr, unser König Salmanassar ist doch gerade erst vor wenigen Augenblicken verstorben, wie sollen da schon Klageweiber zur Stelle sein?«

Tukulti-Ninurta faucht ihn an: »Willst du, ein kleiner Schreiberling, mich belehren? Willst du mir, dem neuen König von Assyrien, Ratschläge erteilen?« Sein Tonfall wird zunehmend strenger und zusehends lauter. »Ich habe die Klageweiber bereits vor dem Ableben meines Vaters einbestellt. Wieso sind sie noch nicht hier?«

Sofort stürzen zwei Diener zur Tür hinaus, während sich das restliche Personal in langsamen Schritten dem Totenlager nähert, sich dann zu Boden wirft, um ihrem verstorbenen Herrn die letzte Ehrung zu erweisen. Auch der Schreiber kniet nun vor dem Leichnam, senkt sein Haupt zur Erde und verharrt in dieser Position. Er wagt es nicht, dem jungen Thronfolger noch einmal in die Augen zu schauen. Zu sehr steckt ihm noch der Schrecken in den Gliedern, als der künftige König ihn so harsch angefahren hat. Eine solch rüde Zurechtweisung wäre dessen Vater Salmanassar nie über die Lippen gegangen. Die ruhigen Zeiten unter dem alternden König scheinen nun vorüber. Neue, wesentlich strengere Umgangsformen werden wohl künftig im Palast gepflegt, da ist sich der Schreiber sicher. Unterdessen sind im königlichen Schlafgemach zehn Frauen eingetroffen, die schon beim Eintreten ein schrilles Wehgeschrei erheben. Sie bäumen sich mit schmerzverzerrten Gesichtern auf und nieder, als ob jede von ihnen mit heißen Nadeln traktiert würde.

»Erhebt euch und macht euch an die Arbeit!«, befiehlt der frischgebackene König dem immer noch niederknienden Hofstaat, »das Begräbnis meines Vaters muss vorbereitet werden. Informiert die Priesterschaft. Sie sollen den Tempel für das Bestattungsritual herrichten!«

Während die Bediensteten den Anweisungen ihres neuen Herrn nachkommen, schleicht sich auch der Schreiber zur Tür hinaus. Er eilt den Flur hinunter über den Innenhof zur Schreiberwerkstatt. Dort macht er sich ohne Umschweife daran, den letzten Willen König Salmanassars in feinster Keilschrift in eine bereits vorbereitete Tontafel einzuritzen. Noch vor Sonnenuntergang soll die Tafel im Brennofen liegen, damit sie – wie alle wichtigen Dokumente – im Feuer gehärtet wird. Im Schlafgemach des verstorbenen Königs herrscht ein hektisches Durcheinander, während die Klageweiber immer wieder spitze Schreie ausstoßen, sich mit den Händen ihre Haare raufen und in elegischen Litaneien den Tod des Herrschers beweinen. Tukulti-Ninurta dirigiert die Dienerschaft. Zunächst wird der Leichnam entkleidet, mit Schwämmen gereinigt, um ihn anschließend mit wohlriechenden Salben und Ölen abzureiben. Noch bevor die Totenstarre eintritt, legt man dem Verstorbenen sein bestes Gewand an. Haupt- und Barthaare werden von geschickten Händen sorgfältig frisiert, ehe man sich seinem Gesicht zuwendet. In einem Töpfchen werden Ruß und Butterschmalz zu einer tiefschwarzen Paste vermengt, die mit kleinen Spateln auf die Augenbrauen aufgetragen wird. Währenddessen hat eine Sklavin in einem Tiegel pastellfarbene Schminke mit Zinnober angerührt. Mit einem Pinsel trägt sie nun die rötliche Creme auf die Lippen und die Wangen auf. Zufrieden schaut Tukulti-Ninurta auf den aufgebahrten Leichnam seines Vaters. Salmanassar wirkt nun nicht mehr so ausgemergelt wie im Angesicht des Todes. Ganz im Gegenteil: Frisch geschminkt und im prunkvollen Königsornat könnte man meinen, der greise König habe sich lediglich zur Ruhe gelegt.

»Sehr gut! So sollen alle unseren geliebten König sehen! Öffnet nun die Fenster und Luken, damit unser Sonnengott Šamaš meinen Vater schauen kann«, befiehlt der Thronfolger.

Im Nu ist das Schlafgemach von Licht durchflutet. Die kalten Strahlen der Novembersonne fallen auf das Totenbett und lassen die Maserung des hochpolierten Holzes glänzen. Frische Luft strömt in den Saal und vermischt sich mit dem Duft des Räucherwerks, das man auf tönernen Gestellen entzündet hat. Der modrige Geruch von Krankheit und Tod entweicht dem Zimmer. Der Totengeist nimmt den alten König mit auf die letzte Reise.

Jahr 1233 vor Christus:

1. Regierungsjahr von Tukulti-Ninurta I.

15. Die Tafel der Schande

»Es war ein ehrwürdiges Begräbnis, das du deinem Vater bereitet hast, mein junger König. Die ganze Stadt spricht noch immer darüber.« Bābu-aḫa-iddina, der betagte Großwesir, stützt sich auf seinen Gehstock und krächzt mit weinerlicher Stimme: »Auch die Gesandten der unterworfenen Länder haben deinem verstorbenen Vater ein letztes Mal gehuldigt. Alle haben sich an seinem Grab versammelt. Nur ein Volk hat die Trauer verweigert: diese elenden Hethiter und ihre Verbündeten im Norden unseres Reiches.«

Verärgert schlägt der junge König mit der flachen Hand auf den Tisch, dass die darauf stehenden Tonbecher einen Satz nach oben machen und scheppernd auf der hölzernen Unterlage landen.

»Erinnerst du dich noch an die Worte meines Vaters auf dem Sterbebett?«, ereifert sich Tukulti-Ninurta, »ich soll mich zunächst gegen die Hethiter wenden, die unser Geschlecht beleidigt hätten. Mein Vater, der große König Salmanassar, hatte Recht, dass er mich gegen sie aufbrachte. Diese Hethiter taugen nichts. Sie haben noch nicht einmal Respekt vor dem Tod eines großen Königs. Salmanassar erwähnte im Sterben eine ›Tafel der Schande‹. Weißt du etwas darüber, Bābu-aḫa-iddina? Als Großwesir, der schon in den Diensten meines Großvaters stand, bist du doch mit Sicherheit in alle Staatsgeheimnisse eingeweiht – oder?«

Der Alte schrickt zusammen. Seine Gesichtszüge erblassen. Insgeheim hatte er gehofft, dass der junge König diese Worte seines verblichenen Vaters vergessen hätte. Aber dem ist nicht so!

»Was ist, Ehrwürdiger, hat es dir die Sprache verschlagen?«, bohrt Tukulti-Ninurta nach, nachdem er keine Antwort erhält.

Der Großwesir fingert nervös an seinem Gehstock herum und sucht krampfhaft nach einem Ausweg. »Junger Herr, sollten wir nicht zunächst den Tempel unseres Gottes Aššur ausbauen? Wenn du ihm zu Ehren sein Haus erweiterst, wird er dir künftig überall beistehen – im Krieg wie im Frieden.«

Tukulti-Ninurta stimmt ihm zu: »Du hast Recht, alter Mann, unserem höchsten Gott sollten wir den prächtigsten Tempel der vier Weltgegenden bauen! Wir werden das Bauvorhaben schon bald in Angriff nehmen. Ich danke dir für diesen Rat.«

Die Antwort des Thronfolgers zaubert dem Großwesir ein Lächeln ins Antlitz: »Ich werde die entsprechenden Pläne vorbereiten lassen. Gleich morgen sollen unsere Landvermesser zusammen mit dem Hohepriester des Gottes Aššur die notwendigen Vorbereitungen für die Erweiterung der Tempelanlagen vornehmen. Ich mache mich gleich an die Arbeit.«

Der Großwesir wendet sich zum Abschied, doch der Thronfolger ruft ihn zurück:

»Nicht so schnell, mein Freund, zuerst möchte ich endlich mehr über den Inhalt dieser geheimnisvollen Tontafel wissen. In wessen Besitz ist das mysteriöse Dokument, über dessen Inhalt im Palast nur hinter vorgehaltener Hand gesprochen wird?«

Der Großwesir würde sich in diesem Augenblick am liebsten im Erdboden verkriechen, so unangenehm ist ihm diese Frage. Doch er sieht ein, dass es keinen Zweck mehr hat, um den heißen Brei herum zu reden. Es scheint vergebens, den jungen König davon abzuhalten, sich über das verhängnisvolle Schreiben zu informieren. Seit nunmehr dreißig Jahren oder mehr verwahrt er das Schriftstück an einem Ort, den nur er alleine kennt. Hätte nur der Großvater des jetzigen Königs, an den das Schreiben gerichtet war, seinem Sohn Salmanassar diese Tontafel nicht unter die Nase gehalten – viel Ärger wäre ihnen erspart geblieben!

Tukulti-Ninurta wird zunehmend ungeduldiger und blafft den Alten an: »Großwesir, ich sehe dir an, dass du mehr weißt, als du mir verraten möchtest. Heraus mit der Sprache: Wo befindet sich die ›Tafel der Schande‹? Rede schon!«

Der Greis gibt seinen Widerstand auf, auch wenn sich sein Verstand dagegen aufbäumt: »Mein König, die geheime Tafel ist in meinem Besitz. Dein Großvater Adad-nārārī, an den seinerzeit dieses Schreiben gerichtet war, hat sie mir auf dem Sterbebett anvertraut. Er bat mich, darauf zu achten, dass sie nicht in falsche Hände gerät.«

Der junge König springt von seinem Sitz auf: »Sind meine Hände etwa die Falschen?«, empört er sich, »her mit der Tafel! Sofort! Und bring den Schriftgelehrten gleich mit, damit er mir vorlese!«

Der Großwesir verbeugt sich kurz und verlässt zähneknirschend den Thronsaal in Richtung seiner Gemächer. Dort angekommen, schickt er unter einem Vorwand zunächst seine Diener aus dem Haus und begibt sich zu einem Nebenzimmer, das ihm als Schreibstube dient. Kaum hat er den Raum betreten, da streckt sein ältester Sohn Putanu den Kopf durch die Tür:

»Vater, warum lässt du deinen Verwalter diese Arbeit nicht verrichten? Du bist alt und machst noch immer alles selbst. Lass doch deine Diener für dich arbeiten!«

Die Antwort des Alten lässt nicht lange auf sich warten: »Nur Tagediebe wie du lassen andere für sich arbeiten. Es wäre gut, wenn du endlich einmal selbst Hand anlegen würdest! Den ganzen Tag liegst du auf der faulen Haut und lässt dich bedienen. Das muss ein Ende haben, mein Sohn, denn schließlich bist du schon in der Blüte deines Lebens angelangt, und sollst einmal mein Erbe antreten. Oder soll ich deinen jüngeren Bruder als meinen Nachfolger einsetzen?«

Putanu zuckt zusammen. Seine Finger verkrampfen sich und er ringt nach Luft: »Dir kann ich nichts recht machen, Vater! Seit meiner Geburt vor über vierzig Jahren hast du etwas an mir auszusetzen.«

Dem Alten schießt Zornesröte ins Gesicht: »Dann mach dich endlich nützlich!«, schnauzt er seinen Sohn an, »mich plagt heute wieder das Zipperlein so sehr, dass ich kaum meine Finger bewegen kann. Halte keine Maulaffen feil, sondern geh mir lieber zur Hand! Schau nach, ob das Siegel an der Tür zum Nebenraum noch unversehrt ist!«

Widerwillig kommt Putanu dem Wunsch seines Vaters nach. Er schlägt seinen braunen, mit einer breiten Goldbordüre verzierten Umhang zurück und beugt sich über den Riegel der Holztür. Er beäugt die Tonbulle, die beim letzten Verlassen des Raumes über den Türverschluss gelegt wurde, von allen Seiten.

»Vater, es ist noch alles so, wie du es im vorigen Monat hinterlassen hast. Dein Siegel ist unangetastet. Niemand hat seither den Raum betreten«, stellt er mit gelangweilter Miene fest, »wer sollte auch schon Interesse haben, diesen Raum zu betreten. Hier gibt es nichts als eingestaubte Briefe!«

Der Großwesir verliert die Beherrschung: »Was weißt du schon, was hier lagert, du Nichtsnutz! Zerbrich das Siegel und öffne die Tür!«

Murrend tut der Sohn, wie ihm befohlen. Da der Raum fensterlos ist, zündet er eine Öllampe an und leuchtet hinein. An den Wänden stehen Regale, deren Bretter unter der Last von vielen hundert Tontafeln durchgebogen sind. Ein modriger Geruch schlägt ihm entgegen.

»Bring mir die große Truhe, die hinten links in der Ecke steht«, fordert Bābu von seinem Ältesten, der im schummrigen Schein der Lampe seine Mühe hat, das erwünschte Behältnis zu finden:

»Hier stehen viele Kästchen herum, Vater«, stellt er resignierend fest, »welche soll ich bringen?«

Der Großwesir humpelt zum Tisch und lässt sich ächzend auf einem Stuhl nieder. Die Gicht plagt ihn heute wieder so sehr, dass ihm jeder Schritt schwerfällt. Ungeduldig ruft er in den halbdunklen Nebenraum: »Wie lange soll ich noch warten? Mach deine Augen auf! Die große Truhe, habe ich gesagt. Sie steht in der Ecke und ist mit einem Leinentuch abgedeckt.«

Schnaufend und mit einer großen Kiste auf den Armen kehrt Putanu in die Schreibstube zurück. »Verdammt schwer!«, stöhnt er, als er den Holzkasten auf dem Tisch absetzt, »die ist wohl mit Silber gefüllt.«

Dem Großwesir ist nicht nach Scherzen zumute. Ungehalten schnauzt er seinen Sohn an: »Warte vor der Tür, bis ich wieder nach dir rufe! Ich will nun von niemandem gestört werden.«

Putanu schrickt zusammen. So unwirsch hat er seinen Vater schon lange nicht mehr erlebt. Er verbeugt sich daher ehrerbietig. Beim Verlassen des Raums streift sein Blick noch einmal die ominöse Truhe, die mit einem speziellen Siegel gesichert ist. Zu gerne würde er jetzt wissen, was der Alte in dem Kästchen verbirgt. Als ältester Sohn, der einmal das Erbe seines Vaters antreten soll, kennt er zwar alle Siegel, die der Großwesir für seine unterschiedlichen Geschäfte benutzt.

Dasjenige für die Lagerhalle mit den Gewändern, auch das für den Raum, in dem die Metallvorräte liegen. Sogar das Siegel für das Lager, in dem wertvolles Geschmeide, Gold und Elfenbein verwahrt werden, ist ihm vertraut.[42] Aber das Siegelbild, das diese geheimnisvolle Truhe vor fremdem Zugriff schützt, hat er noch nie in seinem Leben gesehen.

Erst als sein Sohn den Raum verlassen hat, zerbricht Bābu-aḫa-iddina das Siegel der Truhe und hebt den massiven Deckel. Das Behältnis ist im Innern in drei Fächer aufgeteilt. Die beiden Äußeren sind bis zum Rand der Kiste mit Tontafeln unterschiedlicher Größen gefüllt. Im mittleren Gefach liegt auf einem Polster aus rotem Stoff ein einzelnes Schriftstück. »Die Tafel der Schande«, murmelt der Großwesir, als er sie in die Hand nimmt und kritisch von allen Seiten betrachtet. Mit seinen knochigen Fingern führt er die Tafel vor seinen Mund und pustet den Staub aus den Rillen der eingeritzten Keilschriftzeichen. Behutsam umwickelt er die Tontafel mit einem Tuch und steckt sie dann in einen Lederbeutel. Nachdem er den Deckel der Truhe zugeklappt hat, ruft er seinen Sohn herein. »Putanu, eine neue Tonbulle, schnell! Oder hast du schon wieder vergessen, wie man so etwas anfertigt?«

Wütend läuft Putanu in den gegenüberliegenden Raum, in dem der Verwalter seines Vaters die Materialien aufbewahrt, die man zur Anfertigung von Tontafeln benötigt. Er entnimmt einem Korb eine Handvoll Tonerde, die er mit Wasser anfeuchtet und zu einem unförmigen Klumpen formt. Bevor das Material erhärtet, eilt er zu seinem Vater und klebt den Tonklumpen über den Verschluss der Kiste. Bābu-aḫa-iddina kramt aus einem Beutel, den er unter seinem Gewand verbirgt, ein Rollsiegel hervor und rollt dieses über der Bulle ab.

»Stell die Truhe dahin zurück, wo sie gestanden hat, und vergiss nicht, sie mit dem Tuch abzudecken. Und noch etwas: Niemand darf etwas über die Existenz dieser Truhe erfahren! Hast du mich verstanden?«

Putanu nickt und versiegelt anschließend auch noch die Tür zum Nebenraum der Schreibstube. Nur mit Mühe kommt der Großwesir mit Hilfe seines Gehstocks wieder auf die Beine.

---

[42] Zur Praxis der Türsiegelung des Großwesirs s. Wolfgang Röllig, Notizen zur Praxis der Siegelung in mittelassyrischer Zeit, Die Welt des Orients 11 (1980), S. 111-116.

»Verfluchtes Alter!«, schimpft er vor sich hin, während er sich ächzend erhebt. »Ich muss zum König! Achte darauf, dass meine Sklaven genügend Arbeit haben! Ich hoffe, dass du wenigstens die Aufsicht über die Dienerschaft zu meiner Zufriedenheit erfüllst.«

Putanu beißt sich auf die Lippen und öffnet dem Alten mit einer unterwürfigen Geste die Pforte. Mit grimmigen Blicken schaut er seinem Erzeuger hinterher: »Eines Tages werde ich dir alles heimzahlen, alter Mann! Bald schon wirst du es bereuen, mich, dein eigen Fleisch und Blut, wie einen niederen Bediensteten behandelt zu haben!«

Als er voller Groll die Türflügel zuschlägt, mahnt ihn eine Frauenstimme aus dem Obergeschoss: »Putanu, zügele deinen Zorn! Erweise deinem Vater den gebührenden Respekt! Wieso bist du so aufbrausend ihm gegenüber? Hat er dir nicht erst kürzlich zwei neue Pferde für deinen Streitwagen gekauft? Beweise deinem Vater, dass du ein dankbarer Sohn bist, denn schließlich sollst du als unser Erstgeborener dieses Haus und all seine Güter erben. Vertrage dich mit deinem Vater! Hast du gehört, mein Sohn?«

Putanu winkt ab: »Ja, ja, Mutter.« Insgeheim nuschelt er in seinen Bart: »Ich werde mich schon bald als euer würdiger Sohn erweisen. Wartet es ab!«

Missmutig tritt der Großwesir den Rückweg zum Thronsaal an. Am Gehstock humpelt er durch die weitläufigen Flure des Palastes, den Lederbeutel mit der Tontafel immer fest an seine Brust gedrückt. Jedem, dem er auf seinem Gang zum König begegnet, beäugt er mit Argwohn. Er grüßt niemanden und setzt seinen Weg mit finsterem Blick fort. Schnell verbreitet sich unter dem Palastpersonal die Kunde, dass der Großwesir schlechte Laune habe und es angeraten sei, dessen Weg heute besser nicht zu kreuzen. Als die Wachen ihn auf die große Pforte zum Thronsaal zukommen sehen, öffnen sie den Eingang und geben dem Herold Bescheid, dass sich der Großwesir nähert. Mit wenigen Sprüngen ist der Vorbote bei seinem König und kündigt die Ankunft des betagten Beraters an.

Kaum hat der Alte die Halle betreten, fliegt ihm der König entgegen: »Trägst du die besagte Tontafel bei dir, Bābu-aḫa-iddina? Ist das, was du an deine Brust drückst, das geheime Dokument, von dem mein Vater auf dem Sterbebett sprach?« Tukulti-Ninurta brennt vor Neugier: »So rede doch, Bābu, ist das die ›Tafel der Schande‹?«

Der greise Hofbeamte schnappt nach dem langen Weg durch die Palasthallen nach Luft. Ein Diener schiebt ihm einen Hocker herbei, auf den er sich schwer atmend niedersinken lässt. »Das ist die Tontafel, die dein Großvater Adad-nārārī kurz vor seinem Tod vom hethitischen Herrscher Muršili als Antwort erhielt«, keucht er, nach Luft ringend, hervor. »Zuvor hatte dein Ahne ihm ein sehr großzügiges Freundschaftsangebot unterbreitet und den Hethiter in seinem Brief sogar als Großkönig und Bruder bezeichnet. Doch dieser hat ihn mit unsäglichem Hohn überschüttet. Wenn du nun den Inhalt hörst, wirst du verstehen, warum dein Großvater mir auf dem Sterbebett das Versprechen abgerungen hat, die ›Tafel der Schande‹ zu verbergen und das Schreiben nur einem legitimen Nachfolger auszuhändigen.«

Tukulti-Ninurta kann es nun nicht mehr abwarten. Ungeduldig reißt er dem Alten das Ledersäckchen aus der Hand, ruft seinen Hofschreiber herbei und befiehlt diesem, den Inhalt vorzutragen. Mit zittrigen Fingern nestelt der Schriftgelehrte die Tontafel aus dem Behältnis und überfliegt die alte Handschrift.

»Lies schon!«, drängt der König ungehalten, »ich will endlich erfahren, was der Hethiter meinem Großvater auf seine Freundlichkeiten geantwortet hat!«

Der Schreiber wischt sich mit seinem linken Ärmel den Schweiß von der Stirn, nimmt Haltung an und gibt mit lauter Stimme den Inhalt der Zeilen wieder. Der Beginn des Schreibens enthält die übliche Begrüßungsfloskel, doch mitten im Text stockt dem Schreiber der Atem. Er unterbricht seinen Vortrag.

»Warum liest du nicht weiter?«, faucht ihn Tukulti-Ninurta an, »meine königlichen Ohren werden das Gekläffe eines hetitischen Hundes schon ertragen – also lies endlich!«

Der Schreiber legt die Tontafel von einer Hand in die andere. Der Schweiß läuft ihm nun in Strömen über das Gesicht. Immer wieder tupft er sich mit dem Ärmel seines Gewandes die Stirn ab. Als ihn der bohrende Blick seines Königs trifft, nimmt er all seinen Mut zusammen und fährt fort, vorzulesen, was der hethitische König vor vielen Jahren an dessen Großvater schrieb:

»Du redest dauernd von deinem Sieg über Wašašatta, den Mitanni-König, und über die Angelegenheiten des Hurri-Landes. Mit der Waffe hast du meinen Gefolgsmann besiegt, doch bist du dadurch etwa ein Großkönig geworden? Was also redest du andauernd von Bruderschaft?«

Der Schreiber hält kurz inne und blickt auf zu seinem König. Dessen Gesichtsausdruck so starr ist wie der eines Toten. Sein Mund steht offen und er verharrt wie gelähmt auf seinem Thron. Der Schreiber liest weiter:

»Aus welchem Grunde soll ich dir über Bruderschaft schreiben? Wer schreibt denn wem gewöhnlich von Bruderschaft? Schreibt man etwa auch, wenn man nicht befreundet ist, einander von Bruderschaft? Weshalb sollte ich dir von Bruderschaft schreiben?«

Der Schriftgelehrte beendet abrupt den Vortrag, denn Tukulti-Ninurta ist entrüstet vom Thron gesprungen. Ängstlich wandert der Blick des Schreibers erneut zu seinem König.

»Bist du endlich fertig oder folgen noch weitere Frechheiten des Hethiters?«, schnauzt ihn sein König an.

»Herr, der Brief ist noch nicht am Ende. Es folgt eine Passage, deren Unverfrorenheit ich nicht auszusprechen vermag.« Der Schreiber sinkt auf die Knie und senkt seinen Kopf.

Der Herrscher brüllt ihn an: »Weiter! Lies weiter!«

Leise und mit zittriger Stimme hebt der Schriftgelehrte erneut an zu lesen:

»Du und ich, wurden wir von einer Mutter geboren?...«

Der König fährt ihm dazwischen: »Soll ich deine Zunge mit einem heißen Eisen beflügeln? Piepse hier nicht herum wie ein Singvogel im Käfig! Laut und deutlich will ich die Worte des Hethiters hören!«

Der Schreiber schluckt und setzt erneut zum Lesen an, nun aber mit fester Stimme:

»Du und ich, wurden wir von einer Mutter geboren? So wie mein Großvater und mein Vater dem König des Landes Assur nicht von Bruderschaft geschrieben haben, so schreibe auch du mir nicht von Bruderschaft, schon gar nicht von

Großkönigswürde!«[43] Wutschnaubend springt der junge König von seinem Thron:

»Genug! Welch eine Schmach haben diese Hethiter meinem geliebten Großvater, dem mächtigen König von Assyrien, angetan? Er sei kein Bruder, noch nicht einmal ein Großkönig? Der Hethiter hat meinen Großvater als ein Nichts bezeichnet. Das werden mir seine Nachfahren büßen! Ruft auf der Stelle den General zu mir! Schickt sofort nach allen Befehlshabern der assyrischen Armee!«, brüllt er in den Saal, »alle Streitkräfte sind sofort in Bereitschaft zu versetzen. Für die Schande, die dieser hethitische Hund meinem Urahnen und damit auch mir angetan hat, werden nun seine Kinder und Kindeskinder sühnen. Ich werde das Land Hatti[44] niederwerfen, seine Einwohner versklaven und sie nach Assur bringen lassen, wo sie zur Strafe mit ihren Händen den Tempel unseres großen Gottes Aššur errichten müssen. Sobald ich zum König von Assyrien gekrönt bin, werde ich an der Spitze meiner Krieger gegen die Hethiter zu Felde ziehen! Tod den Hethitern!«

---

[43] Keilschrifttexte aus Boğazköy (KUB) XXIII 102; Übersetzung von: Eva Cancik-Kirschbaum, Die Assyrer. Geschichte, Gesellschaft, Kultur. Verlag C.H. Beck, München 2003, S. 45.
[44] Bezeichnung des Landes der Hethiter.

16. Die Insignien der Macht

Die Stille der Nacht ist heute schon sehr früh aus den Gassen der Hauptstadt Assur gewichen. Trotz der Morgenkühle herrscht auf den Straßen der assyrischen Metropole bereits hektisches Treiben. Sogar die Prachtstraße, die vom Haupttor zum Königspalast führt, ist voller Menschen, die ihren Geschäften nachgehen. Vom Versammlungsplatz schallen Hammerschläge herüber. Zimmerleute sind dabei, letzte Handgriffe an eine Loge anzulegen, während andere Handwerker einen Baldachin aus schwarzem Stoff darüber spannen. Eine Schar von Soldaten sitzt auf dem Boden und poliert ihre Helme auf Hochglanz:

»Ich will keinen Fleck auf eurer Kleidung sehen«, brüllt ein Offizier im Befehlston, »und auf euren Helmen muss sich heute die Sonne spiegeln, wenn der König nach der Thronbesteigung hier aufmarschiert!«

Einer der Krieger mosert: »Weiberarbeit«, während er mit einem Tuch über den Rand seines Helmes wischt.

»Sei froh, dass du zur Leibgarde des Palastes gehörst«, wirft sein Kamerad ein, »uns bleiben wenigstens die elenden Feldzüge erspart. Ich finde den Dienst in der Ehrenformation des Königs gar nicht schlecht. Wir sitzen jeden Tag am wärmenden Feuer, während die anderen sich mit den Wilden in den Bergen herumschlagen müssen und sich nachts im Gebirge den Hintern abfrieren.«

Der Offizier vernimmt das Zwiegespräch der beiden Soldaten und schreit sie an: »Ruhe da! Ihr habt nur dann zu reden, wenn ich es euch erlaube!« Sofort verstummt jegliches Gespräch unter den Kriegern. Sie wissen genau, dass sie eine drastische Strafe erwartet, wenn sie jetzt noch einen Ton von sich geben.

Vom Palast her kommt eine Gruppe von Sklaven in gebückter Haltung die Prozessionsstraße hinunter. Es müssen Hunderte sein, die mit Reisigbesen die Straßen fegen. Der zusammengekehrte Schmutz wird in Körben gesammelt und anschließend mit Eselskarren vor dem Stadttor entsorgt. Eine Heerschar von bewaffneten Sklavenaufsehern überwacht die Arbeiten und achtet darauf, dass der Kot von Pferden oder Rindern separat gelagert wird. Denn schließlich eignet sich der Tierdung hervorragend als Brennstoff für Öfen und Feuerstellen, nachdem er in der Sonne getrocknet ist. Links und rechts am Straßenrand haben

Händler ihre Buden aufgeschlagen. Ein Beamter muss zuweilen einen Streit schlichten, wenn es um die Vergabe eines lukrativen Stellplatzes geht. Ein Obolus in die Hand des Staatsdieners erleichtert manchem Kaufmann langwierige Diskussionen mit einem Konkurrenten.

Kaum streichen die ersten Sonnenstrahlen über die Dächer, erwacht das Leben. Zu Tausenden treibt es das Volk auf die Straßen und Plätze, angelockt von dem übergroßen Angebot. Speisen und Getränke verbreiten aromatische Düfte. Die Waren der Tuch- und Schmuckhändler locken besonders die Frauen an, während sich eine Traube von Männern um einen Tisch versammelt hat, auf dem eine Unzahl von neuen und gebrauchten Waffen feilgeboten wird. Die Älteren dagegen schielen des Öfteren nach kleinen Tonfigürchen zur Abwehr böser Geister. Kinder reißen sich von der Hand ihrer Mütter, um die Kunststücke von Gauklern zu bestaunen, die man fast an jeder Ecke trifft. Es wird in allerlei Sprachen gefeilscht und gehandelt. Von überall her sind die Menschen aus dem Reich der Assyrer zusammengeströmt, um dem Krönungsfest von Tukulti-Ninurta beizuwohnen. Die vorgeschriebene Trauerzeit[45] für dessen Vater, dem erst kürzlich verstorbenen König Salmanassar, ist verstrichen. Nun endlich darf der Kronprinz den Thron besteigen.

Heute soll Tukulti-Ninurta die Insignien seiner Macht im Tempel des obersten Gottes Aššur in Empfang nehmen. Dort werden schon seit der Morgenkühle in nicht enden wollenden Gebeten die höchsten Götter angerufen. Die Priesterschaft bittet sie um ihre Anwesenheit, wenn der Prinz zum König gekürt werden soll. Gott Aššur selbst soll seine segnende Hand über den Thronfolger halten. Wie es das Ritual vorschreibt, wartet Budadu, der Oberpriester, bis sich alle Diener des Gottes um ihn geschart haben. Sie murmeln dabei Segenssprüche, bis der Letzte von ihnen auf seinem Platz steht. Als sich der Oberpriester vor der bronzenen Götterstatue zu Boden wirft, fallen auch die hinter ihm Versammelten zu Boden. Ein dumpfes Geräusch durchdringt den Raum als Hunderte von Knien auf die tönernen Platten des Fußbodens auftreffen und die Handflächen der Prosternierenden nahezu gleichzeitig auf dem harten Untergrund aufschlagen. Lang ausgestreckt liegt die gesamte Priesterschaft bäuchlings vor dem

---

[45] s. Eva Cancik-Kirschbaum, Die Assyrer. Geschichte, Gesellschaft, Kultur. Seite 115.

Abbild ihres höchsten Gottes. Sie erheben sich erst wieder, nachdem der Oberpriester sich aufrichtet und ein lautes Gebet in den Saal hineinruft.

»Nehmt Aufstellung!«, befiehlt Budadu den anderen Gottesmännern, während er sich dem Ausgang des Tempels zuwendet. Dort wird der Zug der Priesterschaft bereits von sechs Dienern erwartet, die die beiden schweren Flügel der mächtigen Eingangspforte zur Seite ziehen. Im Licht der aufgehenden Sonne formieren sich die Tempeldiener paarweise zu einem langen Zug und stimmen monotone Gesänge an, in denen sie Aššur und alle Nebengötter lobpreisen. Einige tragen riesige Trommeln vor dem Bauch. Vorneweg schreitet der Oberpriester zum Tor hinaus, in seiner Rechten den goldverzierten Hirtenstab, das Zeichen seines Amtes. Als er den weitausgedehnten Vorhof des Heiligtums betritt, geht sein Blick hinauf zur Spitze des stufenförmig angelegten Tempels. Unzählige Male ist er über die steilen Außentreppen auf die oberste Plattform gestiegen, denn von dort hat er einen herrlichen Ausblick über das gesamte Stadtgebiet von Assur. Schließlich ist die Spitze der Zikkurat, des mächtigen Stufentempels, die höchste Stelle in der Hauptstadt – höher noch als die Palastanlagen! Wie oft ist sein Auge dem Verlauf der Außenmauern gefolgt, die im Nordwesten bis zu den Windungen des Flusses Idiglat[46] heranreichen. Stünde er jetzt hoch oben auf dem Tempel, könnte er beobachten, dass Schiffe aus aller Herren Länder an den Kais im Hafen anlegen. Doch danach steht dem Gottesmann heute nicht der Sinn. Er muss sich als Zeremonienmeister darauf konzentrieren, dass die strengen Regeln des Königsrituals eingehalten werden. Bei der Inthronisation eines neuen Königs müssen die Götter, vor allem der höchste Gott Aššur, um Beistand gebeten werden, damit die Götter nicht nur dem König, sondern dem gesamten Land und den Einwohnern Assyriens künftig zur Seite stehen. Unterläuft ein Fehler oder werden gar die vorgeschriebenen Opfer nicht dargebracht, wäre die Zeremonie gestört, und der Segen der Götter würde von König und Land weichen. Der Oberpriester atmet noch einmal tief durch und hebt den Hirtenstab zum Zeichen des Aufbruchs.

Nachdem die Prozession der Priesterschaft den Tempelbereich der Aššur-Zikkurat verlassen hat, durchmessen sie drei Vorhöfe mit weiteren Tempelanla-

---

[46] Die assyrische Bezeichnung für den Fluss Tigris.

gen. An jedes Tor dieser Heiligtümer klopft Budadu mit seinem Stab. Sieben Mal pocht er mit dem gekrümmten Ende an die Pforte, bis ihnen das Tor geöffnet wird. Dann ruft der Oberpriester die dort verehrten Götter an und bittet sie darum, ihnen zu folgen, um den Prinzen in sein neues Amt zu geleiten. Von mächtigen Ziegelmauern abgeschirmt, erreicht der Aufzug der Priester das Hauptportal des Palastes. Auch hier wird erst Einlass gewährt, nachdem der Oberpriester mit seinem Hirtenstab sieben Mal angeklopft hat. Der königliche Herold empfängt sie im festlichen Ornat und geleitet sie durch die dunklen Gänge des Palastes, über mehrere Höfe hinweg hinüber zum Thronsaal, wo sie schon von Tukulti-Ninurta, dem künftigen König, erwartet werden. Der Prinz ist lediglich mit einem dünnen Untergewand bekleidet, das ihm bis auf die nackten Füße fällt. Unter dem weißen Stoff zeichnet sich der muskulöse Körper des jungen Mannes ab. Der königliche Barbier hat ihm sein schulterlanges Haar sorgsam frisiert und auch darauf geachtet, dass das Barthaar bis zur Brust stufenförmig übereinander liegt. Budadu verneigt sich nur kurz vor dem Prinzen, wirft sich ihm aber nicht zu Füßen, denn noch ist dieser nicht zum König gekrönt. Auf ein Zeichen des Oberpriesters eilen acht Träger in kurzen Schurzröcken herbei, heben den mit Gold und Elfenbein verzierten Königsthron von seinem erhöhten Postament und setzen ihn auf eine Bahre. Mit geübten Griffen packen die Männer, jeweils vier auf jeder Seite, die Holme der Tragevorrichtung und stemmen das schwere Sitzmöbel auf ihre Schultern. Der Oberpriester wendet sich um und gibt das Signal für die Trommler, die vor dem Eingang des Thronsaals warten. Unter Paukenschlägen zieht die Schar der Priester, gefolgt von Budadu, dahinter die Träger des Thrones und zu guter Letzt der Prinz, umringt von seiner schwerbewaffneten Leibgarde, zum Thronsaal hinaus. Den Abschluss des Zuges bilden einige Hofbeamte und eine weitere Gruppe von Soldaten, die im Gleichschritt folgen. Die Prozession nimmt den gleichen Weg zurück, den sie zuvor eingeschlagen hat. Die Trommler geben mit ihren Schlägen den Takt der Schritte an, während der Oberpriester immer wieder ausruft:

»Aššur ist König! Aššur ist König!«

Erst als sie am Tor des Azu'u, dem Haupteingang zur Zikkurat, eingetroffen sind, verstummen die Trommeln und mit ihnen auch der sich ständig wiederholende Gesang des Oberpriesters, der den Begleitern des Zuges, vor allem aber dem angehenden König, vor Augen halten soll, wer der eigentliche Herrscher über Assyrien ist.

»Aššur ist König!«, ruft er ein letztes Mal, bevor er den Tempelsaal betritt, gefolgt von den Trägern des Thrones, denen trotz der kühlen Witterung der Schweiß von der Stirn läuft. Der Atem der Männer geht schwer, zumal sie die Last an keinem der Wegpunkte absetzen durften.

Zwischenzeitlich hat sich der Saal bis auf den letzten Platz mit Menschen gefüllt. Die Höflinge und Vornehmen des Reiches haben sich eingefunden, aber auch die Vertreter der eroberten Gebiete, Statthalter und Kleinkönige der benachbarten Regionen. Sie alle wollen sich das einzigartige Fest nicht entgehen lassen, zumal es eine besondere Ehre ist, an der Zeremonie teilhaben zu dürfen. Budadu schreitet gemessenen Schrittes auf das Standbild des Gottes Aššur zu. Den nachfolgenden Trägern gibt er das Zeichen, den Thron auf einem erhöhten Podest vor dem Standbild des Gottes abzulassen. Unter seinen Anweisungen rücken sie den Königsstuhl so zurecht, dass der Blick des Sitzenden zum Haupteingang gerichtet ist. Noch einmal vergewissert er sich, ob alles am rechten Fleck steht. Sein Auge fällt auf das Opferbecken. Ein zufriedenes Lächeln huscht über sein Gesicht, als er das blankpolierte Messer mit dem vergoldeten Griff erspäht. Alles liegt am rechten Platz. Auch das Blöken der Opferlämmer aus dem Nebenraum dringt an seine Ohren. Die Novizen haben seine Anweisungen befolgt, die Krönung kann beginnen.

Draußen auf den Stufen vor dem Haupteingang wartet der junge Thronfolger ungeduldig darauf, dass man ihm Einlass in den Tempel gewährt. Er fröstelt in seinem dünnen Hemd vor Kälte und tippelt mit seinen bloßen Füßen auf den kühlen Platten des Aufgangs hin und her. Seine Zehen scheinen auf dem eiskalten Fußboden festzufrieren. Auf der breiten Treppe schweift sein Blick hinüber zu kleinwüchsigen Bäumen, die rechts und links den Weg zum heiligen Bezirk säumen. Im Sommer spenden sie Schatten, an diesem Frühjahrsmorgen aber, bricht sich der kühle Wind im dichten Geäst der Pflanzen. Endlich öffnet sich die Pforte, der Oberpriester steckt seinen Kopf heraus und fragt nach seinem Begehr.

»Hier steht Tukulti-Ninurta, Sohn des Salmanassar, des Königs von Assyrien. Ich bitte um Einlass in das Haus des Gottes Aššur, unseres Herrn, damit er mich zum König weihe.«

Das Portal wird nun von den Tempeldienern vollends geöffnet. Ein Raunen geht durch den riesigen Saal, als die Wartenden den frierenden Thronfolger in seinem weißen Unterkleid erblicken. Doch schon gleich herrscht andächtige Stille, als der Oberpriester mit ernster Miene durch die Reihen der Besucher zum Altarbild schreitet. Er wird von zwei kahlköpfigen Priestern flankiert, die in ihren Händen mit Myrrhe und Weihrauch gefüllte Behälter schwenken. Ein betörender Duft entströmt den Salbgefäßen und umnebelt den jungen Thronfolger, der wie in Trance den Weg zur Bronzestatue des Gottes Aššur nimmt.

Wochenlang hat Budadu mit Tukulti-Ninurta jede Antwort und jede Handlung einstudiert. Er hat ihm unmissverständlich klar gemacht, dass das vorgeschriebene Königsritual unter keinen Umständen gestört oder gar durch die Verwendung falscher Worte entweiht werden darf. Jede Handhabe, jede Formel der Zeremonie ist nach der überlieferten Vorgabe der Urahnen zu vollziehen, um dem neuen König über Assyrien die größtmögliche Macht zu verleihen. Zum ersten Mal seit dem Tod seines Vaters verspürt Tukulti-Ninurta, welch große Verantwortung von nun an auf seinen Schultern ruhen wird. Hier, im Allerheiligsten seines Gottes Aššur, vor dem er gleich den Königseid schwören wird, fühlt er sich erstmals in seinem Leben alleine. Keine Berater, keine Bediensteten umgeben ihn in diesem Augenblick. Seine Augen müssen sich erst einmal an das schummrige Licht gewöhnen. Er war schon unzählige Male hier im Tempel. Sein erster Besuch dürfte ungefähr fünfzehn Jahre zurückliegen, als er an der Hand seines Vaters Salmanassar den langgestreckten Raum betrat und auf dessen Anweisung hin, vor dem Altar niederknien musste, um dem Gott zu huldigen. Damals war der riesige Innenraum fast menschenleer, heute drängen sich die Vornehmen des Reiches in mehreren Reihen hintereinander. Er spürt, dass in diesem Augenblick alle Augen auf ihn, den künftigen König des Assyrerreiches, gerichtet sind. Ihm ist klar, dass etliche von Rang und Namen aus purer Neugier hier erschienen sind, denn schließlich liegt die letzte Krönung eines assyrischen Königs dreißig Jahre zurück. Die meisten erwarten aber eine Berücksichtigung bei der Vergabe von Ämtern oder lukrativen Posten, denn man munkelt, dass der Kronprinz das Werk seines Vaters vollenden möchte, sobald er auf dem Thron sitzt. Und das kann nur bedeuten, dass er seine Hand nach den Nachbarstaaten ausstrecken wird, um diese zu unterwerfen. Wenn ihm das gelingt, wird nicht nur die Beute hoch sein, sondern es wird eine Fülle von neuen Mandaten zur Verwaltung der hinzugewonnenen Provinzen vergeben. Also kann es nur von Vorteil sein, dem Prinzen schon bei der Krönungszeremonie ins Auge zu fallen.

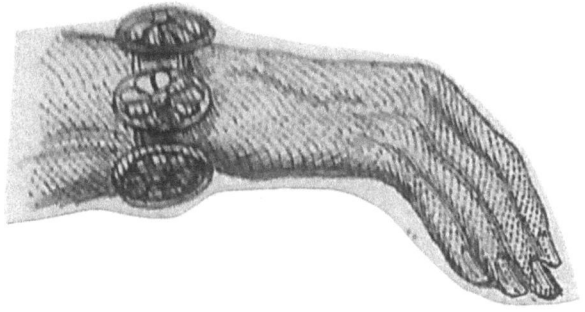

Abb. 17: Assyrischer Armschmuck

Frauen sucht man vergeblich unter den Anwesenden. Die versammelten Männer sind in prachtvolle Roben gekleidet. Über ihren knöchellangen Untergewändern aus dünnem Gewebe tragen sie ein Hüfttuch, das von einem Gürtel aus buntem Stoff oder einem Hüftriemen aus Leder über der Taille gehalten wird. Da es noch kühl ist, haben die Meisten ein stolaartiges Obergewand aus schwerem Tuch um die Schultern geschwungen. Die schulterlangen Haare der vornehmen Männer sind mit Hilfe von Glätteisen in die rechte Form gebracht, ebenso ihre langen Bärte, die wie derjenige des Prinzen, in Stufen übereinandergelegt wurden. Je wohlhabender, umso ausgefallener erscheint der Schmuck der assyrischen Edlen, deren Hälse mit schweren Ketten aus dicken Perlen behangen sind. Um ihre Handgelenke winden sich Metallreifen aus Bronze, Silber oder Gold, die meist mit Rosetten verziert sind. Fast ein jeder trägt Ohrringe, die so schwer sind, dass die Ohrläppchen weit heruntergezogen werden.

Kaum hat der angehende König die Mitte des Raumes erreicht, fallen die Ersten auf die Knie und senken ihre Häupter zu Boden, sobald der Prinz an ihnen vorbeischreitet. Im Nu liegt ihm der gesamte Saal zu seinen Füßen. Wie es das Protokoll erfordert, soll sich Tukulti-Ninurta langsam und ehrfurchtsvoll dem Schrein des Höchsten aller assyrischen Götter nähern. Seine Gedanken sollen dabei frei sein von jeglichem Hass. Nur der Gott selbst dürfe in seinem Kopf und Herzen wohnen, wenn er zur Krönung schreitet. Tukulti-Ninurta bemüht sich, die Rachegelüste gegenüber den Hethitern zu verdrängen. Er versucht auch, seine Neider und Zweifler aus seinen Gedanken zu verbannen. Immer wieder hört er in seinem Innersten die Aufforderung des Oberpriesters: Rein sein soll deine Seele, wenn du vor den Gott trittst! Rein sein sollst du selbst, wenn du die Insignien der Macht empfängst!

Seit Tagen schwirren ihm diese Worte im Kopf herum, doch sie sind schnell verflogen, als der helle Klang eines Zymbals erklingt. Das vereinbarte Signal, augenblicklich an der Stelle zu verharren, an der er sich gerade befindet. Tukulti-Ninurta bleibt stehen, sinkt auf die Knie und hebt seine Hand vor den Mund, um zu beten.

Abb. 18: Tukulti-Ninurta I. knieend zu Göttern betend

Die Augen der ebenfalls knienden Besucher richten sich nach vorne auf das überlebensgroße Standbild des Gottes, dessen Körper aus Bronze gegossen und mit Gold- und Silberauflagen verziert ist. Zum heutigen Festtag wurde der Statue ein speziell zu diesem Anlass angefertigtes Gewand angelegt. Der Purpur des mit Goldfäden bestickten Obergewandes leuchtet im Schein der Fackeln und von hunderten Öllampen, die rund um den Altar aufgestellt worden sind.

Der Gott scheint auf die Besucher zuzukommen, hält in seiner Rechten einen langen Stab, der aus Elfenbein, Gold und Silber und einen goldenen Ring. Seine linke Hand umklammert eine Streitaxt aus Silber, die so lang ist wie ein Pferd von den Nüstern bis zum Schweif.

Wieder erschallt der Klang des Zymbals. Ein blutjunger Priester, fast noch ein Kind, in einem blütenweißen Gewand tritt seitlich der Götterstatue hinter einem schwarzen Vorhang hervor, mit dem der linke Seitenflügel des vorderen Tempelbereiches abgehängt ist. Der Schädel des Knaben ist kahlgeschoren, quer über seiner Brust leuchtet eine rote Schärpe. In beiden Händen hält er die kleinen Schallbecken, die er immer wieder im Rhythmus seiner Schritte aneinanderschlägt. Nachdem er sich vor dem Altar vor dem Abbild des Gottes Aššur verbeugt hat, tritt ein weiterer Priester-Knabe hinter dem Vorhang hervor. Auch er schlägt ein Zymbal. Ihm folgen in kurzen Abständen sechs weitere Novizen, die sich im Halbkreis um die Götterstatue aufstellen und ihre Instrumente im gleichbleibenden Takt zu schlagen beginnen. Der Rhythmus wird zunehmend schneller. Die Luft vibriert von den hellen Tönen, die sich im Wirbel der Knabenhände zu einem Klangbrei vermischen. Ein Gongschlag, tief und düster, scheppert durch die Halle und beendet mit einem Schlag das klirrende Getöse. Einen Moment lang ist nichts mehr zu hören. Die Anwesenden trauen kaum zu atmen. Dann setzen tiefe Bassstimmen mit gutturalen Gesängen ein. Sie dröhnen aus Richtung der Götterstatue in den Raum. Es scheint, als würde Gott Aššur selbst einen Gesang anstimmen. Es sind seltsame Gesänge in einer Sprache, die den Anwesenden völlig fremd sind.

Ein jüngerer Mann stößt einen neben ihm Stehenden in die Rippen und flüstert: »Vater, was ist das für ein seltsamer Gesang? Ich verstehe kein Wort.«

Der Ältere zischt ihm zu: »Mein Sohn, das ist der Gesang unserer sumerischen Urahnen. Nur die Priesterschaft kennt noch die Bedeutung dieser Worte. Still jetzt, der Oberpriester kommt zurück!«

Der Mann hält nun nicht nur seinen Hirtenstab in den Händen, sondern trägt nun auch eine hohe Tiara auf dem Kopf. Vor dem Altar verneigt er sich vor der Statue und wirft sich ihr zu Füßen. Kaum hat er sich erhoben, kommen sieben Kultdiener hinzu, die den sumerischen Gesang in monotoner Litanei fortsetzen. Der Erste trägt ein goldenes Becken, der Zweite hält einen Stapel Tücher in den Händen, der Dritte schleppt eine Kanne mit langer Tülle herbei, die mit wohlriechendem Öl gefüllt ist. Die restlichen schwenken kleine Bronzekessel, aus denen betörende Düfte strömen, die sich wabernd im gesamten Raum verbreiten. Budadu wendet sich dem Prinzen zu, erhebt segnend seine Hände, bevor er die Götter um Beistand anruft. Das vereinbarte Zeichen für Tukulti-Ninurta, sich wieder zu erheben. Langsam, den Kopf stolz erhoben, Schritt für Schritt, nähert er sich dem Altar, bis der Oberpriester ihm bedeutet, stehenzubleiben. Die Gesänge werden zunehmend lauter und ekstatischer. Der dunkle Vorhang öffnet sich und Männer im Priesterornat tragen die Insignien der Königswürde in feierlicher Prozession zum Altar: den langen Stab, das Zepter, das Schwert, ein Diadem und den goldenen Ring. Die Gesänge verstummen. Ein weiteres Mal verbreitet sich eine gespenstische Stille im Raum. Budadu wirft dem wartenden Prinzen einen kurzen Blick zu. Tukulti-Ninurta atmet noch einmal tief ein und schreitet auf die Statue des Gottes zu und wirft sich nieder. Wie vorgeschrieben, verbeugt er sich anschließend noch einmal tief und weiht einige Räucherschalen vor Aššur, seinem Gott. Anschließend folgt er dem Fingerzeig des Oberpriesters, steigt zum Hochsitz hinauf und wirft sich dort erneut zu Boden. Auch hier muss er sich verbeugen. Ein Tempeldiener tritt an seine Seite und überreicht ihm eine mit wohlriechendem Öl gefüllte Goldschale. Ein zweiter Diener bringt Silber und Gold im Wert von einer Mine und legt ein Gewand mit kostbarem Besatz zu Füßen des Gottes nieder.

Tukulti-Ninurta stellt die Goldschale dazu und spricht: »Das Gewand, die eine Mine Silber und die eine Mine Gold, die zu Füßen des Gottes liegen, sind die Einnahme des Priesters.«

Die Augen des Oberpriesters beginnen zu leuchten. Gäbe es nur jede Woche eine solche Zeremonie! Seine angenehmen Gedanken verfliegen schnell, denn der Prinz richtet bereits den Opfertisch, rechts neben der Götterstatue für das Opfer her. Nachdem er Räucherwerk in die hüfthohen Tongefäße geworfen hat, reicht man ihm eine Fackel, mit der er das Feuer entzündet. Es knistert und prasselt in den tönernen Gefäßen, aus denen schon bald duftende Rauchschwaden zur Decke steigen. Während der Prinz den Opfertisch vor Aššur herrichtet, kümmert sich Budadu in gleicher Weise um die Opfertische der Nebengötter. Der Altarraum versinkt durch das Abbrennen des Räucherwerks in wohlriechenden Nebelschwaden, die sich rasch im gesamten Saal ausbreiten und über den Köpfen der Versammelten zu schweben scheinen.

Fast im gleichen Augenblick ertönt ein Paukensignal, und die Tür zur Nebenkammer wird aufgestoßen. Ein paar Kerle in derben Gewändern treiben die Opfertiere herein. Zunächst ein Rind und sechs Schafe, die die Männer nacheinander zu Boden werfen. Der Prinz ergreift das goldene Opfermesser und trennt den Tieren mit einem scharfen Schnitt die Kehlen durch. Das Blut ergießt sich in roten Strömen in das im Boden eingelassene Opferbecken, vor allem, als man das Rind in die Knie zwingt und dem sich heftig wehrenden Tier das Messer an den Hals setzt.

»Dies ist das Opfer für Gott Aššur!«, verkündet der Hohepriester.

Gemäß des Rituals muss Tukulti-Ninurta nun weitere Opfer vollziehen: Ein Schaf wird für Šerūa, die Gemahlin des obersten Gottes, geopfert. Nach den vielen Tieropfern ist das weiße Gewand des Prinzen über und über mit Blut besudelt. Völlig unbewegt legt Tukulti-Ninurta das Zeremonialmesser zur Seite und wartet ab, welche Gabe er nun bringen soll. Der Oberpriester verkündet lauthals, dass die Göttin nicht nur ein Schaf, sondern auch einen Stein erhalten soll. Der Prinz entnimmt einer Bronzeschale einen faustgroßen Lapislazuli und legt den blau schimmernden Stein, dem man magische Kräfte zuspricht, zu Füßen der Götterstatue. Sofort ist einer der Priester zur Stelle, der den Stein an sich nimmt, während ein anderer das geopferte Schaf schultert. Beide verlassen den Tempel zum Haupteingang hinaus, um die Opfergaben zum benachbarten Tempel der Göttin zu bringen.

Ein Schaf und je ein Stein erhalten auch die Götter Nusku und Kippatmati, zwei Steine Enlil und Dagan, drei Steine die Richter des Hochsitzes, zwei Steine der Mondgott Sîn und der Sonnengott Šamaš und zwei Steine die Götter des Hochsitzes. Sobald Budadu das jeweilige Opfer angekündigt hat, erfüllt der Prinz die heilige Verrichtung. Ist eine Gabe für einen Gott oder Göttin dargebracht, wird sie flugs von eifrigen Priestern zum jeweiligen Tempel transportiert, damit das Opfer auch den vorbestimmten Adressaten erreicht. Auch für Ištar, die Göttin der Liebe, ist ein Stein bestimmt. Tukulti-Ninurta zieht einen prächtigen Karneol aus einem Korb, der im Schein der flackernden Öllampen seine feurig-rote Farbe versprüht. Ea, der Gott der Weisheit, der tief unter der Erde im Süß-wasserozean lebt, erhält zwei Steine. Jeweils einen Stein empfangen der kriege-rische Gott Ninurta und die Götter des Palastes. Ebenso die Göttin Ninlil, der man aber zusätzlich noch ein Schaf und ein Gewand opfert. Zwei Steine sind für die Bilder des Palastes bestimmt und ein Stein wird dem Königsbild gewidmet. Zwei Steine erhalten die Flurgottheiten, zwei weitere sind für die Löwen, die die Tore bewachen. Noch viele andere magische Steine werden von Tukulti-Ninurta an untere Gottheiten als Geschenke verteilt.

Abb. 19: Toreingang des Aššur-Tempels

Ein Aufatmen geht durch die Menge der Besucher, nachdem dieser langwierige Teil des Rituals beendet ist. Tukulti-Ninurta wird eine Schale mit Wasser gereicht, in der er seine blutverschmierten Hände reinigt. Für einen kurzen Moment verschwindet er hinter dem Vorhang, wo er schon von zwei Priestern erwartet wird, die ihm beim Wechseln des Untergewandes und beim Anlegen der Königsrobe zur Hand gehen. Tukulti-Ninurta schaut an sich hinunter. Das rote Gewand ist mit goldenen Stickereien verziert und endet über den Füßen in einem Fransensaum. Auch ein paar Schuhe stehen bereit, in die der Prinz hineinschlüpft. Danach legt man ihm ein Schalgewand um und gürtet ihm einen Ledergürtel um die Taille, dessen Verschluss in Form einer geflügelten Sonne gearbeitet ist. Mit erhobenem Haupt tritt er hinter dem Vorhang hervor und schreitet würdevoll vor den Altar. In seinen Händen hält er eine Schüssel mit dem frisch gekochten Fleisch der Opfertiere, die er zu Füßen der Götterstatue stellt. Der Thronanwärter verneigt sich kurz, geht hinüber zum Podest, auf dem der Königsthron steht, und nimmt nun zum ersten Mal darauf Platz. Tukulti-Ninurta genießt den Augenblick, in dem er hoch über den anderen sitzt und jedem einzelnen der hochrangigsten Gäste, die in den vorderen Reihen stehen, ins Auge blicken kann. Schon jetzt fühlt er sich wie der Herrscher der Welt.

Die Stimme des Oberpriesters reißt ihn aus seinen Gedanken: »Wer bist du, der du hier vor dem größten aller Götter, unserem Herrn Aššur, sitzt?«

Der Prinz erhebt sich und antwortet pflichtgemäß: »Hier steht Tukulti-Ninurta, der Sohn des Salmanassar, des Königs von Assyrien, des Sohnes Adad-nārārīs, gleichfalls König von Assyrien.«

»Was ist dein Begehr?«, will der Hohepriester nun wissen.

»Es ist meine Bestimmung die Nachfolge meines verstorbenen Vaters anzutreten und als rechtmäßiger König über das Land des Gottes Aššur zu herrschen.«

Budadu erwidert: »So sei es!«, und verkündet, »Volk von Assyrien, dies ist Tukulti-Ninurta, Sohn des Salmanassar, des Königs von Assyrien. Bringt die Insignien der Macht, damit wir ihm die Königswürde unter den Augen unseres Gottes verleihen!«

Die Zymbal-Spieler lassen ihre hellen Instrumente klingen, die Paukenschläger erzeugen einen Trommelwirbel, der abrupt beendet wird, als der Hohepriester in den Saal ruft:

»Die Krone Aššurs und die Waffen der Ninlil bringt herbei!«

Hinter dem Vorhang erscheinen zwei Priester, die sich im Gleichschritt, einer neben dem anderen, zum Thronpodest begeben. Der eine trägt die assyrische Königskrone vor sich her, die aus einem breiten Band aus Gold besteht, das am Hinterhaupt mit golddurchwirkten Lederbändern zusammengebunden wird. Dieses höchste Symbol der Königswürde ist mit Rosetten aus wertvollen Edelsteinen besetzt, denen man nachsagt, dass sie dem Träger Glück und Gesundheit verleihen. Der zweite Priester hält ein Sichelschwert in den Händen, dessen gekrümmte Schneide mit Silber legiert ist. Mit vorsichtigen Bewegungen, als ob sie rohe Eier in den Händen balancieren müssten, legen die beiden die Insignien auf einem gepolsterten Schemel nieder. Nun befiehlt Budadu Filzdecken zu bringen. Eine dieser Überwürfe aus gezupfter Wolle breitet ein Priester vor der Statue des Gottes Aššur aus, die andere vor dem Abbild der Muttergöttin Ninlil. Deren Statue wurde tags zuvor, eigens für das Königsritual, aus ihrem in der Nähe gelegenen Tempel in das Haus des Aššur gebracht. Der Choral der Priester stimmt erneut die sumerischen Lobpreisungen an die Götter an, während der Hohepriester die Krone auf die Filzdecke vor Gott Aššur legt und das Schwert auf die Decke vor der Statue von Ninlil platziert. Er murmelt ein paar Gebete und trägt dann das auf der Decke liegende Krongebinde hinüber zu Tukulti-Ninurta, der seinen Oberkörper spannt und sich voller Stolz auf dem Thron reckt. Der Prinz schaut etwas verdutzt, als ihm der Oberpriester die linke Hand entgegenstreckt. Soll er ihm nun etwa die Hand küssen? Nein, das wäre eines angehenden Königs nicht würdig! In diesem Augenblick durchfährt es ihn wie ein Blitz. In der Aufregung hat er beinahe einen wichtigen Teil des Rituals vergessen: Die Bezahlung des Hohepriesters, die das Ritual vorschreibt. Geistesgegenwärtig zieht er einen goldenen Ring vom Finger und steckt Budadu das Schmuckstück auf den Ringfinger. Nur kurz, aber sehr genüsslich taxiert der Priester das Gewicht des Rings. Der Prinz hat sich nicht lumpen lassen! Zufrieden legt er das Tuch zur Seite und greift nach dem Krongebinde, das er hoch über das Haupt von Tukulti-Ninurta hält. Alle Anwesenden sollen in diesem Augenblick das Zeichen der Königswürde über dem Thronfolger genau erkennen können.

»Die Kronbinden deines Hauptes, ja, Aššur und Ninlil, die Herren deiner Kronbinden mögen sie dir für einhundert Jahre aufsetzen! Dein Fuß im Tempel Ekur[47] und deine Hände gegen Aššur, deinen Gott, ausgestreckt, möge sich wohl befinden! Das Wohlgefallen Aššurs, deines Gottes, möge dein Priestertum und das Priestertum deiner Söhne finden! Mit deinem geraden Zepter mache dein Land weit! Schnelles Zuwillensein, Recht und Frieden möge Aššur dir geben!«

Behutsam setzt er die Krone auf den Kopf des Thronfolgers und verknotet die Haltebänder an seinem Hinterkopf. Von nun an ist Tukulti-Ninurta König von Assyrien! Nachdem man ihm auch noch das Schwert übergeben hat, erhebt er sich vom Thron und reckt die Waffe nach oben. Die anwesenden Höflinge fallen zu Boden und huldigen ihrem neuen Herrscher, indem sie vor ihm mit ihrer Stirn den Boden berühren. Die Augen des Königs streifen über die gebeugten Rücken seines Hofstaates hinweg. Auch die gesamte Priesterschaft liegt ihm nun zu Füßen. Er spürt die unendliche Macht, die er von nun an über diese Menschen ausübt. Nur noch die riesigen Götterstatuen und er selbst stehen aufrecht im Tempel. Ihn durchdringt in diesem Augenblick ein noch nie da gewesenes Gefühl. Es durchströmt ihn wie der heiße Hauch des Wüstenwindes, der so oft durch seinen Mund und seine Nase in sein Inneres gedrungen ist, wenn er mit dem Streitwagen über die Ebenen flog. Tukulti-Ninurta schließt nur kurz die Augen und glaubt zu spüren, dass ihm der höchste aller Götter die Hand auf die Schulter legt. Als er die Augen wieder aufschlägt, fühlt er sich seinen Untertanen weit überlegen. Fast wie ein Gott schwebt er nun über denjenigen, die vor ihm im Staub liegen.

Genau in diesem Moment fasst er einen Entschluss: Er will nicht nur König über Assyrien sein, sondern der Herrscher der Welt, der König der Könige. Nein, er will noch mehr:

›König der vier Weltgegenden‹ sollen sie mich schon bald rühmen!

---

[47] *Ekur* heißt übersetzt »Haus der Berge« und ist eines der wichtigsten Heiligtümer des Alten Orients gewesen. Der Name dürfte sich davon ableiten, dass dieser Tempel sehr hoch, wohl eine Zikkurat, war.

Sein Vorsatz steht unwiderruflich fest und er wird nicht ruhen, bis sein Traum in Erfüllung gegangen ist. Er wird sein Reich wie der sagenumwobene König Sargon vom Oberen bis zum Unteren Meer ausdehnen. Er wird alle Völker unterwerfen, von den Bergen der Elamier bis hin zum Gebirgsland der Hethiter. Er wird sein Land mit Hilfe seines Gottes Aššur so groß machen, wie es keinem anderen assyrischen Herrscher vor ihm gelungen ist. Der junge Herrscher leckt seine Lippen: So schmeckt also göttliche Macht!

»Huldigt unserem neuen König!«, ruft der Hohepriester den Anwesenden zu, die sich erheben und sich zu einer Reihe formieren. Jeder der assyrischen Würdenträger tritt nun, einer nach dem anderen, vor den thronenden König, verneigt sich mehrmals vor ihm, spricht einen Segenswunsch aus und küsst ihm die Füße. Nachdem der letzte Höfling seinen Segen ausgesprochen hat, erhebt sich Tukulti-Ninurta. Auf einen Wink des Oberpriesters eilen die Träger der königlichen Sänfte herbei, hieven den Thron auf das Tragegestell und warten kniend ab, bis der König darauf Platz genommen hat. Auf ein Kommando heben die Dienstmänner den Tragstuhl an und schleppen im Takt der Paukenschläge ihre Last zum Tor des Tempels hinaus auf den großen Vorplatz. Inzwischen steht die Sonne schon hoch am Firmament und eine jubelnde Menschenmenge hat sich rund um den Tempel versammelt. Tukulti-Ninurta verharrt mit unbeweglicher Miene auf seinem Thron, während man ihn durch das Gedränge hinüber zum Palast bringt.

Dort wartet schon die Dienerschaft auf ihren neuen Herrn. Sobald das Palastpersonal die Sänfte erblickt, werfen sie sich zu Boden, berühren ihn mit der Stirn und warten ab, bis der Tross an ihnen vorbeigezogen ist. Keiner wagt es, dem neuen König ins Auge zu blicken. Die Träger atmen auf, als sie den Thronsaal erreichen und die schwere Sänfte absetzen können. Schnell wird der Königsstuhl wieder auf dem dafür vorgesehenen Podest zurechtgerückt und die bequemen Polster hergerichtet. Kaum hat der König wieder Platz genommen, ist eine Sklavin zur Stelle, die ihm ein erfrischendes Getränk anreicht. Er leert den Becher in einem Zug und lässt sich gleich nachschenken.

»Das tut gut nach der langen Zeremonie!«, lässt er seine Bediensteten wissen, »ich bin halb verdurstet. Das Räucherwerk im Tempel duftet zwar verführerisch, aber der Hals wird immer so trocken, wenn man die Dämpfe einatmet. Schenk mir noch einmal ein, Sklavin! Und dann kommen die Träger zu mir, um ihren Lohn zu empfangen!«

Nachdem sich der König erfrischt hat, treten die Sänftenträger vor den Thron und knien nieder. Budadu, der als Zeremonienmeister die gesamte Inthronisation begleiten muss, komm hinzu und gibt bekannt:

»Wie es geschrieben steht, erhält jeder, der den König getragen hat, eine Mine Silber.« Aus der Hand ihres neuen Herrschers empfangen die Träger einen mit Silber gefüllten Lederbeutel.

Der Hohepriester ergreift erneut das Wort: »Stadtschreiber, tritt vor den König!«

Ein hagerer Mann, Mitte dreißig, löst sich aus der Schar der Höflinge und kommt, in seinen Händen die Schreibutensilien, nach vorne. Er wirft sich zu Boden und huldigt dem König.

»Der Stadtschreiber erhält ein Gewand mit königlichem Behang für seine Dienste. Schließlich musste er die ganze Zeit notieren, welche Opfer dargebracht wurden«, erklärt der Hohepriester.

»Ich hoffe, du hast alles mitgeschrieben«, erkundigt sich der König, während er dem Beamten das wertvolle Kleidungsstück überreicht. Der Schriftgelehrte ist nicht fähig zu antworten. Noch nie war er dem König so nahe wie heute. Er spürt die herrschaftliche Aura, die den jungen Thronerben umgibt, aber auch dessen Strenge. Diesen Mann hält er für absolut unbarmherzig. Bloß keine falsche Antwort geben, denkt er insgeheim und nickt daher nur stumm. Demütig nimmt er seine Bezahlung in Empfang und zieht sich nach tiefen Verbeugungen zurück auf seinen Platz.

Tukulti-Ninurta genießt zunehmend Augenblicke wie diesen, in denen sich Menschen ihm gegenüber derart unterwürfig zeigen, dass sie es noch nicht einmal wagen, den Mund zu öffnen. Welche Macht nun in seinen Händen liegt! Seine Befehlsgewalt sollen nicht nur seine Widersacher, sondern auch die Herrscher der umliegenden Königreiche zu spüren bekommen. Seine Machtphantasien werden jäh unterbrochen, als ihn der neben ihm stehende Hohepriester anspricht:

»Mein König, es ist Zeit für den zweiten Teil des Krönungsrituals.« Der Oberpriester räuspert sich ein wenig und fährt fort: »Man hat mich wissen lassen, dass draußen am Stadttor alles vorbereitet sei. Du musst nun das Zeichen zum Aufbruch geben. Dein Volk wartet schon voller Ungeduld auf dich, um dir zu huldigen.«

Schon kurz darauf wird die Sänfte mit dem thronenden König wieder zum Palast hinausgetragen. Kaum ist der Thronfolger gesichtet, strömen die Menschen aus allen Gassen herbei, um wenigstens einen flüchtigen Blick auf ihn zu erhaschen. Die Leibgarde des Königs hat alle Hände voll zu tun, die nach vorne drängenden Massen zurückzuhalten. Aufseher treiben mit Knüppeln und Peitschen all zu Aufdringliche zurück, während die bewaffneten Soldaten einen undurchdringlichen Schildwall um die Sänfte ihres Königs ziehen, der hier und da ein paar Kupferstücke unter das Volk wirft. Die königlichen Almosen lenken immer nur kurzfristig vom Zug der Würdenträger ab, der dem Tragestuhl des Herrschers folgt.

Es dauert eine ganze Weile, bis sie sich durch die Ströme der Massen gewunden haben, um an das Ziel der Prozession zu gelangen: Eine weitläufige Terrasse vor dem Haupttor, von der aus man den Verlauf des Tigris beobachten kann. Tausende haben sich auf der riesigen Fläche eingefunden, um ihrem neuen König ihre Ehrerbietung zu bezeugen. Als Tukulti-Ninurta der Sänfte entsteigt, brandet Jubel von allen Seiten auf:

»Es lebe der König!«, rufen sie ihm zu, »möge Gott Aššur seine schützende Hand über Tukulti-Ninurta halten!«

Der Königsthron wird auf ein mehrstufiges Podest gehoben, das mit feinsten Stoffen verkleidet ist. Tukulti-Ninurta besteigt mit stolzgeschwellter Brust die Estrade und wendet sich um. Sein rechter Arm schnellt nach oben und reckt das königliche Schwert, das Insignie seiner Macht, gen Himmel. Nun gibt es kein Halten mehr! Die Freudenschreie aus tausenden Kehlen münden in einem tumultartigen Menschenauflauf, den die Ordnungshüter nur mit brachialer Gewalt einzudämmen vermögen. Die Begeisterung der Untertanen kennt keine

Grenzen. Dies ist ihr neuer König, von dem man schon jetzt wahre Wunderdinge erzählt.

Um die Menge zu beruhigen, gibt der Oberpriester den Musikanten das Zeichen. Musik erklingt. Riesige Pauken werden geschlagen. Flötentöne vermischen sich mit den zarten Klängen von Harfen und Leiern. Eine junge Frau, gekleidet in ein purpurfarbenes Gewand, das sich eng an ihren zarten Körper schmiegt, tritt in die Mitte der Musikanten. Mit ihren Händen rückt sie ihren Kopfschmuck zurecht, ein goldenes Diadem, aus dem Blumen zu sprießen scheinen, deren Rosetten mit Lapislazuli und Karneolen verziert sind. Sie hebt beide Arme in die Höhe und beginnt zu singen. Ihre hohe Stimme hallt klar und rein über die Köpfe der Menge, die augenblicklich verstummt. Kein Gedränge mehr, kein Geschrei – alle Augen sind auf die bildhübsche Frau mit der betörenden Stimme gerichtet. Sogar dem König hat es die Sprache verschlagen. Er sinkt auf seinen Thron zurück und lauscht dem Gesang des Weibes. Die Musik klingt so andersartig, die Melodie so fremd, dass er sich flüsternd an Budadu wendet:

»Wer ist diese Schönheit und in welcher Sprache singt sie?«, will er wissen.

»Herr, sie ist eine Qadiltu, eine geweihte Tempeldienerin der Liebesgöttin Ištar und sie singt in der Sprache unserer Vorfahren«, gibt der Oberpriester zur Antwort. »Wir nennen diese Sprache Emesal. Es ist die Sprache, die den Frauen vorbehalten ist, die in den Tempeln zu Hohepriesterinnen ausgebildet werden. Dieser Frau wird schon bald diese hohe Ehre zu Teil werden. In ihrem Lied wünscht sie, dass der große Fluss dir Fische als Gaben bringt, dass deine Felder fruchtbar sein mögen, dass deine Ziegen und Schafe trächtig werden und dass in deinem Land Bäume wachsen und Honig fließt, damit dein Palast dir ein langes Leben beschert.«

Tukulti-Ninurta kann seine Augen nicht mehr von der Sängerin abwenden: »Das ist die schönste Frau, die ich jemals gesehen habe«, bekennt er voller Inbrunst.

Als sie zum Takt der Melodie beginnt ihre Hüften zu schwingen, gesteht er freimütig: »Sie wäre die perfekte Gemahlin für mich!«

Budadu fährt zusammen: »Mein König, versündige dich nicht gegen Ištar! Du solltest dir nicht das Wohlwollen der Göttin der Liebe und des Krieges verscherzen, indem du ihre Dienerin in deinen Harem aufnimmst. Du kannst jede Frau in deinem Reich besitzen, aber diese hier ist seit frühester Jugend der Göttin versprochen und ich rate dir wohl, die Göttin nicht zu erzürnen!«

Tukulti-Ninurtas Hände umklammern die Lehne des Thrones mit eisernem Griff. Sein Gesicht läuft blutrot an. Er beißt auf seine Lippen, als die letzten Weisen des Gesangs der Qadiltu in sein Ohr dringen und ihm die Sinne benebeln.

»Du bist der König von Assyrien!«, zischt der Hohepriester, »bewahre dein Land vor der Rache der Götter, mein Herr!«

In diesem Augenblick endet die Musik. Der Gesang der Tempeldienerin verstummt. Ihr Blick trifft einen Wimpernschlag lang die Augen des Königs, der zunächst wie gelähmt verharrt, ihr dann aber wohlwollend zulächelt. Errötend senkt sie ihren Blick, wendet sich um und verschwindet im Pulk der vielköpfigen Schar von Priesterinnen, die im Hintergrund auf ihre Genossin gewartet haben, um sie nun zurück zum Tempel zu begleiten. Der Oberpriester bemerkt, dass die Augen des Thronerben unverhohlen auf der Qadiltu haften. Deshalb mahnt er den König, das Ritual fortzusetzen:

»Herr, die Großen des Landes müssen dir nun vor allen Untertanen huldigen. Gib das Zeichen!«, fordert er den jungen Thronfolger auf, der mit seinen Gedanken noch immer bei der Qadiltu ist, die seine Sinne vollkommen bezaubert hat. »Du bist der König von Assyrien und möchtest der König der vier Weltgegenden werden. Besinne dich auf deine Ziele, Herr!«

Geistesabwesend schaut Tukulti-Ninurta der Qadiltu hinterher. Seine Mundwinkel verziehen sich, bevor er missmutig das bereitliegende Zepter erhebt. Dies ist das vereinbarte Signal für die versammelten Würdenträger des assyrischen Reiches, sich dem hohen Thronpodest zu nähern, sich mehrmals vor ihrem neuen König zu verneigen, um dann zu ihm hinaufzusteigen. Die letzten Stufen müssen sie nahezu kriechend nehmen, um ihm die Füße zu küssen. Allen Untertanen soll öffentlich vor Augen geführt werden, dass jeder, auch die höchsten Würdenträger, weitaus weniger wert sind als der König. Nach der demütigenden Prozedur legen sie dem Herrscher ihre Begrüßungsgeschenke zu Füßen. Der steinalte Großwesir ist der Erste, der seine Gabe abliefert: einen hüfthohen

Metallkessel mit Stierapplikationen. Gestützt auf seinen Gehstock verfolgt er aufmerksam, wie sechs seiner Diener das schwere Gerät deponieren. Tukulti-Ninurta winkt ihm mit gequältem Lächeln zu. Er nimmt noch nicht einmal wahr, dass das riesige Gefäß sogleich von Tempeldienern aufgenommen und zum Aššur-Tempel gebracht wird. Denn wie der Hohepriester verkündet, soll das Geschenk dort vor dem höchsten der Götter dargebracht werden. Sehr leise, fast unhörbar für die Umherstehenden teilt er mit, dass geschrieben steht, dass diese Gabe als Einnahme in den Besitz des Oberpriesters, also an ihn, übergeht. Ein Würdenträger nach dem anderen tritt heran und legt ein Geschenk für den König vor dem Thronpodest nieder. Wertvolle Waffen, Schalen aus Gold und Silber, Geschmeide aus fernen Ländern, kunstvoll bestickte Kleider, Gefäße mit Gewürzen und duftenden Ölen und vieles andere mehr stapelt sich zu Füßen des Thronfolgers. Der hat aber kein Auge für die Preziosen, sondern immer wieder schweift sein Blick in die Richtung, in die der Zug der Priesterinnen mitsamt der Qadiltu verschwunden ist. Tukulti-Ninurta glaubt noch immer, deren betörenden Gesang in seinen Ohren zu vernehmen. Den Lärm um ihn herum nimmt er fast gar nicht wahr, auch nicht, dass der letzte Staatsdiener sein Ehrengeschenk abgeliefert hat.

Budadu schickt sich daher an, den König um Aufmerksamkeit zu bitten:

»Herr, richte dein Augenmerk auf deine Vasallen und Staatsdiener. Sie werden nun alle ihre Insignien, die ihnen dein verstorbener Vater Salmanassar in seiner Gnade überreicht hat, niederlegen, um diese anschließend erneut aus deiner Hand zu empfangen. Es ist von größter Wichtigkeit, dass du jedem Einzelnen von ihnen ins Auge blickst. Überprüfe deine engsten Vertrauten aufs Genaueste und vergewissere dich ihrer Loyalität! Deine Macht über Assyrien liegt zu großen Teilen in den Händen dieser Gefolgsleute. Vergewissere dich also ihrer Treue!«

Die eindringlichen Worte des Hohepriesters verfehlen ihre Wirkung nicht. Tukulti-Ninurta ist schlagartig wieder bei der Sache und verdrängt seine fleischlichen Gelüste, die noch vor kurzer Zeit seine Gedanken benebelten. Als ob er aus einer Ohnmacht erwacht sei, stiert er seine Untergebenen an. Diese werfen sich, als sie seine bohrenden Blicke registrieren, alle nahezu gleichzeitig zu Boden. Keiner wagt es, dem König direkt ins Antlitz zu blicken. Nachdem der gesamte Hofstaat eine geraume Zeit mit gesenkten Köpfen vor dem Herrscher kniet, fasst sich Qibi-Aššur ein Herz und erhebt sich als Erster. Nur er, der Tartānu, der als General des assyrischen Heeres neben dem Großwesir das höchste aller Staatsämter bekleidet, darf dies wagen. Ihm auf dem Fuß folgt der Marschall, der Befehlshaber der Streitwagen. Beide halten in ihren Händen ihre Amtsstäbe, armlange Stangen aus Silber, als Zeichen ihrer Amtsgewalt. Beide stehen nun vor dem König, verbeugen sich abermals tief und legen ihm ihre Amtsstäbe zu Füßen. Ein Würdenträger nach dem anderen kommt nun nach vorne und legt sein jeweiliges Insignie vor dem Thronpodest ab. Den Abschluss des Zuges bildet der Musikmeister, der zuvor die Kapelle geleitet hat, die den Gesang der Qadiltu begleitete. Als Hofkapellmeister schleppt er eine Harfe vor den König, stellt diese auf dem Standfuß des Instruments ab und tritt nach einer tiefen Verneigung zur Seite, um sich sofort unter die Höflinge zu mischen.

Vor Beginn des Rituals hat Budadu alle Staatsdiener darauf hingewiesen, dass es ihnen nach dem Niederlegen ihrer Insignien untersagt sei, ihre angestammten Plätze gemäß der Rangordnung ihrer Ämter einzunehmen. Also marschieren die Würdenträger im Angesicht des Königs hin und her und tun so, als seien sie auf dem Hof rein zufällig versammelt. Es darf unter keinen Umständen der Eindruck entstehen, dass einer von ihnen einen Ehrenplatz einnimmt, bevor der Herrscher ihm offiziell das Amt übergeben hat. Erst als sich Tukulti-Ninurta vom Thron erhebt, halten sie inne und lauschen seinen Worten:

»Ein jeder behalte sein Amt!«, verkündet der König mit lauter Stimme, so dass es bis in die hinteren Reihen der Menschenmenge zu hören ist, die sich auf der Terrasse eingefunden hat.

Ein Strahlen geht über die Gesichter der Würdenträger, die sich sofort wieder niederwerfen, um ihren Respekt gegenüber dem Befehl des Königs zu attestieren. Gemäß ihrer Rangordnung treten sie nun alle, einer nach dem anderen, wieder vor den König, beugen vor ihm ihre Rücken und nehmen ihre Insignien wieder auf. Anschließend begibt sich ein jeder wieder auf seinen angestammten Platz, der gemäß der Hofsitte vorgeschrieben ist. Nachdem die Würdenträger wieder mitsamt ihren Machtzeichen ihre Plätze eingenommen haben, winkt der Hohepriester einen Zug von Sklaven herbei, die auf Tragegestellen eine Unzahl von

Steinen verschiedener Größen und Farben herbeibringen. Budadu zählt die ersten Steine genau ab und befiehlt:

»Bringt diese einhundertundzehn Steine zu den niederen Göttern des Aššur-Tempels!« Weitere Steinopfer beordert er zu den anderen Heiligtümern der Hauptstadt. Keiner der Götter wird vergessen, auch nicht der Flussgott Idiglat, der in den Tiefen des Tigris haust. Zu allerletzt schickt man den Göttern im Palast Gewänder, Schafe und Pfeile.

Erst nachdem diese Opferzeremonie abgeschlossen ist und die Träger der Opfersteine durch das Haupttor zu den Heiligtümern im Zentrum der Stadt abmarschiert sind, dürfen sich die Ehrengäste dem Thronpodest nähern. Der Hohepriester achtet auch hier darauf, dass die zuvor festgelegte Rangordnung der Gäste peinlich eingehalten wird. Hinter den Ehrenformationen der anderen Königreiche stellen sich die Vasallen des assyrischen Herrschers auf. Dann folgen die Abordnungen der unterworfenen Völker, um ihre Geschenke darzubringen. Mit großer Gelassenheit und stolzer Haltung nimmt Tukulti-Ninurta diese Würdigungen entgegen. Dabei vergisst er auch nicht die Gaben der einzelnen Abordnungen zu begutachten – allerdings nur aus den Augenwinkeln, denn es schickt sich nicht als König, irgendeine Gefühlsregung über ein Präsent zu äußern. Mit starrem, nach vorne gerichteten Blick nimmt der Thronfolger die Ehrerbietungen entgegen. Manch einer der Ehrengäste wird später behaupten, der König habe ihm mittels eines Augenaufschlags seine Freude über ein besonderes Geschenk signalisiert.

Es vergehen fast zwei Doppelstunden, bis der Aufmarsch der Ehrengäste beendet ist. Nun darf sich das assyrische Volk seinem neuen Herrscher nähern. Die Leibwachen des Königs lassen immer nur kleine Gruppen in die unmittelbare Umgebung des Thrones. Wer all zu fordernd nach vorne drängt, wird mit Stockschlägen zurückgetrieben. Weit hinter den Männern, die sich immer wieder niederwerfen, verrenken sich die Frauen die Hälse. Jede möchte einen Blick auf den jungen König erhaschen, den sie als Statthalter ihres Reichsgottes Aššur verehren.

Am späten Nachmittag gibt Tukulti-Ninurta das Zeichen zum Aufbruch. Die Sänftenträger schultern den Königsthron und tragen den König zurück zum Palast. Eine jubelnde Menschenmenge folgt dem Zug der Würdenträger bis vor die Tore des Palastes. Erst nachdem das Tor hinter dem Tross zufällt, verstreut sich das Volk in den verwinkelten Gassen der Hauptstadt, um die Thronbesteigung Tukulti-Ninurtas ausgiebig zu feiern.

Die ganze Nacht hindurch wird in den Tavernen und Wohnstuben der Name des neuen Königs gepriesen: »Es lebe Tukulti-Ninurta, der König der Welt, der mächtige König, der König des Landes Assyrien, der Günstling von Aššur, der Stadtfürst von Assur, unser gepriesener Hirte!«

17. Die Qadiltu

Seit einer Stunde läuft Tukulti-Ninurta im Thronsaal auf und ab wie ein gefangenes Tier in einem Käfig. Immer wieder schaut er zur Eingangstür, an der zwei Leibgardisten nahezu unbeweglich ihren Wachdienst schieben. Als es an der Holztür pocht und der Herold die Pforte einen Spaltbreit öffnet, ist der König schon an der Tür:

»Ist er eingetroffen?«, faucht er den Ankündiger voller Ungeduld an, »ich warte nun schon seit Stunden auf den Hohepriester!«

Der Herold verneigt sich ein wenig und stößt einen der Flügel vollends auf. Hinter ihm erscheint der Oberpriester des Gottes Aššur, in der Hand seinen gekrümmten Hirtenstab, auf dem Kopf seine Tiara.

»Da bist du ja endlich!«, ruft der König freudig erregt, »herein mit dir! Ich hoffe, du bringst mir eine gute Nachricht!«

Der Hohepriester verbeugt sich ebenfalls vor dem Herrscher und möchte sich gerade niederknien, als ihn der König am Arm in Richtung des Thronpodestes zieht und ihn anweist, auf einem Schemel zu Füßen des Thrones Platz zu nehmen.

»Sag schon: Was ist der Beschluss der Götter?«, will Tukulti-Ninurta wissen, »haben sie meinem Ansinnen ihren Segen gegeben?«

Sein Gegenüber blickt verlegen zu Boden und beginnt herumzudrucksen: »Herr, nach Deutung aller Zeichen, die bei der Opferschau zu Tage traten, raten dir sämtliche Seher und auch ich, als oberster Priester unseren großen Gottes Aššur, von deinem Plan Abstand zu nehmen. Die Qadiltu ist seit ihrer Jugend der Göttin Ištar geweiht und darf auf keinen Fall entehrt werden!«

Wutentbrannt springt Tukulti-Ninurta von seinem Sitz, packt den Hohepriester an den Schultern und schreit ihm ins Gesicht: »Dann werde ich die Gesetze des Tempels ändern!«

Der Hohepriester ist völlig entsetzt: »Herr, versündige dich nicht an den heiligen Geboten der Götter! Schon unsere Vorväter haben diese streng geachtet«, mahnt er, »du bist der König und damit auch gleichzeitig der Oberhirte des assyrischen Reiches.«

Kaum sind die Worte ausgesprochen, fliegt ein listiges Lächeln über Tukulti-Ninurtas Gesicht: »Was sagst du da, Hohepriester? Ich bin nicht nur euer König, ich bin sogar euer Oberhirte, der ranghöchste Priester des Landes?«

Der Hohepriester wagt nun nicht mehr, zu antworten, sondern nickt nur stumm.

»Dann liegt die Lösung auf der Hand: Ich führe den längst vergessenen Brauch der ›Heiligen Hochzeit‹ wieder ein!«

Der Oberpriester traut seinen Ohren nicht: »Herr, die ›Heilige Hochzeit‹ wird nur noch bei unseren Nachbarn in Babylonien vollzogen. Bei uns ist dieser Brauch schon vor Jahrhunderten in Vergessenheit geraten.«

»Du sagst es, Hohepriester, der heilige Ritus wurde vergessen!«, triumphiert der junge König. »Ich, euer neuer Oberhirte, führe diesen Brauch nun wieder ein. Es ist beschlossen! Verkünde es in der Priesterschaft und verkünde es auch meinem Volk! Ich beauftrage dich hiermit die ›Heilige Hochzeit‹ vorzubereiten. Ich, Tukulti-Ninurta, König von Assyrien, werde gemeinsam mit der Qadiltu das Ritual unserer Ahnen zu Ehren der Göttin Ištar vollziehen!«

Budadu schaut ihn mit offenem Mund an und fingert nervös an seinem Hirtenstab: »Mein König, ...«, setzt er an, doch der Herrscher fällt ihm sofort ins Wort:

»Ich will keine Ausflüchte mehr hören! Schaff mir die Qadiltu herbei!«

Wie von Sinnen fegt er durch den Thronsaal und brüllt: »Schreiber, her zu mir!« Hinter dem Thron wird ein Vorhang zur Seite geschoben und der schmächtige Hofschreiber eilt herbei, seine Schreibutensilien in den Händen.

»Hast du alles mitgeschrieben?«

Der Schriftgelehrte verneigt sich tief und antwortet mit leiser Stimme: »Ja, mein König, deine Befehle zur Durchführung der ›Heiligen Hochzeit‹ sind niedergeschrieben. Auch, dass der Hohepriester des Gottes Aššur die Vorbereitungen treffen soll.«

Tukulti-Ninurta schreit ihn an: »Er soll die Vorbereitungen umgehend, möglichst schnell - nein - sofort treffen!«

Der Tonfall des Herrschers macht allen klar, dass der keinen Widerspruch duldet. Der Schreiber notiert die Dringlichkeit des Auftrags und entfernt sich nach einer tiefen Verbeugung.

»Worauf wartest du noch?«, herrscht der König den Hohepriester an, »mach dich schleunigst an die Arbeit! Meine Lenden dürsten nach der Qadiltu.«

18. Die Heilige Hochzeit

»Ist es schon so weit?«, haucht eine zarte Frauenstimme in das Halbdunkel, der lediglich von zwei Fackeln an der Wand und von dem lodernden Schein einer Feuerstelle inmitten des Raumes beleuchtet wird.

»Komm näher!«, fordert eine Greisin in krächzenden Tonfall. Eine junge Frau, gerade dem Mädchenalter entwachsen, tritt aus der dunklen Ecke des Saales in den Schein der Feuerstelle.

»Hierhin, genau vor mich!«, befiehlt die Alte, während sie mit einem armlangen Stöckchen immer wieder auf eine Stelle auf dem Fußboden trommelt. Die Angesprochene nähert sich nur zögerlich. Sie ist vollkommen nackt und friert erbärmlich. Mit abschätzendem Blick fixiert die Betagte die junge Frau von Kopf bis Fuß. Ihre Augen wandern von den schlanken Fesseln über ihre Beine hinauf zu ihrem Schamdreieck. Die Jungfrau spürt die bohrenden Blicke auf ihrer nackten Haut und hält instinktiv ihre Hände vor ihr Geschlecht.

Im gleichen Augenblick trifft sie der Hieb des Steckens: »Weg mit den Händen von deinem Schoß!«, faucht die Greisin, »deine Hände gehören an deinen Busen. Du sollst deine Brüste umfassen und ihm deine Äpfel präsentieren, wenn er sich dir nähert! Und hebe deinen Kopf! Streck deinen Körper!«

Die junge Frau tut, wie ihr befohlen. Die Wärme des Herdfeuers kriecht an ihren Beinen hoch und umschmeichelt ihre elfengleiche Gestalt. Wie lodernde Zungen glühen die Flammen auf ihren schlanken Fesseln. Nach kurzer Zeit am wärmenden Feuer entspannt sich ihr Körper. Die Jungfrau reckt ihren schlanken Hals. Nun erst kommt ihr ebenmäßiges Gesicht zur Geltung, aus dem zwei Augen wie grüne Smaragde herausblitzen. Das pechschwarze Haar fällt ihr wie ein samtener Vorhang über die Schultern bis hinab zu ihrem Gesäß.

»Wenn er auf dich zugeht, spreizt du die Beine«, krächzt die Alte und drückt der jungen Frau mit dem Stöckchen die Beine auseinander. »Noch ein wenig mehr!«, befiehlt sie. Die junge Frau öffnet ihre Schenkel noch ein Stück, bis sich das alte Weib sich zufriedengibt. »So und nicht anders stellst du dich vor ihn hin, wenn er den Raum betritt! Denke daran: Du bist die Qadiltu, die Auserwählte, diejenige, die Liebesgöttin Ištar hier auf Erden vertritt. Du selbst wirst während des Rituals zur Göttin werden und er zu Tammuz, ihrem Gemahl. Du befreist ihn aus den Fängen der Unterwelt. Wenn er wie jedes Jahr im Frühling wieder auferstanden ist, hängt von deiner Liebeskunst der Wohlstand unseres Landes ab. Ist Tammuz befriedigt, gedeihen die Felder. Versagst du aber und er zieht sich lustlos zurück, wird eine Hungersnot im Land ausbrechen. Sei ihm also eine perfekte Liebesdienerin, so wie ich es früher auch war.«

Abb. 20: Spätbronzezeitliches
Terrakottarelief aus Tell Munbaqa
/ Syrien mit der Darstellung einer
sich entblößenden Frau

Noch einmal gleitet ihr prüfender Blick vom Scheitel bis zur Sohle über die Nackte, bevor sie mit ihrem Alter hadert: »Wäre ich nur dreißig Jahre jünger, dann stünde ich an deiner Stelle. Aber ich war ihm zu alt als Partnerin für die

Heilige Hochzeit«, mosert die Greisin, »er will lieber dich, die unerfahrene Qadiltu zur Göttin erheben.«

Ächzend erhebt sich die greise Priesterin von ihrem Schemel und umkreist mit schlurfenden Schritten die junge Frau. Ihre hageren Finger betasten die Haare der Qadiltu. »Dein Haupthaar ist perfekt. Hat man dir die Achseln rasiert?«

Die junge Frau nickt. Die Alte steht nun vor ihr, bückt sich hinunter und begutachtet die Schambehaarung aus nächster Nähe. Ganz unerwartet, aber mit festem Griff packt die Alte zu. Die junge Frau spürt die eiskalten, knochigen Finger zwischen ihren Beinen. Sie zuckt zusammen, stößt einen spitzen Schrei aus. Die Alte zieht hämisch grinsend ihre Hand zurück und riecht an ihren Fingern.

»Sehr gut! Keine Monatsblutung. Du bist rein, jungfräulich und deine Scham ist bereits mit Rosenöl benetzt. Das wird ihn in Wallung bringen, wenn das Liebesspiel beginnt!«

Schnaufend lässt sie sich wieder auf den Hocker sinken und klatscht zwei Mal in ihre Hände: »Legt ihr nun den Gürtel der Ištar um und kleidet sie in das Liebesgewand!«

Sofort sind fünf Priesterinnen zur Stelle, die der Qadiltu einen Gürtel anlegen, an dessen Vorderseite sieben lange Lederschnüre herabhängen, alle mit bunten Steinen besetzt. Ihre Schambehaarung ist nun zu großen Teilen verdeckt. Goldene Armreifen werden ihr über die Oberarme gestreift und Fußreifen mit silbernen Glöckchen angelegt. Goldene Fingerringe mit Einlagen aus Lapislazuli und Karneol schmücken ihre Hände. In ihr Haupthaar werden goldene Bänder eingeflochten. Anschließend setzt man ihr ein Diadem auf den Kopf und legt ihr ein hauchdünnes Gewand um die Schultern, das mit zwei Gewandnadeln fixiert wird. Die Qadiltu ist nun mit einem halbdurchsichtigen Schleier umhüllt. Im Schein der Fackeln zeichnet sich die wohlgeformte Figur ihres makellosen Körpers unter dem Gewand ab, doch bleiben ihre weiblichen Reize so weit verborgen, dass man ihre Schönheit nur erahnen kann. Beim Anblick der Qadiltu fliegt ein befriedigtes Lächeln über das Gesicht der Alten. Diese junge Frau ist die pure Verführung. Kein Mann, auch nicht der König wird ihr nun widerstehen können. Sie ist schon jetzt die Inkarnation der Liebesgöttin!

Vier Novizinnen betreten den Raum und reißen sie aus ihren Gedanken: »Das Liebeslager der Göttin ist bereitet, hohe Frau. Das wärmende Feuer ist entzündet, das Räucherwerk entfacht, der Fußboden mit wohlduftenden Ölen beträufelt und das Bett mit weichen Polstern ausgekleidet.«

»Die Zeit ist gekommen! Bringt die Qadiltu hinauf zum höchsten Punkt des Tempels. Lasst sie eintreten in das Schlafgemach unserer Göttin. Dort wird Ištar herabsteigen und sich ihrer Gestalt bemächtigen! Dann ist sie bereit für die ›Heilige Hochzeit‹ mit unserem König.«

Die Prozession der Ištar-Priesterinnen steigt über die Treppen hinauf zur höchsten Ebene der Zikkurat. Die Schellen an den Fesseln der Qadiltu läuten bei jedem ihrer Schritte und kündigen schon von Ferne die Ankunft der Braut an. Auf der letzten Terrasse des Stufentempels geleitet man sie bis zur Tür, die in das Innere des Hochtempels führt. Blumengirlanden hängen über dem Eingang. Auf kostbaren Teppichen schreiten sie in das Innere und lassen dabei einen vielstimmigen Gesang erklingen:

»Mein Schoß, das Horn, das Boot des Himmels, es ist voller Begierde wie der junge Mond, mein unbearbeiteter, er liegt brach. Wer wird meinen Schoß pflügen? Wer wird meinen Acker pflügen? Wer wird meine feuchte Erde pflügen?«

Plötzlich, wie aus dem Nichts, tauchen auf der anderen Seite der Terrasse die Priester des Gottes Aššur, angeführt von ihrem Hohepriester Budadu, auf. In ihrer Mitte schreitet in feierlichem Zug Tukulti-Ninurta, gekleidet in festlicher Königsrobe. In seiner Rechten hält er einen überlangen Hirtenstab aus purem Gold, das Zeichen der höchsten Priesterwürde des assyrischen Reiches.

Der König beginnt nun seinerseits zu singen: »Hohe Frau, der König wird deinen Schoß pflügen! Ich, der König, werde deinen Schoß pflügen.«

Die ihn begleitende Priesterschaft wiederholt den Refrain in tiefem Basston.

Die Qadiltu antwortet mit betörender Stimme: »Mach deine Milch süß und dick, mein Bräutigam! Mein Schafhirte, ich werde deine frische Milch trinken. Wilder Stier, Tammuz, mache deine Milch süß und dick! Lass die Schafsmilch in meinen Pferch fließen. Fülle mein heiliges Butterfass mit süßer Sahne! Tammuz, ich werde deine süße Milch trinken!«

Der König erwidert singend: »Meine Schwester, ich gehe mit dir in meinen Garten. Ich gehe mit dir in meinen Obstgarten. Dort pflanze ich die honigsüße Saat.«

Die Qadiltu flötet in verführerischer Weise zurück: »Mein Hohepriester ist bereit für die heiligen Lenden! Die Pflanzen und Kräuter in seinem Garten sind reif! Tammuz, deine Fülle ist meine Freude!«

Dann fallen die Priesterinnen wieder in den Gesang ein: »Sie rief nach dem Bett. Sie rief nach dem Bett, das das Herz erfreut. Sie rief nach dem Bett, das die Lenden erfreut. Ištar rief nach dem Bett.«

Abb. 21: Nacktes Paar auf einem Bett liegend:
altbabylonische Terrakotte

Sie halten der Qadiltu Gefäße unter die Nase, aus denen Rauch aufsteigt. Umso mehr sie von den Dämpfen einatmet, umso tiefer fällt sie in Trance. Musikanten setzen mit rhythmischem Trommeln ein, zu denen die Qadiltu zu tanzen beginnt. Sie lässt ihre Hüften kreisen und dreht ihren Oberkörper in lasziven Bewegungen. Immer schneller dreht sie sich im Kreis. Plötzlich zuckt ihr halbnackter Körper zusammen. Sie spürt, wie die Göttin in ihre Glieder fährt, Besitz von ihrem Körper nimmt. Ihre Sinne schwinden. Sie ist nicht mehr die Qadiltu, sie ist nun Ištar, die Göttin der Liebe und ruft dem König zu:

»Das Bett ist fertig! Das Bett wartet!«

Nach einigen Körperdrehungen, bei der ihr Schleiergewand zur Seite weht und den Blick auf ihren vollendeten Köper freigibt, tiriliert sie mit aufreizenden Gesten:

»Liebkose meine Lenden mit deinen schönen Händen.

Schafhirte Tammuz, fülle meinen Schoß mit Sahne und Milch.

Liebkose meine Vulva, tränke meinen Leib.

Lege deine Hand in meinen heiligen Schoß.

Mache geschmeidig mein schwarzes Boot mit süßer Sahne.

Belebe mein flaches Boot mit Milch.

Verwöhne mich zärtlich auf dem Bett.

So werde auch ich meinen Hohepriester auf dem Bett verwöhnen.«

Dann wirft sie beide Arme in die Luft und stöhnt:

»Werde liebkosen den treu ergebenen Hirten Tammuz.

Werde liebkosen seine Lenden, das Hirtentum des Landes.

Ich werde ihm ein süßes Schicksal bereiten.«

Nach der letzten Strophe löst sie die beiden Gewandnadeln und lässt diese zu Boden fallen. Das Schleiergewand rutscht von ihren Schultern. Langsam, wie ein Blatt im Wind, gleitet der dünne Stoff zu Boden. Vollkommen nackt steht sie nun da. Wie es ihr die Alte beigebracht hat, stellt sich die Qadiltu breitbeinig vor das Bett, hebt ihre Brüste an und lässt verführerisch ihr Becken kreisen. Die Augen des Königs haften wie gebannt auf dem Busen der Frau, gleiten hinunter zu ihrem Schoß, um gleich darauf den Blick ihrer Smaragdaugen einzufangen. Noch nie in seinem Leben hat er ein erregenderes Weib gesehen als dieses!

Als der Hohepriester erkennt, dass die Männlichkeit des Herrschers geweckt ist, gibt er den Musikern das Zeichen zum Aufbruch. Auch die gesamte Priesterschaft verlässt nun das Schlafgemach der Liebesgöttin. Als einige der Novizinnen sich beim Hinausgehen noch einmal umwenden und zu kichern beginnen, werden sie von der Alten mit dem Stock gezüchtigt.

»Schweigt!«, presst sie aus ihren schmalen Lippen hervor, »seht ihr nicht, dass die Götter in die beiden gefahren sind? Gott Tammuz nimmt jetzt Besitz vom König, die Liebesgöttin Ištar hat schon von der Qadiltu Besitz ergriffen.« Mit voller Wucht lässt die Alte ihren Stock erneut auf den Rücken einer Novizin hinuntersausen: »Stört mit eurem Gegacker nicht die Zeremonie der ›Heiligen Hochzeit‹! Macht, dass ihr hinauskommt!«

Abb. 22: Siegelabrollung mit Darstellung der
›Heiligen Hochzeit‹

Für einen Moment lang herrscht absolute Stille im Raum. Kein Ton ist mehr zu hören. Tukulti-Ninurta und die Qadiltu sind alleine. Das Prasseln des Feuers in der Herdstelle ist das einzige Geräusch, das sie vernehmen. Der kleine Ofen verbreitet eine wohlige Wärme. Der König entledigt sich seiner Kleidung, steht nun ebenfalls völlig nackt vor der Qadiltu. Er macht noch zwei Schritte auf die junge

Frau zu, spürt ihren zarten Busen auf seiner Haut. Auch Sie spürt ihn, als beide auf das Bett sinken. Zärtlich greift er nach ihren Beinen und legt sie auf seine Schultern. Noch einmal treffen sich ihre Blicke. Sie räkelt sich noch einmal und haucht ihm ins Ohr: »Komm, mein König!«

Draußen auf der Plattform der Terrasse wartet der Hohepriester des Gottes Aššur auf die ›Hohe Frau‹ der Liebesgöttin Ištar. Er hält sie am Arm zurück und flüstert ihr zu:

»Verweile bitte hier, bis meine Priester und deine Gefolgschaft hinunter zum Festsaal gegangen sind. Ich habe mit dir zu reden.«

Die Alte fixiert ihn mit ihren tiefliegenden Augen und wartet ab, bis die letzte Novizin im Treppenaufgang verschwunden ist.

»Wieso so geheimnisvoll, Budadu? Was möchtest du mir mitteilen? Es muss ja von besonderer Wichtigkeit sein, wenn du mich hier oben zur Seite ziehst,« krakelt die Greisin. Der Hohepriester schaut sich noch einmal nach allen Seiten um und vergewissert sich, dass sie alleine sind.

Dann spricht er mit gedämpfter Stimme: »Dieser neue König ist ein Fluch für Assyrien. Er hat uns entmachtet, dich und mich!«

Die Alte zieht die Augenbrauen nach oben und schaut ihn ungläubig an: »Das, was du sagst, ist offener Aufruhr! Hast du vergessen, dass auf Kritik am König die Todesstrafe steht? Willst du etwa eine Palastrevolte herbeiführen?«

Doch der Hohepriester redet unbeirrt weiter: »Tukulti-Ninurta hat die ›Heilige Hochzeit‹ durchgeführt - entgegen meinem Rat! Hat er nicht auch dich übergangen und einfach diese blutjunge Qadiltu zur Braut gewählt, obwohl doch eigentlich dir dieses Vorrecht zusteht?«

Die Alte nickt nur stumm und vergewissert sich nun ihrerseits, ob sich in ihrer Nähe kein Lauscher aufhält.

»Dieser König will unsere Macht brechen, die unserem Stand seit Alters her von den Göttern übertragen ist,« ereifert sich der Hohepriester. »Dieser junge König will nicht nur alleine über unser Land regieren, sondern auch die Vormundschaft über all unsere Tempel übernehmen. Sogar die Vorzeichen der Opferschau hat er außer Acht gelassen! Dieser Frevel wird nicht nur ihn, sondern unser ganzes Land heimsuchen! Das Einzige, was ihn interessiert, ist das Bett mit der Qadiltu zu teilen. Dieses Ziel hat er nun erreicht. Und dich hat er verstoßen wie eine unliebsame Hündin.«

Nach einer kleinen Pause hakt die Alte verunsichert nach: »Was gedenkst du zu tun?« Ihr fragender Blick bohrt sich in den Hohepriester.

»Ich? Wir beide werden etwas unternehmen müssen!«, antwortet Budadu entschlossen. »Bis zu dieser Stunde bist du die höchste Priesterin und ich der oberste Priester des Landes gewesen. Das hat nun ein Ende. Er hat alle Macht an sich gerissen. Wir müssen ihn beseitigen, wenn wir unsere angestammte Position wieder einnehmen wollen. Allerdings müssen wir behutsam vorgehen. Er darf auf keinen Fall Verdacht schöpfen! Wir müssen abwarten, bis die Zeit dafür reif ist. Im Augenblick liegen ihm noch alle zu Füßen und bejubeln ihn als strahlenden König. Wenn sich eines Tages die Begeisterung gelegt hat und Unzufriedenheit aufkommt, ist unsere Stunde gekommen. Dann schlagen wir zu!«

Beide schauen sich noch einmal um und überzeugen sich ein letztes Mal, dass sich keine Lauscher herumtreiben. Durch die Stille dringt das Stöhnen eines Mannes und vermischt sich mit den Lustschreien einer Frau.

»Hörst du, wie sie sich miteinander im Liebesspiel vergnügen? Sie sind so laut, dass die anderen Götter auf sie aufmerksam werden! Lass uns hinunter gehen in den Bankettsaal. Ich kann mir das nicht länger anhören!«

Budadu zieht die Alte zur Treppe. Nahezu lautlos steigen sie die Stufen hinab und betreten den Festsaal, wo schon die Bediensteten auf sie warten.

19. Das Mahl der Götter

»Sie kommen! Das göttliche Paar ist im Anmarsch. Alles auf eure Plätze. Los, Los!«

Budadu, der Oberpriester des Gottes Aššur, klatscht in die Hände und scheucht wild gestikulierend das Tempelpersonal durch den Festsaal, dessen Wände mit grünen Palmblättern und duftenden Blumengirlanden geschmückt sind. Weiche Teppiche bedecken den Boden. Am Kopfende des langrechteckigen Raumes stehen zwei Sessel auf einem Podest, davor ein niedriger Tisch mit Beinen in Form von Löwenpranken. Auf zierlichen Beistelltischen stehen Trinkgefäße aus Gold und Silber, aber auch mit bunten Mustern bemalte Tongefäße. Auf Keramiktellern und Metallschalen stapeln sich verschiedene Obstsorten, die zu kunstvollen Pyramiden drapiert wurden. Der Hohepriester wirft noch einmal einen Blick in die Amphoren, die bis zum Rand mit Wasser gefüllt sind.

»Mundschenk, stehen Wein und Bier in ausreichender Menge zur Verfügung?«

Ein kahlrasierter Mann mit weißem Wickelrock tritt einen Schritt nach vorne, verbeugt sich leicht und antwortet: »Alle Getränke sind zubereitet. Ich selbst habe von allem gekostet. Wir haben sogar einen babylonischen Braumeister engagiert, der für den heutigen Festtag ein spezielles Starkbier aus Weizen, Dinkel und Gerste gebraut hat. Dieses Getränk wird die Sinne der Götter benebeln, denn er hat den Geschmack mit Honig versüßt. Ich habe noch nie ein köstlicheres Bier getrunken! Sehr empfehlenswert ist auch der Dattelwein, den wir aus der fernen Oase in Tadmor[48] bezogen haben.«

Der Hohepriester verzieht keine Miene. Auch die neben ihm stehende Oberpriesterin der Göttin Ištar zeigt keinerlei Regung in ihrem faltigen Gesicht. Gerade als sich Mundschenk sich wieder in die Schlange der Bediensteten einreiht, fliegt die Tür auf. Ein fettleibiger Mann stürzt in den Saal, hält auf Budadu zu, sinkt vor diesem auf die Knie und jammert mit weinerlicher Stimme:

---

[48] *Tadmor* ist der antike Name der Oasenstadt Palmyra in der syrischen Wüste.

»Hoher Herr, wann darf ich das Essen servieren? Ich habe Angst, dass mir das Essen auf dem Herd verbrennt. Es wäre eine Katastrophe, wenn alle Vorbereitungen umsonst gewesen sind!«

Der eiskalte Blick des Oberpriesters gleitet an dem Mann hinunter, der in seiner fettigen Schürze und den verklebten Haaren, die in wilden Strähnen bis auf die Schultern fallen, einen wenig appetitlichen Eindruck macht.

»Das soll der beste Koch des Landes sein?«, flüstert die alte Priesterin ihrem Amtskollegen ins Ohr. Der nickt nur stumm und gibt dem Koch ein Zeichen, sich zu erheben.

»Dein Äußeres gleicht dem eines wilden Schweins in den Wäldern, Koch. Ich hoffe, du hast ein göttliches Mahl zubereitet. Sollte es dem Götterpaar nicht munden, wirst du die Morgensonne nicht mehr erleben!«

Der Küchenmeister ringt um Fassung: »Hoher Herr, habe ich dich jemals enttäuscht? Heute serviere ich euch gefüllte Tauben auf babylonische Art.«

Budadu runzelt die Stirn: »Babylonische Tauben? Hast du die Tauben etwa in Babylon gefangen?«

Das umherstehende Kultpersonal beginnt zu lachen. Der strenge Blick ihres Vorgesetzten bringt sie sofort zum Schweigen.

»Hoher Herr, die Tiere sind assyrisch, aber das Rezept stammt aus Babylonien, wo ich meine Lehrjahre verbracht habe. Nichts kommt diesen Gaumenschmaus gleich!«

Der Hohepriester bleibt skeptisch: »Ein Rezept aus Babylon, sagst du? Was ist an babylonischen Tauben anders als an assyrischen?«, will er wissen.

»Alles, hoher Herr, einfach alles!«, antwortet der Koch mit stolzgeschwellter Brust. »Die Babylonier sind nicht nur Meister im Bierbrauen, sie haben auch die raffiniertesten Rezepte! Wenn ich dir beschreibe, wie die Vögel zubereitet werden, wirst du den Unterschied leicht feststellen können. Schon gestern haben wir in der königlichen Küche damit begonnen, das Geflügel auszunehmen, ihnen den Magen und das Geschlinge entnommen und die Köpfe und Beine entfernt. Danach habe ich die Vögel sorgsam gewaschen. Alles, was nicht essbar ist, wurde entfernt. Heute Morgen haben wir dann die Tauben zusammen mit den Mägen und dem Geschlinge angebraten und anschließend in Milch eingelegt. Man darf nicht vergessen, etwas Fett hinzuzugeben! Nun muss das Ganze kochen. Zu diesem Zweck wurde viel Holz und getrockneter Dung nachgelegt, um das Feuer unter dem Topf ordentlich anzufachen. Wenn die Brühe kocht, möchte am liebsten jeder seine Nase über den brodelnden Sud halten, so herrlich duftet es dann! Vor allem wenn die Gewürze beigegeben werden und der gehackte Lauch, der Knoblauch und die Zwiebeln ihr Aroma entfalten.«

Der Oberpriester winkt ab: »So hätte meine Mutter die Tauben auch zubereitet. Was soll an diesem Rezept babylonisch sein?«, wirft er mürrisch ein.

»Du hast recht, hoher Herr«, pflichtet der Koch bei, »eine assyrische Hausfrau wäre nun fast fertig, nicht aber ein babylonischer Meisterkoch! Für den beginnt erst jetzt die richtige Arbeit! Ich verrate dir nun ein Küchengeheimnis, das mir mein babylonischer Lehrmeister einst anvertraut hat. Wenn die Vögel im Topf köcheln, gebe ich noch Weizen hinzu, den ich zuvor in Milch gewaschen habe. Die Milch vermenge ich mit Öl, Lauch und Knoblauch und knete das Ganze zu einem Teig. Den Teigklumpen erwärme ich anschließend über dem Feuer und teile ihn in zwei Portionen. Mit flinken Händen forme ich daraus zwei Fladen und breite diese auf einer flachen Platte aus. Schnell noch gehackte Zwiebeln und Knoblauch darüber streuen und die siedend heißen Tauben darauflegen. Mein Meister pflegte immer zu sagen: Das Auge isst mit. Dafür nutzt man die Mägen und das Geschlinge. Die Innereien werden um die Vögel herum gelegt. Nein, was sage ich da: Die Täubchen werden mit den Eingeweiden garniert. Kunstvoll muss das Ganze ausstaffiert werden! Wenn alles zu meiner Zufriedenheit ist, gieße ich zum krönenden Abschluss die Soße darüber. Damit das Gericht nicht zu schnell abkühlt, wird noch ein angewärmter Teigmantel darübergestülpt. Und fertig sind die ›Babylonischen Tauben‹ zum Servieren!«[49] Die Augen des Kochs glänzen vor Verzückung, wenn er nur an die Düfte in seiner Küche denkt.

»Du hast nicht zu viel versprochen, Koch, das hört sich nach einer wahrhaftigen Delikatesse an. Ich hoffe nur für dich, dass deine babylonischen Tauben auch unserem assyrischen Götterpaar munden. Seht, da kommen die beiden!

---

[49] Übersetzung des Rezepts von Astrid Nunn, Alltag im Alten Orient. Zaberns Bildbände zur Archäologie. Sonderbände der Antiken Welt. Mainz 2006, S.42; das komplette Rezept bei: Jean Bottéro, La plus vieille cuisine du monde. Éditions Louis Audibert. 2002, S.53ff.

Mach, dass du in die Küche kommst und den beiden zügig das Mahl der Götter servierst!«

Der Koch trollt sich schimpfend durch die Seitentür von dannen, während Budadu und die Oberpriesterin der Göttin Ištar dem König und seiner jungen Tempelbraut entgegeneilen und sie mit einladenden Gesten zu ihren Plätzen geleiten. Tukulti-Ninurta und die Qadiltu nehmen kaum Notiz von den beiden, sie haben nur noch Augen für sich.

»Lächle!«, raunt Budadu der alten Priesterin zu, »lächle! Sie dürfen von unseren Absichten nichts bemerken! Schau sie dir an! Einfach ekelhaft, wie sie miteinander turteln!«

20. Tod den Hethitern!

Die milde Frühlingssonne lockt die Bewohner der assyrischen Hauptstadt Assur hinaus ins Freie. Einige machen sich daran, die Schäden des Winters an ihren Behausungen auszubessern, andere tünchen die Hausfassaden mit weißem Kalk, um die Lehmziegelmauern vor der Witterung zu schützen. Das Lärmen der Hämmer und Sägen wird abrupt unterbrochen, als ein Hornsignal ertönt. Alle sind erleichtert, dass das Zeichen nicht von einem der Wachtürme entlang der Stadtmauer kam, sondern vom Eingangstor des Palastes. Dennoch lassen die Einwohner für einen Moment die Arbeit ruhen und versuchen, ihre Aufmerksamkeit in Richtung des Fanals zu richten. Ein paar junge Männer, die gerade dabei sind ein Dach zu reparieren, rufen den Menschen unten auf der Straße zu, dass das Tor zum Palast geöffnet worden sei und eine Truppe mit Soldaten im Anmarsch sei. Schnell sammelt sich eine Horde Kinder in den engen Gassen, die anfangen zu jauchzen: »Nichts wie hin zur Hauptstraße – die Krieger kommen in ihren schmucken Rüstungen!«

Junge Mädchen, die am Stadtbrunnen versammelt sind, legen ihre Schleier über ihr Haupthaar und laufen kichernd zum nahe gelegenen Versammlungsplatz, um einen Platz in der vorderen Reihe zu ergattern. Noch einmal erklingt das Horn. Im Nu ist die halbe Stadt auf den Beinen und strömt von allen Seiten zur Prozessionsstraße, die quer durch die Hauptstadt – vom Ost- zum Westtor – führt.

Der Gleichschritt der ausrückenden Soldaten ist schon von Ferne auszumachen. Jubel brandet auf, als die Menge die Vorhut erblickt. Die Krieger, die in Zweierreihen marschieren, bemühen sich, möglichst entschlossen dreinzuschauen. Je ernster sie rechts und links zu den Passanten schielen, umso wilder gebärden sich die jungen Frauen am Straßenrand. Lauthals rufen sie den Soldaten zotige Sprüche zu oder machen sich über deren behaarte Beine lustig. Dies bringt die Defilierenden dazu, noch grimmiger dreinzublicken. Keiner verzieht eine Miene oder lächelt den feixenden Jungfrauen zu. Zu sehr fürchten die Männer, dass die Offiziere, die jede Bewegung im Zug mit argwöhnischen Augen beobachten, sie bestrafen könnten. Die Hauptleute gehen in dichtem Abstand neben ihrer Truppe und geben den Marschierenden den Takt an. Wehe, einer kommt aus dem Tritt. Derjenige wird unter wüsten Beschimpfungen und Stockschlägen zurück ins Glied geschickt.

Als die Letzten der Infanterie in Richtung des Stadttores abgezogen sind, poltert ein Wagen heran, der von vier Pferden gezogen wird: »Da kommt er!«, schreit eines der Mädchen. »Seht, da kommt Tukulti-Ninurta, unser stolzer König!«

Alle Augen liegen nun auf dem jungen Herrscher, vor dem sein Hofstaat in prächtigen Gewändern einherschreitet. Die Leibgarde schottet mit ihren Schilden und Lanzen das direkte Umfeld rund um den Regenten ab. Keiner darf ihm zu nahe kommen. Jeder am Straßenrand muss auf die Knie und das Haupt zu Boden senken, sobald der König in Sichtweite ist. Auf dem Versammlungsplatz lässt Tukulti-Ninurta den Wagen anhalten, um mit strengem Blick die Ehrerbietung seiner Untertanen entgegenzunehmen. Nachdem er sich überzeugt hat, dass sich alle niedergeworfen haben, gibt er dem Volk das Zeichen, sich zu erheben. Auf ein weiteres Hornsignal verstummen sämtliche Gespräche auf dem Platz.

Der Herold tritt neben den König und beginnt mit lauter Stimme zu verkünden: »Unser König Tukulti-Ninurta, der König von Assyrien, der mächtige König, hat beschlossen, das Land der Hethiter mit Krieg zu überziehen.«

Ein Raunen geht durch die Bevölkerung, doch niemand wagt es, einen lauten Ton von sich zu geben.

Der Ausrufer setzt seine Ansprache fort: »Die Beleidigungen, die der hethitische König gegenüber dem großen König Adad-nārārī, dem Großvater des jetzigen Herrschers, ausgesprochen hat, dürfen nicht ungesühnt bleiben! Der Hethiter hat die Freundschaft des assyrischen Königs ausgeschlagen und ihn zudem gekränkt. Der hethitische Hund wagte zu behaupten, dass ihm der assyrische König nicht ebenbürtig sei.«

Nun gibt es kein Halten mehr: »Rache!«, schreien ein paar ältere Männer aus den hinteren Reihen. »Rache, Rache!«, tönt es nun von allen Seiten.

Der Herold winkt mit einer herrischen Geste ab und gibt bekannt: »Volk von Assyrien, ab sofort herrscht Krieg zwischen uns und den Hethitern!«

Ungehemmter Jubel bricht aus. Die Umherstehenden strecken ihre geballten Fäuste in die Höhe und lassen den jungen König hoch leben. »Tod den Hethitern!«, posaunt einer hinaus. Ein vielstimmiger Chor wiederholt skandierend: »Tod den Hethitern!«

Einer Prozession gleich begleitet man den König und sein Heer zum Stadttor hinaus, wo sie bereits an einem eilig errichteten Opferaltar von Budadu, dem Oberpriester, und seinen Helfern erwartet werden. Gebete und Bannzauber zur Abwehr des Totengeistes werden rezitiert. Mehrere Schafe werden geopfert und deren Lebern eingehend von einem Opferschau-Priester begutachtet. In der linken Hand hält er ein Tonlebermodell und vergleicht die Merkmale der frischen Tierorgane mit seiner Vorlage. Mit lauter Stimme verkündet er das Ergebnis seiner Überprüfungen:

»Der Feldzug wird von Erfolg gekrönt sein, denn die Leberoberfläche umschließt in vollem Umfang die Gallenblase. Zudem fällt die untere Spitze über sie und auch die Blase fällt hinter die Oberfläche. Dieses Zeichen ist als das ›Omen des Sargon‹ bekannt, der nach dem Lande zog, das Land unterjochte und dessen Hand damit die vier Weltgegenden eroberte.«

Das Volk jubelt erneut. Der König hebt die Hand und gibt das Signal zum Aufbruch:

»Tod den Hethitern!«

Am Straßenrand schauen zwei ältere Männer den abziehenden assyrischen Soldaten hinterher: »Erstaunlich, wie schnell der junge König sein Heer auf Vordermann gebracht hat! Alle im Gleichschritt, alle in gleichen Uniformen und jedes Rüstungsteil blank poliert. Ein herrlicher Anblick, unsere Krieger so zu sehen!«

Sein Freund stimmt ihm zu: »Tukulti-Ninurta hat das Werk seines Vaters Salmanassar vollendet. Früher liefen unsere Soldaten wie eine Herde von Schafen kreuz und quer durcheinander. Heute bilden sie eine Einheit, die alle auf Kommando das machen, was ich ihnen befehle. Mit diesem Heer kann er die vier Weltgegenden erobern!«

21. Der Schrecken der Berge

Die ersten Tage war das assyrische Heer noch sehr schnell vorangekommen. Sie sind zunächst dem Lauf des Tigris nach Norden gefolgt, bis sie die Grenze des assyrischen Reiches überschreiten. Auf dem Weg dorthin nutzen sie die gut ausgebaute Handelsstraße und werden von den einheimischen Bauern verpflegt. Bei Sonnenaufgang biegt die Streitmacht in westlicher Richtung ab und erreicht schon bald die ersten Ausläufer der Berge. Von Stunde zu Stunde wird der Weg beschwerlicher. Je höher die Anstiege, umso weiter fällt der schwerfällige Tross hinter der schnell marschierenden Truppe ab. Bald sind die Proviantkarren und die schwerbeladenen Maulesel außer Sichtweite. Immer wieder kommt es zu langen Wartezeiten, bis die Nachhut wieder aufgeschlossen hat. Tukulti-Ninurta musste schon als Jüngling seinen Vater auf Feldzügen begleiten, um das harte Leben eines Soldaten zu kosten. Er weiß sehr wohl, welche Entbehrungen und körperliche Anstrengungen auf seine Männer noch zukommen werden – gerade in bergigem Terrain.

Nach kurzer Beratung mit seinem Generalstab entschließt er sich, den Weg in die Berge mit den bewaffneten Kriegern in Eilmärschen fortzusetzen. Der langsamere Tross soll mitsamt der Begleitmannschaft so schnell wie möglich nachrücken. Jeder Soldat erhält nun eine kleine Essensration, bestehend aus gedörrtem Fleisch und ein paar Fladenbroten. Sogar die prall gefüllten Wasserschläuche lässt der König zurück, da diese zu schwer seien und die Schnelligkeit der Truppe behindern würden. In den Bergen gäbe es Wasser genug, lässt er seinen Kriegern ausrichten. Die Stimmung unter den Soldaten steigt, als er verfügt, dass alles Vieh und Vorräte, die ihnen in die Hände fallen, unter seinen Männern verteilt werden sollen. Die Aussicht auf reiche Beute lässt die Männer die Strapazen vergessen. Siegesgewiss eilen sie über das letzte Stück der ausgebauten Straße, die in einen unbefestigten Gebirgspfad mündet. Der ist an manchen Stellen so eng, dass sie die wenigen Streitwagen, die sie mitführen, mehr als einmal über Hindernisse hinwegheben müssen. In dieser nahezu unbewohnten Bergregion kommt man zu Fuß schneller voran als in einem Kampfwagen, muss der König nach kurzer Zeit konstatieren.

Am frühen Nachmittag machen sie Rast auf einer Anhöhe, über die man das gegenüberliegende Tal überblicken kann. Als einige Krieger ein Feuer entzünden wollen, fährt der junge König wie eine Furie dazwischen:

»Habt ihr den Verstand verloren?«, brüllt er sie an, »wollt ihr, dass der Feind uns schon bemerkt, bevor wir ihn gesehen haben?«

Zähneknirschend treten die Soldaten die schon züngelnden Flammen mit den Füßen aus. Als die Späher zurückkehren, die zur Erkundung des Geländes ausgesandt wurden, ruft der König noch einmal seinen General Qibi-Aššur und die ranghöchsten Offiziere zusammen, um das weitere Vorgehen miteinander abzustimmen.

»Die Kundschafter haben nicht weit von hier ein kleines Dorf ausgemacht. Lasst es uns erobern, um unseren Männern einen leichten Sieg zu schenken. Das hebt nicht nur die Stimmung, sondern auch ihre Kampfmoral! Zudem können wir ihre Vorräte gut gebrauchen«, schlägt der schlachtenerprobte Heerführer vor.

»Ein guter Plan«, pflichtet Tukulti-Ninurta bei. »Wo ein Dorf ist, müsste auch Wasser zu finden sein. Wir lagern dort über Nacht. Die Bewohner, gleich welchen Alters und Geschlechts, werden versklavt. Wer sich wehrt, wird ohne Gnade niedergemetzelt. Auf keinen Fall dürft ihr alle töten. Wir brauchen jegliche Arbeitskraft zur Errichtung des heiligen Tempels in Assur. Wenn einer unter den Gefangenen bereit ist, uns künftig zu führen, soll es sein Schaden nicht sein. Wir benötigen einen Ortskundigen, damit wir schneller vorankommen.«

Keine Stunde später hat sich die Vorhut der Assyrer im dichten Wald bis zum Rande des Dorfes herangepirscht. In Anwesenheit des Königs ließ es sich der General nicht nehmen, die Leitung des ersten Angriffs höchstpersönlich zu übernehmen. Nachdem er die Lage noch einmal sondiert hat, schlägt er mit seinen Männern einen weiten Bogen um das Örtchen, dessen Bewohner ihren täglichen Geschäften nachgehen. Ein Korbflechter sitzt vor einer Hütte, ein Kupferschmied hämmert mit seinem Gehilfen auf einem Metallkessel herum, ein paar Jungen toben spielend über einen Anger und laufen auf eine Gruppe Frauen zu, die mit dem Mahlen von Getreide beschäftigt sind. Der helle Klang ihres Singsangs vermischt sich mit den letzten Strahlen der Nachmittagssonne, die eine wohlige Wärme zwischen den einzelnen Gebäuden verbreitet.

Vom Bergrücken herab hat Tukulti-Ninurta einen perfekten Überblick über das Geschehen. Er ist beeindruckt, wie lautlos sich sein Heerführer mit zwei Einheiten zu je fünfzig Kriegern am Dorf vorbeigeschlichen hat. Nun schnappt die Falle zu: Der König steht mit dem Hauptheer auf dem Hügel und kann in aller Seelenruhe abwarten, wohin sich die Bewohner flüchten werden. Der General hat ihm prophezeit, dass sie genau in seine Arme laufen werden, weil alle versuchen würden, sich auf dem bewaldeten Hügel in Sicherheit zu bringen. Voller Spannung schaut der junge König hinunter ins Tal und hofft, dass Qibi-Aššurs Plan gelingt.

Es dauert nicht lange, bis das infernalische Kriegsgeschrei der assyrischen Soldaten die Dorfidylle zerreißt. Vor Schreck lässt der Schmied seinen Hammer fallen, während sein Geselle zu fliehen versucht. Er landet nach wenigen Schritten in den kräftigen Armen eines Kriegers, der ihn mit geübtem Griff zu Boden zwingt und im Handumdrehen gebunden hat. Sein Lehrmeister wird gleich von drei Soldaten gepackt und in Fesseln geschlagen. Der Korbflechter reißt im Aufstehen sein Messer aus der Scheide, um sich gegen zwei heranstürmende Krieger zu wehren. Bevor er zustechen kann, durchbohrt ihn ein Schwert. Röchelnd bricht der Mann zusammen und haucht sein Leben aus. Die Frauen geraten in Panik und stoßen schrille Schreie aus, als sie Zeuginnen der Mordtat werden. Kindergeplärr vermischt sich mit Schreien des Entsetzens. Die laue Abendluft wird von Blut und Gewalt zerschnitten. Männer mit Schwertern, Lanzen und Dolchen erscheinen in den Türen der Behausungen. Völlig überrumpelt von dem Überfall lassen manche ihre Waffen sinken und ergeben sich in ihr Schicksal. Andere wehren sich bis zum letzten Atemzug. Vom Grauen gepackt, rennen ganze Familien, einzelne Männer und Kinder den Hügel hinauf.

Ein Greis ruft ihnen mit krächzender Stimme hinterher: »Lauft! Rettet euer Leben. Schert euch nicht um uns, denn unser Leben ist verwirkt.«

Der Schlag einer Keule zertrümmert sein Hinterhaupt. Leblos kippt der Alte zur Seite. »Fangt die Fliehenden ein!«, feuert der General seine Soldaten an, »keiner darf entkommen!«

Während sich eine Gruppe von Verfolgern den davonstiebenden Dorfbewohnern an die Fersen heftet, durchsuchen die anderen Krieger Haus für Haus. Immer wieder stoßen sie auf Bewohner, die sich in irgendwelchen Winkeln zu verbergen suchen. Wer nicht gefunden wird, kommt spätesten dann zum Vorschein, wenn die Hütte in Flammen steht. Einer nach dem anderen wird zum Dorfplatz getrieben und gefesselt zu Boden geworfen - ganz gleich ob Kind, Frau oder Mann. Daneben wird das Vieh zusammengetrieben: Esel, Kamele und vor allem Schafe sind die Beute. Getreidesäcke stapeln sich in die Höhe. In zwei Holzkisten lässt der General die Wertgegenstände verstauen, die man beim Plündern der Häuser findet: Metall, Schmuck, Perlen und Geschmeide. Seine Aufmerksamkeit wird abgelenkt, als plötzlich Geschrei hoch oben vom Berg ertönt. Er grinst verschmitzt, als er erkennt, dass sein Plan aufgegangen ist. Die flüchtigen Dörfler sind auf dem Bergrücken angelangt und geradewegs in die Arme der assyrischen Hauptstreitmacht gelaufen. Die preschen aus ihrem Versteck hervor und fallen über die völlig erschöpften Dorfbewohner her. Vollkommen überrumpelt leistet kaum jemand mehr ernsthaften Widerstand. Die Überlebenden werden in Fesseln zu ihren Leidensgenossen gebracht. Der Sieg ist vollständig und ohne größere Verluste für die assyrische Armee. Einige Kämpen haben Schnittwunden erlitten, die sofort nach dem Kampf von den assyrischen Heilkundigen behandelt werden. Im Tal angekommen, überträgt der König den beiden Schreibern die Aufgabe, sämtliches Beutegut, von Mensch über Tier bis zum geringsten Gegenstand, akribisch zu notieren. Beim Anblick der etwa fünfzig männlichen Gefangenen bemerkt Tukulti-Ninurta mürrisch:

»Das war nur ein mickriges Dorf. Der nächste Angriff muss einer Stadt gelten! Erst dann werden wir den Ruhm zu Ehren unseres Gottes Aššur mehren. Wir werden der Schrecken der Berge sein und Beute ohne Zahl machen!«

Einer der Soldaten mit einer ausgeprägten Hakennase schnappt die Bemerkung auf und flucht: »Die Beute könnte in der Tat üppiger sein! Der König könnte uns wenigstens die Weiber überlassen. Eine Nacht mit der Kleinen da hinten würde mir schon genügen.« Er zeigt dabei auf ein junges Mädchen von etwa vierzehn Jahren, das am ganzen Körper zitternd am Boden kauert. Das

Gelächter seiner Kumpane schallt in den Abendhimmel und übertönt das Weh-klagen der Gefangenen.

Nur ein jüngerer Krieger wendet ein: »Lass bloß die Finger von der Jungfrau! Du hast die Befehle des Generals vernommen: Keiner darf sich ohne Erlaubnis bereichern oder sich gar an den Gefangenen vergreifen.«

Der Angesprochene hält sich den Bauch vor Lachen: »Hört euch unser Küken an. Zum ersten Mal auf einem Feldzug und will mir, der schon so viele Kämpfe erlebt hat, vorschreiben, was ich zu tun oder zu lassen habe. Merke dir eins, Klei-ner: Dem Sieger gehört die Beute. Und heute bin ich der Sieger! Ich nehme mir das, was mir gefällt. Kapiert?«

Er nimmt eine Schale zur Hand und fordert die anderen auf: »Lasst uns einen saufen! Gut, dass uns der junge König wenigstens das erbeutete Bier überlassen hat. Auf den Sieg, Männer!« Die assyrischen Krieger prosten sich zu und lassen das Bier in Strömen durch ihre Kehlen fließen. Vor allem der Wortführer mit der Hakennase leert einen Becher nach dem anderen.

22. Die Vision des Königs

Ein spitzer Schrei reißt den König aus seinen Träumen. Er richtet sich auf seinem Feldlager auf, reibt sich schlaftrunken die Augen und horcht hinaus in das Halbdunkel der frühen Morgenstunde. Noch einmal schallt die Stimme einer jungen Frau gellend aus der Ferne. Tukulti-Ninurta legt seinen Mantel um die Schultern und tritt mit einem Schwert bewaffnet vor die Tür der Behausung, die man für ihn als Schlafplatz hergerichtet hat. Die beiden Wachsoldaten vor dem Eingang verbeugen sich kurz und zeigen wortlos in die Richtung, aus der die Schreie kamen.

»Kommt mit!«, befiehlt der König und läuft los, die beiden Wachen folgen dicht hinter ihm.

Als sie bei den Gefangenen vorbeihetzen, ruft ihnen einer der gefesselten Männer voller Verzweiflung hinterher: »Helft meiner Tochter! Er hat sie verschleppt! Es war ein Soldat mit einer übergroßen Nase.«

Der König und seine beiden Begleiter hasten weiter. Der Morgen graut und die ersten Sonnenstrahlen suchen sich gerade einen Weg durch die dichtbelaubten Baumkronen. Am Waldrand angekommen, bremsen sie ihren Lauf und horchen noch einmal in den Wald hinein. Einer der Wachen legt dem König die Hand auf die Schulter und zeigt, ohne ein Wort zu sagen, mit dem Finger in Richtung einer Lichtung. Ein splitternackter Mann mit zerzausten Haaren und struppigem Bart richtet sich gerade auf, bückt sich nach seinem Rock, der im Gras liegt, und streift sich diesen über seinen nackten Unterleib. Leise schleicht sich der König mit seinen Begleitern heran. Erst beim Näherkommen bemerkt Tukulti-Ninurta eine junge Frau, die mit auf den Rücken gefesselten Händen vollkommen entblößt im hohen Gras liegt. Reglos liegt sie da - wie tot. Ihre schwarzen Haare hängen in wilden Strähnen über das Gesicht und kleben an der blutenden Unterlippe. Der gesamte Körper des Mädchens ist mit blauen Flecken und Kratzspuren übersät. Zwischen ihren Beinen sucht sich ein blutrotes Rinnsal den Weg über ihre jungfräulichen Schenkel. Die Augen der hilflosen Frau sind weit aufgerissen und starren ausdruckslos ins Leere.

»Was hast du getan?«, brüllt der König den Mann mit der Hakennase an. Der Halbnackte fährt erschrocken herum. »Ergreift ihn!«, befiehlt Tukulti-Ninurta seinen beiden Begleitern.

Schon im gleichen Augenblick ringen sie den Mann zu Boden und binden ihm mit seinem eigenen Gürtel die Hände auf den Rücken. Als sie ihn auf die Beine stellen, wendet sich der Gefangene an den König:

»Herr, es ist doch nur eine Hethiterin. Sie ist von keinem Wert!«

Der Faustschlag des Königs trifft unverhofft auf seinen Zinken. Blut spritzt aus den Nasenlöchern des Vergewaltigers, der keuchend in die Knie geht.

»Schafft ihn ins Lager und schickt eine Frau hierher, die dem Kind hilft!« Tukulti-Ninurta sucht die zerrissenen Kleidungsstücke des Opfers zusammen, löst ihre Fesseln und bedeckt den nackten Körper des Mädchens notdürftig. Das Mädchen rollt sich laut schluchzend zur Seite und versucht mit den Händen ihre Blöße zu verbergen. Erst als sich in Begleitung eines assyrischen Soldaten eine ältere Hethiterin nähert, kehrt der König zum Lager zurück.

Noch zur gleichen Stunde lässt Tukulti-Ninurta das gesamte Heer antreten. Der Dorfplatz ist derart überfüllt mit Menschen, dass an eine geordnete Aufstellung, wie es der junge König normalerweise wünscht, nicht zu denken ist. In größeren Gruppen umringen die assyrischen Krieger ihren König, auf dessen Befehl der Vergewaltiger zur Mitte des Platzes geführt wird.

»Dieser Mann hat meine Befehle missachtet«, ruft er über die Köpfe der Soldaten hinweg. »Hatte ich nicht geboten, dass keinem der Gefangenen, auch nicht den Weibern, ein Leid zugefügt werden dürfe?« Die Männer in der vorderen Reihe nicken. »Habe ich nicht gesagt, dass ich jeden Gefangenen, sei es Mann, Frau oder Kind, zur Fronarbeit am Tempel unseres obersten Gottes Aššur in der Hauptstadt brauche?«

Ein paar Krieger grölen im Chor: »Ja, mein Herr und König, das hast du gesagt.«

Der König macht einen Schritt auf den Vergewaltiger mit der Hakennase zu: »Wieso, frage ich dich, hast du dann meine Vorschriften nicht befolgt?«

Am ganzen Körper zitternd antwortet der Beschuldigte: »Herr, ich war mir keiner Schuld bewusst. Es ist doch keine Assyrerin. Zudem ein junges Ding, also von geringerem Wert als eine erwachsene Frau.«

Tukulti-Ninurtas Nasenflügel beben, als er die Ausrede des Vergewaltigers hört. Er packt den Mann am Schopf, zerrt ihn einen Schritt weit nach vorne, drückt dessen Oberkörper nach unten und schlägt schon im gleichen Augenblick mit dem Schwert zu. Die Schneide fährt dem Mann vom Nacken in den Hals und trennt den Kopf vom Rumpf. Ein Aufschrei geht durch die Reihen der umherstehenden Krieger, als ihnen das Blut entgegenspritzt. Der König hält den abgetrennten Kopf in die Höhe und schreit aus Leibeskräften:

»So ergeht es jedem, der meine Befehle missachtet!«

Dann wirft er den Kopf achtlos in die Blutlache zu seinen Füßen, wendet sich um und verschwindet wortlos in seiner Hütte.

Nur General Qibi-Aššur wagt es, dem König in seine Unterkunft zu folgen. »Mein Herr«, beginnt er seine Rede, wobei er sich tief verbeugt, »du hast Recht daran getan, den Mann zu bestrafen. Aber wenn wir alle töten, die sich bei einem Kriegszug mit Gewalt eine Frau nehmen, haben wir schon bald keine Soldaten mehr.«

Tukulti-Ninurta schaut seinen General mit ernster Miene an: »Ich will aus jedem assyrischen Krieger in meinem Heer einen Kämpfer machen, der mir treu ergeben ist und alle Befehle strengstens ausführt. Männer wie dieser Vergewaltiger schaden der Disziplin der gesamten Truppe. Sie müssen mich, ihren König mehr fürchten als ihre Feinde. Nur dann werden sie mit mir die höchsten Berge erklimmen, die heißesten Wüsten durchqueren und wenn ich es verlange, mir sogar in den Tod folgen!«

Qibi pflichtet ihm bei: »Ich bewundere deinen Scharfsinn, mein König. Trotz deiner Jugend hast du einen ausgeprägten Willen, deine Pläne zu verwirklichen. Ich spüre, dass Assyrien unter deiner Führung zu ungeahnter Größe heranwachsen wird.«

Tukulti-Ninurta winkt seinen Heerführer zu sich heran, legt ihm die Hand auf die Schulter und schaut ihm mit entschlossenem Blick in die Augen: »Mein Vater Salmanassar hat sich mit vollem Recht ›König der Welt‹ genannt. Ich aber möchte noch mehr erreichen als mein Vater. Ich will, dass man mich einst so verehrt wie die sagenumwobenen Könige der Dynastie von Akkade. Ich möchte später einmal als ›König der vier Weltgegenden‹ gepriesen werden. Du und ich, wir werden gemeinsam diese Welt erobern! Ich vertraue auf deine Kriegskunst, Qibi-Aššur. Wenn ich eines Tages der König der vier Weltgegenden bin, werde ich dich zu meinem Stellvertreter erheben. Schließlich fließt auch in deinen Adern königliches Blut, denn du bist wie ich selbst ein Enkel des großen Königs Adad-nārārī. Wie ich, hast du einen königlichen Namen erhalten: Qibi-Aššur – ›Das Gebot Aššurs‹. Ein Name, der dich verpflichtet, die Pläne unseres gemeinsamen Großvaters zu verwirklichen: Assyrien soll Großmacht sein und die vier Weltgegenden beherrschen. Das war die Vision unseres Großvaters, die mein Vater Salmanassar ebenfalls zu verwirklichen versuchte. Leider stand ihm der Tod im Weg. Deshalb werde ich nun dieses Ziel in die Tat umsetzen. Meine Absicht ist es, König der vier Weltgegenden zu werden. Und du, mein getreuer Qibi, wirst mir dabei helfen!«

Angespornt durch die Zukunftspläne seines Königs, lässt der Oberbefehlshaber der assyrischen Armee seine Soldaten in Marschkolonnen antreten. Einer Abteilung, darunter zahlreiche leicht verletzte Krieger, gibt Qibi-Aššur den Befehl, die Gefangenen zusammen mit der Beute zur Hauptstadt Assur zu bringen. Wenn sie auf diesem Weg dem Tross begegnen, sollen sie diesem die Nachricht überbringen, unverzüglich nachzurücken. Schon kurze Zeit später setzt sich das assyrische Heer erneut über schmale Gebirgspfade in Bewegung. Ihnen voran schreitet ein Einheimischer, der sich als Führer angeboten hat. Nach dessen Schilderung können sie in zwei Tagesmärschen eine größere Stadt erreichen, die auf einem Hochplateau liegen soll. Unermesslich reich sollen die Einwohner sein. Als die assyrischen Krieger dies vernehmen, eilen sie in riesigen Schritten voran. Keiner braucht sie anzutreiben, keiner murrt über zu lange Etappen, zu wenig Verpflegung oder zu große Strapazen. Angelockt von der Aussicht auf fette Beute, entwickeln die Soldaten ungeahnte Kräfte. Das Heer folgt dem einheimischen Führer wie ein nicht enden wollender Wurm über Stock und Stein, überquert Anhöhen, passiert Schluchten und klettert über Bergrücken, bis sie - kurz vor Sonnenuntergang – von einem Gebirgskamm aus die Zinnen einer Stadt erkennen können.

»Da vorne liegt die Stadt. Das ist die Größte und Reichste weit und breit«, prahlt der einheimische Führer vollmundig.

»Du hast dir deine Freiheit wohl verdient«, antwortet ihm der General, der seinen Gefangenen auf dem gesamten Weg nicht aus den Augen gelassen hat. »Du bleibst aber noch bei uns, bis wir die Stadt eingenommen haben.«

Dann wendet er sich an seine Krieger: »Vor euch liegt die Hauptstadt des Reiches Katmuḫu.[50] Morgen nehmen wir sie in Besitz und mit ihr sämtliche Bewohner und all ihr Hab und Gut. Ruht euch nun aus vor der Schlacht, damit ihr morgen zu Ehren unseres Gottes Aššur und für euren König einen glorreichen Sieg erringt!«

---

[50] Katmuḫu lag in der Gegend der modernen türkischen Stadt Cizre in Südostanatolien, s. Rafał Koliński, Making Mittani Assyrian, in: Understanding Hegemonic Practices of the Early Assyrian Empire. Essays dedicated to Frans Wiggermann, B. S. During (Hrsg.), 9-32, Seite 13.

23. Der Kuss der Jungfrau

Tukulti-Ninurta schäumt vor Wut: »Unglaublich! Vor uns liegt die größte und reichste Stadt der Umgebung und wir können nicht angreifen, weil die Hälfte meiner Soldaten mit Durchfall im Wald liegt!«

Auch Qibi-Aššur ist außer sich: »Wer hat euch Schwachköpfen erlaubt, auf eigene Faust Beeren im Wald zu pflücken? Haben wir nicht genug assyrisches Essen für euch vorgehalten?«, blökt er die Erkrankten an, die seit zwei Tagen reihenweise mit Magenkrämpfen daniederliegen.

Zu verführerisch schimmerten die bläulichen Beeren von den Sträuchern, die die Krieger bei einem Streifzug rund um das Lager ausgemacht hatten. Niemand von ihnen hatte zuvor solche Gewächse gesehen. Die seltsamen Beeren, die so verlockend an den Zweigen hingen, luden förmlich dazu ein, zuzugreifen. Wie ein Lauffeuer hatte es sich unter den Männern herumgesprochen, dass hier im Gebirgsland süße kleine Früchte in Hülle und Fülle wachsen, die so herrlich fruchtig duften, wenn man sie zerquetscht. Einer von ihnen hatte sogar verkündet, dass der Wohlgeschmack dieser Beeren nur mit dem Kuss einer Jungfrau zu vergleichen sei! Nun gab es kein Halten mehr! Wer davon hörte, schwärmte aus und machte sich auf die Suche nach den Beeren, die sie fortan ›Kuss der Jungfrau‹ nannten. Nahezu jeder der assyrischen Krieger wollte einen der Jungfrauen-Küsse kosten, die an Sträuchern und kleineren Bäumen hingen. Sogar dem Holz dieser Gewächse entströme ein aromatischer Duft, berichteten die Sammler. Zuweilen entbrannte ein regelrechter Wettstreit unter den Beerenpflückern, wer wohl die meisten Jungfrauenküsse abstauben werde. Manch ein Sammler kehrte mit einem Tuch voll der bläulich schimmernden Beeren ins Lager zurück. Die Warnung des einheimischen Führers, die Finger von den Früchten zu lassen, wurde in den Wind geschlagen. Er machte vergebens darauf aufmerksam, dass diese Früchte erst nach dem Sommer reif seien und von den Frauen der Region in der Sonne getrocknet würden. Die getrockneten Beeren seien hervorragend geeignet, den Geschmack von Fleisch und anderen Speisen abzurunden.[51] Keiner der Assyrer, die sich über die Büsche hermachten, wollte

---

[51] Beim 'Kuss der Jungfrau' handelt es sich um Wacholderbeeren.

ihm Glauben schenken. Dieser herrlich würzigen Beere, die trotz eines bitteren Beigeschmacks auf der Zunge eine gewisse Süße verbreitete, wollte niemand widerstehen. Erst als die Ersten begannen, über Magenprobleme zu klagen, wurde das Sammeln eingestellt. Nach kurzer Zeit war nahezu jeder, der den Jungfrauen-Kuss probiert hatte, ein Opfer der süßen Verführung. So wie sie zu Hunderten in den Wald ausgeschwärmt waren, so lagen die von der Jungfrau Geküssten nun zuhauf hinter Büschen, gequält von ihrer beschleunigten Verdauung. Der Spott der gesunden Kameraden war ihnen gewiss. Von der Rache der Jungfrau war nun die Rede, die das halbe assyrische Heer heimsuchte.

»Auspeitschen sollte man euch!«, wettert der General, »ihr habt mit eurer Gier die gesamte Unternehmung ins Stocken gebracht. Zwei volle Tage haben wir nun verloren. Sogar der Tross hat uns nun eingeholt, ihr Schafsköpfe! Ihr habt uns nicht nur eine unnötige Zeitverzögerung eingebrockt, sondern uns alle in große Gefahr gebracht. Wenn die Hethiter in der Stadt unser Heer ausgemacht haben sollten, werden sie gerüstet sein und uns einen heißen Empfang bereiten. Morgen greifen wir in aller Frühe an. Und wehe, einer von euch zeigt Schwäche! Ich werde denjenigen, der beim Angriff auf die Festung zaudert, höchstpersönlich vor die Stadtmauer treiben. Darauf könnt ihr euch verlassen!«

Es ist schon spät am Nachmittag, als zwei der Wachen, die rund um das Heerlager postiert sind, Alarm schlagen: »Eine kleine Karawane mit drei Eseln nähert sich über die Straße, die zur Stadt führt. Sollen wir im Versteck bleiben oder sie in unsere Gewalt bringen?«, wollen sie von ihrem Hauptmann wissen.

Bevor der überhaupt antworten kann, ist General Qibi-Aššur zur Stelle und befiehlt, die Karawane abzufangen: »Vielleicht erfahren wir von den hethitischen Kaufleuten etwas, was für uns von Nutzen ist. Ergreift diese Eselstreiber und bringt sie zum Zelt des Königs!«

Es dauert keine halbe Stunde, bis die fünf Hethiter mitsamt ihren Packtieren inmitten des assyrischen Lagers stehen.

»Schaut euch diese Latschen an!«, spottet ein assyrischer Krieger und zeigt dabei auf die nach oben gebogenen Schnabelschuhe der Gefangenen, »kann man überhaupt in solchen Schuhen laufen?«

Kaum hat er das ausgesprochen, fallen einige Soldaten wie eine Meute Wölfe über die hethitischen Kaufleute her, werfen diese zu Boden und ziehen ihnen die Schuhe aus. Einer schlüpft in ein Paar des seltsamen Schuhwerks hinein und versucht dabei große Schritte zu machen. Doch er kommt nicht weit, strauchelt und fällt im nächsten Augenblick unter dem Gelächter seiner Kameraden zu Boden.

»Mit solchen Dingern können nur Esel herumlaufen!«, stellt der Gestolperte fest, während er die Schnabelschuhe zur Seite wirft. Als ob die anderen dies als Befehl aufgefasst hätten, schnappen sie sich die beiden Schuhe, zerren einen der Esel in ihre Mitte und versuchen, mit Gewalt dem laut blökenden Grautier die Latschen über die Vorderhufe zu streifen.

Der Lärm vor seinem Zelt ruft den jungen König auf den Plan: »Was ist das für ein Krach?«, empört sich Tukulti-Ninurta. »Mit eurem Getöse macht ihr noch unsere Feinde auf uns aufmerksam!«

Die Krieger suchen nach einer Ausrede: »Herr, wir wollten gerade diese Hethiter zu dir bringen, die wir auf der Straße aufgegriffen haben. Schau, wir haben fünf dieser Schnabelschuhträger geschnappt, bevor sie die Stadt erreichen konnten.«

Tukulti-Ninurta betrachtet die hethitischen Kaufleute mit ernster Miene, die mit schlotternden Knien vor ihm stehen.

»Wenn das Hethiter sind, wo sind dann ihre Schnabelschuhe?«, fragt der König beim Anblick der barfüßigen Kaufleute. Im gleichen Augenblick fällt sein Blick auf den Esel, vor dessen Vorderhufen ein Paar Schnabelschuhe liegen. »Könnte es sein, dass ihr mir den Grauen ebenfalls als Hethiter verkaufen wollt?«, schmunzelt der König, der schnell erfasst, welchen Schabernack seine Krieger mit dem Schuhwerk und dem Esel getrieben haben. Wie ertappte Kinder stehen die Männer vor ihrem König und schauen verlegen zu Boden. Allerdings können sich einige beim Betrachten des Packtiers und den seltsam anmutenden Schuhen das Grinsen nicht verbeißen. In diesem Augenblick wird der Pulk der assyrischen Krieger, die sich um die Gefangenen geschart haben, auseinandergerissen.

General Qibi-Aššur fährt wie eine Furie dazwischen und ruft seine Männer zur Raison: »Seid ihr Kinder oder Krieger?«, fährt er die Soldaten an, die vor dem Wutausbruch ihres Anführers einen Schritt zurückweichen. Auch den Gefangenen fährt der Schreck in die Glieder, als sie den ungestümen Umgang des assyrischen Befehlshabers mit seinen eigenen Leuten erleben. Sie fallen vor ihm nieder und senken ihre Häupter zu Boden.

»Ihr hethitischen Hunde«, schreit er die Gefangenen an, »ihr sollt nicht mir huldigen, sondern dem großen König der Assyrer, der hinter euch steht.«

Der Älteste der Kaufleute tuschelt ein paar Worte auf Hethitisch, worauf sich seine Gefolgsleute umwenden und sich ehrerbietig vor Tukulti-Ninurta verneigen.

»Du scheinst unsere Sprache zu verstehen, Alter«, spricht ihn der König an.

Der betagte Kaufmann hebt leicht den Kopf, nickt bejahend und murmelt, ohne den assyrischen Herrscher anzusehen: »Ja, großer König, ich habe auf meinen Handelsreisen eure Sprache erlernt.«

Der Kaufmann, seiner Lage wohl bewusst, weiß genau, in welcher Situation er sich befindet und reagiert instinktiv: Er fällt auf die Knie, berührt mit seinen Lippen die Füße des assyrischen Königs und hält seinen Kopf gesenkt. Einen Augenblick lang herrscht Stille um ihn herum. Er glaubt, die eiskalten Augen des Herrschers auf seinem Rücken zu spüren.

»Dann wirst du mir ab sofort als Dolmetscher zur Verfügung stehen«, lässt ihn der König wissen, »und bedenke: Dein Leben und das deiner Männer hängt davon ab, ob du mir gut dienen wirst! Solltet ihr wagen zu entfliehen, hängen wir eure Köpfe an diese Bäume.«

Achtlos stößt ihn der König mit einem Tritt zur Seite und verschwindet in seinem Zelt. Qibi-Aššur lässt die Gefangenen zu seiner Unterkunft bringen, wo er die fünf eingehend über die Situation in der Stadt befragt. So erhält er wichtige Informationen über die Anzahl der Bewohner, die Stärke der Wachmannschaften sowie über die zu erwartende Beute. Doch was er dann erfährt, lässt den General aufhorchen:

»Der König von Katmuḫu ist in der Stadt? Bist du dir da ganz sicher, alter Mann?«, will er von dem greisen Kaufmann wissen. Der nickt bestätigend. Qibi springt von seinem Sitz, packt den Alten am Arm und zerrt ihn hinter sich zum benachbarten Zelt, um seinem König diese wichtige Botschaft höchstpersönlich zu überreichen.

»Der König von Katmuḫu weilt in dieser Stadt?«

Tukulti-Ninurta will der Meldung zunächst keinen Glauben schenken. »Hatten unsere Kuriere nicht berichtet, dass der Herrscher über das Land Katmuḫu zur Hauptstadt der Hethiter geflohen sei, um dort nach Hilfe zu ersuchen?«

Der alte Kaufmann antwortet: »König des Landes Assyrien, das war in der Tat seine Absicht. Selbst auf den Basaren hat man über diese Pläne geredet. Aber vor ein paar Tagen kam mir zu Ohren, dass der hethitische König die Gesandtschaft aus Katmuḫu nicht empfangen habe. Er ließ ihnen ausrichten, dass er andere Probleme zu bewältigen habe und deshalb keine Truppen zur Verstärkung schicken könne. Man hat ihnen wohl mitgeteilt, dass die Vasallen an den Außenbezirken des hethitischen Reiches alleine gegen euch Assyrer zu Felde ziehen sollen. In seiner Verzweiflung hat der König von Katmuḫu seine Krieger in der vor euch liegenden Stadt versammelt, um euch gemeinsam mit seinen Nachbarn entgegenzutreten. Das ist alles, was ich weiß.«

Qibi wird hellhörig: »Seine Nachbarn? Meinst du etwa diese elenden Hunde aus der Region von Šarnida und Meḫru,[52] alter Mann?«

Der Kaufmann nickt: »Ja, alle haben sich gegen euch verschworen. Der König von Katmuḫu will aber mit dem Angriff abwarten, bis seine Verbündeten eingetroffen sind. So erzählt man es hier im Land.«

Tukulti-Ninurta unterbricht das Verhör: »Ich habe genug gehört! Wir dürfen keine Zeit verlieren! Morgen in aller Frühe wird die Stadt gestürmt, bevor Verstärkung eintrifft! Bereite alles für den Angriff vor, General, wir müssen unsere Feinde überraschen!«

Im Lager der Assyrer herrscht geschäftiges Treiben. Beschädigte Räder von Streitwagen werden repariert, die Sehnen der Bögen gestrafft, Schwerter und Dolche

---

[52] María Dolores Casero Chamorro, "Con tu justo cetro extiende tu tierra": la legitimacion de la guerra en Asiria a finales del segundo milenio a.c. - »With your right sceptre, extend your land«: Legitimating Assyrian war at the end of the second millennium B.C.; in: Arys, 11 (2013), S. 47-63, ibid. S. 51, Fußnote 16.

geschärft und Rüstungsteile ausgebessert. Der General ruft die Offiziere zu einer letzten Besprechung zusammen und geht mit ihnen jede Einzelheit zur bevorstehenden Eroberung der Stadt durch.

»Disziplin ist alles!«, schärft er ihnen noch einmal ein. »Keiner eurer Soldaten darf wanken. Wer das Schlachtfeld vorzeitig verlässt, ist des Todes. Wir werden siegen, denn wir kämpfen für Aššur, unseren Gott! Er wird über uns wachen und uns vor allem Übel beschützen. Bestärkt eure Kämpen vor der Schlacht im Glauben an unsere Götter! Das lässt eure Männer stark und furchtlos werden!«

24. Herrscher über Katmuḫu

Noch bevor die Sonne aus den Bergen heraufsteigt, stehen die assyrischen Krieger in voller Rüstung vor den Toren der fremden Stadt, deren Mauern sich wie ein undurchdringlicher Wall vor einem Gebirgszug erheben. König Tukulti-Ninurta hält sich mit einem Kontingent von nahezu einhundert Streitwagen und zwei Einheiten mit Bogenschützen im Wald verborgen, während General Qibi-Aššur im Schutz der Dunkelheit das Gros des Heeres so nahe wie möglich an das östliche Tor heranführt, das die Kundschafter als die schwächste Stelle in der Befestigung ausgemacht haben. Im Morgengrauen marschiert eine dritte Abteilung mit Schwertkämpfern und Bogenschützen direkt auf das Haupttor zu.

Abb. 23: Vor den Toren der hethitischen Stadt

Kaum sind sie aus der Deckung heraus, erschallen Signalhörner von den Wehrtürmen der Stadt. Die Wachen beziehen Stellung auf der Brüstung. Eilig werden sämtliche Bogenschützen hinter den Zinnen des Haupttores versammelt. Der Befehlshaber der Verteidiger bricht beim Anblick der anrückenden Feinde in schallendes Gelächter aus:

»Was ist das denn?«, posaunt er in überheblichem Ton heraus, »seht euch diese Schwachköpfe an: Das sind kaum eintausend Kämpfer - und die wollen unsere Stadt angreifen? Die laufen geradezu in ihr Verderben!«

Seine Männer können nun ihr Lachen auch nicht mehr unterdrücken. Die Spannung in ihren Gesichtern weicht und sie beginnen, sich über die zahlenmäßig unterlegenen Assyrer vor ihren Toren lustig zu machen. Der Spott wird noch ärger, als die Assyrer anhalten und ohne jegliche Bewegung in Sichtweite des Hauttores verharren.

»Seht euch diese Angsthasen an!«, poltert einer der Verteidiger los, »die trauen sich noch nicht Mal in die Reichweite unserer Bogenschützen.«

Durch die Signalhörner aus dem Schlaf gerissen, erscheint der König von Katmuḫu mit seinen engsten Beratern auf der Stadtmauer, um sich einen Überblick über die Lage zu verschaffen. Der beste Späher wird herbeigerufen. Der tastet mit seinen scharfen Augen jeden Baum, jeden Strauch bis hin zum Horizont ab. Nichts zu sehen, außer das verlorene Häuflein vor dem Haupttor.

»Sollen wir schicken unsere Weiber zum Kampf?«, brüllt einer der Bogenschützen in gebrochenem Assyrisch den Feinden entgegen. Seine Kumpane wollen sogleich wissen, was er ihnen zugerufen hat.

Als er es ihnen übersetzt, kennt das Gelächter keine Grenzen: »Ja, schickt die Weiber zu den assyrischen Feiglingen!«, fordern die Soldaten über beide Ohren grinsend.

Der König von Katmuḫu kann die Zuversicht seiner Krieger nicht teilen. Nervös blickt er hinunter zur assyrischen Truppe, die sich noch immer nicht vom Fleck bewegt hat. Der Ruf, dass die Assyrer unbesiegbar seien, eilt ihnen voraus. Er entschließt sich deshalb, erst einmal abzuwarten, was die Assyrer vorhaben. Doch als nach einer halben Stunde immer noch nichts passiert ist, steigert sich die Wut des hethitischen Vasallenkönigs ins Unermessliche.

»Wenn diese assyrischen Eindringlinge nicht kämpfen wollen, dann werden wir ihnen nun zeigen, wie scharf die Schwerter von Katmuḫu sind. Auf in den Kampf, Männer! Lasst uns ihr Blut über unsere Äcker vergießen!«

Die Festungssoldaten jubeln. Bis auf die Bogenschützen, die er zum Schutz der Stadt auf der Stadtmauer zurücklässt, sammelt er seine mit Schwertern und

Lanzen bewaffnete Infanterie auf dem Platz vor dem Haupttor. Seinem besten Hauptmann übergibt er den Befehl über das Fußvolk, während er selbst einen Kampfwagen besteigt und sich an die Spitze der dreißig Streitwagenfahrer stellt. Als sich die beiden mächtigen Torflügel quietschend in den Angeln drehen und sich der Einlass einen Spalt breit öffnet, stürmen bereits die ersten Krieger aus Katmuḫu siegesgewiss nach draußen auf die Ebene vor der Stadt. Vergeblich versucht der Hauptmann, seine Truppen zurückzuhalten, denn eigentlich sollten alle vor dem Tor in einer geordneten Phalanx antreten, um dann geschlossen zum Angriff überzugehen. Doch seine Männer sind nicht zu halten und rennen mit lautem Geschrei auf die Assyrer zu.

Völlig überraschend treten diese den Rückzug an und laufen in Richtung des Waldes davon. Die Verfolger hetzen siegestrunken hinterher, um die Flüchtenden zum Kampf zu stellen. Erst kurz vor dem Waldrand halten die Assyrer an, sammeln sich und bilden in Windeseile eine geordnete Formation. Schwertkämpfer, gepanzert mit Kettenhemden und ausgestattet mit riesigen Schilden, stehen in der vordersten Linie. Dahinter eine zweite Reihe mit Lanzenträgern und in der hintersten Linie die Bogenschützen in ihren leichten Lederrüstungen. In der aufgehenden Morgensonne glänzen ihre hochpolierten Bronzehelme wie blutrote Fackeln über ihren Häuptern. Den Sieg vor Augen stürmen die ersten Katmuḫianer in einzelnen Gruppen heran. Noch bevor sie, völlig außer Atem, die vorderste Linie ihrer Feinde erreichen, prasselt ein Pfeilhagel auf sie hernieder. Zahlreiche Angreifer haben beim Laufen ihre Deckung vernachlässigt und werden nun ein Opfer der Pfeile, die surrend über die ersten Reihen der assyrischen Schlachtformation hinwegfliegen. Die dreiflügeligen Pfeilspitzen aus Bronze durchschlagen manchen Panzer und bohren sich in Arme und Beine. Die herabprasselnden Pfeile reißen eine blutige Schneise in die heranstürmenden Katmuḫianer. Darauf hat der assyrische Offizier gewartet und gibt den Befehl zum Gegenstoß. Die Schwertkämpfer fegen wie eine Walze über die am Boden liegenden Verwundeten hinweg, die von den nachrückenden Lanzenträgern massakriert werden. Vergeblich rennen die verbleibenden Gegner gegen den Schildwall der Assyrer an, die in geschlossener Formation Schritt um Schritt nach vorne rücken. Sobald ein assyrischer Schwertkämpfer fällt, springt ein

Lanzenträger in die Lücke. Ein weiterer Pfeilhagel mäht die hinteren Reihen der Katmuḫianer nieder, noch bevor diese in den Kampf eingreifen können. Hilflos muss deren König mit ansehen, wie die zahlenmäßig unterlegenen Assyrer seine in versprengten Gruppen kämpfenden Krieger dezimieren.

In seiner Verzweiflung schickt er seine Streitwagen in den Kampf. An vorderster Spitze seiner Truppen versucht er, den Feind von der rechten Flanke zu attackieren. Die Wagenräder rumpeln über die Ebene, Pferde wiehern, Befehle fliegen hin und her. Die Taktik scheint aufzugehen. Der rechte Flügel der Assyrer kommt ins Wanken. In diesem Moment ertönt ein Signalhorn. Aus dem Wald preschen die assyrischen Streitwagen unter der Führung ihres Königs heran und fallen den Kampfwagen des hethitischen Vasallenkönigs in den Rücken.

»Tod dem Volk von Katmuḫu! Tod den Schnabelschuh-Trägern!«, schreit Tukulti-Ninurta seinen Männern zu, die sich mit Kampfgeschrei auf ihre völlig überrumpelten Gegner stürzen.

Der König von Katmuḫu erkennt, dass er in eine Falle getappt ist, und gibt den Befehl zum Rückzug. In wilder Flucht versucht der Wagenlenker seinen Herrn in Sicherheit zu bringen. Als die Fußsoldaten sehen, dass ihr Anführer das Schlachtfeld verlässt, lassen viele entmutigt ihre Waffen fallen. Manche werfen sogar schwere Rüstungsteile von sich, um schneller laufen zu können. Die Streitwagenfahrer aus Katmuḫu reißen ihre Pferde herum und jagen hinter ihrem König her. Es beginnt ein Wettlauf um Leben und Tod zurück zur rettenden Stadt. Als Tukulti-Ninurta erkennt, dass sich der gegnerische König davonmachen will, gibt er seinen Bogenschützen den Befehl, auf dessen Pferde zu zielen. Eines der Tiere wird am Vorderlauf getroffen, strauchelt und stürzt. Der Wagen des Vasallenkönigs kommt ins Wanken und kippt um. Der Wagenführer wird aus dem Korb geschleudert und bleibt benommen am Boden liegen, während der König aufspringt und wie eine gehetzte Gazelle über die Ebene jagt, genau auf das Stadttor zu.

»Ihr Anführer darf nicht entkommen! Ergreift ihn!«, brüllt Tukulti-Ninurta aus Leibeskräften.

Die Schreie der Verletzten, das Röcheln der Sterbenden wird von einem weiteren Fanal übertönt. Das Hauptheer der Assyrer stürmt nun aus dem Versteck und schneidet den Fliehenden den Weg zum Haupttor ab. Es beginnt ein Kampf Mann gegen Mann unmittelbar vor den Augen der Bogenschützen, die, hoch oben auf der Stadtmauer, machtlos zusehen müssen, wie ihre Armee aufgerieben wird. In den Kampf eingreifen können sie nicht, denn zu groß ist die Gefahr, mit ihren Pfeilen eigene Leute zu treffen.

Als einer der Letzten fällt der König von Katmuḫu in die Hände der Assyrer. Mit Händen und Füßen wehrt er sich gegen seine Gefangennahme, doch er ist gegen die Übermacht chancenlos. Brutal wird er von einer Horde assyrischer Lanzenträger zu Boden geknüppelt. Mit den hölzernen Stangen ihrer Waffen schlagen diese so lange auf ihn ein, bis er reglos liegen bleibt. Mit seinem Wagenlenker machen sie kein Federlesen: Dem Wehrlosen wird der Kopf vom Leib getrennt und auf eine Lanze aufgespießt. Die Belagerten auf der Stadtmauer erfasst das nackte Grauen, noch mehr aber, als sie mit ansehen müssen, was die Überlebenden, allen voran ihr König zu erleiden haben. Nachdem sämtliche Gefangenen, die zur Sklavenarbeit taugen, gebunden sind, lässt Tukulti-Ninurta die schwerverletzten Gegner in Sichtweite der Stadtmauer schleppen. Auf sein Zeichen werden Hunderten von Kriegsgefangenen, die nicht mehr für arbeits-tauglich gehalten werden, die Augen ausgestochen. Die Schmerzensschreie der Gepeinigten hallen an den Mauern wider und vermischen sich mit dem Weh-klagen ihrer weiblichen Anverwandten hoch oben auf den Zinnen. Mitten durch Lachen von Blut schleifen die assyrischen Krieger den an Händen und Füßen gefesselten König von Katmuḫu zu ihrem siegreichen Herrscher. Auf den Wehr-gängen der Stadtmauer haben sich mittlerweile nahezu sämtliche Einwohner ver-sammelt und blicken voller Entsetzen hinunter auf das, was sich vor ihren Augen abspielt. Tukulti-Ninurta gibt den Befehl, dem besiegten König die Klei-der vom Leib zu reißen. Splitternackt steht er nun vor ihnen. Sechs Männer halten ihn an Armen und Beinen gepackt und zwingen den sich heftig weh-renden Mann in die Knie. Im nächsten Moment werfen sie ihn nieder und pres-sen den sich vergeblich Aufbäumenden rücklings auf den Erdboden. Durch die Reihen der umherstehenden assyrischen Krieger drängt ein muskelbepackter Mann mit freiem Oberkörper nach vorne. Seine kräftigen Unterarme sind über und über mit Brandnarben übersät.

»Macht Platz für den Schmied!«, ruft einer aus der Runde.

Der Mann zwängt sich durch die enge Gasse der gaffenden Krieger, die derbe Witze über das Schicksal des unterlegenen Königs reißen. In seiner Rechten hält der Schmied eine Zange mit einem weißglühenden Ring, der an einer Stelle eine daumendicke Öffnung aufweist. Mit unbeweglichem Gesicht steht der assyrische König daneben und gibt einen Wink. Der Muskelprotz kniet sich auf die Brust des nackten Mannes, umschließt mit seiner Linken dessen Hals und führt die Zange vor dessen Nase. Der glühend heiße Ring leuchtet weithin sichtbar wie Feuer. Ein Aufschrei geht durch die Menschen oben auf der Stadtmauer, als der Ring ihrem Regenten durch die Nasenscheidewand getrieben wird. Der Gefolterte schreit aus Leibeskräften. Der Gestank verbrannten Fleisches steigt in die Luft. Mit einem kräftigen Ruck wird der Ring mit der Zange verschlossen, bevor das Metall abkühlt. Der König von Katmuḫu windet sich in seinem Schmerz und schreit so laut, dass sich die Frauen auf der Stadtmauer die Ohren zuhalten. Seine Gefolgsleute stehen fassungslos daneben und müssen der Quälerei tatenlos zusehen, die noch immer kein Ende findet. Seine Peiniger packen ihn erneut mit festem Griff, pressen seinen Kopf auf die Erde und führen eine lange Lederschnur durch die Öse, die sie am Nasenring verknoten.

Nachdem sie den Besiegten auf die Beine gehoben haben, übergibt einer der Schergen die Leine dem assyrischen König, der majestätisch auf seinem Streitwagen posiert. Kaum spürt er den Lederriemen in seiner Hand, gibt er seinem Wagenlenker den Befehl, die Pferde in Trab zusetzen. In Schritttempo setzt sich das Gefährt in Bewegung. Der unglückselige Vasallenkönig wird am Nasenring hinterhergezogen. So gut es geht, versucht er, mit beiden Händen die Leine festzuhalten, damit ihm der Ring nicht aus der Nase herausgerissen wird. Nackt, bloßgestellt vor aller Augen, wird der Oberbefehlshaber der Feinde wie ein Pflugochse hinter dem Karren hergezogen. Tukulti-Ninurta lässt seinen Streitwagen parallel zur Stadtmauer auf und ab fahren, so dass alle, die auf den Zinnen stehen, die Erniedrigung ihres Königs verfolgen können. Vor dem Stadttor hält der Kampfwagen abrupt an. Der alte hethitische Kaufmann, der am Vortag in Gefangenschaft geriet, wird herbeigerufen, um zu dolmetschen.

»Sage den Einwohnern der Stadt, dass der große König des Lands Assyrien Folgendes festsetzt: Volk von Katmuḫu, wenn ihr uns nicht augenblicklich die Tore öffnet und die Stadt übergebt, wird es euch allen so ergehen wie eurem König. Sämtliche Krieger werden dann geblendet wie schon diejenigen, die blind vor den Stadttoren herumirren. Wenn ihr euch aber ergebt, wird der große König Tukulti-Ninurta, Sohn des Großkönigs Salmanassar, Milde walten lassen.«

Es dauert keine Stunde, da öffnen sich die Tore. Eine Abordnung der Katmuḫianer kommt mit gesenkten Häuptern auf den assyrischen König zu und wirft sich vor ihm nieder:

»Großer König von Assyrien, wir übergeben dir hiermit die Stadt. Wir flehen dich an: Verschone unser Leben und das unserer Weiber und Kinder. Von nun an bist du der Herrscher über Katmuḫu.«

Nach diesen Worten legen sich alle Mitglieder der Gesandtschaft auf den Boden und strecken zum Zeichen ihrer Ergebenheit ihre Hände aus. Tukulti-Ninurta springt vom Streitwagen und trampelt unter dem Gejohle seiner Krieger auf den Rücken der Besiegten herum. Den König von Katmuḫu, ihren Regenten, zerrt er dabei am Nasenring hinter sich her, um auch diesen zu zwingen, mit nackten Füßen über seine eigenen Untertanen zu laufen.

Nach dieser Machtdemonstration gibt der assyrische König das Zeichen, die Stadt zu stürmen. Seine Krieger fallen wie wilde Tiere über die Bevölkerung her. Frauen werden vergewaltigt. Männer, die sich wehren, erschlagen, andere gedemütigt. Kinder werden ihren Eltern entrissen. Wer sich nicht in sein Schicksal fügt, erwartet schlimmste Folterungen. Unzählige erleiden den Tod. Die Beute scheint unermesslich: Wagenladung über Wagenladung verlässt die Stadt. Ein ganzer Treck, vollbepackt mit den Reichtümern der Einwohnerschaft, macht sich auf den Weg in Richtung der assyrischen Hauptstadt Assur. Zu Hunderten werden die Bewohner versklavt, nachdem Tukulti-Ninurta das gesamte Umland unterworfen hat. Selbst Kleinkinder werden nach Assyrien verschleppt.

Das einst so blühende Land Katmuḫu liegt zerstört am Boden. Zurück bleiben nur die Alten und Kranken sowie die Geblendeten und Kriegsversehrten, die zu

keiner Arbeit mehr taugen. Zurück bleiben auch Ruinen und entvölkerte Geister-
städte, in denen die Überlebenden von nun an ihr kärgliches Dasein fristen
müssen. Nur wenige, denen die Flucht aus dem Inferno gelungen ist, wagen es,
zurückzukehren. Aber erst lange, nachdem die Assyrer abgezogen sind.

25. Der König der Welt

Die ganze Stadt ist auf den Beinen. Der betagte Großwesir Bābu-aḫa-iddina hat die assyrische Hauptstadt herausputzen lassen wie schon lange nicht mehr. Fahnen wehen im Wind und bunte Tücher wurden von Haus zu Haus gespannt. Eine Heerschar von Sklaven wurde damit beauftragt, die Gassen vom Schmutz zu befreien und die Prozessionsstraße vom Haupttor bis zum Eingang des Palastbezirks fein säuberlich zu reinigen. Einige Hausbesitzer wurden sogar aufgefordert, die Gebäudefassaden mit weißem Kalk zu tünchen. In den Tempeln sind die Priester dabei, die rituellen Opfer vorzubereiten. Im königlichen Palast bringen die Bediensteten das gesamte Mobiliar auf Hochglanz. Sämtliche Teppiche werden über Stangen gelegt und ausgeklopft. Selbst in Fußmatten soll kein Staubkorn mehr enthalten sein, so der Befehl des Großwesirs, der seinem siegreichen König einen triumphalen Empfang bereiten möchte. Assur erstrahlt am heutigen Tage, wie es der Hauptstadt eines Großkönigs gebührt. Zufrieden blickt der Großwesir von den Zinnen der Stadtmauer hinunter auf die pulsierende Metropole an der Biegung des Flusses Idiglat.[53] Die Vorboten sind bereits vor Tagen in der Stadt eingetroffen und haben dem Großwesir von dem überragenden Siegeszug des jungen Königs berichtet. Das Land Katmuḫu habe Tukulti-Ninurta den Hethitern entrissen und auch deren andere Vasallen zu Sklaven Assyriens gemacht: Das gesamte Gebiet von Šarnida bis Meḫru gehöre ab sofort zu Assyrien.[54] Kein Hethiter würde es nunmehr wagen, seinen Schnabelschuh auf diesen Boden zu setzen. Alles gehöre nun zum Reich der Assyrer! Der Großwesir kann kaum glauben, was ihm da berichtet wird. Aber die Schilderungen der Boten sind derart detailliert, dass es keinen Zweifel geben kann: Der junge König hat seine erste Bewährungsprobe mit Bravour bestanden - und deshalb gebührt ihm in seiner Heimat ein ganz besonderer Empfang!

»Sie kommen! Sie kommen!« Der Großwesir wird aus seiner Mittagsruhe gerissen.

---

[53] Der Tigris.

[54] Simonetta Ponchia, Mountain Routes in Assyrian Royal Inscriptions (Part 1); in: KASKAL. Rivista di storia, cultura e ambiente del Vicino Oriente Antico, Volume 1 (2004), Seite 146.

»Mein Herr, die Stadtwache meldet, dass unser König mit dem gesamten Heer vor den Toren der Stadt gesichtet worden ist.«

Der Alte wirft seinen Mantel über, schlüpft in seine Schuhe und macht sich am Gehstock humpelnd auf den Weg vor das Palasttor, wo er eine Kutsche besteigt.

»Schnell zum Haupttor!«, herrscht er den Kutscher an, »ich darf nicht zu spät kommen!«

Die Wachen haben alle Mühe, dem Großwesir den Weg durch die Menschenmassen zu bahnen, die sich rechts und links der Hauptstraße versammelt haben. Ganz Assur scheint auf den Beinen zu sein, um den Einzug der siegreichen Armee mitzuerleben. Manche lockt auch das große Geschäft zum Hauptportal. Fliegende Händler bieten auf zweirädrigen Karren getrocknete Feigen und Datteln an, andere haben Krüge mit Wasser und Fruchtsäften geladen, die in der Mittagshitze reißenden Absatz finden. Der Bäcker, dessen Laden in einer Seitengasse liegt, schickt zwei seiner Gesellen mit frisch gebackenem Brot unter das Volk. Die noch warmen Fladen, in die er ein wenig Käse, Knoblauch und Zwiebeln eingerollt hat, werden seinen Angestellten aus den Händen gerissen. Endlich ist es so weit! Die Vorhut taucht auf der Straße vor dem Stadttor auf. Die assyrischen Krieger haben ihre Lanzen geschultert. Die polierten Bronzespitzen glänzen in der Sonne. Die Soldaten marschieren im Takt von Paukenschlägen, die vier Trommler vorgeben, die dem Zug voranschreiten. Auf die Lanzenträger folgen Schwertkämpfer mit mannshohen Schilden, auf denen die Flügelsonne, das Symbol ihres Gottes Aššur prangt. Mit freudigen Rufen werden die Krieger begrüßt, sobald sie das Tor passiert haben. Frauen drängen mit bangen Blicken auf der Suche nach ihren heimkehrenden Männern oder Söhnen nach vorne. Keine von ihnen möchte das Schicksal einer Witwe oder gar einer Mutter teilen, die ihren Sohn verloren hat. Die jungen Mädchen bleiben von diesen Gedanken unberührt. Sie schreien aus vollem Hals, wenn sie einen der Nachbarsjungen oder gar den Bruder im Pulk der Einrückenden erkennen. Vätern stehen beim Anblick des eigenen Sohnes die Tränen in den Augen. Bei vielen macht sich Erleichterung breit, wenn ein Familienmitglied wohlbehalten zurückkehrt. Es werden aber auch Schmerzensschreie hörbar, von Müttern, Ehefrauen, Verwandten, denen die Nachricht vom Tod eines Angehörigen überbracht wird. Etliche junge Männer mussten ihr Leben im Kampf lassen. Deren Familien verlassen die Siegesfeier als Trauernde, während die anderen in einen Siegestaumel fallen, als der junge König in die Stadt einzieht. Stolz steht Tukulti-Ninurta auf seinem Streitwagen, der mit bunten Bändern und goldenen Rosetten geschmückt ist. Die Mähnen der prächtigen Zugpferde wehen im Wind. Der Wagenlenker verlangsamt das Tempo und lässt die Tiere nur noch im Schritt laufen, denn die Bewohner von Assur sollen nun mit eigenen Augen die Macht des Königs über die fremden Völker bestaunen.

Tukulti-Ninurta hält drei lange Leinen in der rechten Hand, an denen er die gefangenen Könige der Nachbarstaaten an Nasenringen hinter seinem Wagen herzieht. Die besiegten Regenten sind vollkommen nackt und nach dem wochenlangen Marsch in einem bedauernswerten Zustand. Tukulti-Ninurta lässt anhalten und erhebt seine Stimme:

»Gott Aššur hat mir große Siege und Unmengen an Beute beschert. Seht her! In meiner Hand zappeln die Könige des Landes Katmuḫu, von Šarnida und von Meḫru.«[55] Mit einem Ruck zerrt er die Drei zu seinem Wagen und zieht die Leinen derart in die Höhe, dass seine Gefangenen auf die Zehenspitzen gehen müssen, damit ihnen der Metallring nicht aus der Nase gerissen wird. »Das hier waren einst Könige, Vasallen der verhassten Hethiter, die es gewagt haben, meinen Großvater zu verhöhnen. Dieses Schicksal wird alle Feinde ereilen, die sich mir nicht freiwillig unterwerfen. Verkündet dies landauf und landab!«

Erneuter Jubel brandet auf. Man lässt den König hochleben, während man die Besiegten mit Schmähungen bedenkt und sie von allen Seiten bespuckt. Einige haben den Kot der Rosse aufgesammelt und beginnen, die ehemaligen Könige mit stinkenden Pferdeäpfeln zu bewerfen. Die zuvor gelöste Stimmung droht schon im nächsten Augenblick in feindseligen Hass umzuschlagen. Nur das Eingreifen der königlichen Leibgarde verhindert, dass die drei Unglückseligen auf der Stelle gelyncht werden. Der Tross des assyrischen Königs setzt sich wieder in Bewegung, dicht gefolgt von General Qibi-Aššur, der die Huldigungen des

---

[55] Länder nördlich von Assyrien – von regionalen Kleinkönigen regiert.

Volkes ebenfalls auf einem Wagen stehend entgegennimmt. Auf dem großen Versammlungsplatz werden sie vom Großwesir erwartet:

»Sei willkommen, mein König«, begrüßt ihn Bābu-aḫa-iddina, »es ist eine große Freude, dich siegreich und wohlbehalten zu sehen!« Er muss seine Rede unterbrechen, weil ihm ein Hustenanfall die Stimme raubt. Es dauert eine Weile, bis der Greis weitersprechen kann. »Dein Vater Salmanassar war ein großer König und erfolgreicher Eroberer. Du aber scheinst ihn noch zu übertreffen. So schnell wie du hat noch keiner deiner Vorfahren die uns umgebenden Länder niedergerungen.«

Tukulti-Ninurta springt vom Streitwagen und läuft, die Gefangenen hinter sich herziehend, auf den Großwesir zu: »Schau, ich bringe hier drei einstmals mächtige Könige und lege sie als Sklaven unserem Gott Aššur zu Füßen.«

Rücksichtslos zerrt er die Gefangenen am Nasenring zu sich heran und schlägt so lange mit seinem Zepter auf sie ein, bis ihre nackten Körper ihm zu Füßen liegen. Dann stellt er seinen linken Fuß auf den Nacken eines der ehemaligen Stadtfürsten und triumphiert:

»Habe ich dir nicht gesagt, dass ich schon bald der König der Welt sein werde, treuer Großwesir? Nun schicke ich mich an, schon bald von allen ›König der vier Weltgegenden‹ genannt zu werden. Das ist mein höchstes Ziel. Du wirst sehen, Bābu, bald werden alle vor mir zittern. Kein anderer Herrscher dieser Welt wird es wagen, mich zu beleidigen. Ich habe für die Schmach, die die Hethiter meinem Großvater angetan haben, fürchterlich Rache genommen. Hier liegen nun die Könige von Katmuḫu, Šarnida und Meḫru, die Verbündeten der Hethiter, wie Würmer vor mir im Staub. Bald werden noch mächtigere Könige vor mir niederknien - vor mir, Tukulti-Ninurta, dem mächtigen König, dem König von Assyrien, dem König der Welt!«

Jahr 1232 vor Christus:

2. Regierungsjahr von Tukulti-Ninurta I.

26. Kriegsrat

Bereits im Frühjahr seines zweiten Regierungsjahres lässt Tukulti-Ninurta seine Ausrufer in alle großen Städte seines Reiches ausschwärmen, um seine militärischen Erfolge zu verkünden. Die Einwohner laufen zusammen und vernehmen mit Erstaunen, dass ihr König schon kurz nach seinem Regierungsantritt die bedeutenden Städte Alzi, Amadānu, Niḫanu, Alaia, Tepurzu, Puru-limzi am Oberlauf des Tigris unter seine Gewalt gebracht hat. Die Herolde verlesen, dass Tukulti-Ninurta sich nach diesen Siegen gen Osten gewendet habe. Dort habe er die Regionen rund um Qutû und Uqumenu bis hin zu den Bergen, hinter denen die Elamier wohnen, erobert.[56] Jubel bricht aus, als die Sprache auf die Kriegsbeute kommt: Nicht nur Gold und Silber habe ihr Herrscher aus den Palästen und Heiligtümern der unterworfenen Völker geraubt, sondern zudem über dreißigtausend Arbeitssklaven deportiert.[57]

Das Leid der Besiegten wird bald allen vor Augen geführt. In nicht enden wollenden Zügen werden Männer, Frauen und Kinder mitsamt ihrer Habe nach Assyrien verschleppt. Herdenweise treibt man auch ihre Tiere, darunter Kamele, Schweine und Schafe, als Beute zur Hauptstadt. Als auch noch das pferdereiche Land Nairi in assyrische Hände fällt, werden plötzlich Reittiere aus dieser Region zu Höchstpreisen gehandelt, da sie als besonders robust und ausdauernd

---

[56] Simonetta Ponchia, Mountain Routes in Assyrian Royal Inscriptions (Part 1); in: KASKAL. Rivista di storia, cultura e ambiente del Vicino Oriente Antico, Volume 1 (2004), Seite 146.

[57] Auf zwei Alabastertafeln aus Kar-Tukultī-Ninurta aus Tell B (Bereich des Aššurtempels) ist überliefert, dass bereits in seinem ersten Regierungsjahr 28.800 Hethiter nach Assyrien deportiert wurden; s. Vladimir Sazonov, Die mittelassyrischen, universalistischen Königstitel und Epitheta Tukultī-Ninurtas I. (1242-1206), in: Acta Antiqua Mediterranea et Orientalia Band 1. Identities and Societies in the Ancient East-Mediterranean Regions. Comparative approaches Henning Graf Reventlow Memorial Volume. Edited by Thomas R. Kämmerer. Alter Orient und Altes Testament. Veröffentlichungen zur Kultur und Geschichte des Alten Orients und des Alten Testaments. Band 390/1. Herausgeber Manfred Dietrich, Oswald Loretz und Hans Neumann. (Münster 2011), S. 252.

gelten. Der Wohlstand der assyrischen Bürger wächst nach jedem Eroberungszug. Nahezu in jedem Haushalt ist nunmehr ein Sklave oder eine Sklavin beschäftigt. Schnell wird der junge König bei seinen Untertanen wie ein Halbgott verehrt. An den Herdfeuern werden Heldentaten über den assyrischen König erzählt. Schon kurze Zeit nach seiner Thronbesteigung gilt Tukulti-Ninurta als unbesiegbar. Die Furcht geht um bei den Königen und Fürsten der Nachbarregionen. Wer von ihnen wird das nächste Opfer des machthungrigen Assyrers?

Heute hat der König seine beiden engsten Berater zu einem Kriegsrat einbestellt. Der greise Großwesir Bābu-aḫa-iddina sitzt auf einem Schemel und stützt seinen Kopf auf den Knauf seines Gehstocks, während General Qibi-Aššur im Schneidersitz auf einem bequemen Sitzpolster Platz genommen hat. Abseits von ihnen steht der Oberschreiber des Königs mit seinem Gehilfen, um etwaige Erlasse zu notieren, die während der Beratung beschlossen werden. Nachdem Sklavinnen erfrischende Getränke gereicht haben, wendet sich der König zunächst an den General:

»Qibi, du begleitest mich seit meiner Thronbesteigung auf meinen Eroberungszügen und hast dich durch große Tapferkeit ausgezeichnet. Der Großwesir möge aus deinem Mund erfahren, welche Ruhmestaten ich in den fremden Ländern vollbracht habe.«

Der Angesprochene ist völlig überrascht, dass der König ihn bittet, einen Bericht über die jüngsten militärischen Operationen abzugeben. Doch dem General ist vollkommen klar, dass ihm der Vortritt nicht aus vornehmer Zurückhaltung überlassen wird. Vielmehr erwartet der Herrscher, dass er in seinem Bericht den König als den größten Eroberer darstellt. Also beginnt der gerissene Qibi-Aššur seine Erzählung zunächst mit den Schwierigkeiten, die zu überwinden waren:

»Wir mussten im Osten ein hohes Gebirge erklimmen, das höher war als der höchste Tempel unserer Hauptstadt. Um auf die Spitze zu gelangen, mussten wir den Weg mit Kupferäxten bereiten, damit unser Heer die Höhen der Berge erreichen konnte. Allen voran schritt unser König Tukulti-Ninurta. Er ließ Bäume fällen und reißende Flüsse überqueren, bis wir zum Land Uqumenu kamen. Die

Einwohner dieses Berglandes bekämpften uns. Doch unser König streckte sie nieder und trampelte auf dem Rücken der Feinde herum wie ein wilder Stier. Tukulti-Ninurta machte aus ihren Städten Ruinen. Ihre Armeen umkreiste er wie ein Sandsturm. Die unterworfenen Könige verpflichtete er zu hohen Tributzahlungen. Das Schwierigste an der Unternehmung unseres Königs war aber die Überwindung der schroffen Felsenlandschaft, die äußerst unzugänglich ist. Doch er ließ sich nicht beirren und rollte von Qutû kommend wie eine Sintflut über die Feinde hinweg bis ins Bergland von Uqumenu.[58] Dort besiegte er die Krieger und häufte ihre Leichen in den Schluchten auf. Abulē, den König von Uqumenu, und dessen gesamter Hofstaat mitsamt seinen Töchtern fiel in seine Hände.«

Abb. 24: Assyrischer
Schreiber

Der König lächelt zufrieden über den Bericht seines Generals: »Oberschreiber, hast du die Worte des Tartānu genau so notiert, wie er gerade berichtet hat?«

---

[58] Simonetta Ponchia, Mountain Routes in Assyrian Royal Inscriptions (Part 1); in: KASKAL. Rivista di storia, cultura e ambiente del Vicino Oriente Antico, Volume 1 (2004), Seite 151.

Der Schriftgelehrte ritzt noch schnell die letzten Zeichen in die feuchte Tontafel, bevor er antwortet: »Jawohl, mein König, habe den Bericht von General Qibi wortwörtlich niedergeschrieben.« Er übergibt die beschriebene Tontafel seinem Gehilfen, der seinem Meister sofort ein neues, unbeschriebenes Exemplar anreicht.

Tukulti-Ninurta wendet sich unterdessen an den Großwesir: »Wie du hörst, kommen wir geradewegs aus dem Land Uqumenu und haben deren König und die Prinzessinnen gefangen genommen. Du kannst auf ein langes Leben zurückschauen, Bābu. Du hast mit deinen weisen Ratschlägen schon meinem Großvater und meinem Vater treue Dienste geleistet. Deshalb möchte ich aus deinem Munde hören, was ich deiner Meinung nach als Nächstes unternehmen soll. Wie soll ich mit König Abulē verfahren?«

Der Alte schaut erstaunt zu Tukulti-Ninurta herüber. Zum ersten Mal hat ihn der in Staatsgeschäften noch unerfahrene König um einen Rat gebeten. Er schaut dem jungen Mann, der sich auf seinem Thron räkelt, tief in die Augen. Dann antwortet er mit krächzender Stimme: »Die halbe Welt zittert vor dir, Tukulti-Ninurta. Die Mitanni haben sich vor dir verkrochen. Nur noch die Hethiter und Babylonier wagen es, ernsthaft Widerstand zu leisten. Du hast bewiesen, dass du ein kriegerischer König bist. Nun ist es an der Zeit zu beweisen, dass du auch ein weiser König bist. Schenke Abulē, dem König von Uqumenu, und seinen Töchtern die Freiheit. Schicke ihn als deinen Vasallen zurück in sein Reich. Lege ihm Tribute auf, aber lasse ihn an deiner statt in seinem Bergland regieren. Mache ihm aber klar, dass er seinen Kopf verliert, wenn er sich gegen Assyrien wendet. Und noch etwas: Drohe ihm damit, seine Töchter an die Geringsten in deinem Heer zu vergeben, wenn er seinen Treueeid brechen sollte. Das ist mein Ratschlag, großer König.«

Tukulti-Ninurta überlegt nicht lang: »Du bist schlau wie ein Wüstenfuchs! Einen besseren Vorschlag hätte mir niemand unterbreiten können. Ich danke dir für den Rat.« Schnell diktiert er dem Oberschreiber die Bedingungen für die Freilassung des Königs von Uqumenu: »Ich fing die Horde der Fürsten des Abulē, des Königs von Uqumenu, und brachte sie gefesselt und gebunden in meine Stadt Assur. Ich veranlasste sie, den Eid der großen Götter von Himmel und Erde zu schwören. Ich legte ihnen das schwere Joch meiner Herrschaft auf und entließ sie in ihr Land.[59]« Tukulti-Ninurta hält plötzlich inne, grübelt noch ein wenig, bevor er sein Diktat fortsetzt: »Feste Städte unterwarf ich meinem Fuße und bürdete ihnen Frondienst auf. Alljährlich empfange ich ihren schweren Tribut in meiner Stadt Assur in feierlicher Weise.[60] Hast du alles mitbekommen, Hofschreiber?«, erkundigt sich der König.

Der Schriftgelehrte nickt, während er die letzten Keilschriftzeichen in den feuchten Ton drückt.

»Gut!«, lächelt der König befriedigt, »dann kommen wir jetzt zum Wichtigsten: der Höhe der Tributzahlungen. Richtet Abulē aus, dass er jährlich eintausendzweihundert Pferde und zweitausend Rinder hier in Assur abzuliefern hat. Bleibt seine Zahlung aus, überziehe ich sein Land mit Krieg, bringe ihn in meine Hauptstadt, sperre ihn in einen Käfig und hänge ihn zu seiner Schande am Stadttor auf. Seine Töchter, die Prinzessinnen des Landes Uqumenu, werde ich in diesem Fall nicht meinen Offizieren, sondern den gemeinen Soldaten überlassen. Ihr Vater kann sich ausmalen, was das für seine Töchter bedeutet. Sobald er den Treueeid geschworen hat, werde ich Abulē von seinem Nasenring befreien und ihn mitsamt seiner Familie und seinen Getreuen in seine Heimat zurückschicken. Verfasse den Text so, wie ich es gerade gesagt habe. Schon morgen bringt ihr Abulē hierher zu mir. Er wird sich mir hier unterwerfen und meine Füße küssen und den Eid auf unseren Gott Aššur schwören.«

Eifrig notiert der Schreiber den königlichen Erlass auf der Tontafel, während sich Tukulti-Ninurta wieder seinen Beratern zuwendet:

»Eine Sorge plagt mich noch: Die Nachrichten aus dem Reich der Mitanni werden zunehmend besorgniserregender. Unsere Feinde wiegeln die Menschen in

---

[59] Übersetzung nach: Karen Radner, Assyrische *ṭuppi adê* als Vorbild für Deuteronomium 28, Seite 355f zu RIMA 1 A.0.78.1 iii 2-5, in: Die deuteronomischen Geschichtswerke. Redaktions- und religionswissenschaftliche Perspektiven zur »Deuteronomismus«-Diskussion in Tora und Vorderen Propheten; Hrsg.: Markus Witte, Konrad Schmid, Doris Prechel und Jan Christian Gertz. Berlin / New York. Beihefte zur Zeitschrift für alttestamentliche Wissenschaft, Band 365, Hrsg.: John Barton, Reinhard G. Kratz, Choon-Leung Seow, Markus Witte, S. 351-378.

[60] Ernst Weidner, Die Inschriften Tukulti-Ninurta I. und seiner Nachfolger. Archiv für Orientforschung, Beiheft 12, Hrsg. Ernst Weidner. Graz 1959, Seite 2.

den Städten auf, die mein Vater Salmanassar bereits in sicherer Hand hatte. Glauben diese Mitanni, sie hätten leichtes Spiel aufgrund meiner Jugend? Sie haben die Tributzahlungen abgelehnt, die ihnen auferlegt wurden. Unsere Statthalter wurden jüngst mit leeren Händen aus ihrem Palast gejagt. Scheinbar hat der König von Mitanni vergessen, dass mein Vater über vierzehntausend Kriegsgefangene blenden ließ. Wenn sie mich weiterhin reizen, werde ich einen Gegenschlag durchführen. Die anschließende Strafaktion wird dann hundert Mal härter sein als diejenige meines Vaters!«

Tukulti-Ninurta gibt seinen beiden Vertrauten ein Zeichen, etwas näher an ihn heranzurücken. Diese schieben ihre Köpfe nach vorne und lauschen gespannt den Worten ihres Königs, der ihnen zuflüstert: »Was meint ihr beiden? Ist unser Heer stark genug, die mächtigen Mitanni zu besiegen?«

General Qibi-Aššur antwortet leise, aber bestimmt: »Meine Soldaten sind kampferprobt und mutig genug, die Mitanni niederzuwerfen.«

Doch der weise Großwesir hat seine Bedenken: »Werden sie auch den Angriffen der Marijanni widerstehen? Werden sie die Eliteeinheit der Mitanni aufhalten können? Diese Kämpfer werden zuhauf mit ihren pfeilschnellen Streitwagen über unsere Armee herfallen. Die Mitanni sind weitaus stärker als die Bergvölker, mit denen ihr bislang gekämpft habt. Das solltest du berücksichtigen, General!«

Qibi fühlt sich in seiner Ehre getroffen: »Pah, Marijanni sind doch nur die Knechte der Hethiter. Meine Männer werden deren Leichen über die Ebenen Ḫanigalbats verstreuen. Wir haben schon unter König Salmanassar damit begonnen, Assyriens Soldaten einer eisenharten Ausbildung zu unterziehen. Jeder Krieger muss sich den Befehlen seines Vorgesetzten bedingungslos unterwerfen. Wir haben einheitliche militärische Kommandos eingeführt. Je nach Rang tragen alle die gleichen Uniformen. Die kleinste Einheit ist die Zehnerschaft, geführt von einem Offizier. Der muss jeden Tag mit den ihm zugeteilten Kämpfern bestimmte Kampfübungen absolvieren. Fünf Zehnerschaften bilden eine 50er-Einheit, befehligt von einem erfahrenen Kommandanten. Zwei dieser Truppenteile formen eine Hundertschaft. Diese Kerntruppe wird von einen Hauptmann befehligt, der direkt dem Tartānu, also mir unterstellt ist. Wenn ich also einen

Befehl erteile, gelangt der schneller als ein abgeschossener Pfeil zur kleinsten Einheit, der Zehnerschaft. Das ist das Geheimnis der Schlagkraft des assyrischen Heeres: Eindeutige Befehle, die in Windeseile zur gleichen Zeit von allen Kriegern ausgeführt werden. Noch bevor der Feind sich besinnen kann, marschieren tausende meiner Soldaten in die eine oder andere Richtung. Wer nicht gehorcht, wird gnadenlos bestraft.«

Der König möchte Streit unter seinen engsten Beratern verhindern, weshalb er das Wort ergreift: »Dennoch sollte man den Feind nicht unterschätzen! Meine Kundschafter haben mir berichtet, dass die Mitanni über mehr als tausend Streitwagen verfügen.«

Der General zeigt sich erfreut: »Dann sind sie uns an Zahl bei weitem unterlegen, mein König, wir besitzen die doppelte Menge an Kampfwagen.«

Tukulti-Ninurta verzieht die Mundwinkel: »Das ist richtig, Qibi, aber die mitannischen Streitwagen sollen fast doppelt so schnell sein wie unsere. Meine Informanten haben die Marijanni heimlich bei der Kampfausbildung beobachtet: Ihre Fahrzeuge sind von leichterer Bauart. Man kann sie angeblich mit einer Hand anheben. Um einen assyrischen Streitwagen hochzuheben, benötigt man zwei starke Männer. Zudem unterziehen die Mitanni ihre Pferde einer geheimnisvollen Ausbildung. Wenn die Gäule diese durchlaufen haben, rennen sie, als ob sie den Sturmdämon Pazuzu im Leib hätten. Es wäre von großem Vorteil, wenn wir einen ihrer Wagenbauer in unsere Gewalt bekommen würden, um das Geheimnis dieser Wunderwaffe zu ergründen.«

Der Großwesir krächzt dazwischen: »Das ist wohl wahr, aber noch vorteilhafter wäre es, mehr über die ›Lehren des Kikkuli‹ herauszufinden. Dieser mitannische Pferdekundige hat vor über einhundert Jahren die Methoden zum optimalen Abrichten von Streitwagenpferden entwickelt. Wenn wir das Mysterium ihrer Wunderpferde ergründen, könnten wir unsere Pferde nach dem Vorbild der Mitanni ausbilden. Dann laufen auch unsere Tiere so schnell wie die Wunderpferde aus dem Land Ḫanigalbat.«

Tukulti-Ninurtas Augen leuchten vor Aufregung: »Dann haben wir keine andere Wahl: Wir müssen hinter das Geheimnis der Mitanni kommen - koste es, was es wolle! Wir müssen diesen Teil der Truppe modernisieren. Schafft mir also einen mitannischen Wagenbauer herbei und einen ihrer Pferdekundigen, damit auch ich künftig über leichte Streitwagen und solche Wunderpferde verfüge!«

Gerade will Tukulti-Ninurta den Kriegsrat beenden, da betritt der Palastherold den Thronsaal, verbeugt sich vor den Männern und sinkt vor seinem König auf die Knie:

»Herr, schlechte Nachrichten: Die Mitanni haben das Kašiari-Gebirge überschritten und die Stadt Kulišḫinaš angegriffen.«

General Qibi-Aššur springt auf und schüttelt den sich erhebenden Herold an den Schultern: »Wer hat diese Botschaft überbracht oder ist das wieder nur eines der Gerüchte aus dem Basar?«

Der Verkünder schüttelt den Kopf: »Nein, General, draußen vor der Tür steht der Bote des Statthalters von Kulišḫinaš. Er ist Augenzeuge des Angriffs.«

Der König ist außer sich: »Lass den Kurier eintreten. Er soll uns persönlich von dem Überfall berichten«, ruft er den Wachen am Eingang zu.

Ein junger Mann mit Oberlippenflaum, kaum zwanzig Lenze alt, tritt ein und wirft sich vor dem König nieder. Der Kerl steht vor Dreck. Seine Kleidung ist völlig durchgeschwitzt und sein Gesicht mit einer Staubkruste überzogen. Sein Gewand ist am linken Oberarm zerfetzt. Notdürftig ist die Stelle mit einem blutverschmierten Tuch umwickelt.

»Du bist verletzt?«, will Tukulti-Ninurta von ihm wissen.

»Nur ein Kratzer. Die Mitanni haben mir Pfeile hinterhergejagt, als ich ihre Linien durchbrach«, gibt der Bote zur Antwort, den Blick noch immer zu Boden gesenkt, »nur gut, dass ihre Geschosse meine Pferde verfehlt haben! Ich konnte der Belagerung entkommen, weil unser Stadtverwalter Aššur-šuma-lēšer eine List ersonnen hat. Er täuschte einen Ausfall aus dem Osttor vor. Die Mitanni, die Kulišḫinaš umzingelt haben, sind auf die Finte hereingefallen und haben daraufhin ihre Streitwagen dorthin geschickt. Mir aber wurde in einem unbeobachteten Augenblick das Westtor geöffnet. Mit Hilfe der Götter konnte ich den feindlichen Fußsoldaten mit meinem Gespann entwischen. Einer ihrer Pfeile hat mich aber am Arm getroffen. Wie du siehst, konnte das mich nicht davon abhalten, dir diese Botschaft meines Herrn, des Stadtobersten von Kulišḫinaš zu überbringen.«

Nach diesen Worten zieht er eine Tontafel aus einem Lederbeutel, der an seinem Gürtel hängt und überreicht diese dem Herold, der das Schriftstück sogleich an den Oberschreiber weitergibt.

»Lies vor! Ich hoffe nur, dass die Stadt noch vor diesen verdammten Mitanni-Hunden zu retten ist!«, flucht der Herrscher.

Der Schreiber richtet sich auf, blickt in die Runde, bis alle Augen auf ihn gerichtet sind, und beginnt dann vorzulesen:

»An Tukulti-Ninurta, meinen Herrn und König, Tontafel deines Dieners Aššur-šuma-lēšer, Statthalter von Kulišḫinaš, ich unterwerfe mich. Ich stehe meinem Herrn zur Verfügung. Unsere Feinde, die Mitanni, haben das Gebirge überschritten und unsere Stadt Kulišḫinaš angegriffen. Die Verteidigungswälle sind gut, doch strömen immer mehr Feinde herbei, um uns den Tod zu bringen. Ich bitte dich, Herr und König, entsende deine Truppen, um uns zu Hilfe zu eilen.«

Der Schriftgelehrte hält kurz inne und ergänzt: »Die Tafel wurde vor drei Tagen ausgefertigt, mein König.«

Tukulti-Ninurta schäumt vor Wut, dennoch behält er einen klaren Kopf: »Das ist also der Dank der Mitanni! Mein Vater Salmanassar hat sie besiegt und verschonte ihren König. Er verpflichtete ihn lediglich zu jährlichen Tributzahlungen. Nun greift er unsere Städte an.«

Nachdem er kurz innegehalten hat, wendet er sich an General Qibi: »Kleide den Boten neu ein und versorge ihn gut. Sammele meine Truppen und rüste sie aus. Schon morgen brechen wir auf gen Kulišḫinaš!«

27. Der Bote des Mitanni-Königs

Senni ist in den sechs Jahren, die er auf dem Gehöft Kikkulis zubringt, zu einem jungen Mann gereift. Seine Kenntnisse über die Aufzucht von Pferden, vor allem aber seine Fähigkeit, Hengste zu Streitwagenpferden abzurichten, haben seinen Ruf als besten Pferdekundigen in die entlegensten Teile des Mitanni-Reiches getragen. Sein Ziehvater Kikkuli sonnt sich im Ruhm seines Adoptivsohnes und wird nicht müde damit zu prahlen, dass er dessen Talent entdeckt und gefördert habe. Zudem bringt ihm jedes Ross, das Senni abrichtet, ein kleines Vermögen ein. Kikkulis Geschäfte könnten nicht besser laufen, zumal vor ein paar Wochen ein Bote des Königs aus der Hauptstadt Waššukanni eintraf, um zehn Gespanne für den Kampf gegen die Assyrer einzufordern.

Der gleiche Bote steht heute schon wieder auf dem Hof. Die Lage an der östlichen Grenze des Mitanni-Reiches habe sich verschlechtert, berichtet er. Der Herrscher bittet um alle verfügbaren Tiere und Kampfwagen, die Kikkulis Gestüt aufbringen kann. Senni, der gerade zu den Stallungen eilt, wird rein zufällig Zeuge, wie der Abgesandte einen schweren Leinensack Kikkuli zu Füßen stellt. Der öffnet ihn und schaufelt mit beiden Händen kleine Silberbarren heraus.

»Kikkuli, unser König bietet dir diesen Sack gefüllt mit Silberbarren für deine Tiere. Einen weiteren, gefüllt mit Gold, wenn du die Ware samt Streitwagen direkt nach Kulišḫinaš, der Stadt an der nördlichen Karawanenstraße, bringst. Die Zeit drängt! Unsere Kämpfer brauchen Nachschub.«

Kikkulis Augen beginnen zu glänzen, als er das verlockende Angebot vernimmt: »Richte unserem Herrn und König aus, dass Kikkuli, der Pferdekundige, seinen Verpflichtungen nachkommen wird. Mein Sohn Šenni wird mit einigen Knechten die Streitwagen zu ihrem Bestimmungsort bringen, nach Kulišḫinaš.«

Senni bleibt wie angewurzelt stehen. Bislang hatte ihm Kikkuli noch nie erlaubt, das Gestüt ohne seine Anwesenheit zu verlassen. Er war in Begleitung seines Ziehvaters zwar schon überall im Land herumgekommen und durfte ihn sogar bis zur hethitischen Grenze in die Stadt Karkamiš am Ufer des Purattu[61] begleiten, aber Geschäftsreisen in die östlichen Landesteile unternahm Kikkuli

---

[61] Der Euphrat

stets ohne ihn. Vielleicht ahnte er, dass Senni sich nichts sehnlicher wünschte, als seinen leiblichen Vater Ḫunnu und sein Brüderchen wiederzusehen. Doch zu Sennis Überraschung beauftragt er nun gerade ihn, die kostbare Lieferung von Streitwagen in seine frühere Heimatstadt zu überführen.

»Du willst diesem Jüngling eine solch wertvolle Fracht anvertrauen, Kikkuli?«, wendet der Bote skeptisch ein, »kennt er den Weg? Weiß er, dass der König der Mitanni auf die Streitwagen wartet? Das Wohl unseres Landes hängt vom Erfolg der Unternehmung ab. Wir benötigen jeden Mann, jeden Streitwagen im Kampf gegen die Eindringlinge. Es ist ein gefährliches Unterfangen, da in der Nähe die Gefechte gegen die verdammten Assyrer entbrannt sind. Wäre ein erfahrener Mann nicht geeigneter als dieses Jungchen?«

Kikkuli, der weder Widerworte noch Kritik an eigenen Entscheidungen gewohnt ist, reißt der Geduldsfaden: »Willst du mich beleidigen?«, brüllt er den Gesandten an, »mein Sohn ist trotz seiner Jugend fähiger als manch ein Erwachsener! Richte dem König aus, dass die Kampfwagen in fünf Tagen in Kuliš̮inaš zur Verfügung stehen.«

Nach diesen Worten hebt er den Leinensack auf und wirft ihn so heftig über seine Schulter, dass die Metallbarren silbern gegeneinander klingen. Im ersten Augenblick geht Kikkuli leicht in die Knie, so schwer ist die Last der Silberbarren. Doch angesichts der großzügigen Entlohnung erhellt sich sein Gesicht schlagartig.

»Was stehst du noch hier herum, Šenni, stell alle verfügbaren Streitwagen mit den zugehörigen Pferden zusammen. Wähle die besten Stallknechte zu deiner Begleitung aus. Morgen früh machst du dich auf den Weg! Verstanden?«

Senni strahlt über das ganze Gesicht und nickt. Der Auftrag wird ihn in die Nähe seiner alten Heimat führen. In den letzten Jahren hat er die Gedanken an seine Familie verdrängt, doch nun keimen die Erinnerungen, die schon verblasst schienen, hoch wie Pflanzen, die den ersten Regen empfangen. Eine Reise in die Nähe seines Elternhauses. Sein Plan steht fest: Er wird einen Abstecher zum Gehöft seines Vaters unternehmen - und wenn es ihn das Leben kosten sollte! Senni ist so in seinen Gedanken versunken, dass er blindlings in Richtung der Ställe läuft. Er bemerkt dabei nicht, dass er den Weg des Königsboten kreuzt, der mit seinem Kampfwagen in voller Fahrt zum Hoftor hinaus möchte. Das Schnauben der Zugpferde und der entsetzte Schrei des Königsboten reißen Senni aus seinen Tagträumen. Er sieht das Gefährt auf sich zukommen. Ausweichen ist zwecklos. Geistesgegenwärtig macht er einen Schritt auf die heranstürmenden Pferde zu und reißt die Hände nach oben. Die Tiere bäumen sich vor Schreck auf den Hinterläufen auf. Der Wagen wird abrupt gebremst. Der Bote des Königs verliert den Halt und wird in hohem Bogen aus dem Wagen geschleudert. Scheppernd fliegt sein Helm zur Seite und landet dicht neben seinem Träger im Staub. Senni hat mit geübtem Griff die beiden Pferde am Zügel gepackt und spricht beruhigend auf die Tiere ein. Der Königsbote kocht vor Wut, als er sich mit beiden Händen den Schmutz vom ledernen Brustharnisch wischt:

»Du elender Balg, hast du keine Augen im Kopf?,« faucht er Senni an, »wolltest du mich umbringen?«

Senni zuckt nur mit den Achseln und hält ihm die Zügel entgegen: »Wir sehen uns in fünf Tagen am vereinbarten Ort. Ich hoffe, du kommst nicht zu spät, Königsbote. Ich werde mit der Ware pünktlich in Kulišḫinaš eintreffen, richte das dem Herrscher unseres Landes aus.«

Der Kurier steigt wieder auf den Wagen und lässt die Pferde in vollem Galopp zum Tor hinauspreschen.

Kaum in den Stallungen angekommen, treibt Senni die Pferdeknechte zur Eile an: »Los, überprüft alle einsatzfähigen Kampfwagen. Der König der Mitanni braucht unsere Hilfe. Morgen früh machen wir uns bei Sonnenaufgang auf den Weg.«

Im Nu herrscht ein reges Treiben auf Kikkulis Gestüt. Während sich der Großteil des Gesindes um das Zaumzeug und die Streitwagen kümmert, wählen Kikkuli und Senni die Pferde aus, die für einen Kampfeinsatz geeignet scheinen. Der Sklave Ḫersi, inzwischen zu einem jungen Mann herangewachsen, steht mit einer Tontafel und einem Schreibrohr in den Händen neben ihnen.

»Hast du alles notiert, du Tölpel?«, schreit Kikkuli ihn an, »hast du die Anzahl der Pferde, der Streitwagen und deren Lieferbedingungen auf der Tafel aufgelistet? Und vergiss nicht das Wichtigste: Als Bezahlung ist Gold, nicht Silber vereinbart!«

Ḫersi nickt stumm und drückt die Keilschriftzeichen in den frischen Ton der Tafel.

»Fertige auch eine Abschrift an«, befiehlt Kikkuli, »die Kopie bleibt hier in unserem Archiv, das Original übergibst du morgen früh an Šenni, damit sie ihn bei der Übergabe der Lieferung nicht über das Ohr hauen.«

Ḫersi verbeugt sich und versichert, dass er den Auftrag zur Zufriedenheit seines Herrn ausführen werde. Nachdem sich Ḫersi auf den Weg zur Schreibstube gemacht hat, klopft Kikkuli seinem Ziehsohn aufmunternd auf die Schultern und lacht:

»Šenni, du wirst allen zeigen, was du von mir gelernt hast. Bleibe hart, falls sie bei der Übergabe der Lieferung einen niedrigeren Preis verhandeln wollen. Wir haben eine Abmachung mit dem König: ein Sack voller Goldbarren - nicht mehr und nicht weniger!«

Es ist schon dunkel, als Senni gähnend die Tür zu seinem Zimmer öffnet. Er ist todmüde und möchte nur noch eins: Ein wenig Schlaf, bevor er sich in aller Frühe mit dem Tross auf die Reise macht. Gerade will er seine Öllampe entzünden, da hört er aus der Ecke des dunklen Raums ein Zischen.

»Psst, Šenni, wir sind es.«

Senni ist im ersten Moment so erschrocken, dass er nach dem Nächstbesten greift, was er die Finger bekommt. Er bekommt den kleinen Schemel zu fassen und hebt ihn schlagbereit in die Höhe: »Wer ist da?«, ruft er in die Dunkelheit, »zeigt euch! Kommt raus da!«

Eine zarte Stimme fleht: »Nicht so laut! Wir sind es: Ašdu und Ḫersi, deine Freunde.«

Senni lässt sofort den Schemel sinken und stellt ihn wieder auf seinen Platz zurück.

»Habt ihr mich erschreckt! Was habt ihr zu so später Stunde in meinem Schlafgemach zu suchen?«

Er spürt Ašdus zarte Hand, die sich ihm auf den Mund legt: »Sei doch nicht so laut, Šenni!«, wispert sie. »Wenn Kikkuli uns hier um diese Zeit erwischt, schlägt er uns tot!«

Senni senkt seine Stimme: »Was gibt es so Wichtiges, dass ihr mich so spät hier aufsucht?«, will er von seinen Gefährten wissen.

»Es ist so weit, mein Freund«, antwortet Ḫersi mit ernster Miene, »nun bietet sich die beste Gelegenheit zur Flucht. Eine solche Chance erhalten wir nie wieder!«

Senni ist völlig überrascht: »Ihr wollt fliehen? Jetzt - noch heute Nacht?« Senni steht mit offenem Mund vor seinen Freunden.

»Nicht jetzt!«, flüstert Ašdu. »Wir drei werden morgen früh fliehen. Ich habe einen Plan ersonnen, der nicht nur uns, sondern auch dir die lang ersehnte Freiheit bringen wird.« Bevor er etwas sagen kann, erklärt Ašdu ihr Vorhaben. Nachdem die junge Frau geendet hat, fasst sich Senni nachdenklich ans Kinn:

»Das könnte klappen. Kein schlechter Plan! Wir treffen uns am verabredeten Ort. Lasst uns noch ein paar Stunden schlafen!«

Senni begleitet das Geschwisterpaar zur Tür. Beide fallen ihm um den Hals, bevor sie sich über den Hof zu ihrer Hütte hinter der Küche schleichen. Senni schaut den beiden noch eine Weile hinterher, bevor er die Tür vorsichtig schließt. Hoffentlich hat niemand etwas bemerkt! Ašdus wohlriechendes Duftöl umfängt ihn noch, als er sich auf seinem Bett niederlässt. Dieses Mädchen raubt mir die Sinne!, gesteht er sich selbst - mit einem Lächeln auf den Lippen.

28. Ašdus List

Es ist noch stockfinster. Doch auf Kikkulis Gestüt werden schon emsig die letzten Vorbereitungen für die Abfahrt der Streitwagen getroffen. Jede verfügbare Magd, jeder arbeitsfähige Sklave legt Hand an. Die Pferdeknechte spannen ein, während das übrige Personal einen Proviantwagen bestückt. Ḫersi steht mit seinen Schreibutensilien daneben und vermerkt alles, was vom Hof gehen soll - von der Trense bis zur Futterration für die Tiere.

»Zeit zum Aufbruch! Der Sonnengott erhebt sich gleich aus den Bergen«, schreit Senni über die Köpfe des Gesindes hinweg, »besteigt die Streitwagen! Immer zwei Mann Besatzung, auch auf dem Proviantwagen. Macht schon!«

Kikkuli steht neben dem Hoftor und betrachtet stolz den beachtlichen Tross, der sich nun langsam in Bewegung setzt. Er zählt sechzig Gespanne, die langsam an ihm vorbeiziehen. Die Wagenlenker grüßen ihren Herrn bei der Ausfahrt auf die freie Ebene noch einmal ehrerbietig. Senni lenkt sein eigenes Gefährt, gezogen von seinem Rappen Aspa. Das Pferd hat sich prächtig entwickelt und wäre von Kikkuli bestimmt schon zu Höchstpreisen verkauft worden, wenn ihn Senni nicht immer wieder daran erinnert hätte, dass er ihm dieses Tier zum Geschenk gemacht hat. Umso verwunderter ist Kikkuli, als er den wertvollen Hengst im Zug der Streitwagen entdeckt:

»Willst du deinen Rappen nun doch verkaufen, Šenni?«, ruft er seinem Ziehsohn zu, der gerade im Begriff ist, den anderen zu folgen.

»Nein, Vater, keine Angst. Aspa ist unverkäuflich. Aber er soll heute seine Ausdauer auf einer längeren Reise unter Beweis stellen, deshalb nehme ich ihn mit. Außerdem muss ich doch auch wieder zurückkommen, oder soll ich den weiten Weg zu Fuß nach Hause laufen?«

Kikkuli grinst zufrieden: »Ich wünsche dir gute Geschäfte, mein Sohn. Und lass dich von den Halunken nicht übers Ohr hauen. Hat dir der nichtsnutzige Ḫersi die Tontafel mit der Lieferung übergeben?«

Senni macht eine übertriebene Verbeugung: »Vater, ich habe mir erlaubt, nicht nur die Tafel, sondern gleich deinen Schreiber mitzunehmen. Der Tölpel lenkt den Proviantwagen und soll mir in Kulišḫinaš ordentlich zur Hand gehen. Du brauchst den Sklaven im Augenblick ja nicht, da wir alle Streitwagen, die zum Verkauf stehen, nunmehr mitführen. Bei Geschäftsabschluss ist es mir lieber, wenn er die Liste führt, dann kann ich mich auf das Handeln konzentrieren, geliebter Ziehvater.«

Kikkuli lächelt geschmeichelt: »Du entwickelst dich zu einem gewieften Geschäftsmann, mein Sohn! Darauf hätte ich auch kommen können. Halte aber ein Auge auf den Sklaven, gib ihm keine Freiheiten und erlaube keinen Widerspruch. Hörst du?«

Senni hebt zum Abschiedsgruß die Hand: »Keine Angst, Herr der Pferdeweisheiten, in ein paar Tagen sind wir mit einem Sack voller Gold zurück.«

Kikkuli wirft Ḫersi einen hasserfüllten Blick zu, als dieser mit dem Proviantwagen an ihm vorüberzieht. »Pass ja auf die Ware auf, du Tagedieb«, brüllt der Gutsbesitzer den jungen Mann an, »wehe es fehlt etwas auf deiner Liste – dann tanzt nach deiner Rückkehr meine Peitsche auf deinem Rücken!«

Ḫersi verzieht keine Miene. Er schnalzt nur mit der Zunge und die Zugtiere setzen sich in Bewegung. Kikkuli schaut dem Tross noch eine ganze Weile hinterher, bis der Zug langsam am Horizont verschwindet. Er hatte ganz vergessen, Šenni zu fragen, wer der zierliche Wagenlenker war, der neben ihm auf dem Streitwagen stand. Im Halbdunkel hatte er den Mann gar nicht erkannt. Er grübelt noch eine Weile darüber nach, wer der kleine Kerl gewesen sein könnte. Sein Ziehsohn ist von feingliedriger Statur, aber die Person neben ihm erschien ihm noch graziler. In Gedanken geht er sein Personal durch. Welcher Pferdeknecht oder Wagenlenker ist von so zarter Gestalt? Ihm fällt beim besten Willen niemand ein. Als einer der älteren Pferdeknechte über den Hof hinkt, winkt ihn der Gutsbesitzer herbei.

»Weißt du, welcher unserer Leute auf dem Wagen meines Sohnes mitfährt?«

Der Stallknecht zuckt mit den Achseln: »Keine Ahnung, Herr, die Besatzung jedes einzelnen Streitwagens wurde von deinem Sohn höchstpersönlich eingeteilt. Ich weiß leider nicht, wen er als seine eigene Begleitung ausgewählt hat.«

Missmutig lenkt Kikkuli seine Schritte in Richtung Herrenhaus. An der Küche wirft er einen Blick durch das geöffnete Fenster und sieht, wie die Köche gutgelaunt allerlei Schabernack miteinander treiben.

»Soll ich euch Burschen mit der Reitpeitsche das Fell gerben?«, brüllt er in den Raum. Sofort verstummt jegliches Gespräch. »Lauft zu Ašdu und sagt ihr, dass ich sie brauche. Sie soll das Duftöl auf ihre Haut auftragen und sofort zu mir kommen. Und gebt ihr einen Krug Starkbier mit, denn schließlich habe ich etwas zu feiern. Einen Sack voll Gold verdient man nicht alle Tage!«

Einer der Köche hastet zur Hütte, in der Ḫersi mit seiner Mutter und Schwester leben. Er klopft nicht an, sondern poltert ohne Ankündigung in die winzige Stube, in der die drei zusammengepfercht hausen.

»Wo ist deine Tochter?«, fragt er völlig außer Atem Ḫersis Mutter.

Die Frau starrt mit leeren Augen auf den Boden: »Weg. Nicht hier.«, antwortet sie mit kaum hörbarer Stimme. »Sie sind alle weg.«, lamentiert sie geistesabwesend.

Der Koch winkt unwirsch ab. Alle auf dem Gehöft wissen, dass Ḫersis Mutter über das Unglück ihrer Familie den Verstand verloren hat. Mit flinken Füßen rennt er hinüber zum Brunnen. Ein paar Mägde sind gerade dabei, Wasser zu schöpfen.

»Habt ihr Ašdu gesehen? Ich kann sie nirgendwo finden.«

Auch hier herrscht Ratlosigkeit. Niemand der Frauen hat die junge Sklavin heute gesehen. »Vielleicht ist sie beim hohen Herrn und muss mal wieder ihre Beine spreizen«, kichern die Mägde in schadenfrohem Unterton.

»Blödes Volk!«, schnauzt sie der Koch an. »Kikkuli ist es, der nach ihr verlangt. Ihr wisst, was uns allen blüht, wenn sie nicht augenblicklich bei ihm erscheint. Er lässt seine Wut an uns aus. Los macht euch auf die Suche nach dem Weibsstück!«

Nicht nur das Küchengesinde, sondern auch die verbliebenen Pferdeknechte machen sich umgehend auf die Suche nach Ašdu. Sogar das Flussufer wird nach ihr durchkämmt. Vergeblich - das Mädchen ist wie vom Erdboden verschluckt! Wer von ihnen soll nun Kikkuli diese Nachricht verkünden? Keiner möchte freiwillig gehen, denn alle erahnen, was demjenigen blüht, der die schlechte Nachricht überbringt. Nach langer Beratung nimmt es der hinkende Pferdeknecht auf sich, seinen Herrn zu informieren. Zaghaft pocht er an der Eingangstür zum Hauptraum des Herrenhauses. Von drinnen dröhnt Kikkulis Stimme:

»Tritt ein, mein Vögelchen! Erst das Starkbier, dann du!«

Der betagte Pferdeknecht öffnet die Tür einen Spaltbreit und winselt unterwürfig: »Herr, ich muss dich enttäuschen, Ašdu ist nirgendwo zu finden. Wir haben alles nach ihr abgesucht. Sie bleibt verschwunden!«

Kikkulis Kopf schwillt an vor Zorn. Seine Wangen plustern sich auf wie der Balg eines Schmiedes. Wutschnaubend stürzt er zur Tür hinaus und rennt hinüber zur Kate, in der die Mutter des Geschwisterpaares noch immer starr vor sich hin blickt.

»Wo ist deine Tochter, alte Vettel?« Kikkuli schüttelt die Frau so heftig an den Schultern, dass deren Kopf hin und her fliegt. Bis auf ein leises Stöhnen entweicht ihr kein Laut. Außer sich vor Wut schubst er die Alte von ihrem Schemel und verpasst der am Boden Liegenden einen Tritt:

»Ašdu, deine Tochter - wo ist sie?«, schreit er wie von Sinnen.

Die Frau bleibt reglos am Boden liegen. Kein Ton kommt über ihre Lippen. Kikkuli kümmert sich nicht weiter um sie, sondern läuft geradewegs zu Sennis Schlafgemach. Mit Schwung reißt er die Tür auf und erstarrt. Leergeräumt. Nur noch die Möbelstücke stehen herum. Hastig durchsucht er die Holzkommode an der Wand. Nichts - vollkommen leer. Hier hatte sein Adoptivsohn doch all seine Habseligkeiten verwahrt, das weiß er nur zu gut. Alles ist weg: Šennis Gewänder, sogar der blaue Alasia-Umhang, den er ihm zu Adoption geschenkt hat, ist nicht mehr da! Langsam schwant dem Mitanni, dass er hintergangen wurde.

»Meinen Streitwagen, meine Pferde!«, schreit er über den Hof, »spannt meine Hengste ein, ich muss hinter ihnen her!«

Der Pferdeknecht wagt kaum zu antworten: »Herr, dein Sohn hat deine Pferde mitgenommen. Auch deinen Wagen«, gesteht er kleinlaut. »Šenni sagte, dass du dem König von Mitanni aus Ergebung sogar deine persönliche Ausrüstung zur Verfügung stellen würdest. Deshalb haben wir heute Morgen auf Geheiß deines Sohnes auch deine Lieblingspferde eingespannt.«

Kikkuli ringt nach Luft. Ihm wird schwindelig. Schnaufend sinkt er auf einen Schemel nieder und wischt sich mit dem Handrücken den kalten Schweiß von der Stirn.

»Der hinterlistige Hurriterbengel hat meine beiden Lieblinge mitgenommen, sagst du?«

Der alte Pferdeknecht nickt nur stumm. Kikkulis Atem geht schwer. Er fühlt sich, als hätte ihn der Wettergott Teššup, der bei Gewitter Blitze aussendet, niedergestreckt. Wie gelähmt scheinen seine Glieder.

»Du undankbarer Hund!«, schreit er plötzlich aus Leibeskräften, »du elender, hinterhältiger Hurriter. Hätte ich dir bloß nicht die Gunst gewährt, dich meinen Sohn zu nennen!«

Angelockt von Kikkulis Geschrei, sind draußen auf dem Hof zahlreiche Bedienstete zusammengelaufen, die nun tuschelnd beieinanderstehen. Auf einen Wink des alten Pferdeknechts kommen drei Männer herbei, die den Gutsherrn unter den Achseln fassen und ihn zum Herrenhaus hinübertragen. Der Mitanni starrt mit weit aufgerissenen Augen zur Decke, als man ihn auf seinem Lager bettet.

»Dieser verräterische Sohn eines räudigen Hurriters!«, röchelt er, bevor er vor Erschöpfung die Augen schließt.

29. Flucht

Senni treibt den Tross der Streitwagen immer wieder an: »Beeilt euch! Wir müssen in fünf Tagen in Kulišḫinaš sein. Unser König erwartet uns, um mit unserer Hilfe den Kampf gegen die Assyrer zu gewinnen.«

Abb. 25: Senni – der Pferdekundige

Sie sind schon drei Doppelstunden unterwegs, als sie eine Weggabelung erreichen. Nur einen Steinwurf vom Wegesrand entfernt steht ein Lehmziegelhaus, von dem der Duft von frischgebackenem Brot zu ihnen herüberschwebt. Senni lässt den Wagenzug stoppen und befiehlt zu rasten:

»Hier gibt es einen Brunnen«, ruft er seinen Leuten zu, »versorgt die Pferde mit frischem Wasser! Wir verschnaufen nur kurz, denn wir haben noch einen langen Weg vor uns.«

Er zügelt sein Gespann und treibt die Pferde neben den Proviantwagen, der noch immer von Ḫersi gelenkt wird. Die zierliche Ašdu, die sich seit ihrer Abfahrt wacker an Sennis Wagenkasten festgekrallt hat, atmet auf, als Senni anhält. Seit ihrer Flucht hat sie den Gesichtsschleier abgelegt und trägt nur noch das Kopftuch zum Schutz vor der sengenden Sonne. Über die Lippen der jungen Frau huscht zum ersten Mal seit geraumer Zeit ein flüchtiges Lächeln. Sie wirkt befreit von einer großen Last. Senni bildet sich sogar ein, dass die unendliche Traurigkeit aus ihren Augen gewichen ist. Der Hurriter weist mit dem Finger in die westliche Richtung:

»Schaut, meine Freunde, wenn man dieser Straße folgt, gelangt man in vier Tagen nach Karkamiš, der Grenzstadt zum Reich der Hethiter. Der Weg zu unserer Rechten führt geradewegs nach Osten in meine alte Heimat. Ihr müsst euch nun entscheiden, welchen Weg ihr wählen wollt: Links in Richtung Karkamiš, wo ihr eventuell euren Vater wiederfindet – oder ihr begleitet mich nach Osten in meine Heimatstadt Kulišḫinaš.«

Die Geschwister sehen sich nur kurz an, dann legt Ašdu ihre Hand auf Sennis Arm:

»Wir haben dir unsere Freiheit zu verdanken, Senni. Aber wir haben uns entschlossen, den Pfad in Richtung des Hethiterlandes einzuschlagen. Wir wollen nach unserem Vater suchen. Wir hoffen, du bist uns nicht gram.«

Senni hätte sich eine andere Antwort ersehnt, aber er weiß nur zu gut, warum die beiden diese Wahl getroffen haben:

»Liebe Freunde«, antwortet der Hurriter, »ich kann eure Entscheidung nachvollziehen. Denn auch ich möchte meinen Vater Ḫunnu und meinen Bruder wiedersehen. Nichts wünsche ich mir mehr auf der Welt.«

Kaum sind seine Worte verklungen, rollt ein zweirädriger Karren an ihnen vorbei. Auf dem Kutschersitz hockt ein Mann, dessen Hakennase fast seinen Oberlippenbart berührt. Auf dem Kopf trägt er einen hohen, spitzen Hut mit breiter Krempe, der ihm reichlich Schatten gegen die gleißende Sonne spendet. Seinem Wagen folgen zwei Lastkamele und einige Esel, die von mehreren Treibern mit Stockschlägen in Richtung der Westroute getrieben werden. Mit einem Handzeichen bittet Senni den Mann mit dem Spitzhut, sein Gefährt anzuhalten. Freundlich grüßend geht der Hurriter auf den Fremden zu:

»Fährst du in Richtung Karkamiš?«

Die Augen des Mannes blinzeln unter dem Hut hervor. Er macht ein langes Gesicht und zuckt mit den Achseln: »Nix wissen, Häärr«, radebrecht er auf Assyrisch.

Da mischt sich Ḫersi ein: »Das ist ein Hethiter, der versteht kein Hurritisch!«

Senni verdreht die Augen und beginnt zu lachen: »Mein Vater hat uns Kindern erzählt, dass die Hethiter grunzen wie Schweine. Ich glaube, er hat uns keine Märchen erzählt!«

Die drei Freunde lachen lauthals los. Der Mann mit dem großen Hut blickt fragend in die Runde. Senni versucht es erneut. Dieses Mal spricht er die Worte langsam, sehr viel langsamer aus und bemüht sich auch, deutlicher zu sprechen. Er merkt nicht, dass seine Stimme bei jedem Wort stetig lauter wird:

»Du«, Senni tippt dabei dem Mann auf die Brust, »du«, er tippt ihm wieder auf die Brust, »nach Kar - ka - miš?«

Die Augen leuchten plötzlich unter dem Spitzhut: »Ah – Karkamiš!«

Senni wiederholt schnell wie zur Bestätigung: »Ja, Karkamiš.« Wieder schreit er den Hethiter an: »Du gehen Karkamiš?« Zur Unterstützung seiner Frage fuchtelt Senni wie wild mit den Armen und zeigt bei seinen Worten immer wieder auf die Straße in Richtung Westen. »Du Karkamiš?«, wiederholt er seine Frage noch einmal eindringlich, als ob er dem Fremden die Worte eintrichtern müsste.

Die Augen des Hutträgers werden immer größer. Er tippt sich nun selbst mit dem Zeigefinger auf die Brust, um anschließend in Richtung Westen zu weisen. Dabei nickt er unaufhörlich, dass ihm der Hut fast vom Kopf zu rutschen droht. Mit einem schnellen Griff bringt er seinen Sonnenschutz wieder in die richtige Position, bevor er antwortet:

»Ich ... ich«, der Hethiter schlägt sich bei seinen Worten mit der flachen Hand mehrmals auf die Brust, »ich gehen Karkamiš.« Der Mann strahlt über das ganze Gesicht, als ob es ihn eine unmenschliche Kraft gekostet habe, diesen Satz auszusprechen. Um es Senni noch einmal zu bestätigen, wiederholt er nochmals: »Ich Karkamiš.« Der hethitische Händler grinst bis über beide Ohren und bleckt lachend seine ungepflegten Zähne.

Senni zieht ein Ledersäckchen unter seinem Gürtel hervor, kramt ein paar Silberbarren heraus und hält dem Hethiter die Metallstücke unter die Nase.

»Du mitnehmen meine beiden Freunde!« Senni zeigt mit dem Finger auf Ašdu und Ḫersi und pocht mit der Hand auf den Wagenkasten des Hethiters.

Die Augen unter dem Spitzhut gieren nach den Silberbarren. Senni hält sie ihm noch dichter vor sein Gesicht, fast so, als solle der Hethiter daran riechen. Wieselflink greift der Mann zu, grabscht die Metallstücke von Sennis Hand und verstaut sie blitzartig in einer Schatulle unter seinem Sitz. Im nächsten Moment schiebt er auf der Ladefläche seines Wagens zwei Holzkisten zusammen, breitet eine verschlissene Decke aus Wolle darüber und klopft drei Mal mit der flachen Hand auf die improvisierte Sitzbank. Mit einer einladenden Handbewegung bietet er dem Geschwisterpaar den Sitzplatz an.

»Beeilt euch, meine Freunde, steigt ein! Ich bin mir sicher, dass Kikkuli hinter uns her ist. Wir dürfen uns hier nicht lange aufhalten! Nun heißt es Abschied nehmen.«

Sennis Worte wirken eindringlich. Ašdu kullern die Tränen die Wangen hinunter, als sie ihm um den Hals fällt. Sie drückt den Hurriter fest an sich und flüstert ihm dabei ins Ohr:

»Es wird kein Abschied auf ewig. Ich fühle es: Wir sehen uns bestimmt wieder! Hier ein Abschiedsgeschenk für dich.«

Die junge Frau drückt Senni ein bunt besticktes Stoffbeutelchen in die Hand, an dem eine Lederschnur befestigt ist.

»Zur Aufbewahrung der Tonscherbe mit dem Namen deines Vaters, Senni«, haucht sie ihm entgegen, »dann kannst du deinen Vater immer bei dir tragen.«

Senni drückt Ašdu fest an sich. Noch einmal atmet er diesen unwiderstehlichen Duft ein, der ihren zarten Körper wie eine unsichtbare Aura umhüllt:

»Ich danke dir von ganzem Herzen. Ein wunderbares Geschenk, das mich auch immer an dich erinnern wird.«

Ḫersi steht still und in sich gekehrt neben ihnen. Sein Blick weicht dem von Senni aus, der die bedrückte Stimmung zu beseitigen sucht:

»Ich mache mich auf die Suche nach meiner Familie in Kulišḫinaš, während ihr euren Vater in Karkamiš ausfindig macht. Wenn wir unsere Väter gefunden haben, treffen wir uns wieder!«

Der hethitische Kaufmann auf dem Kutschbock wird zusehends ungeduldiger. Er klopft noch fester auf die Sitzfläche und brabbelt unverständliche Worte. Wieder schießt Senni die Beschreibung seines Vaters Ḫunnu in den Sinn: Hethiter grunzen wie Schweine. Ein Lächeln fliegt über sein Gesicht, bevor er Ašdu an der Hand nimmt und sie zum Wagen des Hethiters geleitet. Beim Einsteigen muntert er die junge Frau auf:

»Sei nicht traurig. Wir sehen uns wieder, ganz bestimmt!«

Doch Ašdu ist kaum zu beruhigen: »Wann und wo?«, schluchzt sie, »wie sollen wir uns jemals wiederfinden?«

Senni denkt kurz nach und macht kurzentschlossen folgenden Vorschlag: »Habt ihr schon einmal etwas von der Festungsstadt Ḫarbe gehört?«

Ḫersi nickt: »Gehört schon, aber ich war noch nie dort.«

Senni versucht, den Weg dorthin zu beschreiben: »Der Ort liegt ungefähr einen Tagesritt von hier entfernt. Es ist die letzte große Stadt auf dem Weg nach Karkamiš. Alle Reisenden machen deshalb dort Station – bestimmt auch dieser hethitische Fuhrmann, der euch mitnimmt. Sogar die Händler, die aus südlicher Richtung kommen, rasten dort, denn zwei Handelsstraßen kreuzen sich bei Ḫarbe. Treffpunkt für alle Fahrenden ist die Taverne in der Unterstadt. Ich war einst mit Kikkuli dort und habe mich mit der Schankwirtin angefreundet. Bei ihr hinterlasst ihr eine Nachricht für mich, wo ich euch finden kann. Ich werde das Gleiche tun, wenn ich meine Angelegenheiten in Kulišḫinaš erledigt habe. Die Wirtin heißt Siduri. Ihr könnt ihr vertrauen. Wenn sie hört, dass ihr meine

Freunde seid, hilft sie euch weiter. Bei Siduri sind alle Informationen absolut sicher! Sie wird schweigen wie ein Grab.«

Noch während die Geschwister auf den Wagen krabbeln, schwingt der Hethiter die Peitsche. Die Zugtiere ziehen an und der Karren kommt ins Rollen. Ḫersi beugt sich weit hinunter, greift nach Sennis Hand und ruft ihm zu:

»Wie sollen wir dieses Gasthaus von Siduri in Ḫarbe finden? Es gibt doch bestimmt viele Tavernen in der Stadt.«

Senni trabt neben dem Wagen her und keucht: »Siduris Schenke ist nicht zu verfehlen. Sie liegt in der Unterstadt, in der Nähe des Osttores. Die Außenwände der Schenke sind rot. Vom Dach bis zum Boden alles rot wie die untergehende Sonne!«

Senni läuft noch ein Stück neben dem langsam in Fahrt kommenden Wagen her. Noch immer halten sich die Jungen an den Händen. Nach fünfzig Schritten kann Senni nicht mehr mithalten. Ḫersis Griff löst sich und Senni bleibt zurück. Aus Leibeskräften schreit er ihnen hinterher:

»Vergesst nicht: Siduri in Ḫarbe. Wir sehen uns wieder, meine Freunde!«

Die Geschwister winken ihm noch ein letztes Mal zu. Dann verschwindet der Wagen hinter einer Wegbiegung. Senni bleibt nur kurz stehen, bevor er im Laufschritt den Rückweg zu seinem Gespann macht. Sein Hengst Aspa schnaubt ein wenig, als er seinen Herrn wittert. Senni beordert einige Pferdeknechte, lässt die Tiere tränken und gibt schon nach kurzer Rast den Befehl zur Weiterreise.

Niemand schöpft Verdacht, als er einen der Pferdeknechte bittet, von nun an Ḫersis Wagen zu lenken. Senni lässt seine Begleiter im Glauben, das Geschwisterpaar sei auf Befehl Kikkulis nach Ḫarbe unterwegs. Den Befehl ihres Herrn, wagt niemand in Frage zu stellen. Während jeder im Tross seiner Arbeit nachgeht, kramt Senni die Tonscherbe hervor und steckt diese in den Beutel. Als er sich Ašdus Geschenk um den Hals legt, glaubt er, den Duft ihrer Haut zu verspüren. Doch es bleibt keine Zeit, wehmütigen Erinnerungen nachzuhängen. Er muss sich sputen, denn Kikkuli ist ihnen mit Sicherheit auf den Fersen.

Schon bald holpern die Streitwagen in Richtung Osten. Senni will bis zum Abend die Herberge am Fuß des Kašiari-Gebirges erreichen, in der er vor vielen

Jahren den assyrischen Tuchhändler Labnānu kennengelernt hat. Von dort aus benötigen sie maximal zwei Tage bis zum Ziel ihrer Reise, der Stadt Kulišḫinaš. Je schneller sie dort ankommen, umso eher kann er sich auf die Suche nach seiner Familie machen, hat sich Senni ausgemalt. Nur eines bereitet ihm unterwegs Unbehagen: Er weiß nicht, ob Kikkuli die Verfolgung aufgenommen hat. Unruhig blickt er sich deshalb von Zeit zu Zeit um, doch von seinem Ziehvater ist weit und breit nichts zu sehen. Dennoch beschleicht ihn ein ungutes Gefühl.

30. Beunruhigende Nachrichten

Vor ihnen sind am Horizont schon die ersten Ausläufer des Kašiari-Gebirges erkennbar. Der Weg schlängelt sich die sanften Hügel hinauf und scheint sich zwischen den bewaldeten Hängen zu verlieren. Die Sonne hat bereits den Zenit überschritten, als dem Tross der Streitwagen unter Sennis Führung eine unübersehbare Menschenmenge entgegenkommt. Die meisten laufen zu Fuß und tragen ihre Habseligkeiten in Bündeln auf dem Rücken, andere schieben oder ziehen voll beladene Handwagen. Mehrere Gespanne überholen die Fußgruppen. Die Kutscher treiben die Tiere mit wütenden Peitschenhieben zur Eile an und rasen grußlos an Senni vorbei – geradewegs in Richtung Westen, woher er mit seinen Streitwagen kommt. Als Senni die Fußgänger erreicht, lässt er anhalten und geht auf die erschöpften Menschen zu. Frauen mit weinenden Kleinkindern auf dem Arm, Männer mit blutverschmierten Verbänden, Greise auf ihre Stöcke gestützt, versammeln sich um den jungen Hurriter.

»Woher kommt ihr? Was ist euch geschehen?«, fragt er die Ermatteten, von denen einige sich keuchend auf den Boden setzen. »Seid ihr überfallen worden?«

Einer der Verletzten antwortet: »Junger Herr, bevor wir dir Auskunft geben, bitten wir dich um ein wenig Brot und Wasser, vor allem für unsere Kinder. Wir sind seit Tagen auf der Flucht und unsere Vorräte sind restlos aufgebraucht.«

Alle Augen der Verfolgten scheinen in diesem Moment an Sennis Lippen zu hängen. Die Strapazen der Flucht und die Angst vor den Verfolgern stehen allen, vor allem aber den Kindern, ins Gesicht geschrieben. Die Kleinsten klammern sich beim Anblick der Männer auf den Streitwagen schreiend an ihre Mütter, während die Halbwüchsigen voller Entsetzen auf den mit einem Schwert bewaffneten Senni starren.

»Habt keine Angst!«, beruhigt er die Umherstehenden, »wir tun euch nichts. Wir sind im Auftrag des Königs von Mitanni auf dem Weg nach Kulišḫinaš und bringen zur Verstärkung neue Kampfwagen an die Front.«

Ein Aufatmen geht durch die Menge. Mütter sinken weinend zu Boden und streicheln ihren völlig verstörten Kindern über das Haar. Senni lässt flugs aus dem Proviantwagen Brot und Wasser holen und verteilt es mit einigen Helfern unter den Flüchtlingen. Viele der Geschundenen sind zu schwach, um zu essen. Andere stecken sich wortlos einen Bissen in den Mund. Tränen werden getrocknet. Der Wortführer der Flüchtlinge, um dessen Kopf ein blutdurchtränkter Verband geschlungen ist, wendet sich erneut an Senni:

»Wir danken dir für die großzügige Gabe. Mögen die Götter dich auf all deinen Wegen begleiten und dir immer beistehen!« Er beißt noch einmal kräftig in ein Stück Brot und schlürft einen Schluck Wasser aus einer Tonkanne. Schmatzend nimmt er das Wort wieder auf: »Scheinbar ist die Kunde noch nicht zu euch gedrungen. Die Assyrer sind in unser Land eingefallen. Die Mitanni wehren sich erbittert gegen die Eroberung der Stadt Kulišḫinaš. Wir alle haben in den Vororten gewohnt und konnten gerade noch unser Leben retten. Die Assyrer sind wie wilde Bestien über uns hergefallen. Jeder, der sich wehrt, wird massakriert. Wen sie lebend erwischen, führen sie fort in die Sklaverei. Ich musste machtlos zusehen, wie sie meinen eigenen Sohn und meine Frau getötet haben. Ich bin der einzige Überlebende meiner Familie.«

Dem Mann versagt die Stimme und Tränen laufen über seine Wangen. Beim Anblick des elenden Zustandes der Flüchtenden fasst Senni einen Entschluss: Er befiehlt seinen Leuten, ihre Wasserschläuche zu füllen, und übergibt dann den Proviantwagen samt den Zugtieren den Hungernden.

»Ohne den langsamen Vorratswagen kommen wir schneller voran. Vorwärts Männer! Heute Abend letzte Rast in der Karawanserei im Kašiari-Gebirge, morgen erblicken wir dann schon die Zinnen von Kulišḫinaš. Lasst uns eilen – der König von Mitanni braucht unsere Hilfe!«

Voll Tatendrang springen die Pferdeknechte auf die Wagen und lassen ihre Reitpeitschen knallen. In rasender Fahrt preschen sie den Hügel hinauf. Der Anführer der Flüchtlinge schaut der Staubwolke der Wagen noch eine Zeitlang hinterher, bis er sie aus den Augen verliert.

»Der junge Herr ist nicht nur gütig, er ist auch sehr mutig. Beten wir zu den Göttern, dass er seinen Mut nicht mit dem Leben bezahlt!«

Der Tross der Streitwagen kommt nun nahezu doppelt so schnell voran als zuvor. Noch bevor die Sonne untergeht, erreichen sie die Herberge. Nichts scheint sich seit Sennis letztem Aufenthalt vor einigen Jahren hier geändert zu haben. Als er die Schenke betritt, kommt ihm der dickbäuchige Wirt entgegen:

»Herr, möchtest du hier übernachten? Darf ich dir Speis und Trank servieren? Es brutzelt gerade eine köstliche Brühe über der Feuerstelle. Die ›Rote Suppe‹ – eine unvergleichliche Spezialität unseres Hauses.«

Senni rümpft die Nase: »Rote Suppe? Hat dein Koch etwa Blut aufgekocht?«, erkundigt er sich argwöhnisch.

»Mitnichten, junger Mitanni,«, beschwichtigt der Wirt mit schelmischem Grinsen, »zunächst bringen wir Wasser zum Kochen. Dann rühren wir eine Menge gesalzenes Fett von Schafen hinein, bis das Fett oben schwimmt. Dann fügen wir Gedärme und Pansen hinzu und lassen das Ganze zu einem ordentlichen Sud verkochen. Weniger begabte Köche machen es sich einfach und schütten anschließend Fleisch in die Brühe. Aber nicht in meiner Küche! Wir streuen Ölkuchen hinein – natürlich ohne Körner!«, verkündet der Wirt triumphierend. »Dann erst kommen Zwiebeln, Kümmel, ein wenig Koriander und Lauch obenauf. Natürlich darf auch zermahlener Knoblauch nicht fehlen, denn das verfeinert den Geschmack. Erst ganz zum Schluss, wenn sich die Zutaten zu einer wohlduftenden Brühe vermischt haben, wird das Fleisch hineingekippt. Frisch geschlachtet, versteht sich, damit das Blut die Brühe tiefrot verfärbt. Danach muss das Ganze über dem Herd mindestens eine Doppelstunde kochen, damit das Fleisch den Geschmack der herrlichen Zutaten aufnimmt. Ein wahrer Gaumenschmaus, junger Herr! Darf ich servieren?«[62]

Senni knurrt der Magen: »Ich habe Hunger wie ein Wolf«, gesteht er dem Wirt, »bring mir genug von der ›Roten Suppe‹ und einen Krug mit Bier. Weise auch deine Knechte an, meine Leute, draußen bei den Pferden, zu versorgen. Wir haben alle seit dem frühen Morgen nichts mehr gegessen.«

Senni nimmt an einem der Holztische Platz und kommt beim Warten auf das Essen mit Reisenden am Nachbartisch ins Gespräch. Sie berichten ihm von fürchterlichen Zuständen rund um Kulišḫinaš. Es herrsche Anarchie. Die öffentliche Ordnung in der Stadt sei zusammengebrochen. Räuberbanden durch-

---

[62] Rezept nach Jean Bottéro, La plus vieille cuisine du monde. Edition Louis Audibert. Lonrai 2002, 47(3): Bouillon rouge.

kämmen die Häuser. Die Mitanni hätten ihre gesamten Streitkräfte zusammengezogen und würden einen letzten Angriff vorbereiten. Sollte dieser misslingen, fiele die Stadt mit Sicherheit in die Hand der Assyrer.

Endlich stellt der Wirt den Napf mit der heißen Suppe auf Sennis Tisch, der seine Nase über die dampfende Brühe hält.

»Herrlich, so eine warme Mahlzeit nach der elenden Plackerei auf der Straße!«, bekennt der Hurriter. Zur Freude des Schenken beginnt Senni die ›Rote Suppe‹ mit Heißhunger in sich hineinzulöffeln. Beim Essen kommt er ins Grübeln: Beunruhigende Nachrichten, die er von den Tischnachbarn in Erfahrung bringen konnte. Er muss die Streitwagen so schnell wie möglich abliefern und sich dann schleunigst auf die Suche nach seinem Vater und seinem Bruder machen. Er hofft inständig, sie noch lebend anzutreffen.

Der Untergang der Mitanni

Die Sonne ist noch nicht aufgegangen, als Senni durch lärmende Rufe aus dem Schlaf gerissen wird. Gähnend späht er zum Fenster hinaus und ist plötzlich hellwach. Ein nicht enden wollender Strom von Menschen, meist zu Fuß, aber auch auf quietschenden Eselskarren oder Gespannen, die von Ochsen gezogen werden, zieht auf der Straße gen Westen. Viele wenden sich immer wieder voller Panik um. Ein Mann erblickt ihn am Fenster und schreit nach oben:

»Hey du, bring dich in Sicherheit! Die Assyrer kommen. Wenn du ein Hurriter bist, machen sie dich zum Sklaven, bist du aber ein Mitanni, schneiden sie dir den Kopf ab. Egal was du bist: Flieh, solange du noch kannst!«

Der Mann blickt noch einmal ängstlich zurück und treibt dann im Treck der Flüchtlinge davon wie ein Stück Holz auf dem Wasser. Senni stürzt hinunter in den Schankraum. Weder der Wirt, noch das Küchenpersonal, auch kein anderer Gast ist mehr zu sehen. Draußen vor der Tür zwängt er sich durch das Gedränge der Flüchtenden hinüber zu den Stallungen.

Seine Gefolgsleute erwarten ihn bereits mit sorgenvollen Mienen: »Hast du das gehört, junger Herr, die Assyrer köpfen alle Mitanni. Sie werden auch uns abschlachten, wenn wir ihnen in die Hände fallen. Lass uns umkehren - bitte!«

Senni denkt nicht daran, die Flucht zu ergreifen: »Wir haben einen Auftrag für den König des Mitanni-Reiches zu erledigen. Los ihr Memmen, besteigt die Streitwagen! Auf nach Kulišḫinaš!«

Nur mit Murren folgen die Pferdeknechte dem Befehl. Senni muss sie ständig zur Eile anspornen. In wilder Fahrt geht es in östlicher Richtung. Immer wieder müssen sie Flüchtlingen ausweichen, die zu Hunderten die Straße bevölkern. Manche von ihnen liegen erschöpft am Wegesrand, andere haben Tücher zwischen Bäume gespannt, um sich während einer Verschnaufpause vor der Sonne zu schützen. Auf einer Waldlichtung lagert eine unübersehbare Zahl von Müttern mit schreienden Kleinkindern. Daneben ermattete Greise, die aus Entkräftung nicht mehr weiterkommen. Von ihnen erfährt Senni, dass die Entscheidungsschlacht um Kulišḫinaš in vollem Gang sei. Wenn er die Streitwagen noch rechtzeitig ausliefern wolle, dürfe er keine Zeit mehr verlieren. Senni treibt seine

Mannschaft zur Eile. Nachdem sie den Pass auf den Höhen des Kašiari-Gebirges überquert haben, rollen die Streitwagen hinunter auf die vor ihnen liegende Ebene zu. Während einer kurzen Rast lässt Senni seine Augen bis zum Horizont schweifen. Aus allen Richtungen strömen flüchtende Menschen herbei, um sich über den schmalen Gebirgspass auf der Westroute in Sicherheit bringen. Niemand spricht ein Wort. Plärrende Kinder sind hier und da zu hören, wenn Familien-Clans an ihnen vorüberziehen. Senni fällt auf, dass nun zunehmend Frauen und Kinder sowie ältere Menschen die Straße bevölkern. Männer oder Jugendliche im wehrfähigen Alter sieht er kaum noch unter den Flüchtlingen. Waren die ersten Vertriebenen noch sehr gesprächig, so treffen sie nun nur noch auf Menschenmassen, die stumm und fast geräuschlos an ihnen vorüberziehen. Wie ein Wurm windet sich dieser Zug der Trostlosigkeit über die hinter ihnen liegenden Hügelketten und verschwindet in den Bergwäldern des Kašiari-Gebirges.

Nach zwei Doppelstunden kommen die Zinnen von Kulišḫinaš in Sicht. Von Weitem könnte man meinen, es habe sich seit seinem letzten Besuch vor knapp acht Jahren nichts geändert. Doch je näher sie an die Stadt herankommen, umso grässlicher offenbart sich das Schicksal der Bewohner, denen die Flucht nicht geglückt ist. Leblose Körper scheinen ihnen hilfesuchend ihre Arme entgegenzustrecken. Tote liegen mit verrenkten Gliedern im Straßenrand. Geier, streunende Hunde und anderes Getier machen sich in Scharen über leblose Körper her. Der süßliche Geruch verwesender Leichen liegt in der Luft. Pferdekadaver und Reste von zerstörten Streitwagen wohin das Auge reicht. Lebende Menschen bekommen sie keine zu Gesicht, auch nicht auf den Stadtmauern. Zu Sennis Überraschung liegt das Westtor unbewacht vor ihnen. Beide Flügel des Eingangsportals stehen sperrangelweit offen. Senni lässt den Tross anhalten, um die Lage zu überprüfen. Er beordert einen der Pferdeknechte, vorsichtig auszuspähen, ob sie die Stadt betreten können. Der Mann läuft langsam, sich nach allen Seiten umschauend, auf das Tor zu. Kein Geräusch, keine Regung ist zu vernehmen. Es herrscht Totenstille. Die sonst so belebte Stadt scheint verlassen. Der Mann winkt ihnen zu: Die Luft ist rein!

Die Streitwagen mit Senni an der Spitze rollen zum Tor hinein. Senni lenkt sein Gefährt zum großen Platz, auf dem ansonsten Marktschreier ihre Waren lautstark feilbieten. Keine Menschenseele. Kulišḫinaš ist wie ausgestorben. Senni springt vom Wagen, streichelt seinen Pferden beruhigend über den Hals, während er sich umschaut. Die Zeit scheint seit seinem letzten Besuch stehengeblieben. Nichts hat sich verändert. Es sind auch keine Zerstörungen erkennbar. Die Bewohner haben ihre Häuser wohl fluchtartig verlassen.

»Tränkt die Pferde, Männer, dann schauen wir uns genauer in der Stadt um! Irgendwo muss doch noch eine Menschenseele zu finden sein! Schließlich sollten wir genau hier die Streitwagen an die Mitanni übergeben.«

Die Pferdeknechte entsteigen nur zögernd den Streitwagen. Jeder Einzelne von ihnen blickt sich ängstlich um.

»Šenni, lass uns abhauen so lange wir noch können«, fleht einer von ihnen, »die Stille hier ist unheimlich und macht uns allen Angst.«

Senni bleibt unbeeindruckt. Forsch marschiert er auf eine der Seitengassen zu. Ein Geräusch lässt ihn aufhorchen. Er bleibt stehen und zückt sein Schwert. Mit seinen Augen sucht er jeden Winkel der vor ihm liegenden Häuserzeilen ab. Eine streunende Katze kreuzt seinen Weg, bleibt kurz stehen, maunzt auf, um im nächsten Augenblick das Weite zu suchen. Senni wendet sich um und ruft seinen zurückgebliebenen Männern zu:

»Seht ihr, hier gibt es nur Katzen, keine Assyrer. Folgt mir!«

Gerade als die Pferdeknechte nach den Zügeln der Streitwagen greifen und sich in Bewegung setzen wollen, springen fünf Krieger in Lederrüstungen aus einer Eingangsnische hervor und umringen Senni. Bevor er sich versieht, reißen ihn zwei von ihnen zu Boden und pressen sein Gesicht brutal in den Staub der Straße, während zwei andere ihm mit geübtem Griff seinen Schwertarm auf den Rücken verdrehen. Senni schreit vor Schmerz. Die Waffe entgleitet ihm und fällt zu Boden. Im nächsten Augenblick spürt er die kalte Klinge eines Dolches an seiner Kehle.

»Nur ein Laut, Mitanni, und dein Kopf rollt über die Straße!«, droht ihm der Krieger, dessen Bronzehelm sein halbes Gesicht verdeckt. Senni schlägt das Herz bis zum Hals. Er spürt, wie sich die geschärfte Schneide unter seinem Kinn in die Haut bohrt und ihm Tropfen seines Blutes den Hals hinunterlaufen. Senni ist ein Halbwüchsiger und von eher schmächtiger Statur. Auch ist er nicht im Kampf geübt. Sein Metier ist die Ausbildung von Pferden und das Lenken von Streitwagen. Einen Kampf auf Leben und Tod hat er noch nie ausfechten müssen. Er spürt, wie sich Lederriemen um seine Handgelenke schlingen, während man ihm die Arme mit roher Gewalt auf dem Rücken biegt. Im nächsten Moment wird ihm ein Stock quer über den Rücken unter den beiden Armen hindurchgeschoben. Senni liegt nun gebunden völlig wehrlos auf der Erde. Erst jetzt lockern sich die Griffe seiner Häscher, die ihn die ganze Zeit wie Zwingen umklammerten. Der Krieger, der ihm den Dolch an die Kehle hielt, steht nun über ihm. Mit seinem linken Fuß drückt er dem Jungen den Kopf auf den Boden, die Waffe noch immer stichbereit in seiner rechten Hand. Hilflos niedergestreckt verfolgt Senni aus den Augenwinkeln, was mit seinen Männern geschieht. Die meisten seiner Pferdeknechte lassen sich ohne Gegenwehr gefangen nehmen. Auch sie werden auf die gleiche Weise wie Senni gefesselt und nebeneinander auf den Boden gelegt. Nur einer von ihnen, derjenige, der mit seinem Streitwagen am nächsten zum Stadttor steht, versucht zu entfliehen. Der Mann springt in den Wagenkasten, schwingt die Peitsche und rast mit seinem Gefährt dem Ausgang entgegen.

Sennis Bezwinger, der ihn immer noch brutal zu Boden drückt, scheint der Anführer zu sein. Dessen Befehl schallt kurz und unaufgeregt über den Platz:

»Macht Platz für die ›Elamische Schlange‹. Die Soldaten, die Senni soeben niedergerungen haben, treten ein paar Schritte zur Seite. Ein fremdartig aussehender Krieger tritt aus den Reihen der Waffenträger nach vorne. Der Mann trägt im Gegensatz zu allen anderen keinen Helm und ist auch ansonsten vollkommen anders gekleidet als die übrigen Soldaten, die alle in gleichförmigen Rüstungen stecken. Dieser Mann hat um seinen Kopf ein rotes Band gewunden, in dem drei gefärbte Straußenfedern stecken. Sein schwarzes Haupthaar fällt in Locken bis auf die Schultern. Auf dem Rücken des Mannes hängt ein bunt verzierter Lederköcher, vollgepackt mit Pfeilen, die allesamt eine blutrote Fiederung besitzen.

Ohne einen Blick zu vergeuden, zieht der Bogenschütze mit seiner Linken einen der Pfeile aus dem Futteral, legt ihn locker auf die Sehne seines Bogens. Breitbeinig steht er da, hebt seine Waffe und zielt nur für die Länge eines Wimpernschlages. Der Pfeil surrt von der Sehne und jagt dem flüchtenden Pferdeknecht hinterher. Noch bevor der Bogenschütze seine Waffe gesenkt hat, durchschlägt das Geschoss den Rücken des fliehenden Wagenlenkers. Ohne einen Schrei auszustoßen, kippt der Körper des Getroffenen zur Seite, stürzt mit dumpfem Aufprall auf die Straße und bleibt reglos mit verdrehten Gliedern liegen. Einige der überwältigten Pferdeknechte schreien auf, werden aber sofort von ihren Bewachern mit derben Hieben zur Ruhe gezwungen. Sennis Bewacher löst seinen Fuß vom Kopf des Jungen und erteilt lauthals einige Befehle.

Zwei bärtige Krieger rennen sofort herbei und reißen Senni auf die Beine. Mit ihren riesigen Lanzenschäften knüppeln sie auf Senni ein und treiben ihn so an, ihrem Anführer zu folgen. Der geht auf den seltsam aussehenden Bogenschützen zu. Der Mann mit den Straußenfedern steht vollkommen entspannt, auf seinen Bogen gestützt, immer noch an der Stelle, von der er soeben den Schuss abgegeben hat. Der Befehlshaber der Krieger legt dem Bogenschützen die Hand auf die Schulter, zieht aus seinem Gürtel einen Beutel hervor und reicht diesen dem Schützen: »Die ›Elamische Schlange‹ hat wieder einmal zugebissen! Banū, du bist unübertroffen mit Pfeil und Bogen. Niemand kommt dir an Treffsicherheit gleich. Hier deine Belohnung.«

Er überreicht dem Bogenschützen mit dem fremdartigen Aussehen den Lederbeutel. Der wiegt das Säckchen in seiner Hand und lächelt verschmitzt, bevor er die Belohnung unter seinem Gürtel verschwinden lässt.

»Schau, sie bringen schon den Streitwagen des Geflüchteten. Dank deiner Kunst haben wir einen weiteren der kostbaren Kampfwagen erobert.«

Der Mann mit dem Federbusch verbeugt sich tief vor dem Befehlshaber. »Danke, Herr, danke.« Der Bogenschütze verneigt sich ein weiteres Mal: »Du sehr großzügig, Herr«, lächelt er zufrieden.

Senni, der nun dicht neben dem Bogenschützen steht, betrachtet den Mann von oben bis unten. Noch nie hat er einen Krieger in einem solch eigenartigen Gewand gesehen. Seine Brust wird von einem ledernen Wams geschützt, auf das kreisrunde Metallstücke aufgenäht sind. Sein Unterhemd aus Linnen bedeckt die Oberarme. Die Ärmel sind allerdings sehr weit ausgeschnitten, um den Mann beim Bogenschießen nicht zu behindern. Überhaupt ist seine Kleidung vollkommen auf seine Aufgabe als Bogenschütze abgestimmt.

Abb. 26: Banū – der elamische Bogenschütze

Seine Unterarme sind mit Sehnenscheiden aus dunklem Leder geschützt, damit die Bogensehne ihn beim Vorschnellen nicht ins Handgelenk schneidet. Sein kurzer Rock endet über den kräftigen Knien in einem fingerdicken Saum. Unter dem Stirnband quillen seine schulterlangen Haare hervor, die mit einem Brandeisen in Form gebracht wurden. Selbst der Wind, der hier durch die engen Gassen pfeift, bringt die Nackenlocken nicht zum Wehen. Kräftiger Bartwuchs überwuchert das Gesicht des Bogenschützen. Neben den Kopffedern ist sein Gürtel aus glänzendem Metall das auffälligste Trachtelement. Der Leibgurt ist gute zwei Hand breit und windet sich eng um seine Taille. Nicht zu übersehen ist die Gürtelschließe, die sich aus zwei Schlangen zusammensetzt, deren Köpfe ineinander verschlungen sind.

»Hör auf, den Mann so anzuglotzen, du Mitanni-Schwein!«, herrscht ihn der Befehlshaber an und versetzt Senni einen kräftigen Tritt ans rechte Bein. Senni geht in die Knie, verzieht aber nur kurz das Gesicht, richtet sich wieder auf - so gut es mit auf den Rücken gefesselten Armen geht - und antwortet trotzig:

»Ich bin kein Mitanni. Ich bin Hurriter!«

Einer seiner Wachen hebt seine Lanze, bereit, sofort zuzustoßen.

Abb. 27: Assyrischer Krieger

Doch der Befehlshaber geht dazwischen: »Bevor wir ihn seines Kopfes entledigen, soll er uns zuerst einmal Antwort geben, woher er kommt und wieso ein so junger Kerl eine Einheit mit Streitwagen befehligt.«

Senni starrt vor sich auf den Boden und versucht, Zeit zu schinden. Was soll er nun antworten? Der Schlag des Anführers in die Magengrube trifft ihn wie ein Blitz. Senni fällt nach Luft japsend erneut auf die Knie. Er würgt. Sein

Mageninhalt schießt nach oben. Gerade noch kann er das Erbrechen verhindern. Seine beiden Bewacher zerren ihn wieder auf die Beine. Keuchend richtet er sich auf. Nur keine Schwäche zeigen! Wenn ich sterbe, dann als aufrechter Hurriter!, macht er sich Mut.

»Antworte endlich oder sollen wir dir die Zunge mit einer Zange lösen?«, schreit ihm sein Peiniger ins Gesicht. Gerade als der Mann zum zweiten Schlag ausholt, mischt sich der Bogenschütze ein:

»Herr, mich lass reden mit ihm. Er sehr jung und Angst. Ich seine Zunge löse – auf elamisch Art.«

Sein Gegenüber grinst: »Banū, du bist der sicherste Bogenschütze im Dienst des assyrischen Königs. Aufgrund deiner großen Verdienste in den Reihen der assyrischen Armee, überantworte ich dir den Gefangenen. Aber nur so lange, bis wir die erbeuteten Streitwagen gezählt und die anderen Gefangenen verhört haben. Nimm dir diesen verstockten Jungen vor. Wenn ein Elamier nichts aus ihm herausbringt, wird ihn die glühende Zange eines Assyrers zum Singen bringen.«

Abb. 28: Folterszene: Reliefausschnitt aus Ninive

Im Vorbeigehen verpasst der assyrische Befehlshaber Senni einen weiteren Fußtritt. Der Junge kommt ins Taumeln. Doch bevor er zu Boden stürzt, packt ihn der Bogenschütze am rechten Arm und zieht ihn ein Paar Schritt weit zur Seite.

»Höre, Jungchen, ich sagen nur ein einzig Mal. Du mir sagen alles, dann alles in Ordnung. Du nichts sagen, Assyrer dich foltern. Verstanden?«

Die Stimme des Mannes klingt ruhig, aber bestimmt. Senni bereitet es einige Mühe, das gebrochene Assyrisch des Mannes zu verstehen. Aber er hat genau verstanden, was er ihm sagen wollte. Dennoch verbietet ihm sein Stolz, diesem Wilden Rede und Antwort zu stehen.

»Woher kommen?«, beginnt der Elamier sein Verhör.

Senni schaut in die andere Richtung, so als würde ihn das Ganze nichts angehen.

»Woher kommen?« Die Frage des Bogenschützen klingt nun wesentlich lauter und eindringlicher. Senni stellt sich taub. Er hat sich vorgenommen, nichts preiszugeben.

In diesem Moment gellen markerschütternde Schreie über den Platz. Unter dem Gejohle der assyrischen Soldaten haben sie zwei seiner Pferdeknechte zur Mitte des Platzes gezogen. Einer der gefesselten Männer liegt flach auf dem Rücken. Ein assyrischer Krieger hat ihn an den Haaren gepackt, ein anderer hält ihm seine Beine fest.

Ein bulliger Typ tritt an den Gefangenen heran, kniet sich neben ihn. Mit einem Würgegriff drückt er dem Unglückseligen die Kehle zu. Der Mann röchelt und öffnet den Mund, um nach Luft zu schnappen. Auf diesen Augenblick hat der Würger gewartet. Blitzschnell greift er die Zunge des Pferdeknechts und zieht sie aus der Mundhöhle. Der Schrei des Gefolterten geht in den Anfeuerungsrufen des assyrischen Befehlshabers unter:

»Lasst den anderen die Zange spüren. Wir bringen diese Mitanni-Hunde schon zum Singen!«

Der zweite Pferdeknecht wird nun ebenfalls auf den Boden gelegt. Einer der Krieger packt ihn an seinem Bart, stellt seinen Fuß auf seinen Unterleib und reißt ihm ein Bein nach oben. Von hinten nähert sich ein Muskelpaket mit einer glühenden Zange in den Händen, deren Griffe mit Lederlappen umwickelt sind. Die Haare des Gefangenen versengen, als das glutrote Instrument den Schopf berührt. Als sich die glühenden Greifer immer tiefer in die Kopfhaut senken, brüllt der Pferdeknecht vor Schmerz:

»Ich sage alles. Gnade – ich gestehe alles, was ihr wollt!«

Es stinkt entsetzlich nach versengten Haaren und verbranntem Fleisch. Die umherstehende Menge tobt: »Lass ihn die Zange lecken!«

Die Gefolterten winden sich vor Schmerzen am Boden. Ihre Schmerzens-schreie gellen über den Platz. Unter den anderen Pferdeknechten macht sich Panik breit.

»Euch geht es gleich allen so, wenn ihr euer Maul nicht aufmacht!«, schreit der assyrische Befehlshaber zu ihnen herüber.

Senni steht fassungslos neben dem Bogenschützen. Er hat schon Schlimmes unter seinem Ziehvater Kikkuli erlebt, aber diese Szene brennt sich in sein Gedächtnis.

»Du mir alles sagen, sonst Assyrer mit dir auch machen.« Der Bogenschütze hält Senni einen Napf mit Wasser an dem Mund. Während der Junge seine Lippen benetzt, wiederholt Banū seine Frage: »Woher kommen?«

Senni gibt seinen Widerstand auf. Er berichtet in kurzen Worten, dass er im Auftrag seines Ziehvaters die Streitwagen hier nach Kulišḫinaš bringen sollte. Er betont dabei, dass er als Kind in Schuldknecht geraten sei und bei den Mitanni die Kunst der Pferdeausbildung, aber auch den Bau von Streitwagen erlernt habe. Immer wieder weist Senni darauf hin, dass er ein Hurriter und kein gebürtiger Mitanni sei. Ebenso verhalte es sich mit seinen Pferdeknechten.

Banū runzelt die Augenbrauen: »Du jung und schon viel wissen. Du nix sagen! Ich sprechen mit assyrisch Hauptmann. Verstanden?«

Senni nickt und wagt es nun doch noch eine Frage zu stellen: »Woher kommst du eigentlich, Banū? Du bist kein Assyrer. Das erkennt man an deiner Tracht und an deiner Art zu sprechen. Aus welchem Land stammst du? Bist du ein Ägypter? Und wieso nennt man dich die ›Elamische Schlange‹?«

Banū richtet sich auf, stützt seine Hände in die Hüften und beginnt zu lachen: »Ich Ägypter? Nein! Ich kommen aus Elam. Das ein Land weit weg von hier. Liegen hinter den großen Bergen im Osten. Noch weiter weg als Babylon. Ich sehr weit weg von zu Hause! Und Schlange in Elam heilig Tier. Ich töten kann wie sie: Lautlos und sehr schnell! Deshalb Assyrer mich ›Elamisch Schlange‹ heißen.«

Damit beendet er das Gespräch, dreht sich um und geht seelenruhig auf die joh-lende Meute der Soldaten zu. Als Banū sie erreicht, verstummen alle Stimmen.

Lediglich die gefolterten Pferdeknechte, die immer noch am Boden liegen, wimmern vor Schmerzen.

»Na, hat er ausgepackt?«, will der assyrische Befehlshaber wissen.

»Herr, du wissen, mir Gefangene alles sagen. Wer nichts sagen, der tot!« Umständlich erklärt Banū, was er herausgefunden hat. Dass Senni ein Pferdekundiger sei und sogar Erfahrung im Bau von Kampfwagen besitze. Über das Gesicht des assyrischen Hauptmanns fliegt ein Lächeln:

»Wenn das der Wahrheit entspricht, ist der Junge mehr wert als eine Wagenladung Gold. Und diese Kerle hier sind seine Pferdeknechte, sagst du?« Banū bejaht die Frage. Der Assyrer reibt sich die Hände: »Finger weg von den Gefangenen. Keiner krümmt diesen Leuten mehr ein Haar,« befiehlt er seinen Männern, »bringt sie alle zur Sammelstelle am Vorplatz des Tempels. Auch die Streitwagen. Und den jungen Mitanni nehme ich meine persönliche Obhut. Banū, bring in her zu mir! Lass den Kerl nicht aus den Augen!«

Banū bemerkt im Gehen: »Herr, das nicht Mitanni, das Hurriter!«

Der Offizier spuckt auf den Boden, bevor er antwortet: »Was er wirklich ist, bringen wir noch in Erfahrung. Er ist gekleidet wie ein Mitanni, er kommt mit Streitwagen für den König von Mitanni und er behauptet, für dieses Pack zu arbeiten - also ist er für mich ein Mitanni. Seinen Kopf kann er nur retten, wenn er ein Pferdekundiger ist und Streitwagen bauen kann. Nur dann ist er für General Qibi-Aššur nützlich. Wenn seine Angaben sich als unwahr herausstellen, werde ich ihn höchstpersönlich ins Jenseits befördern. Das kannst du dem Bengel ausrichten, Banū.«

Der Elamier nickt nur kurz, wirft seinen Bogen über die Schulter und geht gemächlichen Schrittes hinüber zu Senni, der noch immer gefesselt am Boden kauert. Der Bogenschütze beugt sich über den Gefangenen und fragt:

»Du gehört, was Hauptmann sagen? Sie dich bringen zu Qibi-Aššur. Mächtiger General! Sehr strenges Mann!«

Senni schaut ihm ins Gesicht. Dieser Mann, der vor kurzem einen seiner Pferdeknechte so erbarmungslos niederstreckte, lächelt ihn an, als wäre er ein gütiger Onkel von nebenan. Senni ist noch unschlüssig, wie er sich verhalten soll. Ein falsches Wort und es ist um ihn geschehen. Den Assyrern eilt der Ruf voraus, Gefangene, für die sie keine Verwendung haben, rücksichtlos umzubringen. Egal, ob Mann, Frau oder Kind – Assyrer massakrieren alle, die ihnen im Weg stehen, hat ihm einst Kikkuli erzählt.

»Na, was ist, Junge?«, hakt Banū nach, »wo bleiben Antwort?«

Senni zerrt verzweifelt an seinen Fesseln. Keine Aussicht auf Entkommen!

Banū grinst: »Du weglaufen, ich dir schießen Pfeil zwischen Augen. Du besser gut mit mir, dann du leben!«

Senni atmet noch einmal tief durch und ergibt sich in sein Schicksal: »Wenn du mir hilfst, Banū, dann werde ich euch zeigen, wie man Pferde für den Kampf mit Streitwagen abrichtet. Ich habe allerdings drei Bedingungen.«

Der Elamier richtet sich vor ihm auf und bricht in schallendes Gelächter aus: »Du stellen Bedingungen? Schau dich an, kleiner Mitanni-Junge! Du froh, noch am Leben.«

Trotz seiner misslichen Lage, wagt es Senni seine Stimme zu erheben: »Ich sage es dir nun zum letzten Mal: Ich bin ein Hurriter und wurde von einem Mitanni versklavt!« Sennis Worte klingen so eindringlich, dass der Elamier augenblicklich verstummt.

»Welche Bedingungen, Bürschchen?« Banūs Tonfall wird auf einen Schlag ernster. Sein Lächeln weicht aus dem Gesicht.

»Erstens: Ich fordere, dass meinen Pferdeknechten nichts geschieht. Verschont sie! Wenn ich eure Pferde nach den geheimen Methoden der Mitanni trainieren soll, brauche ich diese erfahrene Mannschaft. Alleine schaffe ich das nicht. Verschont ihr Leben und lasst sie als freie Männer für euch arbeiten. Zweitens: Ich will meinen Rappen Aspa für mich behalten. Drittens: Ich bin auf der Suche nach meiner Familie, die hier in der Nähe gelebt hat. Gewährt mir den Besuch auf dem Gehöft meines Vaters Ḫunnu. Ich muss wissen, wie es ihm und meinem Bruder geht. Wenn diese Bedingungen erfüllt werden, verpflichte ich mich, euch die besten Streitwagenpferde der gesamten assyrischen Armee abzurichten.«

Banū greift sich in den Bart, murmelt ein paar unverständliche Worte, bevor er antwortet: »Du mutig. Gefangene normal keine Bedingung. Ich legen Wort für dich ein bei Hauptmann. Wenn du kein Pferdekundiger oder, wenn du versuchen zu fliehen, er dir schneiden Kopf ab mit Schwert.«

Die Fesseln schneiden Senni ins Handgelenk, weshalb er sich noch einmal an den Elamier wendet: »Kannst du mich nicht von den Stricken befreien, Banū? Ich verspreche dir, nicht zu fliehen. Ich hätte sowieso keine Chance, deinen Pfeilen zu entgehen. Meine Gelenke schmerzen und der Stock zwischen meinem Armen drückt auf meine Rückenwirbel. Binde mich los, bitte.«

Der Elamier schaut ihn an, als ob Senni den Verstand verloren hätte: »Wenn ich dich Fesseln wegnehme und du fliehen, sie zuerst schneiden dir Kopf ab und dann mir. Nein, erst gehen zum Platz vor Tempel, dann reden mit Hauptmann, dann sehen, was passiert.«

Banū hilft Senni auf die Beine und drängt ihm mit einem sanften Stoß in Richtung der Gasse, wo bereits die gefangenen Pferdeknechte in einer Reihe Aufstellung nehmen mussten. Jeweils fünf von ihnen hat man eine leiterartige Konstruktion auf die Schultern gelegt. Die Köpfe der Unglückseligen sind mit Riemen an die Sprossen dieser ›Gefangenen-Leiter‹ festgezurrt, was eine Flucht dieser Fünfergruppe unmöglich macht, zumal ihre Arme, wie die von Senni, auf den Rücken gebunden sind. Mehr stolpernd als laufend treibt man die Gefangenen durch die Straßen hin zum großen Vorplatz vor dem Tempel.

Allen voran schreitet der Hauptmann der assyrischen Truppe, der Senni einen Strick um den Hals gelegt hat und den Jungen wie ein Stück Vieh hinter sich herzieht. Banū, der Bogenschütze, folgt dicht dahinter. Bei jedem seiner Schritte wippen die langen Straußenfedern auf seinem Kopf auf und nieder, als wollten sie dem Träger frische Luft zufächeln. Den Abschluss des Zuges bilden die erbeuteten Streitwagen, deren Zugtiere von den assyrischen Kriegern am Halfter geführt werden. In den Wagen einsteigen, wagt keiner, denn niemand von ihnen hat jemals auf so einem wackligen Gefährt gestanden.

Senni musste im Haus des Kikkuli schon einige Demütigungen über sich ergehen lassen, was ihm nun auf dem großen Platz vor dem Tempel widerfährt, erniedrigt ihn zu einem Stück Dreck unter den Sohlen der Assyrer - auf jeden Fall fühlt er sich in diesem Augenblick so. Unter dem Gejohle von Hunderten von assyrischen Kriegern, die rund um den Platz Aufstellung genommen haben, werden die Gefangenen durch ein Spalier von Männern geführt, die ihn und die Pferdeknechte bespucken, ihnen mit Stöcken Hiebe verpassen und am Ende sogar mit Kot von Pferden bewerfen. Nachdem die letzte Fünfergruppe, eingezwängt in ihre Halsleitern, den Spießrutenlauf hinter sich gebracht hat, treibt man die Gefangenen zu einer Stelle des Platzes, wo schon Hunderte anderer Menschen am Boden liegen. Die Assyrer haben diejenigen, die ihnen in die Hände fielen, in einzelne Gruppen unterteilt. Frauen und Kinder kauern nahe des Treppenaufgangs zum Tempel, die älteren Männer sowie Knaben und Jünglinge lagern unter strenger Bewachung neben ihnen. Alle wehrfähigen Männer liegen dagegen gefesselt dicht nebeneinander im Staub. Einer vierten Gruppe widmet man die größte Aufmerksamkeit. Es sind die Kampfwagenfahrer und Bogenschützen der Mitanni, die Elitetruppe der Marijanni, wie unschwer an ihren auffälligen Rüstungen zu erkennen ist. Um diese Männer haben die Assyrer einen Ring von schwer bewaffneten Wächtern gezogen, die keinen ihrer Gefangenen aus den Augen lassen. Die meisten der Mitanni bluten aus zahlreichen Wunden. Manche liegen völlig reglos auf der Erde, andere winden sich wie Würmer in ihren Fesseln. Sobald einer versucht, sich aufzurichten, um einen Blick auf ihr Umfeld zu erhaschen, trifft ihn ein Schlag mit einer Lanze oder der Fußtritt eines der Wachleute.

Die Pferdeknechte in den Halsleitern fallen völlig erschöpft zu Boden. Die Angst vor ihrem ungewissen Schicksal ist in ihren Augen abzulesen. Senni spricht ihnen Mut zu, wird aber unsanft von einem der assyrischen Krieger an seinem Halsstrick weggezerrt. Der Junge stolpert dem Krieger hinterher. Die raue Hanfschlinge bohrt sich in seinen Hals und schnürt ihm den Atem ab. Nach einigen Schritten wird Senni mit einem kräftigen Ruck nach vorne gerissen. Keuchend und nach Luft ringend steht er nun vor einem Mann, der in erhabener Pose und mit strenger Miene seine Augen über den gesamten Platz schweifen lässt. Dies muss der Oberste von allen sein, denkt sich Senni. Das muss Qibi-Aššur sein, der General der assyrischen Truppen.

Die Rüstung des Assyrers ist wesentlich prächtiger gestaltet als die seiner Krieger. Der Helm schimmert golden, wie auch der Brustharnisch, der mit dem Emblem einer geflügelten Sonne verziert ist. Das Zeichen Aššurs, ihres obersten Gottes. Senni mustert den Mann von oben bis unten. Seine Füße stecken in Ledersandalen. Sein Gewand, vor allem aber der kurze Rock, ist mit bunten Mustern bestickt. Im Ledergurt steckt ein Kurzschwert, dessen Griff in einen kunstvoll gestalteten Löwenkopf ausläuft. Obwohl Senni nur eine Armlänge von ihm entfernt steht, würdigt ihn der Oberbefehlshaber keines Blickes. Als sei er Luft für ihn, unsichtbar, nicht vorhanden – weniger Wert als nichts! Der General macht nur eine Handbewegung und Senni wird am Strick zur Seite gezerrt und auf die Knie gezwungen. Ein Mann mit einem Horn bringt sich neben dem Befehlshaber in Position und setzt sein Instrument an den Mund. Das Signal übertönt sämtliche Geräusche auf dem Tempel-Platz. Abrupt verstummen sämtliche Gespräche, keiner wagt es, ein Geräusch zu verursachen. Nur das Schnauben einiger Pferde ist noch zu vernehmen. Aber selbst die Tiere geben plötzlich keinen Laut mehr von sich. Eine unheimliche Stille breitet sich über dem Platz aus. Alle Augen sind auf den General gerichtet, der noch immer wie eine steinerne Säule reglos verharrt. Erst als kein Geräusch mehr an sein Ohr dringt, erhebt der Befehlshaber seine Stimme. Laut und gewaltig, wie ein Donner, dröhnen seine Befehle über die Köpfe.

Die Wachen stürzen sich auf die gefangenen Mitanni. Jeder von ihnen wird von zwei Assyrern an den gefesselten Armen gepackt und dazu gezwungen, sich vor dem General in den Staub zu legen. Die Bewacher drücken sie brutal mit den Füßen zu Boden. Wer einen Laut von sich gibt, wird so lange geschlagen, bis er Ruhe gibt. Senni stockt der Atem. Was haben die Assyrer mit diesen unglückseligen Menschen vor? Auf ein zweites Signal bilden die assyrischen Krieger ein Spalier, das von der Gasse, aus der man Senni hierher geschleppt hat, quer über den Platz bis zum Standort des Generals führt. Kaum haben die Krieger in zwei sich gegenüberstehenden Reihen Aufstellung genommen, hallt erneut ein kurzer Befehl über den Platz. Nahezu gleichzeitig erheben die Soldaten ihre Schilde vor die Brust und bilden so eine undurchdringliche Gasse von gepanzerten Kämpfern. Die Unruhe, die nun eingetreten ist, übertönt das dritte Hornsignal. Plötzlich werden Rufe laut, die in tumultartiges Geschrei umschlagen. Die versammelten Krieger brüllen aus Leibeskräften. Senni bemüht sich, die Situation zu erfassen. In der Ferne, am anderen Ende der Menschengasse, erscheint ein assyrischer Offizier in glänzender Rüstung, der einen hochgewachsenen Mann an einer langen Lederleine hinter sich herzieht. Der Gefangene ist nur noch mit einem blutüberströmten Gewand bekleidet, das ihm in Fetzen vom geschunden Körper hängt. Seine Arme sind auf den Rücken gefesselt. Zwei Wächter folgen ihm und traktieren ihn immer wieder mit ihren spitzen Lanzen, um ihn in Richtung des Generals zu treiben. Erst als die kleine Gruppe näherkommt, erkennt Senni, um wen es sich bei dem Gefangenen handelt: Es ist der Bote des Mitanni-Königs, an den er die Streitwagen ausliefern sollte. Senni mochte den Mann nicht, der sich noch vor einigen Tagen so stolz im Hof von Kikkulis Gestüt präsentierte. Aber ein solch elendes Schicksal hätte er ihm nicht gewünscht! Das Gejohle der assyrischen Krieger wird immer lauter. Einige schlagen mit ihren Lanzenschäften auf den wehrlosen Mitanni ein, der durch das Spalier der Soldaten torkelt. Der Gefangene blutet aus mehreren Wunden. Die Schläge haben seinen Rücken zerschunden und an seinen Beinen sind die Abdrücke von Peitschenhieben erkennbar. Doch das Grausamste, was die Assyrer ihm angetan haben, wird Senni erst dann gewahr, als die Gruppe unmittelbar vor dem General angelangt ist. Man hat dem Königsboten einen Metallring durch die Nasenscheidewand getrieben und daran die Lederleine verknotet, mit der er wie ein Zugochse vor den Befehlshaber gezogen wird. Die einst so kunstvoll frisierten Barthaare des Misshandelten sind mit vertrocknetem Blut verklebt. Sein stolzer Blick ist einem Ausdruck voller Panik gewichen. Vom einst so großspurig auftretenden Höfling des Mitanni-Königs ist nur noch ein Häufchen Elend übrig.

Ein Wink des Generals genügt und die assyrischen Soldaten beenden das triumphale Siegesgeheul. Wieder herrscht gespenstische Stille auf dem Vorplatz zum Tempel. Der assyrische Oberbefehlshaber blickt noch einmal mit strenger Miene über die Köpfe der Anwesenden hinweg, bevor er zu ihnen spricht:

»Unser Gott Aššur hat uns befohlen, den König von Mitanni aus diesem Land zu treiben, das wir Ḫanigalbat nennen. Der König von Mitanni ist wie ein Feigling vor uns geflohen. Die Mehrzahl seiner Truppen haben wir vernichtet. Hier vor uns liegen seine Streitwagenfahrer und ihre Bogenschützen, die Gott Aššur uns in die Hände gegeben hat. Und hier vor uns kniet nun ihr Befehlshaber. Dieser hohe Hofbeamte des Mitanni-Königs ist nun der Sklave Assyriens!«

Die assyrischen Krieger jubeln und klopfen auf ihre Schilde, während man den Königsboten am Nasenring zu Boden zerrt und die Lederleine dem General übergibt.

»Seht her! Wie dieser Mitanni, wird auch schon bald ihr König an einem Nasenring zappeln und als Sklave in unsere Hauptstadt Assur geführt werden. Diese Mitanni aber, die sich uns nicht ergeben wollten, sie alle sind dem Tode geweiht.«

Der Königsbote kriecht auf allen vieren auf den General zu und berührt mit seiner Stirn den Boden vor dessen Füßen.

»Gnade, Herr, Gnade für mich und meine Männer«, fleht er inständig. Tränen fließen seine Wangen hinab. »Habt Erbarmen, Herr, wir sind nur dem Befehl unseres Königs gefolgt.«

Der assyrische Oberbefehlshaber nimmt wieder eine majestätische Pose ein und brüllt einen Befehl über den Platz.

»Tod allen Mitanni!«, skandieren die assyrischen Soldaten. Dann stürzen sich die Bewacher auf die am Boden liegenden Mitanni und zwingen diese rabiat auf die Knie. Alle werden bis auf ihre Lendenschurze entkleidet. Eine Horde assyrischer Sklaven eilt herbei, rafft die Kleidungsstücke und Rüstungteile der Gefangenen zusammen, um die Beute anschließend auf mehreren Handkarren zu verstauen. Aus der Menge der assyrischen Soldaten treten zwei Offiziere hervor, die sich kurz vor dem General verbeugen. Mit gezückten Schwertern schreiten sie auf die nebeneinander in einer Reihe knienden Gefangenen zu, auf deren nackten Oberkörper die Sonne brennt. Breitbeinig stellen sie sich vor die beiden Ersten in der Kette. Deren Bewacher packen die Verurteilten an den Haaren und reißen deren Köpfe gewaltsam nach hinten, so dass der Hals des Delinquenten schutzlos preisgegeben ist. Fast zeitgleich setzen die beiden Offiziere ihre Schwerter an deren Kehlen. Ein scharfer Schnitt und das Röcheln der ihrer Opfer erstickt in ihrem Blut, das wie eine Fontäne aus den Hälsen sprüht. Noch ein Schnitt und die Wachsoldaten recken triumphierend die abgetrennten Köpfe in die Höhe, während die leblosen Körper zu Boden sinken.

Ein Aufschrei des Entsetzens geht durch die Reihe der Mitanni. Den Tod vor Augen, versuchen einige der Gefesselten sich mit aller Kraft zur Wehr zu setzen.

Einem gelingt es sogar, sich loszureißen. Doch schon nach wenigen Schritten haben seine Häscher ihn wieder eingefangen, reißen ihn rücksichtlos zu Boden und knien auf seinem Rücken. Zwei andere Krieger stürzen hinzu und stellen sich mit den Füßen auf seine Beine. Der Mitanni schreit in Todesangst aus Leibeskräften und erntet dafür den Spott der Assyrer. Der General erhebt seine Stimme und wendet sich an die Gefangenen:

»Wer zu entfliehen versucht, dem soll noch ärgere Pein zu Teil werden!«

Er winkt einen Krieger herbei, der mit einer riesigen Bronzeaxt bewaffnet ist. Der Kämpe holt aus und hackt dem am Boden Liegenden beide Füße ab. Schmerzensschreie gellen über den Platz.

»Mitanni-Hunde, will noch jemand aus euren Reihen fliehen?«, wendet sich der General an die Gefangenen.

Einer von ihnen, wohl einer der Anführer, schreit seine Gefolgsleute an: »Männer, hört auf, zu klagen! Zeigt den Assyrern, dass wir Marijanni sind, die Elitetruppe unseres erhabenen Königs. Beweisen wir diesen assyrischen Bastarden, dass wir den Tod nicht fürchten!«

Nach seinen Worten legt der Mann seinen Kopf in den Nacken und streckt den Assyrern die Kehle entgegen. Zögerlich folgen die anderen Mitanni seinem Beispiel. Einer nach dem anderen wird nun geköpft, keiner verschont. Manche gehen mit stolzer Gelassenheit in den Tod, andere zitternd und bitterlich weinend. Doch um ihr Leben fleht nun keiner mehr.

Senni verspürt nur noch Übelkeit. Das blutige Gemetzel will nicht enden. Todgeweihte röcheln, Leiber zucken vor der Hinrichtung. Ströme von Blut ergießen sich über den Erdboden und vermischen sich mit dem Gestank von Kot und Urin. Als letzten zerrt der General den Königsboten am Nasenring zum Hinrichtungsplatz. Unter dem Jubel aus tausend Kehlen wird auch dessen abgeschlagenes Haupt an den Haaren nach oben gehalten und den johlenden Kriegern präsentiert.

»Dieses Schicksal erfahren alle Mitanni«, triumphiert der assyrische General, »wer sich aber uns und unserem Gott Aššur aus freien Stücken unterwirft, dem schenken wir das Leben.«

Wie auf ein Kommando fallen die auf dem Platz versammelten Gefangenen auf die Knie, senken ihre Häupter zu Boden und bitten gemeinschaftlich um Gnade. Männer, Frauen, Kinder und Greise liegen nun im Staub vor den Assyrern. Einige Kleinkinder schreien angesichts der Grausamkeiten, während ihre Mütter sie vergeblich zu beruhigen suchen.

Nur ein alter Mann wagt es, sich zu erheben und zu sprechen: »Herr, wir legen unser Schicksal in deine Hand. Gewähre uns allen deine Gnade. Wir sind Hurriter, keine Mitanni und leben schon seit Generationen hier in Kulišḫinaš. Unsere Ahnen wurden von den Mitanni besiegt und mussten seit jeher deren Befehle ausführen. Ihr Assyrer habt uns von diesem Joch befreit. Zum Dank werden wir eurem Gott Aššur einen Tempel erbauen und auch hier verehren. Bitte lass uns gegenüber Milde walten, hoher Herr!«

Der General lächelt befriedigt: »Es ist ein großer Sieg, den wir für unseren König Salmanassar heute errungen haben. Aus Freude darüber sei euch eure Bitte gewährt. Dennoch müsst ihr Tribut bezahlen. Die Höhe eurer Abgaben legen wir noch fest. Zunächst muss ich mich aber um den Kerl hier neben mir kümmern!«

Bei diesen Worten wendet sich der General Senni zu. Auf einen Wink schleppt man den Jungen vor den Oberbefehlshaber. Zum ersten Mal schaut der General ihm in die Augen. Zwar nur kurz, aber Senni spürt den Hass, der aus den Augen des Mannes strömt.

»Auf die Knie vor unserem Tartānu[63], unserem General, du elender Mitanni!«, herrscht ihn sein Bewacher an. Senni schlägt das Herz bis zum Hals. Schnell wird ihm klar, dass er nun keinen Fehler begehen darf, wenn er nicht das gleiche Schicksal erleiden möchte wie die zuvor hingeschlachteten Mitanni. Sein Blut scheint in seinen Adern zu kochen. Tausende Gedanken rasen durch sein Hirn. Instinktiv senkt Senni sein Haupt und berührt mit der Stirn den Boden zu Füßen des Generals. Er verharrt in dieser Position, bis dieser ihn wieder anspricht:

»Du behauptest, kein Mitanni zu sein?« In der Frage des Oberbefehlshabers klingt eine gehörige Prise Skepsis mit.

---

[63] Assyrische Bezeichnung für „General".

»Nein, Herr, ich bin Hurriter und als Schuldknecht in die Hände der Mitanni geraten.«

Misstrauisch hakt der Assyrer nach: »Ein Mitanni-Sklave also.«

Senni nickt mit dem Kopf.

»Und das soll ich dir glauben? Du trägst die Tracht eines Mitanni und du befehligst eine ganze Mannschaft mit sechzig Streitwagen. Hast du Zeugen, die bestätigen können, dass du kein Mitanni bist?«

Mitten in das Verhör platzt eine Stimme. Es ist die Stimme eines älteren Mannes, die in Sennis Ohren so vertraut klingt:

»Ich bin derjenige, der bezeugen kann, dass der Junge die Wahrheit spricht.«

Der General schnaubt vor Wut: »Wer wagt es, ungefragt mein Verhör zu unterbrechen? Bringt den Mann zu mir!«

Zwei Wachen wollen den Mann ergreifen, doch schrecken sie zurück, als sie den Wortführer erblicken. Ein Greis mit gebeugtem Rücken, an einen Wanderstab geklammert, löst sich aus der Menge der Gefangenen. Langsam schlurft er durch die Reihen der Wachsoldaten. Es bereitet ihm sichtlich Mühe, sich zu bewegen. Als er endlich vor dem Oberbefehlshaber steht, verbeugt sich der Alte ächzend, so tief es sein Rückenleiden zulässt.

Angesichts des gebrechlichen Mannes scheint die Strenge des Generals aus seinem Gesicht zu weichen. Auch sein Ton klingt nun etwas respektvoller:

»Wer bist du, alter Mann und woher kennst du diesen Mitanni?«

Mit zitternder Stimme beginnt der Greis zu sprechen: »Ich heiße Ḫunnu und bin der leibliche Vater dieses Jungen! Das ist mein Sohn Senni, den ich vor vielen Jahren als Schuldknecht in die Obhut des Mitanni Kikkuli geben musste. Er ist die Sonne meines Herzens. Ich bitte dich um sein Leben. Ich schwöre, er ist mein Sohn und somit ein Hurriter wie ich selbst und kein Mitanni!«

Senni traut seinen Augen nicht. Es ist tatsächlich sein Vater! Wie alt und gebrechlich er geworden ist! Aber es gibt keinen Zweifel: Es ist Ḫunnu. Sein Vater ist am Leben! Ein ungeahntes Glücksgefühl breitet sich in Senni aus. Im Überschwang des Glücks fasst er sich ein Herz und wendet sich direkt an den assyrischen General:

»Herr, er sagt die Wahrheit. Zum Beweis, dass ich sein Sohn bin, schau in den Beutel, den ich um den Hals trage. Dort findest du eine Tonscherbe mit dem Namen meines Vaters. Deine Schreiber sollen vorlesen, was in den Ton geritzt ist. Dann wirst du erkennen, dass wir beide die Wahrheit sagen.«

Der Oberbefehlshaber runzelt die Stirn und ruft einen der beiden Schreiber herbei, die gerade dabei sind, die Anzahl der abgeschlagenen Feindeshäupter sorgsam auf Tontafeln zu vermerken. Einer der Wachen zieht die Scherbe aus Sennis Beutel und übergibt sie dem Schreiber, der zunächst einen abschätzenden Blick auf das Tonbruchstück wirft:

»Was für ein Gekritzel. Kaum zu entziffern! Das muss jemand geschrieben haben, der kaum des Schreibens mächtig ist. Ich kann lediglich zwei Zeichen erkennen, Herr«, gibt der Schriftkundige zu verstehen, »sie lauten ›Ḫu‹ und ›nu‹. Das soll wohl Ḫunu oder Ḫunnu heißen.«

Sennis Vater krächzt: »So lautet mein Name, gnädiger Herr. Mein Junge sagt also die Wahrheit. Euer Gefangener ist mein leiblicher Sohn, der mir als Kind von einem Mitanni geraubt wurde. Verschone sein Leben. Ich bitte dich.« Schwerfällig rutscht Ḫunnu vor dem General auf die Knie und legt sich mit ausgebreiteten Armen vor ihm auf den Boden. »Gib mir meinen Sohn zurück am Ende meines Lebens, Herr. Sei gnädig. Ich habe schon seinen jüngeren Bruder verloren«, fleht der verzweifelte Vater. »Und wisse: In Sennis Adern fließt assyrisches Blut, denn seine Mutter war eine Assyrerin. Er ist also ein halber Assyrer. Das schwöre ich bei den Göttern!«

Der Oberbefehlshaber richtet sich auf und blickt mit strenger Miene über die Köpfe der vor ihm Versammelten hinweg. Dann rückt er mit beiden Händen seinen Helm zurecht und verkündet mit lauter Stimme seine Entscheidung:

»Dein Name auf dieser Tonscherbe scheint eure Aussagen zu bestätigen. Daher will ich am heutigen Tag Milde walten lassen. Erhebe dich und schließe deinen Sohn wieder in deine Arme, alter Mann!«

Auf seinen Wink werden Sennis Fesseln gelöst, der sich zunächst die schmerzenden Handgelenke massiert. Doch schon im nächsten Augenblick ist er bei seinem Vater und hilft diesem auf die Beine. Senni umarmt Ḫunnu aufs Herzlichste und spürt dabei, dass sein Vater nur noch aus Haut und Knochen besteht.

»Mein Junge!«, flüstert Ḫunnu, »mein geliebter Sohn! Was habe ich dir nur angetan?« Tränen rinnen dem Alten über die Wangen.

Die schneidende Stimme des assyrischen Generals setzt dem Wiedersehen ein abruptes Ende: »Du da, Senni, her zu mir!«

Der Hurriter macht einen Schritt auf den Assyrer zu und fällt dann vor diesem mit gesenktem Haupt auf die Knie.

»Eine Bedingung ist mit deiner Freilassung verknüpft, Bürschchen. Du hast behauptet, du wärst der beste Pferdekundige weit und breit und würdest dich auf die Züchtung und das Abrichten von Zugtieren für Streitwagen verstehen. Stimmt das?«

Ohne seinem Gegenüber in die Augen zu schauen, antwortet Senni: »Mehr noch, Herr, ich kenne nicht nur die Geheimnisse der mitannischen Pferdeausbildung, ich weiß auch, wie man Kampfwagen so konstruiert, damit sie für Schlachten taugen.«

Für den Bruchteil eines Augenblicks fliegt ein Lächeln über das Gesicht des Oberbefehlshabers, der sofort wieder seine erhabene Miene aufsetzt:

»Dann hört nun alle meine Entscheidung: Ich ernenne Aššur-šuma-lēšer zum assyrischen Verwalter der Stadt Kulišḫinaš.«

Der Angesprochene tritt neben den General. Es ist der Hauptmann, der mit seinen Kriegern Senni und dessen Pferdeknechte gefangen nahm. Mit einer tiefen Verbeugung nimmt dieser den Befehl seines Vorgesetzten entgegen.

Qibi-Aššur setzt seine Ansprache fort: »Aššur-šuma-lēšer obliegt es von nun an, die Stadt und ihre Bewohner vor den feindlichen Mitanni zu schützen. Alle Bewohner sind seinem Befehl unterstellt. Wer sich seinem Befehl widersetzt, geht den Weg der Mitanni.« Bei diesen Worten zeigt er auf die enthaupteten Leiber der getöteten Elite-Krieger.

»Ich danke dir, Herr, für diese große Ehre«, antwortet das frischgebackene Stadtoberhaupt, »wir werden dein Vertrauen nicht enttäuschen. Mit der ›Elamischen Schlange‹, dem besten Bogenschützen unserer Armee an meiner Seite, wird uns diese Stadt niemand mehr entreißen!«

Nun tritt auch Banū aus den Reihen der Krieger hervor, verneigt sich vor dem General, wobei die langen Straußenfedern auf seinem Kopf fast den Oberbefehlshaber berührt hätten.

»So sei es«, ruft der General aus. »Schreiber, notiere alle meine Anweisungen sorgfältig auf deiner Tafel!«

Der Schriftgelehrte legt eine noch unbeschriebene Tontafel auf sein hölzernes Schreibbrett und klemmt es gegen seinen Brustkorb. Mit dem Schreibstift in seiner Rechten erwartet er das Diktat des Oberbefehlshabers, der sich zunächst nach den Namen der beiden Hurriter erkundigt:

»Wie heißt ihr beiden mit vollem Namen?«

Senni antwortet flugs: »Mein Vater heißt Ḫunnu. Er hat mich als Kind immer Senni genannt. Bei den Mitanni wurde ich Puḫišenni oder Puḫašenni gerufen, aber bei uns Hurritern lautet mein Name Puḫisenni oder Puḫasenni.«

Mit herrischer Geste schneidet ihm der General das Wort ab: »Genug davon! Schreibe auf: Ab sofort werden Ḫunnu und sein Sohn Puḫizennu unter der Verantwortung von Aššur-šuma-lēšer stehen.«[64]

Senni würde am liebsten widersprechen, denn der General spricht seinen Namen vollkommen falsch aus. Er heißt doch Puḫisenni und nicht Puḫizennu, aber das ist ihm in diesem Augenblick gleichgültig: Hauptsache, er hat seinen Vater wiedergefunden!

Auch die Namen der anderen Gefangenen werden aufgelistet. Jeder Wehrfähige wird aufgerufen, muss seine Treue schwören und sich dem General zu Füßen werfen. Erst dann werden die Fesseln gelöst. Die assyrischen Soldaten halten die Freigelassenen trotz ihrer Eide ständig unter Bewachung. Keiner wird aus dem Auge gelassen. Zu groß ist die Angst, die verbliebene Stadtbevölkerung könnte sich zu einem Aufstand durchringen. Aber schon bald merken die Eroberer, dass diese mehrheitlich älteren Menschen keinerlei Lust verspüren, sich gegen eine waffenstarrende Armee zu erheben. Ganz im Gegenteil: Die Hurriter

---

[64] Stefan Maul, Drei mittelassyrische Urkunden aus Kulišḫinaš, 135. Originalveröffentlichung in: H. Waetzoldt (Hrsg.), Von Sumer nach Ebla und zurück, Festschrift Giovanni Pettinato zum 27. September 1999, gewidmet von Freunden, Kollegen und Schülern, Heidelberger Studien zum Alten Orient, Band 9, Heidelberg 2004, S. 129-140. Auf einer dieser Tontafeln, die aus dem Kunsthandel stammen, werden Ḫunnu und sein Sohn Puḫizennu erwähnt, die man der Obhut des Aššur-šuma-lēšer überstellt.

fügen sich in ihr Schicksal, froh darüber, keine weiteren Repressalien oder gar den Tod erleiden zu müssen. Zu Hunderten fallen sie auf die Knie, senken ihre Häupter in Richtung des Generals zu Boden und verharren in dieser demütigen Haltung, bis dieser sich umdreht und weitere Befehle an seine Getreuen vergibt.

Die Jubelschreie der Bewohner übertönen alles, als man den assyrischen Soldaten verbietet, die Stadt zu plündern. Es werden auch einzelne Rufe laut, die General Qibi-Aššur und sogar den assyrischen König Salmanassar hoch leben lassen. Bevor die Städter wieder ihre Häuser zurückkehren dürfen, ermahnt man sie eindringlich, jeglichen Kontakt mit den Mitanni zu vermeiden. Wer einen dieser Staatsfeinde zu Gesicht bekommen sollte, müsse dies unverzüglich dem neuen Stadtverwalter Aššur-šuma-lēšer melden. Wer diesen Erlass nicht befolge, dem drohe das gleiche Schicksal wie den geköpften Mitanni-Kriegern.

Zur Abschreckung und als deutliches Siegeszeichen über die Mitanni werden deren abgeschlagene Köpfe von assyrischen Soldaten auf Lanzen aufgespießt und vor den vier Stadttoren zur Schau gestellt. Die Körper der Hingerichteten verscharrt man weit hinter den Stadtmauern auf freiem Feld in einem Massengrab. Lediglich die frisch aufgeworfene Erde erinnert daran, dass hier eine Einheit der stolzen Marijanni, die Elite-Krieger der Mitanni, ihre letzte Ruhestätte gefunden haben. Der Untergang der Mitanni scheint besiegelt.

31. Der Pferdemann

Es ist noch stockfinstere Nacht, als Senni vom Lärm auf der Straße aus dem Schlaf gerissen wird. Sein Vater steht schon an der Fensterluke der niedrigen Lehmziegelhütte, die man ihnen gestern zugewiesen hat. Ihr neuer Herr, das frisch gekürte Stadtoberhaupt Aššur-šuma-lēšer, hatte verfügt, dass sie das Haus nur zur Verrichtung der Notdurft verlassen dürfen. Er befürchtete, dass Senni trotz seiner Zusagen, versuchen könnte, zu entfliehen. Zu wertvoll war für die Assyrer dessen Wissen über das Geheimnis der mitannischen Pferdeausbildung. Also internierte man Senni mitsamt seinem gebrechlichen Vater kurzerhand in der Hütte vor der Stadtmauer, wo auch der Tross des assyrischen Heeres lagert. Zwei Wachsoldaten patrouillieren die ganze Nacht vor der Eingangstür ihrer Behausung. Sie behalten auch die Fensteröffnungen im Auge, denn wehe, einer der ihnen anvertrauten Gefangenen würde entkommen! Die Strafen im assyrischen Militär sind mehr als grausam. Als nun auch Senni an die Fensteröffnung tritt, um zu erspähen, was draußen vor sich geht, ist gleich einer der Soldaten zur Stelle und fuchtelt drohend mit seinem langen Spieß vor ihren Nasen.

»Keine Angst, mein Freund«, beruhigt ihn Senni, »wir schauen nur, was draußen vor sich geht. Was ist das für ein Lärm im Lager mitten in der Nacht?«

Der Krieger zieht die Lanze etwas zurück, klemmt den Schaft unter die rechte Achsel und umklammert den Spieß stoßbereit mit beiden Händen. Barsch antwortet er: »Es erging die Kunde, dass ein Trupp Mitanni, angeführt vom Sohn ihres Königs, im Süden gesichtet worden sei. General Qibi-Aššur ruft seine Krieger zu den Waffen, um die Verfolgung aufzunehmen. Schon bald wird auch der Kopf des Mitanni-Prinzen rollen, darauf kannst du dich verlassen!«

Der zweite Wachsoldat hat sich dazu gesellt und beide beginnen zu lachen: »Langsam gehen uns die Stangen aus, um alle Köpfe aufzuspießen! Für den mitannischen Königssohn würde ich sogar meine eigene Lanze stiften.«

Obwohl die beiden nur schemenhaft im Dunkeln zu erkennen sind, glaubt Senni, deren höhnisches Grinsen wahrzunehmen. Angewidert wendet er sich ab. Noch immer steckt ihm der Anblick des Königsboten in den Knochen, dessen Leben gestern vor seinen Augen so jämmerlich geendet hat. Er hatte diesen

Mann nie gemocht, aber solch ein erbärmliches Ende hätte er ihm nicht gewünscht.

Als die Sonne aufgeht, sind die assyrischen Krieger unter Führung ihres Generals schon längst aufgebrochen, um die Verfolgung der Flüchtigen aufzunehmen. Senni erhebt sich von seinem Nachtlager, einer Strohmatte, die man auf dem harten Fußboden ausgebreitet hat. Gähnend streckt er seine Glieder und schaut hinüber zu seinem Vater, der in der Tür lehnt und sich mit den Wachen unterhält. So schlecht hat Senni schon lange nicht mehr geschlafen. Der blanke Fußboden ist doch wesentlich unbequemer als das weiche Bett in seinem Zimmer auf dem Gehöft von Kikkuli. Beim Anblick seines gebrechlichen Vaters bemerkt er, dass es ihm selbst in der Vergangenheit bedeutend besser ergangen ist. Ḫunnu hatte ihm am Vorabend erzählt, dass schon kurz nach Sennis Weggang der jüngere Bruder an einer Krankheit verstorben sei. Seinem Vater fehlten einfach die finanziellen Mittel, um einen Arzt zu bezahlen. Seit dieser Zeit sei er ein gebrochener Mann und habe von Almosen gelebt. Senni hatte ihm daraufhin versichert, dass er dafür sorgen würde, dass Ḫunnu von nun an ein ausreichendes Auskommen haben werde.

Plötzlich wird es laut vor der Hütte. Banū, der elamische Bogenschütze, zwängt sich an Ḫunnu vorbei in das Zimmer. Dabei muss er unter dem niedrigen Türsturz den Kopf einziehen, damit die langen Federn auf seinem Kopf nicht brechen.

»Ich hoffe, du gut ausgeruht, junges Mann«, begrüßt ihn der Elamier, »du mitkommen zu Stadtkommandant jetzt!« Der Bogenschütze zeigt mit dem Arm unmissverständlich zur Tür. Senni begibt sich nach draußen. Nach kurzem Wortwechsel mit Banū schultern die beiden Wachsoldaten murrend ihre Lanzen und verschwinden in einer der engen Gassen der Stadt.

»Diese Soldaten Wache schieben mussen«, erklärt der Elamier. »Wir beide gehen, Vater hierbleiben!«

Senni trottet dem Bogenschützen über die schmalen Straßen hinterher, vorbei an dem großen Platz, auf dem gestern die Hinrichtungen stattfanden. Eine Heerschar von Arbeitern ist damit beschäftigt, den Ort vom Blut der Hingerichteten zu reinigen. Hier und da stehen ein paar assyrische Krieger gelangweilt herum, um den Fortgang der Arbeiten zu überwachen.

»Wie viele Soldaten sind noch in der Stadt?«, will Senni von Banū wissen.

Der schaut ihn verdutzt an: »Du wollen Aufstand oder wollen weglaufen?«

Senni lacht: »Nein, Banū, auf keinen Fall. Ich hätte doch keine Chance wegzulaufen. Wohin auch? Mein alter Vater ist hier, um den ich mich jetzt kümmern muss. Das ist die Pflicht eines Sohnes!«

Banū grinst zufrieden: »Dann du guter Sohn!«

Der Hurriter lässt nicht locker: »Erzähl schon, wie viele assyrische Krieger sind noch hier?« Sennis Beharrlichkeit hat Erfolg, denn Banū erläutert ihm, dass der General zum Schutz der gerade eroberten Stadt eine *kiṣru*-Einheit unter dem Befehl eines Hauptmanns zurückgelassen habe. Eine solche Einheit bestehe aus einhundert Berufssoldaten und sei in zwei Truppenteile zu jeweils fünfzig Mann untergliedert, die die Assyrer ›rab ḫanšê‹ nennen würden.[65] Die kleinste Einheit sei aber eine Zehnerschaft.

»Interessant!«, antwortet Senni und fasst Banūs Worte noch einmal zusammen: »An der Spitze der assyrischen Armee steht ein General, den ihr Tartānu nennt.« Banū nickt zustimmend. »Die Truppe besteht im Normalfall aus Berufssoldaten, die in Kriegszeiten durch die Verpflichtung von Rekruten aus der Bevölkerung vergrößert wird.«

Der Bogenschütze wundert sich über die schnelle Auffassungsgabe des Jungen: »So ist es,« bestätigt der Elamier, »doch Bauernburschen viel üben mussen. Diese nix kämpfen können, wenn neu kommen. Aus Bauer machen Krieger – viel, viel Arbeit!«

Sennis Wissensdurst ist noch immer nicht gestillt. Er muss alles über die assyrische Armee erfahren: »Das Heer ist in Hundertschaften, unterteilt. Diese wiederum in zwei Gruppen zu fünfzig Mann und diese in fünf Zehnerschaften. Habe ich das richtig verstanden?«

Banū schüttelt amüsiert den Kopf: »Du lernen schnell, junger Mitanni«, spottet er.

---

[65] Stefan Jakob, Mittelassyrische Verwaltung und Sozialstruktur, Untersuchungen, Cuneiform Monographs 29, Hrsg.: T. Abusch, M.J. Geller, M.P. Maidman, S.M. Maul und F.A.M. Wiggermann, Leiden/Boston 2003, 195ff: Informationen zum Aufbau der assyrischen Armee und auch zur *kiṣru*-Einheit.

»Merke dir ein für alle Mal: Ich bin ein Hurriter und kein Mitanni. Kapiert?«, faucht ihn Senni wütend an.

Banū legt ihm beruhigend die Hand auf die Schulter: »Ich dir glauben. Du mussen nun Kommandant überzeugen!« Bei diesen Worten zieht der Bogenschütze den Jungen zum Eingang eines größeren Gebäudes, vor dem zwei Wachposten stehen, die sofort ihre Lanzen griffbereit halten, als Banū in Begleitung von Senni auf sie zukommt.

»Was wollt ihr hier? Hier kommen nur diejenigen hinein, die zum Stadtkommandanten müssen!«

Mit wenigen Worten macht Banū klar, dass er den Befehl habe, Senni vor das Stadtoberhaupt zu führen. Sie dürfen passieren, nachdem einer der Schreiber herbeigeeilt ist:

»Wo bleibt ihr so lange? Der Herr wartet schon auf euch. Beeilt euch!« Der Schreiber hastet voran und öffnet die Tür zu einem weiträumigen Saal, der nur kärglich eingerichtet ist. Stadtverwalter Aššur-šuma-lēšer sitzt auf einem Schemel, neben sich ein Tischchen, auf dem eine Schale mit Obst steht. Genüsslich pickt er eine Weintraube vom Stängel einer Rebe. Banū verbeugt sich und flüstert dabei Senni zu:

»Runter auf Knie! Demut zeige!«

Senni gehorcht, fällt auf die Knie und senkt sein Haupt auf den Boden. Das Stadtoberhaupt verzieht keine Miene und pflückt sich erneut ein paar Trauben, die er laut schmatzend zerkaut. Erst nach einer nicht enden wollenden Zeit richtet er seine Worte an Senni:

»Da bist du ja, Pferdemann. Du musst nun den Beweis antreten, dass du tatsächlich in der Lage bist, Kriegspferde für Streitwagen auszubilden. Du hast sogar behauptet, dass du und deine Männer Kriegswagen bauen könnt.«

»Das ist richtig, Herr«, antwortet Senni, ohne seinen Kopf zu erheben, »doch es bedarf großer Geduld. Es dauert sieben Jahre, bis man ein Fohlen zu einem tüchtigen Kriegspferd erzogen hat.«

»Sieben Jahre, sagst du?« Das Stadtoberhaupt schüttelt nachdenklich den Kopf, bevor er weiterspricht: »So lange können wir nicht warten. Wir brauchen jetzt sofort eine schlagkräftige Streitwagentruppe! Pferdemann, ich gebe dir zwölf

Tage Zeit. Dann will ich mindestens zwei einsatzfähige Zehnerschaften auf Kampfwagen zur Verfügung haben.«

Dann wendet er sich an seinen Schreiber, der mit einer unbeschriebenen Tontafel herantritt:

»Notiere:

Zu Puḫizennu, Sohn des Ḫunnu, folgendermaßen spricht Aššur-šuma-lēšer, Stadtverwalter von Kulišḫinaš.

Puḫizennu erhält die erbeuteten Streitwagen mitsamt den Pferden zu seiner Verfügung. Seine Pferdeknechte werden ihm folgen. Sie erhalten Gerste, Bier und Brote für zwölf Tage. Dann übergibt Puḫizennu zwei Zehnerschaften, die für den Kampf auf Streitwagen ausgebildet sind.

Und vergiss nicht, das heutige Datum einzufügen!«

Nachdem der Schreiber die letzten Zeichen in den frischen Ton geritzt hat, verlässt er den Raum mit einer tiefen Verbeugung, um in der Schreibstube eine Kopie der Tontafel anzufertigen. Erst jetzt darf Senni sich wieder erheben.

Der Stadtverwalter schiebt sich eine weitere Weintraube in den Mund und verkündet:

»Und du, Banū, wirst dafür Sorge tragen, dass sich niemand aus dem Staub macht! Du haftest mir persönlich dafür, dass dieses Bürschchen meine Befehle ausführt, hast du verstanden?«

Banū verneigt sich abermals: »Zwölf Tage wir uns wiedersehen. Mit Streiterwagen.«

Der Elamier zieht Senni am Ärmel und drängt ihn zur Tür hinaus.

»Wie soll ich das schaffen, Banū?«, klagt Senni beim Hinausgehen, »das hat noch niemand geschafft! In zwölf Tagen will er eine einsatzfähige Kampfwagentruppe. Außer meinen Pferdeknechten kann hier niemand einen solchen Streitwagen lenken! Die Einzigen, die diese Kunst beherrschten, waren die Mitanni-Krieger. Aber die habt ihr ja alle einen Kopf kürzer gemacht.«

»Sei froh, du am Leben«, grinst Banū, »normal du sterben. Jetzt Gelegenheit leben. Du sofort üben mit Soldaten musst. Kein Zeit verliert!«

Senni folgt Banū schweigend durch die Gassen. Ihm dröhnt der Kopf. Wie soll er in so kurzer Zeit eine schlagkräftige Streitwagenbesatzung ausbilden? Am

Stadtrand bleibt Banū vor dem Eingang eines Gehöfts stehen. Als er das Tor zu dem weiträumigen Hof des Anwesens aufstößt, muss Senni zu seiner Überraschung feststellen, dass dort nicht nur sämtliche Kriegswagen, sondern auch die Pferde aus Kikkulis Zucht versammelt sind. Eines der Tiere beginnt zu wiehern. Es ist Aspa, Sennis Pferd, das ihn sofort gewittert hat. Freudestrahlend tätschelt er dem Rappen den Hals, der vor Aufregung auf den Hinterbeinen tänzelt. Aus den umliegenden Stallungen tauchen nach und nach die Pferdeknechte auf, die Senni herzlich begrüßen.

»Wir dachten schon, sie hätten dich getötet, junger Herr«, begrüßen sie ihn, »was haben die Assyrer mit uns vor? Niemand hat uns Auskunft geben wollen.«

Mit kurzen Worten informiert Senni seine Getreuen über ihre Aufgabe.

»Männer, wir schaffen das nur, wenn sich zwanzig von euch als Streitwagenlenker in der assyrischen Armee verdingen. Mit Banūs Hilfe wählen wir zwanzig assyrische Soldaten aus, denen wir das Kämpfen auf dem Wagen beibringen. Nur so ist das Ziel zu erreichen!«

Nach einigen Diskussionen erklären sich zwanzig der jüngeren Pferdeknechte bereit, die Aufgabe zu übernehmen. Während sich die Stallknechte um die Zusammenstellung der benötigten Streitwagen kümmern, machen sich Banū und Senni daran, assyrische Bogenschützen zu rekrutieren, die sich zutrauen, künftig auf den ungewohnten Kriegswagen in den Kampf zu ziehen. Banū erweist sich bei der Auswahl als sehr nützlich, kennt er als bester Bogenschütze doch diejenigen am besten, denen er das Schießen von einem wackligen Gefährt bei voller Fahrt zutraut. Schon am frühen Nachmittag beginnen sie vor den Toren der Stadt mit der Schulung. Kaum haben die assyrischen Bogenschützen ihren Platz auf den Streitwagen eingenommen, machen sich die Pferdeknechte zunächst einen Spaß daraus, die Tiere anzutreiben, um das Gefährt in vollem Galopp in eine Kurve zu lenken. Dabei hebt sich das äußere Rad ein wenig vom Boden und der Wagen droht umzukippen. Aus Angst, aus dem Wagen zu stürzen, lassen die Assyrer ihre Waffen fallen und klammern sich mit beiden Händen schreiend am Wagenkasten fest.

Manch einer will gleich aufgeben, doch Banū droht ihnen damit, dem Stadtkommandanten mitzuteilen, dass sie sich wie Memmen verhalten hätten. Diese

Ankündigung verfehlt ihre Wirkung nicht. Die hurritischen Pferdeknechte und die assyrischen Bogenschützen reichen sich die Hände.

»Ihr müsst in zwölf Tagen zu einer Einheit zusammenwachsen«, spornt Senni die Männer an, »nur dann werden unsere Bemühungen von Erfolg gekrönt sein. Lasst uns zunächst einmal das Stehen im Wagen üben. Heute und morgen dürft ihr die Hände noch zu Hilfe nehmen, am dritten Tag müsst ihr es schaffen, freihändig euer Gleichgewicht zu halten. Am vierten Tag nehmt ihr den Bogen zur Hand, am fünften versucht ihr, auf eine Attrappe zu schießen. Dann verbleiben uns noch sieben Tage, um eure Treffsicherheit zu steigern. Ihr werdet sehen, es ist keine Zauberei. Ihr seid die besten Bogenschützen aus Kulišḫinaš, bald werdet ihr die besten Streitwagenbesatzungen sein. Das werden wir dem Kommandanten beweisen! Ich bin mir sicher, er wird euch für euren Einsatz reichlich belohnen.«

Der Jubel der Soldaten und Pferdeknechte ist grenzenlos.

»Jungchen, du gute Rede. Das die Männer versteht. Du bestimmt einmal gut Anführer, Pferdmann«, lobt Banū den Hurriter und klopft ihm anerkennend auf die Schultern. Senni könnte platzen vor Stolz über die anerkennenden Worte des Elamiers, aber er lässt es sich nicht anmerken, wie sehr es ihm schmeichelt.

Am späten Nachmittag beenden sie die Ausbildung für den heutigen Tag. Erschöpft, aber mit voller Zuversicht kommen die assyrischen Bogenschützen auf Banū zu:

»Elamier, du hast den Ruf, der beste Bogenschütze im Heer zu sein. Aber wahrscheinlich nur dann, wenn du festen Boden unter den Füßen hast. In zwölf Tagen sollen wir dem Stadtkommandanten beweisen, dass wir auf dem Streitwagen stehend, unser Ziel nicht verfehlen. Wir assyrischen Bogenschützen wollen uns mit dir in einem Wettkampf messen - dann werden wir sehen, wer der beste von allen ist: Einer von uns oder du. Nimmst du die Herausforderung an, Banū?«

Der Elamier verzieht keine Miene. Reglos fixiert er den Wortführer der Soldaten, der nervös von einem Bein auf das andere wechselt und dessen starren Blick auszuweichen versucht. Senni ist gespannt, was der Elamier zur Antwort geben wird und beobachtet jede Regung des Mannes. Banū rührt sich zunächst nicht. Steif und still stützt er sich auf seinen Bogen. Doch plötzlich, gerade als die assyrischen Soldaten sich schon abwenden wollen, reißt er seinen Bogen nach oben und angelt blitzschnell einen Pfeil aus seinem Köcher. Anlegen und Zielen scheinen in einer Bewegung abzulaufen. Schon im nächsten Augenblick schwirrt das Geschoss von der Sehne und rast gen Himmel. Nur ein paar Schritte entfernt fällt ein kleiner Singvogel wie ein Stein zur Erde. In seinem kaum handtellergroßen Körper steckt Banūs Pfeil. Ein Raunen geht durch die Reihe der Bogenschützen.

»Du wählen Ziel. Banū in zwölf Tag euch allen besiegt!«

Nach diesen Worten wendet er sich um, zieht den Pfeil aus dem leblosen Vogelkörper und reicht Senni das leblose Tier:

»Essen für altes Vater.« Banū lacht noch eine Weile den Assyrern hinterher, die heftig gestikulierend ihre Unterkünfte aufsuchen.

»Ich habe noch nie einen besseren Schuss gesehen als diesen, Banū«, konstatiert Senni, »du musst mir unbedingt die Kunst des Bogenschießens beibringen.«

»Abgemacht. Und du mir zeigen wie stehen auf wacklig Wagen! Muss üben. Zwölf Tag, ich muss gewinnen Wettkampf!«

»Morgen fangen wir mit deiner Ausbildung an, Banū, es wird gleich dunkel.«

»Nix da – jetzt!« Die Worte des Elamiers lassen Senni keine Wahl. Er spannt Aspa und eines von Kikkulis Lieblingspferden vor einen Streitwagen und bittet Banū, sich neben ihn zu stellen. Fast eine Doppelstunde lang zeigt Senni dem Bogenschützen, wie er das Gleichgewicht auf dem hin- und herwippenden Gefährt zu halten hat. Banū erweist sich als gelehriger Schüler und hat schon nach kurzer Zeit begriffen, dass es darauf ankommt, die Stöße des holprigen Untergrunds mit den Knien abzufedern.

»Morgen üben wir mit Pfeil und Bogen«, lässt ihn Senni wissen.

»Gut«, antwortet der Elamier, »aber Assur-Soldaten nix wissen dürfen. Nur du und ich üben. Assyrer sollen sein sicher, dass gewinnen.«

»Du bist ein gewiefter Fuchs, Elamier!«, gibt Senni seine Bewunderung für dessen Verschlagenheit zu verstehen, »du willst deinen Gegner überraschen.«

Banū grinst in sich hinein: »Du kluges Kopf. Du verstehen!«

32. Der Wettstreit der Bogenschützen

Der Laufbote steht nach Luft ringend vor Banū und Senni und teilt ihnen mit, dass der Stadtkommandant sie pünktlich zur dritten Doppelstunde zur Inspektion des Streitwagenkontingents am Südtor erwarte. Kaum hat der Läufer seine Botschaft übermittelt, macht er auf dem Absatz kehrt, um wieder möglichst rasch seinem Herrn für neue Aufträge zur Verfügung zu stehen.

»Die Sonne steht schon recht hoch. Die dritte Doppelstunde ist sehr nah. Wir müssen die Männer sofort zusammentrommeln, um uns für den Aufmarsch vorzubereiten.«

Kaum gesagt, ist Banū auf dem Weg und lässt die assyrischen Bogenschützen in einer Reihe Aufstellung nehmen. Mit ernstem Gesicht mustert er jeden Einzelnen, zupft Mal hier am Gewand oder ordnet dort die Locken der Frisur. Als er beim Letzten angekommen ist, rückt Senni bereits mit den Streitwagen heran. Die Pferde wurden mit Olivenöl abgerieben, damit ihr Fell in der Sonne glänzt. Die silberfarbenen Trensen wurden aufpoliert und den Pferden bunte Federkronen aufgesetzt. Verschiedenfarbige Stoffgirlanden wurden zur Verzierung um die Lederriemen der Zügel gewickelt. Auch die hurritischen Wagenlenker haben sich herausgeputzt. Alle tragen die gleichen blauen Gewänder und haben ihr Haar mit einem Stirnband zusammengebunden.

Jeweils zehn Wagen bilden eine Kampfeinheit – entsprechend der Zehnerschaft in einem assyrischen Regiment mit Fußsoldaten. Nachdem die assyrischen Bogenschützen ihre Plätze auf den Kampfwagen eingenommen haben, springt Banū zu Senni in den Wagen:

»Vorwärts Männer, zeigt dem Stadtkommandanten, was ihr gelernt habt!«, brüllt Senni über ihre Köpfe hinweg, »enttäuscht mich nicht! Während der Ausbildung habt ihr bewiesen, dass ihr an Treffsicherheit nicht zu überbieten seid.«

Die Krieger jubeln und schwingen ihre Bögen in die Luft. Dann zieht der Tross, einer hinter dem anderen, durch die Gassen zum Osttor hinaus, wo sich alle vor der Stadtmauer sammeln, um ihre Formation einzunehmen. Jeweils fünf Streitwagen stehen nun nebeneinander, dicht dahinter eine Reihe mit fünf weiteren. In drei Pferdelängen Abstand folgt die zweite Zehnergruppe. Allen voran der Kampfwagen mit Senni als Wagenlenker und Banū als Bogenschützen. Auf dessen Signal setzen sie sich in Bewegung. Die Glöckchen, die man am Zaumzeug der Pferde fixiert hat, klingen bei jedem Schritt der Tiere, so dass der Zug der Streitwagen schon von Weitem zu hören ist.

»Sie kommen!«, rufen einige der Stadtbewohner aus, die sich dieses Spektakel nicht entgehen lassen wollen. Jung und Alt haben sich vor dem Südtor versammelt. Auf einem eilig errichteten Podest, das mit bunten Tüchern bespannt ist, thront das Stadtoberhaupt auf einem Sessel mit Armlehnen. Senni schlägt einen weiten Bogen um die Schaulustigen, zum einen, um die Spannung zu erhöhen, zum anderen, um dem Kommandanten den Tross der Streitwagen von der Seite zu präsentieren.

Abb. 29: Geschmückte Pferde – Ausschnitt
aus einem neuassyrischen Relief

Der Klang der Glöckchen scheint den Takt der Hufe aufzunehmen, als Senni und Banū ehrfürchtig grüßend den Thron des Stadtkommandanten passieren. Als ob Aspa spüren würde, dass nun ein ganz besonderer Augenblick gekommen ist, bläht das Tier seine Nüstern, wiehert kurz auf und tänzelt in leichtem Trab vor dem Streitwagen. Stadtverwalter Aššur-šuma-lēšer springt von seinem Sitz und klatscht vor Begeisterung mit den Händen. Der Anblick der Streitwagenformation ist noch viel prächtiger, als er es sich vorgestellt hat. Wenn nun noch die Bogenschützen ihre Treffsicherheit beweisen, wäre er höchst zufrieden. Zu gerne würde er dem General bei seiner Rückkehr eine neue Streitwageneinheit präsentieren!

Nachdem Senni die Wagen hat wenden lassen, halten die beiden Zehnerschaften rechts und links von seinem Streitwagen. Der Jubel der Menge verstummt, als der Stadtkommandant seine Worte an die Umherstehenden richtet:

»Volk von Kulišḫinaš. Heute ist ein großer Tag. Heute steht der assyrischen Armee zum ersten Mal eine Einheit mit Streitwagen zur Verfügung, die mit den neuesten Errungenschaften ausgerüstet sind. Diese Streitwagen hier sind wesentlich leichter und daher sehr viel wendiger als diejenigen, die die assyrische Armee bislang benutzt hat. Außerdem hat ein erfahrener Streitwagenlenker, der seine Kunst bei den Mitanni erlernt hat, sein Wissen an unsere Kämpen weitergegeben. Werden wir nun alle Zeugen ihres Könnens. Enttäuscht uns nicht, Krieger Assyriens, zeigt, was ihr in den vergangenen Tagen erlernt habt!«

»Bringt die Zielscheiben in Stellung!«, ruft ein assyrischer Offizier einigen Handlangern zu, die mehrere übermannshohe, rechteckig geformte Strohballen herbeischleppen, die in der Mitte mit roten Tüchern umwickelt sind. Jede dieser Attrappen wird nebeneinander mittels zweier Holzstangen in senkrechte Position gebracht. Von weitem ähneln sie nun den riesigen Schilden von Kriegern.[66]

»Männer, denkt daran, was ihr gelernt habt«, ermahnt Senni die Bogenschützen auf den Kampfwagen, »beugt bei jedem Stoß der Wagenräder eure Knie wie das Schilfrohr im Wind und haltet euer Gleichgewicht.«

---

[66] Von einem Wettkampf mit Pfeil und Bogen zeugt eine Stele aus Van (Ostanatolien): Dort wird in einer Inschrift der urartäische König Argišti II. (714 - 680 v. Chr.) gerühmt, seinen Pfeil ca. 475m weit geschossen zu haben. Die Pfeile osmanischer Bogenschützen sollen angeblich bis zu 890m weit geflogen sein; s. hierzu: Esther Findling & Barbara Muhle, Bogen und Pfeil: Ihr Einsatz im frühen 1. Jt. v. Chr. in Urartu und seinem Nachbarland Assyrien, in: BIAINILI-URARTU, The Proceedings of the Symposium held in Munich 12-14 October 2007 Tagungsbericht des Münchner Symposiums 12.-14. Oktober 2007, Hrsg. S. Kroll, C. Gruber, U. Hellwag, M. Roaf & P. Zimansky (Peeters 2012), Seite 397.

Dann wendet er sich an die Pferdeknechte: »Und ihr, die ihr die Zügel führt, zeigt dem assyrischen Kommandanten, wie ausgezeichnet wir Hurriter das Wagenlenken beherrschen. Lasst uns beginnen!«

Auf Sennis Zeichen setzt sich die erste Zehnergruppe mit ihren Streitwagen in Bewegung. Langsam verlassen die ersten fünf Wagen die Formation, dicht gefolgt von der zweiten Reihe der Kampfwagen. Jubel brandet auf, als der Trupp mit den prächtig herausgeputzten Pferden und den klingenden Glöckchen an den Zuschauern vorbeirast. Dann wenden die Wagenlenker und preschen in wilder Fahrt auf die Zielscheiben zu. Kurz davor bremsen sie ab und verlangsamen das Tempo abrupt. Die Bogenschützen richten sich im Wagenkorb auf, zielen kurz und lassen ihre Pfeile von den Sehnen schnellen. Bevor diese ihr Ziel erreichen, liegt schon der zweite Pfeil an der bogenführenden Hand. Der Bogen wird erneut gespannt, und gerade als die ersten Pfeile auf den Attrappen einschlagen, sucht schon das zweite Geschoss eines jeden Schützen sein Ziel. Fast im gleichen Augenblick knallen die Peitschen der Wagenlenker in der vorderen Reihe, um ihre Tiere aus der Kampfzone herauszutreiben. Die zweite Fünfergruppe rollt dicht dahinter heran und absolviert ihre Vorführung mit ebensolcher Bravour wie die Erste. Der Stadtkommandant hat sich von seinem Sitz erhoben und späht hinüber zu den Zielscheiben. Nahezu alle Pfeile stecken in den roten Tüchern, nur wenige Geschosse sind auf dem Boden vor den Attrappen gelandet. Das Stadtoberhaupt strahlt über das ganze Gesicht. Doch bevor er wieder Platz nehmen kann, jagt bereits die zweite Zehnerschaft heran. Auch bei dieser Vorführung trifft fast jeder Pfeil sein Ziel. Unter dem Beifall der Zuschauer rollen die Streitwagen zurück auf ihre Positionen rechts und links von Sennis Kampfwagen.

»Das ist die neue Macht Assyriens!«, ruft ihnen Stadtverwalter Aššur-šuma-lēšer voller Stolz zu, »keiner unserer Feinde wird diesen Streitwagen entkommen! Kein Land hat bessere Bogenschützen als wir!«

Dann fällt sein Blick auf Banū, der völlig gelassen neben Senni auf dem Wagen steht.

»Elamier, du bist wohl sprachlos wegen der Treffsicherheit unserer Bogenschützen«, prahlt der assyrische Stadtkommandant voller Stolz. »Fast jeder Schuss ein Treffer. Dieses Kunststück macht ihnen so schnell keiner nach!«

Banū gibt seinem Herrn keine Antwort, sondern schlägt Senni mit der flachen Hand auf den Rücken. Darauf hat der junge Hurriter gewartet. Er schnalzt mit der Zunge und lässt dabei die Reitpeitsche über den Köpfen der Pferde knallen. Aspa und das zweite Zugtier ziehen das Gefährt in wildem Galopp über die Ebene. Fast außer Sichtweite des Kommandanten wendet Senni den Streitwagen und treibt die Vollblüter zu höchstem Tempo an. Der Kampfwagen saust in halsbrecherischer Fahrt auf die Zielscheiben zu. Ohne abzubremsen, fliegt das Gespann an den Zuschauern vorbei. Banū reckt seinen Körper, atmet tief ein, hält die Luft an und schießt den ersten Pfeil auf die vorderste Zielscheibe. Das Geschoss zerfetzt das rote Tuch und trifft die Attrappe mit solcher Wucht, dass der Pfeil die Rückseite durchdringt. Noch bevor es die Zuschauer wahrnehmen, hat Banū bereits die nächsten beiden Pfeile abgeschossen. Auch diese erreichen ihr Ziel haargenau. Mit dumpfem Aufprall schlagen Banūs weitere Geschosse ein. Insgesamt acht Pfeile versenkt er im Vorbeifahren präzise in den roten Markierungen der Attrappen. Senni hat dabei das Tempo nicht gedrosselt, sondern die Pferde noch weiter angetrieben. Als sie mit dem Streitwagen die letzte Zielscheibe passieren, dreht sich Banū um, lehnt sich mit dem Rücken an Senni und setzt zwei weitere Schüsse ab. Die Pfeile surren durch die Luft und treffen die beiden Stützen der Zielscheibe. Krachend fällt die Attrappe in sich zusammen, während das Gespann in einer Staubwolke entschwindet.

Der Jubel der Menschenmenge kennt nun keine Grenzen. Viele der Zuschauer laufen zu den Zielscheiben, um sich die Kunstschüsse des Elamiers genauer anzusehen. Dessen Pfeile sind als Einzige mit rotem Gefieder ausgestattet. Somit sind Banūs Treffer eindeutig zu erkennen.

Als Sennis Streitwagen wieder zurückkehrt, kommt ihnen der Stadtkommandant entgegen:

»Banū, ich muss neidlos eingestehen, dass du der Beste aller Bogenschützen bist. Niemand kommt dir gleich!«, lobt er anerkennend die Geschicklichkeit des Bogenschützen. »Und du Puḫizennu, Sohn des Ḫunnu, bist in der Tat der beste

Pferdemann weit und breit. Ab sofort darfst du dich frei bewegen. Und noch etwas: Zur Belohnung erhalten alle Wettkampfteilnehmer, egal ob Hurriter oder Assyrer, eine Sonderration Bier und Brot und fünf Sekel Silber als Belohnung. Der Schreiber wird eine Tontafel ausstellen, auf der meine Anweisungen notiert sind, damit man euch alle entsprechend entlohnt.«

Die Angesprochenen verneigen sich und lassen anschließend Senni und Banū hochleben. Einer der assyrischen Bogenschützen geht auf Banū zu, reicht ihm die Hand und sagt:

»Banū, wir haben dich herausgefordert. Verzeih uns unsere Anmaßung. Wir alle sind nun davon überzeugt, dass du der allerbeste Bogenschütze der vier Weltgegenden bist.«

Der wortkarge Banū lächelt: »In mein Heimat Elam schon kleines Kind lernen Bogenschießen von Vater. Gibt dort viele, die schießt gut wie ich. Mein Vater immer sagen: Starkes Bogenarm lenken Pfeil in Ziel.«

33. Der göttliche Bogen

Senni steht mit Banū hoch oben auf dem Wachturm der Stadt Kulišḫinaš. Von hier aus haben sie den besten Blick hinauf auf die Ausläufer des Gebirges, aus dem ein Strom von Menschen wie Wassermassen zu fließen scheint. Endlose Karawanen folgen dem Ruf des assyrischen Stadtverwalters Aššur-šuma-lēšer, der den Flüchtlingen garantiert hat, dass ihnen bei ihrer Rückkehr kein Leid zugefügt würde. Dieses Versprechen hat schnell die Runde gemacht und so haben sich die meisten Entflohenen entschlossen, wieder in ihre Stadt zurückzukommen. Hocherfreut haben die ersten Bewohner wieder ihre Häuser in Besitz genommen und zu ihrem Erstaunen festgestellt, dass ihre zurückgelassene Habe nicht geplündert worden ist. Auch dies hatte der umsichtige Stadtkommandant verfügt. Dass sie nun hohe Abgaben an die neuen Herren zu leisten haben, nehmen die meisten murrend, aber ohne offene Klagen zur Kenntnis. Beschwerlich sind eher die Frondienste, die man ihnen auferlegt. Frauen und Kinder müssen die zum Teil verwüsteten Felder vor der Stadt wieder bestellen, die Männer werden für den Aufbau eines neuen Tempels zu Ehren des assyrischen Hauptgottes Aššur herangezogen.

Von Tag zu Tag sind die freundschaftlichen Bande zwischen Banū und Senni fester geworden. Inzwischen sind die beiden unzertrennlich und verbringen nahezu den ganzen Tag gemeinsam, um auf Wunsch des Stadtverwalters Aššur-šuma-lēšer die Streitwagentruppe zu vergrößern. Während Banū sich um die Schulung der assyrischen Bogenschützen kümmert, richtet Senni mit Hilfe erfahrener Pferdeknechte neue Zugtiere für Streitwagen ab. Fünf Männer aus Kikkulis ehemaliger Gefolgschaft wurden damit beauftragt, rund um die Stadt nach mitannischen Streitwagen zu suchen, die im Kampf mit den Assyrern zu Bruch gingen. Sämtliche brauchbaren Teile werden zum Lager transportiert. Auch wenn sich die Materialbeschaffung zunächst sehr schwierig gestaltet, haben die Männer so viele Wagenkörbe, Räder, Speichen und Zaumzeug gefunden, dass sich damit leicht zehn weitere Fahrzeuge zusammenbauen lassen. Die Arbeiten gehen zügig voran, denn der Stadtkommandant hat jedem von ihnen zehn

Kupferbarren in Aussicht gestellt, wenn bis zur Rückkehr des Generals eine dritte Zehnerschaft mit Streitwagen zur Verfügung stünde. Alle legen sich ins Zeug und arbeiten von Sonnenauf- bis -untergang daran, das vorgegebene Ziel zu erreichen.

Senni, der die Männer immer wieder anspornt, kehrt lediglich am Abend zum Schlafen in die kleine Hütte zurück, in der sein gebrechlicher Vater sein Leben fristet. Der junge Hurriter hat von seinem ersten Sold, den er für die Ausbildung der Streitwagen-Abteilung erhalten hat, eine verwitwete Nachbarin engagiert, die sich nunmehr rührend um den alten Mann kümmert. So kann er sich tagsüber auf seine Aufgabe konzentrieren, eine weitere Zehnerschaft auszubilden.

Während einer Pause haben sich Banū und Senni in den Schatten eines Hauses zurückgezogen. Der junge Hurriter breitet ein Tuch aus, in das die Witwe, die seinen Vater umsorgt, ihm einen Imbiss eingepackt hat. Senni reißt das Fladenbrot in zwei Teile und reicht eines davon Banū:

»Greif zu Banū,« lädt er den Elamier ein, »schau, es gibt noch Stangenzwiebeln, Knoblauch und sogar zwei hart gekochte Eier. Lass es dir schmecken, mein Freund!«

Still sitzen sie nebeneinander und verzehren das kärgliche Mahl. Als Banū ihm den Wasserkrug reicht, ergreift der ansonsten schweigsame Elamier das Wort:

»Senni, es doch Vorteil, wenn Frau im Haus. Dann Frau Essen machen. Ach, wäre gut, mein Eheweib hier. Und auch mein Sohn. Schon lang nicht habe gesehen die beiden. Der Kleine bestimmt ist schon junger Krieger.«

Senni glaubt, sich verhört zu haben: »Du hast Frau und Kind? Davon hast du mir noch nie erzählt.« Er ist total verblüfft, dass sein neuer Freund noch nie eine Andeutung gemacht hat, dass er Familie hat. »Wo sind die beiden, Banū? Und warum sind sie nicht hier bei dir?«, will Senni wissen.

Banū erzählt ihm seine Geschichte. Es habe Probleme gegeben in seiner Heimat. Der neue König habe ihm nach dem Leben getrachtet und so sei er aus Elam geflohen. Zuvor habe er seine Familie im Hause seines Schwiegervaters zurückgelassen, hoch oben in den Bergen an der Grenze zu Babylonien. Zu Fuß habe er sich aufgemacht und nur seinen Bogen und den Köcher mitnehmen können. Er habe das Land der Lullubäer[67] durchquert, die jeden Fremden als ihren Feind betrachten. Dann sei er dem Lauf des mächtigen Flusses Idiglat[68] nach Norden gefolgt, bis Einheimische ihn zu einer Furt geführt hätten. Dort sei er zum jenseitigen Ufer übergesetzt und bis nach Assur, der Hauptstadt der Assyrer, gelaufen. Mehr als drei Monate sei er unterwegs gewesen und habe sich seinen Unterhalt durch die Jagd oder als Handlanger verdient. Sein Glück sei es gewesen, dass ihn die Torwächter von Assur nicht sofort getötet hätten. Sie hätten ihn verspottet, da sein Bogen so anders aussähe – ganz anders als diejenigen der assyrischen Bogenschützen.

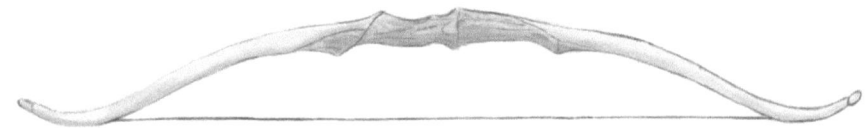

Abb. 30: Banūs Bogen

Unwillkürlich fällt Sennis Blick auf Banūs Bogen, der in der Tat eine vollkommen andere Form aufweist als die assyrischen Bögen, die mehr oder weniger einen Halbkreis beschreiben. Banūs Waffe ist an den beiden Enden nach außen, also in Schussrichtung, gebogen und scheint aus unterschiedlichen Materialien zu bestehen.

»Sind bei euch in Elam alle Bögen so krumm«, erkundigt sich Senni, »oder ist das eine besondere Anfertigung für dich, Banū?«

Der Elamier grinst: »In mein Heimat Bogen all sein so. Mit das krumm Ding du schießen weiter als mit Bogen assyrisches. Elam-Bogen besser!«

Jetzt packt Senni die Neugier: »Woraus macht ihr eure Bögen. Deiner sieht so aus, als ob er aus verschiedenen Materialien bestehen würde. Unsere Bögen

---

[67] Ein Bergvolk im Zagros-Gebirge, an der Grenze vom Irak zum iranischen Hochland.
[68] Der Fluss Tigris.

werden nur aus einem Stück Holz geschnitzt. Das habe ich im Basar bei einem Händler gesehen, der mit seinen Gesellen Bögen und Pfeile hergestellt hat.«

Banū legt seine Stirn in Falten und antwortet: »Assur-Bogen nicht schlecht, aber Elam-Bogen Geschenk von Gott Hutran. Das sein elamisch Gott von Soldaten.«

Senni stellt kopfschüttelnd fest: »Du besitzt also einen göttlichen Bogen? Aber von einem Gott namens Hutran habe ich noch nie gehört!«

Banū schlägt die Hände über dem Kopf zusammen: »Du nicht kennen Hutran? Hutran große Gott, sehr große Gott. Und sehr mächtig!«, bekräftigt der Elamier, »Name Hutran bedeuten: ›Er alles überwältigt‹. Hutran in Schlacht immer an mein Seite!«

»Dann verehrst du also andere Götter wie ich? Ich bete immer zum Wettergott Teššup. Er bringt uns Regen und lässt die Pflanzen wachsen, damit wir Menschen, aber auch unsere Pferde nicht verhungern. Betest du auch zum Wettergott?«, hakt Senni nach.

»Wettergott sein doch Adad, Senni, nix heißt Teššup!«, stellt Banū richtig.

»Adad ist der Gott der Assyrer. Es ist mir vollkommen gleichgültig, zu welchen Göttern du oder die Assyrer beten – ich wende mich immer an den hurritischen Wettergott Teššup. Genug von Göttern! Verrate mir nun lieber, aus welchen Materialien dein Bogen angefertigt wurde!«

Der Elamier grübelt ein wenig und sucht nach Worten, um Senni die komplizierte Herstellung eines elamischen Bogens zu erklären: »Du brauchen Folgendes: Horn von großes Ziege. Leben hoch auf Berg in Elam. Dort auch Holz von Baum. Holz sehr biegen muss können. Dann brauchen Sehnen von Tier. Feste Sehnen! Sehne von Rind gut! Sehne dann geklopft mit Stein bis lang wie Schnur. Dann Horn und Holz über Feuer heiß machen. Sehr gut biegen dann. Dann kleben zusammen mit Sehnen dazwischen mit viel Leim aus Knochen und Haut. Das Leim stinken bei warm machen eklig! Dauert lange, viele Tage bis fest. Dann krummes Ende aus Holz muss machen. Auch mit Leim fest – oben und unten. Wieder lange warten. Brauchen gut Handwerkmann zu machen Elam-Bogen. Brauchen Erfahrung und muss wissen, was gut Material. Nach fünfzehn Tag fertig Elam-Bogen. Viel Arbeit. Brauchen Geduld!«

Senni staunt: »Hätte nicht geglaubt, dass die Herstellung eines solchen Bogens so viel Arbeit macht!«

Banū lächelt: »Wie lang brauchen du für Pferd, bis können ziehen Wagen für Kampf?«

Senni antwortet: »Ungefähr sieben Jahre.«

Der Elamier schmunzelt: »Du siehst: Pferd brauchen sieben Jahre, Bogen nur fünfzehn Tag!« Banū schiebt sich das letzte Stück Brot in den Mund.

Senni bemerkt das schelmische Grinsen im Gesicht des Freundes und regiert sofort: »Aber ein Bogen macht noch keinen Schützen. Um so schießen zu können wie du, braucht es bestimmt auch jahrelanges Üben – oder nicht?«

Banū nickt: »Senni, in mein Heimat Elam schon kleines Kind Bogenschießen lernen von Vater. Mein Vater hat gelernt von sein Vater, ich von mein Vater. Und ich wollen auch mein Sohn lehren. In Elam gibt viele, schießt gut wie ich. Mein Vater mir immer sagt, dass starkes Bogenarm lenkt Pfeil in Ziel. Kaum ich laufen können, ich jeden Tag muss üben mit Bogen. Jeden Tag. Und Vater strenges Lehrer. Wenn schießt vorbei, Hiebe er mir geben.«

Senni erkundigt sich vorsichtig: »Lebt dein Vater noch?« Banū wendet sich ab und schweigt. »Verzeih mir Banū, wenn ich dich gekränkt habe.« Senni legt seinem Freund die Hand auf die Schulter: »Sei mir bitte nicht gram, dass ich nach deinem Vater gefragt habe.«

Banū schaut ihn mit traurigen Augen an: »Mein Vater tot von neues König. Er ihn töten vor mein Haus. Ich ihm nicht helfen kann, muss bringen Frau und Kind weg, sonst wir alle tot. Vater großes Mann war in Elam. Aber Feind von neues König. Wenn ich zurück in Elam, ich Rache!«

Sie sitzen noch eine Weile schweigend nebeneinander. Senni weiß nun nicht recht, wie er sich verhalten soll, nachdem er die traurige Familiengeschichte seines Freundes erfahren hat. Verlegen schlürft er einen Schluck Wasser und faltet anschließend das Tuch der Nachbarin zusammen.

Erst dann unterbricht er die Stille: »Banū, du musst mir das Bogenschießen beibringen. Ich möchte ein genau so guter Schütze werden wie ihr Elamier. Lehre mich das Bogenschießen, so, wie du es deinem eigenen Sohn beigebracht hättest. Ich bitte dich inständig darum.«

Der Elamier schaut ihn mit seinen dunklen Augen an und fixiert Senni mit festem Blick: »Wir gleich üben. Jedes Tag üben. Bis ich sagen, du fertig.«

Senni strahlt: »Dann lass uns gleich beginnen!«

Die beiden erheben sich und gehen hinüber zum Platz, wo die assyrischen Bogenschützen trainieren. Die Erfahrenen unter ihnen stehen auf Streitwagen, und versuchen in rasender Fahrt die Attrappen zu treffen. Die frisch Rekrutierten, die die neue Zehnerschaft bilden sollen, üben ihre Schüsse aus einem Wagenkasten ohne Gespann.

Abb. 31: Assyrischer
Bogenschütze

Banū ließ das Wrack eines mitannischen Streitwagens mit Steinen unterlegen, damit die Neulinge sich an die Enge des Wageninneren gewöhnen. Während der Übungen muss auch immer ein Pferdeknecht dicht neben ihnen stehen, um die Umstände möglichst wirklichkeitsgetreu nachzuahmen. Bisweilen machen sich die Pferdelenker einen Spaß daraus, mit den Füßen hin und her zu wippen, um die Neulinge aus dem Gleichgewicht zu bringen. Jeder Fehlschuss wird mit höhnischem Gelächter quittiert. Doch trotz aller Ulkerei sind die Männer mit Eifer bei der Sache, denn zu verlockend ist die Entlohnung, die man ihnen in Aussicht gestellt hat.

Banū schaut befriedigt auf die Ergebnisse der Schützen, lässt es sich aber nicht nehmen, bei einigen die Haltung des Bogenarms zu korrigieren oder den Ablauf der Schussfolge zu optimieren. Dann wendet er sich Senni zu und drückt dem Hurriter einen Bogen mit halbrund geformtem Korpus in die Hand. Er zeigt auf einen Köcher mit Pfeilen, der an einem Holzpfosten hängt:

»Zuerst du üben mit Assur-Bogen, Senni!« Senni greift sich einen der Pfeile und will gleich loslegen, doch Banū fällt ihm in den Arm: »Du und Bogen müssen sein eins. Du müssen zu Bogen werden. Du fühlen Bogen und müssen fühlen sein Kraft! Dann du werden Pfeil. Dann du treffen gut!«

Banū nimmt Senni den Pfeil aus der Hand und steckt diesen zurück in den Köcher. Zunächst steht das richtige Spannen des Bogens auf dem Lehrplan. Banū zeigt Senni, wie er die Sehne ohne größeren Kraftaufwand in die Kerbe des oberen Endes einlegt. Dazu setzt er den Bogen mit dem unteren Ende auf dem Boden auf, greift die Waffe in der Mitte und steigt mit einem Bein zwischen Sehne und Bogen, drückt mit dem Gesäß leicht gegen den Korpus der Waffe und zieht die Sehne aus der Kerbe des oberen Bogenendes. Der Bogen entspannt und richtet sich fast so gerade auf wie der Schaft einer Lanze. Banū packt die Sehne noch fester mit der Rechten, beugt den Bogen mit der linken Hand und dem Gesäß wieder ein wenig und lässt die Schlaufe der Sehne wieder zurück in die obere Kerbe rutschen.

Senni versucht sich darin, die Abläufe seines Lehrmeisters gleichzumachen. Immer wieder rutscht ihm der Bogen ab oder die Sehne schnellt ihm aus der Hand. Doch dann hat er endlich den Kniff heraus und spannt den Bogen in kürzester Zeit ein und aus. Die nächste Übung betrifft das richtige Spannen des Bogens. Banū zeigt ihm, wo er den lederummantelten Griff der Waffe am besten packt und wie er die Sehne des Bogens zu ziehen hat. Banū lässt ihn die Sehne zwischen Zeige- und Mittelfinger legen und befiehlt Senni, anzuziehen. Kaum einen Fingerbreit bewegt sich die Sehne.

»Du noch viel üben. Müssen haben Kraft in Finger!«, ermuntert ihn der Elamier, »nicht geben auf! Du ziehen weiter Sehne. Immer wieder!«

Senni müht sich. Der Schweiß läuft ihm in Strömen ins Gesicht. Er hätte niemals vermutet, dass Bogenschießen so anstrengend ist. Bei Banū sieht alles so einfach aus. Er zieht an und im nächsten Augenblick sucht sein Pfeil den Weg ins Ziel. Senni gelingt es noch nicht einmal, die Bogensehne richtig zu spannen. Banū wäre ein schlechter Lehrmeister, wenn er seinen Schüler aufgeben ließe. Ohne Unterlass kontrolliert er Sennis Armhaltung, den Griff zur Sehne und das Spannen, so lange, bis in Sennis Zugarm die Kraft nachlässt.

»Du spüren Stärke? Bogen haben viel Stärke. Du aber müssen sein Herr über Bogen!«

Senni gibt nicht auf, konzentriert sich noch einmal und zieht mit aller Kraft die Sehne nach hinten. Der Bogen verformt sich zu einem Halbkreis, während die dünne Schnur sich >-förmig nach hinten dehnt. Senni hält die Sehne eine Zeitlang in Spannung, bevor er loslässt. Blitzartig schnellt die Schnur nach vorne und schlägt gegen Sennis Unterarm. Mit einem Aufschrei lässt er die Waffe fallen und reibt sich den schmerzenden Arm.

Banū bricht in schallendes Gelächter aus: »Du noch müssen viel lernen, Jungchen!« Der Elamier eilt zum Vorratsgebäude des Gehöfts, das an den Übungsplatz für Bogenschützen angrenzt, und kehrt kurz darauf mit zwei ledernen Bändern in der Hand zurück. Diese wickelt er Senni um den linken Unterarm, so dass dieser vom Handgelenk bis dicht unterhalb des Ellenbogens eine Art Ledermanschette trägt. Dann bittet er Senni noch einmal, die Sehne schnellen zu lassen. Wieder prallt die Sehne auf seinen Unterarm, doch dieses Mal verspürt Senni lediglich einen dumpfen Schlag auf das Handgelenk. Schlagartig wird im klar, warum Bogenschützen immer Lederbänder am linken Unterarm tragen und er nimmt sich vor, von heute an ebenfalls solche Lederstreifen zu tragen.

Banū gönnt Senni nur kleine Pausen. Bei der nächsten Übung zeigt er ihm, wie er zu stehen hat: Die Füße etwas auseinander und die Schultern und die Hüfte stehen in einer Linie zum Ziel. Er hält Senni an, seine Beine nicht zu fest durchzudrücken, sondern locker zu stehen, denn schließlich habe gerade er ihm gezeigt, was man beim Schießen vom Streitwagen zu beachten habe. Nun erst, nach gut zwei Doppelstunden voller Übungen, kommt zum ersten Mal ein Pfeil zum Einsatz. Banū führt die Sehne in die Kerbe des Geschosses und stellt sich mit gesenktem Bogen neben Senni. Der soll nun seine Bewegungsabläufe nachahmen. Der Elamier nimmt die Grundstellung ein, richtet seinen Körper nach der Zielscheibe aus und hebt den Bogen langsam von unten nach oben, bis er die Höhe seiner Schulter erreicht hat. Senni führt jede Einzelheit genau so aus. Wie ein Schatten folgt er Banūs Bewegungen. Der Elamier setzt kurz ab und korrigiert die Stellung von Sennis Bogenarm und die Höhe seines Zugarms. Die Sehne des Bogens ist in diesem Moment nur leicht gezogen. Immer und immer wieder muss Senni diese Übung absolvieren, bis Banū zufrieden ist. Erst als Senni es schafft, bei voll angezogenem Bogen, den Pfeil auf die exakt gleiche Höhe wie den Zugarm zu bringen, klopft ihm der Elamier auf die Schultern. Er tritt nun hinter Senni und gibt ihm Anweisungen, wie er zu zielen hat:

»Du jetzt Auge auf Ziel. Du nun vergessen alles! Du jetzt nicht sehen, nicht hören. Nur Auge auf Ziel – nix anderes denken! Spitze von Pfeil du müssen nun richten auf Ziel.«

Senni versucht, sich zu konzentrieren. Er fokussiert mit dem Auge die Pfeilspitze und blickt über das bronzene Projektil hinweg hinüber zur Zielscheibe, die etwa zehn Schritte von ihm entfernt steht. Beim Spannen spürt er die raue Sehne zwischen seinem Ring- und Mittelfinger. »Jetzt ziehen Schnur bis an Mund«, weist ihn Banū an, »bis Sehne berührt Nase. Nun noch einmal mit Auge auf Spitze Pfeil. Muss genau sein im Ziel. Wenn gut, dann loslassen.«

Senni hält die Luft an, zieht die Sehne noch ein winziges Stück weiter nach hinten, bis er die Schnur am Mundwinkel fühlt. Die bronzene Spitze des Pfeils scheint direkt über dem Ziel zu schweben. Er löst den Griff seiner Finger, der Pfeil schwirrt von der Sehne und fliegt schneller, als er hinterherschauen kann, auf die Attrappe zu. Noch bevor er den Bogen senkt, hört er den Einschlag des Pfeils.

»Du gut!«, lobt ihn Banū, »du schauen, du genau treffen! Alles so gemacht wie Banū sagen. Für Anfang sehr gut! Aber bei nächstem Schuss, du Bogen nicht senken! Festhalten! Warten bis Pfeil im Ziel!«

Senni ist unglaublich stolz und läuft zur Zielscheibe, um sich den Treffer aus der Nähe zu betrachten. Der Pfeil steckt im roten Tuch, das man um die Mitte der Attrappe gewunden hat. Ein perfekter Schuss!

»Das du nun üben jeden Tag«, kündigt Banū an, »dann du bald bereit für Schießen von Streitwagen.« Senni spürt schon jetzt jeden einzelnen Strang seiner Rückenmuskulatur!

34. Audienz beim Tartānu

Das Signalhorn auf dem Wachturm schallt über die flachen Dächer der Stadt Kulišḫinaš. Einige Männer laufen auf die Straße, um nachzuschauen, weshalb Alarm gegeben wird, während die Frauen laut schreiend ihre Kinder in die Häuser bringen und Fenster und Türen verrammeln.

Auch Senni und Banū haben das Signal vernommen. Nach dem ersten Ton bleiben alle Männer um sie herum stehen. Kein Wort wird mehr gesprochen. Jeder verharrt an seinem Platz und lauscht, ob noch weitere Hornstöße folgen. In schneller Folge ertönen zwei weitere Töne, deren Hall sich in den umliegenden Gassen verliert. Drei Signale: Das Zeichen, dass sich eine Armee der Stadt nähert. Senni und Banū befehlen ihren Männern, sich für einen Kampf zu rüsten. Hektisches Treiben bricht aus. Die Stallknechte laufen zu den Streitwagen und spannen die Pferde ein. Die Bogenschützen legen ihre leichten Lederrüstungen an und setzen die Helme auf, um schon gleich darauf hinüber zu den Stallungen zu hetzen. Noch im Laufen schultern sie ihre Köcher und werfen einen letzten Blick auf ihre Waffen. Im Nu sind die drei Zehnerschaften mit ihren Kampfwagen in Reihen zu jeweils fünf Gespannen vorgefahren und erwarten eine letzte Inspektion durch ihre Anführer. Höchst zufrieden über die Schnelligkeit des Aufmarschs, setzt sich Senni mit seinem Streitwagen an die Spitze des Zuges. Neben ihm im Fahrzeugkorb steht Banū, bewaffnet bis an die Zähne und klammert sich mit den Händen am Wagenkasten fest. Als sie am nahen Osttor anlangen, erkundigen sie sich bei den Wachen, ob sie Näheres über das anrückende Heer wüssten.

»Gerade kam ein Bote vorbei«, antwortet einer der Soldaten. »Er teilte uns mit, dass es kein feindliches Heer sei, sondern assyrische Truppen. Sie seien von Süden her im Anmarsch. Wir alle hoffen, dass sie den Mitanni-Prinzen erledigt haben, denn wenn dessen Kopf an der Standarte des Tartānu[69], unseres Generals Qibi-Aššur, baumelt, ist er zufrieden. Und wenn der Tartānu zufrieden ist, wird ein Siegesfest gefeiert. Wir können es alle kaum erwarten!«

---

[69] Assyrische Bezeichnung für ›General‹.

Ein anderer Wachsoldat fällt ihm grölend ins Wort: »Du kannst es vor allem nicht erwarten, endlich eine mitannische Sklavin auf dein Lager zu zerren.« Die umherstehenden Krieger beginnen zu lachen und malen sich aus, was sie mit den Weibern der Mitanni anstellen werden, wenn ihnen eine davon als Kriegsbeute zugeteilt würde.

Senni wendet sich angewidert ab, gibt seinen Leuten aber keine Entwarnung, sondern winkt ihnen zu, ihm zu folgen. Nachdem ein Wagen nach dem anderen die enge Torpassage durchquert hat, sammeln sie sich auf dem freien Feld vor der Stadtmauer, richten die Gefährte erneut in Fünferreihen aus und setzen sich in leichtem Trab in Richtung Südtor in Bewegung. Schon von Weitem können sie das riesige Heer der Assyrer erkennen, das auf die Stadt zumarschiert. Allen voran der General, dem der Stadtverwalter Aššur-šuma-lēšer entgegeneilt, um ihn mit ausladenden Gesten willkommen zu heißen. Beide haben in zahlreichen Schlachten Seite an Seite gekämpft und so fällt das Wiedersehen sehr freundschaftlich aus:

»Die Götter seien gepriesen«, frohlockt der Stadtkommandant, »ich sehe dich bei bester Gesundheit, Tartānu. Ich hoffe, deine Unternehmung war erfolgreich.«

Qibi-Aššur lächelt gequält: »Mitnichten! Die feigen Mitanni-Hunde haben sich in die Wüste zurückgezogen und sind uns entkommen. Da wir uns dort nicht auskennen, wurde nach einigen Tagen Wasser und Verpflegung für unsere Truppen knapp. So waren wir zur Umkehr gezwungen. Aber ich schwöre bei Aššur, unserem Herrn, dass ich nicht ruhen werde, bis der letzte Mitanni aus Ḫanigalbat vertrieben ist!«

Gerade als die beiden sich aufs herzlichste umarmen, schrickt der General zusammen. Eine Staubwolke rast auf sie zu, aus der deutlich das Hufgetrappel zahlreicher Pferde an sein Ohr dringt.

»Zu den Waffen Männer«, befiehlt Qibi-Aššur seinen Soldaten, »die wagen es tatsächlich, uns hier anzugreifen!«

Sein Freund, das Stadtoberhaupt, beruhigt ihn umgehend: »Keine Angst, das sind keine Mitanni! Was da auf uns zurollt, sind keine Feinde, sondern unsere neue Einheit mit Kampfwagen, die wir in den letzten Wochen aufgestellt haben. Sieh, im vordersten Wagen steht Banū, der Elamier, und daneben dieser hurritische Bengel, dem du auferlegt hast, eine Streitwageneinheit auszubilden. In jedem dieser Wagen steht ein assyrischer Bogenschütze. Drei ausgebildete Zehnerschaften stehen dir von heute an zur Verfügung.«

Die Stimmung des Generals verbessert sich beim Anblick der herannahenden Streitwagen augenblicklich: »Du hast in der Kürze der Zeit Großes geleistet, Aššur-šuma-lēšer, ich wusste, warum ich dich zum Stadtverwalter von Kulišḫinaš ernannt habe.«

Mit großer Genugtuung betrachtet er die prächtigen Streitwagen, die an ihm vorüberziehen und deren Besatzungen ihn ehrfurchtsvoll grüßen.

»Lass diesen Hurriter heute Nachmittag zu mir kommen. Er soll auch den Elamier mitbringen. Ich erwarte beide noch heute während meiner Audienz!«

Senni ist sichtlich überrascht, als unmittelbar nach seiner Rückkehr in die Stadt der Laufbote des Stadtverwalters vor ihm steht und ihn bittet, gemeinsam mit Banū zum Statthalterpalast zu kommen. Mit gemischten Gefühlen betreten die beiden am frühen Nachmittag den Vorhof zum Audienzsaal. Man bittet sie, in der Vorhalle zu warten, bis sie aufgerufen werden. Die Sonne brennt heiß und so drängen sich die beiden Freunde in den Schatten eines der mächtigen Pfeiler, die das Vordach tragen. Zahlreiche andere Personen tummeln sich bereits dort und warten auf Einlass. Die meisten wollen wegen Nachbarschaftsstreitigkeiten beim Stadtverwalter vorsprechen, denn unter der Bevölkerung sind hier und da Zwistigkeiten entbrannt, wer die verwaisten Häuser übernehmen darf, deren Bewohner nach ihrer Flucht nicht mehr zurückgekehrt sind. Da es sich dabei meist um Anwesen von geflohenen Mitanni, den ehemaligen Herren der Stadt, handelt, lockt die Aussicht auf einen lukrativen Zugewinn. Es müssen aber auch Erbschaftsangelegenheiten geklärt werden, denn nach einer kriegerischen Auseinandersetzung streiten häufig auch die Nachkommen der Gefallenen um den Nachlass. Senni und Banū verfolgen die Gespräche, die sich um solche Probleme drehen, nur mit einem Ohr. Der Elamier bemerkt, dass der junge Hurriter bei zunehmender Wartezeit immer nervöser wird.

»Du nicht zappeln, Junge«, beruhigt ihn Banū, »wenn eintreten, nicht schauen in Auge von Tartānu. Du Blick senken. Dann auf Knie. Du Diener, er großer

Herr – fast wie König. Nicht vergessen! Du und ich zu Boden fallen müssen, sonst Kopf auf Spieß. Und du auch nur reden, wenn Tartānu Qibi-Aššur es erlauben. Sonst du tot!«

Senni wird es plötzlich heiß. Gedanken fliegen wie Sandkörner im Sturm durch seinen Kopf. Was will der General von ihnen? Von einer Audienz bei einem der mächtigsten Männer des assyrischen Reiches hätte er noch vor Wochen nicht zu träumen gewagt. Seine Welt waren viele Jahre lang die Pferde auf Kikkulis Gestüt. Ein wenig Wehmut nach den geordneten Verhältnissen seines früheren Lebens packt ihn gerade. Was wohl seine Freunde, das Geschwisterpaar Ašdu und Ḫersi, im Augenblick machen? Ob sie ihren Vater wiedergefunden haben?

Plötzlich wird die schwere Holzpforte des Audienzsaales aufgerissen, die wartenden Menschenmenge in der Vorhalle springt auf und horcht, wer nun hereingerufen wird.

»Puḫizennu, Sohn des Ḫunnu, und Banū, der elamische Bogenschütze!«, brüllt der Herold in die Menge.

Die Freunde erheben sich und drängen sich durch die Menge der Wartenden nach vorne: »Hier sind wir!«, ruft Senni in Richtung des Eingangs, »wir kommen.« Leise flüstert er Banū zu: »Warum können die meinen Namen nicht richtig aussprechen? Ich heiße nicht Puḫizennu, sondern Puḫasenni!«

Banū zischt ihm ins Ohr: »Egal wie Sie nennen dich. Du hören auf Namen dir Assyrer geben. Nie beschweren – nie! Verstanden?«

Senni verdreht die Augen und winkt ab: »Ich weiß, sonst schneiden sie mir den Kopf ab. Ich habe langsam verstanden: Keine Widerrede, immer tun, was die Assyrer verlangen – dann behält man seinen Kopf.«

Banū schaut Senni nur kurz von der Seite an und nickt. Der Herold mustert sie von oben bis unten:

»Keine Waffen?«

Die beiden verneinen. Banū hatte Senni schon auf dem Gehöft eingebläut, dass er zur Audienz keinerlei Waffe mitführen dürfe. Nur im Krieg dürfe man sich dem Tartānu bewaffnet nähern. Natürlich müsse man auch dann den gehörigen Abstand wahren und dürfe nur auf dessen Befehl in voller Rüstung herantreten. Kaum haben sie den ersten Fuß in den Raum gesetzt, stehen sie vier Leibgardisten gegenüber, die sich davon überzeugen, dass sie keinerlei gefährlichen Gegenstände bei sich tragen. Nach kurzer Überprüfung geben die Männer den Weg frei. Der Herold schreitet voran und bedeutet ihnen mit einer Handbewegung, ihm zu folgen. Zwei der Wachen positionieren sich rechts und links von den Freunden und halten jede ihrer Bewegungen im Auge. Die Fensteröffnungen des Raumes sind mit Hölzern abgedichtet, damit die Sommerhitze nicht eindringen kann. Es ist kühl, fast kalt, wenn man nach dem langen Warten in der glühend heißen Vorhalle in die Audienzhalle kommt. Senni fröstelt ein wenig. Als sich seine Augen an die Dunkelheit gewöhnt haben, erblickt er am Kopfende des langrechteckigen Audienzsaals die schemenhaften Silhouetten zweier bärtiger Männer, die sich auf dem Boden sitzend, angeregt miteinander unterhalten. Beim Näherkommen erkennt er General Qibi-Aššur neben Stadtverwalter Aššur-šuma-lēšer. Die beiden scheinen noch nicht einmal Notiz von ihnen zu nehmen, als sie fast vor ihnen stehen.

Der Herold tritt einen Schritt zur Seite und gibt nur ein kurzes Handzeichen. Banū zupft Senni am Ärmel und wirft sich im nächsten Augenblick zu Boden. Senni, dessen Augen auf den überdimensionalen Wandmalereien kleben, hätte fast die Begrüßung verpasst. Schnell geht er auf die Knie und senkt sein Haupt neben Banū auf den Boden.

»Kein Wort! So bleiben!«, raunt ihm der Elamier zu, ohne seinen Kopf auch nur eine Handbreit von der Stelle zu bewegen. Wie erstarrt verharren sie in der niederwürfigen Stellung, gänzlich unbeachtet von den beiden hohen Herren. Diese setzen angeregt ihr Gespräch fort, ohne die Ankömmlinge auch nur eines Blickes zu würdigen. Senni vernimmt, dass sich seitlich von ihm eine Tür öffnet. Er schielt zur Seite und sieht aus den Augenwinkeln, dass sich eine Sklavin nähert. Auf einem silbernen Tablett serviert sie den beiden Würdenträgern tönerne Schalen mit dampfendem Inhalt. Der Duft von gebratenem Fleisch und Gewürzen verbreitet sich schlagartig im ganzen Raum und steigt in Sennis Nase. Wie herrlich das riecht, denkt sich Senni und spürt, dass ihm das Wasser im Munde zusammenläuft. Da die Audienz so kurzfristig einberaumt wurde, hatte er versäumt, einen Happen zu sich zu nehmen. Das rächt sich jetzt! Sein Magen revoltiert und beginnt deutlich hörbar zu knurren. Erst jetzt schaut der Tartānu zu den Knienden herüber und donnert in den Saal:

»Muss man in unserer Armee verhungern oder wieso knurren eure Bäuche derart, dass ich beim Essen gestört werde?«

Senni antwortet forsch: »Herr, wenn wir zu dir, dem mächtigen General gerufen werden, lassen wir unser Mahl außer Acht und folgen deinem Ruf!«

Banū stockt der Atem. Am liebsten würde er seinem Schützling an die Gurgel springen und ihm den Hals zudrücken, damit kein Ton mehr entweichen kann. Doch zu spät. Der Jüngling hat vorlaut das Wort ergriffen und damit gegen die Vorschriften des Hofzeremoniells verstoßen. Banū sieht schon das Henkersschwert über dem Hurriter schweben und erwartet nun den Befehl des Tartānu, sie beide zu köpfen.

Der General springt auf, klopft dem Statthalter auf die Schulter und beginnt zu lachen: »Schau dir dieses kecke Bürschchen an! Er scheint nicht nur etwas von Pferden zu verstehen, sondern beweist auch noch Mut. Steht auf, ihr beiden!«

Banū, der schon ganz blass geworden ist, erhebt sich recht zögerlich, während Senni flugs auf den Beinen steht und seinem Gegenüber in die Augen schaut.

»Du traust dich etwas, Junge!«, spricht ihn der Tartānu an. »Wagst du es auch, wirklich große Aufgaben zu übernehmen?«

Senni bleibt die Antwort nicht schuldig: »Herr, ich stehe in euren Diensten. Sagt, was zu tun ist. Wenn ich es vermag, will ich es vollbringen.«

Qibi-Aššur bricht erneut in schallendes Gelächter aus. »Hörst du das, Aššur-šuma-lēšer,« wendet er sich an den Stadtverwalter, »das Jungchen gefällt mir. Er scheint in der Tat für die große Aufgabe geeignet!«

Senni ist schnell bei der Sache: »Welche große Aufgabe, Herr?«, erkundigt er sich. Banū zittern die Knie. Er steht schon lange in den Diensten der Assyrer. Noch nie hat er erlebt, dass ein Rangniedriger einen Offizier - und schon gar nicht einen Tartānu - ungefragt angesprochen hat. Auspeitschen wird man ihn, bis die Haut vom Rücken fällt. Und das wäre noch eine milde Strafe. Dieses Vergehen - wenn es überhaupt schon einmal jemand gewagt haben sollte, den General ohne Aufforderung anzusprechen - hat bislang noch niemand überlebt, dessen ist sich der Elamier ganz sicher. Nervös zupft Banū an seinem Stirnband herum und rückt die Federn auf seinem Kopf zurecht. Doch der General wendet sich zu seinem Erstaunen um und nimmt wieder neben seinem Freund, dem Stadtoberhaupt, Platz. Dann klatscht er zweimal in die Hände, woraufhin die Sklavin herbeispringt und zwei dampfende Schüsseln vor die Füße von Banū und Senni stellt.

»Langt erst einmal kräftig zu. Eure knurrenden Mägen stören mich«, grinst der Tartānu. »Nach dem Essen sprechen wir über euren Auftrag.«

Das lassen sich die beiden nicht zweimal sagen. Im Nu lassen sie sich im Schneidersitz nieder und schlingen die köstliche Mahlzeit hinunter. Man reicht ihnen auch Brot und im Anschluss zwei Becher gefüllt mit kühlem Wasser. Kaum sind sie fertig, entfernt die Sklavin das Geschirr. Banū verneigt sich noch einmal tief, während sich Senni wortreich bedankt und das hervorragende Essen lobt.

Der General schmunzelt und stößt seinem Freund in die Rippen: »Das ist der Richtige! Er ist jung, unbekümmert und ohne Scheu vor der Obrigkeit. Der kann es schaffen. Du hast mir nicht zu viel versprochen!«

Der Statthalter pflichtet ihm bei: »Wenn es jemand schafft, dann diese beiden, das ist gewiss!«

Der Tartānu winkt beide herbei und weist sie an, sich dicht vor ihm hinzusetzen. Er senkt seine Stimme und redet nur noch im Flüsterton:

»Was ich euch beiden jetzt zu sagen habe, darf euer Mund nirgendwo aussprechen. Ich erwarte, dass ihr über den geheimen Auftrag, den ihr erhaltet, absolutes Stillschweigen bewahrt. Und du Puḫizennu, Sohn des Ḫunnu, wirst ab sofort dein vorlautes Maul halten, wenn ich spreche, denn hier haben die Wände Ohren. Hast du mich verstanden, junger Hurriter?«

Senni zuckt zusammen und nickt. Er spürt, dass der Tartānu ab sofort nicht mehr dulden wird, dass man ihm ins Wort fällt. Banū wirft seinem Freund mahnende Blicke zu und bittet insgeheim seine Götter, dem Jungen wenigstens für einen Moment lang die Stimme zu rauben. Qibi-Aššur mustert Senni eindringlich, bevor er seine Rede fortsetzt:

»Das Hauptheer der Mitanni ist entkommen. Nicht weil wir sie nicht besiegen konnten, sondern weil diese Feiglinge sich in die Wüste zurückgezogen haben, in der wir uns nicht auskennen.« Er nippt noch einmal an seinem Becher, den die Sklavin mit Wein gefüllt hat. »Du, Puḫizennu, bist im Land der Mitanni aufgewachsen. Du kennst ihre Gepflogenheiten und du sprichst ihre Sprache so, als wärst du einer von ihnen. Traust du dir zu ...«, der General unterbricht seine Rede, blickt sich noch einmal misstrauisch um, ob auch niemand lauscht, zieht dann Sennis Kopf zu sich herüber und flüstert ihm etwas ins Ohr.

Banū reckt seinen Hals nach vorne, doch er kann die Worte des Tartānu nicht vernehmen. Senni nickt mehrmals hintereinander. Als der General seinen Kopf loslässt, gibt er den beiden den Befehl, sich zu entfernen. Der Hurriter verbeugt sich tief und wendet sich zum Gehen. Banū steht sprachlos daneben, geht noch einmal vor seinem Befehlshaber auf die Knie und folgt dann dem Jungen zur Tür hinaus.

»Was er hat gesagt?«, will Banū von Senni wissen, als sie den brütend heißen Innenhof durchqueren. »Sag schon, was will Tartānu von uns?«

Senni blickt seinen Freund wütend an: »Kein Ton, Banū, nicht hier, wo uns alle hören! Hast du vergessen, was der General uns befohlen hat?«

Banū fährt zusammen. So einen harschen Ton hat Senni ihm gegenüber noch nie angeschlagen. Wortlos trotten die beiden durch die Gassen hin zum Gehöft, wo sie schon von ihren Gefolgsleuten erwartet werden. Jeder ist erpicht darauf, zu erfahren, aus welchem Grund die beiden vom mächtigsten Befehlshaber des assyrischen Heeres vorgeladen wurden. Doch Senni geht an den Männern wortlos vorbei und verschwindet im Haupthaus.

»Was ist los?«, bestürmen die assyrischen Bogenschützen Banū, um den sich im Nu auch die hurritischen Pferdeknechte versammelt haben. Doch der Elamier zuckt nur mit den Achseln:

»Senni nix sagen, was Tartānu wollen. Er nicht dürfen sagen, Männer. Auch ich nicht wissen!«

Ratlos blicken sich die Krieger an und beginnen zu mutmaßen, dass Senni einen geheimen Auftrag erhalten hat. Da niemand etwas Genaues weiß, gehen in kürzester Zeit die wildesten Gerüchte um: Senni sei bestimmt an den assyrischen

Königshof nach Assur beordert worden, andere sind sich sicher, er habe den Auftrag, die Streitwagen-Truppe weiter auszubauen. Es wird sogar behauptet, dass der junge Hurriter als Unterhändler zum König von Mitanni geschickt werden solle. Keiner sei als Sonderbotschafter besser geeignet als er, da er so lange bei diesem Volk gelebt habe.

35. Der geheimnisvolle Auftrag

Stockfinster ist es im Raum. Senni hört das leise Schnarchen seines Vaters. Um ihn nicht zu wecken, setzt er seine nackten Füße leise auf den Boden und bewegt sich auf den Zehenspitzen schleichend zur Tür. Er hält die Luft an, als er den Riegel löst. Knarzend dreht sich die Pforte in der Angel. Durch einen schmalen Spalt schlüpft er hinaus ins Freie. So leise, wie er die Tür geöffnet hat, schließt er sie jetzt auch wieder. Senni atmet durch und lauscht noch einmal, ob sich hinter der Tür etwas regt. Lediglich Ḫunnus Schnarchen ist zu hören. Senni grinst befriedigt und huscht wie eine Katze auf ihren Samtpfoten zum Schuppen, der sich windschief an das Haus lehnt . Aus dem Verschlag zieht er ein Bündel hervor, schultert es und macht sich auf dem Weg durch die Gassen von Kulišḫinaš. Vor dem Tor des Anwesens, in dem die assyrischen Bogenschützen ausgebildet werden, wird er schon von Banū erwartet.

»Wo du bleiben? Ich schon lange warten«, beschwert sich der Elamier.

Senni legt ihm die Hand auf den Mund: »Nicht so laut! Wir müssen heimlich aus der Stadt hinaus. Niemand soll wissen, dass wir aufgebrochen sind. Sind die Pferde eingespannt?«

Der Bogenschütze antwortet im Flüsterton: »Ja, und unser Waffen im Streitwagen liegen. So wie du befehlen.«

Senni legt seinem Freund die Hand auf die Schulter: »Entschuldige, Banū, wenn ich zu barsch mit dir umgegangen bin, aber ich bin sehr nervös wegen der uns zugedachten Aufgabe. Lass uns erst zum Tor hinaus, dann kläre ich dich über unseren geheimnisvollen Auftrag auf.«

Banū nickt und greift die Zügel der Pferde. Langsam rollt der Wagen mit klappernden Rädern auf das Stadttor zu. Kaum sind sie in Rufweite, herrschen die Wachen sie an:

»Wer da? Wer schleicht hier um das Stadttor herum?« Als die beiden sich zu erkennen geben, lassen die Soldaten ihre Waffen sinken. Die Wachen kennen Senni und Banū nur allzu gut. »Was macht ihr denn zu dieser nachtschlafenden Zeit hier?«, will einer von ihnen wissen.

»Banū will mir beibringen, wie man in der Dunkelheit mit dem Bogen schießt. Um die anderen nicht im Schlaf zu stören, wollen wir draußen vor der Stadtmauer üben«, kontert Senni schlagfertig.

Der Soldat schüttelt den Kopf: »Käme mir nie in den Sinn, freiwillig auf meine Nachtruhe zu verzichten, um an der Waffe zu üben!«

Während die beiden Freunde den Wagen besteigen, öffnen die Wachen die doppelflügeligen Tore und geben kopfschüttelnd die enge Passage für das Gespann frei. Senni lässt nur einmal die Peitsche über den Köpfen der Pferde knallen, die sich sofort ins Geschirr legen und den zweirädrigen Wagen zu rasender Fahrt beschleunigen. Senni schlägt den Weg in Richtung des Kašiari-Gebirges ein. Erst nach einer Doppelstunde - die Sonne hat sich bereits aus den Bergen herausgeschält - hält er an und lässt die Pferde verschnaufen.

»Setz dich zu mir, Banū«, fordert Senni seinen Freund auf, »es ist an der Zeit, dass du erfährst, was wir zu erledigen haben.«

Banū brummt etwas Unverständliches in seinen Bart, nimmt im Schneidersitz Platz und schiebt Senni wortlos ein Stück Brot herüber. Beim Kauen blickt der Elamier sein Gegenüber fragend an. Der erläutert Banū ohne Umschweife, was der Tartānu von ihnen erwartet.

»Du glauben, wir schaffen das?« Banūs Worte sind voller Zweifel: »Wir ganz alleine!«

Senni muntert ihn auf: »Keine Angst, mein Freund! Ich lege jetzt meine alte Kleidung wieder an und bin ab sofort ein Mitanni. Wenn jemand kommt, gibst du dich als Elamier aus, der aus der assyrischen Armee desertiert ist. Wenn wir auf Mitanni stoßen sollten, überlass mir das Reden - dann kann nichts schief gehen!«

Banū greift sich an den Hals: »Ein Fehler, Kopf ab! Wir beide Kopf ab!«

Senni versucht, ihn zu beruhigen: »Du mit deinen Köpfen. Wenn ich dich höre, steht hinter jedem Baum ein Mitanni, der uns an die Kehle will.«

Banū erwidert mit mahnender Stimme: »Du vorsichtig, Jungchen, ich oft in Krieg. Ich sehen viel Blut und viel Elend.«

Nachdem Senni sich in seine Mitanni-Rüstung gezwängt hat, schwingen sie sich in den Kampfwagen und treiben die Tiere den Weg hinauf in die Berge. Als sie auf dem Bergrücken eine Weggabelung erreichen, erinnert sich Senni an den Augenblick, in dem er hier vor vielen Jahren als Kikkulis Schuldknecht vorbeikam. Heute macht ihm der kühle Wind der Anhöhen nicht mehr so viel aus. Damals hatte er das Gefühl, erfrieren zu müssen, erzählt er Banū.

»Berge hier wie Berge in mein Heimat«, stellt der Elamier lapidar fest, »aber in Elam Berge noch viel höher!«

Senni hakt verwundert nach: »Noch höhere Berge als hier? Gibt es tatsächlich noch höhere Berge?«

Banū nickt: »Viel, viel höher. Du selbst sehen musst eines Tages Haltamti!«

Senni blickt ihm fragend ins Gesicht: »Haltamti? Was ist das schon wieder?«, will er wissen.

»Das Name von mein Land. In mein Sprach Haltamti. Assyrer nennen Land Elam«, belehrt ihn der Bogenschütze. Der Elamier kommt ins Schwärmen und schildert Senni, dass in seinem Heimatland im Winter auf den Spitzen der Berge Schnee liegt. Der junge Hurriter kommt aus dem Staunen nicht mehr heraus. Schnee? Noch nie zuvor hat er etwas von Schnee gehört.

»Und das Zeug ist zart wie gemahlenes Getreide und schmilzt zu Wasser, wenn es warm wird?« Senni ist überzeugt, dass ihn Banū auf den Arm nimmt. Dennoch ist seine Neugierde geweckt. Dieses Land Haltamti, die Heimat Banūs, muss er unbedingt einmal kennenlernen![70]

»Merke dir diese Wegkreuzung, an der wir nun stehen, Banū. Der Weg aus dem Assyrerland gabelt sich hier. Rechts geht es weiter in das Land der Hethiter, die linke Abzweigung führt bergabwärts in das Reich der Mitanni. Die linke Straße führt also dorthin, wo ich als Schuldknecht und Ziehsohn des Kikkuli gelebt habe.«

Senni versetzt die Pferde in leichten Trab. Sie haben schon eine gute Wegstrecke zurückgelegt, als sie plötzlich ein starkes Hämmern aus einem nahegelegenen Waldstück vernehmen. Senni zügelt die Pferde und hält an. Die Freunde lauschen angespannt in den nahen Wald hinein.

---

[70] Das Siedlungsgebiet der Elamier lag im Südwesten des heutigen Iran.

»Das Holzfäller«, flüstert Banū dem Hurriter zu, »das Schlag von Axt an Baum.«

Senni horcht noch einmal genauer hin: »Du hast Recht, Banū, lass uns nach-schauen, wer dort arbeitet.«

Senni windet die Zügel der Zugtiere um einen Baum und folgt Banū, der schon in Richtung der Geräusche gelaufen ist, die sich in einem regelmäßigen Rhythmus wiederholen. Seinen Bogen hält der Elamier griffbereit in der Hand, als er sich einen Weg durch das Dickicht bahnt. Auf einer Lichtung entdeckt er zwei Männer, die einen gefällten Baum mit ihren Äxten bearbeiten. Abwechselnd schlagen die beiden, die nur mit einem kurzen Schurz bekleidet sind, mit ihren Beilen auf den Stamm ein. Sie sind so in ihre Arbeit vertieft, dass sie nicht bemerken, dass Banū hinter ihnen steht. Als die beiden den Elamier gewahr werden, erschrecken sie sich derart über die ungewöhnliche Erscheinung des Mannes, der hohe Straußenfedern auf dem Kopf trägt, dass der jüngere Holz-fäller seine Axt fallen lässt und schreiend Reißaus nimmt. Der Ältere stellt sich dem Fremden breitbeinig in den Weg und umfasst sein Beil mit fester Hand.

»Komm her, du gefiederter Bastard, ich schlage dir den Kopf vom Leib, wenn du es wagst, mich anzugreifen«, droht der Holzfäller.

Nun bricht Senni aus dem Dickicht hervor und ruft den Holzfällern zu: »Keine Angst, Männer, wir sind keine Feinde. Wir wollen euch nur nach dem Weg fragen.«

Der Ältere lässt die Axt ein wenig sinken und schaut misstrauisch zu Senni hinüber: »Wieso schleicht sich dieser seltsam gekleidete Vogelmensch dann an uns heran wie ein Dieb?« Sein Blick haftet auf Banū, der sich nicht von der Stelle bewegt.

»Das ist ein Elamier. Er kennt unsere Sitten und Gebräuche noch nicht so gut. Scheinbar geht man in seiner Heimat auf leisen Sohlen auf Fremde zu«, redet sich Senni heraus.

Nachdem nun auch der Jüngere erkennt, dass keine Gefahr droht, kehrt er zögerlich zurück und grüßt kopfnickend die beiden Ankömmlinge. Senni schlägt vor, einen gemeinsamen Imbiss einzunehmen, um dabei ein wenig zu plauschen. Die beiden Holzfäller willigen ein. Da sie Senni für einen Mitanni halten, geben sie ihm bereitwillig Auskünfte über die derzeitige Lage. So erfährt er, dass eine große Einheit von Mitanni-Kriegern am Fuß der Berge zusammengezogen worden ist. Nach der Beschreibung der Waldarbeiter müssen es tausende von Kriegern sein, die die Straße in Richtung der Hauptstadt Waššukanni abriegeln. Falls die Assyrer einen Angriff wagen sollten, stünden in der Ebene - versteckt in einem ausgetrockneten Flussbett - hunderte von Streitwagen bereit, um dem Feind in den Rücken zu fallen. Šattuara, der König von Mitanni, habe zahlreiche Verbündete um sich geschart, um der Invasion der Assyrer ein Ende zu bereiten. Es seien hethitische Verbände, aber auch umherziehende Aḫlamu-Stämme zu Hilfe geeilt, um den Eroberungszug der Assyrer zu stoppen. Der ältere Holzfäller wundert sich, dass Senni als Mitanni von alledem nichts weiß. Der redet sich geschickt heraus. Er sei auf einer Sondermission gewesen und habe sich seit einigen Monaten in der Fremde aufgehalten. Banū hockt derweil, wortkarg wie immer, daneben und kaut genüsslich auf einem Stück Trockenfleisch herum. Er tut so, als ginge ihn das ganze Gespräch gar nichts an. Die beiden Holzfäller vermuten sogar, dass der Elamier ihre Sprache überhaupt nicht versteht, und erkundigen sich bei Senni, wie er sich mit diesem Fremdling verständigen könne.

»Mit Händen und Füßen«, gibt der zur Antwort, bevor er sich von den beiden Waldarbeitern verabschiedet und mit Banū zum Streitwagen zurückkehrt.

»Wir haben genau das erfahren, was wir wissen wollten. Schnell zurück zum Gebirgspass. Wir werden dort bestimmt schon mit Ungeduld erwartet.«

Banū ist überrascht: »Wer dort warten?«, will er wissen. »Sei nicht so neugierig!«, lacht Senni, »das wirst du schon früh genug erfahren. Wir müssen uns sputen!«

Die beiden Holzfäller schauen dem davoneilenden Streitwagen hinterher: »Seltsam«, grübelt der Ältere, »wieso fahren sie nicht weiter in Richtung der Mitanni-Streitmacht? Sie nehmen den falschen Weg nach Osten. So fallen sie den Assyrern direkt in die Hände!« Kopfschüttelnd machen sich die beiden wieder an die Arbeit und verschwenden keine weiteren Gedanken mehr an die seltsamen Fremden, die wie aus dem Nichts bei ihnen aufgetaucht und auch ebenso schnell wieder verschwunden sind.

Die heiße Nachmittagssonne schickt ihre Strahlen durch die Wipfel der Bäume, deren belaubte Äste ihre schattigen Finger über Senni und Banū ausbreiten. Nachdem sie wieder die Straßenkreuzung, die sie heute Morgen passiert hatten, erreichen, verbergen sie das Gespann auf einer Waldlichtung, die vom Wegesrand aus nicht einsehbar ist.

»Diese Wegscheide ist der verabredete Treffpunkt«, erläutert Senni. »Genau hier, wo sich die Straße gabelt und ein Weg über holprige Gebirgpfade ins Land der Hethiter führt und der andere ins Land der Mitanni, werden wir warten.«

Banū ist der Geheimniskrämerei überdrüssig und mault: »Wen treffen hier? Sag endlich!«

Senni erwidert: »Unsere Armee! Der Tartānu rückt mit der gesamten assyrischen Streitmacht an. Das ist das, was er mir bei der Audienz ins Ohr geflüstert hat. Er verbat mir strengstens mit jemandem darüber zu sprechen. Auch dich, meinen engsten Freund und Kampfgenossen, durfte ich nicht über diesen Plan in Kenntnis setzen. Zu sehr fürchtet der Tartānu, dass sein Vorhaben verraten werden könnte. Er will die Mitanni mit einem einzigen großen Schlag besiegen. Da ihm Kundschafter berichtet haben, dass sein Gegner zahlreiche Verbündete um sich schart, hat er uns beide auserkoren, die Lage im Kašiari-Gebirge zu erkunden. Diese Passstraße hinunter ins Mitanni-Reich ist wie ein Nadelöhr. In den unübersichtlichen Wäldern und Gebirgstälern kann der Feind hinter jedem Baum oder Strauch lauern.«

Der Elamier zieht die Augenbrauen nach oben und bemerkt in seiner nüchternen Art: »Wenn Mitanni-König sich stellen zum Kampf, dann Assyrer ihn vernichten!« Kaum hat er ausgesprochen, packt er Senni am Arm: »Psst – jemand kommen!«

Senni hält den Atem an und lauscht. Kein einziger Laut ist zu vernehmen, ausgenommen das Singen der Vögel über ihnen in den Baumkronen.

»Ich höre nichts«, flüstert Senni dem Elamier zu.

»Du gehen zu Pferden. Du Tiere beruhigen. Kein Ton jetzt! Jemand kommen, aber nicht aus Richtung Assyrien. Höre Schritte auf Weg von Hethiterland!«

Senni hört rein gar nichts und wundert sich deshalb über diese Vorsichtsmaß-
nahme, die er für vollkommen übertrieben hält. Falls sich wirklich jemand
nähern sollte, muss Banū so gute Ohren haben wie die Hasen, die so zahlreich
über die Weidegebiete der Mitanni hoppeln. Dennoch kommt er dem Wunsch
seines Freundes nach und bewegt sich auf leisen Sohlen hinüber zum Pferdegespann, wo er den beiden Rössern einen Leinensack über den Kopf stülpt. Während er den Tieren zur Beruhigung den Hals tätschelt, späht er angestrengt
durch das Laub der Bäume. Von hier aus kann Senni nur eine kleine Stelle auf
der Kreuzung einsehen. Er lässt seine Augen über die Umgebung schweifen,
sucht jeden Winkel der Lichtung ab. Nichts! Doch dann bleibt er reglos stehen.
Senni traut sich kaum mehr, zu bewegen. Seine Finger bohren sich unwillkürlich
in das Fell der Pferde, als er zwei Gestalten erblickt, die sich über die nördliche
Straße, aus Richtung des Hethiterlandes, an die Weggabelung heranpirschen.
Senni tastet nach seinem Bogen, flüstert den Pferden noch einmal beruhigende
Worte zu und schleicht sich zurück zu Banū, der noch immer reglos im
Gebüsch verharrt.

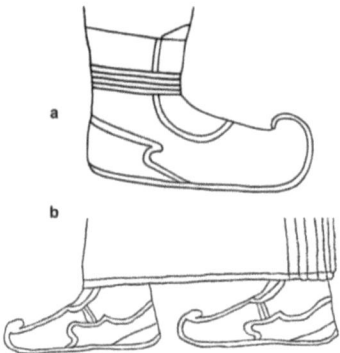

Abb. 32: Hethitische Schnabelstiefel

Die beiden Fremden sind bis an die Zähne bewaffnet und blicken sich vorsichtig
nach allen Seiten um. Sennis Herz beginnt zu rasen. Es sind keine Assyrer und
auch keine Mitanni. Das erkennt er an der Kleidung der beiden. Sie tragen sehr
kurze, über den Knien geschürzte Röcke. Breite Gürtel mit Schließen aus Metall
sind um ihre Hüften gewunden. Das Seltsamste ihrer Bekleidung sind aber die

halbhohen Lederstiefel, in denen ihre Füße stecken. Die Spitzen ihres Schuhwerks sind nach oben gebogen, wie der Schnabel eines Wasservogels, den Senni einmal am Fluss hat herumstolzieren sehen.

»Schau dir diese Schuhe an, Banū«, flüstert er seinem Freund ins Ohr, »wie kann man nur mit solchen Latschen laufen?«

Banū legt ihm die Hand auf den Mund: »Hethiter das sein. Böses Volk! Wilde Kämpfer«, raunt er Senni zu. »Wir sehr vorsichtig sein müssen!

Die beiden hethitischen Krieger pirschen sich weiter vor und stehen jetzt in leicht geduckter Haltung mitten auf der Weggabelung. Sie drehen sich nach allen Seiten um, wobei ihre Augen jeden Baum und jeden Strauch der Umgebung abtasten. Senni hebt seinen Bogen, legt den Pfeil an die Sehne, und beginnt die Waffe zu spannen. Banū reagiert blitzschnell und drückt Sennis Bogen nach unten. Mit dem Kopf gibt der Elamier ihm ein Zeichen, hinüber zur Wegkreuzung zu schauen. Die beiden Hethiter richten sich auf. Einer reckt die Hand nach oben, während der andere einen kurzen Pfiff ausstößt. Vor Aufregung pocht Sennis Blut in den Adern. Nur wenig später erscheinen Hunderte von Hethitern in dichter Formation. Alle tragen die gleiche Uniform wie die Späher. Im Laufschritt eilen sie über die Straßenkreuzung, den Weg hinab in Richtung des Mitanni-Landes – geradewegs dorthin, wo Senni und Banū erst vor Kurzem hergekommen sind. Das Klappern und Rasseln ihrer Rüstungsteile hallt von den Bäumen wider. Keiner dieser Krieger spricht ein Wort. Sie laufen, immer zu zweit nebeneinander, ihre Lanzen nach oben haltend. Jeder von ihnen ist zudem mit einem Schild gewappnet und trägt einen spitzen Helm auf dem Kopf. An ihren Gürteln hängen kurze Schwerter, die bei jedem Schritt an die Lederrüstungen schlagen. Das rhythmische Stampfen ihrer Füße wechselt sich mit dem Keuchen ihres Atems ab. Drei Hethiter in besonders prächtigem Ornat, wohl die Offiziere, stehen nun am Wegesrand und treiben die vorbeihetzenden Soldaten mit lauter Stimme an. Nachdem die letzten Krieger die Stelle passiert haben, folgen mehrere Streitwagen. Die Offiziere springen auf die Kampfwagen auf, die schon nach kurzer Zeit aus dem Blickfeld der beiden Freunde verschwinden. Erst als kein Laut mehr zu vernehmen ist, lässt Banū seine Hand von Sennis Arm, den er die ganze Zeit fest gepackt hielt.

»Du niemals angreifen, wenn nicht wissen, wie mächtig Feind!«, ermahnt ihn der Elamier, »wenn du eben schießen, wir beide tot. Immer abwarten und gucken wie groß Feind.«

Senni nickt schuldbewusst: »Du hast recht, Banū, ich merke, ich muss noch viel von dir lernen.«

Banū lächelt zufrieden: »Du bleiben hier in Versteck, ich gleich kommen zurück.«

Der Elamier schaut sich noch einmal vorsichtig um und entspringt dann in schnellen Sätzen in Richtung des Weges nach Kulišḫinaš. Senni will sich gerade auf den Weg zu den Pferden machen, als er aus der Ferne Banūs Stimme vernimmt. Dann dringt Hufgetrappel an sein Ohr. Laute Befehle schallen den Weg herauf. Der Elamier hetzt den Weg zurück. Senni greift zum Bogen und rennt in Richtung seines Freundes.

Doch der gibt Entwarnung: »Senni, der Tartānu! Der General! Die Assyrer, das ganze Heer – sie da! Alle!«, ruft er über die Kreuzung.

Senni verlässt das Versteck und eilt ihnen entgegen. Schon jagen die ersten Streitwagen heran. Auf einem der Gespanne steht der Tartānu in seiner goldschimmernden Rüstung und winkt Senni herbei. Der verbeugt sich tief und grüßt den Oberbefehlshaber ehrerbietend.

»Du hast Wort gehalten, Puḫizennu. Du bist zur rechten Zeit am verabredeten Ort. Was hast du mir zu berichten?«, spricht ihn der General in strengem Ton an. Der Hurriter schildert die Begegnung mit den Holzfällern, die ihm Auskunft darüber gegeben hätten, dass sich die Mitanni am Fuß der Berge sammeln. Zahlreiche Verbündete seien zu ihnen gestoßen, unter anderem auch ein großes Kontingent von hethitischen Speerkämpfern, die erst vor geraumer Zeit diese Stelle passiert hätten. Der assyrische Oberbefehlshaber erkundigt sich, wo hier im Gebirge die beste Lagermöglichkeit für seine Truppen sei. Senni beschreibt ihm den Weg zu einer nahegelegenen Quelle, die auf dem Weg zu den Mitanni liege.

»Dann lasst uns nach dort aufbrechen, Männer«, befiehlt der General, »du aber, Puḫizennu, eilst gemeinsam mit Banū voraus und erkundest, was die Mitanni-Hunde und ihre räudigen Verbündeten vorhaben. Ich muss unbedingt wissen, wo genau sie Aufstellung beziehen und was sie im Schilde führen. Nehmt euch in acht, dass ihr nicht in ihre Hände fallt – es wäre mit Sicherheit euer Ende. Wir treffen uns morgen am Fuß der Berge, bevor die Sonne untergeht.«

Nachdem sich Senni entfernt hat, um das Gespann zu holen, winkt der General den Elamier zu sich:

»Du bürgst mir mit deinem Leben dafür, dass der Junge heil zu mir zurückkehrt. Ich brauche ihn noch für meine weiteren Pläne. Falls du versagst, lasse ich dich pfählen. Hast du verstanden, Banū?«

Der verbeugt sich tief und antwortet: »Ich aufpassen und zurückbringen zu dir, Herr.« Dann springt er zu Senni in den Wagen und beide rasen in wildem Galopp den Hethitern hinterher in Richtung des Mitanni-Reiches.

»Was wollte General Qibi-Aššur von dir?«, wendet sich Senni an seinen Freund, während er die Peitsche über die Köpfe der Pferde schwingt.

»Nichts«, erwidert Banū, »er uns nur Glück wünschen.«

Sie fahren, bis die Nacht hereinbricht und die Dunkelheit ihnen die Sicht raubt. Da es die ganze Zeit fast nur bergab ging, haben sie eine beträchtliche Wegstrecke zurücklegen können. Senni drosselt das Tempo, und der Streitwagen gleitet in langsamer Fahrt den Hügel hinab, bis die weite Ebene des Mitanni-Reiches vor ihnen liegt.

»Siehst du das Haus da vorne rechts?« Senni zeigt auf ein Gebäude aus Bruchsteinen, das nahe am Wegesrand liegt. »Das ist eine Herberge. Dort habe ich meinen Freund, den assyrischen Tuchhändler Labnānu, kennengelernt. Ich hatte dir einmal von dem Vorfall erzählt. In dieser Schenke hat Kikkuli diesen Mann gezüchtigt, dem ich sehr zu Dank verpflichtet bin. Ich werde überprüfen, ob sich keine Feinde herumtreiben. Vielleicht erhalten wir hier etwas zu essen. Der Wirt ist nämlich ein ausgezeichneter Koch! Bleibe du bei den Pferden, Banū.«

Kaum hat er ausgesprochen, ist Senni schon in der Dunkelheit verschwunden, während Banū die Pferde am Zügel hält und in die Nacht lauscht, ob etwas Verdächtiges an seine Ohren dringt. Die Sterne funkeln über ihm wie kleine Talglichter. Die Nachtluft ist hier in der Ebene bei Weitem nicht mehr so kühl wie noch Stunden zuvor im hohen Gebirge. Eigentlich eine wunderbare Nacht, denkt sich Banū, der sich in diesem Moment an die Sommerabende in seiner

Heimat erinnert. Wie gerne wäre er jetzt bei seiner Frau und seinem Sohn, die er so weit von hier zurücklassen musste.

Ein markerschütternder Schrei reißt ihn aus seinen Gedanken. Banū lässt die Zügel fallen und spurtet, Pfeil und Bogen schussbereit in den Händen, zur Herberge hinüber. Ihn beseelt nur ein Gedanke: Senni. Hoffentlich ist dem Jungen nichts zugestoßen! Als er die steinerne Umfassungsmauer des Anwesens erreicht, duckt er sich ein wenig, um die Lage zu sondieren. Vorsichtig späht er über die Mauerkrone. Keine Menschenseele ist zu sehen. Auch kein Laut ist mehr zu hören. Hätte er den unerfahrenen Jungen nur nicht alleine gehen lassen! Seine Augen suchen die Fassade des Gebäudes ab. Kein Licht dringt durch die Fenster nach außen. Überhaupt wirkt das gesamte Gehöft wie ausgestorben. Ein Fuß leise vor den anderen setzend, tastet er sich weiter voran. Mit dem Fuß öffnet er die Eingangstür einen Spalt breit und lugt hinein in den Schankraum, den Bogen noch immer schussbereit in den Händen. Ein ätzender Geruch nach verbranntem Holz und stinkenden Abfällen dringt ihm in die Nase. Da der Innenraum vollkommen im Dunkeln liegt, wagt er es nicht, die Schenke zu betreten, sondern zieht es vor, zunächst die angebauten Stallungen zu inspizieren. Kein Tier weit und breit. Lediglich der auf dem Boden liegende Dung, der schon halb vertrocknet ist, zeigt, dass hier einmal Tiere untergestellt waren. Banū bleibt stehen und lauscht noch einmal in die Stille. Irgendwo hinter dem Haus hört er etwas rascheln, leise, aber doch vernehmbar. Fast lautlos bewegt er sich zum hinteren Winkel des Gebäudes und lugt vorsichtig um die Ecke. Auch hier ist, außer einem mannshohen Strohhaufen, nichts zu sehen. Banū will sich gerade abwenden, als er bemerkt, dass sich unter dem Stroh etwas zu bewegen scheint. Nachdem er sich nochmals nach allen Seiten umgeschaut hat, lehnt er den Bogen an die Hauswand und zückt sein Schwert. Er schleicht ein paar Schritte nach vorne und greift mit seiner Linken blitzschnell wie eine Schlange in den Strohhaufen hinein. Seine Hand packt etwas, das er mit einem kräftigen Ruck aus seinem Versteck zerrt. Ein übergewichtiger Kerl purzelt vor seine Füße und fällt zitternd vor Angst vor ihm auf die Knie:

»Töte mich nicht, Hethiter, ich bin nur der Wirt der Herberge«, zetert der Beleibte.

»Hethiter?«, empört sich Banū und erhebt sein Schwert, »ich sehen aus wie Hethiter?«

»Oh Herr, ich wollte dich nicht beleidigen, aber ich habe noch nie einen Mann in einer solchen Tracht gesehen. Ich kenne auch keinen Stamm, dessen Krieger einen solch prächtigen Federschmuck auf dem Kopf tragen. Gerade vor ein paar Stunden ist hier eine Horde von Hethitern eingefallen. Sie haben sich alle Vorräte angeeignet und mich geschlagen, bis ich ihnen das Versteck meiner Kupferbarren verraten habe. Ich dachte, sie seien zurückgekehrt und wollten mir nun auch noch ans Leben. Deshalb hielt ich dich für einen Hethiter. Bitte verzeih meinen Irrtum.«

Banū lässt sein Schwert sinken und antwortet: »Steh auf, Wirt, ich dir nix tun. Wir nur essen wollen.«

Der Herbergsvater erkundigt sich überrascht: »Wir? Bist du nicht allein?«

Just in diesem Augenblick biegt Senni um die Ecke: »Nein, Herr Wirt, ich bin auch noch hier. Puḫašenni, Ziehsohn des Kikkuli, wenn du dich an mich erinnerst.«

Die Erleichterung ist dem Wirt ins Gesicht geschrieben: »Puḫašenni! Natürlich erinnere ich mich an dich. Du warst doch erst kürzlich hier auf der Durchreise und hast von unserer unvergleichlichen Blutsuppe gekostet. Wie könnte ich dich vergessen, mein Freund«, umschmeichelt ihn der Angesprochene.

»Dann warst du das also, der sich soeben lautschreiend vor mir in Sicherheit gebracht hat«, will Senni von dem Dicken wissen.

Der Wirt schaut verlegen zu Boden und gibt kleinlaut zu, dass er aus Angst vor den Hethitern vor ihm geflüchtet sei und sich hier im Stroh versteckt habe.

»Hast du noch irgendetwas zu beißen im Haus oder haben dich Hethiter vollständig ausgeplündert?«, erkundigt sich Senni.

»Diese Gauner haben jegliches Stück Vieh davongetrieben, meine Speisekammer geplündert und sogar meinen Kupferschatz mitgehen lassen«, klagt der Wirt, »aber meine geheimsten Verstecke habe ich diesen Halunken nicht preisgegeben. Mein Vorratslager an Gold- und Silberbarren haben sie ebenso wenig ausfindig gemacht, wie meine verborgene Speisekammer. Leider ist das gesamte Küchenpersonal vor den Hethitern geflohen, weshalb ich euch bitten muss, mir zu helfen. Geht schon voraus und feuert in der Küche die Herdstelle an. Ich werde derweil die Zutaten für unser Abendessen zusammensuchen.«

Während sich Senni um die Pferde kümmert, schultert Banū seinen Bogen, grabscht sich eine Handvoll Stroh und begibt sich zur Küche. In der Feuerstelle findet er noch etwas Glut, über die er das trockene Stroh schüttet. Schnell züngeln Flammen, auf die er ein paar Holzspäne legt. Als sich Senni zu ihm gesellt, hat sich im gesamten Raum schon eine wohlige Wärme ausgebreitet. Die beiden Freunde reiben sich die Hände über dem wärmenden Feuer. Gerade als der Wirt mit einem gefüllten Korb zu ihnen tritt, beginnt Banūs Magen zu knurren.

»Oh, der Krieger aus Elam ist hungrig«, grinst der Wirt vergnügt, »ich bereite euch einen Leckerbissen zu, den ihr in eurem Leben nicht mehr vergessen werdet: Zicklein-Eintopf. Wir haben gestern ein Tier geschlachtet. Das Fleisch habe ich in unserem aus Stein gemauerten Kühlraum verwahrt. Die Hethiter haben diesen Ort nicht entdeckt, da er hinter den Stallungen verborgen unter der Erde liegt. Der kleine Raum ist so kühl, dass ich frisches Fleisch dort einige Tage lagern kann, ohne dass es verdirbt. Stellt bitte den Topf da drüben auf die Herdstelle und füllt ihn bis zum Rand mit Wasser. Ich brate derweil den Schwanz, den Kopf und die Beine des Zickleins über dem Feuer, während ihr Knoblauch, Fett, Zwiebeln, Lauch und dieses Stück Käse in die heiße Brühe werft. Wenn die Brühe richtig brodelt und kocht, geben wir das Fleisch hinzu und rühren alles kräftig durch. Ihr werdet sehen, dass ihr noch nie einen köstlicheren Zicklein-Eintopf gegessen habt, wie denjenigen nach dem Rezept meiner Mutter!«[71]

Senni und Banū läuft schon bei der Zubereitung das Wasser im Munde zusammen, erst recht als sie sich zum Essen im Schankraum an einen der hölzernen Tische niederlassen. Der Wirt hat nicht zu viel versprochen. Senni kann sich nicht erinnern, ein köstlicheres Mahl zu sich genommen zu haben. Auch Banū ist begeistert, obwohl er nebenbei bemerkt, dass er sich nach der elamischen Suppe seiner Frau sehnt. Die sei noch schmackhafter als dieses Gericht, betont er mit stolzgeschwellter Brust. Nach dem üppigen Mahl tischt der Wirt noch Bier auf. Die Drei zechen bis Mitternacht und erfahren vom angeheiterten

---

[71] Rezept nach Astrid Nunn, Alltag im alten Orient. Mainz 2006, Seite 42.

Herbergsvater wichtige Dinge. Alle, die von Osten her ins Land der Mitanni ziehen, würden bei ihm Station machen, betont der Dicke, und wer von Westen kommend zu den Assyrern will, kehrt auch hier ein. So sei er über alles unterrichtet, was augenblicklich in den vier Weltgegenden passiere, betont der Schankwirt großspurig.

»Herr Wirt, dann kannst du uns mit Sicherheit auch sagen, was der König der Mitanni vorhat«, lästert Senni augenzwinkernd.

»Aber sicher doch!«, brüstet sich der Dicke, »wenn es dir nach den neuesten Nachrichten gelüstet, bist du bei mir genau richtig! Hört, was mir ein mitannischer Bote berichtete, der vor etwa einem halben Monat hier vorbeigekommen ist. Er war auf dem Rückweg von den Hethitern und hatte eine Botschaft im Gepäck, die für die Ohren des Mitanni-Königs bestimmt waren. Der Kerl hatte mächtigen Durst nach der staubigen Reise und sprach dem Starkbier ein wenig zu viel zu. Zu guter Letzt lag er hier sturzbetrunken auf dem Boden und ich musste ihn zusammen mit einem Küchenjungen zum Schlafgemach bringen. Seine Zunge war vom Rausch sehr schwer, aber er faselte etwas über Pläne, mit denen man die Assyrer in die Knie zwingen würde.«

Senni wird zunehmend ungeduldiger: »Was hat er genau gesagt? Versuche, dich zu erinnern, Wirt!«

Der korpulente Mann rutscht auf seinem Schemel hin und her, streicht sich verlegen über das schüttere Haar und grübelt nach. Plötzlich erhellt sich sein Gesichtsausdruck:

»Jetzt fällt es mir wieder ein! Er lallte etwas davon, dass die Mitanni und ihre Verbündeten in der Ebene Aufstellung beziehen werden. Sie wollen dort die Assyrer, sobald sie am Fuß des Gebirges angekommen seien, von allen Seiten einkreisen. Die vordere Reihe sollen die Aramäer mit ihren Bogenschützen bilden, dahinter nehmen wohl die mitannischen Schwertkämpfer Aufstellung. An den beiden Flanken warten die Marijanni, die mitannischen Elitekrieger in ihren Streitwagen auf ihren Einsatz.«

Senni ist überrascht, wie gut der Herbergsvater unterrichtet ist und forscht deshalb nach: »Was ist mit den Hethitern, die gestern hier durchgezogen sind. Hat der besoffene Bote auch von denen gesprochen?«

Der Wirt grinst selbstzufrieden in sich hinein: »Natürlich, mein Herr, gerade die sind dazu auserkoren, den Assyrern den Garaus zu machen.« Der Dicke nimmt noch einmal einen kräftigen Schluck aus seinem Becher.

»Spanne uns nicht auf die Folter und rede: Was haben die Hethiter vor?«

Senni brennt vor Ungeduld, doch der Wirt lehnt sich zurück und lächelt verschmitzt:

»Was ist dir diese Information Wert, mein Freund?«

Senni kommt in Rage. Seine Wangen leuchten blutrot. Am liebsten würde er dem Wirt an die Gurgel springen, um ihm das Geheimnis zu entlocken. Doch Banū kommt ihm zuvor. Wie eine Raubkatze schnellt Banū von seinem Sitz, packt den feisten Wirt mit der linken Hand im Genick und zieht ihn über den Tisch zu sich heran:

»Du fühlen mein Messer an Kehle?«

Der Wirt läuft kreidebleich an, als er die kalte Klinge des Elamiers an seinem Hals verspürt.

»Lass gut sein, Banū«, beschwichtigt Senni den aufgebrachten Elamier und wendet sich dann dem verängstigten Herbergsvater zu: »Wenn du mir verrätst, was die Hethiter planen, soll es dein Schaden nicht sein.«

Banū löst seinen Griff und steckt seine Waffe zurück in die Scheide. Der Wirt fällt zurück auf seinen Schemel, atmet erst einmal tief durch und wischt sich mit seinem völlig verschmutzten Küchentuch den Angstschweiß von der Stirn.

»Ihr habt mich ganz schön erschreckt. Ist das eure Antwort auf meine Gastfreundschaft?«, stammelt er völlig aufgelöst.

»Es sind harte Zeiten«, antwortet Senni, »sind nicht die Hethiter deine Feinde? Haben nicht gerade diese Halunken dich am gestrigen Tag ausgeraubt?«

Der Dicke schaut verlegen.

»Dann solltest du erkennen, wer deine wahren Freunde sind. Wir wollen, dass hier wieder Frieden einkehrt und die Händler unbehelligt in alle Richtungen der vier Weltgegenden ziehen können. Du lebst doch von diesen Kaufleuten, Wirt, dann muss es dir doch daran gelegen sein, dass bald wieder die Händler aus Assyrien hier Station machen oder?«

Der Dicke pflichtet beschämt bei: »Du hast recht, Puḫašenni, ich werde euch nun alles über die Pläne der Hethiter berichten. Als diese Gauner gestern hier meine Schenke geplündert haben, unterhielten sie sich über ihr Vorhaben. Sie dachten wohl, dass ich kein Hethitisch verstehe, und redeten deshalb ganz ungeniert über ihre weiteren Pläne. Aber ich habe im Laufe der Jahre von hethitischen Händlern ein paar Brocken ihrer Sprache gelernt – genügend, um zu verstehen, was sie vorhaben.«

Senni rückt näher an den Wirt heran, um kein Wort zu verpassen.

»Also, soweit ich verstanden habe, sollen sich diese Schnabelschuh tragenden Halunken am Fuß des Gebirges hinter Felsen verbergen. Sie haben mich darüber ausgequetscht, wo dort das beste Versteck für eine größere Truppe sei. Man will die Assyrer zunächst unbehelligt passieren lassen und hofft, dass sie sich auf die mitannische Hauptstreitmacht stürzen. Sobald sie in den Kampf verwickelt sind, schnappt die Falle zu: Von beiden Flanken greifen dann die mitannischen Streitwagen ins Geschehen ein und zu guter Letzt fallen die Hethiter dem assyrischen Heer in den Rücken.«

Senni schlägt mit der Faust auf den Tisch: »Ein wahrhaft finsterer Plan, den der Mitanni-König mit seinen Verbündeten ausgeheckt hat«, konstatiert er, »aber wir werden ihn zu vereiteln wissen. Ich danke dir, Herr Wirt. Du wirst sehen: Es wird dein Schaden nicht sein, uns in die Pläne der Mitanni eingeweiht zu haben.«

Der Herbergsvater wischt sich noch einmal mit dem Tuch durchs schwitzende Gesicht und bemerkt dann augenzwinkernd: »Dass du deine Worte nicht vergisst, junger Hurriter!«

Nachdem sich Senni und Banū beraten haben, wie sie morgen vorgehen werden, ziehen sie sich in eine der Kammern zurück, um noch ein wenig zu ruhen. Beide sind sich sicher, dass der morgige Tag sehr ereignisreich sein wird.

36. Die Späher

Banū und Senni sind schon lange vor Sonnenaufgang aufgestanden. Sie versorgen noch ihre Pferde, die sie im Stall der Herberge zurücklassen, denn sie haben beschlossen, zu Fuß die Umgebung zu erkunden, um das Versteck der Hethiter auszumachen. Dem Wirt hat Senni eingeschärft, dass er die nachrückenden Assyrer warnen solle, auf keinen Fall ihren Weg fortzusetzen. Der Tartānu möge bitte hier auf die Rückkehr seiner beiden Kundschafter warten.

Banū und Senni sind kaum zwei Doppelstunden vom Gasthaus entfernt, als der Elamier Senni am Arm packt und ihn von der Straße zieht. Er legt ihm die Hand auf den Mund und gibt ihm ein Zeichen, sich hinter einen umgestürzten Baum zu ducken. Vorsichtig spähen sie durch das Geäst. Banū weist mit seinem Finger in eine Richtung. Erst jetzt erkennt Senni, dass zu jeder Seite der Straße eine Handvoll hethitischer Wachen lauert, die mit Sicherheit den Auftrag haben, jedwede Bewegung auf der Hauptroute ins Mitanniland ihrem Oberkommandierenden zu melden. Das hethitische Heerlager kann also nicht weit sein. Mit höchster Vorsicht umgehen die beiden Freunde den Posten. Schon kurze Zeit später entdecken sie in Rufweite zur Straße mehrere Hundert Soldaten, die in einem engen Talkessel in voller Rüstung auf ihren Einsatz warten. Pferde und Streitwagen sucht man allerdings vergeblich.

»Ich kenne das Gelände sehr gut, Banū«, flüstert Senni, »der Zugang zu diesem Tal ist sehr eng. Viel zu eng, um Kampfwagen einfahren zu lassen. Ich schätze, die sind am Fuß der Berge, außerhalb der Sichtweite der Straße, positioniert. Komm, lass uns erkunden, wo sie ihre Streitwagen versteckt halten!«

Kaum hat Senni ausgesprochen, springt er auf und tritt mit seinen Füßen auf einen am Boden liegenden Ast. Kracks - das trockene Geäst zerbricht mit lautem Knacken unter seinem Gewicht entzwei. In der Stille des Waldes, in dem ansonsten kaum ein Laut vernehmbar ist, scheint sich das Geräusch in vielfältiger Weise zu vermehren. Es fliegt wie ein Donnerhall zwischen den Baumstämmen hindurch. Senni bleibt wie erstarrt stehen, bewegt sich keinen Deut mehr weiter. Banū legt dem Jungen die Hand auf die Lippen und horcht in alle Richtungen. Schon im nächsten Augenblick zieht er Senni in ein Gebüsch, drückt dessen

Kopf auf die Erde und weist ihn an, sich nicht zu bewegen. Beide Männer liegen nun reglos dicht nebeneinander auf dem Boden. Senni hält die Luft an. Krampfhaft strengt er sein Gehör an. Nichts, rein gar nichts kann er wahrnehmen. Doch im nächsten Augenblick droht sein Herz vor Aufregung aus der Brust zu springen, so sehr beginnt es zu pochen. Vor ihnen stehen urplötzlich zwei hethitische Krieger mit gezückten Schwertern. Wie aus dem Nichts sind sie aufgetaucht und kommen ihnen so nahe, dass Senni mit der ausgestreckten Hand ihre Schnabelschuhe berühren könnte. Die beiden Kämpen wenden sich nach allen Seiten um, suchen die Umgebung nach etwas Verdächtigem ab. Einer von ihnen biegt sogar die vorderen Zweige des Buschs auseinander, unter dem sich die Freunde verborgen halten. Banū presst Sennis Kopf so fest nach unten, dass dieser glaubt, ersticken zu müssen. Der Griff des Elamiers lockert sich erst, als sich die beiden Hethiter langsam entfernen.

Kaum sind sie verschwunden, legt Banū dem jungen Hurriter ein weiteres Mal die Hand auf den Mund und zieht ihn dann in geducktem Lauf hinter sich her. Sie huschen von Baum zu Baum, kriechen hinter Büsche, nutzen jegliche Deckung aus, um am hethitischen Lager vorbeizuschleichen. Ein gutes Stück entfernt hält Banū auf ein dichtbelaubtes Gestrüpp zu, hinter dem er sich mit Senni versteckt. Erst jetzt wagen es beide, tief Luft zu holen.

»Das eben sein sehr knapp gewesen!«, schimpft Banū. »Ich dir mussen beibringen Zeichensprache. Wenn in Nähe Feind, dann nix sprechen! Nur Zeichen geben mit Hand! Beinahe sie entdecken uns!«

Senni errötet. Durch seine Unvorsichtigkeit hatte er sie beide in große Gefahr gebracht.

»Banū, du bist ab sofort mein Lehrmeister«, antwortet er kleinlaut, »zeige mir alles, was ich wissen muss, um ein Krieger zu werden wie du.«

Banū lächelt und legt ihm die Hand auf die Schultern: »Du jung, nix Erfahrung mit Krieg. Ich dich lehren Zeichensprache, schleichen wie Katze und hören auf Vögel.«

Senni schaut ihn ungläubig an: »Vögel? Wieso auf Vögel hören?« Senni ist total verwirrt.

»Vögel gute Wächter. Wenn drohen Gefahr, machen viel Geschrei. Du mussen hören auf Lärm von Vögel, dann du wissen, jemand kommen.«

Nach einem Schluck aus dem Wasserschlauch setzen sie ihre Suche nach den hethitischen Streitwagen fort. Sennis Ortskenntnisse sind in dieser Situation Gold wert. Schon bald haben sie den Ort ausgemacht, an dem die Hethiter ihre Pferde verborgen halten. Das laute Wiehern einzelner Tiere ist schon von Weitem vernehmbar. Die Freunde zählen zweihundert Kampfwagen. Eigentlich eine nicht zu große Anzahl, aber wenn diese, wie von ihren Feinden geplant, der assyrischen Armee in den Rücken fallen, wäre mit hohen Verlusten zu rechnen. Hinzu käme noch das mit Lanzen und Schwertern ausgerüstete Fußvolk, das sie vorhin in Augenschein genommen haben. Banū schaut zum Himmel und überprüft den Stand der Sonne.

»Senni, es ist spät. Wir zurück mussen. General warnen. Weg zu Mitanni viel zu weit! Kein Zeit mehr.«

Senni pflichtet ihm bei: »Du hast recht, Banū, wir müssen zurück zur Herberge, bevor es dunkel wird. Der General wird auch mit den Informationen über die Hethiter zufrieden sein.«

Sie benötigen nahezu zwei Doppelstunden für den Rückweg zum Gasthaus. Bei ihrem Eintreffen stoßen sie bereits weit vor dem Anwesen auf zahlreiche assyrische Wachposten, die sie mit vorgehaltenen Spießen umkreisen:

»Seid ihr die beiden Späher?«, blafft sie einer der Soldaten an. Senni bejaht die Frage.

»Der General erwartet euch schon sehnsüchtig in der Schenke«, teilt ihnen der Mann mit. »Ich hoffe, ihr bringt ihm gute Kunde, sonst lässt er seine schlechte Laune wieder an uns aus. Es reicht schon, dass wir nach dem Gewaltmarsch, nun auch noch Wache schieben müssen!«

Banū bemerkt, dass Senni dem unverschämten Kerl eine passende Antwort geben möchte, und kommt ihm deshalb zuvor: »Danke, Kamerad, wir uns beeilen. Komm Senni!« Sie setzen ihren Weg in Richtung der Herberge fort. Noch im Laufen weist Banū mit dem Finger auf eine Baumgruppe, die von

Gestrüpp umwachsen ist. Senni schaut seinen Freund zunächst verständnislos an. Was ist so Besonderes an der nahegelegenen Stelle im Wald? Erst beim zweiten Hinsehen entdeckt er die Helme einer Hundertschaft, die in voller Rüstung bereitsteht, um dem Posten bei etwaigen Schwierigkeiten zu Hilfe zu eilen. Je näher sie dem Anwesen kommen, umso mehr Soldaten werden sie gewahr. Senni ist völlig überrascht, wie viele Krieger rund um das Gebäude lagern. Es müssen tausende von Männern sein, die der General hier zusammengezogen hat. Rechts und links von der Straße sind die Streitwagen in Reihen hintereinander abgestellt. Mitten auf dem Weg tummeln sich die Wagenlenker mit ihren Rössern. Ein Wirrwarr von Menschen und Tieren so weit das Auge reicht. Es riecht penetrant nach Pferdedung. Selbst der Eingang zur Schenke wird von dösenden Soldaten umlagert. Hier und da müssen sie über Schlafende hinwegsteigen, die ihre Decken quer über den Fußpfad ausgerollt haben. Einige Krieger begrüßen Banū lautstark, während andere sich über seinen Federbusch lustig machen, der beim Ausflug zu den Hethitern stark in Mitleidenschaft gezogen wurde:

»Du musst nicht den Schnabelschuhträgern hinterherjagen, Banū«, feixt einer seiner Bekannten, »kämpfe lieber mit den Mitanni. Wenn du die besiegt hast, kannst du in deren Land Strauße mit herrlichen Schwanzfedern jagen. Die gibt es dort zuhauf!«

Banū winkt ab und öffnet die Tür zur Herberge.

»Da seid ihr ja endlich!«, begrüßt sie der General und klopft dabei mit der flachen Hand auf einen neben ihm stehenden Schemel. »Setzt euch zu mir!«

Nachdem die beiden Freunde am Tisch Platz genommen haben, ruft der Tartānu nach dem Wirt, der sogleich drei Becher mit Bier serviert.

»Ich habe alles so ausgeführt, wie du es mir aufgetragen hast, Šenni«, grinst der fettleibige Herbergsvater. Er stellt vor jedem seiner Gäste ein Trinkgefäß ab und grinst selbstgefällig in die Runde.

»Verschwinde, Wirt!«, schnauzt ihn der General an, »wir haben wichtige Dinge zu besprechen. Wir können keine fremden Ohren gebrauchen! Scher dich in deine Küche und bereite den beiden ein Mahl zu!«

Wutschnaubend macht der Schenk auf dem Absatz kehrt und verzieht sich, leise vor sich hin fluchend, in die Kochstube.

»Nun zu euch beiden. Was haben meine Späher erkundet?« General Qibi-Aššur ist voller Ungeduld und klebt an ihren Lippen, als sie von ihren Erlebnissen berichten.

»Dieser hinterlistige Mitanni-König!«, flucht der Tartānu, nachdem er sich jede Einzelheit über das hethitische Heerlager hat erklären lassen. Nach kurzer Überlegung flüstert er mit unterdrückter Stimme: »Wir werden den Spieß umdrehen und unseren Feinden eine Falle stellen. Euch beiden kommt dabei eine immens wichtige Rolle zu, da ihr das Gelände kennt. Du Banū, übernimmst die Führung des Fußvolks. Ihr nehmt den Weg quer durch den Wald und umzingelt die Feinde im Talkessel. Und du, Puḫašenni, wirst mich mitsamt unseren Streitwagen so nahe wie möglich an das hethitische Heerlager geleiten. Aber Obacht! Die Wachposten dürfen unsere Kampfwagen nicht bemerken, sonst funktioniert mein Plan nicht.«

37. Die Finte

Der Morgen dämmert bereits, als Senni das Zeichen zum Anhalten gibt. Die Wagenlenker zügeln ihre Rösser. Die Streitwagen stehen nun, immer zwei nebeneinander in einer langgezogenen Reihe auf der Straße in Richtung des Mitanni-Landes.

»Nicht weit vor uns ist der hethitische Wachposten, General.«

Qibi-Aššur folgt mit seinen Augen Sennis Finger, der auf den Weg vor ihnen deutet. Der Tartānu legt seine Finger auf die Lippen, das Zeichen für seine Männer, dass von nun an kein Wort mehr gesprochen werden darf. Die Offiziere übermitteln den Befehl an ihre Untergebenen. Flugs springen die Wagenlenker von den Fahrzeugen und halten ihren Pferden Hafersäcke vor, damit auch diese keine verräterischen Laute von sich geben. Wie zuvor besprochen rollen, die ersten zwanzig Kampfwagen heran.

»Du hast deine Order«, flüstert der General einem Offizier im vordersten Streitwagen zu. »Euer Mut wird entscheiden, ob unsere List gelingt. Möge unser Kriegsgott Ninurta euch hold sein!«

Mit unbewegter Miene wendet sich der Offizier um und hebt den Arm. Einhundert Streitwagen rollen zunächst langsam an Senni und dem General vorüber. In jedem der Fahrzeuge steht ein Wagenlenker, daneben ein mit Pfeil und Bogen und einem Speer bewaffneter Krieger. Erst nachdem diese Formation außer Sichtweite ist, lässt der General alle wieder aufsitzen und folgt mit eintausend Kampfwagen dem Vorauskommando in leichtem Trab.

So früh am Morgen haben es sich die hethitischen Wachen etwas gemütlich gemacht. Nur zwei von ihnen Halten noch die Stellung, während die anderen - übermüdet vom Postenstehen - sich am Wegesrand hingekauert haben. Die meisten sitzen auf der Erde, haben ihre Köpfe auf die angewinkelten Beine gelegt und dösen vor sich hin. Seit zwei Tagen halten sie hier nun Wacht. Nichts ist passiert. Die Dienstzeit will einfach nicht enden! Noch nicht einmal ein Händler ist hier vorbeigezogen, den man hätte schikanieren können. Langeweile pur -

und das seit vorgestern! Die Aufmerksamkeit leidet, gerade am frühen Morgen, wenn die Lider schwer wie Blei zu sein scheinen.

»Bin ich froh, wenn gleich die Ablösung kommt!«, gähnt einer der Wachsoldaten, der sich an seine Lanze klammert. Der andere nickt nur zustimmend, viel zu müde, ein Gespräch zu führen. Das Stampfen herannahender Hufe, das rumpelnde Geräusch von Rädern registrieren die beiden viel zu spät. Mit halb geschlossenen Augen glotzen sie die Straße hinauf und werden urplötzlich aus ihrem Halbschlaf gerissen. Hundert Streitwagen sausen in rasender Fahrt die abschüssige Straße hinunter und halten genau auf sie zu. Noch bevor sie Alarm schlagen können, sind die Kampfwagen schon bei ihnen. Der erste Hethiter wird von einem Pfeilhagel niedergestreckt, den Oberkörper des anderen durchbohrt ein Speer. Die am Boden kauernden Soldaten werden durch die Todesschreie ihrer Kameraden und das tosende Geräusch der vorbeirasenden Streitwagen aus dem Schlaf gerissen. Noch bevor sie reagieren können, sind nahezu alle Wagen an ihnen vorbeigeprescht. Einige Hethiter fliehen in den Wald, andere greifen zu ihren Bögen und jagen den vorbeifliegenden Karren hastig Pfeile hinterher. Keines der Geschosse erreicht ihr Ziel. Zu sehr ist die gesamte Wachmannschaft übertölpelt worden. Nachdem die Kampfwagen verschwunden sind, trauen sich die geflohenen Hethiter zögerlich aus ihren Verstecken hervor. Aus dem benachbarten Talkessel ertönen Schreie und Rufe.

»Der Hauptmann lässt uns köpfen, wenn er sieht, dass wir als Wachen versagt haben«, jammert einer der Hethiter beim Anblick seiner toten Kameraden, »hört nur, welch ein Tumult im Lager herrscht!«

Kaum hat er ausgesprochen, rennen scharenweise hethitische Soldaten auf sie zu, die sich zuhauf durch den engen Zugang des Talkessels quetschen. Manche kommen dabei ins Stolpern und fallen zu Boden. Die Nachfolgenden trampeln rücksichtslos über sie hinweg. Einige der Davonlaufenden sind nur halb bekleidet. Waffen trägt fast niemand bei sich.

»Flieht, flieht! Die Assyrer kommen!«, schreien sie den Wachsoldaten auf der Straße entgegen, »rettet euer Leben! Flieht!«

Es herrscht totales Chaos. Einige rennen die Straße hinunter in Richtung des Mitanni-Landes, manche schlagen sich abseits des Wegs in die Büsche, während ein vielköpfiger Pulk von Männern den Weg bergauf einschlägt. Ängstlich blicken sie immer wieder zurück und bemerken viel zu spät, dass sie genau auf die assyrische Streitwagenkolonne zuhalten, die den Weg zurück zur Herberge, zurück ins Hethiterland versperren.

General Qibi-Aššur steht mit Senni an seiner Seite in einem der Kampfwagen und erteilt seine Befehle: »Macht sie nieder! Keiner darf entkommen!«, ruft er seinen Männern zu.

Die Streitwagen setzen sich in Bewegung und hetzen den Hethitern hinterher, die nun versuchen, in entgegengesetzter Richtung zu entkommen. Nun schnappt die Falle zu: Die ersten einhundert Streitwagen, die die hethitischen Straßenwachen übertölpelten, haben zwischenzeitlich gewendet und rasen nun von der anderen Seite in voller Fahrt auf die Hethiter zu. Als diese erkennen, dass von beiden Straßenseiten von assyrischen Kampfwagen attackiert werden, verlässt sie der Mut. Noch mehr, als sie sehen, dass ein wild aussehender Krieger mit drei Straußenfedern am Helm ihren gefesselten Befehlshaber an einem Strick hinter sich herzieht. Es ist Banū, der mit triumphierender Geste den hethitischen Kommandeur wie eine gefangene Ziege präsentiert:

»Tartānu, ich bringen Hauptmann der Hethiter. Soll ich Kopf abschneiden?« Bei diesen Worten setzt er dem Hethiter die Klinge an den Hals, der vor Angst auf die Knie fällt und um sein Leben winselt.

Senni, der die Szene bislang wortlos verfolgt hat, wendet sich nun an den General: »Herr, ich habe dich noch nie um etwas gebeten. Verschone bitte das Leben des hethitischen Anführers! Übergib mir bitte den Schnabelschuhträger. Vielleicht kann ich aus ihm Informationen herauspressen, die für den bevorstehenden Kampf mit den Mitanni für uns entscheidend sein können.«

Qibi-Aššur schaut Senni zunächst höchst erstaunt ins Gesicht und mustert ihn mit grimmiger Miene. Noch nie hat ein Untergebener es gewagt, ihm eine Bitte vorzutragen. Und nun fordert ihn dieser junge Hurriter auf, das Leben des hethitischen Oberbefehlshabers, eines assyrischen Erzfeindes, zu schonen! Die Hand des Generals umklammert den Griff seines Schwerts. Am liebsten hätte er seinem Feind die Klinge höchstpersönlich in den Leib gestoßen.

»Sein Wissen könnte uns nützlich sein.« Sennis Worte hört der General nur noch wie in Trance. Er reißt sein Schwert aus der Scheide und holt in Richtung des Hethiters aus, der schützend die gefesselten Hände vor sein Gesicht hält. Bevor er zusticht, hält er inne und drückt dem Gefangenen die Schärfe an die Kehle:

»Du hast Glück, elender Hethiter. Wenn Puḫašenni nicht um dein Leben gebeten hätte, würde dein Kopf nun neben deinem Körper liegen! Solltest du uns nicht alles verraten, was wir wissen wollen, ist dein Leben verwirkt!«

Der Hethiter, der wohl des Assyrischen mächtig ist, sinkt zu Boden und neigt den Kopf zur Erde. Sein Gesicht ist aschfahl, als Banū ihn auf die Beine zwingt und ihn hinüber zu Senni zerrt.

»Du tollkühn!«, flüstert der Elamier seinem Freund zu, »eines Tages kostet dein Mut dich Kopf!«

Senni lächelt zufrieden: »Es sind schon genug junge Männer auf dem Schlachtfeld gestorben!«

Es dauert eine ganze Weile, bis die Assyrer die Umgebung nach entflohenen Feinden durchkämmt haben. Mehr als sechshundert Hethiter wandern in Gefangenschaft. Der Waldboden ist übersät mit Hunderten von getöteten Schnabelschuhträgern, während die assyrischen Verluste an zwei Händen abzuzählen sind.

»Ein großartiger Sieg!«, lobt der General seine Männer, doch ihnen bleibt keine Zeit, den Triumph auszukosten. Ein assyrischer Streitwagen prescht heran. Die Besatzung schreit aus Leibeskräften:

»Die hethitischen Streitwagen sind im Anmarsch! Einige Hethiter müssen uns entkommen sein und haben ihre Kampfwagen alarmiert.«

Der General reagiert gelassen und umsichtig: »Schafft die Gefangenen in den Talkessel und bewacht sie gut!«

Eine Hundertschaft assyrischer Soldaten treibt die an den Händen gebundenen Hethiter zusammen und eskortieren diese in die Schlucht.

»Nehmt Aufstellung!«, brüllt der Tartānu, »Lanzenträger nach vorne. Riegelt die Straße ab. Bogenschützen dahinter. Verteilt euch auch rechts und links des Weges. Sucht Deckung, damit sie euch nicht gleich sehen!«

Die assyrischen Streitwagen stehen nun dicht gedrängt wie ein undurchdringliches Hindernis hinter der Phalanx der Fußsoldaten. Die bronzenen Lanzenspitzen glänzen in der Sonne, als die hethitischen Streitwagen heranbrausen. Als sie den Weg durch tausende assyrische Krieger versperrt sehen, halten sie kurz an, um sich zu beraten. Ihre Wut ist aber so groß, dass sie jegliche Vorsicht außer Acht lassen. Mit Kampfgeschrei treiben sie ihre Tiere auf die waffenstarrende Phalanx zu. Ein Pfeilregen prasselt auf sie hernieder. Einige Zugtiere brechen verletzt zusammen und blockieren so die Weiterfahrt der Nachfolgenden. Auf diesen Moment hat der schlachtenerfahrene Qibi-Aššur gewartet. Er gibt das Zeichen zum Anstürmen. Mit lautem Geschrei rennen die Lanzenträger nach vorne. Auf der engen Straße ist das Fußvolk eindeutig im Vorteil. Die Masse der hethitischen Kampfwagen steckt fest, unbeweglich und damit ein leichtes Ziel für die Angreifer. Eine Streitwagenbesatzung nach der anderen wird Opfer der assyrischen Krieger, die jeden gnadenlos töten, der sich zur Wehr setzt. Jedoch gelingt es der Nachhut der Hethiter, ihre Wagen zu wenden und in heilloser Flucht davonzustieben.

Der General ist außer sich: »Lasst sie nicht entkommen!«, schreit er seine Männer an, »wenn sie uns entwischen, warnen sie den Mitanni-König!«

Doch auch die Assyrer stecken auf der Straße fest. Keiner ihrer Kampfwagen kann die Verfolgung aufnehmen, da der komplette Weg von Tierkadavern, Leichen von Gefallenen und umgestürzten Fahrzeugen übersät ist. Der Sieg der Assyrer wäre vollkommen gewesen, wenn nicht der Nachtrupp der Hethiter hätte entkommen können! Der Tartānu springt von seinem Wagen und rennt, mit der Reitpeitsche in der Hand, bis zur vordersten Linie. Wütend schlägt er dort wahllos auf die Soldaten ein, die gerade vor ihm stehen.

»Ihr elendes Pack! Warum habt ihr sie nicht an der Flucht gehindert? Nun werden die Mitanni schon bald wissen, dass wir hier sind.« Seine Wut entlädt sich auch über dem Befehlshaber der Angriffsgruppe: »Die Finte war wohl durchdacht und ist auch gelungen, aber du und deine Männer habt versagt! Ihr werdet euren Fehler wieder ausmerzen! Wenn es gegen die Mitanni geht, wirst du mit deiner Abteilung in der ersten Linie stehen. Und wehe, einer von euch wagt es, vor unseren Gegnern auch nur einen Schritt zurückzuweichen!«

Qibi-Aššur ist kaum zu beruhigen. Sein Zorn, dass die hethitische Nachhut entkommen konnte, ist grenzenlos. Dennoch behält der kampferprobte General die Übersicht über das Geschehen. Er lässt das Fußvolk im Talkessel biwakieren und die Streitwagen am Fuß der Berge rasten, dort wo das Bergland in die weite Ebene übergeht. Rund um die beiden Lager werden die Wachen verdoppelt, aus Angst, die Mitanni könnten mit ihren Verbündeten schon über Nacht zuschlagen. Eine Hundertschaft schickt er mit den gefangenen Hethitern zurück zur Hauptstadt, damit sie dem König von seinem Erfolg berichten.

Während sich die assyrischen Krieger zur Nachtruhe begeben, sitzen Banū und Senni mit dem hethitischen Oberbefehlshaber zusammen und versuchen diesem die Geheimnisse der Schlachtenpläne des Mitanni-Königs zu entlocken.

»Wie heißt du?«, möchte Senni von ihm wissen.

Völlig niedergeschlagen weicht der Hethiter Sennis Blicken aus und antwortet zunächst einmal gar nicht, denn er möchte auf keinen Fall als Verräter in seinen eigenen Reihen gelten. Zumal er sich sicher ist, dass ihm ein schmerzhafter Tod bevorsteht. Schließlich haben in letzter Zeit Erzählungen über die Assyrer die Runde gemacht, die diese als erbarmungslose Scheusale beschreiben. Die widerwärtigen Schurken sollen ihre Gefangenen bis aufs Blut foltern, um sie danach wie Vieh abzuschlachten. Nein, wenn er sowieso sterben muss, dann soll kein Wort über seine Lippen kommen. Das hat er sich insgeheim geschworen. Um so überraschter ist der Hethiter, als Senni ihm die Fesseln löst und ihm ein Stück Brot und eine Lauchzwiebel reicht:

»Nimm! Es ist nicht viel, was wir anbieten können, aber wir haben selbst auch nicht mehr zu essen«. Der junge Hurriter schlägt einen freundlichen Ton an, während er sich vergnüglich einen Bissen in den Mund schiebt. Der Gefangene lässt sich nicht zweimal bitten und füllt sich mit Heißhunger den Magen. Banū sitzt derweilen scheinbar teilnahmslos daneben, lässt den Hethiter aber keinen Moment aus den Augen. Während der Gefangene isst, gleiten die Augen des Elamiers über dessen Tracht. Die Kleidung ist zwar nach dem Kampf sehr verschmutzt, aber man muss kein Tuchhändler sein, um zu erkennen, dass dessen Robe aus edlen Stoffen gefertigt ist. Ein solches Gewand kann sich nur jemand leisten, der aus vornehmem Hause stammt. Banū fällt auf, dass der Gefangene eine Vorliebe für Kleidungsgegenstände hat, die aus grünen Stoffen gefertigt sind. Auf jeden Fall trägt er ein grünes Wams und zu seiner Überraschung sind auch die Schnabelschuhe des Hethiters grün eingefärbt. Diese Fremdlinge haben keinen guten Geschmack, denkt sich Banū und rückt sich seinen Federbusch zurecht. Ich würde keinen Fuß vor die Tür setzen, wenn ich mit grünem Schuhwerk herumlaufen müsste.

Als der Hethiter auf seinem letzten Bissen herumkaut, bemerkt er Banūs stechenden Blick. Er schaut zu seinem Bewacher hinüber, der mit seinen Fingern nervös an seinem Dolch herumfingert. Wie kann man sich nur solch lächerliche Federn an den Kopf heften, denkt sich der Gefangene. Ich würde mich schämen, wenn ich aussehen würde wie ein Vogel. In diesem Aufzug würde ich niemals vor die Tür treten!

Senni betrachtet seine beiden Gegenüber und muss unwillkürlich grinsen. Hat ihm sein Vater Ḫunnu nicht als kleines Kind von unbekannten Völkern und ihren seltsamen Bräuchen erzählt? Heute nennt er einen Elamier seinen Freund, der Straußenfedern auf dem Kopf trägt, und teilt sein Essen mit einem Hethiter, der in grünen Schnabelschuhen steckt. Er schaut die beiden noch einmal intensiver an und muss feststellen, dass diese Fremdlinge – trotz ihrer Andersartigkeit – feine Kerle sind!

»Ich heiße Senni«, nimmt er das Gespräch wieder auf, »und mein Freund dort drüben nennt man Banū. Ich bin Hurriter und er ist ein Elamier.«

Der Gefangene schlägt die Augen auf und blickt Senni mit festem Blick ins Gesicht. Beide sind also keine Assyrer. Er fasst allen Mut zusammen und antwortet:

»Mein Vater gab mir den Namen Teli-Šarruma.«

Senni springt auf und ruft aus: Du bist Teli-Šarruma? Kommst du etwa aus der Stadt Karkamiš an der Grenze zum Mitanni-Reich?« Der Hethiter nickt nur stumm und ist völlig überrascht, woher Senni dies weiß. »Dann bist du der Sohn des Königs von Karkamiš, ein echter Prinz also!«

Der Hethiter bejaht zögerlich und möchte seinerseits wissen, woher Senni diese Kenntnis hat. Schnell ist Sennis Herkunft erzählt. Seine Schuldknechtschaft bei Kikkuli, dem Pferdekundigen, der ihn vor Jahren auch nach Karkamiš mitnahm. Sein Ziehvater habe regen Handel mit dem dort ansässigen Herrscherhaus getrieben. Zwei der Pferde aus ihrem Gestüt seien damals für den Prinzen namens Teli-Šarruma bestimmt gewesen. Der ungewöhnliche Name sei ihm im Gedächtnis haften geblieben, ergänzt Senni seine Ausführungen. Der Hethiter ist zunächst sprachlos. All das, was Senni gerade berichtet, entspricht der Wahrheit, auch wenn schon viele Jahre ins Land gezogen sind, seit ihm sein Vater, der König von Karkamiš, die beiden Tiere für sein Gespann schenkte. Langsam gewinnt Senni das Vertrauen des Prinzen. Schon bald berichtet er ihm aus freien Stücken, dass der hethitische Großkönig wenig Lust verspüre, selbst den verbündeten Mitanni zu Hilfe zu eilen. Aus diesem Grund sei seinem Vater befohlen worden, dem Hilferuf des Mitanni-Königs Šattuara[72] zu folgen. Da sein Vater aber zu alt zum Krieg führen sei, sei er, Teli-Šarruma, für den betagten König eingesprungen und habe das hethitische Heer bis zur heutigen Niederlage befehligt.

Senni legt dem Hethiter freundschaftlich die Hand auf die Schulter: »Du brauchst keine Angst zu haben. Ich lege ein gutes Wort für dich beim General ein. Nur eines musst du mir noch mitteilen: Wo sollten sich deine Männer mit den Mitanni vereinigen?«

Der Prinz beschreibt die Stelle, die nicht weit von dem Ort liegt, an dem sie sich gerade aufhalten. Doch sei nun der gesamte Plan hinfällig geworden. Mit Sicherheit seien seine entflohenen Krieger auf dem Weg nach Norden, um die anrückenden Mitanni zu warnen.

---

[72] Es handelt sich um den letzten König der Mitanni, Šattuara II. (1263 – 1233 v. Chr.)

38. Kampf um Ḫanigalbat

»Die Mitanni sind uns mit ihren Verbündeten zahlenmäßig überlegen.«

General Qibi-Aššur hat Sennis Bericht aufmerksam verfolgt. Nervös läuft er auf und ab und grübelt über die beste Taktik.

»Wenn ich nur wüsste, aus welcher Richtung unsere Feinde kommen, dann könnte ich meine Schlachtordnung besser formieren. Wenn wir das Gebirge verlassen, sind wir in der Ebene von allen Seiten angreifbar. Zudem bewegen wir uns auf unbekanntem Gelände!«

Senni meldet sich zu Wort: »Ich kenne die Gegend wie sonst keiner von uns. Übertrage mir die Aufgabe, den genauen Standort des Feindes herauszufinden. Banū ist ein hervorragender Fährtenleser und kann mich begleiten.«

Der Tartānu zieht die Stirn in Falten und brummt: »Hmm, eigentlich wollte ich dich und diesen Elamier schonen. Ihr habt uns schon sehr wertvolle Dienste geleistet. Aber du hast Recht. Wir haben wohl keine andere Wahl. Aber es soll nicht zu eurem Schaden sein!«

Hastig verbeugt sich Senni, bevor er sich erneut an den Oberbefehlshaber wendet: »Gewähre mir nur eine Bitte, General Qibi.«

Der assyrische Kommandant schaut den Hurriter verdutzt an. So keck war noch kein Soldat in seinen Reihen. Schmunzelnd fordert er ihn auf, seine Bitte zu äußern.

»Ich fordere keine Reichtümer«, antwortet Senni, »alles, um das ich dich bitten möchte, ist das Leben des hethitischen Prinzen Teli-Šarruma.«

Der General zuckt im ersten Moment zusammen, muss dann aber lachen: »Die Bitte sei dir gewährt, wenn du mir die Kunde bringst, wo sich der Mitanni-König aufhält. So lange bleibt der Hethiter mein Gefangener. Danach kannst du mit dem Kerl machen, was du möchtest.«

Senni verbeugt sich tief und macht sich umgehend mit Banū auf den Weg. Die Nachhut der Hethiter ist nach Aussage ihrer gestrigen Verfolger in nördlicher Richtung geflohen. Die Assyrer mussten aber wegen der einbrechenden Dunkelheit die Verfolgung aufgeben. Senni und Banū heften sich an ihre Fersen. Banūs

Erfahrung, Spuren im Sand zu lesen, erweisen sich dabei als unerlässlich. Nicht nur, dass er anhand der Abdrücke grob die Anzahl der Kampfwagen ermittelt, sondern er kontrolliert die Pferdeäpfel, die hier und da auf dem Weg liegen. Mit seinem Handrücken berührt er den Dung der Tiere.

»Noch warm. Pferd erst vor zwei Doppelstunden scheißen«, erklärt er lapidar seinem Freund, »Feind dicht vor uns!«

Senni zeigt sich befriedigt: »Dann müssen sie ihr Tempo verringert haben, Banū. Sie fühlen sich hier also sicher. Das Heerlager des Mitanni-Königs ist bestimmt nicht mehr weit entfernt. Wir müssen auf der Hut sein!«

Senni lässt die Zugpferde in leichten Trab fallen. Schweigend stehen die beiden Freunde nebeneinander im Wagenkasten und halten Ausschau nach dem feindlichen Heerlager. Nahezu geräuschlos gleiten sie dahin. Nur das Knirschen des Sandes unter den Rädern und der gleichmäßige Hufschlag ihrer Pferde sind zu hören. Banū lässt seine Augen immer wieder über den Boden schweifen.

»Halt an!«, befiehlt er urplötzlich und greift Senni in die Zügel. Kaum kommt der Wagen zum Stehen, ist der Elamier schon abgesprungen und kniet ein paar Schritte vom Wegesrand entfernt nieder. Mit der Hand schiebt er den Sand zur Seite, um im nächsten Augenblick triumphierend einen blutverschmierten Stoff- fetzen in die Höhe zu halten.

»Hier sie Rast machen. Überall Pferdespuren. Nicht lange her!«

Senni sucht nun die Umgebung ab. Am Horizont zeichnen sich deutlich die Baumkronen eines Waldstücks ab.

»Ich kann mir denken, wohin die Hethiter wollen. Vor uns liegt der Fluss, der hinunter zur assyrischen Festung Dūr-Katlimmu fließt. Hier ist die einzige Furt weit und breit, die hinüber ins Mitanni-Reich führt. Das muss der Treffpunkt sein, wo der Mitanni-König seine Verbündeten versammelt. Sie treffen sich noch auf seinem Territorium, können aber schon im nächsten Augenblick auf das andere Ufer übersetzen, um uns anzugreifen.«

Banū steigt wieder in den Wagen: »Dann keine Zeit verlieren. Zurück zu General. Er wissen muss!«

Senni treibt die Tiere in wilder Jagd zurück. Sie sind kaum eine Doppelstunde gefahren, als ihnen eine riesige Staubfahne entgegenweht. Senni hält an und würde am liebsten den Wagen von der Straße lenken, doch Banū beruhigt ihn:

»Das Assyrer! General Qibi an Spitze. Schau!«

Senni kann nichts erkennen. Erst als sie eine Weile gewartet haben, kann auch er die Hoheitszeichen der assyrischen Armee ausmachen. Zum wiederholten Male bewundert er die Sehschärfe des Elamiers, die seine eigene bei weitem übertrifft.

Die Lage ist schnell erklärt. Der Oberbefehlshaber entscheidet umgehend, den Mitanni zuvorzukommen. In Eilmärschen setzen sie ihren Weg fort in Richtung der Furt, allen voran Senni und Banū in ihrem Streitwagen. Gerade als die Baumwipfel vor dem Flussübergang in Sichtweite kommen, tauchen vor ihnen die Silhouetten einer vielköpfigen Schar von Männern auf. Es müssen Tausende von Fußsoldaten sein, die nebeneinander, dicht an dicht, in einer Reihe stehen. Eine imposante Schlachtenreihe, deren lange Lanzen in der Sonne glänzen. Hin und und wieder reflektiert ein blankpolierter Schild die Strahlen der hochstehenden Sonne. Ein Johlen aus tausenden Kehlen beweist, dass die Feinde die herannahenden Assyrer entdeckt haben. Es bleibt also keine Zeit, die Gegend nach einem günstigeren Ort für eine Schlacht abzusuchen. Qibi-Aššur lässt seine Krieger in Kampfformation antreten. Er beordert seine Lanzenträger in die Mitte. Die Offiziere der einzelnen Hundertschaften dulden keine Nachlässigkeit. Sie prügeln mit Stöcken so lange auf die Soldaten ein, bis die Formationen in Reihe und Glied stehen. Dahinter nehmen die leicht gewappneten Bogenschützen Aufstellung, jeder nur einen armbreit vom anderen entfernt. Die Vorgesetzten hasten im Laufschritt durch die Reihen und kontrollieren dabei ein letztes Mal die Ausrüstung. Mann für Mann präsentiert seine Bewaffnung, sei es Schwert, Schild, Lanze oder Pfeil und Bogen. Dies alles erfolgt in rasender Geschwindigkeit. Nahezu gleichzeitig melden die Hauptleute die Kampfbereitschaft ihrer jeweiligen Einheit. Auf einen einzigen Befehl legen die Bogenschützen ihre Pfeile an die Sehnen. Höchstpersönlich dirigiert Qibi-Aššur die Aufstellung der Streitwagen an der rechten und linken Flanke. Erst als er mit allem zufrieden ist, stellt er sich vor seine Männer, um eine kurze Ansprache zu halten:

»Wir müssen uns dem Kampf stellen. Unser höchster Gott Aššur ist mit uns. Vertraut auf die Gunst der anderen Götter und lasst uns die verräterischen Mitanni wie Vieh abschlachten!«

Der Schlachtenruf der assyrischen Krieger lässt Senni das Blut in den Adern gefrieren. »Tod den Mitanni!«, skandieren sie, »Tod den Feinden Assyriens!«

Kaum ist ihr Rufen verklungen, als die Erde unter ihren Füßen zu beben beginnt. Ein leises Grollen rast auf sie zu. Immer stärker vibriert der Sand der Steppe. Tausende von Hufen wirbeln Staub in die Höhe.

»Bei allen Göttern, sie besitzen mehr Kampfwagen als wir Männer!«, klagt einer der Soldaten beim Anblick der herannahenden Streitwagen der Mitanni.

Banū umfasst seinen Pfeil etwas fester: »Noch schießen nicht, Männer. Sie näher kommen mussen!«

Qibi-Aššur hebt den Arm. Die Bogenschützen pressen das gefiederte Ende ihrer Pfeile zwischen Zeige- und Mittelfinger, spannen die Sehnen und nehmen ihre Ziele grob ins Visier. Die Streitwagen der Mitanni sind nun so nahe herangeflogen, dass sie das Weiß in den Augen der Wagenlenker zu erkennen glauben. Plötzlich verlangsamen die feindlichen Kampfwagen ihre Fahrt, kommen fast zum Stehen. Die gegnerischen Bogenschützen auf den Wagen spannen nun ebenfalls ihre Waffen. Ein erster Pfeilhagel prasselt auf die Assyrer nieder, die schützend ihre Schilde über die Köpfe halten. Schmerzensschreie von Getroffenen hallen über die Ebene. Qibi-Aššur senkt den Arm. Noch bevor die Mitanni ihre Streitwagen wenden können, um sich zu einer zweiten Angriffswelle zu sammeln, rauschen die Geschosse der assyrischen Bogenschützen über die Köpfe der Lanzenträger hinweg und suchen sich ihre Ziele auf der gegnerischen Seite. Tausende von Pfeilen durchschneiden die Luft wie ein todbringender Flügelschlag. Pferde und Männer sinken getroffen zu Boden. Blut rinnt in Strömen und scheint in der Gluthitze zu verdampfen. Das Röcheln der Sterbenden, die Hilferufe der Verletzten vermischt sich mit dem Kampfschrei der in vorderster Linie Kämpfenden. Es beginnt der Waffengang Mann gegen Mann. Die Amurru, Verbündete des Mitanni-Königs, ein unbändiger Haufen von Wüstenbewohnern, rennt mit gezückten Schwertern auf die immer noch fest geordneten Formationen der Assyrer zu. An dem Wall aus mannshohen Schilden prallen ihre Schwerthiebe ab. Auf Kommando ihres Anführers gehen die assyrischen Lanzenträger zum Gegenangriff über. In den letzten Monaten haben sie vor den Stadtmauern Assurs immer wieder eine neue Angriffstechnik geübt. So lange, bis die gesamte Einheit fähig war, den Befehl nahezu gleichzeitig auszuführen, ohne die geschlossene Formation aufzugeben. Über ihre Schilde hinweg rammen die Frontkämpfer ihre Lanzen nach vorne und zielen auf die Köpfe oder den Oberkörper der Heranstürmenden. Die Bronzespitzen krachen klirrend auf Rüstungen, durchbrechen manchen Panzer, reißen Helme von den Köpfen, bohren sich in ungeschützte Körperteile der Gegner. Der Angriff der Amurru kommt ins Stocken. Diejenigen, die sich dem Gemetzel entziehen wollen, treffen die Pfeile der nachrückenden Bogenschützen in den Rücken. Speere fliegen durch die Luft und suchen ihre Opfer. Der Angriff der Amurru kommt gänzlich zum Erliegen. In heilloser Flucht versucht ein jeder, sein Leben zu retten. Die Assyrer bewegen sich Schritt um Schritt nach vorne, angetrieben von ihren Offizieren, die peinlichst darauf achten, dass nur Schwerverletzte die Formation verlassen dürfen. Sobald ein Krieger ausfällt, springt der Hintermann in die Lücke, um dem Gegner keine Chance zu bieten, die Formation zu durchbrechen. In einigem Abstand folgen die Wundärzte mit ihren Gehilfen. Sie ziehen die Verletzten aus dem Schlachtengetümmel und versorgen hinter den Linien deren Wunden.

Der Mitanni-König, der sich bislang noch nicht am Kampf beteiligt hat, erkennt, dass er seinen Männern zur Seite stehen muss, wenn er die Schlacht nicht verlieren will. Er sammelt seine Streitwagen um sich und gibt das Zeichen zum erneuten Angriff. Dieses Mal greifen die Mitanni die rechte Flanke der Assyrer an. Ihre Streitwagen rasen in ungebremster Fahrt auf eine Hundertschaft von Lanzenträgern zu. Die assyrischen Soldaten richten ihre langen Piken auf die Köpfe der Pferde. Vergeblich. Sie werden von den Gespannen niedergewalzt und durch die Wucht des Angriffs durcheinandergewirbelt. Die Formation zerbricht. Die Mitanni schlagen eine tiefe Schneise in die Phalanx des assyrischen Heeres und mähen reihenweise die dahinter postierten Bogenschützen nieder.

Qibi-Aššur sieht sich plötzlich am Rande einer Niederlage, zumal nun eine nicht enden wollende Flut von mitannischen Fußsoldaten nachstößt. Die sich tapfer wehrenden Assyrer werden zurückgedrängt. Der Lärm der klirrenden Schwerter, der zerberstenden Schilde und splitternden Lanzen vermischt sich mit Geschrei der Kämpfer und dem Wiehern der Pferde. Als die bereits in die Flucht geschlagenen Amurru erkennen, dass die Assyrer wanken, fassen sie sich ein Herz und werfen sich erneut in die Schlacht. Mit unbändigem Hass stürzen sie sich auf die linke Flanke der Assyrer und halten geradewegs auf Senni und Banū zu. Als ob ihnen der Tod gleichgültig sei, stürmen die Wüstenkrieger gegen die Schilde der assyrischen Schlachtreihe an. Banūs Pfeile schnellen todbringend von der Sehne. Senni steht ihm in nichts nach. Ihre Geschosse verfehlen ihre Ziele nur selten, doch der Nachschub an feindlichen Soldaten scheint unermesslich zu sein. Kaum sinkt einer der Gegner zu Boden, stehen wie aus dem Nichts zwei andere an seiner Stelle.

»Ḫanigalbat ist unser Land! Tötet alle Assyrer!«, schreit ein Mitanni mit vergoldetem Helm, der auf einem Streitwagen stehend, die Truppen dirigiert.

»Das ist der Mitanni-König.« Senni zeigt mit dem Finger hinüber auf den Bärtigen, der von mehreren Schildträgern umringt wird, die das Leben ihres Herrschers während des Kampfes schützen. »Das ist ihr König Šattuara.«

Kaum hat Senni die Aufmerksamkeit Banūs auf den Oberbefehlshaber der Feinde gelenkt, fliegt ein Pfeil des Elamiers auf den Mitanni-König zu. Die gezackte Bronzespitze zerschneidet die brodelnde Luft über dem Schlachtfeld. Zischend rast das Geschoss auf den Kopf des gegnerischen Königs zu. Senni hält für einen Moment den Atem an und blickt wie gebannt Banūs Pfeil hinterher. Die Spitze muss jeden Augenblick einschlagen. Er sieht Šattuara schon getroffen, doch einer der Leibwächter hat die Gefahr für seinen Herrn erkannt und wirft sich im letzten Moment in die Flugbahn des Geschosses. Der Pfeil durchdringt mit solcher Wucht dessen Hals, dass die Spitze auf der anderen Seite herausragt. Das Blut seines Leibgardisten spritzt dem Mitanni-König ins Gesicht. Der leblose Körper seines Lebensretters kippt zur Seite und wird unter den Hufen der Pferde begraben. Entsetzt starrt der Mitanni-König in die Richtung, aus der der Pfeil geflogen kam. Seine Blicke treffen sich mit denjenigen von Senni. Außer sich vor

Wut befiehlt er seinen Elitekämpfern, Senni und Banū zu ergreifen, koste es, was es wolle. Die Marijanni befolgen umgehend dem Befehl ihres Herrschers. Ein blutiges Gemetzel entbrennt rings um die beiden Freunde. Sennis Pfeile strecken zahlreiche Feinde zu Boden. Noch nie hat er so vielen Menschen den Tod gebracht. Doch daran verschwendet er in dieser Situation keinen Gedanken. Pfeil um Pfeil schnellt von der Sehne und landet im Körper seiner Feinde. Je länger der Kampf tobt, umso ruhiger wird Senni. Wie von seinem Lehrmeister Banū gelernt, laufen seine Bewegungen gleichmäßig, fast wie in Trance ab: Pfeil aus Köcher ziehen, einlegen, Bogen spannen, kurz zielen, abschießen.

Doch all ihre Treffsicherheit nutzt ihnen wenig. Die Feinde bahnen sich ihren Weg durch das Schlachtengetümmel. Als die Marijanni nur noch eine Armlänge von ihnen entfernt sind, greifen die beiden Freunde zu ihren Schwertern, um den drohenden Ansturm der Elitekrieger abzuwehren. Mitten in das Kampfgetümmel ertönt von weitem ein Signalhorn. Für einen Atemzug halten Freund und Feind inne. Kurz darauf ein zweites Signal. Noch viel deutlicher als beim ersten Mal! Es dringt vom Unterlauf des Flusses zu ihnen herüber. Kaum ist es verklungen, erscheint am Horizont eine Vielzahl von Streitwagen. Einer neben dem anderen rollen sie heran, immer wieder begleitet von dem durchdringenden Ruf des Signalhorns.

»Es ist Tukulti-Ninurta! Unser König kommt uns zu Hilfe!«, schreien die assyrischen Soldaten. Wie ein Lauffeuer verbreitet sich die Kunde, die auch an das Ohr des Mitanni-Königs dringt. Der lässt sein Gefährt wenden und braust in wilder Fahrt in Richtung der Furt davon.

»Seht! Der Mitanni-König flieht!«, schallen die Rufe über das Schlachtfeld. Als die Amurru erkennen, dass derjenige, der sie in diesen Krieg geführt hat, sie nunmehr im Stich lässt, verlässt sie endgültig der Mut. Sie lassen vom Kampf ab und suchen ebenfalls ihr Heil in der Flucht. Auch die anderen Verbündeten des Mitanni-Königs lassen daraufhin die Waffen sinken und stieben auseinander. Tausende von Kriegern rennen zum bewaldeten Flussufer. Etliche springen in Todesangst in das fließende Gewässer. Diejenigen, die nicht schwimmen können oder sich mitsamt ihrer Rüstung hineingewagt haben, versinken wild um sich schlagend in den Fluten. Andere werden von der Strömung weggerissen. Nur eine Handvoll schafft es ans rettende Ufer. An der Furt kommt es zu erbitterten Auseinandersetzungen unter den Fliehenden. Jeder möchte zuerst das andere Ufer erreichen. Doch der Übergang wird von steckengebliebenen Kampfwagen blockiert, deren Räder sich im Morast verfangen haben. Massen von Menschen rennen um ihr Leben. Rücksichtslos drängen die Stärkeren die Schwächeren zur Seite. Manch einer bahnt sich sogar mit brutalen Schwerthieben den Weg durch das Gedränge. Wer stolpert und zu Boden geht, hat keine Chance. Die Nachrückenden trampeln über sie hinweg, so dass manch tapferer Krieger im seichten Wasser den Tod durch Ertrinken findet. Bald treiben Hunderte lebloser Körper flussabwärts. Schwärme von Fliegen fallen über die Toten her. Als die Verfolger die Furt erreichen, geraten die Fliehenden zusehends in Panik. Die Schreie der in die Enge Getriebenen gellen hinüber zu denjenigen, die sich bereits am jenseitigen Gestade in Sicherheit gebracht haben. Mit angsterfüllten Blicken suchen sie unter den Zurückgebliebenen ihre Kampfgenossen und Freunde, die noch eben mit ihnen Seit an Seit gegen die Assyrer kämpften. Diese kennen keine Gnade und mähen ihre Gegner scharenweise nieder. Das sonst so klare Wasser färbt sich dunkelrot vom Blut der Gefallenen. Leichenberge häufen sich am Rand des Flusses. Wie eine Meute Wölfe inmitten einer Schafsherde wüten die Assyrer. Der angestaute Hass gegen die Mitanni und deren Verbündete entlädt sich wie ein Gewittersturm. Erst als die Blutgier der Männer gestillt ist, lassen sie nach mit dem sinnlosen Töten und beginnen, die sich Ergebenden in Bande zu schlagen.

Auf dem Schlachtfeld tobt derweil noch immer der Kampf. Die mitannischen Elitekrieger haben noch nicht aufgegeben. Verzweifelt versuchen sie, sich ihrer Haut zu erwehren. Doch ihr aussichtsloser Kampf währt nicht lange. Mann für Mann wird niedergerungen. Selbst in Unterzahl will sich keiner von ihnen ergeben, denn sie wissen nur all zu gut, welches Schicksal einem Marijannu in assyrischer Gefangenschaft blüht. Also kämpfen sie erbittert, bis der Letzte von ihnen tödlich getroffen zusammensinkt. Erst als der letzte Waffengang beendet ist, wird das Ausmaß der Vernichtung deutlich. Das Schlachtfeld ist überhäuft von Leichen und Pferdekadavern. Wo man hintritt, watet man in Blut. Der Gestank des Todes, ein Gemisch aus Exkrementen und verdunstendem Blut, wabert über den Überlebenden. Verletzte schreien nach ihren Müttern, andere wimmern nur noch, bevor sie mit einem letzten Röcheln ihr Leben aushauchen.

Banū bemerkt, dass Senni sichtlich geschockt ist.

»Das Krieg sein!«

Er klopft ihm aufmunternd auf die Schultern, während er im nächsten Augenblick einem am Boden liegenden Mitanni sein Schwert in die Brust rammt. Senni wendet sich mit Schauder ab. Sein Magen rebelliert. Er muss sich übergeben.

»Dieser Krieger tapfer kämpfen, Senni, aber er besser tot als gefangen! Ich auch lieber sterben als Sklave sein!«

Dennoch kann Senni dieses unmenschliche Morden nicht länger ertragen. Kopflos rennt er davon, weder nach rechts oder links schauend. Nur weg von diesem Ort des Schreckens! Weg von assyrischen Soldaten, die das gesamte Schlachtfeld durchkämmen. Sterbende plündern sie aus, bevor sie diese erschlagen! Gefangenen reißen sie das Hemd vom Leib und binden den nackten Gegnern die Hände auf den Rücken. Splitternackt werden die Gedemütigten wie Vieh zusammengetrieben.

Abb. 33: Assyrischer Krieger mit nackten Gefangenen

Senni rennt, so schnell er kann. Nur weg von dem grausamen Gemetzel, an dem er sich selbst noch vor kurzem beteiligte. Wie viele Gegner hat er niedergestreckt? Wie viele Familien hat er des Vaters, des Bruders, des Freundes beraubt? Es ist doch etwas anderes, auf Zielscheiben zu schießen als auf Menschen aus Fleisch und Blut! Das wird ihm nun schlagartig klar.

»Hey, hey, mein Junge. Wo läufst du denn hin?« Ein Mann ist von seinem Streitwagen gesprungen und packt Senni mit eisernem Griff am Arm. Der wird wie aus einem bösen Traum gerissen. Mit weit aufgerissenen Augen starrt er den fremden Krieger an, der ihn mit entschlossenem Blick begegnet. Senni schätzt ihn ein wenig älter als er selbst - vielleicht Anfang zwanzig. Der schwarze Vollbart ist exakt frisiert, die langen Haare quellen in pechschwarzen Strähnen unter dem vergoldeten Helm hervor und sind im Nacken zu einem Knoten zusammengebunden. Die dunklen Augen sprühen vor Energie. Hoch aufgereckt steht der Mann vor Senni, schüttelt diesen am Arm, als ob er ihn aufwecken möchte und fragt:

»Du bist doch einer der unsrigen. Wieso läufst du dann in der Stunde des Sieges davon?«

Senni ist noch immer wie benommen. Die grausigen Bilder des Schlachtgetümmels vor Augen, die Schmerzensschreie der Verwundeten in den Ohren, ist er zu keiner Antwort fähig. Mittlerweile sind die beiden umringt von zahlreichen assyrischen Soldaten, die sich immer dichter an sie herandrängen. Der stolze Krieger vor ihm zieht sein Schwert aus der Scheide und reckt die Waffe triumphierend in den Himmel. Ohne von Senni abzulassen, schreit er aus Leibeskräften:

»Der Sieg über die Mitanni und ihre Verbündeten ist unser! Ab heute gehört Ḫanigalbat zum assyrischen Reich.«

Die Soldaten um sie herum stimmen ein infernalisches Geschrei an. Im Siegestaumel jauchzen sie: »Ḫanigalbat gehört uns! Tod allen Mitanni!«

Hunderte von Schwertern ragen wie todbringende Stacheln in die Luft. Mitten durch die johlende Menge bahnt sich ein Mann einen Weg, bis er vor Senni und dem fremden Krieger steht. Es ist Banū, der sich zu Boden wirft, mit seinen Händen die Füße des Kriegers umklammert und sie sich auf den Nacken setzt:

»Mein König, du nicht töten diesen Jungen. Er nicht weglaufen wollen. Er gut gekämpft!«

Senni verschlägt es die Sprache. Am liebsten würde er sich vor Scham in einem Erdloch verkriechen. Erst jetzt dämmert es ihm allmählich. Schnell sinkt auch er auf die Knie und berührt mit der Stirn die Erde.

»Herr, ich bitte um Vergebung. Ich habe dich nicht erkannt, mein König,« stammelt Senni und wagt einen flüchtigen Blick auf den Herrscher zu werfen.

Tukulti-Ninurta bricht in schallendes Gelächter aus: »Was seid ihr beiden für komische Vögel? Ein Wilder mit Straußenfedern auf dem Kopf und ein halbwüchsiger Bengel, der als Sieger davonläuft wie ein geschlagener Hund!«

Die Soldaten rings umher beginnen nun ebenfalls lauthals zu lachen.

»Erhebt euch und nennt mir eure Namen!«, befiehlt Tukulti-Ninurta. Banū ist sofort auf den Beinen. Doch bevor er antworten kann, dröhnt eine tiefe Stimme aus dem Hintergrund:

»Mein König, diese beiden Männer stehen unter meinem persönlichen Schutz. Der mit den Straußenfedern auf dem Kopf ist Banū, der Elamier. Der beste Bogenschütze weit und breit. Der Junge heißt Puḫazenni, aber alle nennen ihn schlicht Senni. Er ist trotz seiner Jugend ein erfahrener Pferdekundiger, denn er hat sein Handwerk auf dem Gestüt des Kikkuli erlernt.«

Tukulti-Ninurta wirbelt herum und schaut dem Wortführer ins Gesicht: »Tartānu Qibi-Aššur!«, ruft er höchst erfreut aus, »lass dich umarmen für diesen Sieg!«

Beide fallen sich in die Arme und begrüßen sich auf Herzlichste. Schnell wird der König über die Vorkommnisse der letzten Tage unterrichtet, bei denen Banū und Senni eine entscheidende Rolle zukam. Nachdem Qibi seinen Bericht beendet hat, winkt Tukulti-Ninurta die beiden Freunde zu sich.

»Das sind ja wahre Heldentaten, die ihr vollbracht habt. Es soll euer beider Schaden nicht sein! Qibi, ich erwarte dich und diese beiden Männer in meinem Palast in Assur. Aber zuerst müssen wir den Mitanni-König unschädlich machen!«

Der König besteigt seinen Streitwagen und zeigt in Richtung der Furt: »Lasst uns den Mitanni-König jagen! Wer mir seinen Kopf bringt, wird fürstlich entlohnt!«

Das lassen sich die Soldaten nicht zweimal sagen. Mit Kriegsgeschrei preschen sie mit ihren Streitwagen davon. Angeführt von Tukulti-Ninurta durchqueren sie den Fluss und verschwinden in einer Staubwolke am jenseitigen Ufer.

»Los Banū, hinterher! Lass uns den König begleiten!«, fordert Senni seinen Freund auf, doch der hält ihn zurück:

»Du und ich genug gekämpft. Wir zurück zur Stadt. Auftrag erfüllt. Mitanni-König besiegt. Jetzt Wunden pflegen!«

Erst jetzt nimmt Senni wahr, dass sein Freund aus einer tiefen Schnittwunde am linken Oberarm blutet. Als er an sich hinunterschaut, bemerkt er, dass auch er nicht ohne Blessuren davongekommen ist. Blut rinnt ihm am rechten Oberschenkel hinab. In diesem Moment fühlt Senni einen brennenden Schmerz, den er während des Kampfes nicht verspürt hat. Zeit, die Wundärzte aufzusuchen, die in Scharen über das Schlachtfeld ausgeschwärmt sind, um Verletzte zu versorgen.

39. Der Prahlhans

Der Rücken von Großwesir Bābu-aḫa-iddina wird von Tag zu Tag krummer. Ohne seinen Gehstock käme er keine zwei Schritte weit. Mit schmerzverzerrtem Gesicht stützt er sich auf die Gehhilfe. Dennoch vermag er nicht stillzusitzen. Mit finsterer Miene hinkt er im Thronsaal ein paar Schritte auf und wieder ab.

»Du machst mich nervös mit deinem Hin- und Hergelaufe, Bābu«, schnauzt Tukulti-Ninurta seinen betagten Berater an, »worüber machst du dir Sorgen? Ich habe die Hethiter besiegt, das Nachbarland Ḫanigalbat erobert und den Mitanni-König vertrieben. Sein Königreich gehört nun mir. Die Grenzen Assyriens habe ich nun vom Ufer des Idiglat[73] bis zu den Gestaden des Purattu[74] ausgedehnt. Der erste Teil meines Traumes ist also bereits schon kurz nach meiner Thronbesteigung in Erfüllung gegangen. Der Tag naht, an dem ich mein blutiges Schwert nach alter Sitte im Oberen Meer[75] reinigen kann. Doch um ›König der vier Weltgegenden‹ genannt zu werden, muss ich zuvor den Weg zum Unteren Meer[76] freikämpfen, der von den Babyloniern kontrolliert wird. Ich werde also nicht eher ruhen, bis diese Bastarde mir ihre Hauptstadt Babylon zu Füßen legen. Wenn dieses Bollwerk fällt, ist der Weg zum Unteren Meer frei.«

Der Großwesir stößt seinen Gehstock mit Wucht auf den Fußboden: »Genau diese Pläne beunruhigen mich, mein König«, entgegnet er ungehalten, »der Mitanni-König ist noch auf der Flucht und du bereitest schon einen neuen Krieg gegen Babylon vor. Lass uns wenigstens mit den Hethitern Frieden schließen, bevor sie ihre Meinung ändern und sich erneut gegen uns mit den verbliebenen Mitanni verbünden!«

Der König muss nicht lange überlegen: »Du hast Recht, alter Mann, wir müssen an einer Front Frieden schaffen. Ich denke, ich habe mit der Eroberung der hethitischen Vasallengebiete, die nun alle mir unterstehen, dem Erzfeind hinter den nördlichen Bergen gezeigt, dass sie mit mir nicht in solch unverschämter Weise umgehen können wie noch mit meinem Großvater. Nun sind

---

73 Der Tigris.
74 Der Euphrat.
75 Das Mittelmeer.
76 Der Persisch/Arabische Golf.

beim Kriegszug gegen den Mitanni-König auch noch große Teile der hethitischen Soldaten in meine Hände gefallen. Ich habe sie als Sklaven nach Assyrien weggeführt. Sogar ein Prinz aus Karkamiš ist unter den Gefangenen.«

Der Großwesir wird hellhörig: »Ein Prinz aus Karkamiš, sagst du? Heißt er etwa Teli-Šarruma?«

Tukulti-Ninurta schaut ihn verwundert an: »Nun ja, so wird er genannt. Kennst du den Mann etwa?«

Der Großwesir antwortet sichtlich erregt: »Bei allen Göttern, das ist der Lieblingssohn des Königs von Karkamiš! Ist dem Mann ein Leid zugestoßen? Wurde er gefoltert? Lebt er noch?«

Der König ist überrascht über die Reaktion seines Ratgebers und hakt deshalb nach: »Bābu, du bist ja vollkommen außer dir. So habe ich dich ja noch nie erlebt. Beruhige dich! Was ist so Besonderes an diesem hethitischen Jüngling, dass du dich so vehement nach seinem Wohlergehen erkundigst?«

Der Großwesir erwidert: »Ich habe einen Boten zu seinem Vater geschickt und ihn um Vermittlung zwischen dem hethitischen König und uns gebeten. Sein Vater ist ein angesehener Mann. Man zollt ihm großen Respekt am Hof des hethitischen Königs im fernen Ḫatušša[77], ihrer Hauptstadt.«

Tukulti-Ninurta zeigt sich zunächst wenig begeistert von der Initiative seines Beraters. Er ist ein Mensch, der gerne alles und jeden kontrolliert. Jeden anderen hätte diese Eigenmächtigkeit den Kopf gekostet. Doch dem Großwesir, der schon seinem Großvater und auch seinem leiblichen Vater treu gedient hat, ist er zu Dank verpflichtet. Deshalb unterdrückt er seinen Zorn, macht ihm aber Vorwürfe, dass er ihn in seine Geheimdiplomatie nicht eingebunden hat. Aber am Ende zeigt sich der Herrscher versöhnlich:

»Vielleicht sind deine stillen Pfade zum König von Karkamiš gar nicht so schlecht für meine Zukunftspläne.«

Der Großwesir ist sichtlich erleichtert, dass der junge König ein Einsehen hat, und atmet erleichtert auf. Im Laufe seines langen Lebens hat er hier am Hofe der assyrischen Könige schon manchen Kopf rollen sehen. Im Dunstkreis der Herrscher sollte jedes Wort, jede Tat wohl bedacht sein. Er aber ist sich sicher, dem

---

[77] Antiker Name der modernen Stadt Boğazköy in Zentralanatolien, ca. 180 km östlich von Ankara.

Wohl des Reiches gedient zu haben. Den Tod fürchtet Bābu-aḫa-iddina nicht. Auf sein Lebensende ist er bestens vorbereitet. Sein Grabmal ist errichtet und die Beigaben für seine Reise in die Unterwelt stehen längst in einem Magazin bereit. Nein, der Tod kann kommen. In seinem hohen Alter ist der Tod ein ständiger Begleiter. Doch er sagt sich, dass der noch unerfahrene Herrscher gerade jetzt seinen Rat benötigt. Er muss den Hitzkopf hier und da noch zügeln, damit er keine unüberlegten Dinge in die Wege leitet, die das Reich und all seine Bewohner ins Unglück stürzen. Solange er es vermag, will er ihm beratend zur Seite stehen. Das hat er dessen Vater Salmanassar am Totenbett versprochen.

»Was grübelst du, Bābu?« Tukulti-Ninurta ist nicht entgangen, dass der Alte mit seinen Gedanken woanders ist.

»Mein König, ich denke über das Schicksal des hethitischen Prinzen Teli-Šar-ruma nach. Was hast du mit ihm vor?«

Der Herrscher erwidert: »Das wirst du gleich erfahren!« Er winkt seinen Herold herbei: »Ist mein Gast eingetroffen?« Der Ankündiger bestätigt seine Frage mit einer tiefen Verbeugung. »Gut! Dann lass ihn mit seinen Begleitern eintreten!«

Schon im nächsten Moment stolziert General Qibi-Aššur mit stolzgeschwellter Brust in den Thronsaal und hält direkt auf den König zu. In angemessenem Abstand folgen ihm Banū und Senni in Begleitung des hethitischen Prinzen Teli-Šarruma. Noch bevor der General vor dem König auf die Knie sinkt, werfen sich die anderen drei zu Boden und berühren mit der Stirn die kalten Platten des Fußbodens. Tukulti-Ninurta ist indes aufgesprungen, um seinen General freundschaftlich zu umarmen.

»Kopf runter, Teli!«, zischt Senni dem hethitischen Prinzen zu, »wir dürfen uns erst erheben, wenn der König es erlaubt.«

Banū, Senni und Teli verharren nahezu reglos in ihrer devoten Haltung und lauschen der Unterhaltung von König, General und Großwesir, die keinerlei Notiz von den Dreien nehmen. Keiner würdigt sie eines Blickes, niemand spricht sie an.

»Das Land Ḫanigalbat ist jetzt vollständig in unserer Hand, mein Gebieter«, berichtet General Qibi, »die Aufständischen sind gemeinsam mit dem Mitanni-

König auf der Flucht. Unsere Truppen haben nach und nach sämtliche Städte erobert. Waššukanni, die Hauptstadt der Mitanni, hat uns ein paar Tage lang die Stirn geboten. Als der Widerstand der Verteidiger gebrochen war, haben auch die umliegenden Festungen die Waffen gestreckt. Stell dir vor: Ḫarbe, die bedeutende Karawanenstadt, die am Knotenpunkt der Süd- und Ostroute liegt, wurde uns nahezu kampflos übergeben. Daraufhin haben auch andere Festungen ihre Gegenwehr aufgegeben. Unsere Truppen stehen nun am Ufer des Purattu und müssen nur noch übersetzen, um die hethitische Stadt Karkamiš einzunehmen.«

Teli zuckt bei den Worten zusammen. Das assyrische Heer steht also nur noch ein oder zwei Tagesmärsche von seiner Heimatstadt Karkamiš entfernt. Sein Vater schwebt demnach in höchster Gefahr. Sollte der assyrische König einen Sturmbefehl erteilen, wäre ein blutiges Gemetzel die Folge. Doch es kommt anders als erwartet!

»Oh nein, General Qibi«, krächzt der Großwesir, »unser König hat sich für einen anderen Weg entschieden. Wir werden Frieden mit den Hethitern suchen und brauchen dazu die Vermittlung des Königs von Karkamiš.«

Der hethitische Prinz hebt seinen Kopf ein wenig und spitzt die Ohren, um alles über das Vorhaben der Assyrer zu erfahren. Tukulti-Ninurta bittet die beiden hohen Beamten, an einem Tisch Platz zu nehmen. Eine Sklavin serviert frisches Wasser und getrocknete Früchte. Während der General sich genüsslich eine Dattel in den Mund schiebt, weist er mit einer beiläufigen Bewegung auf das noch immer niederknieende Trio.

»Mein König, wenn du mit den Hethitern Frieden schließen möchtest, könnten dir diese Männer dort sehr nützlich sein. Banū, den elamischen Bogenschützen mit den Straußenfedern auf dem Kopf, kennst du bereits. Auch mit dem Jüngling ganz rechts hast du bereits auf dem Schlachtfeld Bekanntschaft gemacht. Šenni ist ein hervorragender Fachmann für Pferde und kennt das Land Ḫanigalbat wie kein anderer. Schließlich hat er jahrelang als Schuldknecht auf dem Gestüt des Kikkuli gedient und mit seinem Ziehvater das gesamte Land durchstreift. Der Mann in der Mitte aber, der im grünen Wams und mit den grünen Schnabelschuhen, dürfte für dich von ganz besonderem Wert sein. Er heißt Teli-Šarruma.«

Tukulti-Ninurta springt von seinem Thron, macht ein paar Schritte nach vorne und reißt Teli auf die Beine: »Du bist der Prinz aus Karkamiš?«

Vor Schreck bringt dieser kein Wort hervor. Erst als der alte Großwesir ihn auffordert, zu antworten, gesteht er eingeschüchtert:

»Ja, mein Herr, ich bin Teli-Šarruma, der Sohn des Königs von Karkamiš.«

Tukulti-Ninurta bricht in schallendes Gelächter aus: »Du zitterst ja am ganzen Leib. Du brauchst nicht um dein Leben zu fürchten. Du bist von königlichem Blut und ab sofort mein Gast. Komm, setz dich zu uns!«

Der Assyrer zieht Teli zu einem Schemel und bittet ihn, dort Platz zu nehmen. Dann wendet er sich an Banū und Senni: »Und ihr beiden lasst euch dort an der Wand nieder und wartet auf weitere Befehle!«

Banū und Senni verbeugen sich noch einmal kurz und hocken sich still an der angewiesenen Stelle nieder. Auch sie werden mit Getränken und Speisen versorgt. Aufmerksam verfolgen die beiden den Fortgang der Unterhaltung. Der Großwesir betont seine Zufriedenheit, dass Teli kein Leid zugefügt wurde, was die Chance auf eine erfolgreiche Friedensmission mit den Hethitern erheblich verbessere. Qibi dagegen schwärmt von den neu eroberten Gebieten in den nördlichen Bergen, die sehr waldreich seien. Jede Fuhre Holz werde im baumlosen Assyrien mit Silber aufgewogen. Hinzu kämen ertragreiche Kupfer- und Silberminen. Schier unglaublich sei die Zahl der erbeuteten Pferde auf den fetten Weidengründen Ḫanigalbats.

Tukulti-Ninurta fällt seinem General ins Wort: »Du hast das Wichtigste vergessen, Vetter, wir haben nun sämtliche Handelsrouten nördlich von Babylon unter Kontrolle. Wer von den Bergländern im Osten zum Oberen Meer im Westen reisen möchte, setzt seinen Fuß auf assyrisches Territorium. Wer von Süden kommend nach Norden ins Land der Hethiter aufbricht, muss unsere Straßen benutzen. Und wir besitzen nun alle Handelsniederlassungen und Festungsstädte zwischen den großen Flüssen Purattu und Idiglat. Jeder Kaufmann, jeder Handelsreisende muss sich von heute an gut mit uns stellen, wenn er Geschäfte machen will. Dennoch verbleiben noch zwei Ziele: Zunächst werden wir die Babylonier in die Knie zwingen, um Zugang zum Unteren Meer zu erhalten. Danach suchen wir den Weg zum Oberen Meer. Wenn erst Ugarit, die

Hafenstadt am weiten Meer, unser Eigen ist, wird sogar der mächtige Pharao im fernen Ägypten uns seine Aufwartung machen müssen, wenn er weiterhin Handel treiben möchte. Dann ist mein Traum in Erfüllung gegangen. Ich werde nicht eher ruhen, bis ich mein Schwert in die Fluten der beiden Meere eingetaucht habe. Dann werden sich die anderen gekrönten Häupter vor mir verneigen und mich als den ›König der vier Weltgegenden‹ preisen.«

Qibi-Aššur ist begeistert: »Mein König, ein verwegener Plan, Babylon zu unterwerfen. Wie kann ich dich dabei unterstützen?«

Tukulti-Ninurta klopft ihm freundschaftlich auf die Schulter: »Du, getreuer General, wirst mir den Rücken freihalten. Ich brauche einen kriegserfahrenen Mann, der die neu eroberten Gebiete nicht nur verwaltet, sondern sie auch vor feindlichen Übergriffen schützt. Wir dürfen das, was wir jetzt erreicht haben, nicht aufs Spiel setzen! Du, Qibi-Aššur, wirst in den Palast von Dūr-Katlimmu einziehen. Baue die Stadt zur Festung aus und herrsche an meiner statt als ›König von Ḫanigalbat‹ über die Ländereien, die wir dem Mitanni-König entrissen haben! Und wähle zuverlässige Männer aus, die als Statthalter die eroberten Städte entlang der Handelsrouten befestigen. Ich möchte nicht erleben, dass einer dieser Orte – und sei es ein noch so geringer Handelsposten – wieder in die Hände unserer Feinde fällt! Hast du mich verstanden, Qibi?«

Der General fällt auf die Knie und senkt sein Haupt zur Erde nieder: »Herr, du bist zu gütig. Ich werde deinem Namen keine Schande bereiten und lieber sterben, als eine der Städte aufzugeben! Als Distriktsgouverneur berufe ich den kampferprobten Sîn-mudammeq, der in der ehemaligen Mitanni-Hauptstadt Waššukanni seinen Sitz nehmen soll. Ihm obliegt es fürderhin, die Außengrenzen gegen alle Feinde zu verteidigen und die assyrische Organisation in den frisch eroberten Gebieten einzuführen. Mir erscheint die Stadt Ḫarbe, am Knotenpunkt zweier Karawanenwege, von strategischer Wichtigkeit! Ich werde deshalb den tatkräftigen Sutī'u als Statthalter dieser Festungsstadt einsetzen. Ana-Šumīja-Adad, den alle nur Šumija nennen, stelle ich ihm als Bürgermeister zur Seite. Der Kerl ist zwar verschlagen, aber hat sich als perfekter Organisator einen Namen gemacht. Die Mitanni, die wir gerade aus ihrem Königreich vertrieben haben, werden mit Sicherheit alles daran setzen, ihr verlorenes Land wieder zurückzuerobern. Deshalb müssen auf dem schnellsten Wege die Befestigungen der Städte ausgebaut werden. Stadtmauern, Tore und Türme sollen zu uneinnehmbaren Bastionen werden!«

Tukulti-Ninurta strahlt über das ganze Gesicht: »Deine Pläne sind hervorragend! Du hast freie Hand, Qibi, doch habe ich noch eine Bitte.« Der Ton des Königs wird zunehmend ernster. »Unsere Feinde sind nun sehr zahlreich geworden. Sie werden alles daran setzen, ihre früheren Besitztümer zurückzugewinnen. Mach dich also auf einen ständigen Kampf mit ihnen gefasst! Damit ich dir im Notfall mit meinen Truppen zu Hilfe eilen kann, müssen wir ab sofort in stetigem Kontakt bleiben. Du musst mich ständig über alles unterrichten, was im fernen Ḫanigalbat geschieht. Falls der Feind in großer Zahl erscheint, schickst du umgehend einen Boten, damit ich dir möglichst rasch zur Seite stehen kann. Die Grenzen des assyrischen Reiches liegen nunmehr weit auseinander. Es genügt nicht mehr, einen Laufboten loszuschicken. Wir brauchen ein schnelleres Meldesystem. Aus diesem Grund habe ich beschlossen, Boten mit Wagen von Ort zu Ort zu schicken, die die Meldungen auf Tontafeln überbringen sollen. Ein Pferdegespann ist doppelt so schnell wie ein Läufer. Ich stelle dir den jungen Pferdemann zur Seite, den du mitgebracht hast. Wenn er wirklich ein so erfahrener Pferdekenner ist, wie ihr alle berichtet, soll er mit seinen hurritischen Wagenlenkern diese Aufgabe übernehmen.«

Qibi gibt Senni ein Zeichen, näher zu kommen: »Du hast gehört, was der König von dir erwartet. Wirst du diese Aufgabe erfüllen können?«

Anstatt zu antworten, wirft sich Senni vor Tukulti-Ninurta nieder: »Mein König, es gäbe eine Möglichkeit, die Nachrichten noch wesentlich schneller zu überbringen.«

Obwohl Senni sich prosterniert hat und seine Stimme sehr unterwürfig klingt, würde Banū am liebsten im Erdboden versinken. Schon wieder hat Senni unaufgefordert das Wort direkt an den König gerichtet! Kreidebleich erwartet der Elamier nun den Befehl des Königs, und der kann nur lauten: Köpft ihn auf der Stelle! Wie kann Senni es wagen, die Vorschriften am Hof so zu missachten? Banū sieht auch schon seinen Kopf über die Erde rollen, doch zu seinem Erstaunen lässt der König sein Schwert in der Scheide stecken und gibt auch keinen

Befehl zur Hinrichtung. Er zieht lediglich die Augenbrauen nach oben und lacht:

»Du bist ein keckes Bürschchen, Šenni. Etwas vorlaut, aber mutig. Also sprich: Wie können die Tontafeln schneller überbracht werden, als mit Gespannen, die von zwei Pferden gezogen werden?«

Senni wagt es nun sogar, seinen Kopf ein wenig zu heben und dem Herrscher in die Augen zu blicken:

»Herr, wir müssen Reiter ausbilden. Männer, die wie ich auf dem Rücken der Pferde reiten können. Ein Pferd, das nur einen Mann auf seinem Rücken tragen muss, ist in unwegsamem Gelände doppelt so schnell wie ein Gespann und mit Sicherheit vier Mal so schnell wie dein bester Meldeläufer!«

Der König braust auf: »Was sagst du da? Ein Reiter auf dem Rücken eines Pferdes soll schneller vorwärtskommen als ein Streitwagenfahrer? Aber doch höchstens von hier bis zur Stadtmauer. Über eine längere Wegstrecke kann sich kein Reiter so lange auf dem Rücken eines Tieres fortbewegen. Ich kenne niemanden, dem es gelungen wäre, längere Zeit auf einem dahinspringenden Gaul zu sitzen. Spätestens nach einer Doppelstunde wird der Reiter abgeworfen oder fällt vor Müdigkeit in den Graben.«

»Es käme auf einen Versuch an!«, erwidert Senni. »Ich kann es auf jeden Fall!«

General Qibi zuckt zusammen und will schnell das Wort ergreifen, um Senni vor weiteren unbedachten Äußerungen zu bewahren, doch der König winkt ab:

»Vetter, ich weiß, was du sagen willst. Auch ich halte diese Behauptung für ein Hirngespinst. Aber ich nehme den Prahlhans beim Wort. Gleich morgen soll die Botschaft, dass mein Vetter Qibi-Aššur zum König von Ḫanigalbat ernannt wurde, per Boten in die Stadt Dūr-Katlimmu gebracht werden. Lasst uns also einen Wettlauf veranstalten: Mein schnellster Kurier wird die Nachricht mit seinem Wagen dorthin bringen. Du aber Senni, wirst die gleiche Meldung auf dem Rücken deines Pferdes transportieren. Wenn ihr dort angekommen seid, bittet ihr um eine Rückantwort. Diese bringt ihr umgehend hierher zu mir. Solltest du dein Maul zu voll genommen haben, junger Hurriter, und nicht als Erster hier erscheinen, werde ich dir deine Zunge herausreißen lassen, damit dir künftig deine Prahlerei vergeht.«

Tukulti-Ninurta ruft nach seinem Hofschreiber. Nach kurzer Unterweisung macht sich dieser sogleich an die Arbeit. Er fertigt zwei Tontafeln gleichen Inhalts an, die die Boten überbringen sollen.

»Nun zu dir, Prinz von Karkamiš.« Tukulti-Ninurta fixiert Teli mit seinen tiefliegenden Augen. Diesem wird es plötzlich heiß, als er die Blicke des assyrischen Herrschers auf sich gerichtet sieht. »Du weißt«, fährt der König fort, »dass wir 28.800 Hethiter vom jenseitigen Ufer des Purattu in die Gefangenschaft geführt haben.[78] Sie alle arbeiten nun in meiner Hauptstadt als Sklaven, um den Tempel unseres höchsten Gottes Aššur zu erbauen. Dir ist dieses Schicksal nur deshalb erspart geblieben, weil mein ehrwürdiger Großwesir sich für dein Wohlergehen eingesetzt hat.«

Telis Augen wandern unwillkürlich hinüber zu Bābu-aḫa-iddina. Mit einer leichten Verneigung bezeugt er ihm seine Dankbarkeit.

»Deine Freiheit hat allerdings einen Preis!«, setzt der König seine Rede fort. »Du wirst zu deinem Vater zurückkehren, um dich mit ihm am Hof des hethitischen Großkönigs für ein Friedensabkommen zu verwenden. Sollte euch beiden das nicht gelingen, werden meine Truppen schon bald den Grenzfluss überqueren und eure Heimatstadt Karkamiš dem Erdboden gleichmachen. Und nicht nur das! Wir werden dann alle Einwohner zu unseren Sklaven machen. Diese Nachricht wirst du zu deinem Vater bringen! Qibi wird dafür Sorge tragen, dass du von einer Eskorte begleitet wirst, damit du wohlbehalten ankommst.«

»Herr, wir werden alles tun, um deinen Wunsch zu erfüllen«, antwortet Teli-Šarruma, »denn mein Vater ist ein Mann des Friedens. Nichts liegt ihm mehr am Herzen, als dass Assyrer und Hethiter in Eintracht miteinander leben.«

Tukulti-Ninurta lächelt zufrieden: »Du wirst gemeinsam mit General Qibi aufbrechen, sobald der Wettlauf der Eilboten beendet ist. Ich bin mir sicher, dass mein Vetter sich das Schauspiel nicht entgehen lassen möchte, wenn der vorlaute Hurriter-Lümmel am Ende eingestehen muss, dass man auf einem Streitwagen doch schneller vorankommt als auf dem wackligen Rücken eines Gauls.«

---

[78] Ernst Weidner, Die Inschriften Tukulti-Ninurta I. und seiner Nachfolger. Archiv für Orientforschung, Beiheft 12, Hrsg. Ernst Weidner. Graz 1959, Seite 30, Inschrift 17, Zeile 23-25.

Der König klopft sich lachend auf die Schenkel und wendet sich an Banū, der noch immer kreidebleich in der Ecke hockt.

»Was sagst du, Elamier? Schafft es dein Freund mit der Rückantwort als Erster hier in Assur anzukommen oder soll ich ihm gleich die vorlaute Zunge herausschneiden lassen?«

»Herr, ich nur können schießen Bogen. Von Reiten ich nix verstehen.«

Der König grinst: »Alle hier rühmen deine Schießkunst. Dann bist du der richtige Mann, um General Qibi nach Dūr-Katlimmu zu begleiten. Kümmere dich dort um die Ausbildung von Bogenschützen. Streitwagen und Bogenschützen werden künftig die zwei Säulen des assyrischen Heeres bilden, die uns den Sieg über unsere Feinde sichern sollen!«

40. Der Wettlauf der Kuriere

Die halbe Stadt hat sich am frühen Morgen am Westtor versammelt. Wie ein Lauffeuer hatte sich am Vorabend die Nachricht verbreitet, dass es einen Wettkampf zwischen einem Kurier des Königs und einem jungen Hurriter namens Senni geben soll, der behauptet, auf dem Rücken eines Pferdes von Assur bis nach Dūr-Katlimmu und zurück reiten zu können. Die meisten halten das für schier unmöglich, denn ein normales Kaufmannsgespann benötigt für den Hinweg ungefähr vier bis fünf Tage. Des Königs Kurier schafft es auf einem Streitwagen in zwei bis drei Tagen. Und nun will einer diese enorme Entfernung auf dem Rücken eines Pferdes zurücklegen – hin und zurück. Einfach unmöglich, meinen die meisten. Einer der Schaulustigen will gestern in einer Taverne gehört haben, dass der Herausforderer geviertelt würde, wenn er unterliegt. Andere behaupten, er werde gepfählt, und zwar genau hier am Stadttor. Gerüchte machen schnell die Runde. Fast ein jeder hat etwas anderes vernommen und gibt sein Wissen zum Besten. Die Gespräche verstummen jedoch sehr schnell, als der Ausrufer erscheint.

»Macht Platz! Platz für den König!«, brüllt er über die Menge, die augenblicklich zurückweicht. Als der Streitwagen des Königs heranrollt, fallen alle auf die Knie und senken ihre Häupter. Dicht hinter dem Gespann des Herrschers folgen zwei weitere Wagen. Auf dem ersten stehen General Qibi und der hethitische Prinz Teli-Šarruma. Als der dritte Wagen an der Menschenmenge vorbeikommt, geht ein Raunen durch die Massen. Noch mehr, als sie Senni auf seinem Ross Aspa reiten sehen.

»Der im Wagen ist der Urad-Kūbe. Das ist der schnellste Wagenlenker weit und breit. Er steht als Eilbote im Dienst des Königs«, flüstert ein Vater seinem Sohn ins Ohr. »Und der mit dem leuchtend blauen Umhang, der auf dem Rücken des Rappen sitzt, muss der Hurriter sein, der behauptet, schneller als ein Streitwagenfahrer zu sein.« Vater und Sohn müssen unwillkürlich lachen, als Senni an ihnen vorbeireitet.

»Vater, schau dir das an! Wie will der da auf dem Buckel seines Pferdes eine so lange Distanz zurücklegen? Das ist unmöglich! Entweder bricht das Tier in der Mitte entzwei oder der Reiter wird abgeworfen, da bin ich mir sicher.«

Nachdem der König seinen Wagen angehalten hat, verkündet der Herold noch einmal für alle hörbar die Bedingungen des Wettkampfs.

»Derjenige ist der Sieger, der die Tontafel mit der Rückantwort aus Dūr-Katlimmu als Erster im Thronsaal des Königs abgibt! Der Gewinner erhält fünf Minen Silber.«

Rufe des Erstaunens ertönen aus der Menge. Einer stößt seinem Nachbarn in die Rippen: »Fünf Minen Silber! Eine großzügige Entlohnung. Für zehn bekommst du schon eine Sklavin!«

Nach der Ankündigung übergibt der Herold jedem der beiden Rivalen eine der Tontafeln. Dem königlichen Eilboten platzt der Geduldsfaden. Hastig verstaut Urad-Kūbe das Täfelchen in seinem Schulterbeutel und nimmt mit seinem Gespann am Ausgang des Stadttores Aufstellung. Nachdem Senni seine Tontafel in einen Lederbeutel gesteckt hat, hängt er diesen um seinen Hals und vergräbt ihn unter seinem Wams. Gemächlich lotst er sein Pferd neben den Wagen des Königsboten, von dem er einen verächtlichen Blick erntet. Alle Augen sind nun auf den König gerichtet. Der zieht sein Schwert aus der Scheide, reckt es in die Höhe und lässt im nächsten Augenblick die Schneide nach unten sausen – das Zeichen zum Beginn des Wettlaufs. Der Wagenlenker lässt die Peitsche knallen und im nächsten Moment rast das Gefährt davon.

Senni macht zur Verwunderung aller keine Anstalten, dem Wagen zu folgen. Er steigt sogar von seinem Pferd ab und führt es in aller Seelenruhe hinunter zum Flussufer. Gelächter macht sich unter dem Volk breit.

»Was macht der Junge da?« General Qibi bleibt die Spucke weg. »Bei allen Göttern, Senni, du musst dem Wagen hinterher! Es geht um deinen Kopf!«

Senni winkt ihm zu, lässt zunächst seinen Rappen ein paar Schlucke trinken, bevor er einen Lederschlauch mit Wasser füllt und diesen am Sattel befestigt. Dann legt er seinen Bogen und den Köcher über die Schultern und schwingt sich wieder auf den Rücken seines Pferdes. Als er seinen Freund Banū hoch oben auf der Stadtmauer erblickt, ruft er ihm zu:

»Du wirst sehen, Elamier, schon bald trinken wir gemeinsam ein Starkbier in der Schenke!«

Abb. 34: Auenlandschaft vor der Stadt Assur

Banū schüttelt ungläubig den Kopf. Er ist sich sicher, dass Senni seine Zunge bereits verspielt hat. Den Vorsprung des königlichen Boten wird er nie mehr aufholen können. Er blickt seinem Freund noch eine Zeitlang hinterher. Der durchquert die Furt und prescht auf der anderen Uferseite in rasendem Galopp seinem Konkurrenten hinterher. Doch der ist mit seinem Gefährt schon längst am Horizont verschwunden. Die Neugierigen rund um das Stadttor machen sich wieder auf den Heimweg. Es wird viel über den Ausgang des Wettkampfs diskutiert. Die meisten sind der Überzeugung, dass ein unerfahrener Bengel auf dem Rücken eines Pferdes nicht die geringste Chance hat, gegen den erfahrenen Eilboten zu bestehen. Zumal dieser die Strecke zwischen Assur und Dūr-Katlimmu nahezu jeden dritten Tag auf sich nehmen muss. Eigentlich sind sich alle einig: Der Königsbote wird als strahlender Sieger die Belohnung einstreichen und dem Jungen wird die Zunge herausgerissen. Aber auch dieses Schauspiel werden sie sich nicht entgehen lassen!

Senni lässt Aspas Zügel etwas lockerer, beugt sich weit über den Hals und flüstert dem Rappen etwas ins Ohr. Das Tier bläht die Nüstern, spitzt seine Lauscher und streckt im nächsten Moment seinen Körper. Als ob Aspa verstanden hätte, dass es um Leben und Tod geht, greift er weit aus. Die Hufe des Pferdes scheinen den Boden nicht mehr zu berühren. Das Pferd donnert so schnell über die Straße, dass ihm die eigene Staubfahne kaum zu folgen vermag. Ein Bauer, der gerade sein Feld bestellt, sieht den Rappen heranfliegen. Da er der Meinung ist, dass es sich um ein entlaufenes Tier handelt, stellt er sich ihm kurzerhand mit ausgebreiteten Armen in den Weg. Erst im letzten Augenblick erkennt der Mann, dass auf dem Rücken des Hengstes ein Reiter sitzt, der sich tief geduckt an den Köper des dahinrasenden Tieres schmiegt. Mit einem beherzten Sprung zur Seite rettet sich der Bauer und blickt mit weit aufgerissenen Augen Senni hinterher, der seinen Kopf in der Mähne von Aspa vergraben hat.

»Der Kerl reitet ja, als ob ihm sämtliche böse Geister im Nacken sitzen!«, brummt der Landmann in seinen Bart und macht sich wieder an die Feldarbeit.

Aspas Ausbildung auf dem Gehöft von Kikkuli macht sich nun bezahlt. Das Tier zeigt nach zwei Doppelstunden noch keinerlei Anzeichen von Müdigkeit. Gegen Mittag erreicht Senni die Furt durch einen fast ausgetrockneten Fluss. Er beschließt, eine kurze Rast einzulegen. Während Aspa sich an den Gräsern am Wegesrand labt, steckt Senni sich zwei Stücke Fladenbrot in den Mund. Nach einem Schluck aus dem Wasserschlauch fällt sein Blick auf die frischen Radspuren im Sand. Mit Sicherheit vom Wagen des Königsboten, denkt er. Weit kann er nicht sein!

»Los Aspa, gleich haben wir ihn eingeholt!« Mit einem Satz ist er auf dem Rücken des Pferdes und nimmt wieder die Verfolgung seines Konkurrenten auf. Senni durchquert eine öde Ebene mit spärlichem Graswuchs. Die Straße führt immer nur geradeaus. Einzelne Gehöfte liegen verstreut am Wegesrand. Um Aspa zu schonen, lässt er den Rappen in Trab fallen.

Am späten Nachmittag erreicht er eine Flussaue, die er vor langen Jahren gemeinsam mit Kikkuli besucht hat. Senni geniest die frische Brise, die ihm aus den Wäldern entgegen weht. Nach der Hitze in der Ebene eine hochwillkommene Abkühlung! Senni hat stets die Wagenspur im Visier, die urplötzlich rechts vom Weg abbiegt. Die Abdrücke im halbhohen Gras der Wiese sind eindeutig: Der Streitwagen hat die befestigte Straße verlassen und ist schnurgerade auf den Waldrand zugefahren. Senni hält kurz an, um die Lage zu überprüfen. Kein Laut ist zu hören. Niemand ist zu sehen. Warum hat der Wagenlenker die befestigte Straße verlassen? Um seine Notdurft zu verrichten? Nein – Fuhrleute nutzen dafür den Wegesrand. Keiner würde sich aus diesem Grund so weit von der Straße entfernen. Es muss einen anderen Grund geben, warum er den angestammten Weg verlassen hat. Senni lässt es keine Ruhe. Er muss herausfinden, was der tatsächliche Grund für dieses Verhalten ist. Er beschließt, der Spur zu folgen. Banū würde ihn verfluchen, wenn er wüsste, dass er sein Ziel nicht beharrlich verfolgt, sondern sich schon wieder auf Abwege begibt. Doch Senni schiebt alle Bedenken beiseite. Seine Neugier ist zu groß und so tritt er Aspa aufmunternd in die Flanken. Das Pferd reagiert sofort und setzt sich in Trab.

Er hat den Waldrand noch nicht erreicht, als er menschliche Stimmen vernimmt. Erst ein paar unterdrückte Rufe, dann mischen sich Schreie darunter. Entsetzliche Schreie! Sie erinnern ihn an die Schmerzensrufe der gefolterten Mitanni damals in Kulišḫinaš. Sein Pferd ist noch nicht zum Stehen gekommen, da ist Senni schon von dessen Rücken geglitten. Ein kurzer Befehl und ein Zeichen mit seiner Hand genügen und der Rappe verharrt nahezu bewegungslos auf der Stelle. Senni nimmt den Bogen zur Hand und zieht zwei Pfeile aus dem Köcher. Einen der Pfeile legt er an die Sehne, den anderen hält er griffbereit parat, um schnell einen zweiten Schuss abgeben zu können. Sein Herz rast, als er in geduckter Haltung nach vorne pirscht – immer der Spur der Wagenräder nach. Wie er es von Banū gelernt hat, achtet er darauf, nicht auf am Boden liegende Zweige zu treten. Das kleinste Geräusch könnte die Aufmerksamkeit auf ihn lenken. Lautlos wie eine Katze schleicht er durch das Gesträuch. Die Stimmen werden lauter und nun auch verständlicher. Durch das Blattwerk des Gestrüpps erkennt Senni den Wagen des königlichen Boten. Das Pferd ist noch eingespannt und grast friedlich auf einer Lichtung. Urad-Kūbe hat man aber an einen Baum gefesselt. Er blutet aus der Nase und auch aus einer klaffenden Wunde an der Stirn. Vor ihm stehen zwei Männer in knielangen Lederrüstungen, die ihm mit ihren Fäusten immer wieder brutal ins Gesicht schlagen. Der eine hält dabei dem Boten die Tontafel vor die Augen und brüllt mit mitannischem Akzent:

»Was steht hier geschrieben? Mach das Maul auf, du assyrischer Hund!« Wieder trifft den Kurier ein Fausthieb mitten ins Gesicht.

Senni beschließt zu handeln. Kurzerhand kommt aus der Deckung hervor, stellt sich breitbeinig auf die Lichtung und ruft er den beiden Peinigern zu:

»Wenn ihr nicht lesen könnt, kann ich euch behilflich sein.«

Die Männer wirbeln herum und starren Senni vollkommen überrascht an. Nahezu gleichzeitig ziehen beide ihre Schwerter aus der Scheide und wollen sich gerade auf Senni stürzen, als der eine den anderen zurückhält und dem Jungen zuruft:

»Du sprichst wie einer von uns. Bist du etwa auch ein Mitanni?«

»Nein«, antwortet Senni mit fester Stimme, »ich war einmal einer eurer Sklaven. Heute bin ich ein freier Mann, stehe aber in Diensten des assyrischen Königs wie der dort, denn ihr an den Baum gefesselt habt.«

»Dann bist du des Todes!«, schreit einer der Krieger und rennt mit gezücktem Schwert auf Senni zu. Der reißt den Bogen nach oben, zielt kurz und lässt den ersten Pfeil von der Sehne schnellen. Das Geschoss jagt durch die Luft und zerfetzt dem Heranstürmenden die linke Wange. Mit einem Aufschrei stürzt dieser zu Boden, wälzt sich auf dem Wiesengrund hin und her. Seine Arme fallen zur Seite. Er röchelt noch ein wenig und bleibt dann reglos liegen. Sein Kumpan ist nun nicht mehr zu halten. Mit Wutgebrüll rast er auf Senni zu. Der hat aber bereits den zweiten Pfeil eingelegt und zielt auf das Bein seines Gegners. Der

Mann ist nur noch drei Pferdelängen von ihm entfernt, als sich der Pfeil in seinen Oberschenkel bohrt. Mitten im Lauf kommt der Mitanni neben dem Leichnam seines Gefährten zu Fall. Laute Schmerzensschreie ausstoßend, wälzt er sich am Boden. In seiner Verzweiflung versucht er, das Geschoss aus der Wunde zu ziehen. Die Widerhaken verhindern dies. Kurzerhand bricht er den Pfeil entzwei. Ein höllischer Schmerz jagt durch seinen Körper. Er jault auf. Das Blut läuft in Strömen sein Bein hinunter, dennoch richtet er sich auf, humpelt auf Senni zu und holt zum Schlag aus. Senni weicht aus und reißt nun ebenfalls sein Schwert aus der Scheide. Bevor sein verletzter Gegner sich umdrehen kann, ist er hinter ihm und stößt ihm die Klinge von der Seite in den Hals. Der Mitanni greift sich mit der Linken an die Kehle und kippt dann nach vorne um. Seine Beine zucken noch zwei, drei Mal im Todeskampf. Dann strecken sich seine Glieder und er bleibt bewegungslos liegen. Senni erinnert sich daran, was ihm Banū während seiner Ausbildung eingebläut hat: Unterschätze niemals deinen Gegner! Lass ihn niemals aus den Augen! Wenn du ihn zu Fall bringst, überprüfe, ob er dir noch schaden kann! Senni befolgt die Instruktionen seines kampferprobten Freundes und nähert sich vorsichtig dem leblos daliegenden Körper, sein Schwert immer stichbreit auf dessen Leib gerichtet. Mit dem Fuß wendet er den Mitanni zur Seite. Der Mann ist tot. Auch der andere Krieger hat sein Leben ausgehaucht. Erst jetzt macht sich Senni daran, den Königsboten von seinen Fesseln zu befreien.

»Du hast tapfer gekämpft. Ich danke dir für meine Rettung«, lispelt Urad-Kūbe. »Ich bin mir sicher, die beiden hätten mich getötet, ganz gleich, ob ich ihnen den Inhalt der Tafel verraten hätte oder nicht.«

Senni ist zu keiner Antwort fähig. Er musste schon wieder töten. Wortlos säubert er seine blutverschmierte Waffe am Wams eines der Erschlagenen und steckt das Schwert zurück in die Scheide. Immer wieder redet er sich ein, dass er die beiden Krieger töten musste, weil sie sonst ihn umgebracht hätten. Es nützt nichts. Das schlechte Gewissen plagt ihn. Dennoch stellt er fest, dass ihn die schreckliche Situation heute nicht mehr so sehr berührt wie noch kürzlich auf dem Schlachtfeld. Als Krieger gewöhnst du dich an den Tod, hat ihm Banū einmal gesagt, er ist dein ständiger Begleiter. Wie Recht sein Freund hat. Und plötzlich denkt Senni mit Wehmut an die Zeit auf Kikkulis Gestüt zurück, wo er sich den ganzen Tag um die geliebten Pferde kümmerte und die Abendstunden mit seinem Freund Hersi und dessen Schwester Ašdu verbrachte. Auch wenn er häufig unter den Gewaltausbrüchen seines Ziehvaters leiden musste, erscheint ihm rückblickend das Leben auf dem Pferdehof als friedlich. Wenn Kikkuli nicht gewesen wäre, hätte man das Leben auf dem Gestüt auch als Landidylle bezeichnen können. Unsanft wird Senni aus seinen Erinnerungen gerissen:

»Hey du, hilf mir, die beiden zu entkleiden!«, fordert ihn der Königsbote auf. »Ihre Gewänder, das Rüstzeug und die Waffen bringen uns beiden ein hübsches Sümmchen ein, wenn wir die Habseligkeiten in der Stadt feilbieten. Los mach schon, lass uns die Sachen zu meinem Wagen bringen.«

Assyrische Krieger werden schon in der Jugend auf den Kampf vorbereitet. Töten und das anschließende Plündern von gegnerischen Leichnamen gehört bei ihnen zum Handwerk. Der Kurier betrachtet die Helme der Gefallenen von allen Seiten.

»Guter Zustand! Keine Hiebspuren. Zusammen mit den Schwertern bekommen wir mindestens fünf bis zehn Minen Silber im Basar. Was meinst du?«, lispelt sein Gegenüber.

Senni winkt ab: »Behalt den Kram. Ich will nichts davon haben.«

Kopfschüttelnd löst der Bote die Gürtel der Toten, verstaut auch ihre Sandalen im Wagen und zieht ihnen zum Schluss die blutverschmierten Gewänder über den Kopf. »Werde in der Stadt eine Frau suchen, die die Kleider waschen und flicken kann. In gutem Zustand bekommt man noch etwas mehr. Vielleicht reicht es, um den Wundarzt zu bezahlen. Diese Halunken haben mir nämlich die Nase gebrochen und einen Schneidezahn ausgeschlagen. Schau her!«

Der Königsbote bleckt seine Zähne. Senni mustert ihn kurz. In der Tat gibt Urad-Kūbe jetzt einen jämmerlichen Eindruck ab. Seine Nase hängt schief im Gesicht und eine riesige Zahnlücke klafft im Oberkiefer.

»Versetze den Plunder im Bazar und suche danach einen guten Arzt auf«, rät ihm Senni, »der wird deine Nase schon wieder richten. Mit der Zahnlücke wirst du nun wohl für den Rest deines Lebens gekennzeichnet sein.«

Voller Wut tritt der Königsbote gegen den Leichnam eines der Gefallenen.

»Das ich nun lispele, habe ich diesen beiden Hunden zu verdanken!«, flucht er und trampelt wie von Sinnen auf den leblosen Köpern herum.

»Lass gut sein, wir müssen weiter!«, mahnt Senni. »Lass uns den restlichen Weg gemeinsam fortsetzen.«

Unterwegs versucht der Königsbote, Senni immer wieder in ein Gespräch zu verwickeln. Doch der Hurriter bleibt wortkarg und bittet seinen Begleiter aus Vorsicht auf die Unterhaltung zu verzichten. Schließlich müssten sie sich vor weiteren Mitanni-Kriegern hüten, die sich mit Sicherheit in der Gegend herumtreiben. Der Hinweis genügt. Fortan setzen die beiden schweigend ihren Weg fort.

Am Abend kommen sie in Dūr-Katlimmu an, kurz bevor die Stadttore für die Nacht verschlossen werden. In diesen unsicheren Zeiten ist es wenig ratsam, im Freien zu übernachten. Zu viel lichtscheues Gesindel treibt sich derzeit rund um die Ansiedlungen herum, immer auf der Suche nach geeigneten Opfern. Seit dem Zusammenbruch der Mitanni-Herrschaft ziehen Gesetzlose durch die Lande. Davon berichten auch die zahlreichen Händler, die sie in der Taverne treffen.

»Morgen in aller Frühe werden wir gemeinsam im Palast von Dūr-Katlimmu vorstellig. Dann wird man jedem von uns eine Antworttafel ausstellen und wir machen uns gemeinsam auf den Rückweg. Was hältst du davon, Hurriter?«, will der Königsbote von Senni wissen, während er ihm einen gefüllten Bierkrug zuschiebt.

Senni nickt und gähnt: »Einverstanden. Ich bin todmüde und werde mich zu meinem Nachtlager begeben.«

Er leert den Becher in einem Zug, dankt dem Boten für seine Großzügigkeit und bittet den Wirt, sie beide in aller Frühe zu wecken.

41. Der hinterlistige Königsbote

Senni haben die Ereignisse auf der Reise nicht zur Ruhe kommen lassen. So ist er erst sehr spät eingeschlafen. Die Sonne weckt ihn mit ihren Strahlen. Es ist schon spät! Wieso hat man ihn nicht gerufen? Schnell schlüpft er in seine Kleider. Im Schankraum der Herberge trifft er auf den Wirt, der ein fröhliches Liedchen auf den Lippen hat. Der Mann ist gerade dabei, Schwerter und Helme von allen Seiten zu begutachten, die er mit anderen Utensilien auf einem der Tische ausgebreitet hat.

»Wie es scheint, haben die Götter dir schon in aller Frühe eine Freude bereitet«, lächelt Senni den gutgelaunten Herbergsvater an.

»Junger Herr, das ist wohl wahr«, sprudelt es aus dem Mann heraus, »dein Gefährte hat mir heute Nacht zwei komplette Mitanni-Rüstungen zu einem Spottpreis verkauft. Seine Übernachtungskosten hat er damit auch schon beglichen. Der Königsbote meinte, ich solle dich ausschlafen lassen. Er werde sich alleine zum Statthalter begeben, um eine wichtige Nachricht zu überbringen. Schließlich habe er als Kurier des Königs umgehend seine Pflicht zu erfüllen. Dich aber solle ich schlafen lassen, bis er mit dem Antwortschreiben zurück ist, hat er mir aufgetragen.«

Senni wird es auf einen Schlag mulmig im Magen: »Wann ist der Bote aufgebrochen?«

»Lass mich überlegen.« Der Wirt streicht sich nachdenklich über den Bart und antwortet: »Es dürften gut und gerne zwei Doppelstunden vergangen sein. Vielleicht auch etwas mehr.«

Senni steht im ersten Moment wie benommen da. Der Königsbote hat ihn hintergangen, schießt es ihm durch den Kopf. Während er Nachtruhe hielt, hat sich der undankbare Tropf ohne ihn aufgemacht. Wie konnte er bloß so naiv sein! Senni beschimpft sich selbst als blauäugigen Hinterwäldler, der immer an das Gute im Menschen glaubt. Traue niemandem, hatte ihm Banū einmal geraten. Was nutzen nun alle Vorwürfe. Der Bote des Königs hat mit Sicherheit all seine Beziehungen genutzt und ist längst auf dem Rückweg in Richtung der Hauptstadt Assur!

In Windeseile packt Senni sein Bündel, bezahlt für die Unterkunft und schwingt sich auf Aspas Rücken. Schon kurze Zeit später rüttelt er am Tor des Statthalterpalastes.

Die Wachen machen ihn darauf aufmerksam, dass er erst einmal eine Audienz beim Palastverweser erhalten müsse. Der hätte sich allerdings noch nicht erhoben, denn schließlich sei ein Königsbote zu nachtschlafender Zeit eingetroffen, und habe mit ihrem Herrn bis in die Morgenstunden gezecht. Aus diesem Grunde sei der Schutzherr etwas unpässlich. Senni möge sich gedulden, bis der Herr des Hauses geruhe, ihn zu empfangen.

»Nichts da! Ich muss sofort den obersten Palastbeamten sprechen. Schließlich überbringe ich eine wichtige Botschaft des Königs von Assyrien. Und dieser erwartet umgehend eine Antwort. Möchtest du, dass dein Herr seinen Kopf verliert, weil du ihn nicht geweckt hast?«

Der Wachsoldat erschrickt sichtlich: »Warte hier! Ich werde schauen, ob er bereit ist, dir eine Audienz zu gewähren.«

»Verständige auch euren Hofschreiber!«, ruft Senni dem Soldaten hinterher. »Der König erwartet umgehend eine Rückantwort! Beeil dich! Ich muss sofort wieder zurück nach Assur!«

Der Wächter kehrt schon nach kurzer Zeit wieder zurück: »Unser Herr ist sehr ungehalten, ob der Störung. Er lässt dir aber ausrichten, dass er sich herablässt, dich zu empfangen. Du sollst so lange im Audienzsaal auf ihn warten.«

Senni wird in den großen Saal geführt, wo man ihn mit frischen Getränken und Fladenbrot beköstigt. Gerade als er sich einen Happen in den Mund schiebt, fliegt die Tür auf und der Palastverwalter tritt gähnend ein. Die schlechte Laune springt aus seinem Gesicht.

»Was willst du?«, schnauzt er Senni an, »wieso holst du mich aus dem Bett?«

»Herr, ich überbringe dir eine Nachricht von Tukulti-Ninurta, deinem König, der auf schnellstem Weg eine Rückantwort von dir erwartet.«

Senni überreicht dem Beamten die Tontafel, der diese mit müdem Blick an einen Schreiber weitergibt. Der liest den Inhalt vor.

»Diese Nachricht ist mir doch schon heute Nacht vom Boten des Königs höchstpersönlich ausgehändigt worden. Deine Tafel enthält den gleichen Wortlaut. Was also willst du von mir?«

Senni berichtet in aller Kürze von dem Wettlauf der Eilboten und weist noch einmal darauf hin, dass dies der Wille des Königs sei. Er erwähnt auch den Überfall der beiden Mitanni und die Befreiung des Königsboten, der sich nun als sehr undankbar erwiesen habe. Nachdem der Beamte den eigentlichen Grund des ungewöhnlichen Besuchs zweier Kuriere erfahren hat, lässt er widerwillig auch Senni ein Antwortschreiben aushändigen. Um den unliebsamen Gast endlich loszuwerden, drängt der Palastverwalter Senni zu Eile: »Wenn du deine Zunge retten möchtest, musst du dich umgehend auf den Weg machen!« Mit diesen Worten komplimentiert er Senni aus dem Haus und begibt sich grußlos zurück in sein Schlafgemach.

Der Königsbote hat zwei, vielleicht sogar vier Doppelstunden Vorsprung. Senni jagt über die Straßen von Dūr-Katlimmu zum Tor hinaus. Fast hätte er einen der Wachen über den Haufen geritten. Doch es bleibt keine Zeit für Entschuldigungen. Die Hatz auf den Königsboten hat begonnen – und dieses Mal wird er ihm nicht zu Hilfe eilen, wenn er von vagabundierenden Räubern angegriffen wird. Das schwört sich Senni insgeheim. Aspa, gut erholt von der Ruhe über Nacht, galoppiert schier ohne Unterlass. Das Tier, immer wieder angetrieben von Sennis Zurufen, trägt seinen Reiter in rasender Geschwindigkeit gen Assur. Ross und Reiter gönnen sich kaum eine Pause. Doch trotz aller Anstrengungen bleibt der Königsbote außer Sichtweite. Dieser verschlagene Kerl treibt seine Pferde mit Sicherheit gnadenlos an, um den Sieg davonzutragen.

Schon ist die seichte Furt in Sicht. Von hier aus braucht er höchstens noch zwei Doppelstunden bis nach Assur, doch die Sonne geht bereits unter. Senni muss sich einen Lagerplatz für die Nacht suchen. Kein Gehöft, keine Herberge weit und breit. Ihm bleibt nur eines übrig: Er muss in der Steppe übernachten. Zu gefährlich wäre es, mit Aspa in der Dunkelheit weiterzureiten. Ein Fehltritt, und sein Liebling könnte sich das Bein brechen. Nein, dieses Risiko will Senni nicht eingehen. Lieber den Wettlauf verlieren als die Gesundheit Aspas aufs Spiel setzen! Er hat schon häufig im Freien genächtigt. Eigentlich ist nichts Besonderes daran, wenn man ein Feuer entfacht. Das hält die Wildtiere, vor allem die Wildschweine, Wölfe und Schakale fern. Das haben ihm damals die Pferdeknechte auf Kikkulis Hof beigebracht. Doch heute ist die Situation eine andere. Ein Lagerfeuer würde zwar die Vierbeiner vertreiben, aber noch unliebsamere Zweibeiner anlocken. Und die sind bei weitem gefährlicher als die wilden Tiere der Steppe. Es vergeht kaum ein Tag, dass man nicht von einem Überfall auf Kaufleute oder der Entführung eines Reisenden hört. Die Tavernen sind voll von diesen Geschichten. Und schließlich ist es keine zwei Tage her, dass er den Königsboten aus den Fängen solcher Räuber befreit hat. Hätte er doch diesen hinterlistigen Kurier nur seinem Schicksal überlassen! Er hätte in aller Seelenruhe nach Dūr-Katlimmu reiten, sich die Rückantwort aushändigen lassen und als sicherer Sieger nach Assur zurückkehren können. Das ist nun der Dank für die Wohltaten, die er dem Königsboten hat angedeihen lassen. Senni steigt vom Pferd und führt das Tier am Zügel etwas abseits des Hauptweges. Es ist gerade noch so hell, dass er eine Mulde entdeckt, in der er sein Lager einrichtet. Mit dem Schwert schlägt er einige Male auf den Boden, um durch das Klopfen Schlangen und Skorpione zu vertreiben. Erst als er überzeugt ist, dass kein Getier mehr umherkriecht, breitet er seine Decke auf dem Boden aus. Nachdem er Aspa von Sattel und Zaumzeug befreit hat, tänzelt das Pferd auf den Hinterläufen, als ob es seiner Freude Ausdruck geben möchte, von der unbequemen Last befreit worden zu sein. Mit einem Tuch reibt er anschließend sein Ross ab und pflegt die Hufe mit der Pferdesalbe. Dann wickelt sich Senni in die Decke und schiebt sich ein paar Happen in den Mund. Schnell ist der Sattel als Kopfstütze zurechtgerückt. Die Kälte kriecht langsam in ihn hinein, doch er spürt sie nicht. Zu sehr ist Senni mit der Beobachtung der Sterne über ihm beschäftigt. Die Göttin Ištar, die sein Vater auf Hurritisch immer Šawuška nennt, steht hoch über ihm und schickt ihre Funkelstrahlen zu ihm hinunter. Der hellste Stern am Firmament ist derjenige der Göttin der Liebe, hat ihn Ḫunnu in seiner Kindheit gelehrt. Weiter hinten schweben die Sibittu, die Siebengottheiten am nächtlichen Himmel. Senni gibt seinem Vater Recht: Nirgendwo kann man die Sterne der Götter besser beobachten als draußen in der Steppe, weit weg von den Städten.

42. Das geflügelte Pferd

Aspas Schnauben reißt Senni aus dem Schlaf. Ungeduldig scharrt das Tier mit den Vorderhufen im Sand. Senni streckt kurz seine Glieder, schält sich aus der Decke und tätschelt Aspa liebevoll den Hals.

»Beruhige dich, Schwarzer. Was hat dich so aufgeschreckt?«

Sennis besänftigende Worte führen normalerweise dazu, dass sich sein Pferd sofort entspannt. Heute Morgen ist es aber anders. Das Tier tänzelt aufgeregt hin und her. Kein gutes Zureden, noch nicht einmal ein Leckerbissen kann das Ross zur Ruhe bringen. Senni hat Aspa aufgezogen und täglich trainiert. Er kennt jede Regung seines Pferdes. So angespannt hat er das Tier noch nie erlebt. Vorsichtig blickt sich Senni nach allen Seiten um. In der Morgendämmerung liegt die Straße nach Assur verwaist vor ihm. Seine Augen folgen dem Verlauf des Weges, der sich bis zum Horizont wie ein langes Band durch die Steppe windet. Keine Menschenseele ist zu sehen, kein Laut zu hören. Dennoch reagiert Aspa immer nervöser und ist kaum mehr zu bändigen. Er steigt mit den Vorderläufen auf und schnaubt unentwegt. Senni drückt den Hals des Pferdes an sich und versucht es, zu beruhigen. Konzentriert lauscht er noch einmal in die andere Richtung. Mit seinen Augen sucht er die kleinste Erhebung, jeden Busch der Steppe ab. Dann stockt ihm der Atem. Gar nicht weit entfernt, aber kaum sichtbar bewegt sich ein goldgelbes Fell auf ihn zu. Die Schrittfolgen des Tieres, das sich zunächst in geduckter Haltung vorwärtsbewegt, werden immer rascher. Dann richtet es sich auf und beginnt zu laufen. Schneller, immer schneller jagt es heran. Ein ausgewachsener Löwe! Senni weiß, dass er keine Zeit mehr zu verlieren hat. Er lässt seine Habseligkeiten liegen und schwingt sich auf Aspas Rücken. Mit den Händen klammert er sich an der Mähne fest und tritt dem Pferd so heftig in die Flanken, dass es sich leicht aufbäumt. Instinktiv fällt Aspa in Galopp. Das riesige Raubtier schießt mit gewaltigen Sätzen auf sie zu. Senni lenkt den Rappen in Richtung der Straße. Ein kurzer Blick nach hinten zeigt ihm, dass das Ungetüm sie fast erreicht hat. Gerade als der Löwe zum Sprung ansetzt, reißt Senni sein Pferd zur Seite und schlägt einen Haken. Wieder hinauf auf die Straße zurück in Richtung Dūr-Katlimmu.

Der Angriff des Löwen geht ins Leere, doch schon im nächsten Moment ist er wieder hinter ihnen her. Er holt auf. Ihr Vorsprung schwindet. Die Bestie kommt näher und näher. Aspa läuft um sein Leben. Senni meint, schon den heißen Atem des Untiers in seinem Nacken zu verspüren. Der Löwe ist nun direkt neben ihm. Die Augen des Wüstenkönigs sind auf die Flanken des Pferdes gerichtet. Weißer Schaum tropft von seinen Lefzen. Jeden Moment wird er seine Pranken in Aspas Leib schlagen. Doch urplötzlich verlangsamt ihr Verfolger sein Tempo und dreht ab. Im Laufschritt verschwindet der Löwe in der Weite der Steppe. Mit Gepolter kommt ihnen ein Wagen entgegen. Es ist der Königsbote, der in rasender Fahrt mit seinem Streitwagen auf sie zuprescht. Senni muss mit seinem Pferd ausweichen, um zu verhüten, dass sie von dem Wagenkasten gestreift werden. Er rutscht vom Rücken des Tieres und landet im Staub. Im Vorbeifahren streckt der Kurier seine Zunge heraus und macht mit der Linken eine schneidende Bewegung entlang des Organs. Urad-Kūbes schadenfrohes Lachen hallt Senni noch in den Ohren, als dieser schon längst aus seinem Sichtfeld geraten ist.

Abb. 35: Löwe im Kampf mit Pferd; mittelassyrisches Rollsiegel

»Warte ab! Noch habe ich meine Zunge, du hinterhältiger Wurm!«, ruft Senni ihm hinterher, obwohl ihm klar ist, dass der niederträchtige Kerl ihn gar nicht mehr hören kann. Etwas Gutes hat die Begegnung auf jeden Fall, sagt Senni zu sich selbst, der Löwe wurde vertrieben. Wer weiß, wie das ausgegangen wäre, wenn dieser Fiesling nicht aufgetaucht wäre!

Schon kurze Zeit später hat er das Pferd gezäumt und gesattelt und fegt in rasendem Galopp über den Weg in Richtung Assur. Aspas Hufe donnern wie dumpfe Paukenschläge auf dem festgetretenen Straßenbelag. Senni gönnt seinem Rappen nur eine kleine Verschnaufpause, als ihm ein Händler mit einem Karren begegnet. Der bestätigt, dass erst vor Kurzem ein Streitwagenfahrer vorbeikommen sei. Der Rüpel habe ihn mit seinem Gefährt von der Straße gedrängt, schimpft der Kaufmann sichtlich empört. Das kann nur Urad-Kūbe gewesen sein! Senni nimmt die Verfolgung auf. Keine Stunde mehr bis zur Hauptstadt. Die Zeit wird eng! Gerade als Senni die ersten Behausungen der Vorstadt vor den Mauern Assurs erblickt, erspäht er vor sich eine Staubfahne. Es ist der Streitwagen des Königsboten, dessen Räder den Sand auffliegen lassen.

Abb. 36: Löwe im Kampf mit geflügeltem Pferd; mittelassyrisches Rollsiegel

Senni beugt sich über Aspas Hals und flüstert ihm ins Ohr: »Lauf! Fliege dahin so schnell wie das Zauberpferd, von dem die Geschichtenerzähler immer erzählen!« Als ob der Rappe die Worte seines Herrn verstanden hat, streckt er seinen Körper, spannt die Muskeln und scheint über dem Boden zu schweben wie in der Geschichte vom geflügelten Hengst, der seinen Reiter hinauf in den Himmel trägt. Er läuft, als ob er von unsichtbaren Flügeln getragen werde. Sie jagen auf die Stadtmauern von Assur zu.

Oben auf den Zinnen steht Banū, der schon seit den Morgenstunden auf die Ankunft seines Freundes wartet. Mit Sorge erkennt er, dass Senni zwar aufholt, aber doch noch um einige Pferdelängen hinter dem Streitwagen des Kuriers zurückliegt. Es kann nicht mit rechten Dingen zugegangen sein, sagt sich Banū. Irgendetwas muss unterwegs vorgefallen sein. Er kennt Sennis verwegenen Reitstil und die Schnelligkeit von Aspa nur zu gut. Normalerweise hat der langsamere Streitwagen keine Chance gegen den jungen Hurriter. Egal, was auf der Strecke passiert ist, Banū weiß, dass er eingreifen muss – zum Wohle seines Freundes. Der Elamier greift sich eine Lanze, bindet einen Stofffetzen daran und schwenkt ihn hin und her. Dann läuft er in Richtung Osten und weist immer wieder mit der Lanze in diese Richtung. Senni ist zwar nicht mit den scharfen Augen des Elamiers gesegnet, aber dennoch erkennt er Banū auf der Mauerkrone und versteht auch die Signale seines Freundes. Gerade als er den Königsboten eingeholt hat und Kopf an Kopf mit dessen Gespann liegt, biegt er von der Straße ab und reitet in Richtung des weiter entfernt liegenden Osttores. Urad-Kūbe, der sich schon als Verlierer wähnte, verlangsamt die Fahrt und schaut Senni kopfschüttelnd hinterher.

»Der Sieg ist nun endgültig mein! Durch das Osttor braucht er trotz des schnelleren Gauls länger als ich auf dem geraden Weg zum Palast!«

Banū ist unterdessen die Treppe hinuntergestürmt und bei den Torwachen angelangt: »Ihr Penner! Nicht sehen Feind kommen vor Tor? Schnell, Tor verriegeln, sonst Hauptmann euch schneiden Kopf ab!«

Der Wachhabende gibt Alarm. Aufgeschreckt durch die lauten Rufe, laufen die Soldaten zusammen.

»Schnell, schließt das Tor! Feinde sind im Anmarsch. Banū hat sie mit seinen Adleraugen gesehen!«

Die Wachsoldaten reagieren sofort. Jeder Griff sitzt. Tausende Male mussten sie das Verriegeln des Stadttores üben. Noch bevor der Königsbote anlangt, schließt sich vor ihm die schwere Pforte. Nur mit größter Mühe gelingt es ihm, seine Pferde rechtzeitig vor dem Hindernis zu zügeln.

»Seid ihr des Wahnsinns!«, schreit er hinauf zum Ausguck, »wieso schließt ihr das Tor vor meiner Nase? Ich bin im Auftrag des Königs unterwegs. Öffnet sofort oder ihr werdet meine Reitpeitsche zu spüren bekommen!«

Der Mann hoch oben auf dem Aussichtsturm brüllt nach unten: »Hey, ihr da unten, wieso habt ihr das Tor geschlossen? Es sind doch gar keine Feinde in Sicht. Draußen steht der Bote des Königs. Öffnet wieder und lasst ihn ein!«

Der Hauptmann der Wachsoldaten hetzt auf die Zinnen und überzeugt sich selbst. Tatsächlich – keine Feinde, nur der Königsbote!

»Schnell, öffnet das Tor! Falscher Alarm! Kein Feind weit und breit!«

Es verstreicht eine geraume Zeit, bis die Wachsoldaten die Pforte wieder geöffnet haben. Voller Ungeduld treibt der Kurier seine Tiere an, noch bevor das Tor vollständig geöffnet ist. Der losrollende Streitwagen rammt dabei mit einem Rad einen der hölzernen Flügel.

»Schaut, was ihr angerichtet habt! Eine der Speichen ist gebrochen! Das wird euch teuer zu stehen kommen!«, schreit er den Torwächtern zu. Wie ein Besessener drischt er mit seiner Peitsche auf die Zugtiere ein, die wiehernd in die Höhe steigen. Wilde Flüche ausstoßend verschwindet der Königsbote mit seinem beschädigten Wagen in einer der Gassen.

»Ich entschuldige. Dachte Feind. Nicht sehen, dass Eilbote«, bekennt Banū still vor sich hin grinsend.

»Dein Augenlicht wird wohl schwächer, alter Freund!« Der Wachhabende klopft dem Elamier freundschaftlich auf die Schulter und bezieht wieder seinen Posten: »Vor diesem Großmaul habe ich doch keine Angst. Mit gebrochenem Rad muss der Eilbote des Königs eben ein wenig langsamer fahren!«

Der Königsbote hat inzwischen das Palasttor erreicht, zwar nicht so schnell, wie er wollte, aber immerhin ist er am Ziel! Er springt mit einem Riesensatz vom Wagen und hetzt durch die Gänge hinauf zum Thronsaal. Dort wartet der königliche Ankündiger vor der Tür. Urad-Kūbe zeigt ihm die Tontafel mit der Rückantwort aus Dūr-Katlimmu.

»Schnell, lass mich ein. Ich muss zum König!«, pustet der Wagenlenker völlig außer Atem, »bin ich der Erste?«

Der Palastbeamte verzieht keine Miene: »Warte hier. Ich kündige dem König dein Kommen an.«

Voller Ungeduld läuft der Kurier vor dem Einlass auf und ab. Immer wieder schaut er den Gang hinunter. Senni müsste eigentlich auch jeden Moment eintreffen. Aber er ist der Sieger, da ist sich der Königsbote sicher.

Endlich wird die Tür geöffnet. Der Kurier zwängt sich am Herold vorbei. Noch bevor dieser ihn namentlich ankündigen kann, liegt der Bote vor Tukulti-Ninurta auf den Knien und senkt sein Haupt zu Boden.

»Herr, wie du siehst, habe ich deine Botschaft überbracht und bin als Erster mit der Rückantwort aus Dūr-Katlimmu zurückgekehrt.«

Mit ausgestrecktem Arm präsentiert er ihm die Tontafel.

Der König gibt ihm das Zeichen, sich zu erheben.

»In der Tat, du hast die Strecke zwischen Assur und Dūr-Katlimmu äußerst schnell bewältigt. Schneller als jemals zuvor!«

Der Königsbote verneigt sich noch einmal höchst befriedigt und bleckt lachend sein Gebiss.

»Wie ich sehe«, fährt der König fort, »hast du unterwegs einen Zahn verloren. Was ist dir geschehen?«

Der Kurier räuspert sich kurz und berichtet dem Herrscher, dass er so schnell gefahren sei, dass sein Wagen umgekippt sei. Dabei habe er sich den Zahn ausgeschlagen. Trotz großer Schmerzen habe er nicht aufgegeben, sondern den Befehl des Königs ausgeführt.

Tukulti-Ninurta schaut ihn mit durchdringenden Blicken an: »Und dabei hast du dir auch die Nase gebrochen. Die hängt ja total schief im Gesicht.«

»Oh ja, mein Gebieter«, lispelt der Bote durch die Zahnlücke, »aber Hauptsache, ich habe dir die Rückantwort zur rechten Zeit überbracht!«

»Zur rechten Zeit – das ist wohl wahr, aber nicht als Erster!«

Dem Kurier gefriert das Lachen im Gesicht. Verunsichert schaut er sich nach allen Seiten um. Sein Konkurrent ist nirgendwo zu sehen. In diesem Augenblick klatscht der König zwei Mal in die Hände. Hinter einem Vorhang tritt Senni hervor, verbeugt sich vor dem König und erwartet die Verkündung des Herrschers.

»Ihr habt beide eine beachtliche Schnelligkeit an den Tag gelegt. Du, Königsbote, warst mit deinem Gespann nur geringfügig langsamer als Senni hoch zu Ross. Allerdings hast du deinen Gefährten, der dich vor dem Tod bewahrt hat, arglistig getäuscht und dir so einen immensen Vorsprung verschafft. Hört nun meine Entscheidung: Du, Königsbote, wirst künftig nicht mehr in meinen Diensten stehen, sondern wirst künftig deine Pflicht an vorderster Front absolvieren! Du wirst schon morgen zur Festungsstadt Ḫarbe in der Provinz Ḫanigalbat aufbrechen. Dort wirst du Statthalter Sutī'u als Kurier dienen. Zwischen feindlichen Linien kannst du künftig deinen Mut als Eilbote beweisen.«

Der Königsbote steht im ersten Moment wie versteinert da. Dann fasst er sich. Er weiß nur all zu gut, dass sein Leben an einem dünnen Faden hängt nach seiner aufgetischten Lüge. Deshalb wirft er sich demonstrativ zu Boden und antwortet:

»Herr, ich danke dir für diese Ehre.« Im tiefsten Innern verflucht er Senni, der ihm das eingebrockt hat. Zu Ende ist das bequeme Leben am Königshof von Assur. Statt sicheren Wegen und komfortablen Unterkünften im Hinterland, erwarten ihn nun höchst gefährliche Aufträge in einem Land, in dem sich Pack und Gesindel zuhauf auf den Straßen herumtreiben. Das werde ich dem Hurriter eines Tages heimzahlen, schwört sich Urad-Kūbe, nachdem er mit finsterer Miene den Thronsaal verlässt. Kaum hat sich die Tür hinter ihm geschlossen, wendet sich Tukulti-Ninurta an seine Berater, den altehrwürdigen Großwesir Bābu-aḫa-iddina, und den frischgebackenen König von Ḫanigalbat, Qibi-Aššur:

»Ich will, dass mein Heer mit tausenden leichter Streitwagen aufgerüstet wird. Stellt so viele her, wie ihr könnt! Aber nicht mehr diese schwerfälligen Karren wie zu meines Großvaters Zeiten, sondern nur noch diese leichten Modelle nach Bauart der Mitanni. Habt ihr mir nicht erst kürzlich berichtet, dass solche Gespanne von dem berühmten Pferdekundigen Kikkuli in großer Stückzahl an die Mitanni-Könige ausgeliefert wurden?«

Die beiden nicken zustimmend. »Dann beauftragt diesen Mann künftig für mich, den König von Assyrien, zu arbeiten!« Zunächst macht sich betretenes Schweigen breit im Thronsaal. Doch dann ergreift Qibi das Wort:

»Mein Herr, wir haben das Gestüt des Kikkuli aufgesucht. Wir wollten des Mannes habhaft werden, doch er hatte sich schon aus dem Staub gemacht. Es waren nur noch einige Bedienstete auf seinem Hof zurückgeblieben. Einer von ihnen, ein betagter Pferdeknecht, sagte aus, dass sein Herr über die Grenze nach Karkamiš geflohen sei. Er hat sich wohl ins Land der Hethiter abgesetzt. Das ist die letzte Nachricht vom Verbleib des Pferdekundigen.«

Tukulti-Ninurta schlägt mit der Faust auf den Tisch: »Er ist uns entkommen? Höchst ärgerlich! Die Kenntnisse dieses Mannes wären für uns äußerst nützlich gewesen.«

»Mein König, gestatte mir, dir eine andere Lösung vorzuschlagen. Warum übertragen wir nicht einfach dem jungen Senni diese Aufgabe. Er war einst ein Schuldsklave des Kikkuli und wurde von diesem als Ziehsohn angenommen. Dieser junge Mann hat auf dem Gehöft des Mitanni geschuftet und wurde von ihm persönlich mit der Aufzucht und Hege von Pferden ausgebildet. Lass ihn mitsamt den hurritischen Pferdeknechten auf das Gestüt des Kikkuli in der Nähe von Waššukanni zurückkehren. Dort kann er mit seinem Gefolge Pferde züchten und nach alter Sitte trainieren. Auch die Herstellung der Streitwagen können wir in seine Hände legen. Er soll so viele bauen, wie du benötigst. Materialien, wie Holz und Leder, liefern wir ihm zu. Lass uns die Bäume in den nördlichen Bergen, die du gerade erobert hast, roden. Das Holz brauchen wir auch als Rohstoff für den Bau des großen Tempels zu Ehren unseres Gottes Aššur. Die Wildtiere in den Wäldern liefern uns Fleisch und gutes Leder.«

Tukulti-Ninurta strahlt: »Das könnte die Lösung sein! Senni, traust du dir trotz deiner Jugend zu, das Gehöft deines Ziehvaters zu leiten?«

Senni kniet nieder und senkt sein Haupt: »Wenn du es befiehlst, mein König, werde ich die Aufgabe übernehmen.«

Der König fährt fort: »Du erhältst hiermit folgenden Auftrag: Du wirst weitere Reiterkuriere auszubilden. Es müssen junge Männer sein wie du, die den Tod nicht fürchten. Sie müssen ausdauernd reiten können und sämtliche Wegstrecken zwischen Assur und Karkamiš kennen. Ich prophezeie euch, eines Tages werden meine Boten über sämtliche Straßen der vier Weltgegenden eilen, schnell wie der Wind! Geh also ins Land Ḫanigalbat. Übernimm den Hof des Kikkuli. Züchte dort Pferde, die so schnell sind wie die sagenhaften Flügelpferde. Bilde Ross und Reiter aus! Ich brauche mehr geübte Streitwagenfahrer für die bevorstehenden Kämpfe und pfeilschnelle Kuriere, die meine Befehle überbringen! Und baue leichte Streitwagen ohne Unterlass! Im kommenden Frühjahr führe ich euch in den Krieg gegen die Bergvölker im Westen! Wenn diese besiegt sind, verbleibt nur noch ein letzter Gegner auf meinem Weg zum Unteren Meer: Babylon!«

43. Die Rückkehr

Ein beklemmendes Gefühl überkommt Senni, als er auf Aspas Rücken durch das geöffnete Tor von Kikkulis ehemaligem Gestüt reitet. Vor mehr als einem Jahr hat er sich hier heimlich mit dem Geschwisterpaar Ašdu und Ḫersi aus dem Staub gemacht. Jetzt kehrt der einstige Schuldknecht als Verwalter des Pferdehofs zurück. Welch eine Wendung des Schicksals! Was wohl aus seinen Freunden geworden ist? Während er noch seinen Gedanken nachhängt, ruft ihn plötzlich jemand beim Namen. Es ist die vertraute Stimme von Kikkulis Koch, der an der Tür der Küche lehnt und ihm zuwinkt:

»Šenni, du bist zurück? Suchst du deinen Ziehvater Kikkuli?«

»Mitnichten!«, antwortet Senni, »der kann mir gestohlen bleiben. Ich bin nun der Herr über dieses Anwesen. Ab sofort übernehme ich im Auftrag des assyrischen Königs die Aufzucht und die Ausbildung der Armeepferde. Zudem sollen hier wieder Streitwagen hergestellt und Wagenlenker sowie Reiter ausgebildet werden. Es kommt also viel Arbeit auf uns zu! Trommele alle Bediensteten, die noch hier sind, zusammen, damit ich jeden einzelnen auf seine neue Aufgabe vorbereite! Und feure deine Herdstellen an! Die Pferdeknechte werden noch vor Sonnuntergang hier eintreffen und sind gewiss hungrig von der Reise! Und noch eins, Koch: Ab sofort nennst du mich nicht mehr ›Šenni‹! Ich bin Hurriter und wünsche, dass mein Name nunmehr richtig ausgesprochen wird. Er lautet ›Senni‹ – verstanden?«

Der Küchenmeister schrickt zusammen. Eine solche Zurechtweisung hätte zur Begrüßung nicht erwartet: »Entschuldige, Senni«, antwortet er, sehr dabei bedacht, das ›S‹ in Sennis Namen überzubetonen.

Vor dem Haupthaus steigt Senni vom Pferd und lenkt seine Schritte zur doppelflügeligen Eingangstür. Sie steht sperrangelweit offen. Ein Flügel ist aus der Verankerung gerissen und ragt schräg in den Raum hinein. Das Innere bietet ein Bild der Verwüstung. Sämtliche Kostbarkeiten, auch Kikkulis Waffen, die immer an den Wänden hingen, sind verschwunden. Das Mobiliar liegt zertrümmert neben tausenden von Scherben auf dem Boden. Sein Auge sucht vergeblich nach den wertvollen Teppichen, über die man wie auf weichem Gras durch den

Raum geschritten ist. Alles weg! Verschwunden wie der Rest des erlesenen Inventars, mit dem sich Kikkuli einst umgeben hatte. Jetzt, da alles in Trümmern liegt und keine schweren Vorhänge mehr den Blick in verborgene Ecken hemmen, wirkt der niedrige Einlass zur Schreibstube und dem dahinter liegenden Archivraum wie ein gähnendes Loch. Auch diese Tür wurde gewaltsam aufgebrochen. Senni wird wie von einer anderen Macht gesteuert in den Raum gezogen. Er muss den Kopf einziehen, als er die Schwelle überschreitet.

Hier, in der kleinen Schreibstube hat ihm Ḫersi das Lesen und Schreiben beigebracht. Unwillkürlich greift er nach Ašdus Beutelchen, das er noch immer wie ein Amulett um den Hals trägt. Er fühlt darin die Scherbe, auf die er damals den Namen seines Vaters Ḫunnu eingeritzt hatte. Senni glaubt sogar, in diesem Moment Ḫersis Lachen zu hören, aber auch dessen Schmerzensschreie, die von Kikkulis wütendem Gebrüll übertönt werden. Und liegt nicht auch noch der verführerische Duft von Ašdu in der Luft? Senni schließt kurz die Augen und atmet tief ein. Nein - nicht ein Hauch von der zarten jungen Frau. Lediglich Staub und Schmutz umgeben ihn. Gefäßscherben und zerbrochene Tontafeln liegen auf der Erde verstreut. Auch der Archivraum ist geplündert. Die Holzregale umgestoßen. Senni wühlt sich durch die Überreste, schiebt einen Bastkorb beiseite. Nichts! Keine Spur von Kikkulis Geheimnis. Die Tafeln mit den Pferdeweisheiten sind verschwunden! Vielleicht weiß der Koch etwas über deren Verbleib.

Der berichtet ihm, dass vor zwei Monaten eine Horde assyrischer Soldaten hier eingefallen sei. Sie seien auf der Suche nach Kikkuli gewesen. Der aber habe sich rechtzeitig in Begleitung zweier Sklavinnen mitsamt seiner Habe in Sicherheit gebracht. Kikkuli sei mit Sicherheit, wie so viele Mitanni aus dieser Region, nach Karkamiš geflohen. Die meisten der vornehmen Herren hätten sich beim Vordringen der Assyrer mit ihren Familien über die Grenze ins Land der Hethiter geflüchtet. Die assyrischen Soldaten hätten jeden Winkel des Gestüts nach Kikkuli durchsucht. Als sie ihm nicht habhaft werden konnten, hätten sie das noch verbliebene Gesinde zusammengetrieben und jeden einzelnen unter Schlägen nach dem Verbleib des Gutsbesitzers befragt. Auch er sei mit Faustschlägen traktiert worden, beschwert sich der Koch in weinerlichem Ton. Man habe erst von ihm abgelassen, als er den Soldaten versprach, ein leckeres Mahl zu bereiten. Nachdem sie sich ihre Bäuche vollgeschlagen und alles Wertvolle aufgeladen hätten, seien sie davongezogen. Die Straße hinunter in Richtung Ḫarbe.

Während der Koch seinen Bericht abliefert, füllt sich das Innere des Hofes mit Menschen. In Windeseile hat es sich herumgesprochen, dass Senni zurückgekehrt ist, um den Hof zu bewirtschaften. Vorwiegend Männer und Jugendliche im arbeitsfähigen Alter strömen aus den umliegenden Dörfern zusammen. Es sind aber auch ein paar ältere Frauen darunter. Meist Alleinstehende, die keine Angehörigen mehr haben, die sie versorgen könnten. Zunächst wagen sich nur einige wenige, den Hof zu betreten. Zaghaft, sich vorsichtig nach allen Seiten umschauend, schließen sie sich zu kleinen Gruppen zusammen und pirschen nach vorne. Draußen vor dem Tor sammeln sich diejenigen, die befürchten, dass die assyrischen Soldaten wieder zurückgekehrt sein könnten. Erst als sie Senni erblicken, laufen sie in den Innenhof des Gestüts, um ihn mit lauten Rufen zu begrüßen. Dabei trillern die Frauen mit ihren Zungen und jauchzen vor Freude. Bis auf ein paar Jüngere kennt Senni alle, die sich um ihn versammeln, ihm die Hände drücken oder ihm erleichtert auf die Schultern klopfen. Manch einer umarmt ihn sogar, als er ihnen mitteilt, dass er ab sofort der Herr des Hofes sei. Nur wenig später treffen die hurritischen Pferdeknechte mit einer Herde von Pferden ein. Sie haben die Tiere in Kulišḫinaš in Empfang genommen und den weiten Weg bis hierher getrieben.

»In den nächsten Tagen erwarten wir Lieferungen von Holz, Leder und Saatgut«, lässt Senni das Gesinde wissen, »auch eine Schafherde ist unterwegs zu uns. Wie ihr seht, kehrt das normale Leben zurück auf unser Gestüt. Macht euch ans Werk, ihr Männer und Frauen!«

Senni teilt die Arbeit ein und braucht dabei niemanden anzutreiben. Einige beseitigen die Trümmer rund um das Haupthaus und machen es wieder bewohnbar. Andere kümmern sich um die verwahrlosten Ställe und bessern die Viehkoppeln aus. Der Koch hat seine Küchenhelfer um sich geschart und bringt die Töpfe über dem Feuer zum Schmoren. Kurzum, alle machen sich nützlich, um den Hof wieder auf Vordermann zu bringen.

Senni selbst widmet sich der Schulung der Reittiere. Noch einmal weist er seine Knechte an, die Pferde strengstens nach den Lehren des Kikkuli auszubilden:

»Wenn ihr sie eingespannt habt, lasst ihr sie von hier über das freie Feld bis zur Biegung des Flusses galoppieren. Zurück nehmt ihr die kürzere Strecke, um die Gäule nicht zu überfordern! Danach spannt ihr wieder aus und schirrt ab. Bringt die Tiere dann zum Haus der Knechte und reibt sie trocken. Füttert sie anschließend. Mischt eine Handvoll Weizen, zwei Hände voll Gerste und eine Hand Luzernenheu zusammen. Wenn die Pferde mit dem Futter fertig sind, bindet sie kurz an. Habt ihr alles verstanden?«

Die Pferdeknechte nicken nur stumm. Gerade als sie sich auf den Weg zu den Stallungen machen wollen, ruft Senni ihnen hinterher:

»Und noch etwas, Männer! Wenn es kühler wird und ihr die Pferde ausspannt, bedeckt ihr sie mit einer Decke und bringt sie zum Haus der Knechte, denn dort ist es wärmer als im Stall. Wenn die Pferde unruhig werden, weil ihnen der Schweiß kommt, nehmt ihr ihnen das Halfter ab und legt die Trense an. Führt sie dann aus dem warmen Gebäude hinaus und gießt sie mit warmem Wasser ab. Danach führt ihr die Tiere zum Fluss und badet sie vier Mal im Wasser. Reicht ihnen nach jedem Bad eine Handvoll Luzernenheu und eine Kelle voll Wasser. Wenn ihr auf den Hof zurückgekehrt seid, bringt ihr sie wieder zum warmen Knechtshaus. Dort verabreicht ihr ihnen eine Kelle Mehl und schüttet ihnen ihre Ration Getreide auf. Bitte achtet alle darauf, dass ihr die wertvollen Pferde nach diesen Regeln behandelt. Wir alle leben vom Verkauf der Streitwagenpferde. Also lasst es den Tieren an nichts mangeln!«

Als sich Senni kurz darauf zu den Koppeln begibt, schnappt er im Vorbeigehen die Unterhaltung zweier frisch eingestellter Stallburschen auf:

»Der neue Herr weiß scheinbar alles über die Aufzucht von Pferden. Er hat Fahrübungen auf der Rennbahn, der Straße und auf den Feldern angeordnet. Dabei sollen die Knechte darauf achten, dass die Tiere alle Gangarten beherrschen: Schritt, Galopp, plötzliches Anhalten und Kurvenfahren. Aber er lässt die Tiere auch verschnaufen. Und zuweilen erhalten die Pferde eine bessere Verpflegung als wir. Einer erzählte mir, dass man die Pferde hier auf dem Gestüt mit Gerste und Röstkorn füttert. Sogar Malz bekämen die Viecher vorgesetzt!«[79]

»Ach, was du alles weißt!«, antwortet sein Kamerad, »du bist kaum hier und hast schon so viel gehört. Ich weiß nur eins: Wir beide müssen den Auftrag des alten Pferdeknechts erfüllen. Wir sollen heute vor Sonnenuntergang heißes Wasser zum Knechtshaus bringen und die Pferde mit warmem Wasser abwaschen. Danach sollen wir die Körper der Tiere mit Öl beträufeln. Damit würde sich der Schweiß und der Urin besser abkratzen lassen, hat der Alte gesagt. Er will uns auch beibringen, wie man die Pferde im Fluss badet, sie kämmt, schert und zudeckt, damit sie sich nicht erkälten.«

Der andere muss unwillkürlich lachen: »Die Gäule werden hier mehr umsorgt als wir zu Hause von unserer Mutter. Pferd müsste man sein! Aber mir ist zu Ohren gekommen, dass Kikkuli, der ehemalige Gutsherr, seine Bediensteten wie Sklaven behandelt habe. Aber er sei spurlos verschwunden und niemand wisse, wo er abgeblieben ist. Ein Stallknecht behauptet sogar, dass Kikkuli sich in einen Pferdedämon verwandelt habe und hier nächtens sein Unwesen treibe.«

Senni verharrt wie angewurzelt. Ist der Unhold Kikkuli noch am Leben?

---

[79] Zu Kikkulis Trainingsmethoden s. Hartmut Schmökel, Sternstunden der Archäologie. Funde im Zweistromland (Göttingen 1963), S. 194.

44. Chronologie

Die zeitliche Zuordnung von altorientalischen Königen beruht auf sog. Königs-
listen, in denen die Abfolge der Herrscher einzelner Dynastien und deren Herr-
schaftsdauer festgehalten wurden. Diese keilschriftlichen Aufzeichnungen aus
verschiedenen Perioden kann zuweilen voneinander divergieren, so dass Hin-
weise aus der Kriegsberichterstattung und sonstigen Textquellen, wie Wirtschafts-
texten oder Verträgen, hinzugezogen werden müssen. Die exakte zeitliche Zuordnung einzelner Könige gestaltet sich daher zum Teil sehr schwierig, zumal
Chronologie-Experten sich über Datierungen nicht immer einig sind. Dennoch
bietet die Altorientalistik durch die Vielzahl der schriftlichen Quellen ein plau-
sibles Zeitgerüst, dem man die Ereignisse des vorliegenden Romans einiger-
maßen sicher zuordnen kann. In der chronologischen Übersicht (Abb. 63) sind
den drei im Roman vorkommenden Königen Assyriens, Adad-nārārī I. (1295 -
1264 v. Chr.), Salmanassar I. (1263 - 1234 v. Chr.) und Tukulti-Ninurta I. (1233
- 1197 v. Chr.), die in etwa gleichzeitig herrschenden Regenten der Mitanni,
Hethiter, Kassiten / Babylonier und Elamier gegenübergestellt.

Die Assyrer benannten ihre Jahre nach Würdenträgern, die sich große Verdienste erworben haben, sog. Eponymen - assyrisch ›līmu‹. In den Texten, die in
Tell Chuēra / Ḫarbe ausgegraben wurden, sind insgesamt 14 Staatsbeamte als
Eponymen bezeugt, weshalb man die Tontafeln aus dem kleinen Archiv ziemlich
genau in eines der 37 Regierungsjahre des Königs Tukulti-Ninurta I. datieren
kann. Manche Texte aus Tell Chuēra sind sogar mit einer Tages- und Monats-
angabe versehen - ein Glücksfall für jeden Vorderasiatischen Archäologen!

Die Tontafel TCH 92.G.195 führt eine Zuweisung von Saatgut an einen staat-
lichen Bediensteten auf und enthält am Ende folgende Datumsangabe:[80]

Monat Ṣippu, 15. Tag, Eponym / līmu (ist) Abattu

Während der Herrschaft von Tukulti-Ninurta I. gab es zwei Eponymen mit
Namen Abattu, die hintereinander, im 10. und 11. Regierungsjahr des Herr-

---

[80] Stefan Jakob, Die mittelassyrischen Texte aus Tell Chuēra in Nordost-Syrien mit einem Beitrag von Daniela
I. Janisch-Jakob. Vorderasiatische Forschungen der Max Freiherr von Oppenheim-Stiftung. Herausgegeben
von Wolfgang Röllig. Band 2, Ausgrabungen in Tell Chuēra in Nordost-Syrien Teil III. Wiesbaden 2009,
78, 44, TCH 92.G.195 / Tafel 17.

schers, dem jeweiligen Jahr ihren Namen verliehen. Die Tontafel TCH 92.G.195 ist demnach in einem dieser beiden Jahre abgefasst worden. Der Monat Ṣippu entspricht dem modernen Monat Dezember.[81] Die Abfassung des Textes erfolgte demnach am 15. Dezember des Jahres 1223 oder 1222 vor Christus.

Datierung der im Roman vorkommenden mittelassyrischen Könige:

Adad-nārārī I. (1295 – 1264 v. Chr.)

Salmanassar I. (1263 – 1234 v. Chr.)

Tukulti-Ninurta I. (1233 – 1197 v. Chr.)

Assyrer	Mitanni	Kassiten (Babylon)	Hethiter	Elamier
Adad-narari I. (1295 – 1264)	Šattuara I. Wasašatta	Nazi-maruttaš Kadašman-Turgu	Muwatalli II. Urhi-Teššup	Humban-numena I.
Šulmanu-ašared I. (Salmanassar I.) (1263 – 1234)	Šattuara II.	Kadašman-Enlil Kudur-Enlil Šagarakti-šuriaš	Hattušili III. Tuthaliya IV.	Untaš-Napiriša Kidin-Hutran I. Kidin-Hutran II. Napiriša-untaš
Tukulti-Ninurta I. (1233 – 1197)	Assyrische Vizekönige von Hanigalbat: Qibi-Aššur Aššur-iddin	Kaštiliašu IV. Assyrische Könige in Babylon: Enlil-nâdin-sumi Kadašman-Harbe II. Adad-šuma-iddina Adad-šuma-usur	Arnuwanda III. Suppiluliuma II.	Kidin-Hutran III. Neue Dynastie der Šutrukiden: Hallutuš-Inšušinak Šutruk-Naḫḫunte II.

Abb. 9: Chronologische Übersicht

[81] Stefan Jakob, Wann war Tukulti-Ninurta I. in Babylon?; in: Festschrift für H. Freydank (in Druck). Stefan Jakob hat dem Autor dankenswerterweise das Manuskript bereits vor Drucklegung zur Einsicht überlassen.

45. Lesen altorientalischer Namen

Im Text werden altorientalische Worte, Begriffe, vor allem aber assyrische (Eigen-)Namen verwendet. Da es keine einheitliche Konvention gibt, wie assyrische Laute, Worte oder Ausdrücke zu transkribieren sind, sei an dieser Stelle eine kleine Einführung in die im Buch verwendete Umschrift und deren Aussprache erlaubt. Dies ist lediglich als Hilfestellung für die Leserschaft zu verstehen und nicht als sprachwissenschaftliche Erläuterung!

Š oder š	Aussprache: Sch oder sch
	Beispiel: Šamaš = Schamasch (der Sonnengott)
Ḫ oder ḫ	Aussprache: Ch / ch, wie in Bach
	Beispiel: Ḫarbe = Charbe (antike Stadt in Nordost-Syrien)
ū	Aussprache: langes u, wie in Blume
	Beispiel: Banū = Anführer der elamischen Bogenschützen
ā	Aussprache: langes a, wie in Kamel
	Beispiel: emāru = Eselslast (das, was ein Esel an Last tragen

kann)

Aussprache der wichtigsten Eigennamen:

Puḫasenni:	Pu-cha-senni
Banū:	Ba-nuu
Ḫersi :	Cher-si
Ašdu:	Asch-du
Labnānu:	Lab-naa-nu
Nūr-Šamaš:	Nuur-Scham-masch
Bēltuja:	Beel-tuja
Šaqūtu:	Scha-quu-tu
Šumija:	Schu-mi-ja

46. Abbildungsverzeichnis

Abb. 1: Karte von Syrien mit historischen Stätten; Winfried Orthmann, Tell Chuera, Ausgrabungen der Max Freiherr von Oppnheim-Stiftung in Nordost-Syrien. Amani Verlag Damaskus-Tartous / Rudolf Habelt Verlag Bonn in Kommission (1990), Seite 4, Abb. 1.

Abb. 2: Die vier Weltgegenden; Zeichnung von Vlad Hnatovskiy, nach Entwurf des Autors.

Abb. 3: Assyrische Götterprozession; Rekonstruktion: Walter Andrae, Das wiedererstandene Assur. Zweite, durchgesehene und erweiterte Auflage herausgegeben von Barthel Hrouda (München 1977), Seite 68, Abb. 47.

Abb. 4: Assyrische Handelsrouten; Betina Faist, Itineraries and Travellers in the Middle Assyrian Period, in: State Archives of Assyria Bulletin, Vol. XV (2006), Seite 149.

Abb. 5: Siegelabrollung: Siegelabrollung: In der Mitte ein Mann mit hohem Helm im hurritischen Schalgewand; aus: U. Winter, Frau und Göttin. Exegetische und ikonographische Studien zum weiblichen Gottesbild im Alten Israel und in dessen Umwelt (OBO 53 – 1983), Abb. 431.

Abb. 6: Neuassyrisches Relief mit der Darstellung eines Streitwagens; Austin Henry Layard, Niniveh und Babylon. Nebst Beschreibung seiner Reisen in Armenien, Kurdistan und der Wüste. Übersetzt von J. Th. Zenker (Leipzig 1856), Fig. 18. Relief aus NW-Palast von Nimrud.

Abb. 7: Labnānu; A. von Eye, Atlas der Culturgeschichte. 55 Tafeln in Stahlstich nebst erläuterndem Texte. Separat-Ausgabe aus der zweiten Auflage des Bilder-Atlas (Leipzig 1875), Taf. 13, Nr. 6.

Abb. 8: Assyrisches Schuhwerk; Austin Henry Layard, Niniveh und Babylon. Nebst Beschreibung seiner Reisen in Armenien, Kurdistan und der Wüste. Übersetzt von J. Th. Zenker (Leipzig 1856), Fig. 43 a und b.

Abb. 9: Pflege von Pferden an einem Stall; A. von Eye, Atlas der Culturgeschichte. 55 Tafeln in Stahlstich nebst erläuterndem Texte. Separat-Ausgabe aus der zweiten Auflage des Bilder-Atlas (Leipzig 1875), Taf. 12, Nr. 12.

Abb. 10: Assur, Pyxis aus Gruft 45: Darstellung einer Waldlandschaft; Anton Moortgat, Die Kunst des Alten Mesopotamien. Die klassische Kunst Vorderasiens. II. Babylon und Assur (Köln 1984), 76, Abb. 34.

Abb. 11: Die Keilschriftzeichen ›Ḫu‹ und ›nu‹.

Abb. 12: Ašdu, gezeichnet von Fatima Hamido & Vlad Hnatovskiy.

Abb. 13: Beduinenzelt aus Ziegenhaar; aus Max Freiherr von Oppenheim, Vom Mittelmeer zum Persischen Golf. Band 1. (Berlin 1899), Seite 225: Zelt der Riāt-Beduinen.

Abb. 14: Blick auf Assur; Rekonstruktion des Ausgräbers; Walter Andrae, Das wiedererstandene Assur. Zweite, durchgesehene und erweiterte Auflage herausgegeben von Barthel Hrouda (München 1977), Seite 71, Abb. 50.

Abb. 15: Beschwörungspriester im Fischornat; Franz Kaulen, Assyrien und Babylonien nach den neuesten Entdeckungen. (Freiburg im Breisgau 1891), 201, Fig. 66.

Abb. 16: Beschwörungspriester am Krankenbett; Bibelwissenschaft.de unter ›Apotropäische Riten‹, Abb. 4: Lamaschtu-Amulett.

Abb. 17: Assyrischer Armschmuck; A. von Eye, Atlas der Culturgeschichte. 55 Tafeln in Stahlstich nebst erläuterndem Texte. Separat-Ausgabe aus der zweiten Auflage des Bilder-Atlas (Leipzig 1875), Taf. 11, Nr. 20.

Abb. 18: Tukulti-Ninurta I. knieend zu Göttern betend; Abrollung eines mittelassyrischen Siegels auf einer jüngeren Vertragsurkunde des Asarhaddon (681-669 v. Chr.). Der König kniet vor dem Wettergott. Winfried Orthmann, Der Alte Orient. Propyläen Kunstgeschichte Band 14 (Berlin 1975), Seite 354, Abb. 105 c.

Abb. 19: Toreingang des Aššur-Tempels; Rekonstruktion des Ausgräbers; Walter Andrae, Das wiedererstandene Assur. Zweite, durchgesehene und erweiterte Auflage herausgegeben von Barthel Hrouda (München 1977), Seite 51, Abb. 33.

Abb. 20: Spätbronzezeitliches Terrakottarelief aus Tell Munbaqa / Syrien mit der Darstellung einer sich entblößenden Frau; Alter Orient Nr. 13 (2015) Informationen für die Mitglieder der Deutschen Orient-Gesellschaft e.V., Seite 29, Abb. 9.

Abb. 21: Nacktes Paar auf einem Bett liegend: altbabylonische Terrakotte; Umzeichnung von Vlad Hnatovskiy (nach: Astrid Nunn, Alltag im Orient, 74, Abb. 63).

Abb. 22: Siegelabrollung mit Darstellung der ›heiligen Hochzeit‹; Urs Winter, Frau und Göttin: Exegetische und ikonographische Studien zum weiblichen Gottesbild im Alten Israel und in dessen Umwelt. (Freiburg 1983), Nr. 366; Rollsiegel aus Hämatit aus Latakia, mittelsyrisch, ca. 1300 v. Chr.

Abb. 23: Vor den Toren der hethitischen Stadt; Zeichnung von Michael Ober: Rekonstruktionsversuch, in: Andreas Müller-Karpe, Ein Großbau in der hethitischen Stadtruine Kuşaklı. Tempel des Wettergottes von Sarissa?, in: Alter Orient aktuell. Informationen für die Mitglieder der Deutschen Orient-Gesellschaft e.V., Nr. 1 (Juni 2000), 19, Abb. 1.

Abb. 24: Assyrischer Schreiber; nach einem neuassyrischen Palastrelief; Edgar B. Pusch, Der Kleine Gilgamesch. (Mainz 1978), 57.

Abb. 25: Senni – der Pferdekundige, gezeichnet von Fatima Hamido.

Abb. 26: Banū – der elamische Bogenschütze, gezeichnet von Fatima Hamido.

Abb. 27: Assyrischer Krieger; Zeichnung eines unbekannten Künstlers.

Abb. 28: Folterszene: Reliefausschnitt aus Ninive

Abb. 29: Geschmückte Pferde; Ausschnitt aus einem neuassyrischen Relief; A. von Eye, Atlas der Culturgeschichte. 55 Tafeln in Stahlstich nebst erläuterndem Texte. Separat-Ausgabe aus der zweiten Auflage des Bilder-Atlas (Leipzig 1875), Taf. 11, Nr. 35.

Abb. 30: Banūs Bogen (Vorlage: Hendrik Bodnik, Instinktives Bogenschießen mit Hendrik Bodnik. Der einfache Weg zu treffen. (Coburg 2013), 21; Umzeichnung von Vlad Hnatovskiy.

Abb. 31: Assyrischer Bogenschütze; Zeichnung eines unbekannten Künstlers.

Abb. 32: Hethitische Schnabelstiefel. Zeichnung von Erika Fischer in: Lexikon der Bibelwissenschaft, unter Stichwort Schuhwerk, Abb. 15 a und b: a) Stiefel des Wettergottes / Felsrelief von Ivriz; b) Stiefel des Kamanis / Orthostatenrelief aus Karkamiš.

Abb. 33: Assyrischer Krieger mit nackten Gefangenen; Ausschnitt aus dem Bronzetor von Balawat / Zeit Salmanassars III. (858–849 v. Chr.); vgl. Winfried Orthmann, Der Alte Orient. Propyläen Kunstgeschichte Band 14 (Berlin 1975), Abb. 210 und 211.

Abb. 19: Toreingang des Aššur-Tempels; Rekonstruktion des Ausgräbers; Walter Andrae, Das wiedererstandene Assur. Zweite, durchgesehene und erweiterte Auflage herausgegeben von Barthel Hrouda (München 1977), Seite 51, Abb. 33.

Abb. 34: Auenlandschaft vor der Stadt Assur; Rekonstruktion des Ausgräbers; Walter Andrae, Das wiedererstandene Assur. Zweite, durchgesehene und erweiterte Auflage herausgegeben von Barthel Hrouda (München 1977), Seite 18, Abb. 2.

Abb. 35: Löwe im Kampf mit Pferd; mittelassyrisches Rollsiegel (12. Jh. v. Chr.); Anton Moortgat, Assyrische Glyptik des 12. Jahrhunderts, Zeitschrift für Assyriologie (1944), 29, Abb. 13.

Abb. 36: Löwe in Kampf mit geflügeltem Pferd; mittelassyrisches Rollsiegel (13. Jh. v. Chr.); Niels C. Ritter, Vom Außenseiter zum Superstar. Das geflügelte Pferd auf altorientalischen Siegelbildern. Alter Orient aktuell Nr. 9/10, Informationen für die Mitglieder der Deutschen Orient Gesellschaft (August 2009), Seite 15, Abb. 1.

Abb. 37: Chronologische Übersicht.

Abb. 38: Schematische Karte von Assyrien / Ḫanigalbat: Handelsrouten und wichtige Orte der Handlung; Umzeichnung von Vlad Hnatovskiy, nach Vorgaben des Autors.

Cover-Zeichnung: Hannah Vogt
Cover-Gestaltung und Artwork: Vlad Hnatovskiy

47. Literaturverzeichnis

Allely, Steve , Baker, Tim, Comstock, Paul, Hamm, Jim, Hardcastle, Ron, Massey, Jay und Strunk, John, Die Bibel des Traditionellen Bogenbaus Bd. 1 (Ludwigshafen 2013).

Andrae, Walter, Das wiedererstandene Assur. Zweite, durchgesehene und erweiterte Auflage herausgegeben von Barthel Hrouda (München 1977).

Bodnik, Hendrik, Instinktives Bogenschießen mit Hendrik Bodnik. Der einfache Weg zu treffen (Coburg 2013).

Böck, Barbara, Bemerkungen zur Literatur über Amulettsteine. Orientalistische Literaturzeitung 2014, 109(3), Seite 173 – 178.

Bottéro, Jean, La plus vieille cuisine du monde. Éditions Louis Audibert. (Paris 2002).

Cancik-Kirschbaum, Eva Christiane, Die Mittelassyrischen Briefe aus Tall Šēḫ Ḥamad. Berichte der Ausgrabung Tall Šēḫ Ḥamad / Dūr-Katlimmu (BATSH) Band 4, Texte 1. Hrsg. Hartmut Kühne, Assad Mahmoud und Wolfgang Röllig (Berlin 1996).

Cancik-Kirschbaum, Eva Christiane, Die Assyrer. Geschichte, Gesellschaft, Kultur. Verlag C.H. Beck (München 2003).

Casero Chamorro, María Dolores, "Con tu justo cetro extiende tu tierra": la legitimacion de la guerra en Asiria a finales del segundo milenio a.c. – »With your right sceptre, extend your land«: Legitimating Assyrian war at the end of the second milennium B.C.; in Arys 11 (2013), Seite 47 – 63.

Faist, Betina, Itineraries and Travellers in the Middle Assyrian Period, in: State Archives of Assyria Bulletin, Vol. XV (2006), Seite 147 – 160.

Findling, Esther & Muhle, Barbara, Bogen und Pfeil: Ihr Einsatz im frühen 1. Jt. v. Chr. in Urartu und seinem Nachbarland Assyrien, in: BIAINILI-URARTU, The Proceedings of the Symposium held in Munich 12-14 October 2007 Tagungsbericht des Münchner Symposiums 12.-14. Oktober 2007, Hrsg. S. Kroll, C. Gruber, U. Hellwag, M. Roaf & P. Zimansky (Peeters 2012), Seite 397 - 410.

Haase, Richard, Die keilschriftlichen Rechtssammlungen in deutscher Übersetzung (Wiesbaden 1963).

Hachmann, Rolf (Hrsg.), Ausstellungskatalog ›Frühe Phöniker im Libanon‹. 20 Jahre deutsche Ausgrabungen in Kāmid el-Lōz. (Mainz 1983).

Jakob, Stefan, Mittelassyrische Verwaltung und Sozialstruktur, Untersuchungen, Cuneiform Monographs 29, Hrsg.: T. Abusch, M.J. Geller, M.P. Maidman, S.M. Maul und F.A.M. Wiggermann (Leiden / Boston 2003)

Jakob, Stefan, Die mittelassyrischen Texte aus Tell Chuēra in Nordost-Syrien mit einem Beitrag von Daniela I. Janisch-Jakob. Vorderasiatische Forschungen der Max Freiherr von Oppenheim-Stiftung. Herausgegeben von Wolfgang Röllig. Band 2, Ausgrabungen in

Tell Chuēra in Nordost-Syrien Teil III. (Wiesbaden 2009).

Jakob, Stefan, Rezension zu Helmut Freydank und Barbara Feller, Mittelassyrische Rechtsurkunden und Verwaltungstexte IX. Orientalische Literaturzeitung (OLZ) 110 (3) 2015, Seite 205 - 216.

Jakob, Stefan, Wann war Tukulti-Ninurta I. in Babylon?; in: Festschrift für H. Freydank (in Druck).

Kammenhuber, Annelies, Hippologia Hethitica. VIII, Wiesbaden, Verlag Otto Harrassowitz, (The Hague / Niederlande 1961).

Klein, Harald, Die Grabung in der mittelassyrischen Siedlung; in: Winfried Orthmann et al., Ausgrabungen in Tell Chuēra in Nordost-Syrien I. Vorbericht über die Grabungskampagnen 1986 bis 1992. Vorderasiatische Forschungen der Max Freiherr von Oppenheim-Stiftung Band 2 (Saarbrücken 1995), Seite 185 - 201.

Koliński, Rafal, Making Mitanni Assyrian; in: Understanding Hegemonic Practices of the Early Assyrian Empire. Essays dedicated to Frans Wiggermann, B.S. During (Hersg.), 9 - 32. (Leiden 2015).

Labbé-Toutée, Sophie, und Rigault, Patricia (Hrsg.), Ausstellungskatalog L'Art Du Contour. Le dessin dans l'Égypte ancienne. Louvre éditions. (Paris 2013).

Layard, Austin Henry, Niniveh und Babylon. Nebst Beschreibung seiner Reisen in Armenien, Kurdistan und der Wüste. Übersetzt von J. Th. Zenker (Leipzig 1856).

Maul, Stefan M., Die Reste einer mittelassyrischen Beschwörerbibliothek aus dem Königspalast zu Assur; in: W. Sallaberger, K. Volk, A. Zgoll (Hrsg.), Literatur, Politik und Recht in Mesopotamien. Festschrift für Claus Wilcke (Wiesbaden 2003), S. 181-194.

Maul, Stefan M., Drei mittelassyrische Urkunden aus Kulišḫinaš, 135. Originalveröffentlichung in: H. Waetzoldt (Hrsg.), Von Sumer nach Ebla und zurück, Festschrift Giovanni Pettinato zum 27. September 1999, gewidmet von Freunden, Kollegen und Schülern, Heidelberger Studien zum Alten Orient, Band 9 (Heidelberg 2004), Seite 129-140.

Maul, Stefan M., Ein altorientalischer Pferdesegen - Seuchenprophylaxe in der assyrischen Armee, Zeitschrift für Assyriologie 2013, 103(1), 16 - 37.

Moortgat, Anton, Assyrische Glyptik des 12. Jahrhunderts, Zeitschrift für Assyriologie (1944), Seite 23 - 44.

Moortgat, Anton, Die Kunst des Alten Mesopotamien. Die klassische Kunst Vorderasiens. II. Babylon und Assur (Köln 1984).

Müller-Karpe, Andreas, Ein Großbau in der hethitischen Stadtruine Kuşaklı. Tempel des Wettergottes von Sarissa?; in: Alter Orient aktuell. Informationen für die Mitglieder der Deutschen Orient-Gesellschaft e.V., Nr. 1 (Juni 2000).

Nunn, Astrid, Alltag im alten Orient. Zaberns Bildbände zur Archäologie. Sonderbände der Antiken Welt (Mainz 2006).

Oppenheim, Max Freiherr von, Vom Mittelmeer zum Persischen Golf. Band 1. (Berlin 1899).

Franz Kaulen, Assyrien und Babylonien nach den neuesten Entdeckungen. (Freiburg im Breisgau 1891).

Orthmann, Winfried, Der Alte Orient. Propyläen Kunstgeschichte Band 14 (Berlin 1975).

Ponchia, Simonetta, Mountain Routes in Assyrian Royal Inscriptions (Part 1); in: KASKAL. Rivista di storia, cultura e ambiente del Vicino Oriente Antico, Volume 1 (2004), Seite 139 - 177.

Postgate, Nicholas, Bronze Age Bureaucracy: Writing an the Practice of Government in Assyria (Cambridge 2013).

Pusch, Edgar B., Der Kleine Gilgamesch (Mainz 1978).

Radner, Karen, Der Gott Salmānu ("Šulmānu") und seine Beziehung zur Stadt Dūr-Katlimmu; Die Welt des Orients, Band 29 (1998).

Radner, Karen, Die Macht des Namens. Altorientalische Strategien zur Selbsterhaltung. SANTAG Arbeiten und Untersuchungen zur Keilschriftkunde, Band 8. Hrsg. Karl Hecker, Hans Neumann und Walter Sommerfeld (Wiesbaden 2005).

Radner, Karen, Assyrische ṭuppi adê als Vorbild für Deuteronomium 28, 22-44?, Seite 355f zu RIMA 1 A.0.78.1 iii 2-5, in: Die deuteronomischen Geschichtswerke. Redaktions- und religionswissenschaftliche Perspektiven zur »Deuteronomismus«-Diskussion in Tora und Vorderen Propheten; Hrsg.: Markus Witte, Konrad Schmid, Doris Prechel und Jan Christian Gertz. (Berlin / New York 2006). Beihefte zur Zeitschrift für alttestamentliche Wissenschaft, Band 365, Hrsg.: John Barton, Reinhard G. Kratz, Choon-Leung Seow, Markus Witte, Seite 351 - 378.

Ritter, Niels C., Vom Außenseiter zum Superstar. Das geflügelte Pferd auf altorientalischen Siegelbildern. Alter Orient aktuell Nr. 9/10, Informationen für die Mitglieder der Deutschen Orient Gesellschaft (August 2009), Seite 15 - 18.

Röllig, Wolfgang, Notizen zur Praxis der Siegelung in mittelassyrischer Zeit, Die Welt des Orients 11 (1980), S. 111-116.

Roßberger, Elisa, Schmuck für Lebende und Tote. Blüten und Pflanzen im Schmuckinventar der Königsgruft von Qatna; in: Alter Orient Nr. 13 (2015) Informationen für die Mitglieder der Deutschen Orient-Gesellschaft e.V.

Sallaberger, Walther, Zeiteinteilung und Zeitvorstellungen im Alten Mesopotamien; in: Die Zeit im Wandel der Zeit. Hrsg.: Hans-Joachim Bieber, Hans Ottomeyer und Georg Christoph Tholen (Kassel 2002), Seite 49 - 77.

Sazonov, Vlad, Die mittelassyrischen, universalistischen Königstitel und Epitheta Tukultī-Ninurtas I. (1242-1206); in: Acta Antiqua Mediterranea et Orientalia Band 1. Identities and Societies in the Ancient East-Mediterranean Regions. Comparative approaches Henning Graf Reventlow Memorial Volume. Edited by Thomas R. Kämmerer. Alter Orient und Altes Testament. Veröffentlichungen zur Kultur und Geschichte des Alten Orients und des Alten Testaments. Band 390/1. Herausgeber Manfried Dietrich, Oswald Loretz und Hans Neumann. (Münster 2011), Seite 235 - 277.

Schmökel, Hartmut, Sternstunden der Archäologie. Funde im Zweistromland (Göttingen 1963).

Schott, Albert, Das Gilgameš-Epos. Übersetzt und mit Anmerkungen von Albert Schott. Neu herausgegeben von Wolfram von Soden. Philipp Reclam jun., (Stuttgart 1988).

Strommenger, Eva (Hrsg.), Ausstellungskatalog ›Land des Baal‹. Syrien - Forum der Völker und Kulturen (Mainz 1982).

Weidner, Ernst, Die Inschriften Tukulti-Ninurta I. und seiner Nachfolger. Archiv für Orientforschung, Beiheft 12, Hrsg. Ernst Weidner (Graz 1959).

Winter, Urs, Frau und Göttin. Exegetische und ikonographische Studien zum weiblichen Gottesbild im Alten Israel und in dessen Umwelt; in: Orbis Biblicus et Orientalis (OBO) 53 (Freiburg / Schweiz 1983).

Neuausgaben (2. Auflage) der Romanserie
Ari TUR – König der vier Weltgegenden

www.assur.jimdo.com
Mail: assur@t-online.de

Band 1: Der Blaue Fuchs (ISBN: 9783750415140)

Bei Ausgrabungen in der syrischen Wüste entdeckt der Archäologe Ari in einem assyrischen Palast Keilschrifttafeln aus dem 13. Jahrhundert vor Christus. Bei der Entzifferung stoßen die Wissenschaftler auf Nachrichten des damaligen Herrschers, der von einem Gedanken beseelt ist: Er will König der Welt - König der vier Weltgegenden - werden. Noch während der Bergung der unersetzlichen Tontafeln erhält der Blaue Fuchs, ein berüchtigter Grabräuber, Kenntnis von dem sensationellen Fund. Ari und sein Freund Abdallah sind fest entschlossen, die sensationelle Entdeckung gegen die Bande von Antikenräubern zu verteidigen.

Band 3: Die Elamische Schlange (ISBN: 9783750415881)

Der Hurriter Senni wird als Eilbote des Herrschers immer tiefer in die Kriegswirren zwischen Assyrien und seinen Nachbarstaaten verstrickt. Tukulti-Ninurta
I., König über Assyrien, will endlich seinen Traum von der Weltherrschaft reali-
sieren. Er schickt Senni und dessen Freund Banū, einen elamischen Bogenschützen, auf eine gefährliche Mission in das Land der Feinde. Sie stoßen auf das
Geheimnis der Elamier, das sie fortan unter Einsatz ihres Lebens hüten müssen.

›Die Elamische Schlange‹ verbindet von nun an das Schicksal der beiden
Männer.

Vorankündigung:

Band 4: Das Omen der Finsternis (ISBN: 9783750408173)

Der Wunschtraum des assyrischen Königs Tukulti-Ninurta I. (1233 – 1197 v.
Chr.) scheint sich zu erfüllen: Endlich erkennen ihn die mächtigsten Herrscher
jener Zeit als ebenbürtigen Großkönig an. Nur einer verweigert ihm diesen Respekt: der König von Babylon. Der Assyrer brennt deshalb darauf, das übermäch-
tige Babylon zu erobern. Als die Wahrsager endlich günstige Vorzeichen verkünden, holt er zum entscheidenden Schlag aus. In den Kriegswirren erhalten
Senni und sein Freund Banū einen geheimen Auftrag, der sie von den Sümpfen
des südlichen Meerlandes zum König der Seevölker am Oberen Meer führt.
Erschreckende Nachrichten lassen sie in die Heimat zurückkehren. Eine uralte
Prophezeiung, das Omen der Finsternis, breitet sich über dem Reich des ›Königs
der vier Weltgegenden‹ aus. Trifft der vom Hohepriester heraufbeschworene
Fluch der großen Götter auch die beiden Freunde, die ihrem König treu ergeben
sind?